汉江师范学院汉水文化研究基地资助出版

# 汉水流域文明暨
# 中国古代文学学术研讨会论文集

潘世东 主编

赵盛国 郭顺峰 李 娜 何道明 副主编

中国文联出版社
http://www.clapnet.cn

## 图书在版编目（CIP）数据

汉水流域文明暨中国古代文学学术研讨会论文集 / 潘世东主编 . — 北京：中国文联出版社，2018.1
ISBN 978-7-5190-3461-0

Ⅰ . ①汉… Ⅱ . ①潘… Ⅲ . ①中国文学—古典文学研究—学术会议—文集 Ⅳ . ① I206.2-53

中国版本图书馆 CIP 数据核字（2018）第 019026 号

## 汉水流域文明暨中国古代文学学术研讨会论文集

| 作　　者：潘世东 | |
| --- | --- |
| 出 版 人：朱　庆 | |
| 终 审 人：朱彦玲 | 复 审 人：王　军 |
| 责任编辑：刘　旭 | 责任校对：傅泉泽 |
| 封面设计：人文在线 | 责任印制：陈　晨 |

出版发行：中国文联出版社
地　　址：北京市朝阳区农展馆南里 10 号，100125
电　　话：010-85923043（咨询）85923000（编务）85923020（邮购）
传　　真：010-85923000（总编室），010-85923020（发行部）
网　　址：http://www.clapnet.cn　　http://www.claplus.cn
E-mail：clap@clapnet.cn　　liux@clapnet.cn

印　　刷：北京市金星印务有限公司
装　　订：北京市金星印务有限公司
法律顾问：北京天驰君泰律师事务所徐波律师
本书如有破损、缺页、装订错误，请与本社联系调换

| 开　　本：710×1000 | 1/16 |
| --- | --- |
| 字　　数：646 千字 | 印　　张：36 |
| 版　　次：2018 年 5 月第 1 版 | 印　　次：2018 年 5 月第 1 次印刷 |
| 书　　号：ISBN 978-7-5190-3461-0 | |
| 定　　价：98.00 元 | |

版权所有　翻印必究

## 一、本书系顾问名单

王生铁　湖北省前政协主席
周洪宇　湖北省人大常委会副主任
张维国　中共十堰市委书记、市人大常委会主任
陈新武　十堰市人民政府市长
师永学　十堰市政协主席
张歌莺　十堰市人大常委会常务副主任
刘玉堂　湖北省社会科学院副院长

## 二、本书系组委会、编委会名单

**主　任：**

纪光录　汉江师范学院党委书记
周　峰　十堰市委常委、常务副市长、宣传部长

**副主任：**

潘世东　十堰市政协副主席、汉江师范学院副校长
王雪峰　十堰市委宣传部常务副部长
欧阳山　十堰市社科联主席
刘立辉　十堰市科学技术协会主席
杨启国　十堰市文联主席
杨宝昌　十堰市地方志编纂委员会办公室主任
王太宁　十堰市南水北调办主任

郭卫东　十堰市文化体育新闻出版广电局（版权局）局长

**编委会成员：**

| 聂在垠 | 饶咬成 | 罗耀松 | 王道国 | 王洪军 | 王　进 |
| 胡忠青 | 党家政 | 郑传芹 | 徐成发 | 甘毅臻 | 胡金波 |
| 陈　梅 | 李　岱 | 曹　贇 | 曹　弋 | 黄新霞 | 郝　敏 |
| 肖　峰 | 赵盛国 | 郭顺峰 | 廖兆光 | 冷小平 | 付　鹏 |
| 左　攀 | 刘素娜 | 钟　俊 | 李　娜 | 刘晓丽 | 熊金波 |
| 张慧明 | 何道明 | 石永松 | 康　平 | 罗优优 |  |

**总　编**　潘世东
**副总编**　聂在垠　饶咬成　罗耀松　王道国　王洪军

# 《汉水流域文明暨中国古代文学学术研讨会论文集》编委会

顾　问：纪光录　喻　斌
主　编：潘世东
副主任：赵盛国　郭顺峰　李　娜　何道明
编　委：聂在垠　饶咬成　罗耀松　王道国　王洪军　党家政
　　　　甘毅臻　曹　弋　廖兆光　石永松　钟　俊　葛　慧
　　　　康　平　徐　兵　李　洪　李芬兰

# 序

张维国

在东西方世界中都有一条银河,而且,令人不胜惊异的是她们都与"乳汁"密不可分。在古希腊的神话中,主神宙斯背着夫人赫拉生养了一个私生子。宙斯期盼这个儿子能够长生不老,便偷偷地把婴儿放在熟睡的夫人赫拉身旁,让他吮吸赫拉的乳汁,不料孩子把赫拉惊醒,一看吃奶的孩子并不是自己的亲生儿子,赫拉便一把推开,使得孩子含在口中的乳汁溅洒在空中。神奇的乳汁滑过浩瀚的太空,星光闪闪、波光粼粼,立刻在宇宙之间铺开一条乳白色的大河,这便是银河在西方传说中的起源。而在中国的古老传说中,银河也叫云汉、银汉,是牛郎和织女相会的地方,而且,这条天河实际上与大地相连,《诗经》中有云,"维天有汉",唯一与银河相连的地上河流,便在中国,便是汉江。汉水又叫沔水。沔、嬭古音同声转注,沔可读为嬭(mi),嬭即"咪咪","咪咪"就是"妈妈儿"的意思,而"妈妈儿"在汉水流域指的就是乳房,故沔水即奶水,意即沔水浇灌哺育一方苍生,是中国的母亲河。沧海桑田,万古如斯。汉水行诗走歌、流金淌银,不仅是一条绿色生态之河、商旅黄金之河、文化大河、历史大河和魅力大河,更是华夏文明的重要发源地和中华民族的母亲河,被世界文化学家誉为东方的"莱茵河"。

汉水是中国最古老的大河,比长江黄河还要早七亿多年,堪称中国的"祖母河"。在战国《禹贡》九州导山导水示意图和北宋沈括的《禹迹图》中,黄河与长江的流向都与如今所见并不相同,中途几经改道,唯有汉江,在这两幅地图上描绘得与今天的地图几乎一样。人类在2500年前就认识了汉江,在1137年认识了黄河,在400年前还不知道长江源头在青海省。人类对于汉江的认识,要早于长江与黄河,直至春秋时期,汉江都保持着古中国第一大水的地位。

汉水流域既是地球上古老生命的发祥地之一,更是人类重要发祥地。这里既有世界上规模最大、数量最多、分布最广、龙蛋共生的恐龙蛋化石群,它们距离今天大约6500万年;而且也是东方从距今200万年到五万年的古人类演变完整链条化石群的所在地。这里出土的郧县人化石大致距今80万年至200万年之间,距今75万年的是梅铺猿人牙齿化石,白龙洞猿人距今10—20万年,而黄龙洞猿人则距今5万年。汉水流域古人类演变完整链条化石群的发现,彻底改写了人类起源于非洲的历史,使汉水流域升格为人类的老家,成为人类当之无愧的摇篮。

汉水流域是中华民族和中华文明的重要发祥地。在地球的版图上,有一条神秘的北纬三十度线,许多古老的河流文明正是沿着这条纬线,开始了自己跨越千年的文明旅程。公元前3000年,两河流域出现了十几个城邦,由此进入了早期的国家状态;尼罗河三角洲一带,也因为土地肥沃,人口密集,成为古代"地中海沿岸的粮仓",也是古埃及文明的发源地。汉江,正好处在这条黄金般的北纬三十度文明线之上。据吕思勉和钱穆的观点看,古代民族的得名往往是他们居住的地区。古老的华夏民族主干最早就是生活在汉水流域。他们认为,华夏族就是生活在华山以南、夏水两岸的民族。而古代华山就是现在的河南嵩山,夏水就是今天的汉水。这说明,汉水流域是中华民族最古老族源的发祥地。也正因为如此,汉江还是中国唯一一条被国外(韩国)系统复制迁移了名称、风俗文化和流域地名的大江,她同时也成了远古移民海外韩国人的祖先之河。

2003年前后,武汉大学考古学家王然教授带领自己的学生来到了汉水之滨的郧县柳陂镇。这里是南水北调的淹没区。他们的任务是抢救性发掘即将被淹没的文物。在一个叫辽瓦梁子的地方,他们被发掘地点的奇异景象惊呆了。此处的文物从明清开始依次纵深掘进,1到2米不等,就代表一个朝代的文物层,层层叠压,一个朝代压着另一个朝代,中间从未间断,竟然连续开挖出了夏商时代的文物。这是在世界文物考古发掘史上都少见的奇观!它雄辩地说明,地处发掘地的汉江流域古老文明一脉长流,历经悠悠五千年从未断绝。因此,他们理直气壮地将遗址所在地辽瓦梁子命名为"中华文明通史遗址"。与此可以相得益彰的是,三皇在这里留下了"伏羲画八卦"、女娲补天、神农尝百草的神话。中国最美丽、最古老、最有影响力的神话传说牛郎织女、嫦娥奔月、汉水女神、大禹治水等在这里诞生,商洛阳墟山发现了仓颉发明的最早文字,钟祥发现了中国最早的稻作遗址，汉口发现了中国最早的盘龙城，随州发现了春秋时代世界上最先进的乐器编钟……

作为兴龙之地，在汉代，从汉水走出了西汉和东汉两朝的开国帝王刘邦和刘秀。由于他们对西汉和东汉王朝的开辟和建立，使一个历史上唯一可以与大唐王朝兴盛强大并驾齐驱的帝国从汉水兴起，使汉水与汉朝、汉人、汉语、汉字、汉族、汉服、汉子、汉学等等有着密不可分的直接联系，使汉水流域成为华夏文明的发祥地之一，也成为世界各地华夏子孙和汉民族祖居圣地。

自古以来，汉水流域缔造了伟大的文明。据现代学者考证，在远古，汉水流域生活的是炎帝的子孙——主要是巴族、苗族和后来的楚族。著名的"西土八国"不仅是当年掌握了先进生产力、助周倒商的强大军事劲旅，而且代表了春秋以前神州大地大西南和华南的最高文明。中国文学的两大源头《诗经》和《楚辞》均发源交汇于汉水流域，《诗经·汉广》描写的汉水神女是中国文学史上最早的江河女神形象。诗祖尹吉甫在这里创造了中国最早的个人署名诗篇，并且采编了中国诗歌元典《诗经》；爱国诗人屈原是中国最伟大的浪漫主义诗人之一，也是我国已知最早的著名诗人和伟大的政治家。他创立了"楚辞"这种文体，也开创了"香草美人"的传统。《离骚》和《诗经》开创了中国文学现实主义和浪漫主义的伟大先河和光辉传统，成为中国文学的渊薮。

出现在曾侯乙墓中的二十八宿天象图，拉开了中国最早天文学之序幕，而《甘石星经》的作者之一甘德是楚人，远远早于印度发现彗星，更比伽利略早1300多年。张衡诞生于南阳郡汉水流域白河之畔的西鄂县（今河南南阳市石桥镇），是我国东汉时期伟大的天文学家、地震学家和发明家。他提出浑天说，发明浑天仪，开启了我国航天遥测技术；他探索地震起因，发明了世界上最早的地动仪。

西汉时期的外交家张骞从汉水边的城固踏出了第一条通向世界的丝绸之路。东汉的蔡伦封侯于汉水边的龙亭铺，发明了造纸术。"医圣"张仲景是东汉南郡涅阳县（今河南省南阳市）人，为我国古代伟大的医学家，因含仁心仁德，后人尊称他为"医宗之圣"或"医圣"。他所著述的《伤寒杂病论》是我国最早的理论联系实际的临床诊疗专书，是继《黄帝内经》之后一部最有影响的光辉医学典籍，被后世医家誉为"万世宝典"。"千古良相"诸葛亮"鞠躬尽力，死而后已"的献身精神，择才使用、任人唯贤的用人之道，忠诚无私的高尚品格，开拓创新的进取意识，千百年来一直为人们所敬仰、称道和怀念。其手摇羽扇，运筹帷幄的潇洒形象，千百年来已成为人们心中"智慧"的代名词。习凿齿是东晋人物志史学家，他所著作的《襄阳耆旧记》是中国最早的人物志之一……"宰相之杰"张居正世人称其为"张江陵"，他是中国历史上最优秀的内阁首辅，明代最伟大的政治家、改革家。"茶圣"陆羽擅长品茗，对中国茶业和世界茶业发展作出了卓越贡献，被誉为"茶仙"，尊为"茶圣"，祀为"茶神"。

汉水流域物华天宝，人杰地灵。这里不仅文化伟人英雄辈出，撼动天下、扛鼎历史，而且更富跨代绝响、超世贡献。无论政治历史、经济社会、农业医药、科学技术、军事外交、文学艺术、语言文字等方面，都在不同历史时期，谱写了中华文明不同发展阶段上的绝顶奇迹，对人类文明做出了巨大贡献，留下了不可磨灭的丰功伟绩，泽被千秋，影响深远，为古今中外的文化历史学家所景仰、所赞叹。

汉水流域拥有丰富璀璨的著名文化品牌。汉水流域不仅享有古人类、中华民族、中华文明三大发祥地之誉，更是一座国内少有、世界罕见的文化资源宝库。这里有世界独一无二的野考基地神农架，有世界文化遗产武当山和明显陵，有世界最大的流放地古房陵，有世界民间故事村伍家沟村，还有中国七大历史文化名城和二十大国家级文化品牌，她们分别是三皇品牌、汉民族史诗《黑暗传》、汉民族第一民歌村吕家河、中华文明的第四源头古巴域、中国最古老的大江汉水、中国第一诗人和第一诗人的故乡尹吉甫和房陵、中国郧县人、中国楚文化的发祥地、中国孝文化的摇篮孝感、中国最古老的城堡盘龙城、中国古代最先进的乐器曾侯乙墓古编钟、拥有最宽的人工护城河和最完备古城的中华第一城池襄阳城、中国最有影响的布衣山水田园诗人孟浩然的故居所在地和隐居地鹿门山、中国智圣诸葛亮的隐居地与耕读地古隆中、在宋元之战号称铁打的襄阳、沿用时间最长的私家园林鼻祖和郊野园林典范习家池、"牛郎织女"与七夕节起源地、被誉为古代土木工程的第三大奇迹的褒斜石门古隧道、太极湖和中国最早的楚长城。此外，这里聚集了68处国家文化遗产保护单位、49处国家非物质文化遗产，还有大量的文化遗址正在论证、申报之中，而省级文化保护单位和非物质文化遗产则比比皆是，据初步统计，已达1100余处。这些宝贵的文化资源，有的填补了人类文化的空白，有的代表了中华文明所处历史时代发展的高峰，有的昭示了人类无法测度、永无止境的高贵智慧，有的则是取之不尽、用之不竭的精神宝藏。他们闪烁着中华文明的璀璨光华，散发着强烈的东方智慧神奇魅力，是中华民族骄傲、自豪和无上光荣之所在，也是汉水流域永续发展的信心和福祉所在！

汉水文化是中国传统文化重大特大题材与主题。汉水流域是人类的古老发祥地之一，是以华夏民族为主干的汉民族重要发祥地，更是古老伟大中华文明的重要发祥地。600年前，因为明朝北修故宫、南修武当使汉水武当与北京建立起神秘的连接而异军突起，一跃成为圣山、仙山，600年后的今天，随着南水北调工程的实施和完成，汉水与汉水文化又将再一次与北京缔结神秘的联系，将会成为横空出世、举世瞩目的圣河和文化宝藏。

正是在这个意义上，如果说，大唐文化在西安，大宋文化在开封，那么，我们也有充分的理由说，大汉文化、汉文化就在汉水！汉水文化不仅属于汉水、汉水流域、汉民族，而且更属于神州大地，属于中华民族，属于人类和世界。而汉水文化内含的价值和高度，不仅具有流域文化的地标性，更富于民族特性和国家高度，是我们伟大民族和伟大国家应该倍加珍惜和保护、大力弘扬和传承、科学发掘和开发的无上宝藏。

习近平总书记指出，历史和现实都证明，中华民族有着强大的文化创造力。每到重大历史关头，文化都能感国运之变化、立时代之潮头、发时代之先声，为亿万人民、为伟大祖国鼓与呼。没有中华文化繁荣昌盛，就没有中华民族伟大复兴。中华优秀传统文化是中华民族的突出优势，中华民族伟大复兴需要以中华文化发展繁荣为条件，必须大力弘扬中华优秀传统文化。要对传统文化进行创造性转化、创新性发展，让收藏在禁宫里的文物、陈列在广阔大地上的遗产、书写在古籍里的文字都活起来。① 正是基于这种认识，汉江师范学院立足于文化历史学、文化社会学、文化哲学和文化地理学等学科背景，着眼于历史性、时代性、全面性、典型性、学术性和普及性等学术定位，运用现代学术规范，从全流域的角度，系统地梳理了汉江流域经济社会、历史文化发展的辉煌历程，汉水文化的形成和发展的古今概貌，揭示了汉水文化的基本内涵和特征，全面地描绘了汉水流域具有典型意义、五彩纷呈的文化事象和民风民俗，形成了《汉水文化研究书系》这部独具特色的地域文化研究、流域与河流文化研究的系列丛书。丛书的出版，既是汉水流域文化研究的喜事、盛事和要事，也是汉江师范学院学科建设、教育教学改革转型发展的重要成果，更是地方高校践

---

① 习近平总书记2013年11月考察孔子研究院时谈对中华优秀传统文化的传承与创新时讲话。

行政产学研企融合、努力传承发展地方历史文化、强力服务地方经济社会发展的突出表现，值得社会各界的点赞和欢迎。

汉水是古代"江河淮汉"四大名渎之一，在中国流域文化中，其文化的兼容性、开放性、固执性和创新性都非常典型。汉水文化是特异型的流域文化。汉水流域历史上基本形成了整体性的文化系统和文化结构，构成了相对独立的文化区；汉水流域的历史发展和文化变迁是中华文明历史演变的一个缩影。汉水流域以两大平原（江汉平原和伊洛平原）和三大盆地（汉中盆地、南阳盆地和襄阳盆地）为地理环境条件，以四大流域文化（秦陇文化、巴蜀文化、荆楚文化和中原文化）为人文语境条件，形成上游、中游、下游三个区系，它是甘、陕、鄂、豫、川、渝交界地区，是承东启西、连接南北的枢纽地带，形成内陆性的文化走廊和黄金文化带。作为特异型的流域文化，汉水文化在自身的历史进程中处于南北文化激荡交锋的锋面，融合黄河文化和长江文化的优长，具有兼容会通的特色，独树一帜，别具一格，是得天独厚、不可代替的流域文化范型。对汉水文化的观照和审视，从某种意义上说，就是对中华文化的重心和关节点的观照和审视。我坚信，随着《汉水文化研究书系》的问世，关于汉水文化赋存资源现代转型的研究和开发，对于中西部地区的先进文化建设与和谐文化建设，对于流域文化、城市文化和文化学的学科建设，对于进一步振兴中华民族传统文化，具有重要的理论意义和现实意义；对于全流域地区的文化资源优势转化为文化产业优势，对于推进文化强省建设和文化产业跨越式发展，对于南水北调中线工程实施和文化生态保护，具有重要的促进和推动作用。我们期望，随着《汉水文化研究书系》的出版，一个更大范围、更大力度的保护和传承、研究和发展汉水文化的高潮会尽快到来。

是为序。

（序作者为中共十堰市委书记、人大常委会主任）

2017 年 5 月

# 目 录

**第一编 汉水流域历史文化研究** ················································· 1

汉江流域之文化原创力与文明贡献 ············································ 3
典、《尧典》与早期典体文献 ··················································· 22
孔子"己所不欲勿施于人"说的思想根系（纲要）························ 32
《周官》改名《周礼》考 ·························································· 36
汉水文化影响下的襄阳隐逸文化 ················································ 43
汉水流域孕育的先秦文化说略 ···················································· 48
节日·婚恋·生存 ································································· 53
"汉水女神"的生态伦理象征意义初探 ········································· 63
三国时期上庸地区的战略地位与刘备诸葛亮的失误 ························ 67
周培公生平史事考索 ································································ 78
北宋张士逊交往考 ··································································· 84

**第二编 汉水文化与中国古代文学** ················································· 93

《诗经》与汉水文明关系浅谈 ···················································· 95
《楚辞》中汉水文化精神的表现 ················································· 101
楚国形象在先秦文学的演变及其文化逻辑（摘要）························ 106
南朝时期汉水流域民歌中的一道亮丽风景 ···································· 107
王绩的生命情怀及其对陶渊明的接受 ·········································· 113
民歌与流域文明初探 ······························································· 123
试论唐宋诗人对汉水女神文化的开拓 ·········································· 128
论中晚唐旅游诗的结构及特点 ··················································· 144
唐代田园诗与地域风情之美 ······················································ 157
风流大堤曲，一唱使人愁 ························································· 168

清江水上的慷慨与忧思 ………………………………………… 173
南宋江西文学家交游浅析 ………………………………………… 179
两宋浙东文人高似孙家族谱系考辨 ……………………………… 184
"三言""二拍"中的"水" …………………………………………… 194
试论中国古代戏曲序跋体批评的心理结构 ……………………… 212
元初宣城贡氏之隐逸特色及其审视 ……………………………… 223
汉水流域乡土文学的现状与展望 ………………………………… 236
关于吕家河民歌保护与开发现状的调研报告 …………………… 242
鄱阳湖区域历代词创作概述 ……………………………………… 248
论"太学新体"及其周边问题 …………………………………… 255
"非遗"语境下的九江采茶戏传承与保护研究 ………………… 272
论明初"江右诗派"的生成及发展 ……………………………… 287
清初吴江"惊隐诗社"的历程 …………………………………… 301
汉水流域上游民间美术现状解读 ………………………………… 309
朱东润传记史论考辨 ……………………………………………… 316
十堰船夫号子艺术特征分析 ……………………………………… 327
论"一斗酒"之"斗" …………………………………………… 332

## 第三编　汉水文化与经济社会发展 ………………………………339

宋代陕南地区农业发展初探 ……………………………………… 341
浅议十堰市汽车文化旅游的营销策略 …………………………… 351
弘扬汉水文化　打响旅游品牌 …………………………………… 357
十堰竹山"女娲"养生开发的研究与探讨 ……………………… 363
麟趾瓜瓞　俎豆馨香 ……………………………………………… 372
汉水流域生态旅游资源开发利用对策探讨 ……………………… 379
汉水流域传统乡土建筑的特征研究 ……………………………… 389
清代中叶汉口城市发展之实录 …………………………………… 396
荆门"中国农谷"建设与核心文化研究 ………………………… 409

## 第四编　流域文明与宗教信仰研究 ………………………………417

汉水流域民间信仰研究述评 ……………………………………… 419
西方传教士在湖北地区的活动及影响研究 ……………………… 428

道廉文化思想探源及其当代意义 ······ 437
论毛晋的佛教情缘 ······ 441
敦煌遗书《太平部卷第二》的目录学考察 ······ 450
论道教戒律的主要内容与传承发展 ······ 458
汉水流域朝武当进香民俗仪式程序研究 ······ 467
汉川善书活力与特点初探 ······ 478

**第五编　流域文明及其比较研究** ······ 485
先秦流域文明与地域文化及文学之关系论 ······ 487
汉水文化在韩国 ······ 493
越南汉文神话小说与水文化 ······ 505
白鹭洲书院与庐陵文化 ······ 514
情系赣江汉水滨 ······ 539
汉水流域传统村落民俗文化研究之黄土地的摇篮曲 ······ 552

**后　记** ······ 558

第一编　汉水流域历史文化研究

# 汉江流域之文化原创力与文明贡献

潘世东[①]

**【摘　要】**在中国古代历史上，长江、黄河、淮河和汉水共同号称"四渎"，是四条著名的文化大河。其中，长江与黄河历来更被视为中华民族的父亲河和母亲河，其地位无比崇高。但近年研究考古却发现，文化历史也有自身的盲区和失误。在中国历史上最为古老悠久、最应享有尊崇地位的河流还应该加上汉江。只是汉水固有的历史文化光芒被长久地、偏执地遮蔽起来了而已。无论是从地质地理学视野下古老与优渥的自然禀赋、历史溯源视野下神圣与崇高的文化源流看，还是从文化文明视野下汉江的伟大与辉煌与丰功伟绩，以及哲学思想视野下汉江的深邃与智慧、和平与自由来全面考察，汉江也应该是中华民族的母亲河，汉江流域也应该是中华民族和中华文明的摇篮。

**【关键词】**汉水流域；历史文化；生命发祥地；人类发祥地；民族发祥地；文明发祥地

## 一、地质、地理学视野下古老与优渥的汉江

在东西方世界中都有一条银河，而令人不胜惊异的却是她们都与"乳汁"密不可分。在古希腊的神话中，主神宙斯背着夫人赫拉生养了一个私生子。宙斯期盼这个儿子能够长生不老，便偷偷地把婴儿放在熟睡的夫人赫拉身旁，让他吮吸

---

[①]　基金项目：湖北省教育厅基金项目和教研项目阶段性成果，文号：(D20126001)/(20060400).

作者简介：潘世东（1962—　），男，教授，汉江师范学院副校长，湖北省高校人文社科重点研究基地汉水文化研究基地负责人，十堰市政协副主席，全国高职高专学报研究会理事长。主要研究方向：中国传统文化和汉水文化研究。

赫拉的乳汁，不料孩子把赫拉惊醒，一看眼前并不是自己的亲生儿子，便一把推开，把乳汁溅洒在空中。神奇的乳汁滑过浩瀚的太空，立刻在宇宙之间铺开一条乳白色的大河，星光闪闪、波光粼粼，那便是银河在西方传说中的起源。

在中国的古老传说中，银河也叫云汉、银汉，是牛郎和织女相会的地方，据称，这条天河实际上与大地相连，《诗经》中有云，"维天有汉"，唯一与银河相接的地上河流，便在中国，便是汉江。汉水又叫沔水。沔、嬭古音同声转注，沔可读为嬭（mi），嬭即"咪咪"，"咪咪"就是"妈妈儿"的意思，而"妈妈儿"在汉水流域指的就是乳房，故沔水即奶水，意即沔水浇灌哺育一方苍生，是中国的母亲河。

汉水是中国最古老的大河，在自然年龄上比长江黄河还要早七亿多年，堪称中国的"祖母河"。

在人们的一般常识中，毫无疑问，长江、黄河当是中国的第一、第二大江大河，长江、黄河的历史也远远超过汉水，古代的江、淮、河、汉四渎之说便是典型的代表观点。但地质和考古学界却有一种新说：在长江、黄河形成的七亿年前，汉水便在今日甘肃东南部和陕西省的西南部形成了，由丁咚之泉渐成潺潺之溪，继而发展成浩荡之水，终至形成气候，一泻千里地横贯中国南方大地，最后，携风带气、泥沙俱下、恣肆汪洋地流入东海。以当时的气候条件和江河流域辐射面积推论，汉水当属中国境内最古老最大的江河。当汉水形成七亿年之后，长江和黄河才逐渐形成。可以设想，在乾坤奠定之时，长江当是一条小溪，或者说长江远不是当今的规模和流向，甚或它确实是汉水的一脉支流。

长江成为第一大江源于地质发生的强烈褶皱和对汉江古老河道的"夺袭"。

种种研究资料表明，现今的青藏高原曾是古地中海的一部分；现在长江流域的部分地区，在一亿五千万年以前才从汪洋大海中隆起，渐渐成为陆地。原始的长江发源于三峡地区的山地，沿着东高西低的地形大势，经过四川、云南一带的盆地底部，滚滚西流，在云南西南部的南涧海峡流入古地中海。直到距今约五千万年前，由于印度大陆板块向北运动，与亚欧大陆板块相挤压，使古地中海的东部逐步隆起.形成了原始的青藏高原，长江西流的通道被阻塞，不得下"另行出路"。随着青藏高原的进一步抬升，终于形成了今日大江东去的态势。有青藏高原及雄峰巨峦的终年积雪为后盾，长江的水势自然超过源自嶓冢山和玉带河的汉水，因而"夺袭"成为主流。这种"夺袭"对汉江实行了斩头去身：在源头夺走了汉水的第一源头"西汉水"，使汉水源头向东缩移到现在的嶓冢山，而在汉口以下夺走了辐射辽阔而悠远的中下游水道和水源，使汉水由横亘在中国南方大地的一条巨龙缩身为一条小蛇。对此，一代文化散文作家刘韶六通过实地考察，提出了河流"夺袭"的问题，研究了"夺袭"的现象，认为在远古，如同今天四川的那条名叫西汉水的河流是注入嘉陵江一样，嘉陵江的上游原也是和汉水连为一体的。嘉陵江的重要支流被称为"西汉水"，可能并非人们的随意，也许是一种对原始事实的认定。①

我国著名地质学家李四光曾经指出，在地质时期三峡地区发生强烈褶皱，成为华西与华东的分水岭，岭西三水皆向西藏。如果此说成立，那么秦岭以南的东流之水主要的就只有汉水了。而能够与李四光的这个观点相互印证的是1976年和1978年，长江流域规划办公室组织考察队对长江源头进行实地科学考察，也得出了早期长江曾有过西流历史的结论。

著名历史学家石泉教授通过《三国志》人物围绕赤壁之战的对话发现：当时人们实际把汉水作为长江的上游。由于一直把文献中的"长江"与今天的长江画等号，后来争来争去，赤壁之战总在长江上打。事实上，赤壁之战就是发生在今天的汉水、在汉水中下游交接部的钟祥市下游的不远某地。②人们之所以把汉水作为长江的上游，事实上是对历史记忆的执著。因为，在远古长江的主要河道都是汉江的，而长江夺袭之后汉江的主要河道又变成了长江的主要河道，这样，在人们的记忆中自然会容易产生汉江就是长江、长江就是汉江的印象。这一科研成果，可以算是对这一问题的间接证明。

在战国《禹贡》九州导山导水示意图和北宋沈括的《禹迹图》中，黄河与长江的流向都与如今所见并不相同，中途几经改道，唯有汉江，在这两幅地图上描绘得与今天的地图几乎一样。人类在2500年前就认识了汉江，在1137年认识了黄河，在400年前还不知道长江源头在青海省。人类对于汉江的认识，要早于长江与黄河，直至春秋时期，汉江都保持着古中国第一大水的地位。

放眼全球文明的诞生繁育，汉江得尽天时地利、江山之助的便利：在地球的版图上，有一条神秘的北纬三十度线，许多古老的河流文明正是沿着这条纬线，开始了自己跨越千年的文明旅程。公元前3000年，两河流域出现了十几个城邦，由此进入了早期的国家状态；尼罗河三角洲一带，也因为土地肥沃，人口密集，成为古代"地中海沿岸的粮仓"，也是古埃及文明的发源之地。汉江，正好处在这条黄金般的北纬三十度文明线之上。

---

① 绍六.流动的文明[M].北京：中国社会出版社，1997.
② 石泉.古代荆楚地理新探[M].武汉：武汉大学出版社，1988.

儒家的亚圣孟子将黄河、长江、汉水、淮河并列为中国四渎。华夏族之所以"汉"命名，关键在于汉江位于天地之中，"汉沔彪炳，灵光上照，在天鉴为云汉，于地画为梁州。"①——汉水壮丽辉煌，其四射的波光倒映在天上便是群星闪耀的银河，其奔腾不息的巨流开辟出来的河道画出了辽阔无边的梁州。沧海桑田，万古如斯。汉水行诗走歌、流金淌银，不仅是一条绿色生态之河、黄金商旅之河、文化大河、历史大河和魅力大河，更是华夏文明的重要发源地和中华民族的母亲河，被世界文化学家誉为东方的"莱茵河"。

## 二、历史溯源视野下神圣与崇高的汉江

汉水文化的原创力与文明贡献首先表现在她贵为四大发祥地的历史文化地位上。

### （一）汉水流域是地球古老生命的重要发祥地

今天，在汉江流域的秦岭腹地生活着一种叫做朱鹮的美丽生灵，她是一个非常古老的物种，在春秋战国时期就有关于它的记载。朱鹮曾广泛分布于东亚地区，因为它的优雅和美丽，又被称为吉祥之鸟和东方宝石，日本人甚至把它视为国鸟。从20世纪中叶以来，由于人类在农业生产和生活中对生态的破坏加重，导致对生态环境极其敏感的朱鹮日渐稀少，1978年，日本的最后一只野生朱鹮死亡，而动物园中饲养的6只朱鹮又已经丧失了繁殖能力，人们曾一度认为，这种美丽而珍惜的鸟类已经灭亡。一直到1981年5月，一份发自陕西汉中洋县的报告才又让世界生物界看到了希望。报告申明，在这里发现了一个朱鹮种群。

朱鹮对生存环境的要求非常高，它们喜欢在附近有水田、沼泽可供觅食，喜欢在幽静的环境中生活，晚上它们在大树上过夜，白天则到没有施用过化肥、农药的稻田、泥地或溪流边去觅食。而汉江秦岭南麓地区正好满足了这些条件，从而成为朱鹮最后的生存净土。

秦岭是一道天然的屏障，西太平洋吹来的暖流，顺山势上升，水气随着空气温度的下降逐渐冷凝，形成充沛的降雨量。再加上这里恰好有着非常适合动植物生长的温度，天地间最慷慨的馈赠造就了这一地区生态类型上的多样性。除了朱鹮之外，这里生活着野生大熊猫、金丝猴和羚牛等珍稀动物。这里还是当今中国最大的动植物物种宝库之一，其总数达到5000余种，其植物中的文王一支笔、头

---

① （东晋）常璩.华阳国志·汉中志［M］.

顶一颗珠、七叶一枝花、江边一碗水号称化石级珍稀中草药，而其动物的红化、白化现象至今仍是世界罕见之谜。朱鹮这种对生存环境极为挑剔的鸟类和大批珍稀化石级动植物的发现，让人们一再惊叹，这是一块创造生命奇迹的土地，也是"地球最后的净土"。

其实，汉江流域所创造的生命奇迹并不仅止于朱鹮等古老珍稀动植物的发现，如果我们把目光回溯到几十万年前、几千万年前、甚至是几亿年前，这片土地所创造的生命奇迹，更是令人叹为观止。

2004年，地处宁强县汉源镇草场坝村境内付祥文在自己的采石场里意外的发现了一批特殊的石头，这些石头大批是海百合化石、"竹简石"化石、巨型海贝化石、蜂巢珊瑚海生化石、鹦鹉螺化石和震旦角石，这些海生物化石都生活在距今5亿年至1.8亿年之间。它们的问世，说明远在5亿年前，汉江上游地区就已经成为生命的乐园。据地质考古证实，发现海生物化石的这一脉群山，属于5.2亿年前寒武纪地层。

地处汉水流域中国河南省的西峡县和湖北省的郧阳地区郧县那令全世界目瞪口呆的密集而大量的恐龙蛋化石的发现多少具有几分荒诞色彩。这里一向出产一种名叫石胆的中药材，而石胆，这种极普通的、光溜溜的、扁圆似胆的、有黑有红的石头，其实就是极为珍贵的恐龙蛋。1993年以前，当人们并不知道它的价值时，它是极便宜的，便宜得像石头。刚开始认识它是恐龙蛋化石时，这种唾手可得的石头曾卖过0.5元一枚，相当于大城市半个肉包子的价钱。开始是药贩子来收购。有真药贩子当药材收购，也有假药贩子而其实是文物贩子的，假装当药材收购。而作为稀世珍宝，当时恐龙蛋的走私价可卖到1万美金。

直到1993年初，"石胆"就是恐龙蛋化石的说法才不胫而走，并在伏牛山区大量出土，这才引起国内外专家的极大关注和兴趣。截至1993年8月，国家和当地政府才确认西峡县4个乡镇16个行政村有恐龙蛋化石点，是一个标准的化石群，而其数量估计超过数十万枚！不仅如此，在西峡恐龙蛋化石群分布的中心地带阳城乡虎头山、黄龙庙等四个地方还先后发现了恐龙骨骼化石。紧接着，在湖北省郧阳地区的郧县青龙山和郧西县，也同样发现了大量的恐龙蛋化石！在丹江口市的师范建筑工地上，发现了恐龙骨骼，这些地方与西峡县几乎在同一个地区，当然，都在汉水流域。真正值得提出来的是，除了汉水流域，目前已知，在新疆、宁夏和四川自贡等地，也先后发现了恐龙蛋化石和恐龙骨骼化石，但如此大规模、如此集中地被发现，在人类历史上，在全世界，汉水流域恐龙蛋化石群和恐龙骨骼化石的发现这还是第一次！须知，在此之前，全世界仅有恐龙蛋化石500枚。

根据古地质生命学家推断，只有最适宜生命生存发展的地方，才有可能是生命起源的地方，也才有可能是人类文明的摇篮。而恐龙生存和发展得最具规模、最为密集、最为旺盛和最为壮观的地方可能就是这种地方。汉水流域恐龙蛋化石群和恐龙骨骼的惊人发现，雄辩地说明，汉江流域应该就是地球上生命的重要发祥地之一。

## （二）汉江流域是人类重要发祥地

1987年，美国《新闻周刊》刊发了一个轰动世界的封面，封面上一个黑皮肤夏娃正把一个苹果递给亚当，文中介绍："我们共同拥有一个15万年前的非洲祖母，今天所有的人都是那个她的后代。"而时隔两年之后，这个看似言之凿凿的结论就被来自汉江之滨郧县的古人类考古工作成果彻底地颠覆了。

在古人类的考古发掘史上，汉江郧县古人类遗址群的发现几乎让人惊心动魄。这里是世界东方从距今100万年到五万年的古人类演变完整链条化石群的所在地。1989年，汉江之滨出土的郧县人化石大致距今80万年至100万年之间，距今75万年的是郧县梅铺猿人牙齿化石，郧县白龙洞猿人距今10万—20万年，而郧西县黄龙洞猿人则距今5万年。在古人类的发现上，中国有八大古人类遗址。北京猿人、蓝田猿人、云南元谋猿人、安徽和县猿人、南京猿人、巫山猿人和汉江流域郧县猿人。其他地方的猿人发现都是孤例，唯独"郧县人"遗址群则在方圆不足两百平方公里的区域构成了由猿到人最重要阶段一百万年间的一个完整链条。汉江流域古人类演变完整链条化石群的发现，彻底改写了人类起源于非洲的一元论历史，使汉江流域成了人类当之无愧的摇篮。

对于郧县人遗址的发现，世界古人类考古界在惊讶震惊之余，给予了高度的认同和支持。1992年6月4日，英国皇家《自然》杂志将"郧县人"头骨选为封面；纽约《时代》杂志也在国际版的报道中指出："中国的两件头骨，怀疑早期人类源于非洲的证据"；《加州信使报》更是直言："湖北发现的两颗头颅化石，动摇了人类起源于一源的理论"；美国《发现》杂志将郧县人化石列入1992年世界50项重大科学发现成果之一。英国伦敦自然历史博物馆人类起源研究室主任克里斯·斯特林格在考察了郧县猿人头骨化石之后对媒体说，"这是在中国大陆至今发现显示直立人进化为较为进步的人种的最完整的标本"，"也许现代人是起源于非洲和中国吧"。

## (三)汉水流域是中华民族的重要发祥地

世界著名学者、英国剑桥大学教授李约瑟博士著有《中国科技史》一书,其中有关汉水流域的简明描述:"汉水上游是古代盛地,因为汉水发源于秦岭南麓,从这里有道路通往渭河流域、北面的关中地区和西南面的四川地区。因此,在中国的整个历史上,汉水流域是长江流域和上述几个地区之间的著名通道。"这一描述很符合汉水流域实际,李约瑟博士书中所画的这个汉水地域圈,事实上就是古老华夏民族的源头地之一。

"华夏"之名,如何得来?古往今来,众说纷纭。

从文字学的角度看,"华"和"花",在古文字中,都是花的意思,只是"花"是盛开在草本植物上的花,而"华"是盛开在木本植物上的花,因而"华"字有美丽的含义,"夏"字是"大"的意思,但又非一般意义上的大,而是"大中之大,比大还大",所以"夏"有盛大的意义。将"华夏"连在一起,就是"盛美、大美"的意思,的确是个美好的称谓。

"华夏"一词最早见于《左传》:襄公二十六年(公元前547):"楚失华夏"。唐孔颖达疏:"华夏为中国也"。大约从春秋时代起,我国古籍上开始将"华"与"夏"连用,合称"华夏"族。"华夏"所指即为中原诸侯,也是汉族前身的称谓,因为汉族是中华民族的主体,所以"华夏"至今仍为中国的别称。

为什么要将中国称为华夏呢?《辞海》华夏条解释为:中国古称华夏。中国有礼义之大,故称夏;有服章之美,谓之华。此其一。"华夏"中的"华"字有历史资料记载是指"华胥氏"也就是女娲,她是中华民族共同的始祖,足以视为中华民族的共姓;而据传,早在公元前4000年,河西走廊和黄土高原北部居住着以黄帝为代表的夏族,晋南关中一带居住着以炎帝为代表的华族,淮河以南和汉江流域居住着蚩尤的先人。公元前2700年夏族领袖黄帝东进,战胜华族领袖炎帝,两族达成联盟并将蚩尤灭掉,占据整个中原,华夏二族逐渐融合成华夏族。所以炎黄的后代都为华夏子孙。此其二。

也有学者认为,"华夏"是地域文化概念。古人以文化高低定名。文化高的周礼地区称为"夏",文化高的民族为"华"。"华""夏"合起来,称为"中国"。反之,"中国"以外的四方的文化低的地区和民族,就称为"东夷""南蛮""西戎""北狄"。后来华夏不断壮大,凡是接受华夏文化的各个民族,大都纳入了传统华夏族的范畴,华夏成为中华民族的称号了。①

---

① 王雄.汉水文化探源[M].北京:中国青年出版社,2007.

也有人从历史和逻辑两个方面，进行演绎和考证，认为，从约公元前 7000 年起，当今汉族主体的一部分巴、楚人在长江流域发展。前 5000 年左右，汉族的另一来源华夏族在黄河流域起源并开始逐渐发展，进入了新石器时期，并先后经历了母系和父系氏族公社阶段。公元前 2700 年，活动于陕西中部地区的一个姬姓部落，首领是黄帝，其南面还有一个以炎帝为首的姜姓部落，双方经常发生摩擦。两大部落终于爆发了阪泉之战，黄帝打败了炎帝，之后两个部落结为联盟，并攻占了周边各个部落，华夏族的前身由此产生。

约公元前 2070 年，启建立了夏朝；前 1600 年，商朝建立；前 1046 年，周朝建立。从西周开始，境内各个民族与部落不断融合，形成了黄河流域的华夏族和淮河、泗水、长江和汉水流域的楚族。在这期间，华夏族和楚族的逐步形成，成为现代汉民族的前身，并以此区别于夷、蛮、戎、狄等诸多民族，但此时华夷的划分尚不十分严格。

春秋时期，华夏族同周边民族进一步融合，华夏族和楚族、秦族之间也逐渐融合。到了战国时期，各个华夏诸侯国之间相互征战，陆续进入中原地区的夷、蛮、戎、狄也逐渐与华夏族融合，从而形成较为稳定的族体。此时，华夏族的活动地域也扩展到了辽河中下游、洮河流域、四川盆地、长江以南地区等地。

秦灭六国，一统华夏。仅仅十余年，在楚人陈胜、吴广、项羽、刘邦等人的领导下，秦朝灭亡。随后同为楚人的刘邦和项羽争夺最高统治权，刘邦胜出，汉朝建立，并统治中国 400 余年，该时期中国版图空前扩大，并以先秦时期的楚族和华夏族为核心，融合了羌、匈奴的部分部落，形成了汉族。此时汉族人口分布仍主要是在黄河、淮河流域。从西晋末年起，汉族人口逐渐向长江、珠江及中国东南部大规模迁徙，到明、清时，由于统治阶层的民族政策，间接导致南方汉族人口超过了北方。从民国开始，汉族又逐渐迁徙至中国东北。自明朝起汉族开始零星向东南亚移民，从 19 世纪起又有汉族向欧洲、北美等地移民。

华夏民族究竟起源于何处呢？作为中国远古最大、最古老的江河，汉水流域地处我国中部，介于黄河、长江两大水系之间，秦岭耸立于北，巴山绵亘于南，汉水横贯其中，形成两山夹一川的壮美地形。汉水河谷自古以来就是沟通东西的走廊。流域内的汉中盆地、南阳盆地和襄阳盆地又是我国西部和中部地区南北交往的通道。历史上南北对立时期，双方的征伐攻守主要在黄河、长江之间的汉水、淮河流域进行，争取的焦点是汉中、襄阳、寿春和徐州。这四个城市分别位于古代中国北方与南方联系的四条主要交通干线上，是所谓"天关""地机""九州咽喉"。就山川形势的险要来说，汉水流域的汉中、襄阳自然在寿春、徐州之上。

那么，在华夏民族起源和发展过程中，汉水流域是否也处在所谓的"天关""地机""九州咽喉"的关键地位呢？

据《水经》记载，汉水也叫夏水：汉水"又东南，经江夏云杜县东。夏水从西来注之"。所以汉水之南段又称夏水。① 学者认为，"华夏"是民族的名称。我国古代以"夏"为族名。"夏"这个名词则由"夏水"而得。通常所说："华夏族定居在华山之周，夏水之旁，故而得名。"华夏也可能是历史上夏族的一个分支。古老的夏族曾生活在甘肃、河南、山西一带，后来这个民族不断向四处迁徙，逐渐形成"东夏""西夏""大夏"三部分，后来大夏变为夏族的总称，也是夏族的美称。②

著名学者钱穆先生在所著的《中国文化史导论》中认为：中国民族之本干，在春秋时代的人口里，常称为诸华或诸夏，华与夏在那时人的观念里，似乎没有很大的分别。据有些学者的意见，华与夏很可能本是指其居住的地名。在《周礼》和《国语》两书里，华山是在河南境内的，很可能便是今之嵩山。古之夏水即今之汉水。华夏民族，很可能指的是今河南省嵩山山脉西南直到汉水北岸一带的民族而言。③

著名学者吕思勉先生在《中国民族史》一书中写道："夏为禹有天下之号，夏水亦即汉水下流。"先秦时代的"中国人"，称作"夏"或"华夏"，是因为汉水而得名的。④

章太炎先生在《訄书》中曾说过："汉之左右，谓之夏楚"⑤，意思是汉水两岸是夏和楚两大古老民族的发祥地。

诚然如此。汉水流域突出的文化历史地位和深厚的人文底蕴，足以为上述著名学者的学术观点提供强有力的文化资源支撑。"抟土作人"的人类始祖女娲，四五千年前就在汉水上游的安康平利和十堰竹山县留下了有关抟土造人、炼石补天的传说和遗迹；炎帝神农部族在汉水流域的厉山始用木制耒耜以耕田、在神农架架木为屋、日尝百草，神农氏因而闻名于世；千秋传颂的帝舜，在安康、房县、淅川和随州，留下了大量传说和直接的遗迹；世界最大的恐龙蛋化石群在这里问

---

① 杨洪林.屈原武当沧浪之行考［J］.十堰：郧阳师范高等专科学校学报.1997.
② 王雄.汉水文化探源［M］.北京：中国青年出版社，2007.
③ 钱穆.中国文化史导论［M］.北京：商务印书馆，1994.
④ 吕思勉.中国民族史［M］.北京：东方出版社，1996.
⑤ 章太炎.訄书［M］.日本：东京翔鸾社，1904.

世,亚洲最古老久远的人类头盖骨郧县人在这里被发现,李家村与龙岗等仰韶文化遗存的分布表明,从诡秘的神话传说,到至今尚存的文化遗存,都提醒我们:汉水流域是华夏文明的古老源头之一。①

对此,长期对汉水文化和巴蜀文化情有独钟的一位老人——华中科技大学张良皋教授,经过三次长时间、大范围、近距离的实地田野探察,最近在他出版的《巴史别观》一书中,提出了类似观点:(在汉水流域的)鄂湘川黔交界地区即古代巴域,是华夏文明发源地,中心就在汉水中游的郧阳竹山一带。张良皋称,甲骨文、古代精美的青铜器及古文化中的五行、八卦等,都是从巴域最早出现的。比如"五行"中,"金"表示西方盛产金银铜铁锡;"木"表示东方的荆山;"水"表示北方的汉水;"火"表示南方的炎热;"土"代表汉水中游郧阳出产的一种黄土。②

随着南水北调中线工程的考古项目启动,相信类似的佐证将不断问世……

一代汉水流域文化小说代表作家王雄指出,人类文明依河流而兴,同时又沿着河流而扩散。同理,一个古老民族的起源和发展,也必定和一条古老的江河血肉相联、息息相关。而在神州大地上,这条最古老的河流就是汉江,这个最古老的民族就是华夏民族。一部华夏民族的形成发展史,应该就是中华古典文明由汉水流域自西向东走向黄河、长江乃至世界的历史。由此可以看出,"华夏"之名与汉水有着密不可分的联系。由此我们也有更多理由认为,华夏起源于汉水,汉水流域是古老"华夏族"崛起的地方。③

## (四)汉水流域是中华文明的重要发祥地

汉水流域作为中华文明的重要发祥地,与炎帝有着深远紧密的联系。

炎帝神农是中国上古时期享有最尊地位的人物之一,可以与他并驾齐驱的只有轩辕黄帝一人。我们经常说炎黄一统、四海一统、古今一统、华夏一统,意思是说无论海内海外、天南地北、古往今来、赵钱孙李,我们都是炎黄的子孙,都有一个共同的祖先,都有一个共同的血脉,都有一个共同的文化传统。一统,就是一个共同的祖先血统,一个共同的文化传统,一个统一的祖国(祖先之国)。所以,我们四海之内皆兄弟,关起门来是一家。

---

① 刘玉堂.楚文化研究丛书[M].武汉:湖北人民出版社,2005.
② 张良皋.巴史别观[M].北京:中国建筑工业出版社,2006.
③ 王雄.汉水文化探源[M].北京:中国青年出版社,2007.

事实上，炎帝比黄帝更为古老。《周易·系辞下传》说："包牺氏没，神农氏作。神农氏没，黄帝、尧、舜氏作。"之后众多史籍几乎是一致采用这一观点：炎帝和黄帝是前后相承的关系。《汉书》《白虎通义》几乎都是原文照抄地记载："伏羲氏没，神农氏作。神农氏没，黄帝、尧、舜氏作。"《越绝书·计倪内经》则说："炎帝有天下，以传黄帝。"东汉蔡邕撰《独断》载："《易》曰：帝出于震。震者，木也。言宓牺氏始以木德王天下也。木生火，故宓牺氏没，神农氏以火德继之。火生土，故神农氏没，黄帝以土德继之。土生金，故黄帝没，少昊氏以金德继之。金生水，故少昊氏没，颛顼氏以水德继之。水生木，故颛顼氏没，帝喾氏以木德继之。木生火，故帝喾氏没，帝尧氏以火德继之。火生土，故帝舜氏以土德继之。土生金，故夏禹氏以金德继之。金生水，故殷汤氏以水德继之。水生木，故周武以木德继之。木生火，故高祖以火德继之。"蔡邕在这里以五行说来解释朝代的更替，从伏羲一直排到汉。在这里，我们也可以看到：在东汉，炎、黄的传承关系都是先后承续关系，炎先黄后。

《大戴礼记》指出，"（黄帝）以与赤帝战于版（阪）泉之野"；《易传》也说，"包牺氏没，神农氏作""神农氏没，黄帝尧舜氏作"；孔颖达《正义》中有云，"生炎帝，人身牛首，长于姜水，有圣德，继无怀之后，本起烈山，或称烈山氏，在位一百二十年而崩。纳奔水氏女，曰听谈，生帝临魁，次帝承，次帝明，次帝直，次帝厘，次帝哀，次帝揄罔，凡八代及轩辕氏也"。

司马迁在《史记》中关于炎、黄关系，基本上认同《易传》的兴替顺序，认为黄帝取代神农氏："黄帝者，少典之子，姓公孙，名曰轩辕。生而神灵，弱而能言，幼而徇齐，长而敦敏，成而聪明。轩辕之时，神农氏世衰。诸侯相侵伐，暴虐百姓，而神农弗能征。于是轩辕乃习用干戈，以征不享，诸侯咸来宾从。而蚩尤最为暴，莫能伐。炎帝欲侵陵诸侯，诸侯咸归轩辕。轩辕乃修德振兵，治五气，艺五种，抚万民，度四方，教熊罴貔貅䝙虎，以与炎帝战于阪泉之野。三战，然后得其志。蚩尤作乱，不用帝命。于是黄帝乃征师诸侯，与蚩尤战于涿鹿之野，遂禽杀蚩尤。而诸侯咸尊轩辕为天子，代神农氏，是为黄帝。"①此外，《礼记·祭法》也持相同观点，将"是故厉山氏之有天下也"②置于"黄帝正名百物，以明民共财"之前。

据考证，与黄帝战败的炎帝族首领当为揄罔。当中原已无立足之地时，炎

---

① （西汉）司马迁．史记·五帝本纪［M］．
② 礼记·祭法［M］．郑注曰："厉山氏，炎帝也。起于厉山，或曰'有烈山氏'。"

帝九世揄罔之子烈山氏柱便举族南迁。他们越过秦岭进入汉江流域。这样汉江流域便成为炎帝在南方最早开发的地方。①在随后向东向南发展的过程中，他们经过汉中、安康、十堰、襄樊，最后到达随州，然后又逆流而上，全面开发了汉江、鄂西北。汉江流域也是炎帝族繁衍、发展，走向世界的主要干道，他们由汉水走向了华南、中南、大西南，并由此走向了东南亚、全世界。而最本质的是，得汉江流域天时地利之便，这里成了炎帝神农族建功立业、推动历史，发明创造，走向辉煌的地方。②

炎帝神农之所以能够享有如此崇高尊荣的地位，关键在于他为中华民族建立了一系列永不磨灭的丰功伟绩。第一，他树艺五谷，发明耒耜，教民耕种，是农业的发明者，是中国最早的农神；第二，他"筑土架木，以为宫室"，是宫室房屋的发明者，是建筑神；第三，他"作陶冶斧斤"，是手工业的发明者，也可以说是中国最早的匠神；第四，他遍尝百草，发明医药，是中国的药神；第五，他首倡日中为市，以物换物，是中国最早的市场倡导者，可以说是商神；第六，他教民"炮而食之"，率先用火熟食，可以说是最早的美食家，美食神。③

如果说伏羲女娲主要解决的是人类自身生产、繁衍的问题，那么，炎帝神农所解决的是人类生存、发展的问题。作为一个延续了两千多年的封建农业大国，这一问题的解决，可以理直气壮地说，它开启中国古老农耕文明的先河，使汉江流域毫无置疑地成为古老中华文明的重要发祥地。④

与炎帝神农开创中华农业文明坚实基础相呼应的，是汉江揭开了中华文明农业水利史的最早篇章。在中国最早的水利通史《史记·河渠书》中，记载了一处中国历史上最早的人工运河，这项工程比著名的都江堰还要早上350年，史称"云梦通渠"。这条运河又被称为杨水、子胥渎和江汉运河，开凿于公元前601年前后，东通江淮，西通云梦，中国著名历史地理学家谭其骧先生在其著作《黄河与运河的变迁》中考证："西方一渠当为杨水，是沟通长江与汉江的一条人工运河。工程的关键是在郢都附近，拦截沮水与漳水作大泽，泽水南通大江，东北循杨水达汉江，所经过的地方正是当时所谓云梦泽，约当在今荆州沙市到荆门沙洋

---

① 吕思勉.吕思勉读史札记.上册[M].上海：上海古籍出版社，2005.
② 吴恺量.神农氏的兴起与炎帝文化效应[M].武汉：湖北人民出版社，1991.
③ 冯天瑜.炎帝与炎帝文化[M].武汉：湖北人民出版社，1991.
④ 左鹏.汉水[M].郑州：中州书局，1998.

一带。"①800多年后的西晋时期，这条运河荒废，河床淤塞，《晋书·杜预传》记载："旧水道唯沔汉达江陵，千数百里，北无通路。"两晋时期的扬水运河，宋代的荆南槽河都是在云梦通渠的基础上疏浚而成的。遗憾的是，后来的人们至今未能确定这条最早运河的具体位置。人们只能在史料上闻知这个古老传说又一次在汉江上演，它是汉江文明的另一个标高，代表着人类征服自然的能力，摆脱火耕水耨，进入了更高阶段。

可以烘托炎帝神在汉江流域农业发明、农耕文明壮举的是，三皇在这里留下了"伏羲画八卦"、女娲补天、神农尝百草的神话。中国最美丽、最古老、最有影响力的神话传说牛郎织女、嫦娥奔月、汉水女神、大禹治水等在这里诞生，商洛阳墟山发现了字圣仓颉发明的最早文字，钟祥发现了中国最早的稻作遗址，汉口发现了中国最早的盘龙城，随州发现了春秋时代世界上最先进的乐器编钟，其发声洪亮，总音域只比现代钢琴的音域两端各少一个8度音程，而且是世界上最早具有十二个半音音阶的定调乐器。

而在汉江之滨南水北调中线移民工地现场的辽瓦梁子，发现了著名的"中国地下通史遗址"，遗址的文化延续呈层叠状展开，从夏代一直延伸到了明清……

作为兴龙之地，在汉代，从汉水走出了西汉和东汉两朝的开国帝王刘邦和刘秀。由于他们对西汉和东汉王朝的开辟和建立，使一个历史上唯一可以与大唐王朝兴盛强大并驾齐驱的帝国从汉水兴起，使汉水与汉朝、汉人、汉语、汉字、汉族、汉服、汉子、汉学等有着密不可分的直接联系，使汉水流域成为华夏文明的发祥地之一，也成为世界各地华夏子孙和汉民族祖居圣地。

## 三、文化、文明视野下伟大与辉煌的汉江

汉水文化的原创力与文明贡献更突出表现在其人杰地灵、圣人辈出和伟大文明原创上。

自古以来，汉水流域缔造了伟大的文明贡献。据现代学者考证，在远古，汉水流域生活的是炎帝的子孙——主要是巴族、苗族和后来的楚族。

著名的"西土八国"不仅是当年掌握了先进生产力、助周倒商的强大军事劲旅，而且代表了春秋以前神州大地大西南和华南的最高文明。

---

① 长江流域规划办公室.谭其骧.黄河与运河的变迁[A].长江水利史略[M].北京：水利电力出版社，1979.

出现在曾侯乙墓中的二十八宿天象图,拉开了中国最早天文学之序幕,而《甘石星经》的作者之一甘德是楚人,远远早于印度发现彗星,他是古代中国二十八宿体系创立人之一,还首次发现木星的第3号卫星,更比伽利略早1300多年。同时出土的曾侯编钟,更是世界音乐史上的绝响。

张衡诞生于南阳郡汉水流域白河之畔的西鄂县(今河南南阳市石桥镇),是我国东汉时期伟大的天文学家、地震学家和发明家。他提出浑天说,发明浑天仪,开启了我国航天遥测技术;他探索地震起因,发明了世界上最早的地动仪。西汉时期的外交家张骞从汉水边的城固踏出了第一条通向世界的丝绸之路,堪称中国外交、探险、旅游始祖;东汉的蔡伦封侯于汉水边的龙亭铺,发明了造纸术。

生活在汉江终点的伯牙与钟子期成为知音的千古美谈,表明楚国有音乐家追求真正的理解和心灵的交流,达到音乐的最高境界。①

"医圣"张仲景是东汉南郡涅阳县(今河南省南阳县)人,为我国古代伟大的医学家,因含仁心仁德,后人尊称他为"医宗之圣"或"医圣"。他所著述的《伤寒杂病论》是我国最早的理论联系实际的临床诊疗专书,是继《黄帝内经》之后一部最有影响的光辉医学典籍,被后世医家誉为"万世宝典"。张衡之前,春秋战国时期,神医扁鹊就在汉水中游有活动。到了唐代,孙思邈虽然是关中耀县人,但是在汉水流域留下了许多遗迹,在汉中,有药王山;在汉江的中游武当山,一直到汉江的下游,都有药王孙思邈的遗迹。明代李时珍,其皇皇巨著《本草纲目》的主要内容就来源于汉水流域的中草药文化和中草药物种标本,其金木水火土五行相克、阴阳平衡的主张既奠定了中草药文化的理论基础,同时也奠定了中草药文化的本源基础。②

"千古良相"诸葛亮"鞠躬尽力,死而后已"的献身精神,择才使用、任人唯贤的用人之道,忠诚无私的高尚品格,开拓创新的进取意识,千百年来一直为人们所敬仰、称道和怀念。其手摇羽扇,运筹帷幄的潇洒形象,千百年来已成为人们心中"智慧"的代名词。习凿齿是东晋人物志史学家,他所著作的《襄阳耆旧记》是中国最早的人物志之一。"茶圣"陆羽擅长品茗,对中国茶业和世界茶业发展作出了卓越贡献,被誉为"茶仙",尊为"茶圣",祀为"茶神"。"宰相之杰"张居正世人称其为"张江陵",他是中国历史上最优秀的内阁首辅,明代最伟大的政治家、改革家。

---

① 章开沅,张正明.湖北通史[M].武汉:华中师大出版社,1999.
② 蔡靖泉.楚文学史[M].武汉:湖北教育出版社,1996.

中国文学的两大源头《诗经》和《楚辞》均发源交汇于汉水流域,《诗经·汉广》描写的汉水神女是中国文学史上最早的江河女神形象。诗祖尹吉甫在这里创造了中国最早的个人署名诗篇,并且采编了中国诗歌元典《诗经》;爱国诗人屈原是中国最伟大的浪漫主义诗人之一,也是我国已知最早的著名诗人和伟大的政治家。他创立了"楚辞"这种文体,也开创了"香草美人"的传统。《离骚》和《诗经》开创了中国文学现实主义和浪漫主义的伟大先河和光辉传统,成为中国文学的渊薮。

这里不仅文化伟人英雄辈出,撼动天下、扛鼎历史,而且更富跨代绝响、超世贡献。无论政治历史、经济社会、农业医药、科学技术、军事外交、文学艺术、语言文字等方面,都在不同历史时期,谱写了中华文明不同发展阶段上的绝顶奇迹,对人类文明做出了巨大贡献,留下了不可磨灭的丰功伟绩,泽被千秋,影响深远,为古今中外的文化历史学家所景仰、所赞叹。

## 四、哲学思想视野下的和乐与自由的汉江

汉水文化的原创力与文明贡献更为深远和持久的力量还深刻表现在其结构民族灵魂、熔铸国民精神的文化思想上。

中国文化的根底在道教,道教的根脉在汉江。相传,在汉江之畔荆门一间简陋的小屋里,老子的老师常枞即将离开人世,老子询问老师最后的教示,常枞用微弱的声音说:"你看牙齿和舌头,哪个刚强?哪个软弱?"老子回答:"牙齿刚强,舌头软弱。"常枞不语,缓缓张开嘴巴,让老子观察。常枞年老体衰,牙齿早已掉光了,而柔软的舌头依然存在。老子含泪而问:"今后,我将以谁为师?""以水为师。"老师给出了最后的遗言。冥冥之中,注定了道家"上善若水"的精神底色——道,便是水的哲学。这种倡导"上善若水""以水为师"的道家哲学就起源于汉江之滨。1993年,在荆门市沙洋县纪山镇,抢救性清理发掘了郭店一号楚墓,根据墓中陪葬物推测,墓主人生活在战国中晚期,其随葬物中,最引人瞩目的是八百余枚竹简,其中包括道家典籍两篇,分别为《老子》(甲、乙、丙)和《太一生水》,是目前发现的道家最早的文本。

道教是世界上最重视现世生命存在的宗教,在道教看来人的生命是最为可贵的。因此,珍爱生命和追求健康长寿既是道教劝善成仙生命伦理的出发点,同时也是最终目的。道教中这种热爱生命、渴望长生、不信天命的处世情操是积极而浪漫的,它不仅代表了中国民众几千年来所向往追求的目标,而且也代表了全人

类对健康人生的美好愿望。

"道德"二字，在武当山具有至高无上的文化哲学地位。一则因为将"道德"视为圭臬的《道德经》是武当山和武当道教开山立派的文化根基所在，二则因为好德、重德、积德、守德是武当山的镇山之宝。离开了千古不变的道德严守和持之以恒的道德传承，武当山就无法确立他在本土宗教和传统文化上的崇高地位。

作为注重道德的首要表征，武当山自古以来就力倡好生之德。首先，武当道教是惜生重生的。他们认为人生可贵，生命神圣。《太上老君开天经》说："万物之中，人最为贵。"陶弘景《养性延命录》又指出："人所贵者，莫贵于生。"生命对于人来说是最宝贵的，不仅对人具有唯一性，也是不可重复的；一旦失去，便永不复得。正因为生命的如此宝贵，所以才应该乐生养生，实现生命的最高价值。

武当道教提倡乐生养生之说，其出发点就在于希望人们尊重他人的生命，尊重万物的生存权利。《三天内解经》说："真道好生而恶杀……故圣人教化，使民慈心于众生，生可贵也。"既不滥杀、妄杀无辜，也不随意涂炭生灵，而要垂爱所有拥有生机、生意、生命的自然万物，博爱苍生万有。

武当道教提倡乐生养生也是希望人们重视保养自己的生命。《太平经·经文部数所应诀》说："人欲去凶远害，得长生者，本当保知自爱自好自亲，以此自养，乃可无凶害也。"所谓"自养"，一是养身，一是养心。养身有行气导引等诸多方法。养心则主要是使心中清静，无有恶念。《玉清经·本起品说十戒》说："人之行恶，莫大于嫉、杀、贪、奢、骄、淫也。若此念在心，伐尔年命矣。"而保养生命的关键则在于遵道而行，故司马承祯《坐忘论》说："生之所贵者，道也。"只有做到道与生相守，生与道相保，才能维持生命的健康和长久。武当道教中这种热爱生命、渴望长生、不信天命的处世情操是积极而严肃的，它不仅代表了中国民众几千年来所向往追求的目标，而且也代表了全人类对健康人生的美好愿望。可以说，好生、重生、惜生、养生、长生、乐生等生命理念是武当道教留给今人的一笔宝贵精神道德财富。

作为注重道德的基本表征的是武当山道士的好德、重德、积德、守德，而廉洁清静、行善抑恶和积德积善则是他们为道修行的基本原则。在武当山，作为一个有道行、有德性的道士，必须以七个基本原则约束自己：一是忠孝为先的原则，强调学道之人必须力行忠孝。二是诚信不欺的原则，强调诚信既是学道修道的基础，也是做人做事的根本。三是乐人之吉的原则，就是希望他人远离凶害，要有同情心和乐善助人热心。《太上感应篇》说："宜悯人之凶，乐人之善，济人之急，救人之危。见人之得，如己之得；见人之失，如己之失。"四是利人利己的原则，强调要"度己度人"，度己就是要修行自己，修炼心身，度人就是在自己修炼有所得的基础上，尽己之力去帮助他人，济世利人。五是正心去欲的原则，强调去除欲望的干扰而使人心离恶就善，并通过去除欲望而回归本心，这是修行的第一步。六是齐同慈爱的原则，强调对所有的人，不分亲疏贵贱，都要一体兼爱，要将心比心，要待人如己。要不杀不害，对他人的成功不嫉妒。同时还要善待一切生命，《洞真太上八素真经三五行化妙诀》要求人们"慈爱一切，不异己身"，对于一切人和物，"心恒念之与己同存，有识愿其识道，无识愿其识生"。故《太上妙法本相经》中曾说："善人如水，利人一切。"七是劝善度人的原则，强调道门中人不仅要做好自己的道德修养，还要积极行化世间，劝善度人。

不难看出，这七大原则塑造出的不是谦谦君子，就一定是道德标杆了；而用这七大原则规范约束的社会与土地，不是逍遥自在的神仙乐土，也一定是其乐融融的世外桃源了。她的人性光辉和道德高度让人敬仰，她的善的精神和德的坚守是人类的福音。

作为注重道德的最重要的表征，应该算是武当山立山以来就始终秉持的苍生之念和济世情怀了。

有观点说，道教是一个逍遥的、避世的宗教，她是崇尚自然、自然至上的，她只管自己长生不死、得道成仙，不顾天下国家和人民，用一句权威的话就是"不爱苍生爱鬼神"。其实，这是对道教的很深误读。

真正的道教恰恰相反。《太平经》对此有确凿的证明："夫要道秘德，乃所以承天心而顺地意，可以长安国家，使帝王乐者也""古者圣人象天地而行，以至道要德力教化愚人，使为谨良，令易治"（卷九十七）。又说："国有道与德而君臣贤明，则民从也。国无道德，则民叛也。"——最根本、最隐秘的道德是要上承天心、下顺民意，只有这样，国家才能长治久安，君王才能福乐无疆。在这里，道教的经典将天地宇宙、国家人民纳入了自己的视野，敞开的是一个无限宽广的四海情怀，昭示的是一种近乎终极的品质和德性。

武当山道教的这种近乎于终极的品质和德性可以从她劝善度人的原则中见出一斑。劝善度人的最佳典范就是吕洞宾。吕洞宾已九转丹成，却不愿上升天界，而是以"度尽众生"为宏愿，行化世间，劝善度人，造福苍生万有。吕洞宾有诗云："烟霞匿迹虽无事，造化关心最有情。"在吕洞宾的诗中，向世人敞开的是一种悲悯苍生的情怀和以劝善度人为己任的使命感。

武当山道教的这种近乎终极的品质和德性是从她的名字"太和山"中彰显出

来的。武当道教文化精神的核心就在于太和！太和首先强调的是一种和，即崇尚天人合一，强调和谐——人自身的和谐、人与人的和谐、人与社会的和谐、人与自然的和谐。同时武当道家也追求贵人重生，要求世人关注苍生万有、热爱一切生命，普施人间大爱。其实，"太和"二字蕴含了其全部玄机。太，至高、至大、至重者也，和，和睦、和平、和谐者也；"太和"的意思就是，宇宙人类间至高、至大、至重的理想和价值，就是和睦、和平、和谐，此其一；如果直接按字面意思来解读，那么，"太和"，就是太平和谐的意思。——世界太平，社会和谐，人类和睦，此其二。在这里，武当道教把太和博爱、厚德载物的精神和对世界人类的祝福给我们昭示得实实在在、旗帜鲜明！

这种太和博爱、厚德载物的精神德宏泽广，源远流长，她是武当山这座德山的真正涵养和最深魅力之所在。因为，人为万物之灵，德为万灵之魂。灵无德而不正，人无德而不立。领略武当山及其文化底蕴，假如没有得到这座德山的感化和泽育，所有的思考和感悟不仅表面、肤浅和枉然，更是不得要领和自欺欺人，弄不好会误人误己。

正如国学大师林语堂所指出的，在心理和灵魂的构成上，道家和儒家是中国人灵魂的两个方面，前者则使中国人穷则独善其身，后者使中国人达则兼济天下。儒家力倡积极进取、脚踏实地、建功立业，其入世的壮志情怀是中国人在艰难的人生道路上挣扎的精神动力；道家标榜委运乘化、投身自然、隐逸出世，其不求闻达的出世思想则是中国人在人生战场上掩护退却的盾牌。所有的中国人在成功时是儒家，失败时则是道家。道家的加入，使中国文化更加睿智、圆满，也更富于人性的温馨烂漫。

汉江就是这样连接了黄河文明和长江文明，在缔造、发展和统一中华民族文化的过程中发挥着不可估量的作用，并逐渐形成了一种核心价值观。汉江历史文明的包容性与开放性，是当前世界和平共处、和谐发展的文化精髓，为当今人类文明和谐共处提供了经验和榜样；其热爱自然、返璞归真，崇尚自由浪漫、天人合一的理想为当前生态文明的建设、人与自然和谐共处的世界潮流树立了光辉榜样。汉江众多历史名人身上体现出的忠义、诚信、爱国、感恩等价值观和性格气质与当代中国核心价值观中的爱国、敬业、诚信、友善的诉求一脉相承。传扬汉水文化的核心价值，就能够让人们回望历史，从历史深处和民族文化的根部汲取中国力量，唤醒和激扬起民族文化的伟力。[1]

---

[1] 刘玉堂.楚文化研究丛书[M].武汉：湖北人民出版社，2005.

汉水文化不仅属于汉水、汉水流域、汉民族,而且更属于神州大地,属于中华民族,属于人类和世界。而汉水文化内含的价值和高度,不仅具有流域文化的地标性,更富于民族特性和国家高度,是我们伟大民族和伟大国家应该倍加珍惜和保护、大力弘扬和传承、科学发掘和开发的无上宝藏。

# 典、《尧典》与早期典体文献

陈绪平[①]

**【摘　要】**本文通过研究"典"、《尧典》，我们弄清楚了《尧典》文本的底色是祭祀尧舜仪式之辞，它来自"郊尧而宗舜"祭祀仪式。这个结论，帮助我们认识《尧典》的性质和来历。最后，我们讨论了早期"典"文献的历史层次，作为"五帝之书"的仪式之"典"，其文献以《尧典》为代表。作为国家法典，其文献以早期典籍多次提及的"典刑"等为代表。作为言语教诲之"典"，其文献以《逸周书》三篇典文为代表。研究表明：从关乎神明之事的仪式文本到关系家国意志的法刑典等，早期典体文献的历史层次恰恰暗示了早期文献从"事神"到"事人"的演变。

**【关键词】**典；尧典；仪式文本；典体文献

每每讨论到中国典籍史的问题，我们常常引用到"惟殷先人，有册有典，殷革夏命"这一句话，它向我们暗示了早期典册的久远历史。然而，有一个极其朴素而有意义的问题，却不曾被学人广泛关注，就是这些典册文献的内容如何，又是如何产生的，又被运用在什么场合之下，等等。这些问题都关系到早期典册的形成问题，成为典籍史研究的首要问题。本文通过研究《尧典》来回答上述问题，并由此揭示早期典体文本的诸多特征。

---

[①] 作者简介：陈绪平，男，（1980—　），文学博士，井冈山大学文学院讲师，主要从事古文字与古文献，早期中国文学（商周段），青铜器纹样学研究。

## 一、释"典"

《说文解字》曰:"典,五帝之书也,从册在丌上,尊阁之也。庄都说,典,大册也。"对许慎的这一解释进行更为细致而深入的分析,我们可以得到以下认识。

第一,在许慎看来,作为典册的"典"特指"五帝之书",不是一般看法所说的关乎族群意志的重要行政文书等。许慎首先指出的"典,五帝之书也"是值得深思的。第二,"从册",这说明"五帝之书"的"典"是付诸书写的文献,已不再是口头传说的知识。因为甲骨文等记录的"册"字是编联好的竹片。第三,"从册在丌上,尊阁之也",这说明"五帝之书"的"典"是被放在案几上供奉起来的神圣的东西。许慎引庄都说"典,大册也"正是要强调"典"的神圣性,它不是一般的书于竹册的文书而是"大册",载录着神圣的内容,因而需要"尊阁之也"。

综合许慎的解释,我们认为要想了解早期"典"文献的本质,首先要做的一件事就是落实"五帝之书"的内容是什么?早期文献尚有以下资料。

《周礼·春官·外史》曰:"掌三皇五帝之书。"

《左传·昭公十二年》曰:"《三坟》《五典》《八索》《九丘》。"

孔安国《尚书传序》:"伏羲、神农、黄帝之书谓之以三坟……少昊,颛顼,高辛,唐虞之书谓之五典……八卦之说谓之八索……九州之志谓之九丘。"

《说文解字》曰:"典,五帝之书也,从册在丌上,尊阁之也。庄都说,典,大册也。"

其中以《左传·昭公十二年》的资料最为重要,它记录了楚灵王称赞左史倚相的话,其言曰:"是良史也……能读三坟、五典、八索、九丘。"历代注家都说"三坟"等,都是"古书名",贾逵说:"三坟,三皇之书;五典,五帝之典;八索,八王之法;九丘,九州亡国之戒。"郑玄说,"三坟五典"就是"三皇五帝之书"。比对上面所引的材料,我们可以得到一个结论:早期的"五典"就是"五帝之书"。证据又有:

孔安国《尚书传序》曰:"先君孔子,生于周末,睹史籍之烦文,惧览之者不一,遂乃定礼乐、明旧章,删《诗》为三百篇,约史籍而修《春秋》,赞易道以黜《八索》,述职方以除《九丘》,讨论《坟》《典》,断自唐虞以下,讫于周,芟夷烦乱,翦截浮辞,举其宏纲,撮其机要,足以垂世立教,典谟训诰誓命之文,凡百篇。"

据孔安国的说法:孔子"不但删《诗》、约史、定《礼》、赞易",有所黜除而已,又讨整论理此三坟、五典并三代之书,这些文献工作都关乎六经学术史。其中"讨论《坟》《典》,断自唐虞以下,讫于周"云云,更是一字千金的话,因为它将"三坟五典"同孔子修编《尚书》联系了起来。也就说,孔子曾整理过"三坟五典"等上古遗存下来的文献。而《尚书·尧典》又恰恰讲述的是尧舜的故事,这又证实了我们对"典"为"五帝之书"的推测。

通过上述《周礼》《左传》等资料的分析,我们认为在上古"典"特指束之高阁的"五帝之书"。《尚书·尧典》是上古祭祀尧舜的仪式文本。下面我们通过分析《尚书·尧典》文本对这个认识做出进一步的论证。

## 二、"郊尧而宗舜"与《尚书·尧典》

今文《尚书》第一篇《尧典》,古文《尚书》分为两篇《尧典》《舜典》。

关于《尧典》,多年来,我们或将之视作经学文献,围绕今古文之争,讨论真伪、训诂文字;或将之视作历史著作,比如司马迁写作《史记》,就将之转译成《五帝本纪》;现代学者也在"六经皆史"观念下,将《尧典》这份资料作为早期中国研究的重要史料;或将之视作早期文学作品,以之研究早期韵文、散文等;或将之视作早期儒家"德治""民本"思想的源头,等等。这些研究都取得了很大的成就,特别是以顾颉刚为中心的《尚书》文本研究、以陈梦家为代表的尚书学研究、新近又有博士学位论文《尚书》文体研究,等等。在这些研究中,都牵连到《尧典》,然对于《尧典》文本的性质、知识来源、文本流布到最后定型诸问题尚没有给出令人信服的结论。

细读文献,我们可以确定《尧典》的底本就是祭祀"三皇五帝"的巫祝之诵辞,即《尧典》是祭祀尧舜的时候由巫师诵读的尧舜两神功绩的仪式之辞。孔颖达说:"今《尧典》《舜典》是二帝二典,推此二典而上,则五帝当五典,是五典为五帝之书。"这个看法,有以下材料可以证明它。

首先,我们看看著名的"展禽论祀"的故事,其文著录在《国语·鲁语上》,又见于《礼记·祭法》。展禽,即名士柳下惠,《国语·鲁语上》载录了他讨论国家祭祀的一些主张,讨论是由鲁国东门有海鸟二日不去,"臧文仲使国人祭之"所引起,展禽曰:"越哉,臧孙之为政也!夫祀,国之大节也,而节,政之所成也。故慎制祀以为国典。今无故而加典,非政之宜也。"[1]进而,展禽讨论了国家祭祀的标准,即哪些级别的神有资格为之进行典祀。

"夫圣王之制祀也,法施于民则祀之,以死勤事则祀之,以劳定国则祀之,能御大灾则祀之,能扞大患则祀之。非是族也,不在祀典。昔烈山氏之有天下也，其子曰柱，能殖百谷百蔬；夏之兴也，周弃继之，故祀以为稷。共工氏之伯九有也，其子曰后土，能平九土，故祀以为社。黄帝能成命百物，以明民共财，颛顼能修之；帝喾能序三辰以固民，尧能单均刑法以仪民；舜勤民事而野死；鲧鄣洪水而殛死，禹能以德修鲧之功；契为司徒而民辑，冥勤其官而水死，汤以宽治民而除其邪；稷勤百谷而山死，文王以文昭，武王去民之秽。"

接下来，展禽又讲述了上古时代的祭祀知识：

"故有虞氏禘黄帝而祖颛顼，郊尧而宗舜；夏后氏禘黄帝而祖颛顼，郊鲧而宗禹；商人禘舜而祖契，郊冥而宗汤；周人禘喾而郊稷，祖文王而宗武王；幕，能帅颛顼者也，有虞氏报焉；杼，能帅禹者也，夏后氏报焉；上甲微，能帅契者也，商人报焉；高圉、大王，能帅稷者也，周人报焉。凡禘、郊、宗、祖、报，此五者国之典祀也。"

这份文献弥足珍贵，它至少包含了以下重要信息。

第一，关于淫祀。展禽反对臧文仲祭祀海鸟"爱居"，是因为在他看来，这是一种越级祭祀，不在"祀典"之列，属于"淫祀"。于是，他提出了国家"祀典"标准："法施于民则祀之，以死勤事则祀之，以劳定国则祀之，能御大灾则祀之，能扞大患则祀之。非是族也，不在祀典。"展禽的祭祀观带有极强的功利色彩，是周代"神不歆非类，民不祀非族"观念的遗存。这一点，子产也有类似的看法。比如《左传·昭公十九年》载，郑大水，龙斗于时门之外洧渊，国人请求祭祀之，子产反对，曰："我斗，龙不我觌也；龙斗，我独何觌焉？禳之，则彼其室也。吾无求于龙，龙亦无求于我。"比对上面的材料，展禽与子产的看法，有相似之处也有不同的地方，但是都有很强的功利性特点。这或与诸子时代的儒家理性精神有关系。而臧文仲主张祭祀"爱居"的观念，其渊源则更为久远。

第二，关于"禘、郊、宗、祖、报"。这个问题是早期祭祀制度研究的重要史料，历来学者对之进行了深入研究，取得了很多成果。在这里，我们不再进行赘谈。而对于其中的"郊尧而宗舜"这句话，我们联系今文《尚书·尧典》的体例，《尧典》其实包括了"尧典"和"舜典"两部分，记载了尧舜两帝的事迹。这和"郊尧而宗舜"仅仅是一种巧合吗？如果不是巧合，那么我们可以由此论证出《尧典》文本的实质是"郊尧而宗舜"的祭祀文献，那么我们可以重新认识"典"文体,也可以将汉代许慎的说法"典,五帝之书也,从册在丌上,尊阁之也"坐实。即我们可以更好认识为什么要尊阁之,也就可以弄清楚早期的典册记载的是"五帝之书"。其内容是祭祀神灵的仪式之辞,这些内容是神圣的,关乎"祀典"、关乎族群历史,所以要供奉起来,所以被书于竹简,而称之为"大册"。

其次,我们再细读《尧典》文本内容,可以看到它载有祭祀"尧舜"的仪式。其实质正是"郊尧而宗舜"的祭祀仪式之辞的遗存,后世史家将之记录下来,成了现在的文献。我们对之认识又经历了经学之书、历史之书、文学之书等阶段。其作为祭祀仪式之辞的本来属性被湮灭在文化观念演进的厚土之下了。

《尧典》主要内容:

"命羲和敬授人时"——"命鲧治水"——"禅让帝位于舜"。

《舜典》主要内容:

"巡狩四方"——"封十二山"——"设典刑"——"流放四凶"——"命禹平水土"——"命弃播百谷"——"命契敷五教"——"命皋陶行五刑"——"命垂作工、益作虞、伯夷典礼"——"命夔典乐"。

从内容上看,今文《尚书·尧典》主要内容是巫史在祭祀尧神时吟诵的尧功德,而"舜"是作为配神来辅助祭祀的。关于尧的祭祀,《尧典》主要著录了三个仪式:一个是"授民时"的仪式,主要是分封四方官员去观察太阳的运行,并主持当地的太阳仪典,记录星象、节令、物候等;一个是关于大禹治水的神话;一个是禅让仪式。

我们下面细致的分析一下"授民时"仪式:

| | "乃命羲和,钦若昊天,历象日月星辰,敬授人时。" | | | | | |
|---|---|---|---|---|---|---|
| | 职官 | 观测点 | 太阳仪式 | 观测记录 | 节令 | 物候情况 |
| 第一组 | (分命)羲仲 | 宅嵎夷曰旸谷 | 寅宾出日平秩东作 | 日中,星鸟 | 以殷仲春 | 厥民析,鸟兽孳尾 |
| 第二组 | (申命)羲叔 | 宅南交 | 平秩南讹敬致 | 日永,星火 | 以正仲夏 | 厥民因,鸟兽希革 |
| 第三组 | (分命)和仲 | 宅西曰昧谷 | 寅饯纳日,平秩西成 | 宵中,星虚 | 以殷仲秋 | 厥民夷,鸟兽毛毨 |
| 第四组 | (申命)和叔 | 宅朔方曰幽都 | 平在朔易 | 日短,星昴 | 以正仲冬 | 厥民隩,鸟兽氄毛 |
| | 帝曰:"咨!汝羲暨和。期三百有六旬有六日,以闰月定四时,成岁。" | | | | | |

将《尧典》这部分文本,制作成上面的表格,我们可以清楚地看到它的文本

结构为：

"分（申）命〇〇；宅〇〇，曰〇〇；〇〇〇〇；日〇，星〇；以殷（正）〇〇；厥民〇，鸟兽〇〇。"

仔细分析这个叙述结构，它类似《诗》的重章，章与章的区别就是在特定的位置改写不同的内容，正如上面用"〇〇"表示的内容。这种言说方式，正是记诵文学的特征，之所以有这样的文本结构，就是为了方便记诵，方便在仪式场合吟诵这些内容。这样的文本结构，可以说是典型的套语，这是仪式语言的最大特征。这个文本特征足以证明《尧典》这部分来自早期的仪式诵唱之辞，是用于仪式场合语言，而不是运用于日常生活的言说。

关于祭祀"舜"的部分，其内容从现在的文献看去，它主要载录的是舜帝的巡游活动、制定各种制度和命名职守官员，等等。细读之，我们尚能发现它也录有很多早期仪式，其中"流放四凶"仪式，刘宗迪认为是"四门磔除仪式"，与"驱傩仪式"之间有着渊源关系。而《尧典》本身就已经清清楚楚地道出了它是对一场傩仪的写照。刘氏还精彩地论述了"舜巡四岳"与傩戏《坐后土》的对应，今从其说，不再赘言[2]。还有舜帝成神升天的仪式描写，详看后面的论证。

除了大段的仪式言辞，《尧典》还有很多早期祭祀仪式信息的遗存：

《尧典》开头"曰若稽古"，这个语词，曾是困扰古代传注学家的一个语词，现代学者联系甲骨文、金文等文献，将之称为早期仪式诵说古事的套语。比如在史墙盘铭文中有"曰古文王"；子弹库战国楚帛书《宇宙篇》有"曰古黄熊"；《逸周书·武穆解》也中有"曰若稽古"；《楚辞·天问》开头有"曰遂古"，《鬼谷子·捭阖》开头有"粤若稽古"，等等。裘锡圭认为这是"周代人叙述古事时用的一种老套头"，高明则认为是讲述历史事迹的通行体例，两位的看法都是合理的解释，可商榷的地方是，两位的研究都站在了史书著述体例的角度说的，其实"曰若稽古"有着更为久远的渊源。更为合理的解释是，这些套语都是早期仪式表演的吟唱，用在仪式开始之时，大概可以翻译成"在那遥远的古代"云云。这样的套语有着更为久远的来源，即巫史时代的祭祀诸仪式场合所进行的"颂赞"吟唱造成了这些套语的存在。后人或保留了这样的叙说方式，或模仿巫史的吟诵方式进行叙说故事，而造成了后来的书写文献上还保留着这样的仪式语言的印记。

司马迁写作《五帝本纪》关于"尧"部分，可以说是，完全转译了《尧典》。这也就构成了一个对比，即上古巫史仪式之辞与中古史家之辞的比较。《五帝本纪》曰："帝尧者，放勋。其仁如天，其知如神。就之如日，望之如云。富而不骄，贵而不舒。黄收纯衣，彤车乘白马。能明驯德，以亲九族。九族既睦，便章百姓。百姓昭明，合和万国。"[3]可以看到用于仪式表演的开头吟唱"曰若稽古"已经省去，变成了史家叙事。

在《舜典》有"宾于四门"的仪式遗存。

这反映了驱傩仪式的"四门磔禳"，即在城市、村落的四方举行的仪式。有以下文献资料可资证实：《史记·十二诸侯年表》记载：（秦德公二年）"初作伏祠社，磔狗邑四门。"《礼记·月令》"季春"有："命国难，九门磔攘，以毕春气。"郑玄注曰："此难，难阴气也。阴寒……所以及人者，阴气右行，此月之中，日行历昴，昴有大陵积尸之气，气佚则厉鬼随而出行，命方相氏帅百隶索室殴疫以逐之，又磔牲以攘四方之神，所以毕止其灾也。"《礼记·月令》"季冬"亦有："命有司大难，旁磔。"郑玄注曰："旁磔，于四方之门。"这些资料都强调了傩仪要"宾于四门"的做法，这样的风俗至有唐一代依然，《旧唐书·礼仪志》曰："季冬晦，堂赠傩，磔牲于宫门及四方城门，各用雄鸡一。"在《舜典》文本中还著录有一段完整的"驱傩仪式"。"月正元日，舜格于文祖，询于四门。辟四门，明四目，达四聪，咨十有二牧。曰：食哉惟时，柔远能迩，德允元，而难任人，蛮夷率服。"刘宗迪对这句话的研究最为精彩，他将这句话完全还原成了一个驱傩仪式[4]。

除了大段的关于上古仪式的记录外，《舜典》在句法上也保留着仪式之辞的痕迹。比如"光被四表，格于上下"；"百姓昭明，协和万邦"；"亲睦九族""平章百姓"；等等。这些四言之辞，显然不是日常语言，联系《诗经》"颂"部分，可知这样的四言句，是早期仪式场合所用颂赞之辞的典型句法。又在《舜典》部分，叙说"陟帝位"，最后说舜是"陟方乃死"。结合刘起釪的研究，我们认为这是在祭祀舜帝仪式中的两个重要仪式，前者是说舜"陟帝位"成了神，后者说舜帝升天。

通过上面的研究，我们可以得出《尧典》的底本源自早期祭祀尧舜的仪式之辞的结论。

## 三、文祭、《尧典》与早期仪式文本

《礼记·乐记》曰："簠簋俎豆、制度文章，礼之器也。"[5]其中，"簠簋俎豆"，都是盛放祭品的礼器；"制度"也好说，就是关于祭祀诸仪式的程式、法度等规定。而"文章"又是什么呢？在祭祀诸仪式中，"文章"的用途是什么？它们又记录着怎样的知识？对这些问题的回答，需要对早期的以"典"为代表的仪式文本做更为细致的分析。我们发现在早期有以典册放在案几之上祭祀的情况，也就是"文祭"。上引《乐记》的话，就是将"文章"同"簠簋、俎豆、制度"一起用作祭祀神灵的物品。

关于"文祭"的资料尚有以下两宗资料：

第一来自甲骨文资料。下面先分析一下甲骨文中的"典"字。

从上面所引的《说文解字》的说法，我们可以知道"典"是从"册"字而来的。

册"是个象形字，甲骨文作"册"诸形。《屯南》有"祔：祭名。"

在周人祭祀卜辞中多有"工典"一词：

"癸未卜，王在丰贞，……在六月甲申，工典其酒彡。"（《合集》24387）

"癸巳王卜，……在五月甲午，工典其酉彡幼。"（《英藏》2605）

"癸丑卜，……在六月甲寅，工典其翌。"（《怀特》1805）

于省吾在《释工典》一文中将"工"解释成"贡"。这样卜辞中的"工典"就是"谓祭时贡献典册于神也""其言贡典，就是祭祀时献其典册，以致其祝告之词也"。于是，可以说早期的"典"是用来载有祝告之辞的竹简，举行祭祀时以之贡献于神灵。

在甲骨文中尚有"典"字的异体字。写作"祦"，见《合集》30173.《屯南》2246，等等。这与"册"字的异体字完全一致，《屯南》有"左示右册：祭名"。这样，我们才是真正读懂了《尚书》"有册有典"、《说文解字》许慎引它说"典，大册也"。原来最初的"典""册"是同一个意思，都是与祭祀仪式有关系的。最直接的证据就是《说文解字》："示，神事也。"又甲骨文"示"字"本象神主之形"。凡从"示"的字，最初多与祭祀神灵有关。所以，"典"是"大册"，要"尊阁之"，要放在"丌"上，要在祭祀仪式上用祭告神灵。所以，早期的"文祭"就是册祭、典祭。

第二来自今存文献。

《礼记·乐记》曰："簠簋俎豆、制度文章，礼之器也。"在这里，"制度"（关于祭祀仪式的法度规定等）"文章"（记录重要族群知识的典册）同"簠、簋、俎豆"一起构成祭祀仪式上的礼器，而"升降上下，周还裼袭，礼之文也"。

《礼记·礼器》引孔子曰："诵《诗三百》不足以一献。一献之礼，不足以大飨。大飨之礼，不足以大旅。大旅具矣，不足以飨帝。毋轻议礼。"孔颖达正义说："一献"谓祭群小祀、"大飨"谓祫祭宗庙也、"大旅"谓总祭五帝、"飨帝"谓郊祭天。在这里，《诗三百》是同"一献""大飨""大旅""飨帝"处于同一逻辑平面的事物，都是不同规格祭祀活动中的仪式行为，可见在早期祭祀仪式上，有诵《诗三百》的情形，也就有"文祭"。

了解了"文祭"，联系《尧典》的体制，我们可以知道早期"典册"记录的重要内容之一就是仪式之辞。它们是对早期祭祀诸仪式的记录。具体到"典"，通过上面的分析，我们从许慎说法，它记录祭祀"五帝"的仪式之辞。于是《左传》的说法，可以得到证实，"五典"同"三坟""八索""九丘"一起构成了早期的仪式文本。楚灵王称赞左史倚相，其言曰："是良史也……能读三坟、五典、八索、九丘。"其中"能读"这个细节，则告诉我们这些仪式文本都是成书成册的文献。

通过研读早期文献对"典"的释义和关于"五典"的记录，通过细读《国语》《尚书·尧典》，再联系早期"文祭"，我们可以落实许慎说法，"典，五帝之书也"，可以得出《尧典》是"郊尧而宗舜"的仪式文本，它的产生之初，一定是巫史祝颂之辞。至于它产生的年代、著作者诸问题，文献不足征引，只能多闻阙疑了。然通过对"典""五典""郊尧而宗舜"和"文祭"等的历史考据，我们建立了对《尚书·尧典》研究的新认识。

## 四、余论：早期的"典"体文献的历史层次

研究早期典籍篇名，我们尚发现在《逸周书》有《程典解》《宝典解》《本典解》三篇。往上追究，发现《诗·周颂·维清》有"文王之典"；《左传·襄公十四年》有"舅氏之典"；《诗·大雅·荡》有"典刑"又《国语·晋语九》有"文之典刑"。《逸周书·商誓解》也有"成汤之典"的说法。其内容显然不是"五帝之书"。需要对于这些材料分类、辨析，以搞清楚"典"体文献的历史层次。

关于"文王之典"等。《诗·周颂·维清》有"文王之典"毛传曰："典，法也。"郑笺曰："天下之所以无败乱之政而清明者，乃文王有征伐之法故也。"[6]据毛传郑笺，这里的"文王之典"说的是周文王治理天下的法典，特别是在平乱之时的政治方法。又《逸周书·世俘解》武王说文王曾"修商人典"。《左传》有"舅氏之典"。《国语·晋语四》载录仓葛曰："阳人有夏、商之嗣典。"《逸周书·商誓解》也有"今纣弃成汤之典"等。这些典是指导社会政治的常典，且都是先王先公制定的旧典。

关于"典刑"。《诗·大雅·荡》"虽无老成人，尚有典刑。"《国语·晋语九》："今吾子嗣位，有文之典刑，有景之教训。"又《晋语八》："吾闻国家有大事，必顺于典刑，而访谘于耇老，而后行之。"又《鲁语下》："诸侯朝修天子之业

命,昼考其国职,夕省其典刑,夜儆百工,使无慆淫,而后即安。"又《郑语》"前华后河,右洛左济,主苯、魏而食溱、洧,修典刑以守之,是可以少固。"又《晋语二》:"怀之以典言。"又《周礼》载"大司寇"之职:"掌建邦之三典:一曰刑新国用轻典;二曰刑平国用中典;三曰刑乱国用重典。"这些都是建国的刑法法典。

关于《逸周书》中的三篇以"典"名篇者。一曰《程典》。其中"程",即"周王宅程"之程,地名。典,法也。作于程,故名程典。"维三月,既生魄,文王令六州之侯,奉勤于商。商王用宗谗,震怒无疆,诸侯不娱,逆诸文王。文王弗忍,乃作《程典》,以命三忠。"所以此篇讲为官之道,为官应遵循的法则以及如何治理土地与对待民众。二曰《宝典》。"宝典",言宝之典。通篇是周公教诲周王之言,其内容讲"信、义、仁",以之为宝。三曰《本典》。"本典",根本法典。篇名取自篇末"以为本典"句。其内容是周公为成王讲述治国之法。今按:这三篇文章之所以称为"典",在于它们都是重要臣子所谈的关于国家重大制度、治国重要方法等的言语教诲。

通过上面的分类讨论,我们可以看到:"文王之典"等、《周礼》所载"三典"以及早期典籍中的"典刑"属于同一类。它们是"国家法典"之典。内容涉及治理国家的基本法典、国家的刑法法典等。而《逸周书》三篇典文属于"言语类"典文。它们都是先王先公重要的教诲之言,有很强的借鉴意义。之所以这些文献以"典"名,是因为它们也是上古至为重要的知识,所以被记录下来,书于典册。所以《孔传》有云:"典,谓经籍。"

结论:通过研究"典"、《尧典》,我们弄清楚了《尧典》文本的底色是祭祀尧舜仪式之辞,它来自"郊尧而宗舜"祭祀仪式。这个结论,帮助我们认识《尧典》的性质和来历,也为我们思考古文《尚书》分为《尧典》《舜典》提供了新思路。最后,我们讨论了早期"典"文献的历史层次,作为"五帝之书"的仪式之"典",其文献以《尧典》为代表。作为国家法典,其文献以早期典籍多次提及的"典刑"等为代表。作为言语教诲之"典",其文献以《逸周书》三篇典文为代表。

**参考文献**

[1] 徐元诰. 国语集解 [M]. 北京:中华书局,2002.

[2] 刘宗迪.《尚书·尧典》:一篇古老的傩戏"剧本"[J]. 民族艺术,2000(3).

[3](西汉)司马迁. 史记 [M]. 北京:中华书局,1959年,第15页。

[4](清)朱彬.《礼记训纂》[M]. 北京:中华书局,1996年,第568页。

[5](清)王先谦.《诗三家义集疏》[M]. 北京:中华书局,1987年,第1004页。

# 孔子"己所不欲勿施于人"说的思想根系(纲要)

钟志翔[①]

"己所不欲,勿施于人"的观念曾以不同形式出现在东方儒学、西方基督教、犹太教、伊斯兰教、印度教和佛教的思想文化中,长期以来被认为是道德的黄金法则,或曰道德行为的第一准则。然而,现代学界将此金律推向全球、视之为世界的共通原则的同时,质疑之声也不绝如缕,诸如利己主义、权力意志、忽视责任、不够普遍、难以承当绝对律令因而不具有普世性与适用性等批评接踵而至。如何理解和评价此一准则,成为问题。

笔者主张,不当急于推扬之上天、贬抑之下地,而应将此规则放回承载、阐发它的思想体系、文化体系中,认真聆听古人的教训,从中汲取经验。本文即尝试贴着孔子的思想体系来理解"己所不欲,勿施于人"的真意蕴和真精神,而宏大的思想体系与具体的"八字真言"的结合点是"己—人"结构,换言之,拟由通观孔子对"己人"关系的思考来探寻"己所不欲,勿施于人"的含义。

出处及表述。《论语·颜渊》:仲弓问仁。子曰:"出门如见大宾,使民如承大祭;己所不欲,勿施于人;在邦无怨,在家无怨。"又《卫灵公》,子贡问曰:"有一言而可以终身行之者乎?"子曰:"其恕乎!己所不欲,勿施于人。"此外,《管子·小问》引"语曰"云:"非其所欲,勿施于人,仁也。"有两处表述可说明,己所不欲,勿施于人,仁在其中矣(但己所不欲勿施于人是不是就是仁的整体、极致及完成呢?),或者说己所不欲勿施于人与仁相互阐明。以上是否定的表述,而肯定的表达则包含"己欲立则立人,己欲达则达人",但不是"己所欲,施于人"。《论语·雍也》:子贡曰:"如有博施于民而能济众,何如?可谓仁乎?"子

---

[①] 作者简介:钟志翔(1985— ),男,江西崇义人,博士,上饶师范学院文学与新闻传播学院讲师,主要从事中国古代文论研究

曰:"何事于仁,必也圣乎! 尧舜其犹病诸! 夫仁者,己欲立而立人,己欲达而达人。能近取譬,可谓仁之方也已。"近取譬而致远亦即下学而上达,这是对子贡认识方式的赞扬。近相对于远而言,远指仁指道,所谓任重而道远,道不远人。仁道是为高标,然由近譬之方而可至,即由"博施于民而能济众"可以领会仁道。博施于民而能济众,以及己欲立而立人,己欲达而达人,皆可谓仁在其中。

否定式表述的含义。"己所不欲,勿施于人"的双重否定并不能"逻辑"地转化为肯定式,即"己所欲,施于人",假如如此直接简明,为什么孔子不说,而要绕弯子以否定的方式来说? (在孔子的思想中,肯定的表述是己欲立而立人,己欲达而达人。) 也不能进一步修正、"完善"为"人所欲,施于人"的表达式,因为它包含着己与人的非此即彼的对立,只不过在己与人之间,选择代表共通性、普遍性的人作为价值原则。

孔子采用了双重否定的表达方式,关键又在于第一个否定,即"不欲"。以否定式来表述,有反思性的内涵。一般而言,用肯定式表达我之所欲,可能是直接的、随波逐流的、不知不觉的,但当我明确表示"不欲",则是经过自觉反思的。鱼,我所欲也;熊掌,亦我所欲也,但是对二者作出取舍,则是主体自觉进入反思的结果。《史记·魏世家》记载观人之法,说:"穷视其所不为,贫视其所不取。"比较而言,考察一个人的不为、不取也即不欲,更能看出道德素质如何。

由不欲而取舍,即进入反思之流程。而进入反思流程,即打破关于"己"的僵执、固定、现成的幻象,而置入可变、可塑、过程性之内。责己、反求诸身不是回到一个既定的、不变的、注定不移的抽象之己,而是置入"己·人·道"的结构中,去修炼自我,最终以仁来成己成人。

这里的关键在于揭示出在孔子的思想中,就如何对待包含在"己所不欲,勿施于人"中的基本关系"己·人",蕴含"己·人·道"的三元结构。《荀子·子道篇》所载(子路入,子曰:"由! 知者若何? 仁者若何?"子路对曰:"知者使人知己,仁者使人爱己。"子曰:"可谓士矣。"子贡入,子曰:"赐! 知者若何? 仁者若何?"子贡对曰:"知者知人,仁者爱人。"子曰:"可谓士君子矣。"颜渊入,子曰:"回! 知者若何? 仁者若何?"颜渊对曰:"知者自知,仁者自爱。"子曰:"可谓明君子矣。") 与《史记·孔子世家》所述(孔子厄于陈蔡之间,然讲诵弦歌不辍,且以当时处境来追问子路、子贡、颜回自己缘何至此。子路回答:"意者吾未仁耶? 人之不我信也。意者吾未知耶? 人之不我行也。"子贡回答:"夫子之道至大也,故天下莫能容夫子。夫子盖少贬焉?"颜回回答:"夫子之道至大,故天下莫能容。虽然,夫子推而行之,不容何病,不容然后见君子! 夫道之不修也,是吾丑也。夫道既已修而不用,是有国者之丑也。不容何病,不容然后见君子!"孔子对弟子的对答各有回应。)颇能说明这一点。

概言之,此反思性流程约有三个环节:一是己所不欲,勿施于人。二是己欲立而立人,己欲达而达人。不是简单的己所欲施于人,或者人所欲施于人,而是既尊重差异(和而不同而非以己养鸟),又包含向上一路的善恶判断(成人之美不成人之恶)。三是自爱自立。不是简单的人所欲施于己(富与贵人所欲也,不以其道得之不处也),而是依仁体道的自立自成、从吾所好、乐在其中。三环互相促成,自立自成又成为新的起点,孔子所云"唯仁者能好人"便可触类旁通地转述为"唯仁者能成人"。

孔子在"己·人·道"的三元结构中来思考立身处世之问题,而有以下几层意义。

第一,己身是一个直接的出发点。所谓为仁由己、反求诸己、仁为己任、人能弘道皆说明己不能被清除,或者被简单置换成普遍性的"人",也可见孔子不可能忽视己之责任。

第二,如上所言,己不是固定的,而是流动的,自我修炼、自我完成的。孔子既说"勿意必固我",又说"我欲仁斯人至矣"。理解这一点很容易,因为假如说人是固定不移不可塑的,那么孔子的"教"就无所施其巧了。进而言之,己包含层级(小人—君子—圣人)的可能性。

第三,既然己是多种可能的,那么如何保证己之行为是向上一路?途径有二,一是将己置入己人关系之内,由社会、传统来决定自己的行为取向(如以远者来,人之立/达,老者之安朋友之信少者之怀来立己之志趣、志业);二是将己置入己道关系之内,由道、天来确证自己的行为取向(如知我者其天乎)。二者相生互相调剂,既注重社会性,同时保持超越性、内在性。

第四,在"己·人·道"融贯一体的前提下,每个人的行为必然是具体的,是根据适时的处境作出"中庸"的处理的,以孔子的话来说,就是"时",就是从心所欲不逾矩。在这样的处理中,己、人、道构成"互为答案"的环流。

做到"己所不欲,勿施于人"并非是一蹴而就的,孔子七十方至此境,且评价子贡的"不欲人之加诸我、我之加诸人"为非尔之已及,又如曾子云死而后已。如何可能适时地"己所不欲,勿施于人"?孔子的方案是由学思一体来承担。

学思结构来自"学而不思则罔,思而不学则殆",实则贯穿孔子之一生。学在社会及传统中进行,在践习中修炼成长,经由思而上达而超越。因为看重学而思,所以孔子赞赏温故知新、告诸往而知来者、闻一知十。由学思结构,培养起既在世又有终极关切、能作出适时判断的主体。

孔子以"学而不倦,诲人不厌"来自期,以学和教作为志业的支点,在教学活动中循循善诱,不是"我告诉你",而是更多地"自己体认"。孔子并不过分期待"言"的力量,而看重行动者本身。他对希望有"一言可终身行诸"的子贡,表示过"予欲无言"。在具体的解释活动中,孔子对"一言可兴邦、丧邦"的话,也作出"言不可若是其几也"的提醒。新的希望在新的历史社会主体身上,故而孔子将精力投注于教化之中。

此种思想的理论后果,势必拒绝现成、绝对的标准答案,而主张所有人、每一个人皆存有不可让渡的自我完成之使命,道德最终落实在主体、在行动者之内,仁以为己任、仁者时中是为至言妙道。如此,对所谓黄金律令,孔子也当希望人们能不拘执,而是在依托学思结构的自我成长中去适时随机处理吧。

# 《周官》改名《周礼》考

张厚知[①]

**【摘 要】** 王莽居摄期间刘歆奏请《周官》改名为《周礼》，与《周官》毫不相关的周公事迹，成为改名《周礼》的依据。贾公彦认为是刘歆将《周官》与"周公致太平之迹"联系起来，这与事实本身及刘歆严谨的学术风格不符。刘歆明确地说是王莽发现了《周官》的价值，结合对刘歆王莽关系的考察，可以看出是王莽授意刘歆奏请《周官》改名《周礼》，为其托古改制提供依据。《周官》改名对后世的学术产生了重要影响。

**【关键词】** 《周官》；改名；《周礼》；刘歆；王莽

《周礼》是一部儒家的重要经典，最早见于《史记·封禅书》，当时名为《周官》，王莽当政时，刘歆奏请立《周官》于学官，并改名为《周礼》。《周官》改名与王莽托古改制关系密切为人们所共知，似乎已毋庸赘言；但是，在这一过程中刘歆、王莽各自扮演的角色以及为何以"周礼"为新名，皆为人们所忽略，仍有待于进一步思考。

## 一、刘歆"独识"之发疑

《周官》一书来历不明，《汉书·景十三王传》说河间献王刘德好古学，广求遗书，"所得书皆古文先秦旧书，《周官》《尚书》《礼》《礼记》《孟子》《老子》之属，皆经传说记，七十子之徒所论"。与《尚书》《仪礼》等书立学官置博士的热

---

[①] 作者简介：张厚知，男，（1973— ），湖北松滋人，三峡大学文学与传媒学院讲师，文学博士，主要从事先秦两汉文学与文化研究。

闹命运不同,《周官》并没有引起人们的重视,直到刘向、歆父子校书秘府,才进入人们的视野,贾公彦《序周礼废兴》云:"孝武帝始除挟书之律,开献书之路,既出于山岩屋壁,复入于秘府,五家之儒莫得见焉。至孝成皇帝,达才通人刘向、子歆,校理秘书,始得列序,著于《录》《略》。……时众儒并出共排,以为非是。唯歆独识,其年尚幼,务在广览博观,又多锐精于《春秋》。末年,乃知其周公致太平之迹,迹具在斯。"[1] P635-636 正因为来历不明,《周官》不仅在当时即遭到人们的非议,而且对其真伪、作者和成书年代等问题的争议至今不绝[2] P4-8, 247。对于"周礼"之名的理解,张舜徽说:《周礼》的'周',不是指周朝,而是表示很周全的意思。好事之徒将春秋、战国及夏商周等的礼汇辑在一起而成《周礼》。"[3] P15 彭林认为:"(《周礼》) 职官总数为三百六十。三百六十正是周天的度数。……所谓《周官》,其实就是'周天之官'的意思。作者以'周官'为书名,暗含了该书的宇宙框架和周天度数的布局,以及'以人法天'的原则。"[4] P67 如此看来,这一部来历不明的《周官》与周公事迹毫不相关,那么刘歆是如何将《周官》与"周公致太平之迹"联系起来的?

刘歆出生于学术世家,其父刘向学识渊博,著述宏富,为汉代著名的通儒。《汉书·艺文志》云,汉成帝时,刘向、歆父子受诏校理国家藏书,"每一书已,向辄条其篇目,撮其指意,录而奏之。会向卒,哀帝复使向子侍中奉车都尉歆卒父业。歆于是总群书而奏其《七略》"。阮孝绪《七录序》说得更为清楚:"昔刘向校书,辄为一录,论其指归,辨其讹谬,随竟奏上,皆载在本书。时又别集众录,谓之《别录》,即今之《别录》是也。子歆撮其指要,著为《七略》。"[5] P112 结合《汉书·艺文志》所记校理《易》《书》的细节,及现存刘向所著《战国策叙录》《列子目录》《晏子叙录》与刘歆的《上〈山海经〉表》等可以看出,刘氏父子校书包括选定版本、校对篇目、订正脱误、介绍作者生平及学术渊源、概述全书主旨、撰写提要并评价得失,极富严谨求真的科学精神,由此开创了包括版本、校雠和目录的广义校雠学,发挥了"辨章学术,考镜源流"[6] P1 的重要作用。然而,在刘歆"独识"《周官》乃"周公致太平之迹"的学术发现中,却难以寻绎出此种严谨的科学精神。

刘歆早岁既通习《诗》《书》,又研治《易》和《谷梁春秋》,但其学术旨趣则在《左传》,《汉书·楚元王传》说:"及歆校秘书,见古文《春秋左氏传》,歆大好之。……初《左氏传》多古字古言,学者传训故而已,及歆治《左氏》,引传文以解经,转相发明,由是章句义理备焉。"他还将《左传》与当时已立于学官的《公羊传》《穀梁传》加以比较:"左丘明好恶与圣人同,亲见夫子,而《公羊》

《穀梁》在七十子后，传闻之与亲见之，其详略不同。"他认为《左传》比《公羊》和《穀梁》更为可信、更有价值，"及歆亲近，欲建立《左氏春秋》及《毛诗》《逸礼》《古文尚书》皆列于学官"，因为遭到《五经》博士的反对，刘歆作《移让太常博士书》，引发了学术史上著名的今古文之争，因此得罪执政大臣，招致众多儒者的攻击，无法在京师立足，只好请求到外地做官。《汉书·儒林传》载："平帝时，又立《左氏春秋》《毛诗》、逸《礼》《古文尚书》，所以网罗遗失，兼而存之，是在其中矣。"刘歆为争立古文经于学官的努力至此方才实现，值得注意的是，其中并没有《周官》，那么至少可以说，《周官》一书并没有受到刘歆的重视。

《左传》《周官》同属于古文经学系统，刘歆为何重《左传》而略《周官》呢？在《移让太常博士书》中，刘歆指责今文学者"不思废绝之阙，苟因陋就寡，分文析字，烦言碎辞，学者罢老且不能究其一艺。信口说而背传记，是末师而非往古，至于国家将有大事，若立辟雍、封禅、巡狩之仪，则幽冥而莫知其原"，道出了他争立《左传》等古文经于学官的目的，就是为国家大事提供礼制依据。这一点在《汉书·艺文志》中亦可找到证据："《礼古经》者，出于鲁淹中及孔氏，与十七篇文相似，多三十九篇。及《明堂阴阳》《王史氏记》所见，多天子、诸侯、卿、大夫之制，虽不能备，犹愈仓等推《士礼》而致于天子之说。"《礼古经》就是逸《礼》，《艺文志》主要依据刘歆的《七略》，这当是刘歆的看法，可见刘歆"所看重的'天子诸侯卿大夫之制'绝非官制，而是政界与宗教的各种礼仪"[7]P146。而这一切都很难从《周官》这一部讲官制的书中获得，《周官》也就自然不会受到刘歆的重视。

以刘歆在学术上的严谨求真及其对《周官》一书不重视的态度，说刘歆"独识"《周官》是周公致太平之迹，实在是毫无由来。但这一说法为何落在刘歆头上，刘歆晚年又是如何"开悟"而"发现"《周官》为周公制礼之迹的？这仍是一个不解之谜。

## 二、王莽"独见"之解析

据《汉书·王莽传》载，王莽居摄三年，其母功显君死，刘歆与博士诸儒七十八人议功显君服说："摄皇帝遂开秘府，会群儒，制礼作乐，卒定庶官，茂成天功。圣心周悉，卓尔独见，发得《周礼》，以明因监。"《周官》早在刘歆父子校书之时就已著录于《七略》，自然无须等到十多年后才由王莽开秘府"发得"，所以杨天宇说："这'发得'二字不能简单地理解为发现，而应该理解为特加宣扬、提倡。"[8]P22 刘歆等人说王莽的"独见",当是说王莽独具慧眼,最早发现、重视《周礼》的价值。

考察《周官》《周礼》二名在《汉书》中出现的情况,班固著《汉书》皆称《周官》,而王莽及群臣的诏议章奏中,在王莽居摄之前称《周官》,居摄三年已称《周礼》,可以看出《周官》改名为《周礼》的时间,当在王莽居摄之后,居摄三年之前(公元6—8)。王莽居摄实为代汉自立的前奏,需要思考代汉之后如何构建新朝的政治制度,而在前代的典籍中王莽特别重视《周官》。《汉书·食货志》说王莽"每有所兴造,必欲依古得经文",虽是说王莽篡汉之后的事,不过在篡汉之前,他对《周官》等古文经必定早有了解和重视。

平帝元始四年(公元4),王莽奏起明堂、辟雍,"征天下通一艺教授十一人以上,及有逸《礼》、古《书》《毛诗》《周官》《尔雅》、天文、图谶、钟律、月令、兵法、《史篇》文字,通知其意者,皆诣公车"。(《王莽传》)这是一次大规模制礼作乐的文化建设活动,也是王莽第一次正式提到《周官》。元始五年,王莽在奏改南北郊祭之礼的奏文中有两处引用《周官》为依据,揭开了他重视利用《周官》的序幕。同一年,公卿大夫、博士、议郎、列侯张纯等九百二人奏议为王莽加"九锡之礼"说:"谨以《六艺》通义,经文所见,《周官》《礼记》宜于今者,为九命之锡。"颜师古注"九命之锡"引张晏曰:《周礼》'上公九命',九命,九赐也。"[9]P4073 "上公九命"见于《周礼·典命》:"上公九命为伯,其国家、宫室、车旗、衣服、礼仪,皆以九为节。"[1]P780 又引《礼含文嘉》云:"九锡者,车马、衣服、乐悬、朱户、纳陛、武贲、铁钺、弓矢、秬鬯也。"[9]P4073 再看王莽受"九锡"的内容是:"受绿韨衮冕衣裳,玚琫玚珌,句履,鸾路乘马,龙旂九旒,皮弁素积,戎路乘马,彤弓矢,卢弓矢,左建朱钺,右建金戚,甲胄一具,秬鬯二卣,圭瓒二,九命青玉珪二,朱户纳陛。署宗官、祝官、卜官、史官,虎贲三百人。"(《王莽传》)显而易见,王莽加"九锡"的依据是《礼纬》中的九类,而不是《周官》的"以九为节"。

王莽受"九锡之礼"的依据为何不是他所重视并由群臣提议的《周官》呢?其原因应当在于《周官》来历不明,未立于学官。前引《序周礼废兴》说刘歆父子校书始见《周官》,即遭到当时今文学家的反对,"众儒并出共排,以为非是";直到东汉与郑玄同时的林孝存仍说《周官》是"末世渎乱不验之书",何休也认为《周官》是"六国阴谋之书"[1]P636,可以想见在王莽重视《周官》的同时,质疑之声是激烈而持久的。因此,要想使《周官》成为王莽改制的神圣依据,必须解决其书来历不明的尴尬,并赋予《周官》以权威地位,当他次年居摄之后,就开始着手实施。

王莽本是西汉外戚,曾师事沛郡陈参受《礼经》,勤奋博学,谦恭俭让,声誉日隆,渐为朝野所重。汉成帝绥和元年(公元前8)王莽任大司马辅政,进入西汉政治权力的核心;元寿二年(公元前1)哀帝去世,年仅九岁的平帝即位,太皇太后临朝称制,委政于王莽,实际上已掌握了西汉的政权,"由于朝中没有政敌,加之王莽长期的政治经营,使他成为王氏外戚和士大夫都寄予希望的政治家"[10]P437。平帝元始元年(公元1),"群臣奏言大司马莽功德比周公,赐号安汉公"(《汉书·平帝纪》),已被人们视为汉家的周公;元始五年"平帝疾,莽作策,请命于泰畤,戴璧秉圭,愿以身代。藏策金縢,置于前殿,敕诸公勿敢言"(《王莽传》),就是模仿《尚书·金縢》周公愿以身代武王死之事;元始六年平帝病死,王莽又仿效周公辅成王,居摄辅佐年仅两岁的刘婴为皇太子。王莽既以汉家周公自居,对"周公制礼"的说法自然极为熟悉,自己还曾主持制礼作乐,如果能将他所重视的《周官》与"周公制礼"衔接起来,就能解决《周官》的身份问题更好地为己所用,此亦当为王莽的"独见",而具体的实施,则由刘歆来完成。

刘歆早岁与王莽俱为黄门郎,汉成帝河平三年(公元前26),受诏与其父刘向主持校理国家藏书,哀帝时为争立《左传》等古文经于学官,作《移让太常博士书》,由此得罪执政大臣,被排挤出京。哀帝去世,王莽为大司马秉政,即召刘歆回京师,"为右曹太中大夫,迁中垒校尉、羲和、京兆尹,使治明堂辟雍,封红休侯。典儒林史卜之官"(《汉书·楚元王传》)。前有同僚之谊,后有知遇之恩,刘歆成为王莽的心腹,又职掌文章典籍,正是解决《周官》身份的最佳人选。刘歆依附王莽,是因为王莽"行事及其所推行的政策,代表了汉代士人的共同政治理想"[11]P225,故而刘歆为之"倡导在位,褒扬功德",但刘歆毕竟是汉家宗室,他支持王莽是基于用儒家的思想挽救西汉末年的颓势,"非复欲令莽居摄"(《王莽传》)。既然刘歆反对王莽居摄,自然不会在王莽居摄期间主动奏改《周官》之名为其编造理论,但《周官》改名又在居摄之时,当如何理解呢?王莽在政治经营中往往是"附顺者拔擢,忤恨者诛灭",对此刘歆当深有感触,当王莽代汉后,尽管刘歆被封为国师、嘉新公,位居四辅之一,但他却"内惧不已"(《王莽传》),对王莽的反感日深,以至于后来参与谋杀王莽失败自杀。王莽行事是"欲有所为,微见风采,党与承其指意而显奏之"(《王莽传》),可以说此时的刘歆是被动地屈从于王莽的淫威而奏请改《周官》之名,所以他特别指出这是王莽的"独见",并将"功劳"归于王莽。

## 三、余 论

由于兵燹战乱、官方禁毁、学术兴废及保藏不善等原因,古代典籍的散佚成为一种普遍现象,但是这部来历不明而备受非议的《周官》却凭借"周公制周礼"的名义改名《周礼》,成为王莽改制的依据,不仅没有随着王莽的失败而消亡,反而对后代的学术产生了深远的影响,其原因是值得思考的。东汉经学大师郑玄接受了刘歆关于《周礼》是"周公致太平之迹"的观点,并认为"周公制礼"就是制作《周礼》。郑玄重视《周礼》并为之作注,使《周礼》获得了儒家经典的地位,并跃居"三礼"之首。由他所开创的"三礼"学,极大地影响了儒家礼学的发展:"由于《周礼》是以官制为框架,讲述社会政治制度的系统,故而郑玄三《礼》之学获得权威地位,标志着中国礼学的巨大的转变,即由专讲典礼仪式及日常礼节的礼学,转化为讲述社会政治制度的礼学。这一转变可说是'礼'的泛化,也可说是'礼仪之邦'的性质的改变。由于旧的礼学所重视的典礼仪式多属宗教祭祀之类,故而郑玄礼学的兴盛和《周礼》地位的上升,在一定程度上又标志着古代宗教的淡化,或者说标志着世俗政治生活几乎掩盖了宗教生活。"[12]P230《周官》改名《周礼》本属政治行为,而缺少学术的严谨,值得注意的是,《周官》一书如果没有与"周公制礼"拉上关系并改名《周礼》,是否能够在王莽败亡后得以保留下来,并受到郑玄重视,进而极大地影响到儒家礼学的发展,将会是一个疑问。

**参考文献**

[1](清)阮元校刻.十三经注疏·周礼注疏[M].北京:中华书局,1983.

[2]有关《周礼》成书的说法有周公作、西周说、春秋说、战国说、周秦之际说、刘歆伪造说与汉初说诸种,见:彭林.《周礼》主体思想与成书年代研究[M].北京:中国社会科学出版社,1991.

[3]刘重来.张舜徽先生文献学讲演录.历史文献研究[J],1999.

[4]彭林.中国古代礼仪文明[M],北京:中华书局,2004.

[5][唐]道宣.广弘明集[M],上海:上海古籍出版社,1991.

[6][清]章学诚著.王重民通解:校雠通义通解[M],上海:上海古籍出版社,2009.

[7]王葆玹.今古文经学新论[M],北京:中国社会科学出版社,1997.

[8]杨天宇.周礼译注·前言[M],上海:上海古籍出版社,2004.

［9］（汉）班固撰，（唐）颜师古注．汉书［M］．北京：中华书局，1962．

［10］徐兴无．刘向评传（附刘歆评传）［M］．南京：南京大学出版社，2005．

［11］余英时．士与中国文化［M］．上海：上海人民出版社，1987．

［12］姜广辉主编．中国经学思想史（第二卷）［M］．北京：中国社会科学出版社，2003．

# 汉水文化影响下的襄阳隐逸文化
## ——以庞德公与诸葛亮为例

胡焕[①]

**【摘　要】** 庞德公和诸葛亮都隐居于襄阳，都受到襄阳文化的影响，可是两人的结局不同，庞德公终生隐逸在鹿门山，诸葛亮积极出仕，辅佐刘备建立蜀国。两人的相异之处就在于哲学思想、价值观、人生观的不同。

**【关键词】** 襄阳文化；庞德公；诸葛亮；隐逸文化

襄阳位于汉江中游，受汉水影响，气候温和，土地肥沃，物产丰富。优越的自然环境使得这里的人民生活较为安逸，性格也较为平和，形成了豪爽率真、忠厚朴实的民风。据《襄阳府志》记载："襄郡七属，民俗尚淳，民风崇俭。"《汉书》也讲："楚有江汉川泽山林之饶；江南地广，或火耕水耨。民食鱼稻，以渔猎山伐为止，果蓏蠃蛤，食物常足。故呰窳偷生，而亡积聚，饮食还给，不忧冻饿，亦亡千金之家。"[②] 襄阳自古多出隐士，通过对史料的分析可知，越是在社会动荡的时期，隐士就出现越多。诚如孔子所言："邦有道则仕，邦无道则隐。"

东汉末年，由于社会动荡不安，政治混乱，阶级矛盾日益尖锐，文人报国无门，进仕无路，便纷纷远离政治，寻找安定之处隐居。此时刘表任荆州刺史，移治襄阳。在刘表的治理下，襄阳不仅社会稳定，而且经济基础雄厚，形成了"南收五岭，北据汉川，地方数千里，带甲十余万"的局面。刘表本人也是有志于天下的儒士，所以他在控制住大荆州的局势之后，即用相当大的人力、财力来发展教育，提倡儒家的教化作用。刘表亲自行礼以示尊崇教育，这种姿态及其兴学措

---

① 作者简介：湖北师范学院研究生，研究方向：中国古代文学明清小说.
② （东汉）班固. 汉书·地理志八 [M]. 北京：中华书局，2008.

施吸引了大批士人来此避乱，促进了大荆州文化的发展。再加上当时小荆州襄阳"山不高而秀雅，水不深而澄清；地不广而平坦，林不大而茂盛；猿鹤相亲，松篁交翠，古朴清幽"的地理风物催生和滋养了隐逸之风，于是就出现了以庞德公、司马徽、诸葛亮、庞统、崔州平、石广元、孟公威为代表的汉末襄阳隐士群体。不过这些隐士又分为很多种，有的是完全沉浸于山野之中，自得其乐，不涉足红尘；也有的虽为隐士，但是却心系时政，随时为出仕做准备。他们在当地或者周边地区形成一股不可忽视的势力，他们或品藻人物，或教授学识，成为一时之"名士"。

说到东汉末年的襄阳隐士，首屈一指的要属庞德公。据《后汉书·逸民传》记载："庞公者，南郡襄阳人也。居岘山之南，未尝入城府。"他一生以躬耕为业，以弹琴、读书作为自己的乐趣。荆州刺史刘表多次请庞德公出仕，庞德公都不屈身就职。

受当时清议之风的影响庞德公好乐人伦，品鉴人物。据记载，庞德公与当时荆州名士、著名的古文经学家司马徽关系非常好，和徐庶也有交往，而且关系比较密切。庞德公非常善于发现人才，是当时著名的"伯乐"之一。称诸葛亮为卧龙，庞统为凤雏，司马徽为水镜，"皆庞德公语也"。尤其是慧眼识孔明，更是为后人津津乐道。"孔明每至其家，独拜床下，德公初不令止。"把诸葛亮称为"卧龙"，足以证明庞德公的识人之才。诸葛亮能够在出仕之前就已经名声鹊起，和庞德公有直接的关系。清人阮函在《答鹿门与隆中孰优说》中说："庞公却辟刘表，知其不足与为；而智辩昭烈，隐然出武侯以自代。在国可扶炎鼎之衰，而在已无改岩林之乐。"阮函认为庞德公对诸葛亮的成才起了关键的作用。另外庞德公对于自己的侄子庞统的培养也是非常重视的。《襄阳记》中说："（庞）统少未有识者，惟德公重之，年十八，使往见德操。德操与语，既而叹曰：'德公诚知人，此实盛德也。'"从这个记载可以看出，庞德公对庞统的成材、成名都起了决定性的作用。而到最后，这两人也没有辜负他的厚望，成为后汉三国时期的著名谋士，这足以说明庞德公的人物品藻水平。庞德公虽然隐于山林，但是却能识人，为三国的发展起到了不可忽视的作用。

庞德公最后"携其妻子登鹿门山，因采药不返"，一生不出仕，带着满腹经纶而隐居山林，不求闻达于诸侯，逍遥于山水之间，忘情于阡陌之中，自得其乐。在小说《三国志通俗演义》中，作者将庞德公和司马徽两人合二为一，写成了水镜先生的形象，这在一定程度上妨碍了人们对于历史上庞德公的了解。

与庞德公选择不同人生道路的襄阳隐士是诸葛亮。诸葛亮，字孔明，号卧龙，琅琊阳都（今山东沂南南）人。建安二年（197）诸葛亮跟随叔父诸葛玄到襄阳投靠刘表。之后叔父去世，诸葛亮迁居离襄阳20余里的隆中，开始他的隐居生活。在隐居隆中期间，诸葛亮和襄阳的一些名士有着密切的往来。特别是司马徽、庞德公、徐庶和崔州平。

诸葛亮虽然身居山野，可是他一直都是怀有出仕的想法的。他在隆中隐居之时，曾写作《梁甫吟》，借讽刺晏子无识人之才来说自己有才而无人识。另外，他常以管仲、乐毅自比，渴望建功立业，并且诸葛亮也时刻为出仕做好准备，《隆中对》便是最好的证据。他能"未出茅庐，已知天下三分"，正说明他时刻关注着时局的变化，身居山野，心系天下。

诸葛亮最后经司马徽和徐元直的举荐，出仕帮助刘备建立蜀国，官至蜀国丞相，为蜀汉政治集团的建立立下了汗马功劳。

庞德公和诸葛亮都处于南北与东西文化融通和碰撞的襄阳，但是他们的选择却不同。庞德公一生隐居于山林，不肯出仕，而诸葛亮却在刘备三顾茅庐之后积极出仕，并建立功勋。两人之所以选择不同的人生道路，很大程度上取决于他们隐居的终极目的和哲学思想、人生观、价值观不同。

按《汉书·逸民传》所给的分类："或隐居以求其志，或曲避以求其道，或静己以镇其躁，或去危以图其安，或垢俗以动其概，或疵物以激其清。"庞德公当属"去危以图其安"者也；诸葛亮当属"隐居以求其志"者也。

中国古代隐士阶层的构成以及他们隐居的方式是多种多样的，正如梁代萧子显在《南齐书·高逸传》中所言："稳避纷纭，情迹万品"。但无论多么复杂或多么繁芜，都与各自的哲学思想基础相关联。而中国古代知识分子的哲学思想，最主要者无非就是道家思想和儒家思想。襄阳处于黄河文化和长江文化的结合部和过渡部，北方的儒家文化和南方的道家文化在此交汇，生活在其中的庞德公和诸葛亮自然而然会受到这两种思想的影响，只是两人所侧重的思想有所不同。

从庞德公最后选择长隐于鹿门山可知他的思想更加侧重于道家思想，他所选择的是"无意天下事，无意仕途，一心出世，以求超然物外"的道家之隐。《后汉书·庞公传》和《襄阳耆旧记》几乎提供了迄今能见到的研究庞德公的全部资料。能反映其哲学思想的，莫过于与刘表的一段对话："荆州刺史刘表数延请，不能屈，乃就候之。谓曰：'夫保全一身，孰若保全天下乎？'庞公笑曰：'鸿鹄巢于高林之上，暮而得所栖；鼋鼍穴于深渊之下，夕而得所宿。夫趣舍行止，亦人之巢穴也。且各得其栖宿而已，天下非所保也。'因释耕于垄上，而妻子耘于前。表指而问曰：'先生苦居畎亩而不肯官禄，后世何以遗子孙乎？'庞公曰：'时人皆遗之以危，今独遗之以安，虽所遗不同，未为无所遗也。'表曰：何谓？'公曰：'昔尧舜举海内授其臣而无所执爱，委其子于草莽而无所矜色，丹朱、商均哉，其势危故也。周公摄政天下杀其兄，向使周公兄弟食藜藿之羹，居蓬蒿之下，岂有若是之害哉！'表乃叹息而去。"①

以上这段所表现出来庞德公的思想与庄子的思想基本一致。庄子在答楚威王使者以重金聘其为相时说："千金，重利；卿相，尊位也。子独不见郊祭之牺牛乎？养食之数岁，衣以文绣，入以太庙。当是时，虽欲为孤豚，岂可得乎？子亟去，无污我！我宁游戏污渎之中自快，无为有国者所羁，终身不仕，以快我志焉。"②不以天下安危为念，拒食官禄，适己任性，这就是庄子的人生哲学和价值观念。庞德公的"趋舍行止""遗之以安"的理论，与庄子的独善其身，颐养天年的理论是一样的。并且他也用他的行为来表明了他的思想，"居岘山之南，未尝入城府""托言采药，固不知所在"。这种远离尘世，不问世事，最终消失，便是他所追求的终极目的。这与诸葛亮积极入仕的思想是截然不同的。

诸葛亮深受强调简明务实，崇尚功用的荆州学派的影响，再加上他的远祖、父亲、叔父都做过官，所以诸葛亮是有出仕想法的，只是迫于当时的时局，他才选择了暂时的隐居。他的隐居是"身在江湖之上，心游魏阙之下"的儒家之隐。儒者之隐的目的，正如孔子所言："隐居以求其志，行义以达其道。"隐只是其实现经世治国目的而采取的一种手段。隐居之时，仍在关心政治，作建功立业之想，蓄养而待，审时而动。诸葛亮虽然"躬耕陇亩"却一直"自比于管仲、乐毅"，自诩为可以出将入相。然而，前途渺茫，满腹忧虑，最好的表露方式，莫过于"抱膝长啸"了。他在与徐元直、石广元、孟公威交谈时说："卿三人仕进，可至刺史、郡守也。"三人"谓为信然"。但当三人问他："那么，你呢？"诸葛亮却笑而不答。这"笑而不答"的深意，就融在"抱膝长啸"之中。诸葛亮的"长啸"是渴望明主的造访，是志存高远的表现。恰如《三国志·诸葛亮传》裴松之注云："苟不患功业不就，道之不行，虽志恢宇宙而终不北向者，盖以权卸已移，汉祚将倾，方将翊赞宗杰，以兴微继绝克复为己任故也。岂其区区利在边鄙而已乎！此相如所谓'鲲鹏已翔于辽廓，而罗者犹视于薮泽'者矣。"其实，刘禅早在《策诸葛丞相诏》中，极为准确的道出了诸葛亮的志向与夙愿："惟惟君体资文武，明睿笃诚"，"继绝兴微，志存靖乱"，"将建殊功于季汉，参伊周之巨勋"。

---

① 黄惠贤.校补襄阳耆旧记［M］.郑州：中州古籍出版社，1987.
② （西汉）司马迁.老子韩非列传［M］.上海：上海古籍出版社，1986.

诸葛亮虽然隐居隆中，但是他强烈的功名心和进取意识，始终未能泯灭。而他的好朋友深知这一点，所以才有了司马徽和徐元直的一而再，再而三的举荐。而也正是诸葛亮心怀出仕之思，时刻关心时局变化，所以他才能在刘备"三顾茅庐"之时提出"三分天下"之说，从而得到刘备的重用。诸葛亮隐居所追求的终极目的是等待像刘备那样的明主慧眼识珠，从而实现自己的理想抱负。

庞德公和诸葛亮所处时代一样，地理环境一样，但是选择却不同，结局也不同，可以看出襄阳文化的包容性。襄阳，这个深受汉水文化影响的城市，以其独特的文化胸襟既包容了庞德公的避世绝俗，也为诸葛亮的出仕打下了基础。反过来，庞德公和诸葛亮的气质和情操也在无形中增加了襄阳文化的内涵，让襄阳文化更加意蕴深厚。

悠悠汉水东南流，留下的却是庞德公、诸葛亮这些生命的浪花。

# 汉水流域孕育的先秦文化说略

湖北师范学院　殷慧茹[①]

【摘　要】汉水流域自然地理位置优越，人文历史悠久。在先秦时代，已经孕育了不同类型的神话传说和民间故事。分别代表现实主义和浪漫主义风格的两大源头之作《诗经》《楚辞》，都不同程度表现了汉水流域的人文风貌。大放异彩的地方文化促进了中华文明的发展，也给我们留下了宝贵的历史财富。

【关键词】汉水；神话；诗经；楚辞

汉水文明源远流长，是中国最古老的一条大河，比长江黄河还要早七亿多年。从地理位置上看，汉水位于南北中间地带，是长江流域和黄河流域的交界板块。流域内有汉中盆地、南阳盆地和襄樊盆地。西北是以长安为中心的关中平原，东北是以洛阳为中心的伊洛平原，东南是以武汉为中心的江汉平原，西南是以成都为中心的成都平原。汉水作为一条重要的交通要道，沟通东西，连接南北。《尚书·禹贡》："嶓冢导漾，东流为汉。"[②]《华阳国志·汉中志》亦云："汉沔彪炳，灵光上照，在天鉴为云汉，于地画为梁州。"[③]得天独厚的自然地理条件也孕育了淳厚的人文风貌，汉水文化集厚重与灵动于一身，并且融巴蜀文化、荆楚文化、中原文化、秦文化等多边文化为一体，具有浓郁地方特色的区域性文化，是中国传统文化的重要组成部分，独自彰显着卓尔不群的文化魅力。

作为区域文化源头之一的汉水文化，与中国传统文化渊源颇深。史前文明已有汉水文化的踪迹，及至春秋战国，汉水的重要性也得到了普遍认可。《左传》

---

[①] 作者简介：尹慧茹，湖北师范学院研究生，研究方向：元明清文学。
[②] 王世顺，王翠叶译. 尚书［M］. 北京：中华书局，2012.
[③] （东晋）常璩.《华阳国志》［M］. 济南：齐鲁书社，2010.

云:"汉,水之祥也。"《孟子·滕文公下》亦云:"水由地中行,江、淮、河、汉是也。""诗""骚"文学的兴起则再次印证了汉水文明的发展繁荣。汉水流域具有强大的生命力和感召力,并孕育了后世人类文明的发展成果。

神话与汉水。一般认为,神话是由人民集体口头创作,表现对自然力量的崇拜、斗争及对理想追求的虚构故事,属民间文学的范畴,具有较高的哲学性、艺术性。千百年来一直是文人墨客与民间艺人进行创作的不朽源泉,对后世影响深远。神话虽是由人们的幻想所构成,但是这种幻想不是没有来源的,而是有着现实基础,神话中创造的英雄人物和飞禽神兽体现着劳动人民的现实需要,为推动古代文明的发展进步首先提供了想象的蓝图。中国的神话故事类型分为创世神话、自然神话、英雄神话等几类。最古老的神话故事,均可从汉江找到相对应的原型,并在民间一代代作为口头文学延续下来。近年发现的五家沟民间故事村、吕家河汉民族诗歌村等汉水流域一批原始村庄,使神话的民间延续得到了证实。

创世神话中,《盘古开天地》可谓是尽人皆知的故事,而在鄂西北发现的被称为汉民族创世史诗的《黑暗传》中的唱词是:"歌师问起黑暗和混沌,我合你说分明。说的是远古那根痕,无天无地又无日月星,一片黑暗和混沌,天地茫茫无一人,乾坤暗暗如鸡蛋,迷迷蒙几千层。盘古生在混沌里,无父无母自长成……"这歌词在鄂西北各条山沟里几乎都有人会唱。《女娲补天》这一传说影响至今,女娲不辞辛劳创造人类,并"炼五色石以补苍天,断鳌足以立四极,杀黑龙以济冀州,积芦灰以止淫水",可谓是化育万物、解救苍生的圣女。而这个故事就起源于十堰市竹山县,这个地方有女娲山,山上曾经还有女娲庙(今已被毁)。女娲补天用的五彩石,被这里人公认为盛产于竹山县的"绿松石"(宝石的一种),被世界公认为绿宝石。《康熙字典》里"娲"字的"义"释条目中,第一条是《说文》:"古神圣女,化育万物者也。"第二条是《史记·五帝纪》:"女娲炼五色石补天。"第三条是"娲山,在郧阳(现十堰市)竹山县西,相传炼石补天处"。[①]《大禹治水》,在汉江源头到汉口的1577公里两岸,先人们为纪念大禹而留下了许多"大禹庙""禹庙"。在汉江源嶓冢山石牛洞摩崖留下的世称《禹碑》的8个蝌蚪文字,今人还没能够解读。(见《陕西省·金石志》)《白蛇传》《嫦娥奔月》《牛郎织女》《后羿射日》……都起源于"万二千里"的汉江流域。

"诗""骚"与汉水。古代文化和河流总是有着不可分割的关系,而中华文明源远流长,从某种程度上来讲也是大河文明。"诗""骚"分别代表了中国古代现

---

① 康熙字典[M].上海:上海书店,1985.

实主义诗歌和浪漫主义诗歌的两种类别，对后世文学的发展影响深远。产生于以黄河流域为主的《诗经》和发轫于南国楚地的《楚辞》，风格迥异，均不同程度地展现了南北两大地域文化的风貌特征。前者擅长状物抒情，是一种朴素的美；而后者富于想象变化，是一种华丽的美。最有趣的现象在于，"诗""骚"所侧重的地域范围虽各有不同，但在文学表现方面都不约而同的在汉水流域有所重合。

《诗经》是中国第一部诗歌总集，收集了西周到春秋年间大约五百年间的诗歌。作者佚名，传为尹吉甫采集、孔子编订。尹吉甫何许人也？据相关史料记载，尹吉甫是西周房陵（今湖北十堰青峰）人。今尚有碑文显示尹吉甫死后，葬于十堰青峰山。在明朝嘉靖年间，知县夏维宁为其专修一坊，曰"忠孝故里"。明成化二十三年（1487）重修十堰房州县城，曾石刻"忠孝名邦"四字镶嵌东门城楼。清朝时期十堰地方志《郧阳府志》中记载说尹吉甫是湖北青峰人，留有历史遗迹在。而清代贡生张开隐也有咏房州青峰佳景云："记得房陵古号州，青峰更见景多幽。山为文峰峦环绕，寺有清泉水长流。同治年间仙佛在，尹公墓侧断碑留。"舒新城主编《辞海》中华书局1947年版载："尹吉甫：周房陵人，宣王修文武大业，进迫京邑，奉命北伐，逐之太原而归。"及至21世纪还有《诗经》诗句在湖北房县青峰山盛传。

早在先秦时代，深情歌咏汉江的篇章就在《诗经》中已出现，其中《周南》十一篇和《召南》十四篇，都是南国的诗歌。《楚风补·旧序》曰："夫陕以东，周公主之；陕以西，召公主之。陕之东，自东而南也；陕之西，自西而南也；故曰'二南'。系之以'周南'，则是隐括乎东之南、西之南也"。① 这里已明确地指出了"二南"的地域，"周南"即周公采邑之南，包括楚国和巴国部分疆域；"召南"即召公采邑之南，包括蜀国和巴国大部分地域。可以知道，周南召南中所涉及的地域范围就是在汝水汉水流域。如《诗经·周南·汉广》中有"南有乔木，不可休息。汉有游女，不可求思。汉之广矣，不可泳思"，就是描写一个男子爱慕痴情于一个女子而不得的故事，地点恰好就发生在汉水一带，而"游女"被三家注认为是可望而不可即的汉水女神，充满了浪漫主义的色彩，对楚辞的产生也有一定的文学影响。《诗经》中还有其他描写汉水流域的诗篇，比如：《小雅·沔水》"沔彼流水，朝宗于海"，《小雅·四月》"滔滔江汉，南国之纪"②，《大雅·江汉》

---

① （清）廖元度选编.楚风补校注［M］.武汉：湖北人民出版社，1998.
② （清）廖元度选编.楚风补校注［M］.武汉：湖北人民出版社，1998.

"江汉浮浮""江汉汤汤"。①汉江还被拿来对应天上的银河,《诗经》说:"惟天有汉,监亦有光"。

楚辞是战国时期兴起于楚国的一种诗歌形式,具有楚国的地方特色,并且运用了大量的楚地地方方言。宋代黄伯思在《校定楚辞序》中概括说:"盖屈宋诸骚,皆书楚语,作楚声,记楚地,名楚物,顾可谓之'楚辞'。"关于楚所涵盖的地理位置,《淮南子·兵略训》中说:"楚地南卷沅、湘,北绕颖、泗,西包巴蜀,东裹郯、淮、颖、汝以为洫,江汉以为池,缘之以邓林,绵之以方城,山高寻云,溪肆无景。"②楚的疆域最初应该就是在今湖北西部和江汉平原一带。后逐渐向西溯江而上扩展到今四川东端,向北溯汉水而上扩展到今河南西南的南阳盆地和丹江流域,向南扩展到今湖南北部的洞庭湖平原,向东沿淮水和江水延伸。

楚辞所反映的楚地文化跟汉水关系密切。《楚辞·九章》中云:"有鸟自南兮,来集汉北。"受到汉水浪漫主义情怀的浸染,楚辞形成了飘逸绝伦,奇幻诡谲的艺术风貌。汉水文化灿烂辉煌,不仅保留有诸多人们耳熟能详的神话传说,还有各种奇异的民间故事。屈原在《离骚》《天问》等著作中,引用了汉水流域的神话传说,例如关于鲧的传说,"阻穷西征,岩何越焉?化为黄熊,巫何活焉?咸播秬黍,莆藋是营。何由并投,而鲧疾修盈?"鲧死而复生到西方继续从事农耕这是之前的神话记载里所没有的内容,可见屈原在写《天问》时不自觉地加入了很多楚地的文化元素,并加以改造。还有很多对始祖神话的发问,"登立为帝,孰道尚之?女娲有体,孰制匠之?舜服厥弟,终然为害"。女娲传说与汉水流域有着不可割裂的联系。

汉水流域曾经孕育着楚地先民,他们依水而傍,逐草而居。低下的生产力无力抵挡自然灾害的侵袭,于是楚地的先民们多借助超现实的力量,利用巫卜的方式幻想征服自然。巫文化也成为了汉水文化重要的组成部分。至今,汉水一带仍旧保留着卜筮、招魂、跳丧、祭鬼以及敬神等习俗。屈原所创作的《九歌》,和根据民间招魂词写作的《招魂》,充满的飘渺的神秘之感。爱情篇章也多在楚文化的浸染下充满了与现实截然不同的浪漫主义色彩,情感表现的哀感顽艳,凄绝动人。

汉水流域历史悠久,文化昌盛。有秀丽的沧浪之水,有保存完整的前楚长城。有"兆起雄风"的楚之先祖鬻熊,还有通晓天文地理的祝融以及世界四大文化名人之一的屈原。在先秦时期,汉水已经奠定了它文化大河的地位。随着历史的不

---

① (清)廖元度选编.楚风补校注[M].武汉:湖北人民出版社,1998.
② 马庆洲编.《淮南子今注》(精)[M].南京:凤凰出版社,2013.

断推进，汉水文化也得到了长足发展，目前已举办了多个文化名人旅游节，传播文化的同时带动当地经济的发展，致力于为人类文明的发展进步做出更加突出的贡献！

**参考文献**

［1］王世顺，王翠叶译. 尚书［M］. 北京：中华书局，2012.

［2］（东晋）常璩. 华阳国志［M］. 济南：齐鲁书社，2010.

［3］康熙字典［M］. 上海：上海书店，1985.

［4］周振甫译注. 诗经译注［M］. 北京：中华书局，2002.

［5］楚辞译注楚辞译注［M］. 吉林：吉林文史出版社，1998.

# 节日·婚恋·生存
## ——唐诗江汉游女的文化内涵

曾羽霞 [①] 景遐东

(湖北师范学院 文学院 湖北 黄石 435002)

【摘 要】汉上神女传说与"江汉游女"存在同源的可能,"游"的本义来源于楚先民祭祀中男女自由聚会所传达的原始婚恋观,这其中就包含繁衍求子等。唐代文学中,"江汉游女"之"游"具有节日、婚恋、生存三重特殊意味。"游"既是女子借节日出游的机会与异性交往,表现自身,追求自由爱情的一种风俗习惯,又是大堤女儿寻求生存的一种逐利手段。这种转变与唐代荆襄一带水陆交通的发达、商业经济的繁盛以及开放的文化环境有关。

【关键词】神女;游女;穿天节;巫祭;大堤女儿

水神女传说至迟起源于春秋战国时期,流传下来的神女弄珠、江汉游女的故事备受后人青睐。据《韩诗外传》载:"郑交甫将适楚,遵彼汉皋台下,乃遇二神女,佩两珠,大如荆鸡之卵。交甫与之言,曰:'欲子之佩'。二女解与之。既行返顾,二女不见,佩亦失矣。"诗中出现的二位神女,就是汉水女神的最初版本。她们神秘莫名,既慷慨解佩,却转眼消失不见,身世、来历、音容、形貌都如一团迷雾,给后世文人墨客留下无穷想象的空间。

上神女传说与毛诗里的"游女"有关。《诗经·周南·汉广》云:"南有乔木,不可休思;汉有游女,不可求思。"诗中"汉有游女,不可求思"一句,后被汉朝

---

① 作者简介:曾羽霞(1985— ),湖北洪湖人,湖北师范学院文学院文艺学专业硕士研究生;景遐东(1964— ),江苏南通人,湖北师范学院文学院教授,从事中国古代文史研究。

刘向收入《列仙传》,"游女"又称"江妃二女",来源亦追溯至齐鲁韩三家诗注。齐、鲁、韩三家注均以"游女"指汉水女神,鲁说曰:"江妃二女者,不知何人也。出游于江汉之湄,逢郑交甫。见而悦之,不知其神也。"齐说曰:"乔木无息,汉女难得。橘柚请佩,反手离汝。"韩说曰:"游女,汉神也。言汉神时见,不可得而求之。"

大家都称游女为神女,将《诗经》中的"游女"与神女解佩的故事联系在一起,这说明"游女"与汉上女神很可能同源,或许在郑交甫故事之前,就有汉上神女的传说,而郑交甫所遇二神女只是衍化的比较通行的版本。《汉广》作为当时的民间歌谣,吟咏的就是汉上女神的故事,只是歌谣歌咏的是一种求思不可得的心境,而略去了故事的具体情节,因此留下了太多想象的空间。

汉代张衡在《南都赋》中引用一个典故:"游女弄珠汉皋之曲。"李善在注解中说明出自《韩诗外传》,也即张衡认同了游女即神女的说法。这种看法影响深远,从汉代到唐代,一直深入绝大多数文人内心,如阮籍在《咏怀诗》中写道:"二妃游江滨,逍遥顺风翔。交甫怀环佩,婉娈有芬芳。"唐代诗人孟浩然在《登安阳城楼》诗中云:"向夕波摇明月动,更疑神女弄珠游。"大诗人李白在《岘山怀古》诗中说:"弄珠见游女,醉酒怀山公。"都是对此传说中"神女"即"游女"的认同者。

因张衡将本不具体的地点定位在了"汉皋",汉上女神传说就成为了襄阳的专利,成为一种地域性的文化标志。《元和郡县图志》卷二一《襄阳县》云:"万山一名汉皋山,在县西十一里。"《水经注》亦云:"万山下水曲之隈,云汉女昔游也。"东晋襄阳史学家习凿齿在《襄阳耆旧传》中说:"万山北鬲(隔)汉(沔)水,父老相传:即交甫见游女弄珠处。"

唐代诗人孟浩然《万山潭》诗云:"游女昔解佩,传闻于此山。求之不可得,沿月棹歌还。"万山附近的山水皆因神女弄珠而染上神秘色彩,令人心驰神往,而神女即"游女",其特质在于"游",交甫与神女的美丽邂逅只是因为神女游于江汉之上,巧遇而已,更突出了对神女的惊鸿一现,"求思不可得"的遗憾与感慨。

## 一、游女神化与襄阳穿天节——节日出游之"游"

说到将游女神化以及"江汉好游"的习俗,不得不提及楚地襄阳的特有节日——穿天节。穿天节是襄樊古代特有的传统节日。宋庄季裕《鸡肋篇》说:"襄阳正月二十一日,谓之穿天节,云交甫解佩之日,郡中移会汉水滨,倾城自万山泛彩舟而下，妇女于滩中求小白石有孔可穿者，以色丝贯之悬插于首，以为得子祥。"

范仲淹《献百花洲图上陈州晏公》诗可以佐证这一节日："彩丝穿石节，罗袜踏青期。"范自注："襄、邓间旧俗，正月二十二日，仕女游涧，取小石通中者，用彩丝穿之，带以为祥。"由此看出，穿天节在二月二十一或二十二日，这一日女子出游是惯例。

金代李俊民在襄阳写过一首《弄珠滩》："江沙一日蚌胎虚，游女争夸掌上珠。美化不将风俗禁，他年恐做媚川都。"咏的正是穿天节那一日当地女子到弄珠滩出游的情形，现代学者张伟然在《湖北历史地理研究》一书中提及此，试图将郑交甫故事与此节俗对应起来，即认为"既然是出游，少不了要打扮一番，因而那女子'皆丽装华服'；既然那石头要穿起来佩在身上，那么那石头完全可能'大如鸡卵'。"对于故事中"明珠"的解释则是，在水边的石头大多非常圆润，被误认为明珠极有可能。

且不说这样的对应是否巧合，就这种推断而言，汉上二女神的来历已经与具有地域特色的节俗紧密联系起来，不再属于个别的神话的解释，而是大众的普遍的现象。神女走下神坛，成为万千喜爱出游并信奉某种神秘的象征的"江汉女子"中的一员。交甫故事成为普遍中的偶然或特例，因为虽有授受之亲而无期待中的结果而让人感慨、好奇而流传下来。

因何穿天节在襄阳盛行，且女子一定要佩戴有孔的石头，有研究民俗的学者指出，这与一种婚姻祭祀有关，而穿孔的石头象征着生子的意味，其源头要追溯到夏民族大禹生启的神话故事，在先民的看法里，石头具有神性，与生育有关，而江汉之地正是夏民族的繁衍之地，襄樊汉江中特有的有窍的石头，被认为有助于生子。且襄阳万山之地还曾发现过新石器时代先民的生活遗址，这样的解释从宗教和民俗学上而言，无疑能解释江汉女子"好游"的另一层意味。

不过，究竟是这节俗出现在前，而后才有交甫遇神女故事还是因为郑交甫故事过于浪漫神秘而影响了楚地的风俗，从现有的史料来看，郑交甫遇神女故事可追溯至春秋时期，穿天节这个节日产生时代也当在春秋以前，和《汉广》诗的产生年代相去不远。从"求小白石有穿者，以丝贯之，悬插于首，以为得子祥"的特有习俗来看，穿天节的渊源显然可以追溯到夏初以前，若以此推断，郑交甫在万山所遇的二位神女很可能只是姿容尚佳的楚地出游女子，佩戴着如鸡卵般大小的石头；穿天节也不仅仅是一个女子自由活动的节日，而是男女自由恋爱的节日。

走下神坛的神女，显得那般的亲近，她们也有对爱情的向往，对生活的热爱，对未来婚姻美满的企盼，因"游"的目的性凸显而显得更加可爱。

局限于出游"游"的涵义,可以引导我们的思维向更广阔的空间延伸,探究更加丰富的社会生活画面,而将楚地的特质从沉淀的历史中窥出一丝来。

对于楚俗好游的记载,除了朱熹外,明代《图书编》以及《大明一统志》描写襄阳府风俗的时候都曾提及"其俗江汉好游",可知这种风俗由来已久,早已深入人心。南朝梁宗懔《荆楚岁时记》中有一些关于春日出游的记载,"元日至于月晦,并为酺聚饮食,士女泛舟,或临水宴会,行乐饮酒"都说明不但女子爱好出游,男子也一样以嬉游为乐。金代李俊民言"楚俗以嬉游为事",他在文集中征引《襄沔记》所云"正月二十一日、二十二日谓之天地穿日,移市于城北津弄珠滩",还有《襄阳志》所谓"楚俗三月游南山诸寺,移市于山寿,四月八日罢游,谓之辞山",以说明该地嬉游机会之繁多。但此类节令上的"好游"习俗,在古代许多地方都有,并不能解释楚地独享"好游"的评价,因此"游"的确切含义还需要继续探寻。

## 二、云梦之会与楚地自由婚恋习俗——由祭祀衍生的男女聚会之"游"

有学者认为"江汉好游"的习俗是由"云梦之会"演化而来,其本质乃是男女聚会,依据是《墨子·明鬼下》:"燕之有祖,当齐之社稷、宋之有桑林,楚之有云梦也,此男女之所属而观也。"这里"祖""社稷""桑林""云梦"都是各国祭祀的集会场所,主要功用是祈生育和丰收。这样神圣的地方,却是"男女之所属也",可知古代对生育繁衍看得极为重要,男女聚会恋爱的场合往往是与民间的祭祀活动联系在一起的。《吕氏春秋·直谏》载:"荆文王得茹黄之狗,宛路之矰,以畋于云梦,三月不反,得丹之姬,淫,期年不听朝。"可知云梦男女自由聚会的风气之盛,乃至文王沉溺其中"三月不反"。闻一多先生曾指出:"云梦即楚的高禖",依据是《左传·定公四年》载:"楚子涉沮,济江,入于云中。"杜注:"入云梦泽中。"这里的"云中"实指楚国的云梦泽,是楚地男女聚会之所。

仅看这则材料,只能说明先秦时期楚地云梦男女聚会比较自由而普遍,且含自由恋爱的意思,可以推断南朝时的春游之俗,孟浩然笔下的王孙游女共游春,都是先秦楚地云梦之俗的延续;但并不能完全说明"江汉好游"由此而来。因为男女聚会燕有祖,齐有社稷,楚有云梦,宋有桑林,论风靡程度,齐国"社"日的活动较之楚国的云梦之会不遑多让。《春秋》就有鲁庄公二十三年"如齐观社"的记载。为何只有江汉之地得到"好游"的定评,这是值得推敲的。

尽管先秦时期男女交游相当自由,如《列子·汤问》载:"男女杂游,不媒不聘"，《周礼·地官·媒氏》也载："仲春之月，令会男女，于是时也，奔者不禁。……"但比较各国的祭祀与游乐活动，以及之后的各地风俗传承，可以看出，只有楚地自由恋爱婚配习俗被保留了下来，并一直延续，礼法的约束在楚地比较薄弱，虽有"文王所化"，有中原文化的熏陶，但楚地仍然保留着男女间自由寻找情人，情人不合理想可以自由离开等风俗。媒妁虽然存在，却无法如中原那般具有主导性，更不具约束力。男女双方具有较大的自主权。

如《离骚》中说："苟中情其好修兮，又何必用夫行媒。"可以看出，楚地婚姻也有媒妁，但并不重视媒妁，只要双方情投意合，可以自主行媒。乃至于在《离骚》中有"吾令鸩为媒兮，鸩告余以不好"的句子，以鸟为媒，结果却仍以自己的主观判断为准："雄鸠之鸣逝兮，余犹恶其佻巧。心犹豫而狐疑兮，欲自适而不可。"

中原地区讲究"父母之命，媒妁之言"，其婚姻非媒妁不可，媒妁的地位举足轻重，如《诗经·齐风·南山》中就有"取妻如之何？匪媒不得"的看法。而在楚地，彼此是否情投意合是遣媒缔结婚约的一个重要条件，若情缘浅薄，即使有媒撮合也是枉然。若彼此情真意切，甚至可以不要媒妁。如《离骚》中"及荣华之未落兮，相下女之可诒""虽信美而无礼兮，来违弃而改求"，就显示了主体意愿的主导性。

中原地区又讲究"男女授受不亲"，男女交往受到限制，婚姻是否存在自由的爱情是不在考虑之列的，而楚地的男女交往则是"士女杂坐，乱而不分些；放陈组缨，班其相纷些；郑卫妖玩，来杂陈些"（《楚辞·招魂》），往往先通而后婚，如《左传·昭公十九年》载："楚子在蔡也，郹阳封人之女奔之，生大子建。"后郹阳封人之女被楚平王立为夫人，其子被立为太子，其地位并未因"奔"而受影响。这与中原礼教限制下的婚恋观是大相径庭的。

显然，这种风俗的保留与楚地重情的传统以及楚人崇尚自由的主体性格有关，楚人大多具有浪漫主义情怀，且感情细腻外露，多情缠绵，在男女交往中，女子并非处于被动地位，而是大胆而热烈的，这在荆楚民歌中表现得淋漓尽致，这种自由恋爱的风气比较浓厚，不仅在民间存在，而且在上层社会也并不少见。

从《离骚》到南朝西曲到唐代描写大堤景观的诗歌中，就可以见到楚风俗中仍保留着原始先民的特征，男女自由交往，相互嬉戏，互相赠答，不受拘束。南朝时期，荆、郢、樊、邓之间经济发展较快，由此地衍生的西曲非常流行，这些乐府歌曲兴盛于宋、齐、梁之间，歌词往往非常活泼香艳，歌中女子不受礼法约束，直抒胸臆，情感表达自由而充分，如《莫愁乐》"探手抱腰看，江水断不流"；《孟珠》"愿得无人处，回身与郎抱"等。这些或大胆情深，或细腻忧愁的情歌，在西曲中比比皆是，如《石城乐》："布帆百余幅，环环在江津；执手双泪落，何时见欢还"，《那呵滩》："闻欢下扬州，相送江津湾。愿得篙橹折，交郎到头还"等。

最引人注目的是襄沔一带的大堤歌舞。大堤的景观因女子出游歌舞而显得独特，《襄阳乐》云："朝发襄阳城，暮至大堤宿。大堤诸女儿，花艳惊郎目。"这种出游的时间是一般在日暮之后，月出时分热闹非凡，行至大堤的女子们联袂踏歌，吸引不少行人商客。当然，这种活动如何惊艳诗中不详，但可以从唐代刘禹锡的《踏歌词四首》中窥见一斑，其一："春江月初大堤平，堤上女郎联袂行。唱尽新词欢不见，红霞映树鹧鸪鸣。"

刘禹锡所咏的地点在江陵，但其习俗与襄阳一带颇为相似，也说明至唐代，这种大堤夜乐的习俗还颇为盛行，女子在月夜出行、聚会、踏歌等，都体现其情感选择的自由性。

乐府《江陵乐》描述江陵一带春日出游的情景，"阳春二三月，相将踏百草，逢人驻步看，扬声皆言好。"可知这里的女性出游活动不是夜晚聚会唱歌，而是白天出游，"踏百草"。"踏百草"包括游春、踏歌、斗草等丰富的民俗内容，《荆楚岁时记》云："五月五日，谓之浴兰节。四民并蹋百草，今人又有斗百草之戏。"这些活动并非只有女子参加，如《石城乐》云："阳春百花生，摘插环髻前。腕指蹋忘愁，相与及盛年"，就暗示了男女聚会的情景，只是过于含蓄。石城在竟陵（今钟祥市），据《旧唐书·音乐志》载，《石城乐》是刘宋时期臧质所作，"质尝为竟陵郡，于城上眺瞩见群少年歌谣通畅，因作此曲。"都说明这种春游的习俗是男女都参与的。特别是青春时期的少男少女，在春意盎然的季节，最喜出游聚会，或于桃蹊柳陌，或在花树莺歌之下，以踏歌或斗草为由聊一些共同的话题，并且欣赏春日美景，这些，无疑给"游"的含义染上一层浪漫色彩。这种男女同"游"的情形，在唐代仍然数见不鲜，如唐代孟浩然《大堤行寄万七》说明得更为详细一些："大堤行乐处，车马相驰突，岁岁春草生，踏青二三月，王孙挟珠弹，游女矜罗袜，携手今莫同，江花为谁发。"这里既有"王孙"，又有"游女"，春游与大堤行乐结合在一起，更凸显了唐代习俗的微妙变化。当然除去商业成分，这种王孙与游女的出游最接近先秦以来的荆楚习俗，除了踏歌、游春等活动，还有宴会、饮酒赋诗等，由于荆楚之地多江河，出游的地点往往在大堤之上，汉水之边，如在《荆楚岁时记》所载的"士女泛舟，或临水宴会，行乐饮酒"。

## 三、从游女到妓女——大堤女儿"怜钱"之"游"

唐代楚地女性出游的习俗非常发达,较之男女同游的习俗,唐代对春游及其他出游活动的关注更多集中在女性身上,在唐诗中,可以发现,只要涉及襄阳,几乎都会提及"游女"及郑交甫故事,如王适、孟浩然、刘禹锡、储光羲、张九龄等诗人对汉水女神传说反复咏叹,大诗人李白更是在《岘山怀古》诗中说:"弄珠见游女,醉酒怀山公",可知汉上女神传说的影响力。

登高缅怀、有着"游女弄珠"情结的诗人仍是少数,大多数途经襄阳一带的羁旅人士,津津乐道的还是那艳丽惊目的大堤景观。如张祜《襄阳乐》:"大堤花月夜,长江春水流。东风正上信,春夜特来游。"说明唐代也有大堤夜游的习俗。一个"特"字,将大堤的吸引力暗示出来。

大堤行乐的时间在春季,这个季节非常利于男女自由交往抒发情思,李白《大堤曲》也可佐证:

> 汉水临襄阳,花开大堤暖。佳期大堤下,泪向南云满。
> 春风无复情,吹我梦魂散。不见眼中人,天长音信断。

描述了在春游之际,与美丽的大堤女儿倾心相恋的过程,以及分别之后,诗人对大堤女子浓浓的思念之情。

唯独有偶,张柬之在《大堤曲》中极尽渲染大堤女儿之美:

> 南国多佳人,莫若大堤女。玉床翠羽帐,宝袜莲花炬。魂处自目成,色授开心许。迢迢不可见,日暮空愁予。

李白的《大堤曲》在抒发"可思不可得"的惆怅之情上有异曲同工之妙。这无疑让我们联想到汉上"游女"的"不可求思"之叹,可见自《汉广》以来,男子对佳人的思慕以及不完满的恋情的表达都是相似的。

《大堤曲》从侧面可见出大堤女儿的冶艳、大堤女儿的恋情如何吸引许多文人墨客心驰神往。以至于元稹在《酬乐天赴江州路上见寄三首》之二中则说:"襄阳大堤绕,我向堤前往";杨巨源在《襄阳乐》中也颇有几分期待地说道:"闲随少年去,试上大堤游。"

也许最初因"游"而产生的男女相互倾慕的恋情,使得文人墨客觉得襄阳乃至整个江汉之地风情无限,"江汉风流地,游人何岁归";但随着诗人逐渐了解到大堤女儿的生活之后,更多的笔墨便触及到更现实的商旅与大堤女儿的爱情上来。"大堤女儿"几乎成了风流女性的代名词。

这种现象从南朝开始就存在,只是随着商业经济的发展,在唐代更为人关注罢了。梁代简文帝萧纲在《大堤》诗中说:"宜城断中道,行旅亟留连。出妻工织素,妖姬惯数钱。炊雕留上客,贳酒逐神仙。"

较之织妇,这里的"妖姬",更引人注目。因其"妖",而有钱可数,这在后世文人心中,这种行为几乎成为大堤行乐的主题,如张潮《襄阳行》:"襄阳传近大堤北,君到襄阳莫回惑。大堤诸女儿,怜钱不怜德。"诗人借女子口吻告诫即将远行襄阳城的丈夫,一定要忠于他们之间的爱情,千万不要被妖艳冶的大堤女儿所迷惑。由此可知,当时大堤女儿真是闻名遐迩,魅力独特,让来往旅人流连忘返,让良家女子谈之色变。

韩愈在《送李尚书赴襄阳八韵得长字》中更是明确地点明大堤行乐的不再单纯:"风流岘首客,花艳大堤倡。"大堤女儿操持某种特殊行业,与当时商业的繁荣有关,襄阳独特的地理优势使无论是沿汉水而下,从西北入境的商贾,还是东南溯汉水而上的游客,皆至襄阳停歇,因而大堤上居住的房屋便开始增多,且出现许多营利的设施,如李善夷《大堤曲》诗中所说"酒旗相望大堤头,堤下连樯堤上楼",又如李贺《大堤曲》:"……大堤上,留北人。……莫指襄阳道,绿浦归帆少。"可见其繁华景象。

这样的环境下,大堤女儿的出游便变相地成为了一种展现魅力招揽生意的手段,如陆龟蒙《大堤》:"大堤春日暮,骢马解镂衢。请君留上客,容妾荐雕胡。"在春暖花开之际,大堤上不仅酒楼林立,大堤女儿还主动迎客,来往的文人商客往往因此而驻足,这样的情景比较普遍,以至于引发诗人的担心和劝告,如施肩吾《襄阳曲》:"大堤女儿郎莫寻,三三两两结同心。清晨对镜理容色,意欲取郎千万金。"对于在大堤行乐销金的行为,诗人显得痛心疾首,可知当时的奢靡程度已让人惊觉。

大堤女儿这样的生活都是比较短暂的,一来,大堤女儿因姿容冶艳而闻名,但姿容随着时间的流逝会逐渐黯淡,二来,来往商旅都只是驻足之客,一时的欢爱也并不长久,即使嫁给"五陵年少",也因离别故土而悲伤叹惋,杨巨源《大堤曲》中就细腻而清晰地记述了一位大堤女儿的经历:

二八婵娟大堤女,开垆相对依江渚。待客登楼向水看,邀郎卷幔临花语。细雨濛濛湿芰荷，巴东商侣挂帆多。自传芳酒涴红袖，谁调妍妆回翠娥。珍簟华灯夕阳后，当垆理瑟矜纤手。月落星微五鼓声，春风摇荡窗前柳。岁岁逢迎沙岸间，北人多识绿云鬟。无端嫁与五陵少，离别烟波伤玉颜。

除了被人关注较多的襄阳地带，江汉其他地区也有类似的大堤景观，如江陵的大堤也是"春堤缭绕水徘徊，酒舍旗亭次第开。日晚上楼招估客，轲峨大舸落帆来"。商业气息比较浓厚。

大堤游乐的风气如此盛行，以至于有着"游女弄珠"传说的岘山和弄珠滩附近，也不得不拿着"神女"作幌子，借典故来描写携妓游乐的实质："羊公岘山下，神女汉皋曲。雪罢冰复开，春潭千丈绿。轻舟恣来往，探玩无厌足。波影摇妓钗，沙光逐人目。……"又襄阳妓《送武补阙》："弄珠滩上欲销魂，独把离怀寄酒尊。无限烟花不留意，忍教芳草怨王孙。"将昔日神女解佩之地当作了行乐的背景，抒发妓女与王孙离别的哀怨与留恋之情。

在武元衡笔下，神女似乎意指某种特殊意味的佳人，其《赠佳人》中隐晦地表达了这一点："步摇金翠玉搔头，倾国倾城胜莫愁。若逞仙姿游洛浦，定知神女谢风流。"按武元衡生平交往女性来看，这首诗很可能是写给女冠薛涛的。女冠在唐代具有特殊的地位，她们不受礼法的约束，精神上往往相对自由，许多女冠与男性诗人暧昧，介乎与淑女与妓女之间。这一点后文将会讨论到。

神女世俗化的现象在唐诗中数见不鲜，然直接将神女比作妓女的，还属白居易，如他的《醉后题李、马二妓》《卢侍御小妓乞诗，座上留赠》等诗，将妓女的才情美貌、绰约风姿与传说中的神女相比，只不过他比拟的对象成了巫山神女，而非汉水神女。

在晚唐，这种情形更为明显，如韦庄《浣溪沙》之三中："绿树藏莺莺正啼，柳丝斜拂白铜鞮，弄珠江上草萋萋。日暮饮归何处客，绣鞍骢马一声嘶，满身兰麝醉如泥。""绣鞍骢马"的行装，应为有钱的王孙或旅客所有，而为何"满身兰麝"，说明弄珠江畔有"兰麝飘香"的女子，在酒肆招揽客人。

到唐末五代，汉上游女已经不再是不可亲近的神女，如毛文锡《摊破浣溪沙》下半阕：

> 罗袜生尘游女过，有人逢著弄珠回。兰麝飘香初解佩，忘归来。

到神女赠佩已经不足为奇，神女"罗袜生尘""兰麝飘香"，令游者不归，留恋忘返，给诗歌染上了一抹香艳色彩。

神女、游女到妓女，唐代文人心中"好游"女子的角色随着时代的推移不断在变幻，"游"的含义也在发生偏移。在大堤女儿"怜钱不怜德"的行为潜移默化的影响下，后世的文人渐渐淡忘了游女的最初目的和本质，而将大堤行乐作为"江汉好游"的全部内涵。南朝夜月踏歌的习俗到唐代虽仍有遗韵，但主要集中在荆州江陵一带，只在刘禹锡的《踏歌词》中可窥见一斑，至于男女自由聚会游春的习俗也被以女儿为主导的大堤景观的光芒所遮掩。

由此我们可以看出，"江汉好游"的习俗与楚先民的祭祀活动密切相关，"游"的本义来源于祭祀中男女自由聚会所传达的原始婚恋观，这其中就包含繁衍求子等。而作为文学领域中的"江汉游女"之"游"则应当排除各种功利色彩，它的涵义可以总结为：并不是单纯的出游，而是女子借出游的机会与异性交往，表现自身，追求自由爱情的一种风俗习惯。这种风俗习惯仍以"情"为主导，"情动于中而发于声，形于外"，因此出游往往伴随着踏歌舞等能充分表达主体情性的活动。

后世对"好游"的内涵的认可或评价却并非一成不变，总会因为所处时代和自身学识的局限性而发生偏差，或褒或贬或局限于某一阶段，因此"游"的面目就变得更加扑朔迷离起来。

如果游的最初目的只是求神生子繁衍如此简单，那么它的本质其实只是两性之间的自由活动，即使"游"在古代沾染上桃色氤氲的色彩，被卫道者称之为"淫乱之俗"也只是出于某种目的的宣传，某种立场的维护以及以偏概全的论断，但"好游"本身是无关褒贬的。只是"好游"最后成为了江汉这一地域的定评，男女同游被淡化，"游女"成为了关注的主体，女性出游成为一种唐代的独特景观，这还得益于南朝至唐代楚地女性出游活动的频繁，荆襄一带水陆交通的发达与商业经济的繁盛；也得益于唐代开放的文化环境。但究其内因来说，这与荆楚之地自先秦以来的自由恋爱婚配习俗以及荆楚重情的浪漫传统是分不开的。

# "汉水女神"的生态伦理象征意义初探

郧阳师专汉水文化研究基地　胡文江[①]

【摘　要】"汉水女神"是中国影响最为深远的江河神邸崇拜。文章一改对《诗经·汉广》人文角度的考察，而是从诗的内容反推"比兴"对象，将广袤无际、瑰丽神奇的汉江流域，以及为护佑这方水土作出奉献牺牲的荆楚儿女视为这个对象，重新审视周天子三次涉汉伐楚所引发的生灵涂炭这段历史，重在反思逆"天道"而动必遭惩罚，顺荆楚道教"以鸟养养鸟"的生态伦理方能无咎的道理。

【关键词】生态伦理；庄子；汉水女神

古人以为，是山都有精神、是水都有灵性，山水神灵的出现是原始先民自然崇拜的产物。从江河来说，长江有江神、黄河有河伯，洛水有宓妃，湘江有湘君。汉水是"江河淮汉"四渎之一，在汉水流域哺育的人民中间，流传着关于汉水女神的许多优美动人的神话传说，她不仅出现在《诗经》《楚辞》文化系统之中，也存在于春秋、战国以来的祭祀文化系统之中，汉代以降汉上游女的形象慢慢开始被神化，其典故被反复地引用和称颂。汉水女神无疑是中国最早、影响最为深远的江河神邸崇拜。

汉水女神第一次登台亮相是在《诗经·周南·汉广》中，继而有前汉刘向《列仙传》的附会，东晋王嘉《拾遗记》的考证。汉水女神的飘忽不定、行踪隐秘，也让世人对汉水女神原型的探讨众说纷纭、莫衷一是。通过比较不难发现，关于汉上游女的传说，《拾遗记》与《列仙传》《韩诗》乃至《诗经·汉广》等，似乎有太多的关联性。古往今来，更多人是从人文角度通过汉江女神寄予了人们

---

[①] 作者简介：胡文江（1978—　），男，河北故城人，郧阳师范高等专科学校党委宣传部理论宣传科长，思想政治理论课副教授，主要从事传统文化、马列主义与思想政治教育研究。

对高贵美丽、廉洁自持、机智理性、刚柔相济的女性美的一种向往。但是如果能够摆脱这种思维定势，回归原始自然崇拜的视角，或许会有新的发现。从文学与现实的逻辑关系上考察，与其说"汉水女神身上折射了汉水流域平民女性的智慧、品行和作派"，倒不如说是水土富饶、物种丰富、植被繁盛的原生态的汉江流域滋养、繁育了品性温良的汉江儿女。就是这么一块美丽、灵秀、丰腴的风水宝地，犹如"南之乔木"，宛如"汉上游女"，深深地吸引着来自中原的统治者周天子的目光，他又岂肯轻言"罢兵休战"？这便是对《汉广》首句"南有乔木，不可休思"的个人解读。

众所周知，"比兴"是《诗经》的重要手法。《汉广》一诗表面看来是在描述"汉上游女是一个樵夫的心上人"，可结合《拾遗记》的记载，汉水流域无疑成了周昭王南巡志在必得之所，与后世楚庄王"饮马黄河"的志向还有不同，当时的周天子不仅"不可休思"，并且付诸了强大的军事行动。当时由于楚国国力空前强盛、威名响贯华夏，引起周天子不安而势必伐楚。于是周分别于公元前985年、前982年、前977年伐楚涉汉，结果是"遇大兕""雉兔皆震，丧六师于汉""五色光贯紫微，其王南巡不返"。周昭王第三次伐楚全军覆没，于是就有了"延娟、延娱陪侍周昭王享乐，一同葬身汉水升华为神"的掌故。那么再看《列仙传》所附会的郑交甫"请佩、解佩、授佩、失佩"的过程，"佩珠"的得而复失，不恰恰暗合周天子伐楚涉汉"理想"的破灭吗？在这里，郑交甫究竟何许人，甚至有无其人已不可考，可他身上这种鲜明的象征意义却是显而易见的，人们不能不感叹"郑交甫亡其珠"同"周天子南巡不返"的情节的吻合程度是何其的严丝合缝！由此也不难推断《列仙传》与《拾遗记》所述应该是同一件事。

明确了《汉广》所比的历史文化背景，理解其中的细节也就不难了。该诗采用比兴手法，通过高大的树木，错杂的薪柴和茂盛的蒌蒿，起兴歌唱，反复咏叹。尤其是每章后四句，一字不易，重叠回环，韵味无穷。诗中所比樵子一唱三叹"汉之广矣，不可泳思；汉之永矣，不可方思"，除开印证周昭王三次伐楚的史实，愈加让人对"汉之广永"起疑，究竟是多么宽阔的水面，能够让人产生"人神之别"的绝望感呢？这个答案后人可以从三家诗由《汉广》衍生出的郑交甫遇神女的故事来找到。"郑交甫遵彼汉皋，台下遇二女，与言曰：愿请子之佩。二女与交甫，交甫受而怀之，超然而去。十步循探之，即亡矣。回顾二女，亦即亡矣。"望文生义地理解这个故事，倒是像极了佛家所主张的"如梦幻泡影"。但是细究佩珠"得而复失"、二女"忽然不见"的原因，似乎并不是这么简单。《庄子·至乐》云："昔者海鸟止于鲁郊，鲁侯御而觞之于庙，奏之韶以为乐，具太牢以为膳。鸟仍眩视忧悲，不食一脔，不敢饮一杯，三日而死。此以己养养鸟，非以鸟养养鸟。无以鸟养养鸟者，宜栖之深林，游之坛陆，浮之江湖，食之鳅鲦，随行列而止，委蛇而处。彼唯人言之恶习闻，奚以夫浇浇为乎！"简单地说，庄子借此比喻"以己养养鸟"和"以鸟养养鸟"的区别：用人类自己的生存之道来对待自然，由于违背了自然事物的天性，结果导致了自然的毁灭。依照这个观点，郑交甫"失女亡珠"的奇遇或因"唐突轻浮"，或缘"受而怀之"方法不当，总之"人与神的交往"和"人与人的交往"本来就是不可同日而语的。这自然让他产生了这种人与神可望不可即、可遇而不可求的距离感，犹如"汉之广永"这种让人几近绝望的无可奈何的巨大阻隔。

回过头再来讨论周昭王理想的破灭。据《帝王世纪》载，周昭王伐楚，返济汉，楚人献胶胶之船，远眺解佩渚船之中流胶解而溺昭王，他的两位侍女延娟、延娱"夹拥王身，同溺于水"，化为神女。之所以为神，是因为二女无辜而死，深得荆楚人民的同情。这些记载虽然语焉不详，却给后人以极大的想象空间，笔者从中读出了"延娟、延娱"二女实乃身怀绝技、心怀必死之心的刺客，理由如下：其一，二女出身乃"东瓯献"，来自楚地蛮族之地；其二，身负绝技，"辩口丽辞，巧善歌笑"，"步尘上无迹，行日中无影"，以多情的舞姬身份为掩护，能言善辩说明心理素质好、应变能力强，身行无影、踏雪无痕说明功夫了得；其三，与周昭王同归于尽，且看这句"夹拥王身，同溺于水"，不少人认为这是一种"牡丹花下死，做鬼也风流"的浪漫，背后实则是二女联手将周昭王溺沉江底的殊死搏斗；其四，二女之死引发汉江沿案百姓的同情，"嗟二姬之殉死，三良之贞节，精诚一至，视殒若生"，"故江汉之人，到今思之……至暮春上巳之日，禊集祠间"，俨然将二女视为"捐躯赴国难"的巾帼英雄了；其五，周昭王中了楚人的绝户计，昭王执政时期王道缺失，多次向南方征讨，要渡过汉江进攻楚蛮，船夫非常痛恨他，就用胶液粘接木船，进献给昭王，昭王乘船到了江河中央洪流之处，胶液溶化木船解体，昭王落水而亡。由此，周昭王南征之惨败的一个重要原因也就浮出水面了：他欣然纳"东瓯献二女"陪侍身侧，看上去是得到了他想要的，殊不知此举为自己埋下了祸根，一如郑交甫"受而怀之"，最终中了楚人欲置其于死地的计策：胶船是楚人献的，美女是楚人献的，如果你贪得无厌不知止，什么都敢要什么都敢拿，自然是有违天道，无异自取灭亡。

由此可见，《汉广》的故事提供了从不同角度理解的空间，为后人的不同理解留有余地。这首诗表面看来是一首柔肠百转、婉约澎湃的爱情诗，实则是一部表达颇为隐晦的政治史诗。该诗巧借樵子"求之不得"的惆怅失望之情，内心的热烈向往和期望"之子于归"的浪漫幻想，以及面对理想的不可实现内心充满了无可奈何的烦恼苦闷之情，引发人们对其哲学层面的思考和探讨，凡夫俗子与神女、得佩而又丧佩、希望与失望、可望而不可及，精心刻画了一幅人神交往的图画，折射了对征伐者"自以为是"的嘲讽。那么，当地所希望的究竟又是怎样一种交往原则呢？在《韩诗外传》中就有这样的一个场面：孔子南游楚国，来到了一个阿谷之隧的地方，穿过长长的隧道般的山谷，就来到了汉江边上，看到了两位戴着闪亮珍珠项链的少女，正在江边洗衣服。两位姑娘清丽窈窕，勤劳利索，这让孔子看上去心有所动。他就让自己的两位弟子送上了两份礼物，但是被这两位洗衣的女子婉言拒绝了："无功不受禄，无缘不受赏。先生，我们谢谢您了。"这个场面中出现的汉水神女，显然是有见识、知礼节的，是勤劳智慧的，是廉洁不贪的。在这里，汉水女神的"廉洁自持"与郑交甫的"贪婪无度"形成鲜明对比。

先秦时代，汉水正是我国南北文化交流的大通道，围绕汉水女神的传说，正反映了那个时代的历史踪迹。在南、北不同民族的交往当中，当地人民期望看到的是有礼有节的君子之交，期望对方能够自觉摈弃有违天道的"得失观"，主动遵从"以鸟养养鸟"的道家思想，即以汉水人民自身的生存之道来对待他们，从而使其按照自身天然纯朴的风俗文化自由发展。

**参考文献**

[1] 邱鹤亭. 列仙传今译 [M]. 北京：中国社会科学出版社，1996.

[2]（东晋）王嘉. 拾遗记 [M]. 北京：中华书局，1981.

[3] 吕恢文. 诗经国风今译 [M]. 北京：人民文学出版社，1987.

[4]（唐）孔颖达. 十三经注疏 [M]. 北京：中华书局，1980.

[5]（清）王先谦. 诗三家义集疏 [M]. 北京：中华书局，1987.

[6] 曹础基. 庄子浅注 [M]. 北京：中华书局，2000.

# 三国时期上庸地区的战略地位与刘备诸葛亮的失误

三峡大学　王前程[①]　占艳娟

**【摘　要】** 古上庸地区（今湖北十堰等地）地处汉水、长江之间，北抵汉水，西连汉中，南接长江，东通襄阳，在汉末三国时期具有得天独厚的军事战略价值，是三国英雄争霸的重要战场之一。建安二十四年（219），蜀汉集团成功夺取上庸之地，却因浓烈的享乐主义思想和麻痹情敌情绪而痛失荆州和上庸。蜀汉建兴五年（227），孟达谋划叛魏归蜀，诸葛亮却内部权力之争和个人喜好而消极处事，断送了上庸回归蜀汉之路，也失去蜀汉事业由弱变强、实现战略转折的良机，充分暴露了蜀汉用人制度的严重弊端。

**【关键词】** 三国；上庸；战略地位；刘备；诸葛亮；失误

## 一、三国群雄争战于上庸

今湖北省十堰市南部竹山、竹溪等县地，乃商周时期著名方国庸国的中心区域。古庸国曾经盛极一时，西周初期周武王联合庸、蜀、羌、髳、微、泸、彭、濮等八个西土方国共伐商纣王，庸国作为西土八国之首，在灭商兴周的战争中所发挥的作用无疑是显著的。庸国势力最强盛之时，其国界北抵汉水，西跨巫山，南接长江，东越武当，春秋时期称雄于江汉、巴山之间，曾多次击败楚人入侵。《华阳国志·汉中志》曰："汉中郡，本庸国地。周匡王二年，巴、秦、楚灭庸，其地分属秦、巴。"可见今陕西汉中地区原本属庸国辖地，楚、巴、秦等诸侯国联合灭庸国后，上庸归楚，汉中则分属秦、巴等国。

---

[①] 作者简介：王前程（1963—　），男，湖北浠水人，三峡大学文学院教授，文学硕士，研究方向：中国古代小说和古代文化。

西汉立国之后,设置"汉中郡",下辖十二县:西城、旬阳、南郑、褒中、房陵、安阳、成固、沔阳、钖、武陵、上庸、长利。东汉时期"汉中郡"下辖九县:省旬阳县入西城县,省长利县入钖县,省武陵县入上庸县。其中武陵县县治位于今湖北十堰市竹溪县东、竹山县西北;上庸县县治位于今湖北十堰市竹山县西南。范晔《后汉书·郡国志》在"上庸县"下注曰:"本庸国"。据《华阳国志·汉中志》所载:东汉建安后期分汉中郡置魏兴、上庸、房陵三郡,魏兴郡治所在西城县(今陕西安康市),上庸郡治所在上庸县(今湖北竹山县),房陵郡治所在房陵县(今湖北房县),三郡皆"在汉中之东,故蜀汉谓之'东三郡'"。《水经注》卷二十八曰:"魏文帝合房陵、上庸、西城立以为新城郡,以孟达为太守。"蜀汉所言"东三郡",魏文帝曹丕合为"新城郡",大体涵盖了今湖北省十堰市汉水以南、武当山脉以西大部分县镇以及陕西省安康市大部分县镇,这片区域正是古上庸国的核心地区。

古上庸地区地处汉水、长江之间,其中心地带位于汉水南岸重要支流堵水(今习称"堵河")流域,属于典型的山环水绕的高山谷地,易守难攻,具有得天独厚的军事价值。唐人李泰等编纂《括地志》在"竹山县"条下云:"本汉上庸县,古之庸国,昔周武王伐纣,庸蛮在焉。方城山在房州竹山县东南四十一里。其山顶上平,四面险峻,山南有城,长十余里,名曰方城。"许多学者以为"方城"是庸国之都城,这未必可信,但古上庸地区有着极高的战略地位则是无可争辩的。

东汉末年,天下大乱,群雄争战不息,最终逐步形成了魏、蜀、吴三大政治军事集团鼎足而立的局面。三国争霸,争在荆州。而争荆州则有四处焦点:襄阳、夏口、夷陵、上庸。古荆州腹心之地是江陵(今湖北荆州市),其南是长江,乃天然屏障;其北是襄阳(今湖北襄阳市),其东是夏口(今湖北武汉市),其西是夷陵(今湖北宜昌市),好比荆州三大门户。今天的人们熟知汉末三国时期荆州三大门户之争,却不大知晓上庸之争在三国争霸中的重要性。上庸位于江陵之西北,处在襄阳、夷陵两大门户之间,向西可走陆路至益州之北大门汉中,向北沿堵水进入汉水,再逆水而上可至汉中,顺流而下可至襄阳、南阳,向南走山道可至夷陵。可见,古上庸地区在汉末三国时期既可成为汉中、襄阳、夷陵这些战略支点的连接线,也可以成为威胁这些战略支点的基地,其军事战略价值不言而喻,大凡睿智的军事家不会忽视这块战略宝地的。

事实上,古上庸地区在汉末三国时期一再成为军事战略家们关注的焦点和硝烟弥漫的战场。汉献帝初平二年(191),张鲁割据汉中,改汉中郡为"汉宁郡",

以"五斗米道"教化人民,建立起政教合一的地方政权,此时上庸地区应在张鲁控制之下。《三国志·武帝纪》载:建安二十年(215),曹操进占汉中,张鲁投降,"复汉宁郡为汉中;分汉中之安阳、西城为西城郡,置太守;分锡、上庸郡,置都尉。""分锡、上庸郡,置都尉"一句有脱漏,应为"分锡、上庸为上庸郡,置都尉",曹操设置上庸郡并置都尉统辖,显然是看到了这一地区的军事价值。《三国志·先主传》载:建安二十四年(219)夏,刘备率主力成功夺取了汉中,并即刻发起了上庸之战:"遣刘封、孟达、李平等攻申耽于上庸。"《三国志·刘封传》亦载:建安二十四年,刘备令宜都太守孟达"从秭归北攻房陵,房陵太守蒯祺为达兵所害。达将进攻上庸,先主阴恐达难独任,乃遣封自汉中乘沔水下统达军,与达会上庸。上庸太守申耽举众降"。蜀汉上庸之战是很成功的,不仅杀了曹魏之房陵太守蒯祺,还逼降了上庸太守申耽。刘备抓住时机派遣两路人马一举夺取上庸地区,说明刘备也看到了其非凡的军事价值。

曹操、刘备看到了上庸地区的战略意义,东吴将帅们自然不会懵懂无知。《三国志·陆逊传》记载:建安二十四年秋冬,孙权趁关羽进攻樊城之际,派遣吕蒙、陆逊袭取了江陵、公安等荆州重地;陆逊又迅速占据了夷陵及西陵峡口,被孙权任命为宜都太守;陆逊在全力剿灭蜀汉残余势力牢牢控制夷陵地区局势之后,又部署战将谢旌等"攻房陵太守邓辅、南乡太守郭睦,大破之。"此处所述"南乡郡"在汉水之北,处于曹魏势力控制之下,蜀汉南乡太守郭睦其时可能暂留房陵一带。陆逊深谋远虑,充分意识到了上庸地区对于战略支点夷陵的严重威胁,故而发起进攻房陵之战,目的就是要将东吴的战略前沿延伸至上庸一线,以确保夷陵三峡地区的安全。

自建安二十年(215)曹操进占汉中郡以来,曹魏集团和刘备集团围绕上庸地区的控制权发生过多次交锋。建安二十四年(219)夏秋,刘封、孟达等蜀汉将领攻占上庸。《三国志》之《夏侯尚传》《徐晃传》《刘晔传》等记载:建安二十五年即延康元年(220)春夏,曹丕称帝后,遣大将夏侯尚、徐晃袭击上庸,孟达、申耽、申仪等降魏,刘封大败逃回成都,魏文帝合三郡为新城郡,任命孟达为新城太守,加散骑常侍。《三国志·明帝纪》等记载:魏明帝太和元年(227)夏秋,诸葛亮策反孟达叛魏归蜀,同年十二月,"新城太守孟达反,诏骠骑将军司马宣王讨之。二年春正月,宣王攻破新城,斩达,传其首。"司马懿成功平叛,从此,新城郡(上庸地区)大部分郡县牢牢控制在曹魏政权之下。《三国志·蒋琬传》亦载:"琬以为昔诸葛亮数窥秦川,道险运艰,竟不能克,不若乘水东下。乃多作舟船,欲由汉、沔袭魏兴、上庸。会旧疾连动,未时得行。""魏兴郡"即西城郡,魏文帝初年改称"魏兴郡"。诸葛亮死后,蒋琬执政,曾经筹划袭占上庸地区,因病缠身未能实施。蜀汉灭亡之后,新城郡南部房陵等地尚在吴国控制之中,新城郡(上庸地区)便成为魏国进攻吴国的基地之一。《三国志·王昶传》载:魏嘉平二年(250),魏征南将军王昶奏请趁吴国围绕立太子问题纷争不息之机向吴国荆州发起进攻,获得朝廷诏许,"乃遣新城太守州泰袭巫、秭归、房陵,荆州刺史王基诣夷陵,昶诣江陵。"由此可见,自三足鼎立以来,上庸地区一直是三国英雄争霸的重要战场之一。

## 二、刘备麻痹大意痛失上庸之地

常言说:"关羽大意失荆州"。其实,将痛失荆州的责任归于关羽是有失公允的。荆州之失,守将关羽固然有其不可推卸的罪责,但在曹魏、东吴夹击荆州之时,刘备不发一兵一卒救援关羽任其孤军奋战终致覆灭败亡,其责任远大于关羽。如果说麻痹大意,以刘备为核心的蜀汉最高决策层才是真正的麻痹大意者。刘备等人岂止是"大意失荆州"?还"大意失上庸"。

如前所述,上庸地区处于汉中、襄阳和夷陵等军事重镇的结合部位,其军事战略之重要性不言而喻。汉中战役结束后,刘备命令孟达、刘封进占"东三郡"(上庸地区),同时命令关羽进攻襄阳、樊城,目的便是将汉中地区与荆州连成一片。从战略上讲,蜀汉此举无疑是正确的。其时蜀汉主力在汉中,夷陵早已在控制之下,夺取上庸又得手,关羽虽然没有顺利拿下樊城、襄阳等重镇,但水淹于禁七军,重重围困曹仁,为蜀汉集团创造了大好的军事态势。如果蜀汉最高决策层此时及时调整战略部署,兵分两路东进,一路由刘备、法正亲率主力沿汉水顺流而下至襄阳增援关羽,另一路由诸葛亮、赵云率部进入上庸以加强该地区的防务,并相机从房陵东进侧击襄阳,则襄阳、樊城等军事重地完全可以收入囊中。然而,在曹操不断增派援兵驰援曹仁、孙权密谋袭击荆州之际,刘备不仅对关羽孤军作战不闻不问,不派一兵一卒驰援荆州,而且对于加强上庸地区的防务亦缺乏任何有效举措,其失败的结局可想而知。

如果说荆州路途遥远救援关羽鞭长莫及,那么上庸地区紧邻汉中,对于此地亦采取不闻不问的态度则明显暴露了蜀汉最高决策层的麻木不仁。上庸地区本可以作为荆州之大后方,进可攻,退可守,可以同关羽遥相呼应,与夷陵、襄阳等地互为犄角,荆州有战事,可出兵支援,一旦荆州形势危急,则可退守上庸守险待援,再相机反攻荆州。刘备派兵及时夺取上庸三郡,正是基于这种战略上的考量。但刘备任命养子刘封作为上庸地区的最高长官则存在极大问题，刘封年轻气盛，缺乏谋略和协调能力，根本就驾驭不了反复无常的孟达及降将申耽、申仪兄弟；又与关羽矛盾较深，在军事行动中难以做到密切配合，关羽围樊城，连呼刘封、孟达发兵协助，可是"封、达辞以山郡初附，未可动摇，不承羽命"。在魏、吴夹击之下，关羽孤军无援，终于败走麦城。《三国志》之《关羽传》《吴主传》《潘璋传》等记述关羽败走麦城之后逃至临沮县章乡夹石一带，遭到东吴骁将潘璋擒杀，后人将关羽遇难处称作"回马坡"。《宜昌纪胜》说回马坡"山高谷深，地势险要，是古荆襄直通蜀秦的咽喉。三国时期，蜀国将领关羽大意失荆州后，败走麦城，进而取此道入川，当行至此地，遇吴国伏兵堵截，回兵改道而被擒，回马坡因此而得名。"汉之"临沮县"即今湖北省宜昌市远安县，与房陵县（今湖北十堰房县）紧邻，"回马坡"在今远安县荷花镇境内，属于沮水流域。从关羽撤退被俘的地点看，此道不能直接西向"入川"（其西被南北走向的神农架等山脉所阻隔），只能北上进入房陵、上庸，再经汉中可入川。很显然，关羽生前试图逃至房陵、上庸，向刘封、孟达所部靠拢，可惜无救兵接应，终致被俘殒命。

所以，蜀汉集团虽然取得了上庸战役的胜利，将汉中、上庸与荆州连成一片，却无法充分利用上庸这块战略基地进行协同作战。假如刘备、法正、诸葛亮等蜀汉最高决策者重视上庸人事问题，另派得力大将如赵云、王平、邓芝等前往上庸，主持上庸军务，那么至少在关羽惨败后可以迅速接应他兵退房陵、上庸，固守待援，再寻机夺回荆州也并非毫无希望。但刘备等人在关羽发起樊城战役后既不指令刘封、孟达做好牵制曹兵和接应关羽的两手准备，也明知刘封、孟达、关羽之间不和谐却不对他们晓以大义，亦未另派得力大将、谋士前往上庸主持军政要务，可见上庸三郡的战略作用并没有引起蜀汉最高决策层的足够重视，而当关羽兵败身毁、上庸三郡被曹魏夺占之后把责任统统推到刘封头上而逼令其自尽，岂不荒谬？对于刘备等人的严重失误，蜀汉有识之士曾有过严肃批评。《三国志·廖立传》记载廖立对蒋琬说："昔先帝不取汉中，走与吴人争南三郡，卒以三郡与吴人，徒劳役吏士，无益而还。既亡汉中，使夏侯渊、张郃深入于巴，几丧一州。后至汉中，使关侯身死无孑遗，上庸覆败，徒失一方。"建安十九年（214）六月，刘备成功夺取益州；次年五月，孙权派诸葛瑾为使讨还荆州。经过近一年时间的经营和休整，益州局势稳定，兵强马壮，此时正是蜀汉进军汉中的最佳时机，刘备完全可以派人同东吴谈判，商议解决荆州矛盾，而专心于汉中战役。却不料刘备放弃夺取汉中之战机，亲率五万精兵下公安与孙权争夺江南三郡。曹操趁刘备争三郡之际，迅速攻占汉中并威胁益州，刘备被迫放弃江南三郡，与孙权讲和而回防益州。两年后即建安二十三年（218）春，刘备北上与曹操争汉中。经过一年多的战斗，总算在次年（219）五月顺利地占领了汉中，迫使曹操兵退长安，接着又成功取得了上庸地区的控制权，与关羽镇守的荆州连成一片，创造了蜀汉集团历史上最为兴旺的局势。此时刘备不应头脑发热，急于求成，应即刻派遣精兵强将支援关羽加强荆州防务，同时重点经营上庸三郡，使之成为荆州可以依靠的战略大后方。然而，刘备却错误地指示关羽举行北伐曹仁的军事行动，既已开始北伐，就应立即组织人马支援关羽的军事行动，但在关羽孤军奋战到覆灭的半年时间里，既无来自汉中一兵一卒的支援，也无上庸一兵一卒的策应，终于痛失荆州，继而又丢失了上庸三郡。廖立尖锐的批评无疑是客观正确的。由此可见，刘备、法正、诸葛亮等人并不缺乏战略头脑，却常常处于麻木不仁或轻重倒置的状态。蜀汉决策者们何以常常在关键时刻出现如此令人费解的失误呢？笔者以为主要原因有二：

其一，封建功名利禄思想严重。

刘备从小就有强烈的称王称帝的欲望："先主少时，与宗中诸小儿于树下戏，言：'吾必当乘此羽葆盖车！'"在长期艰苦的征战中始终做着帝王美梦，刚占有荆州南郡，就分夷陵、夷道、佷山诸县设立"宜都郡"，暗含"适宜建都"之意。刘备手下的臣僚将佐也大多有着浓郁的功名利禄思想。《三国志·诸葛亮传》记载了诸葛亮劝说刘备称"汉中王"的一段话颇具代表性："昔吴汉、耿弇等初劝世祖即帝位，世祖辞让，前后数四，耿纯进言曰：'天下英雄喁喁，冀有所望。如不从议者，士大夫各归求主，无为从公也。'世祖感纯言深至，遂然诺之。今曹氏篡汉，天下无主，大王刘氏苗族，绍世而起，今即帝位，乃其宜也。士大夫随大王久勤苦者，亦欲望尺寸之功如纯言耳。"文臣武将们辛勤苦战，不就是"欲望尺寸之功"、早日扬名立身享受荣华富贵吗？蜀汉集团在夺取益州之后的大约一年当中并无重大军事行动，刘备君臣在干什么呢？裴松之在《三国志·刘巴传》中注引《零陵先贤传》曰："初攻刘璋，备与士众约：'若事定，府库百物，孤无预焉。'及拔成都，士众皆舍干戈，赴诸藏竞取宝物。军用不足，备甚忧之。"又《三国志·赵云传》中注引《云别传》云："益州既定，时议欲以成都中房舍及城外园地桑田分赐诸将。云驳之曰：'霍去病以匈奴未灭，无用家为。今国贼非但匈奴，未可求安也？须天下都定，各返桑梓，归耕本土，乃其宜耳。益州人民，初罹兵革，田宅皆可归还，令安居复业，然后可役调，得其欢心。'先主即从之。"夺取益州之后，刘备君臣忙于论功封赏，在刘备的纵容下，成都库藏钱物被分抢一空，以至于军用物资严重不足。如果不是赵云直言谏阻，成都良田美宅恐怕也要瓜分一空了。蜀汉百官一心追求俸禄，上下弥漫着浓烈的享乐主义思想，岂有心思乘胜前进发起汉中战役呢？

汉中战役获得全胜之后，面对关羽在荆州孤军作战刘备又何以不发一兵一卒显得如此麻木不仁呢？《三国志·先主传》载："（建安二十四年）秋，群下上先主为汉中王。……遂于沔阳设坛场，陈兵列众，群臣陪位，读奏讫，御王冠于先主。……于是还治成都，拔魏延为都督，镇汉中。"裴松之在这段文字下注引《典略》云："备于是起馆舍，筑亭障，从成都至白水关，四百余区。"小说《三国演义》之《关云长威震华夏》在史籍记载的基础上描述道："（刘备）引百官回成都。差官起盖宫庭，又置馆舍，自成都至白水，共建四百余里馆舍亭邮。"刘备不仅没有率部向荆州进军，反而领文武百官回到了远离前线的成都。原来，蜀汉君臣们正热衷于称王称霸，他们要集中精力建造大批宫殿馆舍来享受安逸的生活，哪有精力去支援或策应荆州的军事行动？

其二，麻痹轻敌。

早年刘备集团长期转战中原，因缺少经纶之士而始终难以立足，被逼南下荆州依附刘表，实无麻痹轻敌的资本。但自从诸葛亮、庞统、法正等智谋之士先后加入刘备集团之后，蜀汉事业渐入顺境。赤壁之战与吴联手击败曹操，乘机进占江南四郡，在荆州站稳脚跟。又率部入川，杀张任，降马超，夺占益州，斩夏侯渊，巧取汉中，攻略上庸，等等，一系列的胜利使蜀汉君臣逐步产生了麻痹轻敌思想。《先主传》载曰："曹公自长安举众南征。先主遥策之曰：'曹公虽来，无能为也，我必有汉川矣！'""遥策"，即高高挥动马鞭的意思。这段文字虽然不能直接说明刘备麻痹轻敌，但其洋洋得意之情溢于言表。《三国演义》描写诸葛亮常常咄咄逼人，全然不把敌手放在眼里，他对鲁肃说："曹操统百万虎狼之众，动以天子为名，吾只以为疥癣之疾。"对刘备说："周瑜之计，岂能出诸葛亮之料乎？略施小谋，使周瑜半筹不展。"这些描写虽系虚构，但也反映了蜀汉君臣在顺境下麻痹轻敌、错误估计形势的真实心态。

《关羽传》记载关羽发起北伐战役，开始十分顺畅，不仅将曹仁镇守的樊城围得水泄不通，而且将前来增援的于禁七军消灭殆尽，"威震华夏，曹公议徙许都以避其锐"。这种胜利无疑使刘备等蜀汉决策者们忘乎所以，对荆州形势作出了错误的估计。《诸葛亮传》注引习凿齿《汉晋春秋》记诸葛亮表奏后主曰："吴更违盟，关羽毁败，秭归蹉跌，曹丕称帝。凡事如是，难可逆见。"所谓"难以逆见"，就是没有料到，没有预见到。连诸葛亮都没有想到会发生东吴背盟、关羽毁败等可怕后果，何况其他人呢？诸葛亮所言真实地反映了当时蜀汉最高决策层的麻痹轻敌思想。由于蜀汉决策者们麻痹大意,对强劲的对手放松了警觉。于是,蜀汉集团既不调兵遣将去增援关羽,也不打算兵出汉水攻敌侧翼,更不会思考刘封、孟达所占据的山郡能派上何等的用场。

然而,历史是无情的,它不容许任何英雄哪怕是偶尔的骄纵享乐和麻痹轻敌,蜀汉决策者们在忘记"生于忧患,死于安乐"和"骄兵必败"的古训之后痛失荆州,接着又痛失上庸,也因此葬送了蜀汉集团辛勤创下的辉煌事业,铸成了一曲千古慨叹不已的大悲剧。

## 三、诸葛亮措置不当断送了上庸回归之路

建安二十五年(220),曹魏集团袭击上庸,孟达、申耽等降魏,刘封兵败退出上庸,蜀汉在痛失荆州之后又失却了一块战略要地。蜀汉章武二年(222),刘备又在夷陵惨败,蜀汉集团元气大伤。蜀汉建兴五年即曹魏太和元年(227),新城太守孟达暗中筹划叛魏归蜀,这无疑是蜀汉集团由弱变强、实现战略转折的大好机遇。此时,诸葛亮执掌蜀汉大权,且进驻汉中,邻近上庸,完全可以充分利用这次机会促成上庸的回归。然而,诸葛亮在这一事件上措置失当,直接导致了孟达的败亡,断送了上庸地区的回归之路。

《晋书·高祖宣帝纪》记述了孟达败亡的过程:"初,蜀将孟达之降也,魏朝遇之甚厚。帝以达言行倾巧不可任,骤谏,不见听。乃以达领新城太守,封侯,假节。达于是连吴固蜀,潜图中国。蜀相诸葛亮恶其反覆,又虑其为患。达与魏兴太守申仪有隙,亮欲促其事,乃遣郭模诈降,过仪,因漏泄其谋。达闻其谋漏泄,将举兵。帝恐达速发,以书喻之曰:'将军昔弃刘备,托身国家,国家委将军以疆场之任,任将军以图蜀之事,可谓心贯白日。蜀人愚智,莫不切齿于将军。诸葛亮欲相破,惟苦无路耳。模之所言,非小事也,亮岂轻之而令宣露,此殆易知耳。'达得书大喜,犹与不决。帝乃潜军进讨。……倍道兼行,八日到其城下。吴蜀各遣其将向西城安桥、木阑塞以救达,帝分诸将距之。初,达与亮书曰:'宛去洛八百里,去吾一千二百里,闻吾举事,当表上天子,比相反覆,一月间也,则吾城已固,诸军足办。则吾所在深险,司马公必不自来;诸将来,吾无患矣。'及兵到,达又告亮曰:'吾举事,八日而兵至城下,何其神速也!'上庸城三面阻水,达于城外为木栅以自固。帝渡水,破其栅,直造城下。八道攻之,旬有六日,达甥邓贤、将李辅等开门出降。斩达,传首京师。"《三国志·刘封传》注引《魏略》曰:"太和中,(申)仪与孟达不和,数上言达有二心于蜀,及达反,仪绝蜀

道，使救不到。"

从这两段文字记录中可以获得以下几点信息：第一，孟达是上庸地区（新城郡）的最高长官，举足轻重，蜀汉若要使上庸回归，就必须倚重孟达；第二，孟达曾主动联系蜀汉政权，其亲蜀态度显而易见，其人虽有反复无常之性，但此次叛魏归蜀是坚决的，直至司马懿兵临城下还写信向诸葛亮报告紧急军情；第三，为逼孟达叛魏，诸葛亮派间谍郭模行泄密之计，将孟达之谋有意泄露给亲魏派西城守将申仪；第四，申仪多次上言孟达有叛魏之心，魏朝在缺乏证据的情况下并未采取行动，而司马懿"潜军"突袭上庸城应缘于申仪送来了孟达谋反的真凭实据，终致孟达败亡；第五，诸葛亮并未采取积极援救措施，按孟达写给诸葛亮的信所说，宛城（今河南南阳市）距离上庸一千二百里，而汉中距离上庸不足千里，且可顺流而下，较之从宛城至上庸，交通更为便利，但蜀汉救兵却姗姗来迟，竟被申仪、司马懿等魏将占得先机。

根据史籍记载，远在司马懿进军上庸之前，诸葛亮就着手策反孟达，而且态度很积极。学者白杨认为孟达决计叛魏归蜀，"其主要原因则在于诸葛亮的策反，……在这个事件中，诸葛亮与孟达的书信往来是重要证据。现在我们能够见到的两人之间的书信，主要有《三国志》中《李严传》《费诗传》中二件、《太平御览》中五件、《华阳国志》中一件、《晋书》中一件以及《水经注》中一件"。据《费诗传》所载，建兴三年（225），诸葛亮南征期间获知孟达消息，便萌生写信策反孟达之心；建兴五年（227）春，诸葛亮率部进驻汉中后，便开始写信策反孟达。又据《三国志·明帝纪》等史籍记载，司马懿攻破上庸城的时间是太和二年（228）正月间，从进攻到破城花了十六天。即是说，在将近一年的时间内，诸葛亮与孟达之间至少有过十次信件往来，说明他们之间交往密切，诸葛亮积极主动，彼此之间的关系也较融洽。而且，诸葛亮完全有足够的时间谋划采用袭击方式夺取申耽、申仪据守的西城，打通汉中与上庸之间的通道，为孟达归蜀创造良好条件，即使司马懿出兵攻击孟达，蜀军也好实施有效救援。然而，到了最后诸葛亮居然一反常态，施用拙劣的间谍逼反之计，将孟达推向死亡深渊。

对于诸葛亮的反常举措，《晋书·高祖宣帝纪》认为诸葛亮"恶其反覆，又虑其为患"。既然讨厌其反复无常，又何必费心再三写信去策反他呢？看来诸葛亮突然改变态度的真正原因是"虑其为患"。朱子彦先生认为诸葛亮之所以要置孟达于死地，有两个基本因素：一是孟达攻占房陵之时，杀害了诸葛亮的大姐夫蒯祺，其大姐可能同时遇害，诸葛亮难免心有芥蒂；二是蜀汉政权内部存在荆州集团、益州东州集团和益州土著集团之间的权力之争，对荆州集团权力构成威胁的主要是以法正、李严等人为代表的东州集团，而孟达原本属于东州集团的主要成员，"孟达败亡实为刘蜀政权内部斗争的牺牲品"。

笔者不赞同朱子彦先生将孟达败亡与诸葛亮个人恩怨联系起来的观点，从诸葛亮平生的行止和胸襟看，诸葛亮公私分明，在个人恩怨和国家大事上不至于轻重倒置。但赞同蜀汉内部的派系之争直接导致了孟达悲剧命运的看法。在刘备攻占益州及争夺汉中的过程中，东州集团代表人物法正功劳卓著，其位高权重甚至在诸葛亮之上。李严为"犍为太守"，孟达为"宜都太守"，皆身居要冲之地，亦是举足轻重之人。东州集团地位权力的迅速提升，严重威胁到了荆州集团的主导地位，使刘备、诸葛亮等决策者不能不考虑平衡权力问题。孟达从秭归北攻房陵，刘备却派刘封作为上庸地区的主官前往上庸与孟达会师，这显然不想让孟达大权独揽，骄横无术的刘封又侵夺孟达"鼓吹"，终致孟达降魏。尽管孟达降魏、法正病故等事件大大削弱了东州集团的权位，但刘备临终前钦定的顾命大臣是以丞相诸葛亮为正、尚书令李严"为副"，蜀汉内部两大集团新一轮的权力纷争在所难免了。《三国志·李严传》载曰："严与孟达书曰：'吾与孔明俱受寄托，忧深责重，思得良伴。'"李严的劝降信可能触动了诸葛亮的敏感神经，孟达原本属于东州集团核心成员之一，又与李严为至交，李严权力欲极强，与诸葛亮的权力交锋颇见于《李严传》《诸葛亮传》等史籍中，孟达回归蜀汉成为李严之"良伴"的格局是诸葛亮等人不愿见到的。所以诸葛亮选择了舍弃孟达的方案，制造了郭模诈降事件，使其通过申仪泄露孟达的归降意图，促成其速死。可见，孟达实际上是死于诸葛亮的借刀杀人。

笔者还认为，诸葛亮不喜欢孟达并最终选择弃孟之策，不仅仅是内部斗争所致，还与诸葛亮一贯的用人原则有着密切关系，否则无法理解刘封、彭羕、廖立、魏延等人的悲剧结局。彭羕来自益州土著集团，刘封、廖立、魏延等人来自荆州集团，均非东州集团成员，而他们的悲剧无不同诸葛亮存在着直接关联。《三国志·刘封传》载曰："先主责封之侵凌达，又不救羽。诸葛亮虑封刚猛，易世之后终难制御，劝先主因此除之。于是赐封死，使自裁。"《三国志·彭羕传》载曰："羕起徒步，一朝处州人之上，形色嚣然，自矜得遇滋甚。诸葛亮虽外接待羕，而内不能善，屡密言先主，羕心大志广，难可保安。先主既敬信亮，加察羕行事，意以稍疏，左迁羕为江阳太守。……羕竟诛死，时年三十七。"《三国志·廖立传》载曰："亮表立曰：'长水校尉廖立，坐自贵大，臧否群士，公言国家不任贤达而任俗吏，又言万人率者皆小子也；诽谤先帝，疵毁众臣。……'于是废立为民，徙汶山郡。"《三国志·魏延传》载曰："延每随亮出，辄欲请兵万人，与亮异道会于潼关,如韩信故事,亮制而不许。延常谓亮为怯,叹恨己才用之不尽。延既善养士卒,勇猛过人,又性矜高,当时皆避下之,唯杨仪不假借延,延以为至忿,有如水火。"魏延在诸葛亮死后被杨仪等人诬为叛逆而被残酷镇压。诸葛亮之所以不喜欢并排斥打压彭羕、刘封、廖立、魏延等人,无非是因为这些人矜高自负,秉性刚猛,敢于批评刘备、诸葛亮的是非功过,显得有棱有角。

诸葛亮一向不喜欢狂狷之人,喜欢温和顺从的官员,认为重用这类官员有利于国家的长治久安,便于大政方针的执行。而孟达恰恰也不是这种顺从类型的人,《三国志·刘晔传》说孟达"恃才好术",《三国志·明帝纪》注引《魏略》说孟达乃"卿相之器""才辩过人",上引《晋书·高祖宣帝纪》亦云孟达"言行倾巧",足见孟达能言善辩,才高自负,棱角分明,与彭羕、廖立、魏延、刘封等人风格近似,且富于谋略,是典型的诸葛亮所厌恶的"难制御"者,遭到诸葛亮的最终遗弃实属情理之中。

作为蜀汉执政者,诸葛亮本可以充分利用孟达回归蜀汉的愿望,采取积极措施一举夺回上庸这块汉水流域、邻近中原的重要战略支点,为蜀汉政权创造良好的北伐基地,却不料诸葛亮因内部的权力之争和个人的喜好而消极处事,白白断送了上庸地区回归蜀汉之路,也断送了蜀汉英雄们统一中国的宏大理想,令后世无数志士为之惋惜。上庸回归的破灭以及诸多蜀汉人物的不幸结局,充分暴露了蜀汉政权用人制度的严重弊端。

总之,古上庸地区(今湖北十堰竹山、竹溪、房县等地)是汉末三国时期重要的战略要地,有着举足轻重的战略价值,三国英雄们围绕此地展开了一次又一次复杂而激烈的交锋,上演了一幕幕悲壮而生动的战争活剧。

# 周培公生平史事考索

荆楚理工学院　黄俊杰[①]

周培公，名昌，字培公，号介庵（或作荞）、介翁。荆门麻城人。《清史稿》列传第三十八《图海传》所附培公小传云："昌，字培公，荆门诸生。"《湖北先贤诗佩》卷五："周昌，字培公，宛城人。"宛城（今河南南阳），当为麻城之误。今于湖北荆门麻城镇官堰村十组发现培公父母合葬之墓，碑文有云："大清康熙十六年仲春吉旦，诰赠朝列大夫加赠中奉大人、贞烈恭人加赠夫人，显考（妣）周公讳化龙（孙氏）之墓，承祀孝男布政司昌率孙监贡生家祥（宾、齐、瑞）立。"按古制，父母葬地多为故园之所，故知。又其《梦友》诗云："老去辞家事远游，幽年何故久淹留。燕关秦塞长为客，露竹蝉风早报秋。半壁灯昏人破梦，一声鸡唱月当楼。此时离愁添多少，不见归鞍到郢州。"郢州之地，即今钟祥，亦属荆门。且培公《长征草》中多有吟咏荆门之作，如《谢邑侯刘父母》《谢荆门许镇台》《谢长林易学博》《谢荆郡李公祖》《谢荆江防王公祖》《谢荆别驾李公祖》《寄荆门城守赵镇台》等，皆透露个中消息。又《湖北诗征传略》卷三十："国翰周昌，字培公，官参政。"耿宗埰《长征草序》："吾乡周子介庵，与予作京华逆旅交。"高璜《长征草小引》："周子介庵，三楚伟人也。"顾諟《即次吟序》："壬戌春，予待铨长安，风雨之馀，适介翁先生出囊箧所藏诗草十馀卷示予。"又，培公《长征草》《即次吟》各卷之前皆有"楚郢周昌介庵（或作荞）父著"（附图）。

明崇祯五年（1632），培公生。生而失怙。《湖北先贤诗佩》卷五："先生甫十岁，李自成寇荆、郢间，母孙夫人殉难死。"考李登弟编著《李自成年谱》："（崇祯）十五年，进围汝宁（今汝南），环城发炮，百道架梯登城，执斩明督师杨文

---

[①] 作者简介：黄俊杰（1972—　），男，湖北仙桃人，荆楚理工学院文学与传媒学院副教授，文学博士。

岳，分巡佥事王世琮等。挥师南走，绕道白马滩，架门扉作浮桥以渡，迫左良玉弃水寨而遁，进占襄阳。旋分兵连破夷陵（今宜昌），荆门诸州县。"以此倒推十年，则知公生于崇祯五年。《湖北先贤诗佩》卷五又云："父早丧。"《湖北诗征传略》卷三十："父早失怙。"耿宗塽《长征草序》："语及甫生失父。"培公《从军》诗云："曰予遭阳九，生而失怙恃。"阳九，指灾荒与厄运，此指明末动乱之世。

幼时，遭逢兵燹，学业荒废，无所成名。与母备历艰险。耿宗塽《长征草序》："甫生失父，遭逢兵燹，学业荒，无所成名。至令太夫人备险历艰。"

明崇祯十五年壬午（1642），公十岁。母卒，落魄无依。

《湖北先贤诗佩》卷五："先生甫十岁，李自成寇荆、郢间，母孙夫人殉难死，先生落魄无依。"《湖北诗征传略》卷三十："李贼（李自成）讧荆、郢间，母孙（孙氏）死难。"图海《仰请优叙以鼓能员事》："伊母孙氏性烈，曾剜目破面，尽节而死事。"（平汉英《国朝名世宏文》卷三《吏集》载图海《优叙能员》，全文见后所引）后为州卒小吏。旋随显者入都，充内阁供奉。

《湖北先贤诗佩》卷五："为州卒小吏，旋附显者入都门，充内阁供奉。"《湖北诗征传略》卷三十："昌入都充供事。"据图海《仰请优叙以鼓能员事》一文，知培公时为"内阁誊写实录之官"。（平汉英《国朝名世宏文》卷三《吏集》载图海《优叙能员》）

清康熙十年辛亥（1671）至康熙十三年甲寅（1674），年三十九至四十二。从戎军旅。《哭子》诗云："辛壬癸甲泣呱呱，匹马从征路转奢。"辛壬癸甲，分别指辛亥、壬子、癸丑、甲寅，时在康熙十年至十三年。《归里感怀》诗序云："余五年戎马，归卧一丘。到门山水，犹似故人。"五年，盖虚指也。又《八旗通志》卷一百四《选举志》三："康熙十二年癸丑科（汉军）：周昌（陈奇谟佐领），属镶蓝旗。"此周昌不知是否即培公，俟考。另，《清史稿》本纪七圣祖本纪二载："（四十年）五月癸巳，黑龙江管水手官员缺，部臣拟补遣戍道员周昌。上曰：'周昌既遣戍矣，又补官乌拉，是终身不得归也，可令八旗官愿效力者为之。'"康熙四十年时，培公已年届七十，此周昌当非培公，或与上引作为陈奇谟佐领的周昌为同一人。据图海《仰请优叙以鼓能员事》，又知培公曾为振武将军吴丹部属。（平汉英《国朝名世宏文》卷三《吏集》载图海《优叙能员》）

清康熙十四年乙卯（1675），年四十四。作《诞日》诗。

《诞日》："问年凡几何？倭指四十四。"

清康熙十五年丙辰（1676），年四十五。以幕僚身份随大将军图海至平凉，平定王辅臣叛乱。图海奏其功，其母孙氏亦受旌表。

《湖北诗征传略》卷三十："康熙丙辰（1676），固原提督王辅臣叛，大学士图海出视师。昌时参幕僚，进谋曰：'关陕，天下之脊也。吴逆不从川据陕，而恋栈常、岳间，诚出下策。今辅臣举足轻重实系天下安危，虽因一时激变，通吴、耿二逆而心念国恩，犹盲之不忘视，痿之不忘起也。倘得能言士谕之，必复降。'图公首肯而难其人。昌曰：'某愿一往。'图公以闻，圣祖召至乾清宫。亲承密旨，单骑诣贼垒，南面拱立，宣布朝廷威意，趣辅臣跽受诏。刀戟夹左右，略无怖色。先是，辅臣夜梦白鹤翔集城楼，及见昌衣正一品服，"恰与梦符，遂举军降。论功授登莱道参政。（按，吴、耿即吴三桂、耿精忠）

《平定三逆方略》卷二十四载："戊寅，大将军图海奏王辅臣降。先是，图海奏大败贼众于平凉，即遣札委参议道周昌入城招王辅臣。辅臣随遣其副将谢天恩来乞降，上降诏赦之。至是，图海奏：'本月初六日，赦诏一到，臣即令周昌等赍入城中。次日，辅臣遣伪布政使龚荣遇等率士民诣军门，纳军民册；又遣其子继桢及伪总兵蔡元等上所受吴逆伪勅伪平远大将军印、陕西东路总管将军印及诸伪札。臣见辅臣尚怀疑惧，于十三日复遣周昌并臣侄前锋侍卫保定温言开谕，辅臣于十五日即至臣营，叩头谢恩，遂入城薙发率众来降。'"

《清史稿》列传第三十八《图海传》所附培公小传云："昌，字培公，荆门诸生。好奇计，佐振武将军吴丹有劳，以七品官录用。图海次潼关，以策干之，客诸幕。辅臣所署置总兵黄九畴、布政使龚荣遇，皆昌乡人，屡劝辅臣反正，以蜡丸告昌，昌白图海。图海即令昌入城谕降，辅臣遣其将从昌出谒。图海闻上，上许之。乃假昌参议道，赍诏往抚。辅臣使荣遇上军民册，子继贞缴三桂所授敕印。顾犹观望，复命昌偕兄子保定谕之，乃薙发降，因令吴丹入城抚定。"又云："周昌初入城，自陈父明季死流寇，母孙剜目破面触棺死，愿捐躯表母烈。及辅臣降，图海以闻上，命旌其母，遣官致祭，授昌布政使参政。昌复参蔡毓荣军事，事平，授山东登莱道，摄布政使。以与总兵互讦罢。"

平汉英《国朝名世宏文》卷三《吏集》载图海《仰请优叙以鼓能员事》一文，曰："看得差去平凉招抚之周昌，乃内阁誊写实录之官。因年久事竣，有劳咨部以七品职衔录用，随振武将军吴丹来至潼关。臣知此人向有才略，故带至平凉军前，欲加任用。五月十九日，于后山击败贼兵之后。臣等仰体皇上好生至意，不恃兵威，于五月二十一日与参赞军务诸臣会议，欲遣周昌前去招抚，而周昌欣然应命，并无难色。臣等尊重国体，遂给以参议道员之礼。临行之际，再三恳云，伊母孙氏性烈，曾剜目破面，尽节而死事。虽载入府县志书，未蒙旌表，今情愿为国捐躯效力，请求表扬母氏。语毕，遂冒矢石，挺身入城，虽剑戟如林，毫不动色，将皇上浩荡之恩与招抚之意尽行宣布，往来数次，实赖成功。若周昌者，真不可多得者也。伏乞皇上俯念周昌为母舍身之孝，为国效命之忠，勅谕该部旌表周昌之母，以励风俗。并祈优加恩恤，以酬周昌之功。则人知鼓励而远近咸服矣！臣等为才能起见，伏乞俯赐施行。"评曰："介庵先生才识素著，故能见信于图公。全忠全孝，实为无愧。不独一席话贤于十万师也。若图公缕述入告，推心置腹，不使远臣有不达之情，备见相臣弘度，以视妨贤病国者，奚啻天壤。"

《哭相国大将军图公》诗有云："余言我母松筠节，至今沦没无人知。我公恻恻执余手，谓余壮气真不朽。节妇忠臣孝子心，何惜封章为君剖。"又云："犹羡我公豁达度，贤不嫉兮功不妒。特书请褒抚凉勋，赠节焚黄光母墓。"

《谕祭周昌之母孙氏碑文》云："维康熙十五年七月十三日，皇帝遣布政司堂上官分守武昌道参政吴毓珍谕祭参议道周昌之母孙氏之灵曰：朝廷弘锡类之恩，典均存殁；臣子笃匪躬之节，荣被亲闱。尔孙氏赋性坚贞，秉操激烈；尔子殚心效力，移孝作忠，朕用嘉焉。谕祭特颁，以光泉壤，尔灵不昧，其钦承之！"以平乱有功，初授布政使参政。

前引《湖北诗征传略》卷三十云："论功授登莱道参政。"《清史稿》小传云："授昌布政使参政。复参蔡毓荣军事，事平，授山东登莱道，摄布政使。"前引培公父母墓碑文款识亦有"承祀孝男布政司昌率孙监贡生家祥（宾、齐、瑞）立"之语。故知培公在平乱之后，初授之职为布政使参政。在参蔡毓荣军事后言授职山东登莱道，摄布政使。清康熙十六年丁巳（1677），年四十六。率子返乡。夏，道经新喻，作《夜发新喻江》。经宜阳，与太守顾氏均有唱和宋人祖无择的《和吏隐诗》。冬，行江陵道上，作《祝柯粮储公祖初度》诗。

《和吏隐诗序》云："丁巳年夏，道经宜阳，太守顾君出示其所和祖无择《吏隐诗》。予窥其志，似有寄慨于古今人不相及者。……漫次前韵以志高风云。"宜阳，今属河南洛阳。祖无择，宋代上蔡人，有《洛阳九老祖龙学文集》十六卷。《宋史》卷三三一有传。作有《吏隐宜春郡诗十首》。宜春郡，今属江西宜春市。

《夜发新喻江》诗云："炎气郁焱焱，扁舟乘月放。"诗在《和吏隐诗》前，姑系于此年夏。

《祝柯粮储公祖初度》诗云："龙飞十六岁在巳，江陵道上戒行李"。龙飞十六，意指康熙帝即位十六年，岁在丁巳。柯粮储公，指柯某，时职任江陵粮储。诗末又云："律吹大吕月为旪，中浣之一为公寿。由来腊候号嘉平，一卮满泛嘉平酒。"故知时在此年冬季腊月。复参蔡毓荣军事。事平，授山东登莱道，摄布政使。《清史稿》小传云："复参蔡毓荣军事，事平，授山东登莱道，摄布政使。"

《哭相国大将军图公》诗云："余膺观察守海东，公提雄师取汉中。"据《八旗通志》卷一百四十九《图海传》，及《清史稿》列传三十八《图海传》，图海提兵取汉中，时间在康熙十六年至十八年间。清康熙十八年己未（1679）年四十八。因与总兵互讦罢。解组归田。

《清史稿》小传："以与总兵互讦罢。"时间未明。《哭相国大将军图公》诗云："余膺观察守海东，公提雄师取汉中。我方解组潜丘壑，闻君奏凯未央宫。"则培公解组归田时，应是图海凯旋之际。考之《八旗通志》卷一百四十九《图海传》，及《清史稿》列传三十八《图海传》，则知图海兵取汉中，时在康熙十八年。与总兵互讦事，待考。《壬戌七月五日立秋》诗小引、《系狱》诗似略及此事，然语焉不详。《壬戌七月五日立秋》诗小引曰："予数载戎行，身入戈矛之野，经年俗吏，心兢冰雪之场。因志灭狼贪，遂谤成虎市。肺肺未皙，徒抱愤以飞霜。雀鼠争鸣，致冤而不雨（疑为雪）。恃一诚可膏斧锧，幸三宥锡自纶言。但念缁白虽淆，豸触易鉴。讵意坚贞素矢，鱼直难容。负拘系以从维，三生已决。临结绳而解网，一面重开。露泽频来，帝赉既流于蔀屋。阴霾悉卷，予怀聊寄夫管城。"似此总兵为狼贪之人，培公意在惩戒，然反遭攻讦也。《系狱》诗云："两载忧勤鬓若丝，负书十上敢探奇。明夷励我贞坚白，幹蛊成人错愕时。童子性从烦灶见，老僧心与煨灰宜。金飙栗栗栖鸠署，松柏凝寒料得知。"归家，作《归里有怀》。

《归里有怀》诗云："千家山郭尽炊烟，极目晴光接远天。横笛牧童吹晓月，随溪堤柳钓清泉。裘轻几度羞羊子，奕墅空教忆谢玄。寄语西征黑虎士，于今踪步在孤巅。"前有小序云："余五年戎马，归卧一丘，到门山水，犹似故人。昔时交游，谁敲柴户。抠衣山行，不禁深感。"

清康熙二十年辛酉（1681），年五十。十二月，图海卒。公有《哭相国大将军图公》诗。《哭相国大将军图公》诗，见《即次吟》七言古第一首，文长不录。《湖北诗征传略》卷三十二："昌雅工文翰，诗尤奇崛。图公挽词，娓娓数百言，鹘起兔落，风发泉涌，一时称为杰作。"既罢，悠游自娱以卒岁。然犹喜言兵。

《挹翠亭十咏序》云："余自东海归来，悠游自娱。构亭学圃，抛书午梦。尘嚣之扰，不染方寸。古人有云：独怜幽竹山窗下，不改清阴待我归。余虽不及前人，而园林尚多古致，因作十章以寓放怀。"（《即次吟》）《清史稿》列传第三十八《图海传》所附培公小传云："昌既罢，犹喜言兵。噶尔丹扰边，数上书当事陈利害。"清康熙二十一年壬戌（1682）年五十一。立秋日，作《壬戌七月五日立秋》诗。

《壬戌七月五日立秋》诗云："负箧经年寡和酬，偏将时序纪年游。燕门啸客常怀铗,郢渚波臣独伴鸥。圭组往还人尽热,丘园磊落我先秋。金飙莫谓今先到,犹记南来雪满裘。"清康熙三十九年辛巳(1701),年六十九。卒于家。据清舒成龙《荆门州志》。胡孝平主编《掇刀区志 1949—2005》第 665《人物传》(湖北人民出版社,2011 年版)。

# 北宋张士逊交往考

郧阳师专汉水文化研究基地，郧阳师专中文系　罗耀松[①]

【摘　要】张士逊（964—1049），阴城（今湖北老河口市）人，少年活动于均州一带，太宗淳化三年（992）进士，为北宋仁宗朝三次拜相，是朝政较具影响力的宰臣之一。康定元年（1040）拜太傅，封邓国（今河南邓县一带）公致仕。出仕、致仕前后，张士逊本人交往情况，因史料原因流传甚少，且未相互贯穿。对其加以整理、探究，有助于了解、研究张士逊与范仲淹、寇准、王旦等朝政大臣之间的关系，以及政治轨迹，从中也反映出北宋政治状况、社会状况和文化状况。

【关键词】张士逊；武当山；范仲淹；寇准；王旦；曹利用；陈尧佐；胡宿

以元刘道明《武当福地总真集》[1]、明任自垣《大岳太和山志》[2]等多部为代表的武当山志，都是在宋代历史背景下，将张士逊这一历史、政治人物记载、归入这些志书"仙传类"，是它有一定的历史真实为前提，作为武当山道教人物如实记载并传播，无论是从武当道教层面还是从政治层面，都产生了较大影响。

然而，尽管我们通过史料知道，张士逊在北宋政坛上有所建树，从宋仁宗赵祯即位前寿春王师，到仁宗朝三次拜相、致仕后封邓国公，关于张士逊的社会交往，我们还是知之甚少，出仕、致仕前后其交往线索头绪不清，这无疑对研究张士逊生平是一个障碍，而解决了这个问题，对研究宋代历史、文化、宋人之间的关系等方面有较大的帮助。

---

[①] 作者简介：罗耀松（1961— ），男，湖南邵阳人，郧阳师范高等专科学校中文系教授，湖北武当文化研究会理事、湖北省高校人文社会科学重点研究基地汉水文化研究基地武当文化研究中心主任、湖北省古代文学研究会理事、全国毛泽东文艺思想研究会理事，主要从事古典文学及武当文化研究。

## 一、张士逊出仕前交往考

关于张士逊出仕前交往,襁褓及少年时期,主要靠其姑母适全氏抚养,且视同己出。《宋史·张士逊传》(简称《传》)记载甚少:"字顺之。祖裕,尝主阴城盐院,因家阴城。士逊生百日始啼。"又云:"士逊生七日,丧母,其姑育养之。既长,事姑孝谨,姑亡,为行服,徒跣扶柩以葬,追封南阳县太君。"[3]宋胡宿在《太傅致仕邓国公张公行状》(以下称《行状》)云:"初,魏国产公七日,疾且革。有姑适全氏,以公属其姑,曰:'娠是儿,觉有异,今疾不支,以是长累姑矣'语讫即绝。姑感慨鞠养,同于己生。"[4]

继而,为其青少年极其贫困时期,交往有所扩大,期间,有三事值得我们关注。一则为"逢道学仙",与武当山道士的交往;二则为"乡祀巫语",乡里民间祭祀活动,巫传神语;三则为"村舍险祀",与武当山村舍主人交往。[5]这段经历说明三个问题,一是读书或游学在武当山地区;二是早期与武当山道士已有交往;三是宋时乡村"淫祀"活动和民间有"祀鬼"习俗。特别要指出的是,从众多史料来看,无论是"淫祀"还是"祀鬼"活动,都与道教没有多大关系。

张士逊读书及交友使我们对其本人及其社会关系有了更加细致、深刻的了解。读书一段时间,其师为嵩阳(今河南登封)人张恕,然《宋史》无传,其他资料记载甚少。宋胡宿《太傅致仕邓国公张公行状》云:"受经于嵩阳张恕先生。恕,有道之士,见公学尚根本,行中仪矩,叹谓之,曰:子天机如法未易可涯。后与济北戴国忠,庐陵欧阳庆学于鄀城。"[6]只载其师为道学极深人士,并点明了张士逊与济北戴国忠,庐陵欧阳庆求学于鄀城(今湖北老河口市)。

关于张士逊的两个同窗欧阳庆、戴国忠,虽《宋史》无传,然有宋欧阳修《永春县令欧君墓表》参照:

> 君讳庆,字贻孙,姓欧氏。其上世为韶州曲江人,后徙均州之郧乡,又徙襄州之谷城。乾德二年,分谷城之阴城镇为乾德县,建光化军,欧氏遂为乾德人。
>
> 修尝为其县令,问其故老乡间之贤者,皆曰有三人焉。其一人曰太傅、赠太师、中书令邓文懿公,其一人曰尚书屯田郎中戴国忠,其一人曰欧君也。二人者学问出处,未尝一日不同,其忠信笃于朋友,孝悌称于宗族,礼义达于乡间。乾德之人初未识学者,见此三人,皆尊礼而爱亲之。既而皆以进士举于乡里,而君独黜于有司。后二十年,始以同三

礼出身为潭州湘潭主簿,陈州司法参军,监考城酒税,迁彭州军事推官,知泉州永春县事。而邓公已贵显于朝,君尚为州县吏,所至上官多邓公故旧,君绝口不复道前事,至终其去,不知君为邓公友也。君为吏廉贫,宗族之孤幼者皆养于家。居乡里,有讼者多就君决曲直,得一言,遂不复争,人至于今传之。[7]

欧阳修撰有不少墓志铭名篇,《永春县令欧君墓表》便是其中之一。景祐三年(1036),与欧阳修交往颇深的范仲淹着手呼吁改革,遭致打击,受此牵连,贬为夷陵(今湖北宜昌)县令,景祐四年(1037)十二月至宝元二年(1039,张士逊为门下侍郎兼兵部尚书、平章事)六月期间,移光化军乾德县令。《永春县令欧君墓表》当作于其后。其文表达几个内容:一是作为"欧君墓表",记载了欧阳庆的生平事迹。上世为韶州曲江(今广东省韶关市曲江县)人,后徙均州(今湖北丹江口市)郧乡(今湖北省十堰市郧阳区),又徙襄州谷城(今湖北省襄樊市谷城县)。宋太祖乾德二年(964),谷城县阴城镇升置乾德县(今湖北省老河口市),欧庆出生于乾德置县后的第二年,遂为乾德人,与太傅、赠太师、中书令张士逊,尚书屯田郎中戴国忠同为进士。文中对三人褒扬有加:"学问出处,未尝一日不同,其忠信笃于朋友,孝悌称于宗族,礼义达于乡间",为乾德三贤。然不知何故,"独黜于有司",后二十年,始以同三礼出身为潭州湘潭主簿,陈州司法参军,监考城酒税,迁彭州军事推官,知泉州永春县事,且为官清贫廉洁;二是议论、感慨。"君三人之为道,无所不同,至其穷达,何其异也!而三人者未尝有动于其心,虽乾德之人称三人者,亦不以贵贱为异,则其幸不幸,岂足为三人者道哉!"[8]可以看出,张士逊、欧阳庆、戴国忠结局迥然不同,是互为师友、互为影响的,受到欧阳修等高度评价。

## 二、张士逊出仕、致仕交往考

张士逊出仕、致仕两个时期,太宗淳化三年(992)二十八岁举进士,由均州郧乡县主簿至礼部尚书、刑部尚书、同中书门下平章事、集贤殿大学士,历宦四十八年。特别是仁宗赵祯即位前寿春王师以后,到赵祯即位,得到其格外恩宠,活跃在仁宗朝政坛上。又康定元年(1040)拜太傅,封邓国(今河南邓县一带)公致仕,皇祐元年(1049)卒,年八十六,历时九年。这两个时期,张士逊在北宋政坛上有较大影响,与范仲淹、寇准、杨亿、曹利用、苏辙、陈尧佐、胡宿等互为交往。

张士逊与范仲淹关系最为密切，其渊源在景佑二年（1035），范仲淹出任权知开封府事。时吕夷简执政，进用者多出其门。《宋史·范仲淹传》："仲淹上《百官图》，指其次第曰：'如此为序迁，如此为不次，如此则公，如此则私。况进退近臣，凡超格者，不宜全委之宰相。'夷简不悦。"[9]后又因"建都之事"，范仲淹罢知饶州，秘书丞余靖、太子中允尹洙、馆阁校勘欧阳修三人为范仲淹鸣不平，皆坐贬，自是朋党之论兴。此时。因张士逊宰臣地位及与仁宗皇帝的关系，其态度、立场尤为关键，《行状》："上方倚任旧德，挹仰耆训，机务大小，一一咨决。"仁宗与张士逊一段对话足见其站在范仲淹立场："帝曰：君子小人，各有党乎？士逊曰：存之，第公私不同尔。帝曰：法令必行，邪正有别，则朝纲举矣。"[10]这一点，范仲淹应该是知道的。

真正体现张、范两人关系，当在其后。庆历五年（1045），五十七岁的范仲淹解四路帅任，以给事中知邓州。期间，庆历六年（1046），范仲淹作《依韵酬太傅张相公见赠》等诗。庆历八年（1048）正月，诏移知荆南府，邓民请留，范仲淹亦上表自请愿留。二月，复知邓州。张士逊致仕，封邓国公，返乡（湖北光化）过邓，范仲淹置酒高会，相互酬答频繁，作《谢依所乞依旧知邓州表》《即席呈太傅相公》《纪送太傅相公归阙》《和太傅邓公归游武当见寄》等诗文。《即席呈太傅相公》："凤池三入冠台躔，致了升平一品闲。白傅歌诗傅海外，晋公桃李满人间"句，将张士逊的宦历、创作以及对人才的提携，堪与白居易相比，给予高度评价；《和太傅邓公归游武当见寄》："三提相印代天工，邓国归来耀本封。此日神仙丁令鹤，几年霖雨武侯龙。酬恩定得祠黄石，谈道须期会赤松。莫虑故乡陵谷变，武当依旧碧重重。"[11]则将张士逊从政巅峰到致仕封邓国公，比作黄石公、诸葛亮，以及神仙丁令鹤、赤松子，最后归于武当山、归于道家自然本源，足见二人关系密切，贯穿较深情结。

张士逊与寇准交往应该较早。江少虞《事实类苑》载："张邓公尝谓某举进士时，与寇莱公（准）游相国寺，诣一卜肆，卜者曰：二人皆宰相也。既出，逢张公齐贤、王公随亦往诣之。卜者大惊曰：一日之内有四宰相。四人相顾而笑以退。"[12]虽恐后人附会，却也说明二人早有交往。张、寇更多交集为同朝为官，然寇准较张士逊出仕更早、官位更高。从考中进士时间看，寇准为太宗太平兴国五年（980）十九岁进士及第，而张士逊太宗淳化三年（992）二十八岁进士及第；从二人仕宦看，以真宗大中祥符八年（1015）为例，张士逊河北转运使任上，而寇准已任枢密使、同平章事，地位悬殊。至于张士逊天圣六年（1028），自枢密副使、尚书左丞、祥源观使，加礼部尚书、同中书门下平章事、集贤殿大学士（《宋史》《传》《行状》），已是寇准离世五年以后的事了。即便如此，寇准曾作《夜坐有怀寄张士逊》一诗："清秋吟更僻，况复古亭间。少梦虫声碎，无风树影闲。月华澄曲沼，霜气满空山。不见张夫子，谁人共往还。"[13] 从中可以看出，作者对长于自己三岁的张士逊志趣相投，有着深厚的情感，在当时的政治逆境中，显得十分难能可贵。

寇准、曹利用二人之间的关系抵牾。曹利用（？—1029），字用之，赵州宁晋（今河北宁晋）人，北宋大臣，官至宰相。寇、曹皆"澶渊之盟"主要人物。"澶渊之盟"签订时，宋朝以曹利用阁门祗使、崇仪副使身份出使，时寇准为同平章事，后关系逐渐交恶。"先是，准为枢密使，曹利用副之，准素轻利用，议事有不合者，准辄曰：'君一夫尔，岂解此国家大体耶。'利用由是衔之。而丁谓以拂须故，亦恨准，及同为枢密使，遂合谋欲排准。"[14]

然张士逊与曹利用关系密切。天圣六年（1028）三月，时张士逊六十四岁，"张知白既卒，上谋所以代之者。宰相王曾荐吕夷简，枢密使曹利用荐张士逊，太后以士逊位居夷简上，欲用之。曾言辅相当择才，不当问位，太后许用夷简。夷简因奏事，言士逊事上於寿春府最旧，且有纯懿之德，请先用之，太后嘉其能让。壬子，枢密副使张士逊为礼部尚书、平章事，从利用之言也"[15]。即言士逊为相，曹利用作为枢密使是起了很大作用的。当然，也为后来发生的一件大事埋下事端。天圣七年，一月，曹利用罢。二月，张士逊坐救曹利用，迁刑部尚书，出知江宁府（今江苏省南京市）。《传》云："曹汭（曹利用之子）狱事起，宦者罗崇勋、江德明方用事，因潜利用。帝疑之，问执政，众顾望未有对者。士逊徐曰：此独不肖子为之，利用大臣，亦不知状，太后怒，将罢士逊，帝以其东宫旧臣，加刑部尚书，知江宁府。解通犀带赐之。后领定国军节度使，知许州。"曹利用以勋旧自居，凡内降恩，力持不与，为内侍所构，贬房州（今湖北房县）安置，投缳死。明道中追谥襄悼。《传》云："其在枢密，籍宠肆威，士逊居其间，无所可否，时人以和鼓目之。"张士逊为救曹利用付出了名望上的代价。

张士逊仕宦生涯与王旦、杨亿两个朝廷重臣密不可分。王旦（957—1017），字子明，大名莘县（今属山东）人，北宋名相。毕沅《续资治通鉴·卷第三十三》："旦为宰相，务遵法守度，重改作，善于论奏，言简理顺。其用人，不以名誉，必求其实。居家宾客满座，必察其可言及素知名者，别召与语，询访四方利病，或使疏其言而献之，密籍其名以荐，人未尝知。"[16] 张士逊为江西转运使，辞旦求教，旦曰："朝廷权利至矣。"士逊迭更是职，思旦之言，未尝求利，识者曰："此运使识大体。"[17]对张士逊仕途产生重要影响。

杨亿、查道二人对士逊后来仕途产生重大影响。杨亿（974—1020），字大年，浦城（今属福建）人，北宋文学家，"西昆体"主要代表。真宗时两为翰林学士，官终工部侍郎，兼史馆编修。卒谥文。杨亿性格耿介，尚名节，文格雄健，尤长典章制度。喜诲后进。敕与王钦若等纂《册府元龟》一千卷，《宋史》有传。查道（955—1018），字湛然，歙州休宁（今属安徽）人，宋代大臣，以词学称。端拱初（988）举进士高第。寇准荐其才，授著作佐郎。大中符祥元年（1008）直史馆。迁刑部员外郎，预修册府元龟。三年，进秩兵部，为龙阁待制，《宋史》有传。

张士逊五十余岁，改襄阳（今湖北襄阳）令，为秘书著作郎，知邵武县（今属福建）。其时，士逊以宽厚待民，得杨亿、查道赏识。《行状》："除襄阳长，内艰不赴。除表趋集出许下，故内阁查公道时，领漕京左，尝更守蜀郡，高公射洪之政，馆致累日，以书荐于杨文公大年。文公邃于风鉴，少所许可，一见大加器赏，便期以公辅，促公献文阙下，自携其副介于执政，业有俞旨，行给试札。会有澶渊之幸，事从中寝，以荐例应格，除秘书省著作郎，知邵武县。"宋朱弁《曲洧旧闻》云："查道善鉴人物，知许昌日，张文懿罢射洪令，归报过之，一见，大悦，以书荐于杨大年。大年令诸子列拜之，文懿辞不敢当，大年曰：'不十年，此辈皆在君陶铸之末，但恨老朽不见君富贵耳。'其后果如其言。"[18]《青箱杂记》又云："太傅张公士逊，孙何下及第，久困选调，年几五十始转著作佐郎，知邵武县，还朝以文贽杨公大年。比三日，至门下，连日杨公与同辈打叶子，门吏不敢通，公亦不去。杨公忽自窗隙目之，知非常人，延入款语，又睹所为文，以为有宰相器，荐为御史，由是遂登公辅。"[19]《曲洧旧闻》《青箱杂记》虽为宋代笔记，却也较真实反映士逊仕宦大致轨迹。

张士逊与胡宿关系亦有渊源。胡宿（995—1067），字武平，常州晋陵（今江苏常州）人，仁宗天圣二年（1024）进士，北宋文学家。历官扬子尉、通判宣州、知湖州、两浙转运使、修起居注、知制诰、翰林学士、枢密副使。有《文恭集》行世，《宋史》有传。言及二人关系，张士逊有举荐之恩。欧阳修《赠太子太傅胡公墓志铭》云："公举进士，中天圣二年乙科，为真州扬子尉。县大水，漂溺居民，令不能救。公曰：'拯溺，吾职也。'即率公私舟活数千人。岁满，调庐州合淝主簿。张丞相士逊称其文行，荐诸朝，召试学士院，为馆阁校勘，与修《北史》。"评价胡宿："公为人清俭谨默，内刚外和。群居笑语欢哗，独正容色，温温不动声气。与人言，必思而后对。故其莅官临事，慎重不辄发，发亦不可回止，而其趣要归于仁厚。"[20]赞誉甚高。胡宿著《太傅致仕邓国公张公行状》对张士逊生平加以记述的同时,给予评价:士逊之为人温良而敦厚,学力之强,妙悟性理。初服小官,晚登大位,久幽不改常操。三入而无喜色,所谓器博用大,道性周全。许田患水,筑堤以捍,许人常蒙其恩。士逊其为文,则"峻整平淡"。[21]记述详尽、客观,且补《宋史》之缺。

  张士逊致仕前后交往自然不仅仅局限上述朝臣,包括吕夷简、陈尧佐等朝廷大臣,不一一赘述。其每一时期交往的过程,真实反映了宋真宗、仁宗时期社会、文化状况,对研究张士逊政治经历以及上述朝臣的政治、社会影响,有着重要意义。

**参考文献**

  [1](元)刘道明.武当福地总真集[M].道藏.天津:天津古籍出版社,1988.

  [2](明)任自垣.大岳太和山志.明代武当山志二种[M].杨立志点校.武汉:湖北人民出版社,1999.

  [3](元)脱脱等.宋史[M].北京:中华书局,1977.

  [4](宋)胡宿.文恭集[A].四库全书·集部二七·别集类[M].上海:上海古籍出版社,1987.

  [5]见拙文《北宋张士逊生平及诗歌考略》[J].郧阳师范高等专科学校学报.2014(5).

  [6](宋)胡宿.文恭集[A].四库全书·集部二七·别集类[M].上海:上海古籍出版社,1987.

  [7](宋)欧阳修.欧阳修全集[M].北京:中华书局,2001.

  [8](宋)欧阳修.欧阳修全集[M].北京:中华书局,2001.

  [9](元)脱脱等.宋史[M].北京:中华书局,1977.

  [10](元)脱脱等.宋史[M].北京:中华书局,1977.

  [11](宋)范仲淹.范文正公文集[M].上海:上海古籍出版社,1995.

  [12](宋)江少虞.事实类苑[A].四库全书[M].上海:上海古籍出版社,1987.

  [13](宋)寇准.寇忠愍公诗集[A].四库全书[M].上海:上海古籍出版社,1987.

  [14](宋)李焘.续资治通鉴长编[M].北京:中华书局,2004.

  [15](宋)李焘.续资治通鉴长编[M].北京:中华书局,2004.

[16]（宋）毕沅.续资治通鉴[M].岳麓书社，1992.

[17]（元）脱脱等.宋史[M].北京：中华书局，1977.

[18]（宋）朱弁.曲洧旧闻[M].北京：中华书局，2002.

[19]（宋）吴处厚.青箱杂记[M].北京：中华书局，1985.

[20]（宋）欧阳修.欧阳修全集[M].北京：中华书局2001年版。

[21]（宋）胡宿.文恭集[A].四库全书·集部二七·别集类[M].上海：上海古籍出版社，1987.

# 第二编　汉水文化与中国古代文学

# 《诗经》与汉水文明关系浅谈

湖北师范学院　赵阳[①]

【摘　要】汉水流域处于南北交界地带，这一特殊的地理位置，决定汉水文明拥有南北双方的文化特色。《诗经》产生于黄河流域，是我国第一部诗歌总集，其中许多诗篇带有浓郁的地域色彩。《诗经》中地域特征最明显的篇章当数二《南》，而二《南》则是以汉水流域为中心的诗歌。可见，《诗经》与汉水文化关系密切，它们互相影响，创造了独特而又灿烂多姿的汉水文明。

【关键词】《诗经》；汉水文明；二《南》；影响

## 一、《诗经》与汉水文明简介

汉水，又称汉江，汉江河，古时曾叫沔水，是长江第一大支流，与长江、黄河、淮河一道并称"江河淮汉"。汉江发源于陕西省西南部秦岭与米仓山之间的宁强县嶓冢山，而后向东南穿越秦巴山地的陕南汉中、安康等市，进入鄂西后北过十堰流入丹江口水库，出水库后继续向东南流，过襄阳、荆门等市，在武汉市汇入长江。汉江全长1532公里，流域面积15.1万平方公里，流域涉及鄂、陕、豫、川、渝、甘6省市的20个地（市）区，78个县（市）。汉江多滩险峡谷、径流量大、水力资源丰富，航运条件好。汉江流域水能资源丰富，矿产资源较丰富，农业发展较早，其属亚热带季风区，气候温和湿润，年降水量873mm，水量较丰沛，但年内分配不均，5—10月径流量占全年75%左右，年际变化较大，是长江各大支流中变化最大的河流。汉水流域是两汉的龙兴之地，刘邦发迹于汉中，刘秀诞生于枣阳，这里是汉民族的兴隆之地。汉族、汉朝、汉人、汉子、汉字、汉

---

[①] 作者简介：赵阳，湖北师范学院研究生，研究方向：元明清文学。

妍等称谓,也都源自汉江。在古代,汉江还被拿来对应天上的银河,如《诗经》:"惟天有汉,监亦有光"。汉水文化历史悠久,底蕴深厚,内容博大精深,是融巴蜀文化、荆楚文化、中原文化、秦文化等多边文化为一体,具有浓郁地方特色的区域性文化。文明是人类所创造的财富的总和,特指精神财富,如文学、艺术、教育、科学,它涵盖了人与人、人与社会、人与自然之间的关系,是社会发展到较高阶段表现出来的状态。汉水流域因其独特的自然地理环境,悠久深厚的历史文化底蕴,特有的生活风俗习惯,经过时间的沉淀,经济的发展,文化的不断进步,而形成其特有的汉水文明。

《诗经》是我国第一部诗歌总集,产生于公元前11世纪至公元前6世纪,反映了西周初期到春秋中叶约五百年间的社会面貌。《诗经》在先秦时代称为《诗》或《诗三百》,如《论语·季氏》云:"不学《诗》,无以言。"《论语·为政》云:"《诗三百》,一言以蔽之,曰:思无邪。"到了汉代,尊称《诗》为经,便有了《诗经》这一名称。如班固的《汉书·艺文志》称"《诗经》二十八卷,齐、鲁、韩三家"。[①]《诗经》的编集分为《风》《雅》《颂》三个部分:《风》是周代各地的歌谣,有十五国之别,即《周南》《召南》《邶风》《鄘风》《卫风》《王风》《郑风》《齐风》《魏风》《唐风》《秦风》《陈风》《桧风》《曹风》《豳风》,共一百六十篇;《雅》是周人的正声雅乐,又分《小雅》和《大雅》,共一百零五篇;《颂》是周王庭和贵族宗庙祭祀的乐歌,分为《周颂》《鲁颂》和《商颂》,共四十篇。总计为三百零五篇。此外,还有《南陔》《白华》《华黍》《由庚》《崇丘》《由仪》六篇,皆笙诗,有声无辞。总合计为三百一十篇。在内容上:《国风》多吟咏性情的抒情诗,有对爱情、劳动等美好事物的吟唱,也有怀故土、思征人及反压迫和欺凌的哀怨;《雅》为美刺时政,《小雅》多叙事诗,多为赞美周君之辞,也有部分劳人思妇之作,《大雅》皆叙事诗,记述周王朝缔造、发展之历史;《颂》为祭祀宗庙,《周颂》都是祭祀周朝君王之辞,《鲁颂》为赞美时君之作,《商颂》一部分是对先祖的祭歌,另一部分写商部族的历史传说。《诗经》内容丰富,反映了当时社会生活的方方面面,是历史的一面镜子。

## 二、汉水文明在《诗经》中的体现

《诗经》中,《风》包括了十五个地方的民歌,包括今天陕西、山西、河南、

---

① 陈国庆. 汉书艺文志注释汇编[M]. 北京:中华书局,2012.

河北、山东一些地方，大部分是黄河流域的民间乐歌，《雅》是周王朝国都附近的乐歌，《颂》中的《周颂》和《商颂》所涉及的区域，正是汉水所流经的流域。综合来看，《诗经》中关于汉水的直接描写，多见于《国风》里面的《周南》和《召南》（简称二《南》），部分见于《小雅》和《大雅》之中，而与汉水流域的相关描写，则散见于《诗经》的各个部分。二《南》在《诗经》中占有特殊的地位，不仅因为它位于《诗经》的首篇，而且还表现在，十五《国风》当中，除了二《南》是以地域名命名之外，其他基本都是以诸侯国之名而命名。二《南》共25篇，大约产生于周王室东迁时期，是围绕周王朝的国都以及汉水流域而形成的具有区域特色的诗歌。其中《周南》有11篇，其地区包括今河南省洛阳市以南及江汉流域，《召南》有14篇，其地区包括今陕西西南及汉水中上游一带。《诗经》中首先出现汉江之名，且最具南方特色的诗为《周南·汉广》："南有乔木，不可休思。汉有游女，不可求思。汉之广矣，不可泳思。江之永矣，不可方思。"①诗中的"汉"指汉水；"江"指长江，另一说法认为江也指汉水，因为汉水古称江汉；"游女"为出游的女子，齐、鲁、韩三家则认为是指汉水之神。关于《汉广》之义，毛氏认为该诗是歌颂文王之"德广所及"；齐、鲁、韩三家认为此诗是咏叹汉水之神；方玉润认为此诗是砍柴之人的樵唱。从全诗的语句来看，此诗应为一首情诗。每一章末尾四句以"汉之广矣，不可泳思。江之永矣，不可方思。"反复叠咏，将游女迷离难求、汉江宽广浩渺以及对所爱之人的思慕之情描写的生动形象。《召南·江有汜》："江有汜，之子归，不我以。""江有渚，之子归，不我与。""江有沱，之子归，不我过。"②这里的"江"指长江，"汜""渚""沱"字异而意同，皆指江河的支流。此诗以江有汜、江有渚、江有沱起兴，古今民歌以流水喻指爱情的例子不胜枚举，这里以江喻心上人，汜、渚、沱来喻指心上人另结新欢，层层递进，不断深入，将诗人愤懑之情表达的淋淋尽致。《大雅·江汉》："江汉浮浮，武夫滔滔。匪安匪游，淮夷求好。""江汉汤汤，武夫洸洸。经营四方，告成于王。""江汉之浒，王命召虎：式辟四方，彻我疆土。"③这里的"汉江"指长江和汉水；"浮浮"为众强貌；"涛涛"为广大貌；"汤汤"指长江水势浩大；"洸洸"意为威武貌；"浒"指水涯。《毛诗序》："《汉江》，尹吉甫美宣王也。能兴衰拨乱，

---

① 周振甫. 诗经译注［M］. 北京：中华书局，2013.
② 聂石樵主编，雒三桂、李山注释［M］. 济南：齐鲁书社，2009.
③ 袁枚著. 诗经译注［M］. 青岛：青岛出版社出版，1999.

命召公平淮夷。"①此诗较为详明地记述了周王对召公的册命与封赐。关于此诗的创制，方玉润《原始》谓："召穆公平淮铭器也。"②此论博得后世学者普遍信从。另外，《小雅·四月》："滔滔江汉，南国之纪。尽瘁以仕，宁莫我有？"③此诗里面也明确提及汉水。《大雅·常武》："王谓尹氏，命程伯休父：左右陈行，戒我师旅。率彼淮浦，省此徐土。""铺敦淮濆，仍执丑虏。截彼淮浦，王师之所。""王旅啴啴，如飞如翰。如江如汉，如山如苞。如川之流，绵绵翼翼。"④这首诗歌，将汉水与淮水并举，既显示了周宣王讨伐徐国时的声势如滔滔江水一般浩大，又表明汉水和淮河早在夏商周时期就是我国自然与文化地理的重要分界线。除此之外，《诗经》中还涉及其他一些河流，如：《周南·汝坟》里的汝水；《国风·谷风》里的泾水；《国风·泉水》《鄘风·桑中》《卫风·淇奥》《卫风·氓》《卫风·竹竿》《卫风·有狐》当中的淇水；《小雅·鼓钟》里的淮水；《小雅·瞻彼洛矣》里的洛水等。商周时期的人们称天上的银河为"云汉"，如《大雅·云汉》："倬彼云汉，昭回于天。王曰：於呼！何辜今之人？"⑤；《大雅·棫朴》："倬彼云汉，为章于天。周王寿考，遐不作人。"⑥；《小雅·大东》："维天有汉，监亦有光。跂彼织女，终日七襄。"⑦这种特殊的称谓也许与汉水有着莫大的关联。由此可见，汉江流域的人们对汉水的崇拜和感情之深，他们喜爱用汉江以及其他河流作为意象，赋予它们以某种情感，来反映当时的社会生活，表达自己的内心情感。

## 三、《诗经》与汉水文明的相互影响关系

汉水流域位于我国中部，介于长江与黄河两大水系之间，处于南北方交界地带，是我国自然地理南北差异的过渡地带，又是南北文化交融荟萃的轴心地带。这种特殊的地理位置，决定了汉水流域的自然环境、社会生活、经济文化等各方面，都具有南北过渡、东西交汇的特点。从地理上来讲，北方多平原和高原，地势平坦，陆路交通便利，在古代其交通工具以马为主。南方多丘陵和山地，地势

---

① 周振甫.诗经译注［M］.北京：中华书局，2013.
② 聂石樵主编，雒三桂、李山注释［M］.济南：齐鲁社，2009.
③ 周振甫.诗经译注［M］.北京：中华书局，2013.
④ 袁枚著.诗经译注［M］.青岛：青岛出版社，1999.
⑤ 袁枚著.诗经译注［M］.青岛：青岛出版社，1999.
⑥ 周振甫.诗经译注［M］.北京：中华书局，2013.
⑦ 袁枚著.诗经译注［M］.青岛：青岛出版社出版，1999.

崎岖，交通闭塞，但河流湖泊众多，其交通工具以船为主；从气候上来看，北方为温带季风气候，夏季炎热，冬季寒冷，气温年较差较大，降水量少。南方为亚热带季风气候，夏季高温，冬季温暖，气温年较差异较小，气候湿润，降水量多；从人文语言方面来看，北方的政治和军事活动繁多，语言结构较为单一。南方的经济和文化水平发达，语言结构比较繁杂；从性格生活等方面来说，北方人喜吃咸食，以面食为主，性格粗犷豪放，南方人喜食甜食，以米饭为主，性格温婉秀气。由于南北不同的地理、气候、人文、生活、性格，使得处于南北交汇地带的汉水流域，兼具南北双方的文化特点，既有北方刚健凝重的阳刚之美，又有南方浪漫自然的阴柔之美，形成其独特的汉水文明。最具代表性的著作则为产生于黄河流域的《诗经》和发轫于长江流域的《楚辞》。《楚辞》具有南方文化的浪漫主义色彩，富于想象和变化，是种华丽的美。《诗经》则是具有北方文化的现实主义特色，善于状物言情，是种朴素的美。由于《诗经》是汉水流域地区的产物，所以，汉水流域的动植物、生活、风俗等各个方面自然的都会流露于作品当中影响着《诗经》的创作。除了本文第二部分举例《诗经》当中关于"汉水"及其他河流的一些诗歌之外，还有很多作品都能体现汉水的文明，比如：《小雅·南有嘉鱼》："南有嘉鱼，烝然罩罩""南有嘉鱼，烝然汕汕""南有樛木，甘瓠累之"[1]这里的"南"指南方汉江流域；"嘉鱼"指嘉美之鱼，汉江一带多产嘉鱼，故云"南有嘉鱼"；"樛木"和"甘瓠"是生长在南方地区的植物；"烝然罩罩"和"烝然汕汕"，既反映出汉江流域好鱼盛多，又让我们了解到南方人民用什么渔具来捕鱼，而整首诗歌又让我们看到当时贵族君子宴饮享乐的场景。此外还有，《小雅·南山有台》："南山有台，北山有莱""南山有桑，北山有杨""南山有杞，北山有李""南山有栲，北山有杻""南山有枸，北山有楰"[2]；《周南·樛木》："南有樛木，葛藟累之""南有樛木，葛藟荒之""南有樛木，葛藟萦之"[3]；《商颂·殷武》："挞彼殷武，奋伐荆楚。罙入其阻，裒荆之旅""维女荆楚，居国南乡"[4]等。可见，《诗经》的创作与汉水的文明是分不开的，汉水的文明深深地影响着《诗经》的创作，为其提供了素材与养料。

《诗经》产生于西周初叶至春秋中叶这一漫长的历史时期。西周的奴隶制社

---

[1] 袁枚著.诗经译注[M].青岛：青岛出版社，1999.
[2] 聂石樵主编，雒三桂、李山注释[M].山东：齐鲁书社，2009.
[3] 周振甫.诗经译注[M].北京：中华书局，2013.
[4] 周振甫.诗经译注[M].北京：中华书局，2013.

会和春秋中期由奴隶制向封建制过渡的阶段，充满着奴隶与奴隶主之间的阶级矛盾；各诸侯国和各种族之间争战的种族矛盾；下层知识分子与大贵族统治者之间的内部矛盾，这是《诗经》产生的时代背景。《诗经》作为我国第一部诗歌总集，是古代人民智慧的结晶，它反映了当时的社会生活，成为人们表达思想，抒发感情的手段与工具。《诗经》中《颂》（尤其是《周颂》）是较原始的舞曲祭歌；《雅》是西周王畿的土乐；《风》是晚出的新声，基本是黄河流域不同地区的民间土乐。二《南》为汝、汉、沱、江一带的地方乐歌，它是南国之风，是《楚辞》的先河。因为二《南》是继十三国风而后起的东周楚地的民间土乐，且来自经济发达、物产丰富、文化繁荣的楚地，所以，二《南》不仅在艺术技巧上更为成熟，而且富有地方特色，风格独特，佳作颇多。《诗经》里面的诗歌，从不同的角度反映了周代社会生活的面貌。这些优秀的诗歌，表现当时人民的思想情感，其"为时而著""为事而发"的精神，为我国历代文学创作开发开发了先河。《诗经》真挚情感的抒发，深刻的思想内容，以及赋比兴等修辞手法的运用，对后世文学也产生了深远的影响。《诗经》反映了汉水流域的自然环境、社会生活以及情感文化等方方面面，间接地促进其经济文化的发展，经过漫长的历史沉淀，逐渐形成其独有的具有地方特色的灿烂多姿的汉水文明。

**参考文献**

[1] 周振甫.诗经译注［M］.北京：中华书局，2013.

[2] 袁枚著.诗经译注［M］.青岛：青岛出版社，1999.

[3] 聂石樵主编，雒三桂、李山注释［M］.济南：齐鲁书社，2009.

[4] 梁中效.《诗经》与汉水流域文化［J］.湖北大学学报，2006（6）.

[5] 桂珍明、杨名、张丽娜.从《诗经》"二南"看汉水上游与秦楚、巴蜀文化的关系［J］.鄂州大学学报，2014（6）.

[6] 梁中效.汉水文化带的形成述论［J］.汉中师范学院学报，2004（4）.

[7] 朱全国.浅议《诗经》与汉水关系［J］.理论月刊，2010（4）.

[8] 魏阳莉.从汉中民俗审视汉水文化［J］.剑南文学（经典阅读），2013(11).

[9] 王家鼎、李爱兰.中国南北方地理分界线及其差异［J］.地理教育，2009（6）.

[10] 庞雪兰.诗经对后世文学的若干影响［J］.剑南文学，2013（7）.

# 《楚辞》中汉水文化精神的表现

湖北师范学院 王海霞[①]

【摘 要】楚辞堪称楚文化的经典代表作品,展现了楚地人独具特色的精神风貌,具有浓厚的地域文化色彩。汉水流域文明是楚文明的发祥地,楚地文化精神的形成与发展得益于汉水文化的滋养。本文从浪漫主义精神、创新精神、求真精神、奉献精神五个方面来论述楚文化经典的"楚辞"对于汉水文化精神的表现,以此来窥探汉水文化精神对于楚地文化的巨大贡献与作用。

【关键词】浪漫;创新;求真;奉献;爱国

## 一、绚丽多姿的浪漫主义精神

上古时期,汉水流域由于偏远的地理位置和崇山峻岭的自然风貌而远离文明中心,发展较为落后,因此,在北方大多数国家进入奴隶制社会的时候,汉水流域的文明仍然处于原始社会末期。这种原始的生活、生产方式的继续,一方面使得楚地百姓更加的依赖贴近自然,自然奔放;另一方面受到变化莫测的自然现象的威胁,想象丰富,善于利用巫术神话表达对于自然神灵的敬畏之心。正如杨洪林先生在《汉水审美文化纲论》中所言:汉水文化中弥漫着浓郁的'民神杂糅''重巫隆神'的氛围,为浪漫主义文化精神提供了丰富的营养"。这种浪漫主义的创作思维是自由自在的,创作手法是奇幻多变的;丰富而奇特的形象,大胆而夸张的情节,炽热而深厚的情感,绚丽而华美的语言,使其表现出不同于北方文明的鲜明特色。

《楚辞》是我国文学史上第一部浪漫主义诗歌的总集,其浪漫主义的风格表现

---

[①] 作者简介:王海霞,湖北师范学院研究生,研究方向:元明清文学。

在方方面面。首先，楚辞创造了一种新的诗歌样式，能够更加有效地塑造艺术形象和抒发复杂、激烈的感情。其次，楚辞突出地表现了浪漫的精神气质，主要表现为感情的热烈奔放，想象的奇幻，对理想的追求的炽烈，以及抒情主人公形象的凸现等。这些特点使得楚辞表现出飘渺迷离、谲怪神奇的美学特征，对后世诗人有很大影响。再次，就是楚辞中象征手法的运用。楚辞中的香草美人意象，成为了中国文学史上以男女君臣相比况的常见的创作手法。香草美人意象的创造包合着屈原的生平遭遇、人格精神和情感经历，更加真实而丰富的表现了一个敢于直谏的忠臣对于君主、祖国"信而见疑，忠而被谤"的无奈、冤屈以及不离不弃的深沉热爱。

## 二、赤胆忠贞的爱国主义精神

以汉水为代表的楚国人民早期一直生活在危机之中，恶劣的自然环境和巨大的生存压力，使得他们形成了强烈的忧患意识；而中原文明的民族歧视，又大大激发了楚人的民族意识和独立自主的观念，并在此基础上形成了楚国人赤胆忠诚的爱国主义精神传统。楚人面对中原文明的歧视、打压，始终积蓄力量，图谋发展，最终成为了雄霸天下的泱泱大国。这其中的种种艰辛，使得楚人对于自己的民族国家爱的深沉，对于它的遭遇不幸忧的强烈。楚怀王昏庸至极，但当他身陷秦国，面对死亡的威胁，也保持了楚人最后的爱国气节，不肯卖国偷生。楚灵王时期的大夫伍举因事受牵连，好友劝其投奔晋国，不仅可以保命还可以受到重用，而伍举的一句"若得归骨于楚，死且不朽"，表现出了楚人爱国不避死的气节。

屈原更是我国历史上爱国主义的先驱与典范，他将自己炽热的爱国情感和深沉的忧患意识熔铸在楚辞所描绘"美政"之中，读来真挚感人。《离骚》《哀郢》中有屈原对于民生疾苦的感叹——"长太息以掩涕兮，哀民生之多艰"[1] "皇天之不纯命兮，何百姓之震愆，民离散而相失兮，方仲春而东迁"[2]。屈原认为只有人民才是立国的根本，所以他多次向君主提出关心民生，行善施德的建议以及办法，只可惜亲小人远佞臣楚怀王根本听不进去，还将屈原发配远方。面对小人的离间，青年的屈原用楚辞表明了自己的心志——"深固难徙，更壹志兮"[3] "不抚壮而弃

---

[1] 董楚平.楚辞译注[M].上海：上海古籍出版社，2015.
[2] 董楚平.楚辞译注[M].上海：上海古籍出版社，2015.
[3] 董楚平.楚辞译注[M].上海：上海古籍出版社，2015.

秽兮。何不改乎此度？乘骐骥以驰骋兮，来吾道夫先路！"①是何等的坚韧与豪情。可是面对怀王的一再发配，人到中年失望至极的屈原只能"陟升皇之赫戏兮，忽临睨夫旧乡。仆夫悲余马怀兮，蜷局顾而不行"②，表现了对于祖国深刻的眷恋与热爱之情。

### 三、不断探索的求真精神

潘世东先生认为哲学精神是文化精神的灵魂，而汉水文化的哲学代表——道家文化，其主流精神的一个重要表现就是不断探索的求真性。③楚国人老子的《道德经》被奉为道教的"圣经"，其核心思想"道"就是自然界与人类社会的规律，道教的根本宗旨就是要把握并且遵循这种规律，以造福苍生，正所谓"人法地，地法天，天法道，道法自然""道生一，一生二，二生三，三生万物"。无独有偶，同时代汉水流域的思想家、道家学说的主要创始人老莱子又提出了"天人合一"的思想，成为了汉民族重要的思维方式。这种对于客观规律的重视与追求表现了楚人求真务实的精神，然而对于真理的追求总是艰辛坎坷的，于是在这种哲学思想的指导下，一代代楚人形成了不断探索的坚韧品质。

汉水流域是屈原的故乡，更是他心驰神往的地方，《离骚》中一句"路漫漫其修远，吾将上下而求索"④，表现了深受故乡文化熏陶的屈原，不断探索求真的坚定信念。虽然前方的道路是模糊而狭长的，但是我仍要不失时机的探索向前，到达真理的目的地。屈原一生追求的都是"美政"理想的实现，他曾在《大招》中描绘了自己"美政"理想实现之后的楚国，"雄雄赫赫，天德明只。三公穆穆，登降堂只。诸侯毕极，立九卿只"⑤。为了这幅理想图景的实现，屈原不断探索，尽管这条路若隐若现，崎岖漫长，途中有着小人的谗言与陷害，有着君王的怀疑与疏远，有着自身的不幸与痛苦，但屈原对于美政追求不懈，探索不懈，可谓"鞠躬尽瘁死而后已"。屈原将其用笔墨反映在楚辞之中，使得楚辞成为这种不懈探索求真精神最完美阐释的文学著作。

---

① 董楚平.楚辞译注［M］.上海：上海古籍出版社，2015.
② 董楚平.楚辞译注［M］.上海：上海古籍出版社，2015.
③ 潘世东.汉水文化论纲［M］.武汉：湖北人民出版社，2008.
④ 董楚平.楚辞译注［M］.上海：上海古籍出版社，2015.
⑤ 董楚平.楚辞译注［M］.上海：上海古籍出版社，2015.

## 四、公而忘私的奉献精神

几千年来生活在汉水流域的楚人始终有着公而忘私的牺牲奉献精神。神农炎帝不忍百姓为病痛折磨而死,"味草木之滋作方书以疗疾",曾经在一日之内中毒七十次,最后也因尝断肠草而亡。斗谷于菟是楚成王时期著名的令尹,史籍《会笺》记载:"时楚国府库空竭,子文,财巨室,积财不少,故自减少家产,以纾其难也",斗谷于菟从国家和民族的利益出发,毫不犹豫地"自毁其家",尽力相助效劳,对于楚国的强大和北上争霸,作出了突出的贡献。春秋五霸之一的楚庄王为了实现千秋霸业,严格约束自己的行为,重视民生经济,全朝上下厉行节俭,终于经过楚晋恶战之后,问鼎中原。这种公而忘私的奉献精神,不仅体现在领导英雄人物的身上,也深刻的表现在汉水流域的百姓身上,时至今日,安土重迁的汉水人民仍然为了国家的利益,大规模的迁徙离开了世代生息繁衍的居住地。

屈原毋庸置疑的是楚地公而忘私的典范,他将爱国情感与牺牲奉献精神紧密相连。面对靳尚、子兰、郑袖等人的挑唆,面对楚怀王疏远,屈原仍然发出的是"岂余身之殚殃兮,恐皇舆之败绩! 忽奔走以先后兮,及前王之踵武"①的感叹。屈原深刻明白直谏会给自己带来多大的灾祸,但是"余固知謇謇之为患兮,忍而不能舍也"②。楚王朝的复兴大计当前,他根本无心关注自身的荣辱与安危,只担心楚国遭奸人把持将要灭亡的厄运,如何挽救楚国于危难,如何能够使其跟上前代英明君王的脚步,他殚精竭虑,步履匆忙,最后面对楚国的败落,自投汨罗江,以身殉了自己的祖国和政治理想。

## 五、自强不息的创新精神

说到汉水,就不得不提在此品尝百草创造农业文明与中医药文明辉煌的神农炎帝。"汉水流域不仅是炎帝神农最早开发的地方、繁衍与发展并走向世界的主要干道,更是炎帝神农建功立业、推动历史,发明创造,走向辉煌的地方",可以这么说,炎帝是汉水文明的始创者,他开天辟地、自强不息的创新精神深刻影响了一代代楚地人民。面对大自然的寒冷,神农制麻为衣;面对食物的匮乏与单一,神农造农具,采种而耕,甚至以日中为市,提倡贸易;面对野兽的侵袭,神农造

---

① 董楚平. 楚辞译注 [M]. 上海: 上海古籍出版社, 2015.
② 董楚平. 楚辞译注 [M]. 上海: 上海古籍出版社, 2015.

屋而居；面对百姓的早夭，神农遍尝百草，最后也因此而逝。神农将第一道文明的曙光播洒在了汉水流域，使得这里的先民可以安居乐业；与此同时，在神农的带动与领导下，楚地人民不断奋发图强，在生生不息的创造力中改变着生活与世界。

楚辞的创新精神更多的表现在艺术形式上。首先，它打破了《诗经》四字一句的死板格式，采用以楚地方言为主的三言至八言参差不齐的句式，在篇幅和容量可根据需要而任意扩充，这是对中国古代诗歌发展的一次大的解放。这种活泼多样的语言表达方式使得楚辞更适宜于抒写复杂的社会生活和表达丰富的思想感情。其次，就是对于香草美人意象的创造。屈原借香草美人，一方面表达自己对于君主的忠贞与爱慕，另一方面又表现了自己高洁的品质，可谓一箭双雕，成为后世文学的意象典范。

**参考文献**

［1］董楚平.楚辞译注［M］.上海古籍出版社，2015.

［2］杨洪林等.论楚风汉韵——汉水文化与楚汉文化之关系［J］.湖北广播电视大学学报，2008（03）.

［3］潘世东.论炎帝神农尝百草对汉水文化的深渊影响［J］.郧阳师范高等专科学校学报，2007（08）.

［4］黄华.楚人的爱国传统与爱国精神［J］.武汉科技大学学报，2000（12）.

# 楚国形象在先秦文学的演变及其文化逻辑（摘要）

江西省社会科学院文化研究所　彭民权[①]

【摘　要】先秦文学中，楚国形象与秦国形象十分鲜明且特殊，这种形象建构背后的文化逻辑不可忽视。从他者形象的角度看，楚国形象经历了夷狄到强国的转变，以《春秋公羊传》《春秋穀梁传》《战国策》《论语》《孟子》《荀子》等书为代表。从自我形象的角度看，楚人的自我建构往往在华夏与蛮夷的模糊指称中滑移，这类书写主要集中于《楚辞》《左传》《战国策》等文本中。先秦文学中的楚国形象，表面看来杂乱无章，但从春秋以前及春秋时期的夷狄形象向战国时期的强国形象演变，却是楚国形象在先秦文学中演变的总体脉络。从中我们可以鲜明地看出：楚国形象演变的进程与中华文化的形成及融合进程是一致的。

---

[①] 作者简介：彭民权，江西省社会科学院文学研究所副研究员，文学博士。

# 南朝时期汉水流域民歌中的一道亮丽风景
## ——西曲中的《襄阳乐》

湖北师范学院　孙亚琼[①]

【摘　要】《襄阳乐》是西曲34种曲之一，产地在襄阳郡，是南朝时期汉水流域民歌中的一道亮丽风景。文章主要分析《襄阳乐》的"非常"之处：作者非民歌中常见的普通大众，内容是非"礼"之情，技巧不同于其他常见民歌，地域特色既显露出楚地特色，又隐约可见吴地风采。于此同时，《襄阳乐》与汉水文化的关系也在一定程度上得到阐释。

【关键词】西曲；《襄阳乐》；"非常"之处；汉水文化

## 一、西曲概观

"按西曲出于荆、郢、樊、邓之间，而其声节送和与吴歌亦异，故囗其方俗而谓之西曲云。"[②]自此始有"西曲"之名。《古今乐录》曰："西曲歌有《石城乐》《乌夜啼》《莫愁乐》《估客乐》《襄阳乐》《三洲》《襄阳踏铜蹄》《采桑度》《江陵乐》《青阳度》《青骢白马》《共戏乐》《安东平》《女儿子》《来罗》《那呵滩》《孟珠》《翳乐》《夜度娘》《长松标》《双行缠》《黄督》《黄缨》《平西乐》《攀杨枝》《寻阳乐》《白附鸠》《拔蒲》《寿阳乐》《作蚕丝》《杨叛儿》《西乌夜飞》《月节折杨柳歌》三十四曲。[③]《石城乐》《乌夜啼》《莫愁乐》《估客乐》《襄阳乐》《三洲》

---

① 作者简介：孙亚琼，女，湖北襄阳人，湖北师范学院地域文化与文学专业硕士。
② 囗：疑是"依"字。
③ 三十四曲：上列共三十三曲，漏《夜黄》一曲，见倚歌中。

《襄阳踏铜蹄》《采桑度》《江陵乐》《青骢白马》《共戏乐》《安东平》《那呵滩》《孟珠》《翳乐》《寿阳乐》并舞曲。《青阳度》《女儿子》《来罗》《夜黄》《夜度娘》《长松标》《双行缠》《黄督》《黄缨》《平西乐》《寻阳乐》《白附鸠》《拔蒲》《作蚕丝》并倚歌。《孟珠》《翳乐》亦倚歌。"细读《清商曲辞四》《清商曲辞五》《清商曲辞六》三卷，并无《黄缨》一曲，疑是在流传中遗失。因此，可得出如下结论：现存33种曲，共计146首。① 其中舞曲16种，倚歌14种，既是舞曲又是倚歌的2种（《孟珠》《翳乐》），未作详细说明的3种（《杨叛儿》《西乌夜飞》《月节折杨柳歌》）。

## 二、《襄阳乐》掠影。

《古今乐录》曰："《襄阳乐》者，宋随王诞之所作也。诞始为襄阳郡，元嘉二十六年仍为雍州刺史，夜闻诸女歌谣，因而作之，所以歌和中有'襄阳夜来乐'之语也。"《襄阳乐》为西曲34种曲之一，属于舞曲，计9首。录如下：

朝发襄阳城，暮至大堤宿。大堤诸女儿，花艳惊郎目。
上水郎担篙，下水摇双橹。四角龙子幡，环环江当柱。
江陵三千三，西塞陌中央。但问相随否，何计道里长。
人言襄阳乐，乐作非侬处。乘星冒风流，还侬扬州去。
烂漫女萝草，结曲绕长松。三春虽同色，岁寒非处侬。
黄鹄参天飞，中道郁徘徊。腹中车轮转，欢今定恋谁。
扬州蒲锻环，百钱两三丛。不能买将还，空手揽抱侬。
女萝自微薄，寄托长松表。何惜负霜死，贵得相缠绕。
恶见多情欢，罢侬不相语。莫作乌集林，忽如提侬去。

---

① 146首：《石城乐》5首，《乌夜啼》8首，《莫愁乐》2首，《估客乐》5首，《襄阳乐》9首，《三洲》3首，《襄阳踏铜蹄》6首，《采桑度》7首，《江陵乐》4首，《青阳度》3首，《青骢白马》8首，《共戏乐》4首，《安东平》5首，《女儿子》2首，《来罗》4首，《那呵滩》6首，《孟珠》10首，《翳乐》3首，《夜黄》1首，《夜度娘》1首，《长松标》1首，《双行缠》2首，《黄督》2首，《黄缨》0首，《平西乐》1首，《攀杨枝》1首，《寻阳乐》1首，《白附鸠》1首，《拔蒲》2首，《寿阳乐》9首，《作蚕丝》4首，《杨叛儿》8首，《西乌夜飞》5首，《月节折杨柳歌》13首。

## 三、《襄阳乐》的"非常"之处。

### (一)非"常"之作者

《襄阳乐》是西曲三十四曲民歌之一,而民歌顾名思义则是指流传在民间,具有里巷俗谣和民间爱尚的一种简炼而质朴的诗歌。然而,《襄阳乐》的作者却是王侯将相,并非出自民间。

《古今乐录》云:"《襄阳乐》者,宋随王诞之所作也。诞始为襄阳郡,元嘉二十六年仍为雍州刺史,夜闻诸女歌谣。因作之所以歌和中有'襄阳来夜乐'之语也。"《通典》曰:"裴子野〈宋略〉称晋安侯刘道产为襄阳太守,有善政,百姓乐业,人户丰赡蛮夷顺服,皆缘沔而居,由此歌之,号《襄阳乐》"。结合王运熙先生在《六朝乐府与民歌》中的论证,这两段记载并不矛盾,可以理解为先有民间为刘道产所作的《襄阳乐》民歌,后刘诞又依其曲律填词。当时乐府收集的宽泛度,也可略见一斑。

### (二)非"常"之内容

《襄阳乐》共九首,通过意义上的关联,凸显了同一个主题:欢情,即大堤女儿与客商之间的恋情。

第一首诗写商人来到襄阳城宿在大堤,大堤的女儿美艳无比,令人眼花缭乱。

第二首诗写逆水而行,奋力争上;顺水而行,双橹轻摇。四角龙子旗以江为柱,在江面上飘扬。

第三首诗写江陵与扬州相隔三千三百里,西塞是中央的道路。只要你问是否相随,又怎么会计较路途之远呢?

第四首诗写人人争唱《襄阳乐》,可是你所在之处没有乐曲响起。还是披星戴月,冒风霜,从水路回到扬州去吧。

第五首写绚丽多姿的萝草弯弯曲曲盘绕在长松之上,虽然共经三春,但岁寒却注定分离。

第六首写黄鹄冲天而飞,却因孤单而在半路徘徊。心中肝肠寸断,你又在爱恋着谁。

第七首写扬州的蒲锻玉器需要两三百串钱,不能买来给你,只能空手拥抱你。

第八首写萝草本是微草之物,只能依附于长松的表面。只要能互相缠绕,又怎么会怜惜经霜而死?

第九首写讨厌见到多情的你,厌倦你不相说话。不要看见乌鸦群集,带来远人将归的消息，而你却突然远离。

这九首诗写大堤女儿与欢的恋爱。"大堤女儿"即襄阳城的妓女。"欢"一般是指女性对男性情人的爱称。写欢来到襄阳城宿在大堤，与大堤女儿度过了一段美好时光。可是商人重利轻别离，次日便在江边分别。江面上百舸争流，千帆竞渡。江陵去扬州，三千三百里，女主人公百般不舍，百感交集：只要你愿意带我一起走，我又怎么会害怕路途遥远呢。可是，欢始终没有问女主人公要不要相随而去。无奈之余，女主人公以欢的所在没有《襄阳乐》安慰自己，放欢披星戴月回扬州。妾本丝萝，愿托乔木，虽然有过短暂的爱恋，可终不能长久。只是，尽管短暂，只要曾真心相恋，又能怎样！女主人公埋怨欢的多情，埋怨欢分别时的无言，乌鸦群集本是远人将归的征兆，而你却离我而去。接着写分别后的黯然神伤，黄鹄参天而飞，却因孤单徘徊不已，你今天离我而去，我内心肝肠寸断，而他日你又在爱恋着谁？

整组诗交代了两人由欢聚到分别的经过，写出了妓女感情的真挚与强烈，赞扬了这种可歌可泣的非"礼"爱情。而这种非"礼"爱情也在一定程度上反映了人对感情的渴望以及女性的觉醒。南朝是一个政权频繁更迭的王朝，先后有宋、梁、陈四个王朝建立与消亡，政局动荡，加上形名之学风行，佛道并行，汉代大一统思想遭到了冲击，人的意识开始觉醒。人的觉醒体现在男权社会中种女性的觉醒更具有代表意义。传统社会早已断绝女性建功立业之念，追求美满自由的爱情生活成为女性人生主题，《襄阳乐》中大堤女儿对爱情的热烈追求就是这种觉醒的典型表现。

## （三）非"常"之技法

1. 双关

西曲与吴歌不同，双关的运用并不多。可这首《襄阳乐》却有多处运用双关。

（1）以自然界草木之"缠绕"谐音世人情爱之"缠绕"：女萝自微薄，寄托长松表。何惜负霜死，贵得相缠绕。（《襄阳乐》其八）

（2）以自然界风波流水之"风流"谐音世人情爱之"风流"：人言襄阳乐，乐作非侬处。乘星冒风流，还侬扬州去。（《襄阳乐》其四）

2. 顶针

（1）朝发襄阳城，暮至大堤宿。大堤诸女儿，花艳惊郎目。（《襄阳乐》其一）

（2）上水郎担篙，下水摇双橹。四角龙子幡，环环江当柱。（《襄阳乐》其二）

（3）人言襄阳乐，乐作非侬处。乘星冒风流，还侬扬州去。（《襄阳乐》其四）

3. 引用

（1）引自《古诗十九首》。

烂漫女萝草，结曲绕长松。三春虽同色，岁寒非处依。（《襄阳乐》其五）

女萝自微薄，寄托长松表。何惜负霜死，贵得相缠绕。（《襄阳乐》其八）

其中"女萝"引自《古诗十九首·其八》"与君为新婚，兔丝附女萝"，比喻夫妻互相依附。

（2）引自汉乐府民歌《孔雀东南飞》。

①上水郎担篙，下水摇双橹。四角龙子幡，环环江当柱。（《襄阳乐》其二）"四角龙子幡"见于"青雀白鹄舫，四角龙子幡。婀娜随风转，金车玉作轮"，写船的雄伟华丽。

②黄鹄参天飞，中道郁徘徊。腹中车轮转，欢今定恋谁。（《襄阳乐》其六）"黄鹄参天飞，中道郁徘徊"与"孔雀东南飞，五里一徘徊"有异曲同工之妙——起兴。

（3）引自吴歌。

①江陵三千三，西塞陌中央。但问相随否，何计道里长。（《襄阳乐》其三）"江陵三千三"引自吴歌《懊侬歌》"江陵去扬州，三千三百里。已行一千三，所有二千在"。

②黄鹄参天飞，中道郁徘徊。腹中车轮转，欢今定恋谁。（《襄阳乐》其六）整首诗化用吴歌《黄鹄曲》"黄鹄参天飞，半道郁徘徊。腹中车轮转，君知思忆谁"，表现伴侣分离的悲伤及伴侣间的忠贞。

（四）非"常"之特色

1. 地域特色之楚地特色

（1）襄阳为汉水流域重要城市之一，《襄阳乐》直接以地名"襄阳"命名，具有浓厚的地域特色。

（2）《襄阳乐》写出了大堤女儿的直率热情以及对爱情的强烈追求与渴望，反映了楚人在长期的地理环境中所形成的喜欢自由，具有浪漫情思的性格特征。

2. 地域特色之吴地特色

对吴语经典字"侬"的运用。（1）《襄阳乐》虽为产生在荆、郢、樊、邓之间的西曲，全曲九首诗运用"侬"表达对情郎的称呼的就有四首（《襄阳乐》其四、其五、其七、其九），共计6处。其他五首，分别用"郎"（2处）、"欢"（2处）称呼情郎。

对吴歌的借鉴。（2）《襄阳乐》其三，借鉴吴歌《懊侬歌》，《襄阳乐》其六借鉴吴歌《黄鹄曲》。

## 四、《襄阳乐》与汉水文化的关系。

"汉水文化是融多边文化为一体，具有浓郁地方特色的区域性文化，是中国传统文化的重要组成部分。"①

作为民歌，《襄阳乐》不仅继承了《楚辞》中"女萝"这一意象，还相继从汉乐府《孔雀东南飞》和《古诗十九首》中进行借鉴和吸收，就连稍早于它的吴歌也加以吸收、消化和融合，成了西曲的今日面目。这一系列过程的完成得益于汉水文化的开放性和广适性，同时也证明了汉水文化是沉积与辐射、兼容性与独创性的统一，源远流长，丰富多彩。

此外，《襄阳乐》对爱情的态度是严肃认真的，在一定程度是对当时封建礼教的反叛。而承载这一主题的语言是生动活泼的，女主人公形象是自由灵动的，这多少也体现了汉水文化厚重与灵动的统一。

**参考文献**

［1］（宋）郭茂倩编．乐府诗集．［M］．北京：中华书局，1998年重印。

［2］潘世东．论汉水文化的生态形式特征．［J］．郧阳师范高等专科学校学报，2006年2月第26卷第1期。

［3］钟军．西曲研究．［D］．广西师范大学，2007.

---

① 潘世东．论汉水文化的生态形式特征［J］．郧阳师范高等专科学校学报，2006（1）．

# 王绩的生命情怀及其对陶渊明的接受
## ——以王绩的传记作品为例

宜春学院　谢志勇[①]

【摘　要】王绩《无心子并序》《负苓者传》《仲长先生传》《五斗先生传》《自作墓志文并序》等五篇传记作品，或以自传抒写内心的愤懑不满，表露性情，或通过他传，借他人之口抒写不平之心迹。《五斗先生传》不仅在形式上模仿《五柳先生传》，王绩更是追慕陶渊明的生命情怀，成为陶渊明精神的异代传承者。

【关键词】王绩；传记；生命情怀；陶渊明

## 一、引言

王绩，字无功，号东皋子，绛州龙门（今山西省河津县）人，约生于隋文帝开皇十年（590），卒于唐太宗贞观十八年（644）。王绩自幼聪慧好学，抱负远大，年十五，西游长安，谒见杨素，纵论时事、文章，被誉为"神仙童子"。隋时官秘书省正字、六合县丞；唐武德初年待诏门下省，贞观初年为太乐丞。王绩因简傲喜酒，屡遭勘劾，一生三仕三隐，终自撰墓志铭，忧郁而卒。王绩曾叹曰："天子不知，公卿不识"，怀才不遇之情溢于言表。唐初政治较为清明，魏征等直言极谏，王绩借诗文抒愤世牢骚。王绩云："诗者，志之所之；赋者，诗之流也。式抽短思而赋焉。"王绩诗文大都是内容充实的言情抒怀之作，怀才不遇的愤懑，加上坎坷的遭遇，使王绩对封建社会有了较为深刻的认识，其诗文对封建统治阶级和丑恶的社会作了揭露和批判。其《无心子并序》《负苓者传》《仲长先生传》《五斗

---

[①] 作者简介：谢志勇，宜春学院副教授，研究方向：古代诗文与地方文化研究。

先生传》《自作墓志文并序》等五篇传记作品，用淡朴简省的语言刻画人物，形神毕肖，批判黑暗现实，寄托生命情怀。尤其是《五斗先生传》刻意模仿《五柳先生传》，表现出王绩对陶渊明精神和情怀的追慕和传承。

## 二、借自传以抒牢骚愤懑之情

王绩天资聪颖，才华横溢，对前途充满希望，其《晚年叙志示翟处士正师》诗云："弱龄慕奇调，无事不兼修。望气登重阁，占星上小楼。明经思待诏，学剑觅封侯。弃繻频北上，怀刺几西游。"但坎坷的遭遇，怀才不遇的愤懑使王绩牢骚满腹，因此，他通过自叙传的形式来表达内心的不满之情。其《五斗先生传》《自作墓志文并序》即是这样的作品，两文都短小精悍，牢骚不满充溢其间。先看《五斗先生传》：

> 有五斗先生者，以酒德游于人间。人有以酒请者，无贵贱皆往。往必取醉，醉则不择地斯寝矣，醒则复起饮也。常一饮五斗，因以为号。先生绝思虑，寡言语，不知天下之有仁义厚薄也。忽然而去，倏焉而来；其动也天，其静也地：故万物不能萦心焉。尝言曰："天下大可见矣！生何为养，而嵇康著论；途何为穷，而阮籍恸哭？故昏昏默默，圣人之所居也。"遂行其志，不知所如。

王绩学陶渊明"五柳先生"以"五斗先生"自命，"以酒德游于人间""昏昏默默""遂行其志"，借酒抒泄心中牢骚不满之情。他有酒必喝，一喝必醉，不是王绩酒量不大，一"取"字暴露其以酒麻痹自己的心迹，"取醉"后可以暂时忘却身前身后事，可以"绝思虑，寡言语，不知天下之有仁义厚薄"，但酒终究要醒，生活再艰辛也要去度过。《唐才子传》记载：

> 绩，……隋大业末，举孝廉高第，除秘书正字。不乐在朝，辞疾，复授扬州六合县丞。以嗜酒妨政，时天下亦乱，遂托病风，轻舟夜遁。叹曰："网罗在天，吾将安之！"乃还故乡。至唐武德中，诏征以前朝官待诏门下省，绩弟静谓绩曰："待诏可乐否"曰："待诏俸薄，况萧瑟。但良酝三升，差可恋耳。"待诏江国公闻之曰："三升良酝，未足以绊王先生。"特判日给一斗。时人呼为"斗酒学士"。贞观初，以疾罢归。河

渚间有仲长子光者,亦隐士也,无妻子。绩爱其真,遂相近结庐,日与对酌。君有奴婢数人,多种黍,春秋酿酒,养凫雁,莳药草自给。以《周易》《庄》《老》置床头,无他用心也。自号"东皋子"。虽刺史谒见,皆不答。终于家。性简傲,好饮酒,能尽五斗,自著《五斗先生传》。弹琴为诗著文。高情胜气,独步当时。撰《酒经》一卷、《酒谱》一卷。李淳风见之曰:"君酒家南、董也。"及诗赋等传世。

王绩先在隋朝为官,官不大,"不愿在朝",以疾辞,且以酒妨政,加上隋末社会的动荡不安,他最终托病风,轻舟夜遁还故乡。王绩在隋朝没有施展才华的机会,唐王朝的建立本可为他提供用武之地,但他却待诏俸薄况萧瑟,只赢得个"斗酒学士"的虚号,在贞观盛世以疾罢归。王绩的仕宦之途可谓凄凉,他一生坎坷,怀才不遇,既有社会的原因,其"情"其"气"极富个性,性简傲,好饮酒,自身的责任亦不可推卸。从上述记载可知王绩辞官后的生活还是甚为自得的,甚至不乏惬意处:有三两莫逆之交,有同好隐士相伴,日与对酌;且有奴婢数人,种黍,酿酒,养雁、莳药草,生活逍遥自在。但表面的平静难掩内心的愤懑不平,王绩作《自作墓志文并序》以发牢骚:

王绩者,有父母,无朋友。自为之字曰无功焉。人或问之,箕踞不对,盖以有道于己,无功于时也。不读书,自达理。不知荣辱,不计利害。起家以禄位,历数职而进一阶。才高位下,免责而已。天子不知,公卿不识。四十、五十而无闻焉。于是退归,以酒德游于乡里。往往卖卜,时时著书。行若无所之,坐若无所据。乡人未有达其意也。尝耕东皋,号东皋子。身死之日,自为铭焉。曰:有唐逸人,太原王绩。若顽若愚,似矫似激。院止三迳,堂唯四壁。不知节制,焉有亲戚?以生为附赘悬疣,以死为决疣溃痈。无思无虑,何去何从?垅头刻石,马鬣裁封。哀哀孝子,空对长空。

唐人喜作墓志铭,为他人作,也为自己作。王绩自作墓志铭是要抒泄其对"才高位下"境遇的不满之情。全篇虽短,读之令人逼仄,字里行间满溢牢骚之气。先是说自己有父母,无朋友。作为人谁都有父母,朋友可有亦可无,隐居的王绩真的会没有朋友吗?他不仅有"莫逆之交"亦有隐士相伴,有朋友反说"无朋友",牢骚之语也。其次字己曰"无功",有人问他为何字"无功",他"箕踞不对",却自答"有道于己,无功于时"。道不得行,才不见用,是天子公卿不知人。自认为有道却不为人知,自以为才高却不被重用,由急于仕进而转为退隐再到心有所不甘,心理发展顺理成章,形诸笔端自然多牢骚之言。最后借"无功"发牢骚,用的是一系列否定或具有否定意义的词语来宣泄心中的不满:连用五个"不",另用"免""无""退""未""死"等具有否定之义的词来解释"无功"。实际上,王绩的所谓"无功"不是自己无能,而是"天子不知,公卿不识",是唐朝廷没有给他"有功"的机会。正话反说,牢骚语逼人眼目。

王绩《五斗先生传》《自作墓志文并序》这两篇自传性质的传记作品篇幅短小,重在言情抒志,别具一格。他的"莫逆之交"吕才却为王绩写了一篇记传性的序文:《东皋子后序》,对王绩放纵不羁的生活作了朴实而生动的描述。现录其全文于下:

> 君姓王氏,讳绩,字无功,太原祁人也。高祖晋穆公自南归北,始家河汾焉。历宋、魏迄于周、隋,六世冠冕,国史家牒详焉,君性好学,博闻强记,与李播、陈永、吕才为莫逆之交,阴阳历数之术,无不洞晓。大业末,应孝弟廉洁举,射高第,除秘书正字。君性简放,饮酒至数斗不醉。常云:"恨不逢刘伶,与闭户轰饮。"因著《醉乡记》及《五斗先生传》以类《酒德颂》云。雅善鼓琴,加减旧弄,作《山水操》,为知音者所赏。高情胜气,独步当时。及为正字,端簪理笏非其好也,以疾罢,乞署外职,除扬州六合县丞。君笃于酒德,颇妨职务,时天下乱,藩部法严,屡被勘劾。君叹曰:"罗网高悬,去将安所?"遂出所受俸钱,积于县城门前,托以风疾,轻舟夜遁。隋季版荡,客游河北,去还龙门。武德中,诏征以前扬州六合县丞待诏门下省。时省官例日给良酝三升,君第七弟静为武皇千牛。谓曰:"待诏可乐否?"君曰:"吾待诏禄俸,殊为萧瑟,但良酝三升,差可恋尔!"待诏江国公,君之故人也。闻之曰:"三升良酝,未足以绊王先生,判日给王待诏一斗。"时人号为斗酒学士。贞观初,以足疾罢归。欲定长往之计,而困于贫。贞观中,以家贫赴。时太学有府史焦革,家善酝酒,冠绝当时。君苦求为太乐丞,选司以非士职不授。君再三请,曰:"此中有深意,且士庶清浊,天下所安,不闻庄周避漆园,老聃耻柱下?"卒授焉。数月而焦革死,妻袁氏时送美酒。岁余,袁又死。君叹曰:"天乃不令吾饱美酒!"遂挂冠归田。自是太乐丞为清流。君后追述焦革《酒经》一卷。其术精悉,

兼采杜康、仪狄以来善为酒人为《酒谱》一卷。太史令李淳风见而悦之，曰："王君可为酒家之南、董。"君历职皆以好酒，乡里或哈之，因著《无心子》以喻志。河汾中先有渚田十数顷，称良沃。邻渚又有隐士仲长子光，服食养性，君重其贞素，顾与相近，遂结庐河渚，纵意琴酒，庆吊礼绝十有馀年。河渚东南隅有连沙盘石，地颇显敞，君于其侧遂为杜康立庙，岁时致祭，以焦革配焉。贞观中，京兆杜松之、清河崔公善继为本州岛刺史，皆请与君相见。君曰："奈何悉欲坐召严君平？"竟不见。崔、杜高君调趣，卒不敢屈。但岁时赠以美酒、鹿脯，诗书往来不绝。君又葛巾联牛，躬耕东皋，每著书，自称东皋子。晚岁醉饮无节，乡人或谏止之，则笑曰："汝辈不解，理正当然。"或乘牛驾驴，出入郊郭，止宿酒店，动经岁月，往往题咏作诗。好事者录之讽咏，并传于代。贞观十八年终于家，时年若干。临终自克死日，遗命薄葬，兼预自为墓志。所著诗赋，并多散逸，鸠访未毕，且缉成五卷。又著《会心高士传》五卷，《酒谱》二卷，及注《庄子》并别成一家，不列于集云。

吕才（606—665），博州清平（今山东高唐县清平镇吕庄）人，出身寒微，兴趣广泛，"天悟绝人"，自学成才。因其学识渊博、博才多能而知名。唐初名臣如魏征、王珪等都十分赞赏他的"学术之妙"。其文不求华丽而救俗失，切时事。吕才与王绩交谊深厚，彼此心意相通，他对王绩的生活和思想了解较为深刻，由他来写王绩的生平事迹最为恰当不过。此序传先叙王绩家世，然后盛赞其"高情胜气，独步当时"，其次以酒为线索，写他辞官、待诏、赴选等逸事，最后集中笔墨写王绩的纵意琴酒、高情逸志。全文简朴不事雕饰，塑造出王绩居乱世而不染、临富贵而不屈的傲世独立的高士形象。

## 三、以他人之口表不平之心迹

王绩本是一个积极用世之人，他不得已而退居山林，但其心却向于事功，所谓"无功""无心"都是愤激之辞。可见，王绩的思想是极其复杂的，儒、道、释、阴阳历数诸家都对王绩产生过影响，他兼取诸家，以儒道为主。儒道思想随着隋唐之际风云激荡的社会变革及个人仕途的顺逆在王绩的心中消长起伏。当天下承平有机遇可待时，他要牢记兄长的教诲，不坠儒业，思待诏，觅封侯；而当社会动荡，机遇难寻时，他转而沉醉老庄，寻求慰藉，清高自持，纵情山水，佯狂傲世，排遣怀才不遇、落魄失意的苦闷。因此，王绩绝非超凡脱俗的隐士，《新唐书》《旧唐书》均列王绩入《隐逸传》，实乃"所未喻也"。王绩的诗文揭露统治阶级的丑恶，感慨身世，抒写怀才不遇的愤懑，直率地剖露受压抑的苦闷和孤寂，这些诗文为我们认识摧残人才的封建社会提供了有价值的材料。王绩诗文中数量最多的吟咏山水田园的篇章，固然有其纵情山水，消极遁世的消极情绪在，但一经把这些篇什与他对封建官场的感受联系起来考察，其反衬污浊世俗之旨跃然纸上。《无心子并序》《负苓者传》《仲长先生传》亦是如此，乃作者以嬉笑怒骂之笔，寄托不平之气。传记文学作品就其作者角度来讲，有自作传以表露性情，也有通过作他传借他人之口抒写不平之心迹。王绩作《无心子并序》《负苓者传》《仲长先生传》三篇传记文即是借他人之语浇自家之块垒。《无心子并序》其文如下：

东皋子始仕，以醉懦罢。乡人或诮之，东皋子不屑也。退著无心子，以见趣云。

无心子寓居于越，越王不知其大人也，拘之仕，无喜色，泛若而从。越国之载，曰：有秽行者不齿。俄而，无心子者以秽行闻于王，王黜之，无愠色，退而将游于茫荡之野。适绩之邑，而遇机士。机士抚髀而叹者三，曰："嘻，子贤者，而以罪废？"无心子不应，机士曰："愿受教。"无心子曰："尔闻蜚廉氏马说乎？昔者蜚廉氏有二马：一者朱鬣白毳，龙体凤臆，骤驰如舞，终日不释鞍，竟以艺死；一者重胫昂尾，驼头貉膝，踶囓善蹶，弃而散诸野，终年肥遁。是以凤凰不憎山栖，蛟龙不羞泥蟠；君子不苟洁以罹患，圣人不避秽而养生。"东皋子闻之曰："善矣，尽矣，不可以加矣！"

在序中王绩交待了写作此传的缘由：因醉懦而罢官，乡人诮之。他为辩解而著《无心子》，通过无心子之口来传达自己罢官的心迹，以形象的故事来阐明一个哲理。无心子本不愿做官，"拘之仕，无喜色"，后故意为秽行被黜。然后借无心子与机士的对话，无心子引蜚廉氏的马说，以良马以艺死和劣马以庸生相对照，得出结论："君子不苟洁以罹患，圣人不避秽而养生。"文章三百多字，简洁而生动，却婉转而形象地透露出王绩不愿为官是有其内在的深层精神因素的，而绝非是因"醉懦"那么简单。《无心子》用形象的故事来表述心迹，《负苓者传》也一样，通过负苓者对薛生之叹的答话，表达对《周易》之伏羲、文王的看法，借负荛者之口演说老子绝圣弃智之旨,"蹒蹒然"负荛者俨然王绩之化身。《仲长先生传》全文不到两百字,以简省精炼的语言,叙述了隐者仲长子光的身世、主要经历、思想志趣和著述。正面描述仲长子光:"无室庐,绝妻子""结庵河渚",侧面烘托:汾阴侯"一论而服"、守令至者"未曾交语"。仲长先生由"人莫知之"到"至者皆见谒",而始终保持一种寡言、隐退的生活,"人有请道者,则书老、易二字示之",他弹琴饵药,终其一生,一位隐者的形象跃然纸上。王绩为好友仲长先生立传,传达的是其内心对隐士生涯的无限向往。王绩在诗文中多次自我刻画了一个纵心自适的隐者形象,王绩和仲长先生化为一体。如《答处士冯子华书》王绩自叙孤居河渚生涯:

> 吾河渚间,有先人故田十五六顷。河水四绕,东西趋岸,各数百步。……近复都庐弃家,独坐河渚,结构茅屋,并厨厩,总十余间。奴婢数人,足以应役。用天之道,分地之利。耕耘蒇葇、黍秋而已。春秋岁酒,以时相续。兼多养凫雁,广牧鸡豚。黄精、白术,枸杞、薯蓣,朝夕采掇,以供服饵。床头素书数帙,老、庄及易而已。……遇天地晴朗,则于舟中诵大谢"乱流趋孤屿"之诗,渺然尽山林陂泽之思,觉瀛洲方丈森然在目前。或时与舟人渔子分潭并钓,俛仰极乐,戴星而归。题歌赋诗,以会意为巧。不必与夫悠悠闲人相唱和也。孤住河渚,傍无四邻。闻犬声,望烟火,便知息身之有地矣!……自作素琴一张,云:其材是峄阳孤桐也。近携以相过,安轸立柱,龙唇凤翮,实与常琴不同。发音吐韵,非常和朗。……然烟霞山水,性之所适。琴歌酒赋,不绝于时。时游人间,出入郊郭。暮春三月,登于比山,松柏群吟,藤萝翳景,意甚乐之。箕踞散发,同群鸟兽。醒不乱行,醉不干物。赏洽兴穷,还归河渚。蓬室瓮牖,弹琴诵书。优哉游哉!聊以卒岁。

王绩在给处士冯子华的信中描绘他居住在河渚间的生活,是那么清静幽雅,怡然自得,还有隐士仲长先生与他结庵相伴:"有仲长先生,结庵独处垂三十载,非其力不食,傍无侍者。虽患瘖疾,不得交语。风神肃肃,无俗气。携酒对饮,尚有典刑。先生又著独游颂,及河渚先生传,开物寄道,悬解之作也。时取玩读,便复江湖相忘。"其景其情具桃源之意味,令人神往。

## 四、王绩对陶渊明的生命感应

王绩真正把陶渊明引以为跨越两百年的知己,不仅在行为方式、人生态度上模仿渊明,更在诗文创作上追慕渊明。陆淳《删东皋子后序》:"庄叟之后,绵历千祀,几于是道者,余得之于王君焉。心与物冥,德不外荡,随变而适,即分而安。忘所居而迹不害教,遗其累而道不绝俗。故有陶公之去职,言不怨时;有阮氏之放情,行不忤物。旷哉渊乎!真可谓乐天之君子者矣。"黄汝亨《黄刻东皋子集序》:"东皋子放逸物表,游息道内。师老、庄,友刘、阮。其酒德诗妙,魏晋以来,罕有俦匹。行藏死生之际,澹远真素,绝类陶征君。……《东皋子集》,宜与《陶渊明集》并传。"苏轼《和归园田居六首》(六):"斜川追渊明,东皋友王绩。"钱谦益《东皋种菊诗四首赠稼轩给谏》(一):"君耕东皋田,复种东篱菊。王绩与陶潜,俯仰共一屋。"钱钟书先生认为:"余泛览有唐一家,初唐则王无功,道渊明处最多;喜其饮酒,与己有同好,非赏其诗也。"胡适认为:"王绩是一个放浪懒散的人,有点像陶潜,他的诗也有点像陶潜。"王绩《答处士冯子华书》云:"夫人生一世,忽同过隙,合散消息,周流不居。偶逢其适,便可卒岁。陶生云:'富贵非吾愿,帝乡不可期。'"王绩和陶渊明在精神上是契合相通的。陶渊明以田园、饮酒为诗歌主题,王绩集中亦多田园、饮酒之作;渊明有《桃花源记》,王绩有《酒乡记》;渊明撰自祭文,王绩自作墓志文;陶渊明有《五柳先生传》,王绩有《五斗先生传》。

我们把王绩《五斗先生传》和陶渊明《五柳先生传》做一比较,即可清晰看到王绩无论在形式还是在生命情怀上都刻意追慕陶渊明。

| 五斗先生传(140字) | 五柳先生传(174字) |
| --- | --- |
| 常一饮五斗,因以为号。 | 先生不知何许人也,亦不详其姓字。宅边有五柳树,因以为号焉。 |
| 先生绝思虑,寡言语,不知天下之有仁义厚薄也。 | 闲静少言,不慕荣利。 |
| 忽然而去,倏焉而来;其动也天,其静也地:故万物不能萦心焉。 | 好读书,不求甚解。每有会意,便欣然忘食。 |
| 遂行其志,不知所如。 | 忘怀得失,以此自终。 |
| 以酒德游于人间。 | 性嗜酒,家贫不能常得。 |
| 人有以酒请者,无贵贱皆往。<br>往必取醉,醉则不择地斯寝矣,醒则复起饮也。 | 亲旧知其如此,或置酒而招之。造饮辄尽,期在必醉;既醉而退,曾不吝情去留。 |

续表

| 五斗先生传（140字） | 五柳先生传（174字） |
|---|---|
| 尝言曰："天下大可见矣！生何为养，而嵇康著论；途何为穷，而阮籍恸哭？ | 黔娄之妻有言："不戚戚于贫贱，不汲汲于富贵。" |
| 故昏昏默默，圣人之所居也。 | 酣觞赋诗，以乐其志，无怀氏之民欤？葛天氏之民欤？ |

这两篇传记文学作品都是作者的自况，沈约《宋书·隐逸传》和萧统的《陶渊明传》也都认为《五柳先生传》是"实录"。这种自况不等于作者自己的全面纪实，而是一种人物的塑造，它不拘泥于人物之实迹，意在传人物之神韵。韩兆琦先生认为《五柳先生传》"不传事迹，只传精神"。确实如此，陶渊明用虚笔写自己的人生理想，以"不"字结撰成篇。钱钟书先生认为"不"字是一篇之眼目："'不知何许人也，亦不详其姓字''不慕荣利''不求甚解''家贫不能恒得''曾不吝情去留''不蔽风日''不戚戚于贫贱，不汲汲于富贵'；重言积字，即示揭者之'有所不为'。酒之'不能恒得'，宅之'不蔽风日'，端由于'不慕荣利'而'家贫'，是亦'不屑不洁'所致也。'不'之言，若无德而称，而其意，则有为而发；老子所谓'当其无，有有之用'，王夫之所谓'言无者，激于言有'者而破除之也。"《五柳先生传》反映了陶渊明一定的生活实际，更是他人生理想的直接表露，虚与实交织交融。从上表两篇文章文字上的对照，可明显见出，王绩的《五斗先生传》"从标题的模拟，到虚构人物的设定，乃至隐逸的生活，饮酒的嗜好"，都与《五柳先生传》维妙维肖。

《五柳先生传》虽然没有记录陶渊明的全部实迹，却比任何史传的记载更能体现陶渊明的精神风貌。《五斗先生传》不仅是在形式上模仿《五柳先生传》，更为重要的是，王绩追慕的是《五柳先生传》的精神，感的是陶渊明的生命情怀，这种精神和情怀是作者所无限向往，且在诗文作品中竭力要去表现的。一"五"字，穿越时空遥相呼应，王绩无疑成为陶渊明精神的传承者。

王绩和陶渊明几乎差不多的仕隐经历，使他们在心灵上有着更多的契合沟通。而酒是他们心灵沟通的媒介，陶渊明"性嗜酒"，王绩"以酒德游于人间"；陶渊明"造饮辄尽，期在必醉；既醉而退，曾不吝情去留"，王绩"往必取醉，醉则不择地斯寝矣，醒则复起饮也"。萧统说渊明"意不在酒，寄酒为迹也"，王绩何尝不是如此，酒是他忘却纷扰俗世的一剂麻醉药，他从各种角度颂扬酒给他带来的愉悦，描述其酒后的放浪形骸，以求得心灵的解脱。王绩的酣饮、"取醉"是为了寻求麻木、昏沉，是借酒浇"愁"，这"愁"是其不遇之恨和愤世之情。

王绩对陶渊明生命情怀的追慕还表现在他们的人生哲学态度上，陶渊明要"忘怀得失，以此自终"，充分享受现世生命的乐趣，以终天年；王绩亦"遂行其志，不知所如"，立足于人世，却无有归宿。陶渊明营造的是一个没有战争、剥削和压迫的"桃源"乐土，王绩向往的是"醉乡"的理想之境。其《醉乡记》云：

> 醉之乡，去中国不知其几千里也。其土旷然无涯，无丘陵阪险；其气和平一揆，无晦明寒暑；其俗大同，无邑居聚落；其人任清，无爱憎喜怒，呼风饮露，不食五谷。其寝于于，其行徐徐。与鸟兽鱼鳖杂处，不知有舟车器械之用。昔者黄帝氏尝获游其都。归而杳然丧其天下，以为结绳之政已薄矣！降及尧舜，作为千钟百壶之献。因姑射神人以假道，盖至其边鄙，终身太平。禹、汤立法，礼繁乐杂，数十代与醉乡隔。其臣羲和，弃甲子而逃，冀臻其乡，失路而道夭。故天下遂不宁。至乎末孙，桀、纣怒而升其槽丘，阶级千仞，南面向而望，卒不见醉乡。成王得志于世，乃命公旦立酒人氏之职，典司五齐，拓土七千里，仅与醉乡达焉，四十年刑措不用。下逮幽、厉，迄乎秦汉，中国丧乱，遂与醉乡绝。而臣下之受道者，往往窃至焉。阮嗣宗、陶渊明等数十人，并游于醉乡，没身不返，死葬其壤，中国以为酒仙云。

王绩《五斗先生传》是其故作狂放之辞，《醉乡记》也是愤世之语，他向往醉乡，只是聊以自遣而已。王绩有着一颗用世之心，正如他所称道的阮籍、陶渊明一样，王绩并非真正忘却世事，只是由于"才高位下"，才以至隐退，其游于醉乡实乃出于对其怀才不遇的愤激。

# 民歌与流域文明初探

## ——以汉水流域为重点

湖北师范学院　张晓菲[①]

**【摘　要】**古代民歌的创作,因地理环境的差异,不同流域表现出极其鲜明的地域特征。随着地理位置上的南移,民歌由现实主义、句式整齐规范、风格粗犷朴实,逐渐成为表现手法浪漫主义、句式灵活多变、风格细腻婉转。而作为南北分界线地带的淮河和汉水流域,则成为集大成者,兼具南北特色。

**【关键词】**民歌;流域;《诗经》;《楚辞》

综观中国古代文明,就是以夏民族为核心所创造的黄河流域的中原文化,和以楚民族为核心所创造的汉水、长江流域的楚文化汇合而成的。楚文化的浪漫绮丽色彩与中原文化朴实的理性之光,交融汇合成了光辉灿烂的华夏文化。

俄国学者梅次尼可夫指出"河流是文化诞生和发展的主要因素,在任何一个国度里,它就像是这个地区的自然地理条件气象、土壤、地形和地质条件的有机综合表现。"而以农业为基础的中国,是典型的大河文明,可以说河流就是中华民族产生的摇篮。在历史上占居重要地位的河流,即长江、淮河、黄河、汉水并列,合称"江淮河汉"。

不同的地理环境会产生不同的文明,进而形成不同的生活习惯和民俗,从而影响其审美情趣和艺术表达方式。古代民歌的创作,无论是形象的塑造、语言的表达等都是各异其趣的,这些各异的表达方式表现出极其鲜明的地域特征。

我国古代的民歌主要有《诗经》《楚辞》、乐府民歌、曲子等。《诗经》中的

---

[①] 作者简介:张晓菲,湖北师范学院研究生,研究方向:唐宋文学。

《国风》,是我国古代最早的民歌选集,朱熹谓之"民俗歌谣之诗"。它汇集了从西周到春秋约500多年间,流传于15个地区的民歌,其中13个地区是黄河流域,只有"二南"的地域范围,在汝水和汉水流域;《楚辞》是战国后期描写楚地的民歌,主要集中在汉水流域和长江流域;汉代的乐府民歌是在广泛收集民间歌乐资料的基础上,由专门的乐府机关选择整理而形成的,是全国性的,因而涉及江淮河汉四个地域,但是不同地域的民歌表现出不同的特点;南朝乐府民歌,以"吴声歌"和"西曲歌"为主,约500首。其中"吴声歌"是长江下游为中心这一地区的民歌,"西曲歌"是长江中游和汉水流域的民歌。北朝乐府民歌现存的有60多首,以"梁鼓角横吹曲"为主,是黄河流域的民歌。唐代,"百里不同风,十里不同俗"的曲子广泛得到认可,另敦煌曲子也是民歌的组成部分。宋代的曲词成为新的民歌形式;明清时期,个人整理的民歌歌词集,例如黄遵宪的《客家山歌》、冯梦龙的《吴歌》、李调元的《粤讴》以及华广生的《白雪遗音》等。唐至明清时期的民歌都是各民族、各地域取材的产物,综合性、融合性较强,也显示出不同地域的特色。

尽管不同时期的民歌都有相对稳定的产生地域,但是在地理上作为南北分界线的汉水和淮河流域,则融会贯通,成为以上提及的民歌都歌咏到的地方。如《诗经·周南·汉广》:"汉有游女,不可求思。汉之广矣,不可咏思。"汉即是汉水。《诗经·鲁颂·宫》云"淮夷来同"提及淮河。《诗经·大雅·江汉》将汉水和淮河并相提及:"江汉浮浮,武夫滔滔。匪安匪游,淮夷来求。"《楚辞·九章·抽思》:"有鸟自南兮,来集汉北。"其中汉北即是指汉水之北。《楚辞·九章·悲回风》:"浮江淮而入海兮,从子胥而自适?"提及淮河流域。《乐府诗集·清商曲辞》中《襄阳乐》云:"朝发襄阳来,暮至大堤宿。大堤诸女儿,花艳惊郎目。"所提及襄阳即属于汉水流域。《乐府诗集·鼓吹曲辞》中"巫山高,高以大;淮水深,难以逝"提及淮水。唐宋明清的民歌,因为产生地域广泛,自然包含四大流域。由此可见汉水和淮河在中国古代,作为联系南北的纽带,其地理位置及文化底蕴极具包容性。而《诗经》和《楚辞》作为民歌的源头,对后世的民歌产生规范性的影响,故而可以从源头分析不同流域的民歌特色。

## 一、现实主义与浪漫主义的碰撞

以《诗经》为代表的黄河流域民歌,反映了劳动人民真实的生活和真实情感,或描写他们对受剥削、受压迫的处境的不平和争取美好生活的信念,或描写他们对爱情的态度,具有明显的现实主义倾向。而以《楚辞》为代表的长江流域的民歌,它感情奔放,想象奇特,且具有浓郁的楚国地方特色和神话色彩,被称为我国第一部浪漫主义诗歌总集。

而汉水和淮河兼具二者,既有现实主义的朴实,又有浪漫主义的缥缈。因淮水流域民歌较少,以汉水流域为例。如《诗经·国风·周南·汉广》:"南有乔木,不可休思;汉有游女,不可求思。汉之广矣,不可泳思;江之永矣,不可方思。翘翘错薪,言刈其楚;之子于归,言秣其马。汉之广矣,不可泳思;江之永矣,不可方思。翘翘错薪,言刈其蒌;之子于归,言秣其驹。汉之广矣,不可泳思;江之永矣,不可方思。"这首爱情诗表达了一位男青年钟情一位姑娘,最终却难遂心愿的单相思的哀歌,清代的陈启源《毛诗稽古编》曰:"夫说(悦)之必求之,然唯可见面不可求,则慕说益至。"对诗旨的阐释和诗境的把握,简明而精当。爱而不得的爱情,体现出现实主义风格。《九章·抽思》部分节选:"倡曰:有鸟自南兮,来集汉北。好姱佳丽兮,牉独处此异域。既惸独而不群兮,又无良媒在其侧。道卓远而日忘兮,愿自申而不得。望北山而流涕兮,临流水而太息。望孟夏之短夜兮,何晦明之若岁。惟郢路之辽远兮,魂一夕而九逝。曾不知路之曲直兮,南指月与列星。愿径逝而未得兮,魂识路之营营。何灵魂之不信直兮,人之心不与吾心同。理弱而媒不通兮,尚不知余之从容。"运用比喻的手法,把自己比喻成孤独无依的鸟儿,刻画了诗人独处汉北时"独而不群""无良媒"的处境,其时其地,诗人的忧思益增:"望北山而流涕兮,临流水而太息"两句,令人读之怃然。值得注意的是,诗篇至此巧妙地插进了一段梦境的描写,以此抒写诗人对郢都炽烈的怀念,使读者似乎看到诗人的梦魂由躯体飘出,在星月微光下,直向郢都飞逝,而现实的毁灭在空幻的梦境中得到了暂时的慰藉。这一段极富浪漫色彩的描绘,使得读者与诗人一起,带着忧思,追寻、飞翔……

## 二、句式上整齐规范与灵活多变的交汇

起源于汉水流域、长江流域的楚辞,句法参差错落、灵活变化、辞藻华美、对偶工巧,以大量"兮"字作衬字。而淮河、黄河流域的《诗经》,则是古朴的四言体,反复吟咏。楚辞的句式较活泼,句中有时使用楚国方言,在节奏和韵律上独具特色,更适合表现丰富复杂的思想感情。

汉水流域作为兼具《诗经》和《楚辞》的地域,自然在民歌创作的外在形式上兼具二者特色。《周南》《召南》为整齐的四字句式,《楚辞》为灵活多变的杂糅

句式。汉乐府民歌大致由杂言和五言两种形式,一般来说,西汉多杂言,东汉多五言。南朝"西曲歌"以五言、四句的短章为主,也有四言、七言和杂言体。如西曲歌《常欢林》:"宜城酒熟花覆桥,沙晴绿鸭鸣咬咬。穰桑绕舍麦如尾,幽轧鸣机双燕巢。马声特特荆门道,蛮水扬光色如草。锦荐金炉梦正长,东家呃喔鸡鸣早。"歌中"宜城"位于襄阳,属于汉水流域,这首民歌为整齐规范的七言句式,从街市、城郊、交通、人事等方面描写宜城环境的美好和经济的繁荣,表达了作者对宜城的依恋之情,也蕴含了对庄恪太子李永的纪念之意。《乐府诗集·鼓吹曲辞》中写道:"巫山高,高以大;淮水深,难以逝。我欲东归,害梁不为?我集无高曳,水何汤汤回回。临水远望,泣下沾衣。远道之人心思归,谓之何!"歌中涉及淮水,句式上比较灵活,三言、四言、五言、七言句式相杂糅,灵活深刻的表达了思乡之情怀,那种思而不得归的悲怨,不禁令人悲从中来。

## 三、粗犷朴实与细腻婉转的杂糅

黄河流域的民歌,描绘的多是高大健壮的形象和豪迈奔放的气势,语言上直抒胸臆,较少修饰,不事雕琢,从而形成一种粗犷朴实的风格;长江流域的民歌则正好相反,形象上以纤细瘦弱为美,气息柔弱,适合人物形象的塑造,所以语言含蓄婉转,讲究修饰,整体风格细腻婉转。汉水、淮河流域是南北方的杂糅,兼具二者之风格。既善用比、兴,多表现得婉转、细腻、抒情,又直抒胸臆,朴实粗犷。

汉水流域的民歌既有壮阔的景象,直率的表达,也有婉转的修饰,柔弱的气息。如:《诗经·周南·汉广》反复咏唱"汉之广矣,不可泳思;江之永矣,不可方思",直抒胸臆,表达了对爱慕之人不可得到的失望,"汉之广""汉之永"则侧面表现出汉水的大与永久,较为壮阔。《九章·悲回风》:"曰:吾怨往昔之所冀兮,悼来者之惕惕。浮江淮而入海兮,从子胥而自适。望大河之洲渚兮,悲申徒之抗迹。骤谏君而不听兮,重任石这何益。心絓结而不解兮,思蹇产而不释。"作品充满着深沉、悲愤的情绪,思理困惑,不知所释,忧伤悲怆,但是未写事实,全是作者心理活动的描写,间接表达情感,"惕惕""悄悄""冥冥""雾雾"等叠词的使用,对诗歌幽怨悲凉意境的形成,具有重要作用。这首民歌,虽然情感激烈,但是在表达上采取的是婉转表达,语言注重修饰。

总体而言,汉水流域作为历史上六次移民的汇入地,在历史上的动乱时期,对于保存汉民族的文化做出了巨大的贡献,其历史作用不可小觑。综上可见,民歌在不同流域表现出一定的特点，地域上从北向南依次为黄河流域、淮河流域、汉江流域、长江流域，随着地理上的南移，民歌由现实主义、句式整齐规范、风格粗犷朴实，逐渐成为表现手法浪漫主义、句式灵活多变、风格细腻婉转。而作为南北分界线地带的淮河和汉水流域，则成为集大成者，兼具南北特色，为民歌的发展创新做出有益尝试和突出贡献。

**参考文献**

[1]（宋）郭茂倩.乐府诗集［M］.北京：中华书局，1979.

[2]王秀梅译注.诗经［M］.北京：中华书局，1986.

[3]林家骊译注.楚辞［M］.北京：中华书局，2010.

[4]赵济、陈传康.中国地理［M］.北京：高等教育出版社.2001.

[5]（宋）朱熹.诗集卷［M］.黄山书社.2012.

[6]曾大兴."骏马秋风冀北"与"杏花春雨江南"［J］.广州大学学报，2011（11）.

[7]潘世东.论汉水文化精神［J］.武汉大学学报，2008（2）.

# 试论唐宋诗人对汉水女神文化的开拓

陕西理工学院　梁中效[①]

汉水女神是中国最早的江河女神。她最先出现在《诗经》和《楚辞》两大文化经典之中,被北方的周秦和南方的荆楚共同尊崇、祭祀和传承,对中国江河女神的发展产生了深远的影响。[1]唐宋时期,随着中国经济文化重心的东移南迁,汉水流域成为沟通南北与东西部经济文化的大动脉,特别是汉水中游号称"南船北马"、水陆要冲的襄阳,跃升为闻名全国的大都市和汉水流域的中心城市,使这里的汉水女神文化被文人墨客所接受,并进一步开拓和传承,从而在唐诗宋词中形成了颇为壮观迷人的汉水女神文化,对后世产生了广泛影响。

## 一、汉水女神与襄阳汉皋

汉水女神是中国最早、影响最为深远的江河女神。汉水女神不仅出现在《诗经》《楚辞》文化系统之中,也存在于春秋、战国以来的祭祀文化系统之中。汉水女神最早出现在《诗经·汉广》中,她被称为汉水游女,是以一个樵夫心上人的身份出现的。汉代以来,汉水游女的形象慢慢开始被神化。据前秦人王嘉的《拾遗记》记载:汉水女神是两位美丽而多情的女子延娟、延娱,她们出现于西周中期前后,与周昭王南征有关。此二人辩口丽辞,巧善歌笑,步尘上无迹,行日中无影。后二女与昭王乘舟,同溺于汉水。死后二女化为神女。春秋时期,汉水女神被演化成为晋人郑交甫所遇汉皋之游女。刘向在《列仙传·江妃二女》中云:"江妃二女者,不知何所人也。出游于江汉之湄,逢郑交甫,见而悦之,不知其神

---

[①] 作者简介:梁中效(1961— ),男,陕西省武功县人,陕西理工学院历史文化学院教授,主要从事三国唐宋史和西部历史文化研究与教学。

也。"战国时期，屈原在汉北，则第一个将汉水女神转化为"湘君""湘夫人"，纳入文学的畅想之中，借咏神女以抒发寄托自己对楚王忠贞不二的情怀。屈原之后，文学作品中的汉水女神形象绵延不绝。汉代学者在他们的汉赋诗作中丰富了汉水女神的形象。魏晋以降，汉水女神在文学作品中的形象更加光彩夺目。

汉水女神活动的中心是襄阳。虽然在汉水上游的汉中盆地和下游的湖北天门都留下了汉水女神活动的遗迹，但汉水女神钟爱的地方是襄阳"汉皋"，即万山之麓、汉水之滨。至迟到两汉，学者们已将汉水女神与汉皋联系在一起。西汉大儒韩婴在其《韩诗内传》中、东汉博学多才的张衡在《南都赋》中，都将汉水女神遇郑交甫之地定位在"汉皋"。《南都赋》说："游女弄珠于汉皋之曲。"据《南都赋》注引《韩诗内传》载：春秋时，"郑交甫将适楚，遵彼汉皋台下，乃遇二神女，佩两珠，大如荆鸡之卵"。他不知二女是汉江女神，便上前挑逗说："愿请子之佩。"二女含笑不语，解下佩珠相赠。郑交甫喜不自禁，以为得到了定情信物，接过宝珠，藏于怀中。行约数十步，回望二女，杳无踪迹，伸手探怀，已失佩珠，方悟遇到了汉水女神，不禁怅然。由郑交甫汉皋之艳遇，产生了"神女弄珠""汉皋解佩""解佩授珠"等一系列与襄阳汉皋台相联系的成语典故和一系列相关的文献记载。北魏地理学家郦道元在《水经注·沔水注》中说："沔水又东迳万山北""山下水曲之隈，云汉女昔游处也。故张衡《南都赋》曰：游女弄珠于汉皋之曲。汉皋，即万山之异名也"。这是地志文献中较早记录汉水女神与汉皋关系的文献。习凿齿《襄阳耆旧记》云："万山北隔沔水，父老相传即交甫见游女弄珠之处。"唐代李吉甫在《元和郡县图志》中也说："万山，一名汉皋山，在县西十一里。与南阳郡邓县分界处，古谚曰：'襄阳无西'，言其界促近。"[2]李吉甫虽未提汉水女神，但汉皋山的记载确凿。北宋乐史在《太平寰宇记》中记载："万山，在县西八里，一名汉皋山。"[3]南宋王象之《舆地纪胜·襄阳府》载："解佩渚，在襄阳县西十里。《皇朝郡县志》云：'即交甫见二女之所。'弄珠滩，在城北津。"[4]宋朝两部全国性地理总志，进一步明确了汉水女神在襄阳的活动遗迹。明朝天顺《重刊襄阳郡志》记载："万山，在县西南十里下，有解佩渚。""阿头山，在县西九里，下有屈隈，相传即晋郑交甫遇龙女解佩处是也。"[5]又据明万历《襄阳府志》载："万山之西有曲隈，为解佩渚，乃郑交甫遇神女处。"明朝两部襄阳地方志，更加清晰地记录了汉水女神在襄阳的活动地点，更进一步印证了南北朝及唐宋以来汉水女神与襄阳的关系。

## 二、唐代诗人与汉水女神

唐代的襄阳,是西京长安和东都洛阳通向江汉大地的咽喉,"岘山作镇,汉水通津""江陵唇齿,天下喉襟""田土肥良,桑梓野泽"[6],经济繁华,是国家"重镇"。唐人杜佑在《通典》卷一百七十七《州郡七》中指出:襄阳"田土肥良,桑梓遍野,常为大镇。北接宛、洛,跨对楚、沔,为鄢、郢北门,部领蛮左。齐、梁并因之,亦为重镇。"[7]在此基础上,唐代的襄阳文化繁荣,"是号奥区,又称胜槩。羊叔子之事业,方为用武之邦;庾元规之风流,更是徵文之地。"[8]因此,唐宋时期襄阳人才之盛、诗人之众超过前代,对汉水女神文化的开拓和提升也前所未有。

### (一)唐人笔下的汉水女神形象

唐代诗人以其生花妙笔还原了汉水女神的本来形象。唐诗中常将汉水女神称为"游女""神女""汉女"等,但美丽迷人的形象是统一的。梁洽《观汉水》:"发源自嶓冢,东注经襄阳。一道入溟渤,别流为沧浪。求思咏游女,投吊悲昭王。水滨不可问,日暮空汤汤。"这是唐人所有的歌咏汉水女神的诗篇中,最接近汉水女神原始状态的一首诗。"求思咏游女,投吊悲昭王",形象地反映了汉水女神与周昭王的关系。除此之外,襄阳孟浩然,是唐代诗人中最熟悉汉水女神的一位大诗人。孟浩然《初春汉中漾舟》:"漾舟逗何处,神女汉皋曲。雪罢冰复开,春潭千丈绿。轻舟恣来往,探玩无厌足。波影摇妓钗,沙光逐人目。倾杯鱼鸟醉,联句莺花续。良会难再逢,日入须秉烛。"他的《陪独孤使君同与萧员外证登万山亭》:"万山青嶂曲,千骑使君游。神女鸣环佩,仙郎接献酬。遍观云梦野,自爱江城楼。何必东南守,空传沈隐侯。"《大堤行寄万七》:"大堤行乐处,车马相驰突。岁岁春草生,踏青二三月。王孙挟珠弹,游女矜罗袜。携手今莫同,江花为谁发。"《登安阳城楼》:"楼台晚映青山郭,罗绮晴娇绿水洲。向夕波摇明月动,更疑神女弄珠游。"孟浩然的这四首诗,虽然不是在一时一地完成,但都借"神女"或"游女"的美丽形象,即"神女汉皋曲""神女鸣环佩""游女矜罗袜""神女弄珠游",来抒发青年男女之间、山水之间或主客之间的纯真感情,继承发展了《诗经·汉广》以来诗咏汉水女神的传统。郑锡《襄阳乐》:"春生岘首东,先暖习池风。拂水初含绿,惊林未吐红。渚边游汉女,桑下问庞公。磨灭怀中刺,曾将示孔融。"诗中将"汉女"与"庞公""习池"相对应,展示襄阳的人文之美。韦应物《鼋头山神女歌》:"湘妃独立九疑暮,汉女菱歌春日长。始知仙事无不有,可惜吴宫空白首。"诗中"汉女"与"湘妃"相对,展示美妙意境。李白《南都行》:"陶朱与五羖,名播天壤间。丽华秀玉色,汉女娇朱颜。清歌遏流云,艳舞有馀闲。遨游盛宛洛,冠盖随风还。走马红阳城,呼鹰白河湾。谁识卧龙客,长吟愁鬓斑。"诗中的"汉女"也是丽华秀色、朱颜迷人。杜甫《美陂行》:"湘妃汉女出歌舞,金支翠旗光有无。"李绅《新楼诗二十首·重台莲》:"绿荷舒卷凉风晓,红萼开萦紫茵重。游女汉皋争笑脸,二妃湘浦并愁容。自含秋露贞姿结,不竞春妖冶态秾。终恐玉京仙子识,却将归种碧池峰。"这两首诗虽是出于杜甫、李绅两人之手,但两首诗中不约而同的将"湘妃"与"汉女"相对应却完全一致,李绅更将"汉女笑"与"湘妃愁"相比较,以表现女神之美。但"湘妃"与"汉女"相对却完全一致。李群玉《临水蔷薇》:"堪爱复堪伤,无情不久长。浪摇千脸笑,风舞一丛芳。似濯文君锦,如窥汉女妆。所思云雨外,何处寄馨香。"诗中"汉女妆"与"云雨外",传承了巫山神女以来的意象。李珣《南乡子》:"乘彩舫,过莲塘,棹歌惊起睡鸳鸯,游女带花偎伴笑,争窈窕,竞折田荷遮晚照。"词中的"游女带花"与"竞折田荷",展示了美丽如画的形象。李德玉《鸳鸯篇》:"君不见昔时同心人,化作鸳鸯鸟。和鸣一夕不暂离,交颈千年尚为少。二月草菲菲,山樱花未稀。金塘风日好,何处不相依。既逢解佩游女,更值凌波宓妃。精光摇翠盖,丽色映珠玑。双影相伴,双心莫违。淹留碧沙上,荡漾洗红衣。"这首诗是标准的借汉水女神传递男女感情的佳作,诗中"解佩游女"与"凌波宓妃"相对应,进一步渲染了"丽色映珠玑"的氛围,强化了男女"双心莫违"的意境。元稹《襄阳为卢窦纪事》:"帝下真符召玉真,偶逢游女暂相亲。素书三卷留为赠,从向人间说向人。风弄花枝月照阶,醉和春睡倚香怀。依稀似觉双环动,潜被萧郎卸玉钗。莺声撩乱曙灯残,暗觅金钗动晓寒。"诗中的"逢游女"与"双环动",也是汉水女神形象的时代变化。毛文锡《摊破浣溪沙》:"春水轻波浸绿苔,枇杷洲上紫檀开。晴日眠沙鸂鶒稳,暖相偎。罗袜生尘游女过,有人逢著弄珠回。兰麝飘香初解佩,忘归来。"词中的"罗袜生尘游女过"、与"弄珠回""初解佩"相联系,全方位展亦了汉水女神的美丽形象。张登《上巳泛舟得迟字》:"令节推元巳,天涯喜有期。初筵临泛地,旧俗祓禳时。柱渚潮新上,残春日正迟。竹枝游女曲,桃叶渡江词。风鹢今方退,沙鸥亦未疑。且同山简醉,倒载莫蹇帷。"诗中的"游女曲""渡江词"与"山简醉"相联系,展现了山水人文之美。储光羲《送人寻裴斐》:"柱史回清宪,谪居临汉川。迟君千里驾,方外赏云泉。路断因春水,山深隔暝烟。湘江见游女,寄摘一枝莲。"诗中有"临汉川"与"见游女"的呼应,表达了早日寻到裴斐的心情。刘禹锡《相和歌辞·采菱行》:"白马湖平秋日光,紫菱如锦彩鸾翔。荡舟游女满中央,采菱不顾马上郎。争多逐胜纷相向,时转兰桡破轻浪。"诗中"荡舟游女"与"紫菱如锦"相联系,"彩鸾翔"与"马上郎"相对应,营造出了水天一色、男女欢畅的美好景象。

唐代诗人笔下的汉水女神形象,以江湖之水为背景,以襄阳汉皋为标识,以春、秋两季美景为画面,以汉女与湘妃、宓妃联系为手段,以汉水游女特有的"矜罗袜""鸣环佩""弄珠游"为妆饰,全方位展示了水天一色背景下华贵而美丽的汉水女神形象;同时也使汉水女神走出神殿,与"荡舟游女""渚边游女""竹枝游女""菱歌汉女"等民间美女相联系,使神女走进千家万户,成为普通男女"双影相伴,双心莫违"的偶像,变成了永作同心人的"鸳鸯鸟"形象,呈现更加平民化的美好意境。

(二)唐人对女神"弄珠解佩"的歌咏

唐代诗人极为关注"汉皋游女"的"弄珠解佩"。牛希济《临江仙》:"柳带摇风汉水滨,平芜两岸争匀。鸳鸯对浴浪痕新。弄珠游女,微笑自含春。轻步暗移蝉鬓动,罗裙风惹轻尘。水精宫殿岂无因。空劳纤手,解佩赠情人。"词起源于隋,到中唐之后被文人垂青。牛希济就是唐末五代词人的代表,风格自然清新。此词丰富了汉水女神文化的内容,用汉水女神的典故"弄珠解佩",表达人间男女真挚的情意。李百药《渡汉江》:"东流既瀰瀰,南纪信滔滔。水激沉碑岸,波骇弄珠皋。"诗中的"弄珠皋"与"沉碑岸"相对,展示襄阳人文景象。李白《岘山怀古》:"访古登岘首,凭高眺襄中。天清远峰出,水落寒沙空。弄珠见游女,醉酒怀山公。感叹发秋兴,长松鸣夜风。"李白《感兴其二》:"洛浦有宓妃,飘摇雪争飞。轻云拂素月,了可见清辉。解佩欲西去,含情讵相违。香尘动罗袜,绿水不沾衣。陈王徒作赋,神女岂同归。好色伤大雅,多为世所讥。"李白这两首诗从不同的侧面描写汉水女神,前者强调了汉水女神与襄阳的关系,后者则将汉水女神与洛水女神(宓妃)并提。王適《江滨梅》:"忽见寒梅树,开花汉水滨。不知春色早,疑是弄珠人。"此诗将迎着风雪怒放的寒梅,比作汉水女神。张子容《相和歌辞·春江花月夜二首》:"交甫怜瑶佩,仙妃难重期。沉沉绿江晚,惆怅碧云姿。初逢花上月,言是弄珠时。"诗中将郑交甫与女神的艳遇,比喻为天地之间最美妙的事情,是春天花好月圆时最美的意境。李贺《恼公》:"莫锁茱萸匣,休开翡翠笼。弄珠惊汉燕,烧蜜引胡蜂。醉缬抛红网,单罗挂绿蒙。数钱教姹女,买药问巴賨。"诗人将女神与汉代赵飞燕相联系。徐昌图《河传》:"秋光满目,风清露白,莲红水绿。何处梦回,弄珠拾翠盈盈,倚阑桡,眉黛蹙。"诗人将秋景之美与汉水女神之美相联系，拓展了诗词的意境。襄阳妓《送武补阙》："弄珠滩上欲销魂，独把离怀寄酒尊。无限烟花不留意，忍教芳草怨王孙。"这首"襄阳妓"的诗，不仅借弄珠滩上的女神典故表达情真意切的惜别之意，而且妓女能诗并与文人密切交往，从一个侧面反映了唐代襄阳的文化水平。罗虬《比红儿诗（并序）》："红儿不向汉宫生，便使双成谩得名。疑是麻姑恼尘世，暂教微步下层城。天碧轻纱只六铢，宛如含露透肌肤。便教汉曲争明媚，应没心情更弄珠。共嗟含恨向衡阳，方寸花笺寄沈郎。不似红儿些子貌，当时争得少年狂。"诗中借女神弄珠，来说明红儿之美。李瀚《蒙求》诗中有"交甫解佩"，至少说明在唐人的童蒙读物中，汉水女神已是唐人发蒙的内容之一。孙光宪《南歌子》："解佩君非晚，虚襟我未迟。愿如连理合欢枝，不似五陵狂荡，薄情儿。"魏承班：《菩萨蛮》："罗裾薄薄秋波染，眉间画得山两点。相见绮筵时，深情暗共知。翠翘云鬓动，敛态弹金凤。宴罢入兰房，邀人解佩珰。罗衣隐约金泥画，玳筵一曲当秋夜。声颤觑人娇，云鬟袅翠翘。"这两首词已完全将女神典故生活化、平民化与女性化。王勃《相和歌辞·采莲归》："佳人不兹期，怅望别离时。牵花怜共蒂，折藕爱连丝。故情何处所，新物徒华滋。不惜南津交佩解，"孟浩然《万山潭作》："垂钓坐盘石，水清心亦闲。鱼行潭树下，猿挂岛藤间。游女昔解佩，传闻于此山。求之不可得，沿月棹歌还。"张九龄《杂诗五首》："湘水吊灵妃，斑竹为情绪。汉水访游女，解佩欲谁与。同心不可见，异路空延伫。浦上青枫林，津傍白沙渚。行吟至落日，坐望只愁予。神物亦岂孤，佳期竟何许。"李商隐《拟意》："解佩无遗迹，凌波有旧游。曾来十九首，私谶咏牵牛。"以上四首诗恰好贯通了大唐初、盛、晚三个阶段，虽然有时间上的差异，但对游女解佩的神往和想象则是一致的，以孟浩然诗中的意境更美，以张九龄诗中的女神形象更妙。《玉华仙子歌》："上元夫人宾上清，深宫寂历厌层城。解佩空怜郑交甫，吹箫不逐许飞琼。"韩偓《别锦儿（及第后出京，别锦儿与蜀妓）》："一尺红绡一首诗，赠君相别两相思。画眉今日空留语，解佩他年更可期。临去莫论交颈意，清歌休著断肠词。出门何事休惆怅，曾梦良人折桂枝。"这两首诗词虽然题材不同，但对女神与郑交甫之间弄珠解佩的美好形象则一致肯定和神往，尤其是韩偓更期望自己能像郑交甫那样再次见到锦儿与蜀妓。水府君《与郑德璘奇遇诗》："物触轻舟心自知，风恬烟静月光微。夜深江上解愁思，拾得红蕖香惹衣。纤手垂钩对水窗，红蕖秋色艳长江。既能解佩投交甫，更有明珠乞一双。"水府君的江上艳遇，希望在月夜弄珠与解佩兼得。耿湋《奉和元承杪秋忆终南旧居》："白玉郎仍少，羊车上路平。秋风摇远草，旧业起高情。乱树通秦苑，重原接杜城。溪云随暮淡，野水带寒清。广树留峰翠，闲门响叶声。近樵应已烧，多稼又新成。解佩从休沐，承家岂退耕。恭侯有遗躅，何事学泉明。"戴叔伦《南野》："茂树延晚凉，早田候秋熟。茶烹松火红，酒吸荷杯绿。解佩临清池，抚琴看修竹。此怀谁与同，此乐君所独。"这两首诗完全将解佩平民化，自然而清新，山水田园，格外迷人。孟迟《兰昌宫》："宫门两片掩埃尘，墙上无花草不春。谁见当时禁中事，阿娇解佩与何人。"白居易《酬刘和州戏赠》："钱唐山水接苏台，两地寨帷愧不才。政事素无争学得，风情旧有且将来。双蛾解佩啼相送，五马鸣珂笑却回。不似刘郎无景行，长抛春恨在天台。"徐夤《和仆射二十四丈牡丹八韵》："帝王城里看，无故亦无新。忍摘都缘借，移栽未有因。光阴嫌太促，开落一何频。羞杀登墙女，饶将解佩人。蕊堪灵凤啄，香许白龙亲。素练笼霞晓，红妆带脸春。"这三首诗的解佩虽然作者和吟咏的对象不同，但都具有贵族气质。张循之《巫山》："流景一何速，年华不可追。解佩安所赠，怨咽空自悲。"薛韫《赠郑女郎（一作郑氏妹）》："艳阳灼灼河洛神，珠帘绣户青楼春。能弹筚篥弄纤指，愁杀门前少年子。笑开一面红粉妆，东园几树桃花死。朝理曲，暮理曲，独坐窗前一片玉。行也娇，坐也娇，见之令人魂魄销。堂前锦褥红地炉，绿沈香榼倾屠苏。解佩时时歇歌管，芙蓉帐里兰麝满。晚起罗衣香不断，灭烛每嫌秋夜短。"这两首诗虽然分别是歌咏巫山神女与洛神的诗歌，但运用了汉水女神的典故。何光远《与何光远赠答诗（何光远伤春吟）》："檐上檐前燕语新，花开柳发自伤神。谁能将我相思意，说与江隈解佩人。"何光远《与何光远赠答诗（光远答龙女）》："澹荡春光物象饶，一枝琼艳不胜娇。若能许解相思佩，何羡星天渡鹊桥。"何光远的两首诗风格相近，内容相同，皆为春天花好月圆之时，以女神弄珠解佩寄情思。武平一《杂曲歌辞·妾薄命》："有女妖且丽，裴回湘水湄。水湄兰杜芳，采之将寄谁。瓠犀发皓齿，双蛾颦翠眉。红脸如开莲，素肤若凝脂。绰约多逸态，轻盈不自持。常矜绝代色，复恃倾城姿。子夫前入侍，飞燕复当时。正悦掌中舞，宁哀团扇诗。洛川昔云遇，高唐今尚违。幽阁禽雀噪，闲阶草露滋。流景一何速，年华不可追。解佩安所赠，怨咽空自悲。"这首诗几乎囊括了先秦以来的所有美女形象，既有《诗经》中的"硕人"，褒姒的"倾城"，卫子夫与赵飞燕等形象，更有湘妃、洛神、巫山神等女神之美艳，但时光飞逝，芳颜不在，解佩何赠，怨悲自生。这首诗以"妾薄命"为题，以兰杜喻美女，以"采之将寄谁"点题，以汉水女神解佩无所赠结尾，流漏出淡淡的悲伤情调，既是对千百年来女性命运的浩叹，也是作者对个人命运的感怀！

唐人诗词中对汉水女神"弄珠解佩"的歌咏大概有五种类型：一是对襄阳万山等处"汉皋游女"的怀古抒怀，"波骇弄珠皋""交甫怜瑶佩""游女昔解佩"等皆属此类；二是将汉水游女与湘妃、洛神联系在一起的畅想，赞美人面桃花相映红的迷人春色，"汉水访游女""灼灼河洛神""湘水吊灵妃"等皆属此类；三是将"弄珠解佩"视为天地间最令人神往的浪漫爱情与真情，"解佩赠情人""解佩君非晚""解佩他年更可期"等皆属此类；四是对年华不可追，"解佩安所赠"的感叹，"仙妃难重期""弄珠滩上欲销魂""解佩欲谁与""解佩安所赠"等皆属此类；五是将"弄珠解佩"的神话传说平民化，"解佩从休沐""解佩临清池""阿娇解佩与何人"等皆属此类。这些方面结合起来，全方位地展现了唐人对汉水女神文化的开拓。

## 三、宋代诗人与汉水女神

宋代的襄阳是汴京和洛阳通向江汉及杭州的交通枢纽，"北控关河，拓祖宗之故境；东连楚泗，据江之上流。"[6]随着中国经济文化重心的东移南迁，襄阳的战略地位更为重要，北宋甚至以"皇子宣授山南东道节度"，其用意是"惟山南之重镇，有羊杜之遗风。朕躬按舆图，授兹节制，岂独厚皇家之庆，亦以壮藩辅之形"。[7]襄阳雄据水陆之冲，经济繁荣，"带水依山一万家，襄阳自古富豪奢。"这里是南北商品的集散地，"襄阳城北枕汉水，商贾连樯，列肆殷盛，客至如林。"[8]两宋时期，经济繁荣的三大都市襄阳、鄂州（今湖北武汉市武昌）、江陵鼎足荆楚大地，共同构成江汉平原经济文化繁荣的"金三角"。这一切使襄阳成为宋代文豪纷至沓来的文化胜地，产生了更多歌咏女神的诗篇，进一步开拓了汉水女神文化的内涵，产生了更大的影响。

### （一）宋人笔下的汉水女神形象

宋代文人生活在"守内虚外"的软弱时代，全然没有了汉唐"开疆拓土"的雄心壮志，此种特殊的文化环境导致了宋人的宁静内向与阴柔之美，从而使儿女情长的"词"和与世不争的"水"，成为宋人最得意的开拓领域，因此而促进了宋代汉水女神文化的精致与优美。宋人像唐人一样，常将汉水女神称为"游女""神女""汉女"等，但更在女性的气质与两性情感等方面，进一步开拓了汉水女神文化的内涵，丰满了汉水女神的形象。

苏轼《汉水》："舍棹忽逾月，沙尘困远行。襄阳逢汉水，偶似蜀江清。蜀江固浩荡，中有蛟与鲸。汉水亦云广，欲涉安敢轻。文王化南国，游女俨如卿。洲中浣纱子，环珮锵锵鸣。古风随世变，寒水空泠泠。过之不敢慢，伫立整冠缨。"

这是宋代文人诗词中,最接近水女神起源的一首诗。将汉水与长江相比较,将汉水女神与周文王的"南国之化"相联系,使诗人感觉到汉水的文化地位高于汉江,"欲涉安敢轻",以虔诚的态度敬畏汉江,"过之不敢慢,伫立整冠缨。"曾巩《万山》:"万山临汉皋,峰岭颇秀发。王粲旧居处,荒草久埋没。解佩盖已迷,沉碑终自伐。"汉皋解佩在宋代虽已迷茫,但情韵犹在。项安世《水仙花》:"梅稍枉为行人瘦,柳眼虚随酒市新。林下水边风味永,弄珠谁见汉皋神。"宋人将汉水女神称为"汉皋神",比作花仙子。陈人杰《沁园春》:"云锦亭西,记与诗人,拍浮酒船。看洛川妃子,锦衾照水,汉皋游女,玉佩摇烟。秋老芳心,波空艳质,惟见寒霜凋碧圆。"宋人的词更能抒发对汉水女神的想象与情思。沈端节《念奴娇》:"洛妃汉女,护春寒、不惜鲛绡重叠。拾翠江边烟澹澹,交影参差胧月。秦虢相将,英娥接武,同宴瑶池雪。层冰连璧,个中谁敢优劣。著意晕纷饶酥,韵多香剩,都与群花别。"这两首词三位江河女神联系在一起,前者将"汉皋游女"与"洛川妃子"相对应,后者将"汉女""洛妃""英娥"(湘神)三大江河神同台亮相,很有特色。苏绅诗句:"游人汉女投珠路,野火荆山出猎朝。"这里"汉女"与"荆山"相对,恰好是汉水女神起源的楚文化背景。曹勋《江皋曲》:"游女逢交甫,陈思值洛妃。菱歌随棹远,鸥鸟背人飞。别有嘉游处,芳樽照舞衣。"诗中的"游女"与"洛妃"相对,"菱歌"与"鸥鸟"相连,是一幅美妙的秋江图。胡寅《酬诸同官见和三首》:"潜珍不荐霓裳步,凝伫谁同汉女游。欲种引花须摘实,自怜踏藕漫淹留。"汉水女神可望而不可及,因此诗人才"凝伫"观望。欧阳修《奉寄襄阳张学士兄》:"东油渌水南山色,梦寝襄阳二十年。顾我百忧今白首,羡君千骑若登仙。花开汉女游堤上,人看仙翁拥道边。况有玉钟应不负,夜槽春酒响如泉。"作为唐宋八大家的宋代首脑,欧阳公虽"羡仙",但更关注大堤上美若神仙的平民美女。韩元吉《土人池中有新荷戴钱而出者少稷明远相率赋诗》:"纷纷刻楮枝已穷,厌看人力须开工。湘妃抚掌汉女笑,为我试手冯夷宫。芙蕖生叶不自展,胡为正在阿堵中。"诗中"汉女"与"湘妃"相连,更强调天工胜人工。梅尧臣《送裴虞部知信州》:"攒青历历正面山,刺史日坐云屏间。楚人竟掘水精璞,汉女买作月佩环。"以水晶做环珮,也许就是当年汉水女神的饰品。孙岩《和元京兄赋苹花》:"一春观物眼,红紫厌缤纷。此水浮明玉,何人蓻白云。惠风游汉女,吉日礼湘君。地僻应无是,留花混藻芹。"诗中将"汉女"与"湘君"相对,作为春天美的象征。魏了翁《重九后三日后圃黄华盛开坐客有论近世菊品曰》:"南阳有佳人,被服长修姱。黄中粲有章,秀外青无华。""南阳笑谢遣,於此我何加。游女荡春风,渔人眩红霞。"诗中也是将"佳人"与"游女"相呼应。

贺铸《上巳晚泊龟山作》："故园犹在北山北，佳节可怜三月三。兰叶自供游女佩，芸编聊对故人谈。"赵善扛《十拍子·破阵子》："柳絮飞时绿暗，荼花开后春酣。花外青帘迷酒思，陌上晴光收翠岚。佳辰三月三。解佩人逢游女，踏青草斗宜男。醉倚画阑阑槛北，梦绕清江江水南。飞鸾与共骖。"这两首诗都将"游女"作为三月三日"上巳日"美的标志，游女也可珮兰花。舒岳祥《咏佛见笑》："可是好花多刺手，汉滨游女礼防身。"宋代礼教对女性的束缚，也到了女神的身上。金君卿《南塘》："二月江南烟雨多，南塘一夜涨春波，堤边游女最归晚，争引渔舟作棹歌。"堤上的游女成为水中棹歌的对象，渔舟唱晚，多么美丽的画面。杜龙沙《踏莎行》："波暖芹汀，风香兰圃。清尘几点茸茸雨。画船丝竹载梁州，彩旗绳板欢游女。修禊初三，禁烟百五。年华恰到风流处。一生只当百回春，一回春到休轻负。"项安世《习家池旧临官路今路改而东池半入驿吏引自桑》："草上醉人眠未醒，桑间游女笑相遮。东风倦客生情性，停立残阳看落花。"这两首诗词都将"游女"作为春天大地上靓丽的与百花争艳的风景。徐铉《观灯玉台体十首》："火树灯山高入云，红筵翠幄自成春。游女有时还解佩，青楼何处不留人。"仇运《两同心》："踏青归后，小步西园。翠袖薄、新篁难倚，绿窗润、弱絮轻黏。春风急，暮雨凄然。早听啼鹃。忆昔几度湖边。款曲花前。约俊客、同倾凿落，看游女、同上秋千。春无主，落日低烟。芳草年年。"苏轼《减字木兰花》："江南游女，问我何年归得去。雨细风微，雨足如霜挽纻衣，江亭夜语。喜见京华新样舞，莲步轻飞，迁客今朝始是归。"这三首诗词中的游女，是歌舞声平的点缀。杨无咎《水龙吟》："晓来雨歇风生，素商乍入鸳鸯浦。红蕖翠盖，不知西帝，神游何处。罗绮丛中，是谁相慕，凭肩私语。似汉皋佩解，桃源人去，成思忆、空凝伫。"王之望《好事近》："彩舰载娉婷，宛在玉楼琼宇。人欲御风仙去，觉衣裳飘举。玉京咫尺是蓝桥，一见已心许。梦解汉皋珠佩，但茫茫烟浦。"周密《木兰花慢》："游船人散后，正蟾影、印寒湫。看冷沁鲛眠，清宜兔浴，皓彩轻浮。扁舟。泛天镜里，溯流光、澄碧浸明眸。栖鹭空惊碧草，素鳞远避金钩。临流。万象涵秋。怀渺渺、水悠悠。念汉皋遗佩，湘波步袜，空想仙游。"蔡伸《满江红》："人倚金铺，颦翠黛、盈盈堕睫。话别处、留连无计，语娇声咽。十幅云帆风力满，一川烟暝波光阔。但回首、极目望高城，弹清血。并兰舟，停画楫。曾共醉，津亭月。销魂处，今夜月圆人缺。楚岫云归空怅望，汉皋佩解成轻别。最苦是、拍塞满怀愁，无人说。"袁去华《踏莎行》："醉拈黄花，笑持白羽。秋江绿涨迷平楚。燕鸿曾寄去年书，汉皋不记来时路。天际归舟，云中烟树。兰成憔悴愁难赋。香囊钿合忍重看，风裳水佩寻无处。"石孝友《满庭芳》："瘦颊凝酥，残妆弄酒，相逢一笑东风。并肩携手，羞落可怜红。疑是回心院里，埋醉首、吐作芳丛。无端处，雄蜂雌蝶，相羡两情通。一从。攀折后，汉皋佩失，铜雀春空。"曹逢《瑞鹤仙》："海棠下、东风急。自秦台箫咽，汉皋珮冷，断雨零云难觅。但杏梁、双燕归来，似曾旧识。"赵以夫《金盏子》："得水能仙，似汉皋遗佩，碧波寒月。蓝玉暖生烟，称缟袂黄冠，素姿芳洁。亭亭独立风前，照冰壶澄彻。当时事，琴心妙处谁传，顿成愁绝。六出自天然，更一味清香浑胜雪。西湖秋菊寒泉，似坡老风流，至今人说。殷勤折伴梅边，听玉龙吹裂。丁宁道，百年兄弟，相看晚节。"以上八首词，是宋人艳词中描写"汉皋珠佩"的代表作，汉水女神弄珠解佩的形象被进一步平民化、生活化。八首词中依次提到汉水女神或者借用汉水女神典故，分别是"汉皋佩解""梦解汉皋珠佩""念汉皋遗佩""汉皋佩解成轻别""汉皋不记来时路""汉皋珮失""汉皋珮冷""似汉皋遗佩"等，都反映了词作为有别于诗的文学形式，更能形象地塑造汉水女神的面貌，更能深刻地拓展汉水女神文化的内涵。李新《汉江》："低霭横沙碧，长滩宿雁孤。樵薪窥树瘿，渔父就龟趺。落日骈游女，鸣波咽佩珠。啼鸟与惊鹊，先我渡城隅。"作者李新是南宋人，诗中的"低霭""雁孤""落日""波咽""惊鹊"等词，使女神形象笼罩在萧条的秋风之中，这可能与南宋人国破家亡的社会心理有关，也是宋代汉水女神文化中一种独特的现象。

宋人笔下的汉水女神形象，与唐人描绘的女神基本相同，但文化背景有所差异。宋人强调了汉水流域"文王化南国"的神圣性和对汉水女神的崇敬性；同时充分发挥"诗庄词媚"的优长，将词善于描写男欢女爱、相思离别为主的题材充分拓展，使词的语言也带有女性化的色彩，更加轻灵细巧、纤柔香艳，也尽情地抒发出作者个人的自我情感。在此背景下，宋人塑造的汉水女神的形象更加美丽动人，女神文化内涵更加深刻迷人，女神走下了神坛进入世俗社会，成为人世间美的化身。

## （二）宋人对女神"弄珠解佩"的歌咏

两宋时期的文人待遇优厚，社会地位颇高，但国内的积贫积弱，对外的屡战屡败，现实的苦痛，助长了宋人对神仙世界的向往。因此，宋人有关汉水女神的诗词在数量与质量上都超过唐人。宋人对"汉皋游女"的"弄珠解佩"，在文化的开拓与典故的运用方面，远远超过唐人。

王汉之《刘阮洞》："洞府门闾白日赊，碧潭清影照云霞。弄珠人捧江皋佩，刻玉岩开阆苑花。风月有情回俗驾，尘埃无处问仙家。"张镃《春雪阻观梅花两诗嘲之》："弄珠紫佩白衣仙，游戏尘寰占岁前。却被天公撒龙脑，拥教无地著云耕。"张伯玉《答王越州蓬莱阁》："书报蓬莱高阁成，越山增翠越波明。云收海上天地静，人在月中金翠横。游女弄芳珠作佩，仙人度曲玉为笙。会须长揖浮丘伯，醉听银河秋浪声。"以上三首诗都将弄珠解佩的汉水女神与仙人相联系，有别于唐人，且女神在神仙世界的地位也被唐代崇高。范仲淹《依韵和安陆孙司谏见寄》："穰下故都今善藩，沃衍千里多丰年。孙公顷以清净化，我来代之惭二天。人物高传卧龙里，神仙近接弄珠川。汉光旧烈山河在，徘徊吊古良依然。"诗中的"弄珠川"与"卧龙里"相对应，是以襄阳为中心的汉水文化的特色。宋祁《望汉江》："西导岷源阔，南浮楚望开。弄珠嫌蚌隐，投璧让蛟回。岸翠山烟逼，波红日影来。万艘徒扰扰，谁是济川材。"曹谷《为王钦若作命书》："七十年中一一加，弄珠滩上事堪夸。碧油幢下闻啼鸟，千日招还上汉槎。"这两首诗都借用了汉水女神弄珠的典故。文同《弄珠亭春日闲望》："弄珠亭上客，来想弄珠人。野草迷晴岸，垂杨暗晚津。"在汉水之滨的几个沿江都市皆有弄珠亭。辛弃疾《贺新郎》："云卧衣裳冷。看萧然、风前月下，水边幽影。罗袜尘生凌波去，汤沐烟江万顷。爱一点、娇黄成晕。不记相逢曾解佩，甚多情、为我香成阵。待和泪，收残粉。灵均千古怀沙恨。"辛弃疾在词中将汉水女神的弄珠解佩与屈原的千古怀沙恨相提并论，还原了汉水女神的产生背景。袁去华《蝶恋花》："细雨斜风催日暮。一梦华胥，记得惊人句。雾阁云窗歌舞处。翠峰青嶂无重数。解佩江头元有路。流水茫茫，尽日无人渡。一点相思愁万缕。几时却跨青鸾去。"王安中《点绛唇》："岘首亭空，劝君休堕羊碑泪。宦游如寄。且伴山翁醉。说与鲛人，莫解江皋佩。将归思。晕红紫翠。细织回文字。"洪适《南歌子》："云拂山腰过，风吹雨点来。田园好处有池台。记著相逢时节、海棠开。蝴蝶那无梦，鸳鸯亦有媒。藏钩解佩两三杯。明日水边沙际、首空回。"葛胜仲《蓦山溪》："望云门外。油壁如流水。空巷逐朱幡，步春风、香河七里。冶容炫服，摸石道宜男，穿翠霭，度飞桥，影在清漪里。秦头楚尾。千古风流地。试问汉江边，有解佩、行云旧事。主人是客，一笑强颂春，烧灯后，赏花前，遥忆年年醉。"以上四首词，大都以襄阳为中心，将春日里的美景与汉水女神相联系，抒发了作者的思愁别绪。晏殊《玉楼春》："闻琴解佩神仙侣，挽断罗衣留不住。劝君莫作独醒人，烂醉花间应有数。"诗中的"神仙侣"本指郑交甫与游女，此处指人间情侣。柳永《夜半乐》："云鬓风颤，半遮檀口含羞，背人偷顾。竞斗草、金钗笑争赌。对此嘉景，顿觉消凝，惹成愁绪。念解佩、轻盈在何处。忍良时、孤负少年等闲度。空望极、回首斜阳暮。叹浪萍风梗知何去。"李吕《临江仙》："家在宋墙东畔住，流莺时送芳音。窃香解佩两沈沈。都缘些子事，过却许多春。"曾布《水调歌头》："曳红裳，频推朱户，半开还掩，似欲倚、咿哑声里，细说深情。因遣林间青鸟，为言彼此心期，的的深相许，窃香解佩，绸缪相顾不胜情。"韦骧《减字木兰花》："雕阑香砌。红紫妖韶何足计。争似幽芳。几朵先春蘸碧塘。玉盘金盏。谁谓花神情有限。绰约仙姿。仿佛江皋解佩时。"以上四首词，都借用江皋解佩表达一种珍惜春日、春花、春人、春心的美好愿望。蔡伸《踏莎行》："佩解江皋，魂消南浦。人生惟有别离苦。别时容易见时难，算来却是无情语。百计留君，留君不住。留君不住君须去。望君频问梦中来，免教肠断巫山雨。"赵以夫《扬州慢》："不须倩、东风说与，吹箫云路，解佩江流。似天涯、邂逅相逢，低问东州。为花更醉，细揉香、酒面酥浮。"晁补之《永遇乐》："青娥皓齿，云鬟花面，见了绮罗无数。只你厌厌，教人竟日，一点无由诉。如今拼了，紫眠惹梦，没个顿身心处。深诚事，骖鸾解佩，是许未许。"张孝祥《木兰花慢》："送归云去雁，澹寒采、满溪楼。正佩解湘腰，钗孤楚鬓，鸾鉴分收。凝情望行处路，但疏烟远树织离忧。"杨冠卿《生查子》："消瘦不胜寒，独立江南路。罗袜暗生尘，不见凌波步。兰佩解鸣珰，往事凭谁诉。一纸彩云笺，好寄青鸾去。"沈端节《菩萨蛮》："楚山千叠伤心碧。伤心只有遥相忆。解佩揖巫云。愁生洛浦春。香波凝宿雾。梦断消魂处。空听水泠泠。如闻宝瑟声。"杨泽民《蓦山溪》："溪上偶相逢，这一段、风情怎已。纫兰解佩，不负有情人，金尊侧，罗帐底。占尽人间美。"吴文英《烛影摇红》："西子西湖，赋情合载鸱夷棹。断桥直去是孤山，应为梅花到。几度吟昏醉晓。背东风、偷闲斗草。乱鸦啼后，解佩归来，春怀多少。千里婵娟，茂园今夜同清照。"以上八首词虽然创作的时间与风格不同，但都视江皋解佩为人间真情，将"罗袜生尘""凌波仙子"的汉水女神，幻化为人间美的化身和人间真情，是所谓"纫兰解佩，不负有情人。"王易简《天香》："染罗衣、少年情绪。谩省佩珠曾解，蕙羞兰妒。好是芳钿翠妩。恨素被浓薰梦无据。待剪秋云，殷勤寄与。"刘克庄《祝英台近》："雨凄迷，风料峭。情绪被花恼。白白红红，满地无人扫。可堪解佩盟寒，坠楼命薄，更杜宇、枝头闲燆。绿阴绕。青帝结束匆匆，转眼朱明了。怕与春辞，茗艼玉山倒。后期觉做明年，春年年好，却不道、明年人老。"卢祖皋《卜算子》："佩解洛波遥，弦冷湘江渺。月底盈盈误不归，独立风尘表。窗绮护幽妍，瓶玉扶轻袅。别后知谁语素心，寂寞山寒峭。"马子严《满庭芳》："共庆春时，满庭芳思，一枝心蕊非常。少年游冶，何但折垂杨。曾向瑶台月下，逢解佩、玉女翻香。风光好，真珠帘卷，都胜早梅芳。"张炎《水龙吟 白莲》："褪红衣、被谁轻误。闲情淡雅，冶容清润，凭娇待语。隔浦相逢，偶然倾盖，似传心素。怕湘皋佩解，绿云十里,卷风西去。"欧阳修《梁州令》:"此事难分付。初心本谁先许。窃香解佩两沈沈,知他而今,记得当初否。谁教薄倖轻相误。不信道、相思苦。如今却恁空追悔,元来也会忆人去。"袁去华《木兰花慢》:"中原望眼,正汉水、接天流。渐霁雨虹消,清风面旋,借我凉秋。草庐旧三顾处,但孤云、翠壁晚悠悠。唯有兰皋解佩,至今犹话离愁。迟留。叹息此生浮。去去老沧洲。念岁月侵寻,闲中最乐,饱外何求。功名付他分定,也谁能、伴得赤松游。尊酒相逢,更莫问侬,依旧狂不。"这七首词都活用了汉水女神弄珠解佩的典故,并进一步转化为寻常百姓的离愁别绪,而袁去华的《木兰花慢》更具有汉水文化的地域特色。高观国《金人捧露盘·水仙花》:"梦湘云,吟湘月,吊湘灵。有谁见、罗袜尘生。凌波步弱,背人羞整六铢轻。娉娉袅袅,晕娇黄、玉色轻明。香心静,波心冷,琴心怨,客心惊。怕佩解、却返瑶京。杯擎清露,醉春兰友与梅兄。苍烟万顷,断肠是、雪冷江清。"这是一首拟人化的词,但将湘妃与汉女相联系,抒写了人间情真意切的情感。廖行之《卜算子》:"云破露新晴,月上输清气。最是江城有底佳,灯火人烟沸。行乐尽欢娱,眼界尤妍媚。多少江滨解佩人,邂逅无穷意。"晁补之《下水船》:"上客骊驹系。惊唤银屏睡起。困倚妆台,盈盈正解罗髻。凤钗垂,缭绕金盘玉指。巫山一段云委。半窥镜、向我横秋水。斜颔花枝交镜里。淡拂铅华,匆匆自整罗绮。敛眉翠。虽有惜惜密意,空作江边解佩。"这两首词都言及江滨解佩,以汉水女神本原之形象展现现实世界之惆怅。黄庭坚《送薛乐道知郧乡》:"解佩我无明月珠,折柳不对千里驹。念君胸中极了了,作吏办事犹诗书。浊酒挽人作年少,关防心地亦时须。郧乡县古民少讼,但问自己不关渠。登临一笑双白发,宜城冻笋供行厨。人生此乐他事无,行李道出汉南都。寄声诸谢今何如,谢公书堂迷竹坞。手种竹今青青否,我思谢公泪成雨,属公去洒稷下土。"这首诗不仅展示了汉水女神解佩弄珠的风采,也描述了汉水中上游的人文风光。查道诗句:"白铜鞮侧花迷坞,解佩江边柳拂青。"王灼诗句:"柳暗大堤曲,梅藏解佩人。"这两个人的诗句,反映了襄阳女神文化与大堤的关系。张镃《谢岂庵饷澄粉圆子》:"当年魏珠径寸照乘日,不闻堪鬻资人食。汉皋所遇若鸡卵,解赠未竟佩亦失。"方岳《客有饷水母线者坐人赋之因次其韵》:"解佩楚皋云杳渺,月明正有玉搔头。"华岳《新市杂咏十首》:"翠翘伴醉倩人扶,约我文君卖酒垆。解佩向人陪笑问,一杯容妾佐樽无。"杨亿《次韵和集贤李学士寒食即事之什》:"九逵初旭满辎軿,寒食东风二月天。陌上垫巾谁傲睨,江边解佩自婵娟。"王洋《王亚之元夕招客庭下红梅两株相对盛开》:"君家不种通神钱,只种春色留庭前。庭前春色谁最妍,二女解佩来江边。沉沉华屋清夜起,火树银花月如水。自然颜色变韶稚,

141

况乃新妆露初洗。春初艳粉秋初莲,绛绡广袂罗群仙。"以上五首诗,也是拓展了汉水女神文化的内涵,使江边解佩的形象更迷人。张炎《石州慢》:"汉皋何处,解佩何人,底须情切。空引东邻,遗恨丁香空结。"王庭珪《解佩令》:"湘江停瑟。洛川回雪。是耶非、相逢飘瞥。云鬟风裳,照心事、娟娟山月。蔫烟花、带萝同结。留环盟切。贻珠情彻。解携时、玉声愁绝。罗袜尘生,早波面、春痕欲灭。送人行、水声凄咽。"无名氏《卓牌子》:"当年早梅芳,曾邂逅、飞琼侣。肌云莹玉,颜开嫩桃,腰支轻袅,未胜金缕。佯羞整云环,频向人、娇波寄语。湘佩笑解,韩香暗传,幽欢后期难诉。梦魂顿阻。似一枕、高唐云雨。蕙心兰态,知何计重遇。试问春蚕丝多少,未抵离愁半缕。凝伫。望凤楼何处。"这三首诗在一定程度上将汉女、湘妃、洛神相关联,创造出更加美妙的意境和更加艳丽的形象,给人以美的向往!

宋人诗词中对汉水女神"弄珠解佩"的歌颂,其类型与唐代大体相同,但"共庆春时""春年年好"的春天意象极为成功,"凌波步弱""娉娉袅袅"的形象更加丰满,"真珠帘卷""满庭芳思"的场景更加华丽,"云鬟风裳""罗袜尘生"的服饰更加美艳,"贻珠情彻""底须情切"的男欢女爱、相思离别的主题更加深刻,"颜开嫩桃,腰支轻袅"的美少女风采基本定型,"蕙羞兰妒""蕙心兰态"的高贵气质更加迷人,"闲情淡雅""怕与春辞"文人主体意识进一步高扬,"汉皋游女""骖鸾解佩"的襄阳女神活动中心的地位完全确立!

# 结 语

唐宋时期是中华文明的鼎盛阶段,同时也是中国历史由前期向后期的过渡阶段,是"唐型文化"向"宋型文化"文化的转型时期。唐诗与宋词是中国文学宝库中最光彩夺目的明珠,是中华文化繁荣期的双子星座。因此,在唐诗与宋词的优美华章中,汉水女神的形象更加光彩夺目。

唐代开放进取、富庶豪迈,在民族融合背景下女性地位较高,因而在唐代诗人的笔下,汉水女神是高贵而美丽的化身,又以其特有的"矜罗袜""鸣环佩""弄珠游"为妆饰,全方位展示了水天一色背景下华贵而美丽的汉水女神形象;同时也使汉水女神走出神殿,与"荡舟游女""渚边游女""竹枝游女""菱歌汉女"等民间美女相联系,使神女走进千家万户,成为普通男女"双影相伴,双心莫违"的偶像,变成了永作同心人的"鸳鸯鸟"形象,呈现更加平民化的美好意境。

宋代内忧外患、文治靖国，在理学兴起背景下女性地位走低，因而在宋代文人的笔下，强调了汉水流域"文王化南国"的神圣性和对汉水女神的崇敬性；同时充分发挥"诗庄词媚"的优长，将词善于描写男欢女爱、相思离别为主的题材充分拓展，使词的语言也带有女性化的色彩，更加轻灵细巧、纤柔香艳，也尽情地抒发的作者个人的自我情感。宋人塑造的汉水女神形象更加美丽动人，女神走下了神坛进入世俗社会，成为人世间美的化身。

**参考文献**

［1］梁中效.汉水女神考论［J］.郧阳师范高等专科学校学报，2006（5）；中国文学形象中的汉水女神，古典文学知识，2007（6）.

［2］（唐）李吉甫.元和郡县图志·山南道［M］.北京：中华书局，2005.

［3］乐史.太平寰宇记·襄州［M］.北京：中华书局，2005.

［4］王象之.舆地纪胜·襄阳府［M］.成都：四川大学出版社，2005.

［5］重刊襄阳郡志［M］.北京：北京图书馆出版社，2006.

［6］王象之.舆地纪胜·襄阳府［M］.成都：四川大学出版社，2005.

［7］杜佑.通典·州郡七［M］.长沙：岳麓书社，1995.

［8］王象之.舆地纪胜·襄阳府［M］.成都：四川大学出版社，2005.

［9］宋大诏令集·政事［M］.北京：中华书局，1997.

［10］吴庆焘.襄阳四略［M］.武汉：湖北人民出版社，1999.

# 论中晚唐旅游诗的结构及特点

黄冈师范学院文学院 方向红[①]

【摘 要】随着旅游审美意识和艺术手法的不断发展，中晚唐旅游诗创作呈现出前所未有的繁荣状态，不仅诗歌数量众多，内容丰富，而且结构形式也别具特色。中晚唐旅游诗的结构主要有三种形式，即以游踪为序结构、以观赏角度或方向为序结构及以情感为序结构。三种结构或独立成篇，或灵活交织，共同构成千姿百态的中晚唐旅游诗歌面貌。

【关键词】中晚唐；旅游诗；结构；特点

旅游诗，指反映创作主体旅游生活的诗歌，即创作主体在旅游过程中用诗歌的形式吟咏、记述旅游生活的所见、所闻、所感。中国古代旅游诗在漫长的发展演变过程中，至南朝谢灵运手中逐步形成较固定的"三段式"结构，清代学者黄节归纳为"大抵康乐之诗，首多叙事，继言景物，而结之以情理"。这种结构多被诟病为有句无篇、有景无人。旅游诗形成之初，谢灵运面临的是把繁杂的山水空间景物融进诗歌整体，又受传统言志抒情结构束缚，难免会有情景脱离、结构杂乱之缺陷，但他毕竟形成了以景物为主线的旅游诗自足体系，为后人创作提供了借鉴和帮助。

旅游诗发展到中晚唐时期，其数量之多、表现内容之丰富是前朝哪一个阶段都无法企及的。随着旅游审美意识及艺术手法的不断演进，中晚唐旅游诗的结构展开方式随内容的变化而形式多样。本文在综合、归纳、比较中晚唐旅游诗歌的结构基础上，提出中晚唐旅游诗结构主要有三种形式：以游踪为序结构、以观赏角度或方向为序结构及以情感为序结构。

---

① 作者简介：方向红，黄冈师范学院教师，武汉大学博士研究生，主要研究方向：中国古代文学。

## 一、游踪结构

旅游诗是反映旅游者旅游途中所见所感的诗歌,游踪是旅游的基本组成因素。所谓"游踪",指旅游者的旅游行程,包括出游的时间、游览地点、路线等方面内容。以游踪为序结构是中国古代旅游诗中最早、最常使用的结构。魏晋南北朝的旅游诗多记写游踪,其游踪或叙述旅游缘起,或点出旅游行程,试举例如下:

清夜游西园,飞盖相追随。
清晨登陇首,坎壈行山难。
清晨陟阻崖,气志洞萧洒。
清旦索幽异,放舟越坰郊。
日落泛澄瀛,星罗游轻桡。
孟冬十月交,杀盛阴欲终。
……
晨登岘山首。霜雪凝未通。①

限于诗歌的篇幅结构,诗人往往用简短的字眼来点明出游时间、游览地点等重要信息,有时也交代出行方式或随行人员,如"乘辇""放舟""携朋""从君"等。旅游诗游踪的记写,反映出诗人的空间变化,使读者对诗人的出游情况一目了然,容易产生身临其境的感觉,又增大了旅游诗歌的表现容量。这种方式,中晚唐旅游诗人得到了很好地继承和发展,其游踪或隐或现在诗歌中多次出现,且浑融一体,无斧凿痕迹。如常建《题破山寺后禅院》:

清晨入古寺,初日照高林。曲径通幽处,禅房花木深。
山光悦鸟性,潭影空人心。万籁此都寂,但馀钟磬音。②

本诗篇幅虽不大,但游踪明暗交错,诗人从"清晨入古寺"起,空间逐步变化,"竹径通幽处,禅房花木深"。诗人清晨入寺,初生的太阳光照高林;继而,诗人穿过竹丛小路,看到禅房在后院花丛树林的深处,"山光悦鸟性,潭影空人

---

① 逯钦立.先秦汉魏晋南北朝诗[M].北京:中华书局,1983.
② 中华书局编辑部点校.全唐诗(增订本)[M].北京:中华书局,1999.

心",鸟儿因美好的山色而欢悦歌唱,潭中倒映着天地和自己的身影。"万籁此都寂,但馀钟磬音",这里安静得只有钟磬的袅袅余音。诗人晨游山寺,沿竹林小径边走边看,游踪清晰,诗人所见景物如画面般展现眼前,诗人心境超脱平和。

以空间转换为序是中晚唐旅游诗游踪结构中诗人常采用的方式,诗人移步换景,景随行变,多层面展示景物的整体美。如白居易《池上幽境》:

袅袅过水桥,微微入林路。幽境深谁知,老身闲独步。
行行何所爱,遇物自成趣。平滑青盘石,低密绿阴树。
石上一素琴,树下双草屦。此是荣先生,坐禅三乐处。

诗人以游踪为线索,过桥入林,闲步园林,从整体到局部,逐层描绘所遇景物的整体美,突出所游园林的幽深静谧。

又如白居易《登龙昌上寺望江南山,怀钱舍人》:

骑马出西郭,悠悠欲何之。独上高寺去,一与白云期。
虚槛晚潇洒,前山碧参差。忽似青龙阁,同望玉峰时。
因咏松雪句,永怀鸾鹤姿。六年不相见,况乃隔荣衰。

又如白居易《山路偶兴》:

筋力未全衰,仆马不至弱。又多山水趣,心赏非寂寞。
扪萝上烟岭,蹑石穿云壑。谷鸟晚仍啼,洞花秋不落。
提笼复携榼,遇胜时停泊。泉憩茶数瓯,岚行酒一酌。
独吟还独啸,此兴殊未恶。假使在城时,终年有何乐。

诗歌无不以游踪展示诗人白居易惬意的旅游生活,诗中游踪的记写,不仅多层次展示所观景物的自然美,还不断展示诗人游览时的愉悦、闲适的情绪。

有的旅游诗游踪虽不明显,但字里行间透露出诗人游览空间转换,如白居易《钱唐湖春行》:

孤山寺北贾亭西,水面初平云脚低。几处早莺争暖树,谁家新燕啄春泥。

乱花渐欲迷人眼，浅草才能没马蹄。最爱湖东行不足，绿杨阴里白沙堤。

整首诗紧扣"春"和"行"二字，虽无游踪明示，但诗人以游览为线索，一路写来，景随步变，层次分明，展示了诗人早春漫步西湖所见的明媚风光。诗歌开头点明游览地点，"孤山寺北贾亭西"；接着点出春水平湖的景色，这里有湖的环境位置，有湖水平堤的景象，有湖面上缭绕的白色云气。中间四句铺开描写春行所见到的迷人景色，天上飞着啄泥的新燕，枝头有争暖树的早莺，地下有"乱花"有"浅草"。最后又停步远眺那绿杨荫里的十里白堤。

又如刘长卿《寻南溪常山道人隐居》，诗中无具体游览路线，仅概述其游踪，其诗曰：

一路经行处，莓苔见履痕。白云依静渚，春草闭闲门。
过雨看松色，随山到水源。溪花与禅意，相对亦忘言。

此诗的结构，由"一路经行处"五字展开，描绘南溪的种种景象。通篇神气完足，遣词造句自然，写尽了得意忘言之妙。

游踪为序结构的旅游诗，除空间转换外，最常见就是以时间推移为序。以时间为序的旅游诗，展示诗人的行程方面更清晰、明了，对游览的来龙去脉、诗人的情绪变化一目了然。如白居易《登天宫阁》：

午时乘兴出，薄暮未能还。高上烟中阁，平看雪后山。
委形群动里，任性一生间。洛下多闲客，其中我最闲。

诗歌开头交代游览出发和持续的时间，诗人中午高高兴兴出门，傍晚还没回，随后展开所游景观，旅游时间持续一整天，诗人"其中我最闲"舒缓的情绪油然而生，毫无突兀之感。

又如孟郊《陪侍御叔游城南山墅》：

夜坐拥肿亭，昼登崔巍岑。日窥厅峰首，月见双泉心。
松气清耳目，竹氛碧衣襟。伫想琅玕字，数听枯槁吟。

诗歌以时间推移为顺序,"夜坐"到"昼登","日窥"又"月见",整个游程清晰。

以游踪展开结构的中晚唐旅游诗中,空间转换、时间推移只是其中某一个方面,优秀的旅游诗往往以时空交错来谋篇布局,即时间推移和空间转换两条线索在诗歌中交错使用,使得诗歌层次多变,内容丰富而摇曳多姿。如韩愈的代表旅游诗《山石》:

> 山石荦确行径微,黄昏到寺蝙蝠飞。升堂坐阶新雨足,芭蕉叶大支子肥。僧言古壁佛画好,以火来照所见稀。铺床拂席置羹饭,疏粝亦足饱我饥。夜深静卧百虫绝,清月出岭光入扉。天明独去无道路,出入高下穷烟霏。山红涧碧纷烂漫,时见松枥皆十围。当流赤足蹋涧石,水声激激风吹衣。人生如此自可乐,岂必局束为人鞿。嗟哉吾党二三子,安得至老不更归。

本诗主要以游览时间为序,"黄昏到寺"——"夜深静卧"——"天明独去",逐步铺开,层层展示,记叙旅游活动的过程。诗人目之所及,由外及内,由近及远,景象不断更新、不断变化,诗人内心具体真切的感受也活灵活现呈现在读者面前。所见、所闻和所感,层层深入,引人入胜。以时间的推移表现环境的变幻,用光线的渲染显示景色的奇妙。所写从傍晚到翌晨的时间,用"黄昏""夜深""天明"点出,状物写景都紧紧围绕时间变化,极富个性特征。全诗皆用白描手法铺陈与描绘,语言平静,自然洒脱,无奇骏艰涩之感。

又如白居易的长诗《游悟真寺诗》,其诗一百三十韵,堪称旅游诗中鸿篇巨制,诗歌内容丰富,整个游览过程,既有时间的推移,也有空间的转换,其诗曰:

> 元和九年秋,八月月上弦。我游悟真寺,寺在王顺山。去山四五里,先闻水潺潺。自兹舍车马,始涉蓝溪湾。手拄青竹杖,足蹋白石滩。渐怪耳目旷,不闻人世喧。山下望山上,初疑不可攀。谁知中有路,盘折通岩巅。一息幡竿下,再休石龛边。龛间长丈余,门户无扃关。仰窥不见人,石发垂若鬟。惊出白蝙蝠,双飞如雪翻。回首寺门望,青崖夹朱轩。如擘山腹开,置寺于其间。入门无平地,……首憩宾位亭,就坐未及安。须臾开北户,万里明豁然。拂檐虹霏微,绕栋云回旋。赤日间白雨,阴晴同一川。野绿簇草树,眼界吞秦原。渭水细不见 汉陵小于

拳。却顾来时路,萦纡映朱栏。历历上山人,一一遥可观。前对多宝塔,风铎鸣四端。……次登观音堂,未到闻栴檀。上阶脱双履,敛足升净筵。……是时秋方中,三五月正圆。……我来登上头,下临不测渊。目眩手足掉,不敢低头看。……一游五昼夜……

诗题《游悟真寺》直接点明诗人游览地点、游览时间,随即以游览空间变化展开结构。赵翼评析:"《悟真寺》诗,则先写入山,次写入寺,先憩宾位,次至玉像殿,次观音岩,点明是夕宿寺中。明日又由南塔路过蓝谷,登其巅,又到蓝水环流处,上中顶最高峰,寻谒一片石、仙人祠;回寻画龙堂,有吴道子画,褚河南书。总结登历,凡五日。层次既极清楚,且一处写一景物,不可移易他处。"白居易游悟真寺五天时间,所历游览点约十二处,游踪清晰。诗人描绘的旅游世界随游踪逐层展开,悟真寺的地理环境、建筑景观都一一呈现在读者面前,诗人的感受也随景而出,"渐怪耳目旷,不闻人世喧。山下望山上,初疑不可攀",不仅游踪变化,诗人的视野也在不断变化。诗人将入寺后的所见所感都完整记述,铺排景物,繁文缛笔,极尽其详,宛如导游一般,让读者身临其境。

游踪结构中,中晚唐旅游诗中还有一类比较特殊,诗人的观察视点在流动,即诗人在乘船、乘车、骑马等情况下视点带来的流动性,这种观察视点下的景物带有超乎寻常的动感。如白居易《西湖晚归回望孤山寺赠诸客》:

柳湖松岛莲花寺,晚动归桡出道场。卢橘子低山雨重,栟榈叶战水风凉。

烟波澹荡摇空碧,楼殿参差倚夕阳。到岸请君回首望,蓬莱宫在海中央。

这首诗是诗人与诸香客傍晚出佛殿划船而归时所作。诗歌首先展现的是湖上山,山上寺,点出"晚归"的起点。而这起点正是西湖的核心之处,所以划船晚归,映入眼帘的是水上景色和湖外风光。湖岸边,卢橘因雨水充足已挂满枝头,压得树枝低垂下来,高大的棕榈树在湖风吹拂下飘摇颤动,这是一幅夏雨过后的景象,给人以湿润凉爽的感受。结尾景境优美而对观景角度的提示,又充满哲理意味,令人回味无穷。

## 二、观赏结构

观赏结构,指旅游诗旅游主体的行进痕迹不明显,旅游主体观赏点基本固定,仅仅改变观赏角度或方向,对景物有较长时间的远观近察,并展开描绘和想象。由于旅游对象的丰富及诗人把握旅游对象方法的不同,观赏结构也是中晚唐旅游诗人常用结构。观赏结构的诗歌,其记叙和描写更加丰富、细腻,能展示出景物鲜明的个性和特点。

观赏结构有"定点式",即诗人站在固定地点上,纵览周围景色。如孟郊《洛桥晚望》:

> 天津桥下冰初结,洛阳陌上人行绝。榆柳萧疏楼阁闲,月明直见嵩山雪。

洛桥,即天津桥。诗人站在天津桥上眺望,时间是晚上,季节是冬季,诗中一切景象都是望中所见。诗人眼光先投向桥下,昔日奔流的河水已经结冰,接着,诗人眼光转到桥上,正因天气寒冷,又是晚上,本来热闹的洛阳道上行人几乎绝迹。由桥下到桥上,由冰到人,使寒冬的冷气全方位地推进,浸染着世间的一切景物。再放眼望去,大道两边的榆树、柳树萧疏,大户大家的楼阁闭门也深锁。再远视嵩山,境界大变,明月下的嵩山银装素裹。诗人视野的不断变化,带来生动的画面感,"月明直见嵩山雪"之景视野开阔、雄奇壮观。

又如刘禹锡《望洞庭》:

> 湖光秋月两相和,潭面无风镜未磨。遥望洞庭山水翠,白银盘里一青螺。

诗人写洞庭景色,首先是登高俯视,千里洞庭尽收眼底,风平浪静的洞庭湖如镜一般。接着诗人的视线从俯视转向遥望,从广阔的湖面移到耸立在水中的君山。洞庭湖的山水,如同白银盘放了一颗青螺。

又如贾岛《雪晴晚望》:

> 倚杖望晴雪,溪云几万重。樵人归白屋,寒日下危峰。
> 野火烧冈草,断烟生石松。却回山寺路,闻打暮天钟。

此诗在结构上围绕"晚望"展开。诗人拄着拐棍远望雪景,"溪云几万重"。随后诗人视线转向近景,砍柴的樵夫下山回家。诗人视角又移向另一角度,那边是"野火烧冈草,断烟生石松"。诗人所望景色随视角变化,景色的变化及意象的选择,无不寄寓着诗人内心的哲思。

中晚唐旅游诗中的登临之作,多采用"定点观景"的方式。如白居易《菩提寺上方晚眺》:

> 楼阁高低树浅深,山光水色暝沉沉。嵩烟半卷青绡幕,伊浪平铺绿绮衾。
> 飞鸟灭时宜极目,远风来处好开襟。谁知不离簪缨内,长得逍遥自在心。

人站在菩提寺上方观赏晚景,一切从"眺"中所见所感,因为俯视,楼阁、树木高低、颜色深浅分明。高处视野开阔,山光水色尽收眼底。

又如白居易《登观音台望城》:

> 百千家似围棋局,十二街如种菜畦。遥认微微入朝火,一条星宿五门西。

诗人观音台俯视遥望长安城,千家万户如同围棋子在棋盘上分布,街道如同整齐菜地。

登临之所以能产生这样的审美感觉,主要因为登高望远视野开阔,能看到平地看不到的风景,登临所见景物又让诗人触景生情,而浮想联翩,心潮起伏。东晋王羲之《兰亭集序》云:"仰观宇宙之大,俯察品类之盛,所以游目骋怀,足以极视听之娱,信可乐也。"白居易《登城东古台》一诗有也有"凭高视听旷,向远胸襟开"之说。

"定点式"观赏结构之外,"全方位"视角也是诗人采用的方式。"全方位"视角,指同一地点景致,诗人的观赏角度从前后左右,上下四方,不断变换角度,从各个角度进行描绘,如同画家使用的"散点透视",把不同时间、不同视角的全景都融入一首诗中。如杜牧《题宣州开元寺水阁阁下宛溪夹溪居人》:

> 六朝文物草连空，天淡云闲今古同。鸟去鸟来山色里，人歌人哭水声中。
>
> 深秋帘幕千家雨，落日楼台一笛风。惆怅无因见范蠡，参差烟树五湖东。

这首诗包含景物极丰富，四句话四幅图画，把不同时间、不同地点观赏到的景物有选择地集中到一起。诗一开始写登临远观，只见草色连空，六朝的繁华已成旧迹，天高云淡的景象，倒是古今相同，未有变化，对比不变的景色和消逝的繁华，造成笼罩全篇的古今之慨与人世交易之感。中间两联进一步写景，飞鸟来来去去，出没在山色掩映中，宛溪两岸，百姓夹河而居，人歌人哭在水声中代代繁衍。眼前之景又联通远古。深秋时节的密雨，像给上千户人家挂上了层层雨帘；落日时分夕阳掩映的楼台，在晚风中送出悠扬的笛声。两种景色，一雨一晴，一明一暗，不同时间的景色诗人容括在一联中，历史感怀与人生感慨相互激发，表现出诗人的复杂心绪。惆怅中想起归隐五湖的范蠡，烟树迷蒙更让人向往。"天淡人闲""鸟去鸟来""人歌人哭""落日楼台""深秋帘幕""参差烟树"，象征性的山光物态和六朝繁华消逝的人世悲欢相对照，具有强烈的时空意识，历史情怀和人生感悟交织，启人深思。

"全方位"的视角方式，使旅游诗人突破自然的时空次序，根据旅游对象的记叙需要，将天南地北、过去现在凝聚一点，多层面、多视点观照旅游对象。又如韩愈《南山诗》，此诗篇幅宏大，用汉赋排比铺张手法，描述终南山四时景色变化以及各种形态的山势，使人对终南山有全面深入的认识。诗人把终南山春夏秋冬四季的景致融入同一视角观察中，对南山各种奇形怪状的石头从不同角度描摹。诗人隐没在诗中，无固定的游踪，也无固定的空间，多视点观照而写出诗人多层次感受。《南山诗》是中晚唐旅游诗中别具特色的一首诗歌，这种多层面视角，一般诗人难以驾驭。

## 三、情感结构

诗缘情，旅游诗所描述的审美对象无不渗透着旅游者的个体感受和情趣。旅游诗人的情感也可作为结构诗歌的线索，诗人把在游览观赏中所激发出来的感情凝聚为一股情流，贯穿于诗歌，使之成为组织整个诗歌的框架。以情感或认识贯穿全诗的旅游诗，旅游对象的描摹是必不可少的构成部分。

以愉悦的情感结构全篇的旅游诗,旅游对象多为山水自然。如于良史《春山夜月》:

春山多胜事,赏玩夜忘归。掬水月在手,弄花香满衣。
兴来无远近,欲去惜芳菲。南望鸣钟处,楼台沉翠微。

诗人以"赏玩"之"兴"为意脉,因春山多胜事,才爱这里的山水花月。"兴来无远近",远近上下无所不爱,花花草草近景可爱,钟鸣之声循声望去,楼台掩映在青岚中,"远景"令人神往。

又如白居易《东城晚归》:

一条邛杖悬龟榼,双角吴童控马衔。晚入东城谁识我,短靴低帽白蕉衫。

此诗没有介绍具体的旅游对象,但诗人的自我形象显示了旅游所带来的愉悦之情,全诗洋溢着诗人旅游归来的闲适、轻松之情。

旅游活动带给旅游主体的不仅有愉悦的欢喜之情,也有悲伤之情。中晚唐旅游诗以情感为序结构全篇的诗作,除了表现表层的自然美之外,也表现了深层的社会美和艺术美。旅游诗依靠旅游对象来抒发情志,有的旅游对象本身包含着深厚的文化意蕴,寓有一定的哲理性,诗人睹物兴情,容易产生丰富的情感。中晚唐旅游诗人在旅游过程中受旅游对象触发而所引起的某种启示或领悟到的某种哲理,往往意蕴深刻,发人深省。

以悲情结构全篇的中晚唐旅游诗,旅游对象多为历史遗迹、古迹。如刘禹锡《金陵五题》前三首:

山围故国周遭在,潮打空城寂寞回。淮水东边旧时月,夜深还过女墙来。

——《石头城》

朱雀桥边野草花,乌衣巷口夕阳斜。旧时王谢堂前燕,飞入寻常百姓家。

——《乌衣巷》

台城六代竞豪华,结绮临春事最奢。万户千门成野草,只缘一曲后庭花。

——《台城》

金陵，对中晚唐诗人来讲，情感十分复杂。唐之前，金陵先后为三国吴、东晋、南朝宋、齐、梁、陈六朝古都，在吴时称建业，又有台城、石头城、秣陵之称。六朝古都的金陵，承载着深厚的历史、文化积淀，这里风景优美，有钟山龙盘的险隘壮阔之美，也有江南迷蒙窈窕的明秀之美，这里几度为繁华帝都，又都国运不长。金陵往日繁华不在，如今的满目沧桑极易触动处在江河日下的中晚唐人的心灵，金陵自身的悲情和中晚唐的时代氛围十分契合，中晚唐的金陵旅游诗情感也就更复杂、深刻。

刘禹锡的《金陵五题》五首诗分别吟咏五处六朝的遗迹，《石头城》通过对今日城池的荒凉寂寞，表达对六朝豪华归于没落的感伤，江山依旧而人事全无，其情感具有普遍的历史涵盖性，诗人从一朝一代之兴亡升华为对历史规律的深沉思索和感悟。《乌衣巷》，以燕子寻巢的独特角度由小见大，表明旧时豪门贵宅已为普通百姓之家取代。今昔巨变，沧海之感，透视出历史变迁的逻辑进程与深刻内涵。《台城》，以"后庭花"连结古今，兴发亡国之思。诗人对金陵的情感，已不再是对一般寻常景物的泛泛之感，而是把情感作为结构作品的线索，贯穿于诗中，组织整个诗歌的框架。

又如一组金陵旅游诗：

玉树歌残王气终，景阳兵合戍楼空。松楸远近千官冢，禾黍高低六代宫。石燕拂云晴亦雨，江豚吹浪夜还风。英雄一去豪华尽，唯有青山似洛中。

——许浑《金陵怀古》

野花黄叶旧吴宫，六代豪华烛散风。龙虎势衰佳气歇，凤凰名在故台空。市朝迁变秋芜绿，坟冢高低落照红。霸业鼎图人去尽，独来惆怅水云中。

——李群玉《秣陵怀古》

六代兴衰曾此地，西风露泣白蘋花。烟波浩渺空亡国，杨柳萧条有几家。楚塞秋光晴入树，浙江残雨晚生霞。凄凉处处渔樵路，鸟去人归山影斜。

——刘沧《经过建业》

苇声骚屑水天秋，吟对金陵古渡头。千古是非输蝶梦，一轮风雨属渔舟。若无仙分应须老，幸有归山即合休。何必登临更惆怅，比来身世只如浮。

——崔涂《金陵晚眺》

曾伴浮云归晚翠，犹陪落日泛秋声。世间无限丹青手，一片伤心画不成。

——高蟾《金陵晚望》

江雨霏霏江草齐，六朝如梦鸟空啼。无情最是台城柳，依旧烟笼十里堤。

——韦庄《台城》

这样的诗在中晚唐俯拾皆是，古迹作为旅游对象，带给诗人不是新鲜、猎奇感。游踪及摹物状景在览古旅游诗中已不是诗人关注重点，"情"的抒发贯穿整个诗歌结构中。金陵在中晚唐诗人眼中，只是一片伤心地。诗人抚今追昔，面对无情的历史嬗变不由悲从中来，他们没有了盛唐诗人缅怀风流人物的兴致，只有在金粉飘零的废墟中体味那繁华不再的凄凉与伤心。

中晚唐旅游诗以遗迹为表现对象的旅游诗歌，也多以情感结构全诗。如刘长卿《长沙过贾谊宅》，其诗曰：

三年谪宦此栖迟，万古惟留楚客悲。秋草独寻人去后，寒林空见日斜时。汉文有道恩犹薄，湘水无情吊岂知。寂寂江山摇落处，怜君何事到天涯。

诗人途经贾谊故宅，贾谊的生平遭遇引起诗人自怜，悲愤之情笼罩全诗。诗歌开头借贾谊三年谪宦，万古留悲，寓自己被贬经历，同病相怜之感油然而生。诗中秋草、寒林、人去、日斜意象，无不萧瑟寂寞，更含悲戚、愁怀之情。汉文帝有道尚且薄恩，谁能解贾谊凭吊屈原心曲？尾联荒村日暮，怜君贬逐天涯，诗人迁谪的悲愤和不平之慨贯穿全诗。

又如温庭筠《过陈琳墓》，其诗曰：

曾于青史见遗文，今日飘蓬过古坟。词客有灵应识我，霸才无主始怜君。石麟埋没藏春草，铜雀荒凉对暮云。莫怪临风倍惆怅，欲将书剑学从军。

此诗的追悼对象陈琳,"建安七子"之一,擅长章表书记。在汉末的军阀混战中,为袁绍、曹操等起草文书,军国书檄,多出其手。陈琳的身份、才华与温庭筠有近似之处,故追思陈琳之遇合,实则寄寓自身壮志未酬和怀才不遇的感伤。此诗开头诗人"今日飘蓬",全诗已定下感伤之情基调。"霸才无主始怜君",诗人情感复杂,既有对自己才能的自负,也暗含才子惺惺相惜之意,陈琳"霸才有主"和诗人"霸才无主"相比,诗人生不逢时的感慨特别深沉。荒凉的遗迹,逝去的铜雀台,都象征一个重才的时代已经消逝。诗句结尾的"倍惆怅",与前文照应,生不逢时的感慨进一步加深。

以上游踪结构、观赏结构、情感结构的划分只是相对的,它们之间没有绝对的界限。在一篇具体的旅游诗作品中,往往是两种或三种结构方式交叉并行或同时存在,如前文所举白居易的《游悟真寺》诗,诗中灵活使用多种结构方式,其诗篇幅宏大,不仅游踪清晰,而且游览途中多视角变化描绘景物,行文情感脉络也很明显。又如李商隐的《登乐游原》,此诗篇幅短小,却用到两种结构方式。诗歌开头有游踪的记写,也有情感脉络"不适"贯穿全诗,夕阳虽好已近黄昏,大势将去的绝望之情已跃然纸上。

综上所述,中晚唐旅游诗的结构无不围绕旅游地、所游之景展开,中晚唐旅游诗人游览方式的不断变化和表达方式的进展,促进了旅游诗标题和结构形式不断发展变化,中晚唐诗歌标题和结构特点共同构成了中晚唐诗歌的独特面貌。

**注释:**

本文所选魏晋南北朝诗歌均出自逯钦立《先秦汉魏晋南北朝诗》中华书局1983年版,所选唐代诗歌均出自中华书局编辑部校点《全唐诗》(增订本)1999年版,特此注明,文中不再赘述。

# 唐代田园诗与地域风情之美
## ——以巴楚、江南为例

黄冈师范学院　周秀荣[①]

【摘　要】唐代田园诗中有一部分侧重展现了异彩纷呈的地域风情,其中反映最多也最具特色的当属巴楚与江南两个地区。巴楚风情主要包括:畲田火耕的耕作方式、地域鲜明的农作物与植被、独具特色的房屋建筑、饮食、语言以及富有地域特色的民俗活动;江南风情则主要反映在:江南地区作为典型的鱼米之乡的自然风情,美丽多姿的水乡风情,茶树的广泛种植及精细的制茶工艺以及富于地域特色的人文习俗。唐代田园诗对地方风俗民情的关注与反映,为我们生动展示了一幅幅异彩纷呈的民俗风情画卷,也为今人开启了一扇了解古代南方各地风土民情的窗口,具有很高的美学价值与认识价值;同时也给宋代田园诗创作带来深远的影响。

【关键词】唐代;田园诗;地域风情;巴楚风情;江南风情

唐代诗人在游宦、迁谪或寓居他乡之际,有机会接触到南北各地独具特色的乡土生活,尤其是中原地区以南的广大乡村,因其与中原迥异的土风土俗激发了他们的极大兴趣和好奇之心,从而创作出一些别具特色的田园诗,展现出异彩纷呈的地域风情,其中反映最多、也最具特色的当属巴楚、江南两个地区。

## 一、巴楚风情

这里所说的巴楚地区包括古巴蜀之地(主要指今天的四川省和重庆市)和古楚地(主要包括长江中游地区的湖南、湖北一带),虽然二者分属两个不同地域,

---

① 作者简介:周秀荣,女,黄冈师范学院文学院教授,主要研究方向为唐宋文学。

但在文化上却有着千丝万缕的关联与趋同性，故将二者放在一块论述。

巴楚地区因地理、气候等自然条件与中原有较大差异，且与中原联系的相对疏离，较少受到中原传统文化、习俗的影响，在文化上保持了相对的独立性，从而形成了地域特色鲜明的巴楚文化。

首先让人感到新奇的是巴楚地区畲田火耕的耕作方式。巴楚地区的农业耕作相较中原落后，山区地带基本以粗放型的火耕（畲田）为主。杜甫寓居夔州时，诗中多次提到这里的畲田风习："斫畲应费日，解缆不知年""瓦卜传神语，畲田费火声"（杜甫《戏作俳谐体遣闷二首》其二），后刘禹锡贬官夔州，也极关注当地烧畲习俗，在实地观摩的基础上，写了《畲田行》一诗，对当地烧畲的具体过程作了详尽的描述。而吕温《道州观野火》一诗也描写了楚地畲田的情形："南风吹烈火，焰焰烧楚泽。阳景当昼迟，阴天半夜赤。过处若彗扫，来时如电激。岂复辨萧兰，焉能分玉石。虫蛇尽烁烂，虎兕出奔迫。积秽皆荡除，和气始融液。尧时既敬授，禹稼斯肇迹。遍生合颖禾，大秀两岐麦。家有京坻咏，人无沟壑戚。乃悟焚如功，来岁终受益。"诗用极为生动的语言描写了烧山时的壮观景象和玉石俱焚、草木成灰、虫蛇烧烂、虎兕奔突的情形。其他如："泥秧水畦稻，灰种畲田粟"（白居易《孟夏思渭村旧居寄舍弟》）"畲馀宿麦黄山腹，日背残花白水湄"（武元衡《南昌滩》，一作元稹诗）"犬声扑扑寒溪烟，人家烧竹种山田"（王建《荆门行》）"渔沪拥寒溜，畲田落远烧"（戴叔伦《留别道州李使君圻》）都展现了巴楚地区畲田火耕的情形，反映了深受北方中原文化习俗熏染的诗人们面对巴楚地域文化时的惊异心理。巴楚地区的畲田习俗在一些文献中也有相关记载。如宋范成大《劳畲畲·并序》："畲田，峡中刀耕火种之地也。春初斫山，众木尽蹶。至当种时，伺有雨候，则前一夕火之，藉其灰以粪。明日雨作，乘热土下种，即苗盛倍收。无雨反是。"①这里所说的"峡中"即指长江三峡一带。

巴楚地区的作物及植被也与北方判然有别。读到描写北方乡村的田园诗，展现于读者眼前的往往是麦秀、黍盛、桃李红、梨杏白的景象，而巴楚地区的畲田虽也多种麦、粟之类，而因气候温暖，潮湿多雨，故其水田多种稻谷，尤其在蜀中盆地、江汉平原一带，如："东屯大江北，百顷平若案。六月青稻多，千畦碧泉乱"（杜甫《行官张望补稻畦水归》）"衡茅古林曲，粳稻清江滨"（钱起《赠汉阳隐者》）"香稻三秋末，平田百顷间"（杜甫《茅堂检校收稻二首》其一）。巴楚地区的经济作物及果树也富有地方特色，常见的有竹子："异县非吾土，连山尽绿

---

① （宋）范成大．范石湖集［M］．上海古籍出版社，1981．

篁"（孟浩然《行出东山望汉川》），橘树、茶树："春江连橘柚，晚景媚菰蒲"（李颀《送卢少府赴延陵》）"水路东连楚，人烟北接巴。……庭树纯栽橘，园畦半种茶"（岑参《郡斋平望江山》）"峡险风烟僻，天寒橘柚垂"（杜甫《从驿次草堂复至东屯二首》其一），展现出与北方不同的地域风情。

巴楚有别于北方中原的还有房屋建筑、日常饮食、语言等方面。常建的《空灵山应田叟》当是较早反映楚地民居特色的诗作："湖南无村落，山舍多黄茆。淳朴如太古，其人居鸟巢"，描写的就是今湖南武陵地区的特色民居，诗中所说的"鸟巢"，也称"干栏"，大致相当于今天所说的"吊脚楼"。当地百姓为了躲避蛇虫，以及避免潮湿对身体的伤害，用粗藤在树与树之间连结，然后铺上木板便成了安居之窝。这种有名的"藤连树"屋，就是吊脚楼的雏形。杜甫在入蜀途中也见到过类似民居："好鸟不妄飞，野人半巢居"（《五盘（七盘岭在广元县北一名五盘栈道盘曲有五重）》）；元稹也曾描写过通州（今四川达县地区）的巢居之习："平地才应一顷余，阁栏都大似巢居。"并自注说："巴人多在山坡架木为居，自号阁栏头也。"（《酬乐天得微之诗知通州事因成四首》）巴楚地区的"鸟巢"式民居，在正史里也有比较详尽的记载。如《旧唐书》里记载道："南平僚…土气多瘴疠，山有毒草及沙虱、蝮蛇，人并楼居，登梯而上，号为'干栏'。"[1]《新唐书》（卷二百二十二下）也说："南平僚者，东距智州，南属渝州，西接南州，北涪州，户四千余。多瘴疠，山有毒草，沙虱，蝮蛇，人楼居，梯而上，名为干栏。"[2]可知唐代武陵地区因气候炎热，森林茂密，烟瘴遍地，且有蝮蛇等物，人们必须楼居，不然有生命不保之虞。除"鸟巢"式民居外，荆楚民居还多茅舍，也有别于北方土木式民居。如元稹官贬江陵之时，对以江陵为中心的荆楚地域习俗多有反映，其中《茅舍》一诗即针对楚地百姓所居茅舍容易失火一事所作："楚俗不理居，居人尽茅舍。茅苫竹梁栋，茅疏竹仍罅。边缘堤岸斜，诘屈檐楹亚。篱落不蔽肩，街衢不容驾。南风五月盛，时雨不来下。竹蠹茅亦干，迎风自焚地。防虞集邻里，巡警劳昼夜。遗烬一星然，连延祸相嫁。……"虽然作者对楚地茅舍颇有微词，却客观反映了楚地有别于北方土木式结构的民居特色。

中唐诗人王建《荆门行》一诗对荆楚之地的地理环境、气候自然、生活习俗诸方面作了集中描述：

---

[1] （五代）刘昫.旧唐书［M］.北京：中华书局，1977.
[2] （宋）欧阳修等.新唐书［M］.北京：中华书局，1975.

江边行人暮悠悠，山头殊未见荆州。岘亭西南路多曲，栎林深深石镞镞。看炊红米煮白鱼，夜向鸡鸣店家宿。南中三月蚊蚋生，黄昏不闻人语声。生纱帷疏薄如雾，隔衣嘈肤耳边鸣。欲明不待灯火起，唤得官船过蛮水。女儿停客茆屋新，开门扫地桐花里。犬声扑扑寒溪烟，人家烧竹种山田。巴云欲雨薰石热，麋鹿度江虫出穴。大蛇过处一山腥，野牛惊跳双角折。斜分汉水横千山，山青水绿荆门关。向前问个长沙路，旧是屈原沈溺处。谁家丹旐已南来，逢著流人从此去。月明山鸟多不栖，下枝飞上高枝啼。主人念远心不怿，罗衫卧对章台夕。红烛交横各自归，酒醒还是他乡客。壮年留滞尚思家，况复白头在天涯。

诗中说荆门地区，天气炎热潮湿，蚊蚋早生，山地多野兽、虫蛇，山田以烧竹畲耕，居所多为茅舍，而"看炊红米煮白鱼"之句，反映的则是当地的饮食特点。杜甫寓居蜀中时，写有《戏作俳谐体遣闷二首》，其中写道"异俗吁可怪，斯人难并居。家家养乌鬼，顿顿食黄鱼"，餐餐食鱼的习俗让初到夔州的诗人很难适应，直呼"可怪"，说明巴楚地区的日常饮食也富有地域特色。

楚地方言与北方也有很大不同，当地民歌也别有地方风味，这些也引起了来自北方的诗人的注意和兴趣："猿声乱楚峡，人语带巴乡"（孟浩然《行出东山望汉川》），"牧童唱巴歌，野老亦献嘲。泊舟问溪口，言语皆哑咬"（常建《空灵山应田叟》）"巴女骑牛唱竹枝"（于鹄《巴女谣》）。

除了这些生活习俗外，巴楚地区还有极富地域特色的民俗活动。唐代田园诗所反映的主要有竞舟、赛神等活动。竞舟亦即竞渡，又称"赛龙舟""划龙船"。关于赛龙舟的原由，有多种说法，其中一说为纪念战国时楚国的爱国诗人屈原。《荆楚岁时记》载："五月五日竞渡，俗为屈原投汨罗日，伤其死，故并命舟楫以拯之。舸舟取其轻利，谓之飞凫，一自以为水军，一自以为水马。州将及士人悉临水而观之。"《隋书·地理志》里也写道："屈原以五月望日赴汨罗，土人追到洞庭不见，湖大船小，莫得济者，乃歌曰：'何由得渡湖！'因尔鼓棹争归，竞会亭上，习以相传，为竞渡之戏。"[①]刘禹锡在贬居湖南朗州期间，写有一首《竞渡曲》，诗前有一小序曰："竞渡始于武陵，至今举棹而相向之，其音咸乎云'何在'，斯招屈之意。"全诗如下：

---

① （唐）魏征等.隋书[M].北京：中华书局，1973.

沅江五月平堤流，邑人相将浮彩舟。灵均何年歌已矣，哀谣振楫从此起。杨桴击节雷阗阗，乱流齐进声轰然。蛟龙得雨鬐鬣动，螮蝀饮河形影联。刺史临流褰翠帏，揭竿命爵分雄雌。先鸣余勇争鼓舞，未至衔枚颜色沮。百胜本自有前期，一飞由来无定所。风俗如狂重此时，纵观云委江之湄。彩旂夹岸照蛟室，罗袜凌波呈水嬉。曲终人散空愁暮，招屈亭前水东注。

诗中记叙的就是沅江地区于端午时节举行的一次赛龙舟的活动过程，生动再现了当地龙舟竞渡时的热闹情景与节日的欢快气氛。活动由州刺史亲自主持，一时间鼓声震天，桨橹如搅，一对对龙舟追逐竞渡，决一胜负。胜者欢欣，败者沮丧。而岸上观者如堵，喊声如潮，赛后女子在水中嬉戏，与岸边彩旗相映生辉，为节日增添了无限的生趣。元稹也有《竞舟》诗反映荆楚地区的赛舟活动："楚俗不爱力，费力为竞舟。买舟俟一竞，竞敛贫者赇。年年四五月，茧实麦小秋。积水堰堤坏，拔秧蒲稗稠。此时集丁壮，习竞南亩头。朝饮村社酒，暮椎邻舍牛。祭船如祭祖，习竞如习雠。连延数十日，作业不复忧。……"。不过诗人的着眼点不同，认为竞舟之时是插秧、割麦、收茧的大忙季节，活动不仅规模巨大，耗费财力，而且时间连绵数十天，农事尽废，让诗人不无担忧。

巴楚地区的赛神祭祀活动也十分丰富。祭祀最能体现一地的风俗传统，虽然唐代南北各地皆有此习，而荆楚一带对祭祀尤为重视。东汉王逸《楚辞章句》云："楚国南郢之邑，沅、湘之间，其俗信鬼而好祀，其祠必作歌乐鼓舞以乐诸神。"南宋朱熹《楚辞集注》亦云："昔楚南郢之邑，沅、湘之间，其俗信鬼而好祀，其祀必使巫觋作乐，歌舞以娱神。"[①] 说明自古以来，荆楚地区祭祀风习非常盛行，至唐代，此风依然延续。北方赛神多为社日祭祀田神（社神）（如王维《凉州郊外游望》等），楚地所祭之神则既有田神，还有其他各种神灵，且均具有很强的娱乐性。刘禹锡被贬朗州时，对当地祭祀活动就比较关注。上面的《竞舟曲》所写的竞舟活动其实就是对屈原亡灵的一种吊祭形式，而写于同时的《阳山庙观赛神》一诗：

汉家都尉旧征蛮，血食如今配此山。曲盖幽深苍桧下，洞箫愁绝翠屏间。荆巫脉脉传神语，野老婆娑起醉颜。日落风生庙门外，几人连蹋竹歌还。

根据诗题下注："梁松南征至此，遂为其神，在朗州。"说明祭祀的对象乃是汉都尉梁松将军。梁松曾南征至朗州，死后成神，故朗州人建庙祭祀。诗歌生动

---

① （宋）朱熹. 楚辞集注［M］. 上海：上海古籍出版社，2001.

描绘了祭祀时的情景:在哀怨愁绝的洞箫声中,荆巫口念神语,野老则面带醉颜,娑娑起舞,直至落日黄昏,人们才踏歌而还。又如李嘉祐《夜闻江南人家赛神,因题即事》:"南方淫祀古风俗,楚姬解唱迎神曲。锵锵铜鼓芦叶深,寂寂琼筵江水绿。雨过风清洲渚闲,椒浆醉尽迎神还。帝女凌空下湘岸,番君隔浦向尧山。月隐回塘犹自舞,一门依倚神之祜。韩康灵药不复求,扁鹊医方曾莫睹。逐客临江空自悲,月明流水无已时。听此迎神送神曲,携觞欲吊屈原祠。"也完整记录下了楚地人家赛神活动的过程,迎神、送神的仪式漫长而热烈,民众狂舞痛饮,无休无止,民众将仪式当作演出来欣赏,而表演者也意犹未尽,演出直到月落也不曾停止。元稹贬官江陵时,也写了两首《赛神》诗,其一曰"村落事妖神,林木大如村。事来三十载,巫觋传子孙。村中四时祭,杀尽鸡与豚。……",其二又曰"楚俗不事事,巫风事妖神。事妖结妖社,不问疏与亲。年年十月暮,珠稻欲垂新。家家不敛获,赛妖无富贫。……"两首诗都反映了荆楚地区"信巫鬼,重淫祀"之民间习俗,表达了作者对当地不分时节的淫祀表示极度的不理解甚至反感,诗人将所祭之神视为"妖神",认为这一"恶习"不仅造成百姓财物的浪费,还耽误农时,严重影响农业生产,并呼吁当地官吏力破此习。

## 二、江南风情

江南有广义与狭义之分。广义的江南包括长江以南的广大地区,而狭义的江南则指长江下游的"江东地区",包括今江苏南部、上海地区、江西东北部、浙江及安徽南部。本文所说的江南即是狭义的江南。

江南自古以来,就是一个水土丰美之地。尤其在晋室东渡以后,江南得以更好的开发与发展;至隋唐时代,江南已成为繁荣富庶、人尽向往之地。如果说唐代诗人在面对独特的巴楚地域风情时,大多表现为一种好奇或不理解的心态,显示出对巴楚文化的隔膜所产生的不认同感。而面对江南地域风情,唐代诗人则多持欣羡与赞美之心。江南本地文人在描绘江南风情时,更流露出一种强烈的自豪感,显示出对江南文化的高度认同。这是因为江南在人们的心目中,不仅仅是一个地理区域,更是一个山清水秀、安乐富庶、充满诗意的文化地域。唐代田园诗对江南风情作了多角度的描绘,为我们展现了一幅幅美好的风情画卷。

首先,唐代田园诗为我们展现了江南地区作为典型的鱼米之乡的自然风情。广阔的田野上,从春至秋稻花飘香:"吴国水中央,波涛白渺茫。衣逢梅雨渍,船入稻花香。"(殷尧藩《送客游吴》)"崦里何幽奇,膏腴二十顷。风吹稻花香,直过龟山顶。"(皮日休《太湖诗·崦里》)"日暮渚田微雨后,鹭鹚闲暇稻花香。"(郑谷《野步》)"绿波春浪满前陂,极目连云䆉稏肥。更被鹭鹚千点雪,破烟来入画屏飞。"(韦庄《稻田》)"小田微雨稻苗香,田畔清溪潋滟凉。"(李郢《山行》)"江南九月未摇落,柳青蒲绿稻穗香。"(白居易《九日宴集醉题郡楼兼呈周殷二判官》)"江南孟秋天,稻花白如毡。"(郑概《状江南·孟秋》)这些诗句生动反映了江南富庶、丰美的喜人景象。江南地区气候温暖,水源充足,很早就形成了火耕水耨的稻作模式。《史记·货殖列传》曰:"楚越之地,地广人稀,饭稻羹鱼,或火耕而水耨,果隋蠃蛤,不待贾而足;地势饶食,无饥馑之患……"①《隋书·地理志》也有类似记载:"江南之俗,火耕水耨,食鱼与稻,以渔猎为业,虽无蓄积之资,然而亦无饥馁。"②晋室南渡,将先进的中原农业技术带到南方,进一步促进了江南经济的发展,而至唐代,随着生产技术的进步,稻作水平及产量也显著提高,稻作面积也进一步扩大。以上田园诗中所描绘的正是江南水稻生产的真实景象,读之如同驶入一片稻香四溢的海洋。

再者,唐代田园诗展现了江南美丽多姿的水乡风情。江南多河流湖泊,且生态环境极好,因而水生植物丰富,处处充满生机。唐代田园诗对此有较充分的反映。唐人《状江南》十二咏组诗最有代表性,兹列举几首如下:

> 江南季春天,莼叶细如弦。池边草作径,湖上叶如船。
> ——《状江南·季春》严维
> 江南孟夏天,慈竹笋如编。蜃气为楼阁,蛙声作管弦。
> ——《状江南·孟夏》贾弇
> 江南仲夏天,时雨下如川。卢橘垂金弹,甘蕉吐白莲。
> ——《状江南·仲夏》樊珣
> 江南季秋天,栗熟大如拳。枫叶红霞举,苍芦白浪川。
> ——《状江南·季秋》刘蕃
> 江南孟冬天,荻穗软如绵。绿绢芭蕉裂,黄金橘柚悬。
> ——《状江南·孟冬》
> 谢良辅

---

① (西汉)司马迁.史记[M].北京:中华书局,1959.
② (唐)魏征等.隋书[M].中华书局,1973.

组诗对江南湖泊江浦中的各种水草及岸边植物：水荇、莼丝、莲花、芦荻、慈竹、枫树、芭蕉、橘柚以及蛙声等作了简洁而形象的描绘，生动再现了江南地区一年四季生机勃勃、令人流连忘返的美丽风光。而唐彦谦《蟹》："湖田十月清霜堕，晚稻初香蟹如虎。扳罾拖网取赛多，篾篓挑将水边货"，皮日休《西塞山泊渔家》："雨来莼菜流船滑，春后鲈鱼坠钓肥"，陆龟蒙《江南二首》（其一）："便风船尾香粳熟，细雨层头赤鲤跳"等，展现的则是江南鱼蟹满地、水产丰富的诱人景象。

当然，最能体现江南水乡风情的还是那一望无际的田田莲叶与莲花。莲花生长于河流湖泊当中，南北各地都有，但以江南分布最广。江南河流交错，湖泊星罗棋布，充足的水资源，加上江南温润的气候为莲花的生长提供了优越条件。江南那"接天莲叶无穷碧，映日荷花别样红"的迷人风光也最令人心往神驰。因此在反映江南风情的田园诗里，时常有莲花的倩影与诱人的荷香。而采莲作为颇能代表江南地域特征的一项民间劳动，更成为诗人们乐此不疲的表现题材。有唐一代，众多诗人如王勃、李白、李颀、储光羲、王昌龄、张籍、白居易、刘方平、方干、齐己等，都吟咏过采莲，如：

新秋菡萏发红英，向晚风飘满郡馨。万叠水纹罗乍展，一双鸂鶒绣初成。

采莲女散吴歌阕，拾翠人归楚雨晴。远岸牧童吹短笛，蓼花深处信牛行。

——刘兼《莲塘霁望》

菡萏香连十顷陂，小姑贪戏采莲迟。晚来弄水船头湿，更脱红裙裹鸭儿。

——孙光宪《采莲》

越溪女，越江莲。齐菡萏，双婵娟。嬉游向何处，采摘且同船。浩唱发容与，清波生漪涟。时逢岛屿泊，几共鸳鸯眠。襟袖既盈溢，馨香亦相传。薄暮归去来，苎萝生碧烟。

——齐己《采莲曲》

诗中歌咏了迷人的水国风光以及采莲女的劳动生活情态，展现了江南的富庶与安宁，完全脱去了南朝采莲诗的绮艳色彩，富有清新的乡土气息。

茶树的广泛栽培种植及精细的制茶工艺也是江南地区的特色所在。虽然唐朝茶树栽培已扩展到长江流域及其以南各地，而江南山区仍是唐代茶叶的主要产区。唐代田园诗里所反映的种茶、采茶、制茶及贡茶等茶事活动多在江南，如：皇甫曾《送陆鸿渐山人采茶回》，写的即是茶圣陆羽隐居苕溪（今浙江吴兴）山间采摘野生茶的情景："千峰待逋客，香茗复丛生。采摘知深处，烟霞羡独行"，其《茶经》一书即写于此间。袁高的《茶山诗》，则是反映浙江顾渚山区的茶农采茶之辛苦和倍受统治阶级剥削、压榨之辛酸："氓辍耕农耒，采采实苦辛。一夫旦当役，尽室皆同臻。扪葛上欹壁，蓬头入荒榛。终朝不盈掬，手足皆鳞皴。悲嗟遍空山，草木为不春。阴岭芽未吐，使者牒已频。心争造化功，走挺麋鹿均。选纳无昼夜，捣声昏继晨。"李郢的《茶山贡焙歌》具体描写了吴地茶农采茶、焙茶，然后贡纳朝廷的忙碌过程："春风三月贡茶时，尽逐红旌到山里。焙中清晓朱门开，筐箱渐见新芽来。陵烟触露不停探，官家赤印连帖催。朝饥暮匐谁兴哀，喧阗竞纳不盈掬。一时一饷还成堆，蒸之馥之香胜梅。研膏架动轰如雷，茶成拜表贡天子。万人争啖春山摧，驿骑鞭声砉流电。半夜驱夫谁复见，十日王程路四千。"此外如杜牧《题茶山（在宜兴）》"山实东吴秀，茶称瑞草魁。剖符虽俗吏，修贡亦仙才。……泉嫩黄金涌，牙香紫璧裁。……"、陆希声《阳羡杂咏十九首·茗坡》："二月山家谷雨天，半坡芳茗露华鲜。春醒酒病兼消渴，惜取新芽旋摘煎。"均反映了江南种茶之广与饮茶之盛。

江南不仅呈现美丽、富饶的自然风情，还有富于地域特色的人文习俗。江南地区素有蚕乡之称。悠久的蚕桑生产历史孕育了蚕乡特殊的蚕事习俗，形成了独特的蚕俗文化，诸如浴蚕、簇蚕、蚕神崇拜、祭祀蚕神等，这些习俗在唐代田园诗里也有所反映："妇姑相唤浴蚕去，闲看中庭栀子花"（王建《雨过山村》）"雨湿孤蒲斜日明，茅厨煮茧掉车声"（李郢《浙河馆》）"蚕娘洗茧前溪渌，牧童吹笛和衣浴"（贯休《春晚书山家》）"茧稀初上簇，醅尽未干床。尽日留蚕母，移时祭麴王"（皮日休《临顿为吴中偏胜之地陆鲁望居之不出郛郭旷若…奉题屋壁》）"织妇何太忙，蚕经三卧行欲老。蚕神女圣早成丝，今年丝税抽征早"（元稹《织妇词》）。王建的一首《簇蚕辞》集中反映了簇蚕之俗：

　　蚕欲老，箔头作茧丝皓皓。场宽地高风日多，不向中庭燃蒿草。神蚕急作莫悠扬，年来为尔祭神桑。但得青天不下雨，上无苍蝇下无鼠。新妇拜簇愿茧稠，女洒桃浆男打鼓。三日开箔雪团团，先将新茧送县官。已闻乡里催织作，去与谁人身上著。

诗中虽然也反映了蚕农的辛苦与所受的剥削，但对蚕农的簇蚕活动过程以及对蚕神的崇拜心理作了生动的描绘，富有浓郁的生活气息与风俗内涵。沈德潜评此诗云："意亦他人同有，然此觉入情。"① 这与诗人对簇蚕之俗细致深入的描绘不无关系。

诗人张籍写过多首反映江南农村风俗和生活画面的乐府诗，如《采莲曲》《江村行》《江南曲》等。其中《江南曲》一诗最为集中典型地反映了江南地域风情、人文习俗：

江南人家多橘树，吴姬舟上织白苎。土地卑湿饶虫蛇，连木为牌入江住。

江村亥日长为市，落帆度桥来浦里。清莎覆城竹为屋，无井家家饮潮水。

长干午日沽春酒，高高酒旗悬江口。娼楼两岸临水栅，夜唱竹枝留北客。

江南风土欢乐多，悠悠处处尽经过。

诗以欣赏的口吻，对江南水乡之物产、气候及人们的生活情态、习俗作一一描述。这里盛产橘树、竹子，土地潮湿虫蛇饶多。人们的生活处处与水相伴，江村人家，连木为筏，常居江上，不需打井而直取江水。年轻妇女，在舟中编织，犹如陆地，那"质如轻云色如银"的精美麻布——"白纻"就是在那儿织出来的。百姓生活富庶，每月亥日，岸边浦上，常有市集。村民落帆渡桥，齐聚浦边；以各种物资，进行交易。市镇之中，清莎满覆，架竹为屋。长干午日，家家沽酒；江口则酒旗高悬。两岸娼楼，临近水栅；倡女夜唱竹枝曲，以饷北客。展现了一幅江南土风民俗的生动长卷，欢乐而富庶的气息扑面而来，令人神往，因而被诗人姚合叹为"妙绝"②。

## 三、结　语

总体而言，唐代田园诗对各地域风情的描写与反映还稍显零散，说明唐代文人对各地风土习俗的关注与志录意识还相对较淡薄。但中唐以来，以张籍、王建、

---

① （清）沈德潜，唐诗别裁集［M］.上海古籍出版社，1979.
② （唐）姚合《赠张籍太祝》云："妙绝《江南曲》，凄凉怨女诗。古风无手敌，新语是人知。"

刘禹锡等文人为代表，对风俗民情的关注已明显增强，志录意识也趋于自觉。也正是通过他们的田园诗创作，为我们生动展示了巴楚与江南地区一幅幅异彩纷呈的民俗风情画卷，具有很高的美学价值；也为今人开启了一扇了解古代南方各地风土民情的窗口，因而具有较强的认识价值。更为重要的是，唐代文人对地方风俗民情的关注与反映，给宋代的诗歌创作带来深远的影响。相较唐代，宋代文人对风俗的关注与志录意识更为自觉，因而宋代田园诗对各地乡村风俗的反映也更加丰富全面：如范成大的《腊月村田乐府十首》、毛珝《吴门田家十咏》、陈造《房陵十首》等，均用组诗的形式分别对苏州、吴门、房陵的地方民俗作了全面而生动的记录①，这不能不说与唐代田园诗对地域民俗风情的关注与描写有较大关联。

---

① 参见：刘蔚.宋代田园诗的民俗描写及其文化蕴涵［J］.学术研究，2007（4）.

# 风流大堤曲，一唱使人愁
## ——浅析唐代《大堤曲》四首

湖北师范学院 王曼[①]

【摘 要】襄阳文化既是汉水文化的重要组成部分，同时又深受汉水文化的影响。《大堤曲》从产生之初就与襄阳以及汉水有着密切的联系。作为乐府民歌，它到了唐诗中又有了新的内涵，借用大堤女的口吻来抒发诗人独特的思想感情。

【关键词】《大堤曲》；襄阳；愁绪

王国维先生说"一代有一代之文学"，诗歌当知无愧的可以成为唐代文学的典范。在唐朝诗歌繁荣发展的情况下，唐诗依旧不断的向民歌学习，出现了很多脍炙人口的诗篇。很多诗人用乐府旧题，写出了具有唐朝特色的乐府诗。《大堤曲》四首就是极具乐府特色的唐代诗歌的代表性作品。

## 一、《大堤曲》的发展

关于《大堤曲》的起源，历来众说纷纭。郭茂倩《乐府诗集》中有梁简文帝所作的《雍州曲三首》，其中一首就是《大堤》，诗言"宜城断中道，行旅亟留连。出妻工织素，妖姬惯数钱。炊雕留上客，贯酒逐神仙。"所以有学者推断《大堤曲》起源于此。还有学者认为《大堤曲》是由《襄阳乐》发展而来，郭茂倩《乐府诗集》卷四十八《襄阳乐》解题引《古今乐录》中记载："《襄阳乐》者，宋随王诞之所作也。诞始为襄阳郡，元嘉二十留年仍为雍州刺史，夜闻诸女歌谣，因

---

[①] 作者简介：王曼，湖北师范学院研究生，研究方向：中国古代戏剧小说史与理论批评史。

而作之，所以歌和中有'襄阳来夜乐'之语也。……又有《大堤曲》，亦出於此。"同时，"宋随王诞襄阳曲曰：'朝发襄阳来，暮至大堤宿。大堤诸女儿，花艳惊郎目'，大堤曲盖出于此，一统志，大堤在襄阳城外"。宋代郭茂倩以曲调作为划分依据所编的《乐府诗集》中《大堤曲》位于第四十八卷清商曲辞五之下的西曲歌目录下，在西曲歌里面还包含有襄阳曲、襄阳乐等篇章，可以看出《大堤曲》属于西曲，并且和襄阳乐、襄阳曲有密切的关系。

不管《大堤曲》源于何处，我们可以肯定的是《大堤曲》是南朝乐府民歌题目之一，内容大多数描绘大堤女子外形的美丽或者大堤女子的离愁别恨。自萧纲《大堤》之后，大量的文人墨客沿用此旧题，唐代以此为题的诗人成就较高，本文所讨论的四首《大堤曲》分别出自唐代诗人张柬之、杨巨源、李白、李贺之手，唐朝其他诗人孟浩然、施肩吾、刘禹锡等皆围绕"大堤"有所作；在宋词中"大堤"出现频率较高，"吴妆秀色攒眉绿，能唱襄阳大堤曲""钱塘佳丽地，春华大堤曲""道字不正娇满怀，学得襄阳大堤曲"，一首首歌唱"大堤曲"的作品在宋词中华丽再现；元曲中也有以"大堤"为意象，"大堤东过客，背面在兼葭"；直至现代诗作中亦有"大堤"的痕迹，老舍先生的《贺全国文艺界抗敌协会成立》中就说"忍听杨柳大堤曲，誓雪江山半壁仇"。"大堤""大堤曲""大堤女"在诗作中或以意象出现，或以题目出现，它们随着时间而不断沉淀，已经凝结成为一种特殊的文化符号。在"大堤"所代表的文化内涵之下，每一位诗人又在作品中蕴含了自己独特的思想感情，所以即使在同以《大堤曲》为题目的情况下，唐代诗人张柬之、杨巨源、李白、李贺他们每位诗人在具体作品中的思想情感的表达上也是同中有异，各具特色。

## 二、《大堤曲》中的襄阳

据《乐府诗集》所载《大堤曲》的诗歌内容分别是张柬之的"南国多佳人，莫若大堤女。玉床翠羽帐，宝袜莲花距。魂处自目成，色授开心许。迢迢不可见，日暮空愁予"，杨巨源的"二八婵娟大堤女，开垆相对依江渚。待客登楼向水看，郎卷幔临花语。细雨濛濛湿芰荷，巴东商侣挂帆多。自传芳酒浼红袖，谁调妍妆回翠娥。珍簟华灯夕阳后，当垆理瑟矜纤手。月落星微五鼓声，春风摇荡窗前柳。岁岁逢迎沙岸间，北人多识绿云鬟。无端嫁与五陵少，离别烟波伤玉颜"，李白的"汉水临襄阳，花开大堤暖。佳期大堤下，泪向南云满。春风无复情，吹我梦魂散。不见眼中人，天长音信断"，李贺的"妾家住横塘，红纱满桂香。青云教绾头上鬟，明月与作耳边珰。莲风起，江畔春。大堤上，留北人。郎食鲤鱼尾，妾食猩猩唇。莫指襄阳道，绿浦归帆少。今日菖蒲花，明朝枫树老"，四首《大堤曲》毫无疑问，所反映的地点都是汉水中游的襄阳。襄阳可以说是汉水流域中不容忽视的一部分，它"七省通衢"，交通便利，文化底蕴丰厚。现存的5万多首唐诗中，就有4000多首涉及襄阳，可见它在唐诗中独特的地位。

四首《大堤曲》的作者除了中唐杨巨源是否到达过襄阳不可考之外，剩下的三人都是到过襄阳游历或者直接出生于襄阳。初唐诗人张柬之出生于襄阳，官至丞相，在失去权利后，便又回到襄阳老家。他的《大堤曲》写于少年时期，借对大堤女的美丽的描写，表达了自己想要建功立业的愿望，诗中大堤女就是诗人自己的化身。盛唐诗仙李白四处游历，开元二十二年，他在北游襄阳时，便留下了很多诗篇，《大堤曲》就是其中一首，美丽的大堤景色，让李白不禁感叹"花开大堤暖"。诗歌以"奇幻诡谲"著称的李贺在元和九年南游吴楚时途经襄阳，也忍不住为襄阳拟乐府旧题而作《大堤曲》。

《大堤曲》中折射出来的是襄阳的繁华。"汉水临襄阳"独特的地理位置，在古代以水路交通为主的情况下，汉水是沟通南北的重要河流，襄阳便是这条河上的重要交通枢纽，所以这里经济、文化交流频繁，自然也促进了城市的繁荣发展。可是在这繁华的背后，还有大堤女子挥之不去的愁绪。这里南来北往，人流量很大，也就产生了众多的痴男怨女，上演着一幕幕离愁别恨。以女子的口吻，表现对男子的爱慕以及离别的感伤之情，"莫指襄阳道，绿浦归帆少""无端嫁与五陵少，离别烟波伤玉颜""迢迢不可见，日暮空愁予"。就是在襄阳特殊的文化背景的长期积淀之下，《大堤曲》逐渐形成了"风流大堤曲，一唱使人愁"的思想内涵。以《大堤曲》所展示出来的襄阳繁华生活以及繁华背后的儿女情长与之后历代文人的身世之感结合起来，突出了"愁"，自然而然的就增加了《大堤曲》的内涵。张柬之自比大堤女，认为大堤女胜过南国的美貌佳人；杨巨源诗中正值妙龄的大堤女子，面对心仪男子的离别，也只能暗自神伤；李白诗中原本相约大堤下的恋人久久不来，从而只能独自流泪；李贺的诗中温柔贤惠的大堤女子，在自己情人远离时，以"菖蒲花""枫树"自喻，感叹岁月易逝，红颜易凋。

## 三、《大堤曲》的魅力

《大堤曲》凭借着自己独特的文化魅力，吸引着众多诗人纷纷以此为题。初唐的张柬之、盛唐的李白、中唐的杨巨源和李贺的四首同题《大堤曲》就是其中的代表。

把女性作为诗歌书写的主要内容，齐梁的宫体诗可以说是其中翘楚。南朝民风开放，生活环境优越，物产丰富，容易培养人们浪漫的情思以及对美好事物的追求，美丽动人的女子自然就成为大家描摹的对象。《大堤曲》作为南朝乐府民歌，它从产生之初就受到宫体诗的影响，重视对女性外貌和感情的细腻描写，这又对后来的文人拟乐府诗产生影响，所以本文所选的四首唐代《大堤曲》对大堤女外貌和情感都有细腻的描绘，使人物的形象鲜明突出。张柬之说："玉床翠羽帐，宝袜莲花炬"，大堤女小家碧玉般的形象展现出来；杨巨源也不吝惜对大堤女的赞美，直言大堤女是"二八婵娟""当垆理瑟矜纤手"；李白诗中的大堤女子感情纯真，当不能够看到自己的"眼中人"时，只能"泪向南云端"；李贺笔下的大堤女婉约动人，"青云教绾头上髻，明月与作耳边珰"。

春天大地复苏，天气回暖，一片生机勃勃，自古赞颂春天的诗句数不胜数，但是这四首《大堤曲》中除了张柬之所作《大堤曲》之外，剩下的三首都带有明显的伤春情节。李白说"春风无复情，吹我梦魂散"，即使是在春暖花开的大堤上等待情人，可是在情人却一直不见踪迹的情况下，微微吹来地春风，也仅仅是为等待的人增添烦恼。"莲风起，江畔春；大堤上，留北人"，在大堤之上送别自己即将远行的情人，即使在春天这样充满希望的季节里，大堤女子也会担心自己会像菖蒲开花一样，早早的消逝，从而不能以最美的姿态等到情人归来。"月落星微五鼓声，春风摇荡窗前柳"春风吹拂杨柳，这是离别的信号，天亮之后，北人就将乘船离去，大堤女子自然心中无限惆怅。在浓郁的伤春情节之下，使整个《大堤曲》充满了愁绪，大堤女愁、诗人愁、读者愁。

屈原以及以屈原为代表的楚辞文化是汉水文化中一颗璀璨的明珠，对整个汉水流域的文学都有潜移默化的影响。"香草美人"的意象自屈原之后深受骚人墨客的喜爱，成为借景抒情、托物言志的典范。张柬之创作《大堤曲》时，尚属于少年时期，怀有雄心壮志渴望建立功业；李白的《大堤曲》写于三十四岁，此时的他还是希望可以通过仕途，实现自己的宏图大志；李贺虽是贵族，但是依旧无法改变穷困潦倒的一生，此首《大堤曲》写于他逝世前的两年；杨巨源可以说是四人中仕途通畅的一人，一生没有什么大的波澜起伏，但是小的挫折还是不可避免。张柬之以美人自比贤良，希望可以获得赏识，但是等到的是"迢迢不可见，日暮空愁予"；李白只能在春暖花开处"不见眼中人，天长音信断"；李贺的"今日菖蒲花，明朝枫树老"是他看清一切之后的幡然醒悟；杨巨源的"无端嫁与五陵少，离别烟波伤玉颜"这不仅是大堤女的无奈,更是诗人的有感而发。

在悠久的汉水文化之下,唐代四位诗人的《大堤曲》中营造的是襄阳的繁华生活,反映的是大堤女子的动人故事,表达的却是自己的无限愁绪,这一切正好印证了姜夔所言"风流大堤曲,一唱使人愁"。

# 清江水上的慷慨与忧思
## ——宋代文人诗词作品对郁孤台的描写

湖北师范学院 张燕[①]

**【摘　要】**赣州郁孤台经过无数文人吟诵而名扬天下,其中尤以宋代三人为盛,本文试图从辛弃疾、苏轼、文天祥三大文豪的诗词出发,探讨他们作品对郁孤台赋予的那些慷慨与忧思。

**【关键词】**郁孤台;苏轼;辛弃疾;文天祥

"群峰郁然起,惟此山独孤。筑合山之巅,郁孤名以呼",宋人赵忭四句诗便把郁孤台的由来与地貌特点说的清清楚楚,山势高皋、郁然孤峙。众所周知,郁孤台位于赣州城区西北部贺兰山顶,海拔131米,是城区的制高点,赣州宋代古城墙自台下逶迤而过,站在郁孤台上远望,章江贡水合流北去,赣州市区全景尽收眼底。

郁孤台虽始建于唐朝,因树木葱郁,山势孤独而得名,但真正名扬天下,成为赣州最著名的景点之一却应该是自宋以后,赣州在宋代又称为"虔州",如今赣州还有"江南宋城"之称,也许他们的渊源从郁孤台之中,我们更可以看出一二,古往今来,在吟咏郁孤台的诗句中,说的最好,说的最深的不离辛弃疾、苏轼、文天祥三人,而此三人恰恰都是宋朝人。这三人中,苏轼更是三咏郁孤台,可以说绝无仅有了,辛弃疾更有千古传诵的《菩萨蛮·书江西造口壁》,而文天祥则不仅是江西吉安人,更担任过江西提点刑狱兼知赣州。在他们的笔下,郁孤台早已超越了一般的景致,而融入了更多的人生思考与情感寄托。

---

① 作者简介:张燕,湖北师范学院研究生,研究方向:中国古代文学。

## 一、三咏郁孤台,衷曲此中寻

诗人对一处景观吟诵多遍本是少见,更何况是投入的情感一次比一次激烈,一次比一次深沉,郁孤台见证了东坡的变化,而东坡也赋予了郁孤台更悠远的意境。

东坡与郁孤台的第一次接触,不知是偶然还是必然,只知道那一次他还未曾真正的踏上郁孤台,应好友孔宗翰之请,为他在虔州所画的《八境图》题诗,而宋代的赣州八景是:石楼、章贡台、白鹊楼、皂盖楼、郁孤台、马祖岩、尘外亭和峰山。所以东坡第一次看到的郁孤台乃是画上的郁孤台,在诗上他是这么写道的:

云烟缥缈郁孤台,积翠浮空雨半开。
想见之罘观海市,绎官明灭是蓬莱。

郁孤台原本有一种"郁然独孤"的伤感,但是在东坡的笔下,它是神奇而又诡谲多变的,前两句诗虽是写实景,但是苏轼用一种夸张的艺术手法,把郁孤台写的若隐若现,扑朔迷离,"云烟缥缈""积翠浮空",更是把郁孤台的奇丽和高耸表现的淋漓尽致。后两句完全从写虚的角度,把临江而立的郁孤台比作壮观的海市和仙境蓬莱,可见郁孤台的神秘莫测,还有这其中苏轼想要表达的一种难以言说的复杂感情。

正如他在诗序中所说的那样:"苟知夫境之为八也,则凡寒暑、朝夕、雨旸、晦冥之异,坐作、行立、哀乐、喜怒之变,接于吾目而感于吾心者,有不可胜数者矣,岂特八乎。"因此,他在题《八境图》的八首诗中,既写了"坐看奔湍绕石楼,使君高会百无忧",称赞孔宗翰知虔州时筑石城以治水患的政绩,又写了"回峰乱嶂郁参差,云外高人世得知",向往世外高人隐世绝俗的生活,正因为这样,思想复杂多变的苏东坡,当看到画上的郁孤台时,便借画生情,表达了自己超尘脱俗、寄身幽境的情趣。不过这是给友人题诗,不宜太过直接抒发这种情感,于是他用了这种比较朦胧的方法表达自己的感情。

这个时候的苏轼已经四十三岁,人到中年,他已经沉浮宦海多年,又离京在外就任差不多有七年之久,阅历更加的丰富,内心也更加的复杂,苏轼一生其实都存在着出世和入世的矛盾,他有抱负有理想,但是现实又往往给予打击,他想就此放手归隐,但是入了官场又如何能轻易脱身,好在苏轼天生也乐观豁达,于是这么些纠结的感情,让他寄托在了诗里,这首诗就是东坡主要思想的体现。

十七年后,苏东坡因反对王安石变法被朝廷贬谪到岭南的惠州,在赣州

逗留期间,他第一次踏上了郁孤台,写下了第二首吟咏郁孤台的诗《过虔州登郁孤台》:

  八境见图画,郁孤如旧游。
  山为翠浪涌,水作玉虹流。
  日丽崆峒晓,风酣章贡秋。
  丹青未变叶,鳞甲欲生洲。
  岚气昏城树,滩声入市楼。
  烟云侵岭路,草木半炎洲。
  故国千峰处,高台十日留。
  他年三宿处,准拟系以舟。

  十六句诗,以"八境见图画,郁孤如旧游"亲切开头,对东坡来说虽然是第一次真正来到郁孤台,但是早已经在画上看过,就像旧游一般,下面从"山为翠浪涌"到"草木半炎洲"全都是在写郁孤台周围壮丽的秋色。到了"故国千峰处,高台十日留",这直接表达了苏轼对故国的依恋之情,在我国古时候,人们常以大余岭为界,谓岭之北为江南之地,岭之南为岭海异域。因此在苏东坡看来,这里虽然不是家乡,但它毕竟与故土紧密相连,所以他愿意再在这里多逗留几日,虽然这里也离故国相隔千山万水。诗人真挚的感情也就自然的流露出来,尤其是在前面壮美秋色的反衬之下,这种依恋故国之情就更加的深刻了,尤其到了最后,诗人又更进一步收尾"他年三宿处,准拟系以舟",不管诗人有多么不愿意离开,但总归是要离开的,于是诗人寄托于未来某一天他还能在回到这里,他还会系舟于此。浏览一番这里的景色。

  如果说第一首题画诗以物寄情,抓住郁孤台本身"郁孤"的特点,表达了自己一种悠远的"郁孤"之情,那么在这首郁孤台中,诗人则通过状写郁孤台的秋色,表达了自己即将离家去国的无限眷念和万种情思。这个时候的苏轼已经五十九岁,生死未知,半截身子都要入土了,还要离开家园离开故土,可见是怎样的悲凉,可苏轼还能在最后用两句诗安慰自己、鼓励自己,说总有一天还是会回来的,真是读来就更加令人悲伤难过。这首诗的感情意蕴不得不说比第一首郁孤台更深沉了许多。

  七年后,他终于遇赦北归,于是写下了三咏郁孤台:

> 吾生如寄耳，岭海亦闲游。
> 赣石三百里，寒江尺五流。
> 楚山微有霞，越瘴久无秋。
> 望断横云娇，魂飞咤雪洲，
> 晓钟时出寺，暮鼓各鸣楼。
> 归路迷千嶂，劳生阅百州。
> 不随猿鹤化，甘作贾胡留。
> 袄有貂裘在，犹堪买钓舟。

前面提及的两首诗，都是比较委婉地表达了诗人内心的感情，这首诗，诗人却是触景生情，直接抒发了自己的感慨。

"吾生如寄耳，岭海亦闲游"，当诗人旧地重游，再次登上郁孤台，就发出了全诗最为深沉的感叹：我一生都过着漂泊不定的生活，至于贬逐岭外，也不过是等闲一游而已。诗人在这里是借反语来表达他的真意，"岭海亦闲游"，并非说在岭外真的过得安逸闲适，而是说自己一生已经历尽凶险，像在岭海的艰辛又算得了什么。因此，可以说这两句诗，既总括了诗人一生如寄、东漂西荡的坎坷遭遇，又抒发了在岭外备尝艰苦的感慨。正因为这样，这两句诗作为起句，是全诗的冠盖，也是全诗的要旨。以下十句，都是紧扣这一要旨来写的。

"赣石三百里"到"魂飞咤雪洲"，都是诗人在回顾岭海之行，其中的艰辛和苦难不堪回首。接下来的"晓钟时出寺"到"劳生阅百州"又回到郁孤台所思所想。

以上十句，有目下兼程北归，疲于奔波的慨叹，也有当年浪迹天涯，魄飞魂惊的悸动，虽然角度不同，但却层层相迭、丝丝入扣，同宗起句，把"吾生如寄"写得透辟淋漓。

"不随猿鹤化，甘作贾胡留"，诗人用周穆王南征的典故，表达自己还能活着回归的一种庆幸之情，本以为是九死一生，没想到在六十六岁耄耋之年还能活着北归，不幸中的万幸，也是诗人自我安慰的一种方式。诗的最后两句"袄有貂裘在，犹堪买钓舟"，诗人表达得更加彻底，只要"貂裘"在，还可以买"钓舟"，了此残生，别无所求了。他北归至常州，即上疏致仕，告老还乡。可惜，这位历尽千难万劫的伟大文豪，还没来得及尝到致仕定居的情趣，就被死神夺去了生命。

三咏郁孤台，随着命运不断的起伏波折，郁孤台被赋予的感情也越发的不一样，由浅入深，慷慨与郁孤并存，忧思与眷恋同在，残酷与希望纠缠。这是苏轼的人生也是郁孤台的意象，矛盾而又高耸不变的存在。

## 二、忧国之思，吟诵千古

苏轼吟咏郁孤台半个世纪后，另一位宋代词坛巨匠辛弃疾写出了流传千古的《菩萨蛮·书江西造口壁》：

> 郁孤台下清江水，
> 中间多少行人泪。
> 西北望长安，
> 可怜无数山。
> 青山遮不住，
> 毕竟东流去。
> 江晚正愁余，
> 深山闻鹧鸪。

这是所有描写郁孤台诗词中最为著名的一首，有趣的是，辛弃疾并不是在郁孤台上登高而作的，这首词是他任江西提点刑狱，驻节赣江途经造口时所作，造口即现在的江西万安，郁孤台则在江西赣州市西北贺兰山上，因赣江水经郁孤台下流经造口，所以诗人提及了郁孤台，虽然诗人并没有对郁孤台作正面描写，但是此词成为辛弃疾爱国忠君却又壮志难酬的写照之后，郁孤台也因此成就了其文化史上的特殊地位，成为爱国吟咏的象征之物而传诵千古。

具体来看，词的上片由眼前景物引出历史回忆，抒发家国沦亡之创痛和收复无望的悲愤；下片借景生情，抒愁苦与不满之情。全词对朝廷苟安、江南的不满和自己一筹莫展的愁闷，却是淡淡叙来，不温不火，以极高明的比兴手法，表达了蕴藉深沉的爱国情思，全词一片神行又潜气内转，兼有神理高绝与沉郁顿挫之美，在词史上完全可与李太白同调词相媲美。

## 三、家仇国恨，郁孤台上低声吟

作为我国历史上著名的爱国诗人，抗元名臣之一，文天祥也登上了郁孤台，写下了这首《题郁孤台》：

> 城廓春声阔，楼台昼影迟。

并天浮雪界，盖海出云旗。
风雨十年梦，江湖万里思。
倚阑时北顾，空翠湿朝曦。

文天祥写作这首诗时，正任江西提点刑狱兼知赣州，他在赣州上任不久，元兵压境，文天祥毅然起兵勤王，惶恐滩头的惶恐与郁孤台上的凄凉同样让人伤怀，无论从"风雨十年梦，江湖万里思"，还是"倚阑时北顾，空翠湿朝曦"，这两句都深深的表达了作者忧国忧民的情怀和对未来不确定的担忧之情。

但即便是这样有厚重历史感的诗作，也难及辛弃疾那首作于造口的遥思。同是历史上的伟大文人，苏轼、辛弃疾、文天祥的作品各有千秋，如果说苏轼之诗在日后不及辛弃疾词流传广泛及久远，其间很大的一种可能就是作为一种描述景物之作，给人的印象不像发忧古之思情那样让人伤感并伴有此恨绵绵无绝期的遗憾。但另外与辛弃疾一样有着满腹忧愁的文天祥所作之诗也未能如辛弃疾之词听来如雷贯耳，恐怕与历史的选择有极大的关系。

除此之外，在对借助郁孤台表达各自不同的情感方面，苏轼、文天祥倒是都喜欢寓情于景，只不过忧思有所不同。唯一一个不曾到过郁孤台却咏下郁孤台千古名句的辛弃疾，用最朴实的文字写下了最动人的词句，这不得不说历史有时候是很有趣的。

但是，不管历史如何变迁，那高耸的郁孤台，它被诗人赋予的慷慨与忧思却不会随着时间而有所褪色，反而随着时间的推移而变得越发醇厚和令人怀念，正如清江水不断的向前奔流着，永不停息。

# 南宋江西文学家交游浅析

西省社会科学院文化研究所　王胜奇[①]

江西财经大学附属中学　李国兰[②]

【摘　要】南宋时期，江西文学家频繁活跃在文坛，他们在广泛交游中相互切磋，形成了交游时段、文学群体和文学流派，并且他们的交游方式有着众多特点。因此，笔者尝试对此进行探析，尽量让我们更多地可以了解文学家交游与文学谱系、文学群体和交游特点的内在关系。

【关键词】南宋；江西文学家；交游谱系；交游特点

该文为江西省社会科学院青年项目课题（15QN14）。

南宋时期，江西经济社会得到了较好的发展，这也孕育了江西众多文学家出现的局面，根据夏汉宁先生的说法，"以今天江西省所辖面积（其实与古代面积相差不大）来统计，现江西省总面积为16.69万平方公里，两宋江西文学家共1362人，每100平方公里就有文学家0.816人。"文学即人学，文学家交游与文学之间有着密切的关系。对此，王水照先生曾指出："宋代作家间的师承交游关系，就是一个饶有趣味的课题……而且代代相传，成一系列……总引起对当时作家间交游情形的许多遐想。"南宋是文学发展的重要时期，这一时期的文学创作以及重大文学事件、活动等等，又与当时的文学家交游有着密切的关系。笔者通过阅读南宋江西文学家的有关资料，发现那时江西文学家辈出，他们爱好拜师访友，交游广泛，形成了一定的交游时段和交游谱系，又促成了文学群体的产生，在他们广泛交游的过程中写下了众多交游著作。因此笔者尝试分析南宋江西文学家在不同时

---

[①]　作者简介：王胜奇，男，硕士，江西省社会科学院助理研究员，研究方向为古代文学。

[②]　作者简介：李国兰，江西财经大学附属中学教师。

期交游的特点,尽量还原当时文人交游的基本面貌,让我们更多地可以了解文学家交游与文学现象的产生、文学家交游与文学群体、文学事件和流派形成的内在关系。

## 一、南宋江西文学家交游的时段特点

南宋江西文学家的交游贯穿整个南宋时期,形成了纵横交错、友情深厚的文学家群体网络,通过对南宋文学家交游,特别是对著名文学家交游谱系进行分析和描述,不仅可以还原当时文人交游的基本面貌,更可以了解文学家交游与文学现象、事件及流派形成的关系。纵观南宋一朝,江西文学家的交游可以分为南宋初期、南宋中期和南宋后期三个特别时期,在这三个时期,江西文学家的交游分别呈现出各自的特点,笔者尝试逐一对此进行探析。

(一)南宋初期(笔者按:1127—1279)的江西文学家交游特点

南宋初期,众多江西文学家频繁活跃在文坛,比如吉安的周必大、周必正、杨万里、胡铨,他们交游广泛、文友众多、身份不一;婺源的朱熹更是文友弟子满天下,上饶的施师点弱冠时遍游太学,深得司业高宏赞誉,后调复州教授,又历任多职;写有诗歌"谁知自有时,朋盍聚炎荒"的樟树徐梦莘,大余的刘兴祖,宜丰的雷孝友,南丰的黄文昌,浮梁的程宏远,南昌的京镗,新余的谢谔,萍乡的钟汉杰(朱熹弟子)等,他们广泛交游,爱好交友,交游著作丰富,比如著名文学家周必大与陆游、范成大、杨万里、胡铨等约200多人有过交往,现世存有他的885首诗,其中涉及交游的诗多达543首,占其总量的61.36%,这既有雅集唱和诗词,又有送别诗词,还有祝寿诗词等。这段时期江西文学家交游呈现出著名文学家众多、有关交游的著作较多、所占其诗歌创作的比率高等特点。

(二)南宋中期(笔者按:1178—1228)的江西文人交游特点

南宋中期,文坛上最为著名的文学事件便是诗歌中兴,而这一运动的形成,又与文人交游有着密不可分的联系,这固然主要得益于"南宋四大中兴诗人"杨万里(1127—1206,因为杨万里主要活动和成就在南宋中期,所以把他归纳为南宋中期时的文学家)与尤袤、范成大、陆游的交游和创作,同时,这个时期江西文学家又是纷纷在文坛上笔耕不辍,比如朱熹门人、文风明白淳实、创立豫章学派的上饶人陈文蔚(1154—1247),擅长诗、词、文的都昌人曹彦约(1157—

1228），朱熹弟子、学人兼文人的樟树人张洽（1160—1237），诗文高手崇仁人罗点（1150—1194），文风温厚典则的宁都人曾兴宗（1146—1212），与杨万里、周必大、刘克庄、戴复古、魏了翁等著名文学家有过交往的新干人曾三异，年幼人师从朱熹、陆九渊的贵溪人郑会等，比如"南宋四大中兴诗人"杨万里的广泛交游直接推动了南宋诗歌的中兴。杨万里现存有4200多首诗歌，涉及交游的诗歌居然多达1114首，约占其总量的26.52%，其中涉及交游人员有477人，大致分为他的"尊师前辈、同辈友人和弟子晚辈"。由此可以看出，这个时期江西文学家交游有着擅长诗词文的全面性文学家、交游的文友很多等特点。

（三）南宋后期（笔者按：1229—1279）的江西文学家的交游特点

南宋后期，江西文学家有著名的庐陵人文天祥（1236—1283）、文仪（文天祥之父，1215—1256），现存有大量诗、文、词的婺源人许月卿（1215—1286），不食元朝俸禄的修水人章鉴（1214—1294），与胡仲云、刘元高同被人誉为"高安三俊"的姚勉（1216—1262），讲授朱熹与陆九渊学问的贵溪人程绍开（1212—1280），著作等身、著名历史学家马端临之父马廷鸾（1222—1289），著名文学家弋阳人谢枋得（1226—1289），文学家族中的安福人王希淮（1217—1275），抗元殉国的龙南人钟克俊（？—1276）等，比如著名词人鄱阳的姜夔（约1155—1247）与泰和人刘过（1154—1206）等人的交往唱酬，最终形成了文学史上著名的江湖诗派，其中他们对中兴诗人陆游、杨万里诗歌有很多继承关系。又如凤林书院吉州庐陵人刘辰翁（1232—1297）、刘将孙（1257—？）等文人之间相互唱和，比如以刘辰翁为例，他有古近体诗27首、词有355首、记有98篇、序有43篇、墓志铭有7篇、赞有7篇等，其中涉及交游的诗达17首、词则多达198首，分别占其总量的62.96%和55.77%，他的祝寿词有69首，还有1首赠妓词。他们对辛弃疾词风和格律词派的学习，形成了自己的一些特点，后留有《凤林书院草堂诗余》，给南宋文学带来了一些新的变化。再如南宋爱国文学家文天祥与江万里兄弟、刘辰翁、邓剡等人的交往，对南宋末年爱国诗词有较大影响，形成了以文天祥为代表的爱国诗人群体等。所以说南宋后期，江西文学家交游形成了文学流派、影响了文风的发展。

## 二、南宋江西文学家交游的形式特点

南宋江西文学家在频繁广泛的交游过程中，特别是在诗文唱和中，往往会形成较为固定的集聚群体,从而形成特殊的文学群体、出现著名的文学事件和产生重要的文学流派。比如南宋中期,杨万里有郊游诗多达1149首,郊游朋友有刘安世、王庭珪、张浚、胡铨、陈俊卿、周必大等尊师前辈、同辈友人和弟子晚辈等共447人,特别是他与"四大中兴"中的范成大、陆游、尤袤等诗人之间的唱和,促进了南宋诗歌的发展,产生了中兴诗风的影响,对笼罩南宋初期诗坛的江西诗派的突破,夏汉宁先生对此有专门的研究,具体详见其大作《走出江西诗派的畛域——杨万里诗歌浅议》;以姜夔为中心的格律词派的文学家交游,影响了吴文英、史达祖、王沂孙、周密、张炎的创作,特别是张炎的《词源》对清朝骚雅词派影响较大;南宋末年,以刘辰翁为代表的风林书院对辛弃疾词风和格律词派的学习,他们相互酬和,形成了风林词派;文天祥与江万里兄弟、刘辰翁、邓剡等人的交往,形成了以文天祥为代表的爱国诗人群体等。同时,江西文学家之间的交游主要表现在他们的文学创作方面,文体几乎覆盖了所有的文学体式,其中表现形式主要有唱和诗、赠答诗、次韵诗(词)、祝寿词、书信、启、序跋、字说、赋、碑铭等。

  同时文学家除了广泛出外交游外,还有与家族亲人、师门弟子进行讲授学问和切磋文学的,形成了众多文学家族,也就是说是文学家族内部的交流方式。根据夏汉宁、黎清、刘双琴等先生的统计,南宋时期江西有众多文学家族,比如吉安有著名的胡铨文学家族(成员有胡铨,胡铨长子胡泳,胡铨侄子胡箕、胡维宁、胡公武、胡温彦,胡铨堂侄胡昌龄,胡铨之孙与胡泳之子胡槻、胡槊)、周必大文学家族(成员有周必大,周必大之父周利建,周必大之子周纶,周必大堂兄周必正,周必正之孙周颂)、文天祥文学家族(成员有文天祥,文天祥之父文仪,文天祥之弟文天佑、文璧)、刘辰翁文学家族(成员有刘辰翁,刘辰翁之子刘将孙,刘辰翁之子、刘将孙季弟)和杨万里文学家族(成员有杨万里,杨万里之父杨芾,杨万里长子杨长孺、幼子杨幼舆,杨万里曾叔祖杨存,杨万里族叔祖杨邦乂、杨杞,杨万里族叔杨辅世、杨邦乂长子、杨万里族叔杨振文,杨邦乂之孙、杨万里族弟杨炎正、杨梦信,杨万里族侄杨克己),婺源有著名的朱熹文学家族(成员有朱熹,成员有朱熹长子朱塾、季子朱在,朱在长子朱铉、次子朱鉴,朱鉴之子朱浚,还包括生活在北宋时期的朱熹五世族朱甫,朱熹四世祖朱振,朱熹叔祖朱弁,朱熹之父朱松),金溪有著名的陆九渊文学家族(成员有陆九渊,陆九渊之三兄陆九皋、四兄陆九韶、五兄陆九龄,陆九渊长子),武宁有周应合文学家族(成员有周应合,周应合长子周天骥),高安有陈仲微文学家族(成员有陈仲微,陈仲微之女陈梅庄,这是众多文学家族中罕见有女性成员的),宁都有曾原一文学家族(成员有曾原一,曾原一祖父曾兴宗,曾原一堂弟曾原郕),贵溪有叶梦得文学家族(成员有叶梦得,叶梦得曾孙叶谦。叶梦得为陆九渊再传弟子,后来与卢玉溪、陆梭山等人在金溪县西南约四十里建石林书讲学)。

南宋江西文学家交游还有以拜师收徒的方式,这就形成了师门交游的文学群体,比如贵溪叶梦得为陆九渊再传弟子,后来与卢玉溪、陆梭山等人在金溪县西南约四十里建石林书讲学。南城包逊与其兄包约、包扬开始拜读陆九渊门下,后来又追随朱熹学习,他们兄弟在交游学习过程中相互切磋,形成了"平生风义兼师友",学问造诣日益高涨,后来为南海知县延请讲学,"邑官泊学子会于堂上者几百数十人,闻君讲说,莫不耸动,叹未尝有越"。并且他与戴复古、赵伯成、罗必元等人交往频繁、友情深厚。

### 三、结　语

通过上述对南宋江西文学交游与形式特点的探析,我们可以看到,南宋文人交游面非常广泛,以周必大为例,其交往的文友约200多人,其中有爱国名臣胡铨、著名文学家陆游、范成大、杨万里、尤袤四大中兴诗人、同乡(杨万里)以及一些身份姓名不详的人员等。同时,江西文学家交游的体现形式还有以下几种类型:宦谊交游,比如抚州人危稹与洪迈、杨万里有过宦谊交游,"洪迈赏其(笔者按:指危稹)其文,授南康军学教授,与转运使杨万里偕游庐山"。同乡交游,如周必大与同乡彭叔夏、许凌、李子西等人的交游。门人交游,比如朱熹、陆九渊分别与其门生交游,黄干与弟子黄义明、饶鲁的交游。社群交游,同年交游;僧俗交游,比如抚州人杨权(1162—1240)自幼聪颖伶俐,听说张真牧有道行,便前往拜师。1195年,杨权到了九江,临津结茅,后建寿圣观,宋宁宗亲自为此书写匾额;释绍嵩与王谌交游。遗民交游,比如赵文、赵功可、邓剡、罗志仁、姚云文、詹玉、滕宾、彭元逊、颜奎等人他们之间互有交往和酬唱等。这些类型又存在相互交叉的现象。同时文学家在交游过程中相互切磋、求教、拜师、授徒等,这对于提高文学创作技巧也有着重要的作用,并且文学作为南宋文人交游中的重要媒介,对文人的交游甚至南宋社会文化,都会产生重要影响。这些现象和特点都值得我们进一步深入研究。

# 两宋浙东文人高似孙家族谱系考辨

中南民族大学文传学院中文系　左洪涛 [①]

【摘　要】《剡南高氏宗谱》是由鄞迁嵊高氏一支的家谱。但由于一般家谱都有攀附先世以及私密性等特点，因此《剡南高氏宗谱》在某些问题上真伪掺杂。本文将《宗谱》在内的有关鄞县高氏家族的主要文献资料列出，对其真伪进行考辨分析，最后画出较为准确的两宋时期由鄞迁嵊高氏家族谱系图。

【关键词】《剡南高氏宗谱》；高氏家族；谱系图

　　由浙江宁波鄞县迁至剡南（今嵊州）的高氏家族，前贤今哲研究较少，是钱塘江流域的名门望族。除了正史、文集、方志、笔记等有其家族的零星记载外，其家谱《剡南高氏宗谱》（简称《宗谱》）共八卷卷首一卷，是研究该家族最重要的资料，鲜有学者引用。《剡南高氏宗谱》为木活字本，高似孙嘉定十七年（1224）首修，最近一次纂修时间由高我桂于民国二十年完成，永思堂刻本。该谱以高似孙父亲高文虎为始迁祖，南宋庆元年间文虎自鄞县迁居嵊县（今嵊州市）邑南（今城关镇），自后世系、行传，历历可考（包括卷二内纪系图、卷三至卷八内纪行传）。在《宗谱》中，有《外纪系图》和《内纪系图》，高文虎作为《内纪系图》的第一世祖，而把高文虎之前的高家先人列入《外纪系图》。对于《内纪系图》，我们一般没有异议。因为高文虎由鄞县首先迁到剡县，因此《宗谱》以其为迁剡的始祖。而对于《外纪系图》中的世系，即这支高氏家族的先祖，则有很多值得商榷的地方。

---

① 作者简介：左洪涛，男，1967年生，河南省信阳市人。中南民族大学文传学院中文系教授，古代文学博士（后），中国《诗经》学会会员、中国辽金元文学研究会理事。研究方向为唐宋金元文学与古典文献学。

## 一、由鄞迁嵊高氏家族在两宋及之前的概况

在《剡南高氏宗谱》的《高氏历代支世源流记》中记载：由鄞迁嵊高氏的先世可追溯到高傒——……——高洪——……——高士廉——……——高琼一支。此外，《宗谱》首篇就是高琼写的《渤海高氏宗支图》序，他认为高氏出自高傒，后世先祖高士廉等。两个资料虽然惊人的一致，但我们还是能找到其中的漏洞。首先《高氏历代支世源流记》是高宏训所写，他是清朝乾隆年间的人，年代距离久远，得出的结论不一定正确。宋高文虎、在《旧谱序》中就说："远祖之世系，容有未确也，宁略而不祥"，作为距离最近的时代，他都没说与高琼有任何血缘关系，而作为年代更为久远的高宏训，怎么能得出以上论断呢？高似孙的《旧序》也没有说他们与高琼的关系，因此高琼、高宏训的《旧序》是不可信的。此外，北宋高琼是一名武将，史书上记载他不识字，不可能作《渤海高氏宗支图》序。而且高琼在宁波有直系后人，叫高元之，据楼钥《攻媿集》记载："君姓高氏，讳元之，端叔其字也，韩国武烈卫王曾孙。"因此我认为高琼的这一篇序很可能是伪作。

那么由鄞迁嵊高氏的先祖到底是谁呢？笔者认为应是高智周，正如家谱中的文献所示，《宗谱》中《辨族》以及《乾道四明图经》卷2《高闶传》都明确指出宁波鄞县的高氏应为高智周之后。

首先看《乾道四明图经》卷2《高闶传》的记载（引《乾道四明图经》卷2）：

> 高闶字抑崇，唐宰相智周后。世家广陵，高祖赞襄，始居鄞。闶幼颖悟不凡，八岁诵经史，通其义，或问"得时则驾"出何书？闶曰："非《史记·老子传》乎？"客惊异之，谓其父钦臣曰："此儿当兴君门户。"弱冠入辟雍，继升太学，初课试，文格尚对偶，闶特变为古文。一时文格遂复元丰、元佑之旧。建炎初，中上舍优等；绍兴改元，赐进士第释褐，诸公方欲荐引，丁内外忧，服阕。

其次，《宗谱》卷首《辨族》云：

> "四明之有高氏，俱从晋陵来也，晋陵十三世孙子长，仕隋为秘书学，士是生智周，相唐高宗，谥曰定唐，鉴太宗朝有仆射士廉图像，凌烟阁进封申国公，杭新、泰顺、高钱，千岁诸谱，皆宗宋真宗朝武烈卫王，云王系士廉之后，宜宗士廉。余桂芳、剡南高塘、西同、东吴诸谱，

则宗吴越钱王时殿帅公，云公系智周之后，宜宗智周。"

家谱中高闶亲自所书《列传·叔俞公行述》，记载其先父高伯钦，也就是墓志铭中樊氏之子，家族的主要事迹与以上记载基本上相同。为了进一步考察该家族成员，引用主要内容：

> 先君讳伯钦、行第十七。高祖（某），系殿师公第三子，年五十，不忘先人旧德，乃尽赍资囊，以商贩为名，往访钱王安否，因客死於京。曾祖赞裹，行第七，有祖父忠勇气，而资囊既倾，乃隐居四明城，市鬻乌纱帽以为食。祖膺，行第五，袭其业焉，虽在厘肆中，而仪容伟秀，人知必为旧家子弟，皆严惮而亲爱之。父轸之，行十二，尤奇瑰浑厚，声音琅琅然，太守马公琉因召见之，望其来不觉拱手、离席，语罢，叹曰："海角市井中，而有人物如此，真太平祥瑞哉！"初，先君之在妊也，其母滕氏归我祖五年矣，曾祖母张氏，御诸妇甚严，一言之不中，举动少失节，必加诃责；而滕氏以妊娠之故，往往不职姒姑，固为之言，曾祖母怒积，夺考君乳而出之。先祖不敢违，继娶樊氏哺育之。先君稍长，事樊氏甚谨，先祖课诸子侄，皆有常程，既暇则假以游息；惟先君课毕，则阅古史、收图籍，乐与人谈六艺，虽道释、医卜、阴阳、术数有片言可取，皆谘诹考求，以故尽得百家之说，而尤留心於五行、地利、遁甲之书。人亦乐竭所闻以告焉。
> 
> 时乡先生汪公镇，有长女锺爱之，求佳配而未得；稔闻先君之为人，遂欲妻之，或以不习举业为忧，先生曰："彼与吾女同庚，其行又足依。"既婚，先君往拜之。先生曰："先生气度端醇，而言有根底，他日必享洪祉。"因益敬之。外祖诞辰，先君在称觞之列，众皆歌诗为寿，先君亦即席赋长短句以献，外祖见其词意曲尽，甚喜，谓家人曰："恨高郎不习举业耳，今之为士者鲜能过也。"自是每见必谈论终日，不以常胥畜之。先妣年二十四事舅姑，有礼质，明必先起，盥栉正衣履，诣问安否，候寝兴。终舅姑之身如一日。及先祖卒，考君主家政事，无细大必禀祖母而行。四明风俗尚浮屠，死则火其棺，自曾大父以来，皆从俗；先祖因送伯祖丧，不忍见其焚烈之惨，每言及凄然，不乐至是。先君追体先人之意，决义茔葬，而祖母意以从俗为便，亦虑先考年少，未应丧事，不信其能负荷也。

先君固请停丧，因自求地，得吉兆於南郊，外祖闻之益奇，多遣僮仆助成之。既葬，而祖母见之亦心喜。先君疏财不屑屑较，唯成人之美是悦；自恨以袭箕裘，不及留心儒业，乃令仲昆弟专孰经传，凡所需，咸供具无缺，并不以家事纷之。既而，叔父伯淳者，业果成；先君遂遣入太学，而祖母雅爱叔父，不欲其远离；先君曲谕之，得许行，今喜为乡士领袖。……由是里无少长，咸以长者称之。

祖母病革，召先君语之曰："今以诸弟妹累汝。"先君泣而受命。祖母卒，执丧，谨送终之礼，必躬必力。既葬，复营弟妹嫁娶之事，如身事焉。后诸叔父恐产业不给，每以为忧，先君度其不能久聚也，默为调处，得迟之数年。后势不可已，乃召乡老施臻者，主其事，而谓之曰："先君生四男五女，除二弟虽聘妇，而未成婚，宜以酒费予之；二妹虽许人，而尚在家，宜以奁费予之；其余，悉均为四可也。然吾尝以赁房四区，为沈氏出名，以赁酒房岁得百千以赡用，今十余年矣。比以课利不入，籍於官，此我当之，不为三弟累也。"施老叹曰："公能如是，虽古之薛包，何以加诸。"既析，而家资渐薄，不以介意。先妣之受爱外祖，异於诸女，所以奁送颇厚。昔祖母意得以嫁姑，先妣尽予之，无吝色。至是，取箧中余衣杂饰，鬻以供晨夕，犹弗给也。亲戚从容语曰："公诚多子之累哉，当急图治生。"声颂古诗曰："有客来相问，如何是治生，但存方寸地，留与子孙耕。"及诸子稍长，则命就乡校听读，而诣辟雍，荐於礼部。子弟从游者，又乐助甘旨之奉。虽无产业，而伏腊稍足，於是向之言者，复曰："教子为治生之本也。"叔父伯诚一日病笃，先君往视之，叔父曰："某子尚幼，必无能收予骨以葬先垄之侧，为之奈何？"先君曰："吾在，弟何虑也！"既殁，先君力贫，自为营葬，凡事如其志。又季叔父伯起，尝遭横逆，有司审非其罪，得释，先君调护之力居多焉。又仲妹适熊氏者，生三女，夫妇双残，熊氏之族不能恤，反困辱之，至长女死。先君闻，乃接二女以归，教育之。及笄，为择婿洪浩、洪涣兄弟以嫁之。至今，洪妇以我为父母家。

盖先君处当窘约，而犹厚於亲，如此亦有先妣之内助焉。当追痛滕氏劬劳之恩，出非其罪，终以无后而死，每四时祭祀，则别为位，以尽报慕之诚；又通殷勤於其弟侄，而加恩恤。年六十有五，谓人曰："此余厄岁也，当屏世事。"优然燕坐以俟命耳，诸子或曰天命冥测，先君笑之。既而金人寇四明，先君携卑幼窜於大雷山。皆为贼所获，乃尽以赀与之，得脱而余生。已焚荡殆尽，因寄居慈溪之赭山。平日交游，亲故无一在目前者，日益不乐。明年岁旦，日高未与，诸子造床问安，则曰："病已，真厄岁已。"诸子慰曰："不必以致疑也，不过适然耳。"於是闳等思所以悦之。而兵火之后，正在触目伤感，而闳以太学上舍当殿试。有诏，先试闳。承诣行在受命，释褐而归。先君闻报，遂命衣起，受贺於中庭，因与诸子弟燕谈，似少安其意。久之，命仲子开以《六壬》法，课之。先君轮指曰："噫！吾病不起矣！"趣令治具，以五月十日终於正寝，诸孤奉柩，於九月十三日葬慈溪董岙之原，是岁绍兴改元也。

自先君之丧，先夫人尝郁郁不乐，明年五月八日乃终，享年六十有五，诸孤奉柩，亦於年九月十三日附葬焉。生男八，长早卒，次安世、次闳、次闻、次开、又次早卒，季阎、幼闶。初先君多居外肆，先夫人素知书，能记诵古诗赋，及《孝经》《论语》。诸子五六岁，每以口授之，又以爪甲画桌，教以字法；间称说古人事迹，及乡中佳子弟，以劝勉之。诸子故自幼向儒业，今幸各长，正可竭力以奉养，而频年遭罚，天倾地陷，永失依怙，昊天徒痛，不孝之罪，愧负神明，不肖闳，不敢以溢美诬称先德，大惧子孙他日不能备知行事，谨泣血为之书。

不孝男　闳谨述①

因此，《宗谱》卷一首篇《叔俞公行述》（高闳撰）也说："高祖（某），系殿帅公第三子"，而殿帅公系高智周之后。《叔俞公行述》是高闳为其父高伯钦写的传记，可信度较高。而到了宋代，鄞县高氏的先人又是谁呢？从《宗谱》的材料（《叔俞公行述》《祥里居》《乾道四明图经》《宋故樊氏夫人墓志铭》），我们可以得出这样的结论：殿帅公——（某）——赞襄——膺——轸之——伯钦——闳。

## 二、高轸之与高君珍是否为同一人

从《宗谱》中可以看出，《叔俞公行述》和《详里居》都说高伯钦（钦臣）的父亲是高轸之，而另一重要资料《宋故樊氏夫人墓志铭》中则说伯钦（钦臣）的

---

① （宋）高闳.列传·叔俞公行述［M］.（见《剡南高氏宗谱》卷一，永思堂刻本）.

是高君珍。此外，黄宽重先生在《宋代的家族与社会》中说："其（赞襄）子不知名，殆以手艺为业，孙名君珍仍继其业"，在这里他也说的是高君珍。那么他二人到底是什么关系呢？

以下引《宋故樊氏夫人墓志铭》[①]与相关史籍、方志等资料，结合学者对宁波家族与社会的研究成果，来考察本问题：

《宋故樊氏夫人墓志铭》（将仕郎、充袁州州学教授汪□譔并书）

　　元符间，太学增修典令，士翕然赴选。时四明高充实获预弟子录，与余联几席，契甚。充实名硕，敏学行，风性纯简，若素染族化。意厥先必有高矩贻后，故其门有是子乎？尝诘之。充实曰："余祖游于艺，考习箕裘，故饶裕。四男循长，将俱以素业禅，母□□，慨然曰："而子戢戢，其□使操技，设异日椎锻就器，□力丰产，不过为一富翁。必欲门户焕报，莫如择良子业儒，使有获，岂一技利哉！"考君伟其语，乃遽命硕缝衣、吟典籍，而夫人喜，倾奁橐赎书，辟□延长者客，日促承叩师训。附友益至，自为课程，规捡□断断践守，□跻成域，□□逮长，稍见有进，即□□□俾游太学，戒示费遗，岁七八遣。硕每捧所寄，流涕谓余言："母夫人之惠之教，其□至此！"余于时已信夫人非常妇矣。崇宁四年，余官外江，充实辄驰至，以母夫人大事请铭，余恻然。非特悼夫人未见贤子登华涂，抑伤其子有贤母不少延以卒。□为充实恨，遂三叹，□其状实与书。夫人自脱襁褓已慧爽，为众所才。及笄，女□□练。乃祖乃父虽无显躅，皆豪财倜傥，□□节。观夫人悝行秀出，盖颖然一奇男子趣操，未肯以龊龊等辈。吾女也。选甚遴，得鄞君子高君珍与归。高少年强干伟志，冀获良耦，佐立壶鼓。先室滕氏既亡，遗二幼，呱呱伺育，夫人继归，视等己出，饮哺保抱，抚诲长，率为宁馨儿。舅虽不逮事，有姑高年，性严敕，人□□莫或适厥意，夫人能先意奉承，迎旨随合。姑喜慰曰："吾儿得是妇，如舟获楫，吾家毋虑不济矣。"比设疑谋试之，夫人剖胸奇前，几筹可否，较然黑白。后良人凡建设，必取决细君，事断可乐。高氏由此炎炽，经理条缉，储有余润。方盛年，遽所天不弃，誓弗许，独念诸孤固皆久服吾教，已一一整修，犹恐于世务

---

[①] 北京图书馆藏中国历代石刻拓本汇编·宋故樊氏夫人墓志铭［M］.郑州：中州故籍出版社，1989.

或未渐稔，乃遣学儒。子登太学，余授之家责，内以义方，而外密钳键。诸子亦争奋智谋，恊力兴造，恪遵礼宪，咸为乡吉人。家事益井井不紊，然可以为世程，夫人之福高氏岂细也哉。夫人资婉淑，处身勤俭廉慎，语非当理不启齿。睦亲族，俯仰祗顺，和气溢闻，虽葭莩末属，咸得欢心。或贫乏踵门，必厚赈，称所愿欲，至推餐褫服，弗辞吝。凡享祭，先期斋洁，躬涤濯烹饪，一弗以奚贱代事。尤酷嗜释氏教，日诵其书累千言，非矜以膺腐为勤也。诚欲探其深义，迄能悟死生理。一日卧病，环子孙诀曰："吾数穷矣。姑待尽，毋事医卜。"为他无祝，默默竟夕，若假寐，脱然逝矣。寔崇宁二年六月初三日，享年五十四。

夫人樊姓，世家明州之鄞县。男四人，曰：伯钦，即先氏息夫人□育子，曰：伯诚、伯源、伯起，皆夫人生。伯源乃学儒者，昔登太学日，夫人与更名硕，今朝廷兴辟廱，天下徧新泮官法，硕移牒，归就郡贡。五女，长适王琼，伯钦同产也。次适进士周纯仁，次适舒宗宪，宗宪死，再适□渊。次适戴讷，次适杨元。孙男八人，闳、闶、阒、闻、阐，余未名。孙女四。用大观元年十二月初一日，举夫人于鄞之清道乡甬水之原，附府君之茔葬焉。呜呼！明之俗浑厚，然土薄，间有巨姓，多一再世止，惟高氏代绵十数，基构愈廓，岂积善累德，有自来欤？人犹以为未大振赫，暨府君得樊氏配，诸子角立，而硕为儒生，又莘莘可期，故乡间咸誉是家可指日贺荣矣。天曷不究夫人寿，俾卒享余庆，余甚惑之。谅天之报施，必不竟违善人，不日观东南有焰焰其贲者，必夫人之后也。余黟人，去鄞亦辽绝，尚闻樊氏之风为骇听，况习知其说于充实之积素乎。将叙其行，又实于明之知夫人者，余铭诚不妄，来者考之，毋以余为饰辞。铭曰……

结合以上资料可以看出，虽然《宋故樊氏夫人墓志铭》有少数记载不完全可信，"如乃祖乃父虽无显躅，皆豪财倜傥，□□节。观夫人悝行秀出，盖颖然一奇男子趣操，未肯以龊龊等辈。吾女（樊氏）也，选甚遴，得鄞君子高君珍与归。高少年强干伟志，冀获良耦，佐立壸鼓。先室滕氏既亡"，事实上滕氏未亡，而是被休。（参见上引高闶的《叔俞公行述》）可以看出，樊氏为北宋时期的四明高氏家族的妇女。以妇女研究的角度观察，在父系社会的价值观念下，男性撰写女性墓志时，为配合妇人不干涉外事、"正位于内"的基本理念，企图刻画出的"妇人无外事"的形象，我们可从看到如下几点：首先，樊氏没有显赫的家世，因此，作者从她德性上的优点来发挥，说她是"自脱襁褓已慧爽，为众所才"。又因当时妇女本身不具"治国、平天下"的事功，故从其父祖、子孙的成就，来说明妇人的贤良，以彰显其母仪。因此，墓志中提到她拿出自己的嫁妆，延请教师，期许这些子孙能以业儒为主，而至中举、为官的功成名就。从樊氏长子入太学，又"诸子角立，而硕为儒生"，是最适切的表现。其次，作者记载了樊氏持家的事迹。公公早亡，但婆婆尚在，既照顾年老的婆婆，又照顾前妻留下的幼子，对往来的亲族及婢幼有妥善的安排，祭祀、烹调等事也能处理得井井有条。结合以上资料，高轸之与高君珍的事迹有惊人的相同之处。

《叔俞公行述》中说"先君讳伯钦，行第十七""父轸之，行十二"。这是指高伯钦的父亲是高轸之，而这篇《行述》是高阅为其父亲高伯钦写的，所以高阅是高轸之的孙子。而《祥里居》中云"轸之孙，讳开之次子，讳文虎者"，是说高轸之的孙子叫高开，而高开与高阅是兄弟，因此高阅也是高轸之的孙子。而《宋故樊氏夫人墓志铭》中记载"得鄞君子高君珍与归""男四人，曰：伯钦，即先氏息夫人育子，曰：伯诚、伯源、伯起，皆夫人生""孙男八人，闳、阅、闑、阐，余未名"。这篇墓志铭中所写的樊氏是高君珍的夫人，他们的儿子是高伯钦、高伯诚、高伯源、高伯起，而他们的孙子是高阅、高闳、高阐等人，因此高伯钦是高君珍的儿子，高阅是高君珍的孙子。这与前面的资料是统一的，因此高轸之和高君珍应该是一个人。而且《宋故樊氏夫人墓志铭》与《叔俞公行述》所记述的高伯钦身世是相同的，他自己的亲生母亲被休，幼年被高轸之（高君珍）继娶的樊氏所哺育，因此这两则材料的内容具有可信性。

此外，当代学者黄宽重说："其（赞襄）子不知名，殆以手艺为业，孙名君珍仍继其业"，这是指高赞襄的孙子是高君珍，而《叔俞公行述》中记载："曾祖赞襄，行第七，……祖膺，行第五，……父轸之，行十二……"可见，高赞襄的孙子是高轸之。从这里我们也可以推论出高君珍和高轸之是一个人。而且，该家族的姓名较复杂，他们会经常改名字。"珍"和"轸"读音较为相似，因此可能只是名字的叫法不同，但还是属于同一个人。又以高伯钦为例，他又叫高允钦，还叫高钦臣，我们并没有因为叫法不同而误认为是不同的人。同理，高君珍、高轸之也应是同一个人。

## 三、高文虎、高文善的父亲是高阅还是高开

《高氏历代支世源流记》中说高阅的长子是高文虎，而《祥里居》中说高文虎

是高开的儿子。那么高文虎到底是高阅还是高开的儿子呢？让我们来看看相关的文献资料。

《宗谱》中，周宣子作《剡南高氏宗谱旧序》："光禄大夫开之子炳如，讳文虎者，礼部侍郎阅之从子。"从子即兄弟的儿子。古人的家族观念很浓，通常会追溯到曾祖父，有共同曾祖父的兄弟、从兄弟的孩子，称为从子。可见高文虎是高阅兄弟的儿子，而这里，高阅兄弟指的是高开。高文善《旧谱序》云："府君生太中，……天大其报是生礼部侍郎，……吾兄翰林学士以犹子相继。""太中"指高允钦，"侍郎"指高阅，"学士"指高文虎。所以高文虎是高阅的犹子，犹子指兄弟之子，即从子。袁载清《道光剡南高氏重修宗谱跋》中说"明乎文虎公为阅公之从子也"。这些资料都说明，高文虎是高开的儿子，而高阅只是高文虎的叔父。

而高文善在《旧谱序》中说"吾兄翰林学士"；在《内纪行传》中也载高似孙："与嫡叔文善同榜"，高似孙是高文虎的长子，而高文善是高似孙的嫡叔。综合这两个资料，我们可以推断出高文虎和高文善是亲兄弟，即父亲为同一人——高开。此外，高文善记述自己的长兄、父辈及祖辈，可信度当然比其他人高。而高文虎是周宣子的叔祖辈，相距也不远，因此周宣子的话也是值得相信的。综上，我们可以得出高文虎和高文善应是高开的儿子，而不是高阅的儿子。

综合以上的分析以及黄先生的研究，我们可以得出两宋时期由鄞迁嵊高氏家族谱系图。如附录所示。

**参考文献**

[1]（宋）楼钥.攻媿集[M].《四部丛刊》初编缩印本.

[2]剡南高氏宗谱[M].永思堂刻本.宋绍兴十四年.

[3]北京图书馆藏中国历代石刻拓本汇编·宋故樊氏夫人墓志铭[M].郑州：中州古籍出版社，1989.

[4]左洪涛，张恒.两宋浙东高氏家族研究[M].北京：海洋出版社，2010.

[5]（元）袁桷.清容居士集·高一清医书十事序[M].

[6]（宋）袁燮.絜斋集·跋高公所书孝经[M].

[7]（宋）张津.乾道四明图经[M].北京：中华书局，1990.

[8]黄宽重.宋代的家族与社会[M].台北：东大图书股份有限公司，2006.

[9]湛庐.家谱中的文献问题[J].北京大学学报，2007（1）.

## 附录：两宋时期由鄞迁嵊高氏家族谱系图

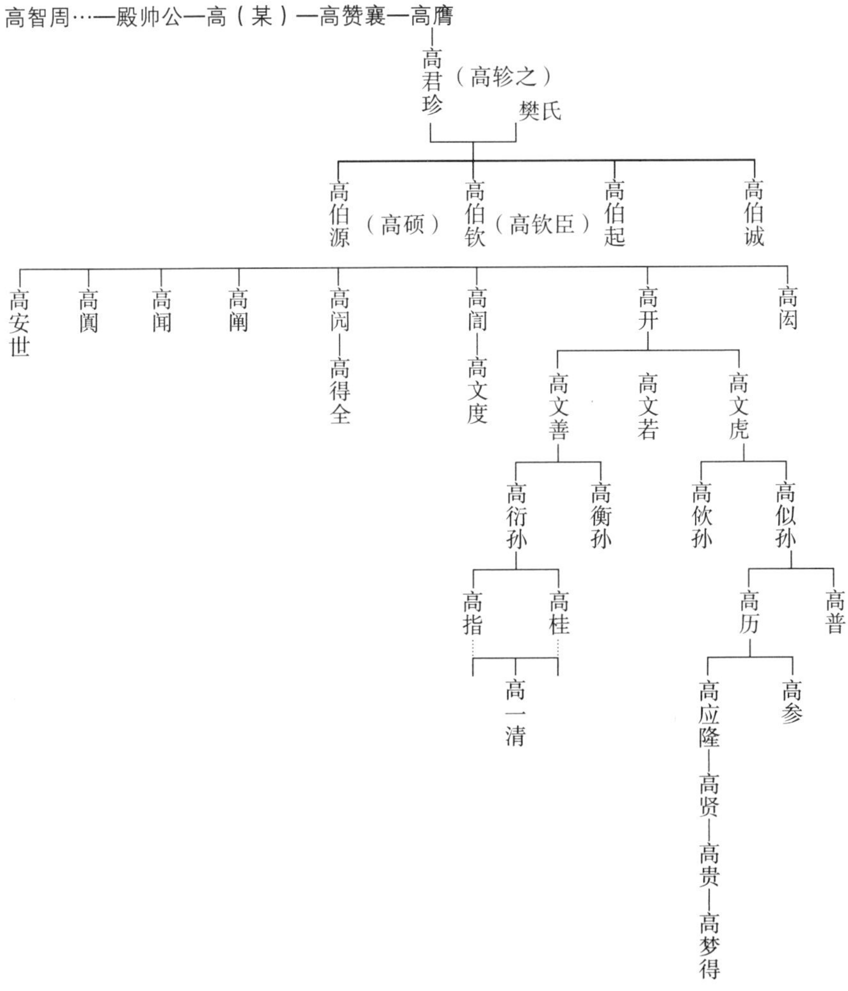

```
高智周…—殿帅公—高（某）—高赞襄—高膺
                            │
                       高君珍（高轸之）
                            │———樊氏
        ┌───────────┬───────┴───┬───────────┐
     高伯源       高伯钦         高伯起       高伯诚
     （高硕）    （高钦臣）
  ┌──┬──┬──┬──┬──────┬──────────┬──────┐
 高  高  高  高  高      高          高开       高闳
 安  阆  闻  阐  阅      阊           │
 世  │       │           │         ┌──┼──┐
     高                  高       高   高   高
     得                  文       文   文   文
     全                  度       善   若   虎
                                  │         │
                              ┌───┴──┐  ┌───┴──┐
                             高衍孙  高衡孙 高欤孙 高似孙
                              │              │
                          ┌───┴──┐        ┌──┴──┐
                         高指   高桂      高历   高普
                          ┊     ┊         │     │
                          └──┬──┘      高应隆  高参
                           高一清         │
                                        高贤
                                         │
                                        高贵
                                         │
                                       高梦得
```

说明：1.虚线表示不确定。如高阅、高闻这一代的父辈并没有确定下来，因此我们用虚线。
2.把字用括号括起来，并横着写，说明这个人有两个名字。如高君珍和高轸之是同一个人，高伯源和高硕是同一个人，高伯钦和高钦臣是同一个人。

# "三言""二拍"中的"水"

三峡大学文学与传媒学院 顾瑞雪[①]

江南水乡造就了颇具特色的水文化。水具有谦下、柔顺、灵动的特点,其流动性与多变性既促成了事情向好的、美的方向发展,但同时它也会造成或大或小的事故灾难。明清时期,江浙地区已然成为当时的文化商业中心,因此许多话本(拟话本)故事的展开,也就以杭州西湖、太湖、钱塘江等水域地区为主[②],另外还有一些故事发生在不知名的内陆湖泊或塘堰周侧。总的来说,因"水"的缘故,故事情节与人物性格也变得更加丰富、生动。下面,本文就以"三言""二拍"为例,对该时期"水"在拟话本小说中的作用与意义加以粗略探讨。

## 一

先来看以"水"贯穿了全篇故事的拟话本类型。

虽说无"水"不灵,但真正以"水"贯穿了全篇的拟话本小说,数量仍然比较少。在"三言"中,此类最具代表性的,当推《马当神风送滕王阁》[③]与《白娘子永镇雷峰塔》[④]两篇故事。

《马当神风送滕王阁》以王勃为中心人物,将王勃的成名、离世与马当山神中源水君的交谊贯穿了故事始终,寄托了对才人秀士知己之遇的情怀。故事一开

---

[①] 作者简介:顾瑞雪(1976— ),女,山东临沂人,三峡大学文学与传媒学院讲师,文学博士,研究方向:元明清文学。

[②] 这一点也可作为江浙地区是晚明文学中心的例证之一。

[③] (明)冯梦龙编,散情主人校点.醒世恒言[M].西安:三秦出版社,1993.

[④] (明)冯梦龙著,散情主人校点.警世通言[M].西安:三秦出版社,1993.

始便突显了马当山一派风涛险浪、水响翻空的紧张气氛。王勃的镇定从容让所有人刮目相视,他又以其诗才使狂风巨浪得以平息,使满船人得以平安无虞。也正因如此,王勃得到了马当山神中源水君的推崇,并以神力助他顺利到达洪都南昌,参加了洪都府都督的宴会,作《滕王阁序》,一时声名大噪,名震儒林,成就了一代才子的美名。后王勃舟行至长芦,再历狂风巨浪之险,"忽然寒风大作,雪浪翻空,群鸦绕船,噪声不绝。其鸦或歇桅橹,或落船头,船不能进。满船人莫不惊骇畏惧,王勃亦自骇然"[①],王勃遂焚香默祷江神,并承诺登岸后买金钱焚化以相酬答,船乃前进。

故事最后写到王勃的死,同样是在水上,充满了超逸与浪漫气息,试看文中所写:

> 道犹未了,只见一朵乌云,自东南角上而来,看看至近,到于船边,从空坠下。就水面之上,见一神人,头戴黄罗包巾,身穿百花绣袍,手仗除妖七星剑,高声大叫:"王勃!吾奉蓬莱仙女敕,召汝作文词,何不往也?况中源水君亦在蓬莱赴会,今众仙等之久矣!子亦有仙骨之分,昔日你曾庙下题诗,愿伴清幽,岂可忘之!"王勃听言自思:"马当山中源水君曾言日后遇于海岛,岂非前定乎?"遂忻然道:"愿从命矣!"神人见说,遂召鬼卒牵马来至舟侧。王勃甚喜,亦忘深渊,意为平地。乃回身与学士及满船之人作别,牵衣出舱,望水面攀鞍上马。但见乌云惨惨,黑雾漫漫,云霄隐隐,满船之人及宇文钧学士无不惊骇!回视王勃,不知所在。须臾,雾散云收,风恬浪静,满船之人俱各无事,唯有王勃乃作神仙去矣![②]

渲染意境,烘托氛围,将王勃之死写得若仙若道,令人回味久久,浮想连翩。"水"使初唐才子王勃性格充满了灵动的华美与飘逸,也使王勃之死充满浪漫而感伤的情调。

《白娘子永镇雷峰塔》是一个以西湖始、又以西湖终的人蛇之恋的故事。故事中的白娘子美丽、多情却又略带妖精的邪恶与恐怖。她是西湖中一条修行千年的大蟒蛇,遇到许宣后春心荡漾,按捺不住,因此才与许宣发生了相遇、相知、相

---

① (明)冯梦龙编,散情主人校点.醒世恒言[M].西安:三秦出版社,1993.
② (明)冯梦龙编,散情主人校点.醒世恒言[M].西安:三秦出版社,1993.

合、相离一系列起伏波折的故事。故事以清明节许宣游西湖开始，随着女主人公白蛇精的登场，情节依次铺叙开来。清明节的催花小雨使许宣无处可避，乘船时遇由青青陪伴的白娘子，同船共渡，二人互生情愫；又因借钱借伞之故，二人情谊加深，许宣与白娘子待携手连理，却因偷银之事，许宣被发配苏州监管。白娘子追到苏州，对许宣进行了剖白之后，二人终成眷属。此时的许宣处于幸福的巅峰，乐不可支："酒席散后，共入纱厨。白娘子放出迷人声态，颠鸾倒凤，百媚千娇，喜得许宣如遇神仙，只慨相见之晚。……自此日为始，夫妻二人如鱼似水，终日在王主人家快乐昏迷缠定。"①却又因卧佛寺上被认出着周将仕家衣装之事，许宣再次受到惩罚，"杖一百，配三百六十里，押发镇江府牢城营做工"②。白娘子依依不舍，再次追至镇江，与许宣尽释前嫌，重归于好。许宣曾数次被人点破其妖气缠身③，但因道人与捉蛇人道术不高，反倒被白娘子所戏弄。而白娘子也几次显露其真实面目与手段④，尤其是水性极好：

> ……众人都在那里等风浪静了落船。那风浪越大了，道："去不得。"正看之间，只见江心里一只船，飞也似来得快。许宣对蒋和说："这般大风浪，过得不渡，那只船如何到来得快？"正说之间，船已将近。看时，一个穿白的妇人，一个穿青的女子来到岸边。仔细一认，正是白娘子和青青两个。白娘子来到岸边，叫道："你如何不归？快来上船！"……白娘子见了和尚，摇开船，和青青把船一翻，两个都翻下水底去了。⑤

---

① （明）冯梦龙编，散情主人校点. 警世通言［M］. 西安：三秦出版社，1993.

② （明）冯梦龙编，散情主人校点. 警世通言［M］. 西安：三秦出版社，1993.

③ 第一次是在苏州卧佛寺内遇一道人，"那先生在人丛中看见许宣头上一道黑气，必有妖怪缠他，叫道：'你近来有一妖怪缠你，其害非轻。我与你二道灵符，救你性命。一道符，三更烧，一道符放在自头发内。'"（第371页）第二次是在金山寺被法海和尚看破，但未来得及捉住蛇精，便被其逃逸。（第380页）

④ 如临安府做公的奉命抓捕，"只听得一声响，却是青天里打一霹雳，众人都惊倒了。起来看时，床上不见那娘子，只见明晃晃一堆银子"。（第368页）道人送给许宣符贴，却被白娘子戏弄，"只见白娘子口内喃喃的不知念些甚么，把那先生却似有人擒的一般，缩做一堆，悬空而起。众人看了，齐吃一惊。许宣呆了。……白娘子喷口气，只见那先生依然放下，只恨爹娘少生两翼，飞也似的走了。"（第372页）还有镇江药店老板李克用企图轻薄白娘子，却看见"房中蟠着一条吊桶来粗大白蛇，两眼一似灯盏，放出金光来"。许宣姐夫李募事也曾在窗外张见"一条吊桶来大的蟒蛇，睡在床上，伸头在天窗内乘凉，鳞甲内放出白光来，照得房内如同白昼"。

⑤ （明）冯梦龙著，散情主人校点. 警世通言［M］. 西安：三秦出版社，1993.

这一情节更加充分地证明了白娘子身份的可疑,尤其是过江回家后,发现白娘子和青青都不见了,方相信自己遇到的是妖精,于是紧张焦虑,彻夜难眠。待朝廷恩赦许宣回到杭州,却发现白娘子与青青早已提前至其姐家等候。面对许宣的质疑,白娘子露出狰狞的妖精面目:

> 小乙官,我也只是为好,谁想到成怨本!我与你平生夫妇,共枕同衾,许多恩爱。如今却信别人闲言语,教我夫妻不睦。我如今实对你说,若听我言语,喜喜欢欢,万事皆休;若生外心,教你满城皆为血水!人人手攀洪浪,脚踏浑波,皆死于非命!①

为爱生恨,恩爱夫妻已然成为冤家。白娘子对许宣的一再驱逐怨毒已甚:

> 只见白娘子叫许宣到房中,道:"你好大胆,又叫甚么捉蛇的来!你若和我好意,佛眼相看,若不好时,带累一城百姓受苦,都死于非命!"②

既有恫吓,又有威胁,许宣听后,"心寒胆战,不敢则声"。万般无奈之下,许宣想跳西湖一死了之,恰遇法海赶到,指点他以钵盂罩住蛇精,即可将其制住。最后,西湖畔的这条千年蛇精终于被法海禅师以佛法制服,现出原形,被镇压在雷峰塔下,且法海又留偈四句:

> 西湖水干,江湖不起,雷峰塔倒,白蛇出世。③

蛇妖永世不得出世,此即"白娘子永镇雷峰塔"一故事始末。与宋人小说《西山一窟鬼》相较,《白娘子永镇雷峰塔》大大增加了水(或与水有关的精怪)的描写,使相类似的故事展现出更为繁复和灵慧的面貌。西湖(或长江)不仅点明了故事发生的地点或环境,它与人物性格特征的关系也极为密切。

---

① (明)冯梦龙著,散情主人校点.警世通言[M].西安:三秦出版社,1993.
② (明)冯梦龙著,散情主人校点.警世通言[M].西安:三秦出版社,1993.
③ (明)冯梦龙著,散情主人校点.警世通言[M].西安:三秦出版社,1993.

## 二

"三言""二拍"中多数关涉"水"的故事，往往能够起到"促进"或"促退"作用。还有一些则组成了重要的故事情节，或提供了必要场景。接下来，文章就对此一一述之。

"水"能够对故事起到重要的"促进"作用。所谓"促进"，即是促成一件美好的姻缘，或使原本欠缺的事情趋于圆满。总的来说，爱情故事在其中占了较大比重。综计"三言""二拍"，属于这一类型的故事有：《卖油郎独占花魁》[1]《钱秀才错占凤凰俦》[2]《吴衙内邻舟赴约》[3]《黄秀才徼灵玉马坠》[4]《乐小舍拼生觅偶》[5]《唐解元一笑姻缘》[6]《张舜美灯宵得丽女》[7]，以及《二刻拍案惊奇》卷一的《进香客莽看金刚经出狱僧巧完法会分》一篇。

"水"促成美满姻缘的故事古已有之。唐代时期宫人韩夫人与于佑的美满姻缘就是靠"红叶题诗"而成就。御沟流水不仅能将多情苦闷女子的心事流将出来，还能将心有灵犀者的期待与企盼再传送给她，在这里，水成为传情达意最好的媒介。在这则美丽的故事中，正是由于"水"与"红叶"的加入，使故事带上了柔柔的浪漫气息与唯美的倾向。而爱情故事也就几乎约成俗成地与"水"结下了不解之缘，尤其是多讲述江浙故事的"三言""二拍"，更是如此。

在以上所举故事中，以发生于太湖、西湖、长江流域的最多，如《卖油郎独占花魁》《钱秀才错占凤凰俦》《乐小舍拼生觅偶》《唐解元一笑姻缘》和《张舜美灯宵得丽女》《吴衙内邻舟赴约》等篇，仅《黄秀才徼灵玉马坠》一篇写发生于涪州。《卖油郎独占花魁》中，吴八公子因邀莘美娘游湖被拒，恼羞成怒，将躲在房中的美娘拖至西湖口，扔到湖船上，一直行至湖心亭，强令美娘下船来陪酒。锦绣中养成、珍宝般供养的美娘何曾受过这般凌贱，嚎哭不已。吴八公子自觉没有颜面，对美娘再次施强：

---

[1] （明）冯梦龙编，散情主人校点.醒世恒言[M].西安：三秦出版社，1993.
[2] （明）冯梦龙编，散情主人校点.醒世恒言[M].西安：三秦出版社，1993.
[3] （明）冯梦龙编，散情主人校点.醒世恒言[M].西安：三秦出版社，1993.
[4] （明）冯梦龙编，散情主人校点.醒世恒言[M].西安：三秦出版社，1993.
[5] （明）冯梦龙著，散情主人校点.警世通言[M].西安：三秦出版社，1993.
[6] （明）冯梦龙著，散情主人校点.警世通言[M].西安：三秦出版社，1993.
[7] （明）冯梦龙编，散情主人校点.喻世明言[M].西安：三秦出版社，1993.

吴八公子也觉没兴，自己吃了几杯淡酒，收拾下船，自来扯美娘。美娘双脚乱跳，哭声愈高。八公子大怒，教狠仆拔去簪珥，美娘蓬着头，跑到船头上，就要投水，被家童们扶住。……八公子分付移船至清波门外僻静之处，将美娘绣鞋脱下，去其裹脚，露出一对金莲，如两条玉笋相似。教狠仆扶他上岸，骂道："小贱人，你有本事，自走回家，我却没人相送！"说罢，一篙子撑开，再向湖中而去。正是：

焚琴煮鹤从来有，惜玉怜香几个知！

美娘赤了脚，寸步难行。……越思越苦，放声大哭！①

恰好那日秦重到清波门外朱十老坟上清明祭扫，回家时路过该处，闻得哭声，上前一看，原来是花魁娘子莘美娘。美娘一见秦重，如见亲人，于是倾心吐胆告诉一番，秦重"心中十分疼痛，亦为之流泪。袖中带得有白绫汗巾一条，约有五尺多长，取出劈半扯开，奉与美娘裹脚，亲手与他拭泪。又与他挽起青丝，再三把好言宽解。等美娘哭定，忙去唤个暖轿，请美娘坐了，自己步送，直到王九妈家。"②

正是这次在西湖意外的受窘，使美娘对秦重有了情感上的信赖与依恃，二人关系迅速发展。当晚，美娘即诚意款留秦重，"是夜，美娘吹弹歌舞，曲尽生平之技，奉承秦重。秦重如做了一个游仙好梦，喜得魄荡魂消，手舞足蹈"③，美娘明确表示愿嫁秦重，为今后二人的结合奠定了坚实的感情基础。

书生张舜美与刘素香元宵夜一见钟情，后私奔途中为人群冲散，素香赁舟沿流至镇江，依大慈庵暂住。三年后舜美乡试取中，"数日后，将带琴、剑、书箱，上京会试，一路风行露宿。舟次镇江江口，将欲渡江，忽狂风大作，移舟傍岸，少待风息，其风数日不止，只得停泊在彼"。④也正由于江风不止，才使得二人得以重新睹面，再续前缘。(《张舜美灯宵得丽女》)

书生钱青代替表兄颜俊迎亲，没承想当夜太湖江面狂风顿起：

原来半夜里便发了大风。那风刮得好厉害！只见：

山间拔木扬尘，湖内腾波起浪。

---

① (明)冯梦龙编，散情主人校点.醒世恒言[M].西安：三秦出版社，1993.
② (明)冯梦龙编，散情主人校点.醒世恒言[M].西安：三秦出版社，1993.
③ (明)冯梦龙编，散情主人校点.醒世恒言[M].西安：三秦出版社，1993.
④ (明)冯梦龙编，散情主人校点.醒世恒言[M].西安：三秦出版社，1993.

> 只为堂中鼓乐喧阗，全不觉得，高赞叫乐人住了吹打听时，一片风声，吹得怪响。众皆愕然。急得尤辰只把脚跳，高赞心中大是不乐。……看看天晓，那风越狂起来，刮得彤云密布，雪花飞舞。……又捱一会，吃了早饭，风愈狂，雪愈大，料想今日过湖不成。①

正是因为天气变化，才使钱青等迎亲人员不得已在女方高家住了下来，这样一来，钱青就不得不与新娘同室共寝，造成了"钱大官人替东人权做新郎三日了"②的事实，而这也为钱青与高秋芳最终成就才子佳人的美满姻缘创造了极好的条件。(《钱秀才错占凤凰俦》)

乐和与喜顺娘自幼青梅竹马，两情相悦，长大后求婚不谐，各怀不足之意。一日均至钱塘江口看潮，正当二人相视凄惶之际，江潮涨起：

> 那潮头比往年更大，直打到岸上高处，掀翻锦幕，冲倒席棚。众人发声喊，都退后走，顺娘出神在小舍人身上，一时着忙不知高低，反向前几步，脚儿把滑不住，溜的滚入波浪之中。可怜绣阁金闺女，翻做随波逐浪人。乐和乖觉，约莫潮来，便移身立于高阜去处。心中舍不得顺娘，看定席棚，高叫："避水！"忽见顺娘跌在江里去了。这惊非小，说时迟，那时快，就顺娘跌下去这一刻，乐和的眼光紧随着小娘子下水，脚步自然留不住，扑通的向水一跳，也随波而滚。他那里会水，只是为情所使，不顾性命。③

正是乐和的这种为情不顾一切的精神，不仅打动了潮王，而且也感动了两家父母，使二人终成佳配。

书生黄损与心爱女子裴玉蛾约定十月初三长江水神生日至涪州议定婚姻。黄生如约而至，二人隔岸相望，欣喜非常。但因其船离岸尚远，因此玉蛾请黄生将船缆牵至近处再上船会面。然而在柳根上的船缆带被风浪所激，已自松了；当黄生去拿它时，缆绳脱了结：

---

① (明)冯梦龙编，散情主人校点.醒世恒言[M].西安：三秦出版社，1993.
② (明)冯梦龙编，散情主人校点.醒世恒言[M].西安：三秦出版社，1993.
③ (明)冯梦龙著，散情主人校点.警世通言[M].西安：三秦出版社，1993.

说时迟，那时快，只叫得一声"阿呀！"但见舟逐顺流下水，去若飞电，若现若隐，瞬息之间，不知几里！黄生沿岸上呼。众船上都往水神庙祭赛去了，便有来往舟只，那涪江水势又与下面不同，离川江不远，瞿塘三峡，一路下来，如银河倒泻一般，各船过此，一个个手忙脚乱，自顾且不暇，何暇顾别人！黄生狂走约有一二十里，到空阔处，不见了那船。又走二十来里，料无觅处，欲待转去报与韩翁知道，又恐反惹其祸，对着江面，痛哭了一场。①

以上所举的爱情故事，"水"在其中均起到了重要的"促进"作用。其他如《吴衙内邻舟赴约》，仅在题目上，即可见出"水"二人婚媾中所起到的重要意义；《唐解元一笑姻缘》，唐伯虎也是在苏州阊门的游船之上，与画舫上"眉目秀艳，体态绰约"的青衣小鬟秋香初次会面，便一见钟情，从而引起了后来唐解元假扮穷汉谋求丽女而归的故事。

爱情故事中"水"的因素不可小觑，这与爱情风花雪月的浪漫特质一脉相连。在其他类型的故事中，"水"亦能促成事情的完满与和谐，比如《二刻拍案惊奇》中的《进香客莽看金刚经出狱僧巧完法会分》。

洞庭寺僧人辨悟以寺内所藏白乐天手抄《金刚经》为质，化得五十石米以救寺内之饥，但施主王相国夫人并未将《金刚经》留为己有，而仍奉还给洞庭寺供养。辨悟喜不自胜地将经捧回，搭船回寺。在船上，辨悟感激地讲起了王相国夫人的仁义恩德，惹得大家都想一睹值钱的佛经。辨悟拗不过众人，"只得解开包袱，摊在舱板上，揭开经来"。但事出意料：

那经叶叶不粘连了，正揭到头一板，怎当得湖中风大，忽然一阵旋风，搅到经边一掀，忽得辨悟忙将两手撤住，早把一叶吹到船头上。那时辨悟只好按着，不能脱手去取，忙叫众人快快收着。众人也大家忙了手脚，你挨我挤，吆吆喝喝，磕磕撞撞，那里捞得着？说时迟，那时快，被风一卷，早卷起在空中。②

就这样，《金刚经》缺了首页，千年古物被弄得不完全了。后来为柳太守设计

---

① （明）冯梦龙编，散情主人校点.醒世恒言［M］.西安：三秦出版社，1993.
② （明）凌濛初著，散情主人校点.二刻拍案惊奇［M］.西安：三秦出版社，1993.

逼拶，却恰好因缺少这一页而发还洞庭寺。被拘囚的师徒三人雇船返回，过了浒墅关数里，恰值风雨大作，不辨路径。远远望去，一道火光烛天。于是三人叫船家对着亮处，只管摇去。近前后发现此乃一座草舍，舍内一姚姓老渔人，两年前恰好拣拾到《金刚经》在湖中被飘失的首页！师徒对这个敬惜字纸的渔人千恩万谢，取回首页，使镇寺之宝白乐天手书《金刚经》得以完璧。故事一波三折，扣人心弦，然究其因果，或果为天公有意为之，而太湖之水亦成全之。

以上所述故事往往发生在江南水乡地区，因此"水"也就顺理成章地成为许多美好姻缘或美好情事的媒介。

## 三

当然，同样是水，也会因时间地点场合的不同而发生令人胆战心惊的杀人越货的血案，或投水自杀的不幸事件。这类故事往往成为人物性格命运的转折点，因此我们可以说，"水"在这类故事中所起到的是"促退"作用。"三言""二拍"中，属于这类故事的有：《杜十娘怒沉百宝箱》①《金玉奴棒打薄情郎》②《蔡瑞虹忍辱报仇》③《李公佐巧解梦中言谢小娥智擒船上盗》④《顾阿秀喜舍檀那物崔俊臣巧会芙蓉屏》⑤等。我们先从《杜十娘怒沉百宝箱》说起。

京师名妓杜十娘，因厌弃烟花生涯，与李布政之子李甲交好，终得赎身落籍，得遂其从良之愿。二人由京师南下，预备回乡见李甲父母。行至潞河，舍陆从舟，乘大船至瓜州。李甲别雇民船，约明日侵晨，剪江而渡。当晚二人欢畅之至，吹弹讴歌以贺，却被邻舟不良少年孙富所窥。⑥而当晚天气突变，却正为孙富实施奸

---

① （明）冯梦龙著，散情主人校点. 警世通言［M］. 西安：三秦出版社，1993.
② （明）冯梦龙编，散情主人校点. 喻世明言［M］. 西安：三秦出版社，1993.
③ （明）凌濛初著，散情主人校点. 二刻拍案惊奇［M］. 西安：三秦出版社，1993.
④ （明）凌濛初著，散情主人校点. 初刻拍案惊奇［M］. 西安：三秦出版社，1993.
⑤ （明）凌濛初著，散情主人校点. 初刻拍案惊奇［M］. 西安：三秦出版社，1993.
⑥ （明）冯梦龙著，散情主人校点. 警世通言［M］. 西安：三秦出版社，1993.（《杜十娘怒沉百宝箱》中云："（孙富）年方二十，生性风流，惯向青楼买笑，红粉追欢，若嘲风弄月，到是个轻薄的头儿。事有偶然，其夜亦泊舟瓜洲渡口，独酌无聊。忽听得歌声嘹亮，凤吟鸾吹，不足喻其美。起立船头，伫听半响，方知声出邻舟。正欲相访，音响倏已寂然。乃遣仆者潜窥踪迹，访于舟人。但晓得是李相公雇的船，并不知歌者来历。孙富想到：'此歌者必非良家，怎生得他一见？'展转寻思，通宵不寐。"）

计提供了绝好的条件:

> 挨至五更,忽闻江风大作。及晓,彤云密布,狂雪飞舞。怎见得?有诗为证:
> 
> 千山云树灭,万径人踪绝。
> 
> 扁舟簑笠翁,独钓塞江雪。
> 
> 因这风雪阻渡,舟不得开。孙富命艄移船,泊于李家舟之旁。孙富貂帽狐裘,推窗假作看雪。值十娘梳洗方毕,纤纤玉手,提起舟旁短帘,自泼盂中残水,粉容微露,却被孙富窥见了,果是国色天香。魂摇心荡,迎眸注目,等候再见一面,杳不可得。沉思久之,乃倚窗高吟高学士《梅花诗》二句……①

孙富开始一步步实施自己的"钓美"计划。他吟诗的目的就是为了引李甲出头,他好乘机攀话。当下二人一见如故,孙邀李上岸饮酒。席间孙探知李早因流连烟花而资斧困竭,进而渐渐问及十娘,并假装真心为李打算,劝李将十娘转卖于他,即可得千金之资,从容面见父母,重归旧好。

一切均照孙富之计进行,在瓜洲渡口,对人生绝望的十娘悲愤地将百宝箱内的翠羽明珰、瑶簪宝珥、玉箫金管、古玉紫金玩器、夜明珠、祖母绿、猫儿眼等尽数抛至江中,然后对自己一度钟情倚为终身的李甲一吐情怀:"……今日当众目之前,开箱出视,使郎君知区区千金,未为难事。妾椟中有玉,恨郎眼内无珠。命之不辰,风尘困瘁,甫得脱离,又遭弃捐。今众人各有耳目,共作证明,妾不负郎君,郎君自负妾耳!"②然后抱持宝匣投江自杀。在此,作者情不自禁用了极其抒情的笔调抒发了对十娘的无限惋惜之情:

> 十娘抱持宝匣,向江心一跳。众人急呼捞救。但见云暗江心,波涛滚滚,杳无踪影。可惜一个如花似玉的名姬,一旦葬于江鱼之腹!
> 
> 三魂渺渺归水府,七魄悠悠入冥途。③

---

① (明)冯梦龙著,散情主人校点.警世通言[M].西安:三秦出版社,1993.
② (明)冯梦龙著,散情主人校点.警世通言[M].西安:三秦出版社,1993.
③ (明)冯梦龙著,散情主人校点.警世通言[M].西安:三秦出版社,1993.

一代名姬命丧水中，令人不禁叹惜扼腕。"当时旁观之人，皆咬牙切齿，争欲拳殴李甲和那孙富"，十娘之死使李甲郁成狂疾，而孙富也由此受惊毙命，无人不认为此乃十娘江中之报。

作者意犹未尽，再续尾声，述曾为十娘脱籍出手相助的柳遇春返乡途中停舟瓜步，偶然临江净脸，失坠铜盆于水，却意外得到装满明珠异宝无价之珍的小匣，夜梦十娘前诉李郎薄幸之事及对柳生的感激之情。至此，瓜洲渡口因十娘而生色增辉。

与《杜十娘怒沉百宝箱》有所不同，《金玉奴棒打薄情郎》讲述了一个忘恩负义的男子急于改变出身而蓄意将结发妻子推入江中的故事。此间"水"为薄情寡义之人提供了便利的条件：

> 莫稽领了妻子，登舟起任。行了数日，到了采石江边，维舟北岸。其夜月明如昼，莫稽睡不能寐，穿衣而起，坐于船头玩月。四顾无人，又想起团头之事，闷闷不悦。忽然动一个恶念："除非此妇身死，另娶一人，方免得终身之耻。"心生一计，走进船舱，哄玉奴起来看月华。玉奴已睡了，莫稽再三逼他起身。玉奴难逆丈夫之意，只得披衣，走至马门口，舒头望月。被莫稽出其不意，牵出船头，推堕江中。悄悄唤起舟人，分咐："快开船前去，重重有赏！不可迟慢。"舟子不知明白，慌忙撑稿荡桨，移舟于十里之外。住泊停当，方才说："适间奶奶因玩月堕水，捞救不及了。"却将三两银子，赏与舟人为酒钱。舟人会意，谁敢开口？船中虽跟得有几个蠢婢子，只道主母真个堕水，悲泣了一场，丢开了手。①

然而天不假其便，玉奴入水后并不曾被淹死，而是为另一船上的官宦许德厚夫妇所救，并拜为义女，从而演绎了"棒打薄情郎"的故事。

《蔡瑞虹忍辱报仇》《苏知县罗衫再合》《李公佐巧解梦中言谢小娥智擒船上盗》《顾阿秀喜舍檀那物崔俊臣巧会芙蓉屏》等几篇故事，"水"在其中无非是血肉横飞之地，杀人越货之场。故事中的主人公往往遭遇一个不良艄公，或垂涎其财富，或觊觎其美色，或两者兼而有之，然后趁其不备，杀其家人，

---

① （明）冯梦龙编，散情主人校点.喻世明言［M］.西安：三秦出版社，1993.

夺财劫色。①

除此以外,"水"往往成为"三言""二拍"故事的重要情节。充满诗情画意和感伤情调的"三生石"的故事,即由"水"贯穿始终。饱学之士李源与慧林寺首僧圆泽交游甚密,二人相约同舟往瞿塘三峡,游天开图画寺。至三峡后,舟泊于岸,振衣而起。忽见一身怀六甲的妇人,背负瓦罂而汲清泉。圆泽面色惨然,指着此孕妇告诉李源她就是圆泽的托身之所。李源愕然,圆泽备道所由,并请李源三日后至伊家相访,以一笑为验;同时约定十二年后,杭州天竺寺再次相见。然后香汤沐浴,当晚圆寂。李源如约前往,果如其言。十二年后,李源至杭州天竺寺,"见两山夹川,清流可爱,赏心不倦。不觉行入下竺寺西廊,看葛洪炼丹井。转入寺后,见一大石临溪,泉流其畔。源心大喜,少坐片时,忽闻隔川歌声。源见一牧童,年约十二三岁,身骑牛背,隔水高歌。源心异之,侧耳听其歌云:'三生石上旧精魂,赏月吟风不要论。惭愧情人远相访,此身虽异性常存。'又云:'身前身后事茫茫,欲话当时恐断肠。吴越山川游已遍,却寻烟棹上瞿塘。'歌毕,只见小童远远的看着李源,拍手大笑。源惊异之,急欲过川相问,而不可

---

① 如:(明)冯梦龙编,散情主人校点.醒世恒言[M].西安:三秦出版社,1993.(《蔡瑞虹忍辱报仇》:"那一日正是十五,刚到黄昏,一轮明月,如同白昼。至一空阔之处,陈小四道:'众兄弟,就此处罢,莫向前了!'霎时间,下篷抛锚,各执器械,先向前舱而来。迎头遇着一个家人,那家人见势头来得凶险,叫声:'老爷不好了!'说时迟,那时快,叫声未绝,顶门上已遭一斧,翻身跌倒。那些家人,一个个都抖索而颤,那里动弹得。被众强盗刀砍斧切,连排价杀去!")(明)凌濛初著,散情主人校点.初刻拍案惊奇[M].西安:三秦出版社,1993.(《李公佐巧解梦中言谢小娥智擒船上盗》:"忽然一日,舟行至鄱阳湖口,遇着几只江洋大盗的船,各执器械,团团围住。为头的两人,当先跳过船来,先把谢翁与段居贞一刀一个,结果了性命。以后众人一齐动手,排头杀去。总是一个船中,躲得在那里?间有个把慌忙奔出舱外,又被盗船上人拿去杀了。或有的跳在水中,只好图得个全尸,湖水溜急,总无生理。谢小娥还亏得溜撒,乘众盗杀人之时,忙自去撑在舵上;一个失脚,跌下水去了。众盗席卷舟中财宝金帛一空,将死尸尽抛在湖中,弃船而去。")(明)凌濛初著,散情主人校点.初刻拍案惊奇[M].西安:三秦出版社,1993.(《顾阿秀喜舍檀那物,崔俊臣巧会芙蓉屏》:"那苏州左近太湖,有的是大河大洋,官塘路上,还有不测。若是旁港中去,多是贼的家里。俊臣是江北人,只晓得扬子江有强盗,道是内地港道小了,境界不同,岂知这些就里?是夜,船家直把船放到芦苇之中,泊定了。黄昏左侧,提了刀,竟奔舱里来。先把一个家人杀了,俊臣夫妻见不是头,磕头讨饶道:'是有的东西,都拿了去,只求饶命!'船家道:'东西也要,命也要。'两个只是磕头,船家把刀指着王氏说道:'你不必慌,我不杀你,其余都饶不得。'俊臣自知不免,再三哀求道:'可怜我是个书生,只教我全尸而死罢!'船家道:'这等饶你一刀,快跳在水中去!'也不等俊臣从容,提着腰胯,扑通的撩下水去。其余家童、使女尽行杀尽,只留得王氏一个。")

得。遥望牧童,渡柳穿林,不知去向。"① 水给二人的情谊蒙上了一层淡淡的伤感色彩,"三生"之情愫也就在这峡水溪流中轮回往复了。

各地的水源皆独具其自身特性,比如饮茶、煎药对水的要求,就因时、因势有所不同。在《王安石三难苏学士》②一篇中,故事中的王安石特特设置了一个"水"的题目来考察苏轼。王言幼年曾染成痰火之症,老年举发,非阳羡茶、瞿中峡水服用方可除根,因往取不便,故迁延至今未果。因苏轼乃四川眉州人,王便托苏若回乡时可乘便其取一瓮瞿塘中峡水带给他,以作延命之请。苏轼认为此非难事,便爽快答应下来。然而当船至瞿塘三峡之中峡时,苏学士却因连日鞍马困倦,又凭几构思《三峡赋》,不觉睡去,亦不曾分付水手至中峡定要打水。及至醒来问时,船已至下峡了。问询过当地居民后,苏轼认为荆公胶柱鼓瑟,水皆一样,没必要非中峡之水方可。既已至下峡,且回船逆水而行用力甚难,就干脆让水手将下峡水满满汲了一瓮,又桑皮纸封固,并亲手金押后,至东京呈赠王安石。王当场验看:

> 荆公命堂候官两员将水瓮抬进书房。荆公亲以衣袖拂拭,纸封打开。命童儿茶灶中煨火,用银铫汲水烹之。先取白定碗一只,投阳羡茶一撮于内。候汤如蟹眼,急取起倾入。其茶色半晌方见。③

看到冲泡的效果,王荆公当场断定这必定是下峡之水,而非中峡之水,并向苏轼解释道:"瞿塘水性,出于《水经补注》。上峡水性太急,下峡太缓。惟中峡缓急相半。太医院官乃明医,知老夫乃中脘变症,故用中峡水。引经此水烹阳羡茶,上峡味浓,下峡味淡,中峡浓淡之间。今见茶色半晌方见,故知是下峡。"④ 听此解释,苏轼恍然大悟,才认识到自己疏略以至于此。

在《钱多处白丁横带运退时刺史当艄》⑤《杨谦之客舫遇侠僧》⑥等篇中,"水"构成了重要的故事情节。郭七郎以重金买得刺史告身,本指望飞黄腾达,一展宏图,却没料到接老母赴任途中,遭遇江风,船沉物漂,连刺史告身亦被漂走,竹

---

① (明)冯梦龙编,散情主人校点.喻世明言[M].西安:三秦出版社,1993.
② (明)冯梦龙著,散情主人校点.警世通言[M].西安:三秦出版社,1993.
③ (明)冯梦龙著,散情主人校点.警世通言[M].西安:三秦出版社,1993.
④ (明)冯梦龙著,散情主人校点.警世通言[M].西安:三秦出版社,1993.
⑤ (明)凌濛初著,散情主人校点.初刻拍案惊奇[M].西安:三秦出版社,1993.
⑥ (明)冯梦龙编,散情主人校点.喻世明言[M].西安:三秦出版社,1993.

篮打水一场空,最终只落得充当艄公的结局。杨谦之偶遇侠僧,为其所助,水路的情节重点也是突出侠僧与李氏的法术之高超。

"水"还可提供一个恰当的情景,为故事增色添彩,无论表现湖景,还是描摹江景,"水"使故事充满浪漫、飘逸的感觉。这在《灌园叟晚逢仙女》①《俞伯牙摔琴谢知音》②《施润泽滩阙遇友》③《众名姬春风吊柳七》④等故事中均有体现,此处就不再一一赘述了。

## 四

海因其聚纳百川,故其宝藏也最多。在"三言""二拍"共近500则故事中⑤,围绕"海"为中心而展开的故事有《李公子救蛇获称心》⑥《转运汉巧遇洞庭红波斯胡指破鼍龙壳》⑦和《叠居奇程客得助三救厄海神显灵》⑧等少数几篇。我们可以对这几则故事中"海"的作用与意义略加回顾。

《转运汉巧遇洞庭红》通过讲述倒运汉文若虚时来运转的故事,目的无非在于阐述作者一肚皮关于"时""运"的牢骚和不满。这在小说"引首"的词作里说得明白:

日日深杯酒满,朝朝小圃花开。自歌自舞自开怀,且喜无拘无碍。
青史几番春梦,红尘多少奇材。不须计较与安排,领取而今见在。⑨

一个人在现世的贫富穷达,作者将其归结为"天数":

"试看往古来今,一部十七史中,多少英雄豪杰,该富的不得富,该

---

① (明)冯梦龙编,散情主人校点.醒世恒言[M].西安:三秦出版社,1993.
② (明)冯梦龙著,散情主人校点.警世通言[M].西安:三秦出版社,1993.
③ (明)冯梦龙编,散情主人校点.醒世恒言[M].西安:三秦出版社,1993.
④ (明)冯梦龙编,散情主人校点.喻世明言[M].西安:三秦出版社,1993.
⑤ 每卷拟话本小说至少包括"头回"和"正文"两部分。对"三言""二拍"来说,除正文所讲述的完整故事外,每则正文前尚需有一个"引子"故事作为"头回",因此,一卷小说,至少包括两个相类似的故事。
⑥ (明)冯梦龙编,散情主人校点.喻世明言[M].西安:三秦出版社,1993.
⑦ (明)凌濛初著,散情主人校点.初刻拍案惊奇[M].西安:三秦出版社,1993.
⑧ (明)凌濛初著,散情主人校点.二刻拍案惊奇[M].西安:三秦出版社,1993.
⑨ (明)凌濛初著,散情主人校点.初刻拍案惊奇[M].西安:三秦出版社,1993.

贵的不得贵。能文的倚马千言，用不着时几张纸盖不完酱瓿；能武的穿杨百步，用不着时几簳箭煮不熟饭锅。极至那痴呆懵董、生来有福分的，随他文学低浅，也会发科发甲；随他武艺庸常，也会大请大受。真所谓时也，运也，命也！俗语有两句道得好：'命若穷，掘着黄金化为铜；命若富，拾着白纸变成布。'总来只听掌命司颠之倒之。"①

作者通过这一番议论抨击了人生的荒诞与颠倒，命途的难测与无奈。不过读者千万不能被作者瞒过了——其真实的意图，仍在于说明：即使屡屡背运的"倒运汉"，也终有时来运转、上天眷顾的时刻。正文故事中文若虚的经历与一夜暴富，也正极力说明了这一点。海外游历给文若虚带来了不一样的境遇与感受：

开得船来，渐渐出了海口，只见银涛卷雪，雪浪翻银。湍转则日月似惊，浪动则星河如覆。三五日间，随风漂去，也不觉过了多少路程。忽至一个地方，舟中望去，人烟凑聚，城郭巍峨，晓得是到了什么国都了。舟人把船撑入藏风避浪的小港内，钉了桩橛，下了铁锚，缆好了。船中人多上岸，打一看，原来是来过的所在，名曰吉零国。②

正是这个吉零国，使文若虚轻而易举地赚取了他人生中的第一桶金，一两银钱所买到的一筐"洞庭红"，给他带来了不止千倍的利润。然后，因海风的缘故而使大船搁浅，文若虚在一个荒岛上拣到了一个巨大的龟壳。对大海的无知使文若虚十分震惊：

……正在感怆，只见望去远远草丛中一物突高。移步往前一看，却是床大一个败龟壳。大惊道："不信天下竟有如此大龟！世上人那里曾看见？说也不信的。我自到海外一番，不曾置得一件海外物事。今我带了此物去，也是一件稀罕的东西，与人看看，省得空口说着，道是苏州人会调谎。又且一件，锯将开来，一盖一板，各置四足，便是两张床，却不奇

---

① （明）凌濛初著，散情主人校点．初刻拍案惊奇[M]．西安：三秦出版社，1993．
② （明）凌濛初著，散情主人校点．初刻拍案惊奇[M]．西安：三秦出版社，1993．

怪!"遂脱下两只裹脚接了,穿在龟壳中间,打个扣儿,拖了便走。①

这个鼍龙壳饱藏天下奇珍,也正是它使文若虚就此告别"倒运",陡然暴富,成为人人艳羡不已、富甲一方的富翁,"倒运汉"摇身一变而成为"转运汉"。这个传统社会下层民众意外发财的白日梦,托以海外游历的方式实现,既满足了人们对海外的好奇之心,同时也使故事充满了传奇色彩而为人所津津乐道。

在另一篇《叠居奇程客得助三救厄海神显灵》②中,故事主人公程宰虽未至海上,然其情所感,乃海中女神。海神以"夙缘甚久"之故主动相就程宰,其排场仪仗,第一次就让程宰胆战心惊。然而海神对程宰的一番剖白,使程宰完全放心了:

> 美人也自爱程宰,枕上对他道:"世间花月之妖,飞走之怪,往往害人,所以世上说着便怕,惹人憎恶。我非此类,郎慎勿疑。我得与郎相遇,虽不能大有益于郎,亦可使郎身体康健,资用丰足。倘有患难之处,亦可出小力周全。"③

初次相见时的恩爱缱绻持续了七年有余。最为重要的是,与海神的交往让程宰自此以后凡事皆能心想事成,无一不遂:心里想要甚么物件,即刻就有,极其神速。吃的玩的,奇珍异宝,海神也皆能挥手而至,令程宰大开眼界。这种能力与法术非常符合其海中之神的身份特征。比如程宰有一次对街上大商人所持宝石艳羡不已,海神立即就招致了满室异宝,令程宰为之左顾右盼,应接不暇:"珊瑚有高丈余的,明珠有如鸡卵的,五色宝石有大如栲栳的,光艳夺目,不可正视。"然而须臾之间,尽皆不见。④当程宰对海神诉说自己生活的不幸时,美人"又抚掌大笑道:'正在欢会时,忽然想着这样俗事来,何乃不脱洒如此!虽然,这是郎的本业,也不要怪你。我再教你看一个光景。'说罢,金银满前,从地上直堆至屋梁边,不计其数。"⑤程宰看了一时眼热心动,但海神却正言告诉他,"若要金银,你可自去经营,吾当指点路径,暗暗助你"⑥。在海神的帮助下,程宰先是以低价买了

---

① (明)凌濛初著,散情主人校点.初刻拍案惊奇[M].西安:三秦出版社,1993.
② (明)凌濛初著,散情主人校点.二刻拍案惊奇[M].西安:三秦出版社,1993.
③ (明)凌濛初著,散情主人校点.二刻拍案惊奇[M].西安:三秦出版社,1993.
④ (明)凌濛初著,散情主人校点.二刻拍案惊奇[M].西安:三秦出版社,1993.
⑤ (明)凌濛初著,散情主人校点.二刻拍案惊奇[M].西安:三秦出版社,1993.
⑥ (明)凌濛初著,散情主人校点.二刻拍案惊奇[M].西安:三秦出版社,1993.

黄柏、大黄等药材,后又买了荆州商人的彩缎,苏州商人的白布,"如此事体,逢着便做,做来便希奇古怪,得利非常,记不得许多。四五年间,展转弄了五七万两,比昔年所折的,倒多了几十倍了"①。这位多情的海神不仅助程宰发了财,而且深于情义,"与程宰往来已是七载,两情缱绻,犹如一日",且离别时"自起酌酒相劝,追叙往时初会,与数年情爱,每说一句,哽咽难胜。"②分别后,程宰历经三次大难,每次皆由海神助其脱难。小说写到程宰最后一次临难时,尤其荡气回肠:

> 程宰赶上了潞河船只,见了哥子,备述一路遇难,因梦中报信得脱之故,两人感念不已。一路无话,已到了淮安府高邮湖中,忽然黑云密布,狂风怒号。水底老龙惊,半空猛虎啸。左掀右荡,浑如落在簸箕中;前跷后攧,宛似滚起饭锅内。双桅折断,一舵飘零。等闲要见阎王,立地须游水府。
>
> 正在危急之中,程宰忽闻异香满船,风势顿息。须臾黑雾四散,中有彩云一片,正当船上。云中现出美人模样来,上半身毫发分明,下半身霞光拥蔽,不可细辨。程宰明知是海神又来救他,况且别过多时,不能厮见,悲感之极,涕泗交下,对着云中只是磕头礼拜。美人也在云端举手答礼,容色恋恋,良久方隐。③

得到美人之后,不仅对其无所求,反而助其增加了财富,青春常驻,且一次次救助其避免生之大难,这种际遇,何人能得!我们不妨说这是下层商人的又一个白日梦。然而这种白日梦亦仍寄托于海神的出现。

此外相类似的还有《李公子救蛇获称心》④,李元因救助了一条小蛇而得龙君感激,因此许之以珍宝与龙女称心,并助其科举金榜题名。这则故事与唐传奇小说《柳毅传书》相类似,可谓"龙宫得宝"系列故事。

不独大海蕴藏丰富,在陆地上的江或湖中,亦时有珍奇宝物出现。《王渔翁舍镜崇三宝白水僧盗物丧双生》⑤即讲述的是岷江岸畔争夺宝镜的故事。王渔翁一生

---

① (明)凌濛初著,散情主人校点.二刻拍案惊奇[M].西安:三秦出版社,1993.
② (明)凌濛初著,散情主人校点.二刻拍案惊奇[M].西安:三秦出版社,1993.
③ (明)凌濛初著,散情主人校点.二刻拍案惊奇[M].西安:三秦出版社,1993.
④ (明)冯梦龙编,散情主人校点.喻世明言[M].西安:三秦出版社,1993.
⑤ (明)凌濛初著,散情主人校点.二刻拍案惊奇[M].西安:三秦出版社,1993.

好善敬佛,偶然江中棹舟,忽见水底一物,荡漾不定,光采闪烁,射人眼目。将网打上来一看,竟是一面古镜。这面古镜的奇异之处即在能够聚宝,王渔翁自得古镜之后,"财物不求而至:在家里扫地也扫出金屑来,垦田也垦出银窖来,船上去撒网也牵起珍宝来,剖蚌也剖出明珠来。"紧接着,王渔翁再得异宝澄水石:"一日在江边捕鱼,只见滩上有两件小白东西,赶来赶去,盘旋数番,急跳上岸。"王渔翁将衣襟兜住,乃是似莲子大的两块小石子,"生得明净莹洁,光彩射人,甚是可爱。"① 这两块澄水石又使王渔翁获得三万缗的财富。

如此运气,作者将其归结为"夙世前缘,合该兴旺"。对于获利者本人来说,则至少要求此人秉性良善,不贪不吝。比如"倒运汉"文若虚,虽连年折本,"将家事干圆洁净了,连妻子也不曾娶得",但他"嘴头子诌得来,会说会笑,朋友家喜欢他有趣,游耍去处少他不得"②;王渔翁夫妇积善敬佛,助人为乐;程宰经年贸易,耗折数千金,流落辽阳,但温存体贴,善解人意,情深意重;李元亦为善良放逸之文士,等等。

以上是晚明拟话本小说的代表作品"三言""二拍"中与"水"相关的故事。在其他拟话本作品中,也多有"水"情节的穿插与描述,如《吹凤箫女诱东墙》(《西湖二集》)《合影楼》(《十二楼》)等篇。

综上所述,可以看出"水"在故事中,或点明故事发生的地点与环境,或巧妙穿插,使故事摇曳生姿,或与故事主要人物息息相关,暗示如"水"的人格或个性特征,这些均从各个方面丰厚了水文化的内涵与外延。

---

① (明)凌濛初著,散情主人校点.二刻拍案惊奇[M].西安:三秦出版社,1993.
② (明)凌濛初著,散情主人校点.初刻拍案惊奇[M].西安:三秦出版社,1993.

# 试论中国古代戏曲序跋体批评的心理结构

湖北文理学院 唐明生[①]

**【摘 要】**中国古代戏曲序跋体批评主要表现了中国古代戏曲创作的缘由、戏曲题材的来源、戏曲的流通与传播、戏曲发展史等内容。这些内容和戏曲序跋体批评者重视戏曲文学作品的道德内容、强调其社会功用的心理结构是分不开的。

**【关键词】**古代戏曲；序跋体批评者；心理结构

[基金项目]国家社科基金青年项目（09CZW001）。

"所谓中国古代戏曲序跋体批评就是通过附于戏曲文献正文前后，并对戏曲文献正文进行说明、议论的文本样式。它是和戏曲目录体批评、戏曲评点体批评、戏曲曲话体批评等并列的一种重要的戏曲批评文体，是中国古代戏曲理论的一种重要载体。"[1]中国古代戏曲序跋体批评伴随着中国古代戏曲文献的出现、发展而逐渐出现和发展起来。在中国古代戏曲序跋体批评中，表现中国古代戏曲创作的缘由、戏曲题材的来源、戏曲的流通与传播、戏曲发展史等内容构成了戏曲序跋体批评的主要内容。在这些戏曲序跋体批评中，戏曲序跋体批评者的心理结构对上述内容的表达起着不可替代的作用，戏曲序跋体批评的表达史同时也就是戏曲序跋批评者的心理结构展现史，戏曲序跋体批评展现了戏曲序跋体批评者独特的心理结构。

---

① 作者简介：唐明生（1976— ），湖北谷城人，文学博士后，湖北文理学院副教授，主要研究方向：古代戏曲与地方文化。

## 一、戏曲序跋体批评者的心理结构

戏曲序跋作者是文人,同时又是戏曲的爱好者,如果不爱好就谈不上关注戏曲、谈不上去为自己或他人的戏曲作品、戏曲选集、别集去作序。因为爱好,自然对戏曲充满着热烈的情感,渴望着戏曲能被世人认同而享受和传统诗文一样的社会地位。即使是出版商在出版戏曲选集时为了抬高戏曲选集的地位而请人写的或假冒当时的文化名人作的序跋也同样是在关注着戏曲。因为要使出版的戏曲选集、戏曲作品能够得到推介、得到大家的认可,就必须去认真地阅读戏曲,只有认真阅读了才可能写出见真章的评论、推介性文字而得到世人的认可。关注意味着肯定,至少是从心理上在暗暗的肯定。这中间虽然也不可避免会出现因为关注后而出现否定性的意见,但是不管是肯定的还是否定性的文字,都说明戏曲序跋作者在戏曲的发展流变史上所曾经留下的痕迹、所发出的声音。

为什么会这样?笔者认为是由他们独特的心理结构所影响的。

中国传统文人内心的梦想就是"三不朽",即立德、立功、立言。不能立德,则退而求其次立功,不能立功,再退而以求立言。作为读书人,有思想的读书人,他们既是统治阶级的代言人,又是具有独立思想的阶层,承担着巨大的社会责任。正如李春青先生在《诗与意识形态》中深情赞美的"惟有儒家学说贯穿了一种极为自觉、极为清醒的文化身份的自我认同意识。他们时刻提醒自己:我们是士人,我们有自己独立的价值观念系统,我们既不属于君权范畴,又不属于庶民范畴,我们是承担着巨大社会责任的独立的一群"[2]。承担着巨大的社会责任是中国士人的灵魂深处的一根弦,是浸润进其灵魂深处,已经内化为其性格特征的一种责任,并且这种责任具有延续性、甚或是遗传性。也就是说中国的读书人,在接受中国的"四书五经"的过程中,逐渐的不自觉的就形成了这样一种社会责任感,没有人强迫、自己也不刻意为之,但强烈的社会责任感已经在潜滋暗长,并最终成为充盈读书人内心的一股强大的风暴:立德、立功、立言。

立德、立功、立言具体到作家、理论家就是要标立文学的"再使风俗淳"的社会功能,重视文学的劝善惩恶的效果、强调作品的道德内容,通过作品的社会功能来再现其实用价值。

可以毫不夸张的说,重视戏曲文学作品的道德内容、强调其社会功用一直是戏曲序跋体批评者固有的精神,它已经内化为一种心理结构。不管你承认不承认,它都存在着,在支配着你的思想、支配着你手中的笔,通过笔进而不知不觉的抒写所需要的文字。

## 二、戏曲序跋批评者的心理结构对戏曲序跋的影响

卡尔·曼海姆指出:"在每一个社会中都会有一些社会群体,其任务在于为社会提供一种对世界的解释。我们称它们为'知识界'。一个社会愈是处于静态,这个阶层将愈可能在社会中获得明确的身份或社会等级地位,因此,巫术师、婆罗门、中世纪的教士都被看做知识阶层,它们之中的每一个阶层都在其社会中享有塑造该社会的世界观的垄断性控制权,而且享有对于重建其他阶层朴素形式的世界观或调节其差异的控制权。"[3]这个论断是很有见地的,标明了知识阶层的特点:独立的思想与对其他社会阶层的控制欲望。戏曲序跋体批评的作者毫无疑问是知识阶层,他具有知识阶层的属性、承担着知识阶层的责任。他的心理结构中重视文学作品的道德内容、强调其社会功用在戏曲序跋中的表现就是通过强调戏曲是和传统诗文一脉相传的论断从而提高其社会地位;通过论述其具有的社会教化功能来彰显对民众的控制。

不管打开吴毓华先生主编的《中国古代戏曲序跋集》还是蔡毅先生主编的《中国古代戏曲序跋汇编》,在戏曲序跋中强调戏曲源自传统诗文、是传统诗文在新阶段的代表和戏曲具有教化功能的文字可以说触目皆是。这两类文字表述构成了中国古代戏曲序跋的主轴。

### (一)通过强调戏曲源自传统诗文来为戏曲正名,以"名正则言顺"来提高戏曲的地位

中国重视渊源传承,强调正统观念。诗文在传统社会中一直是正统,是"经国之大业,不朽之盛事"。所以戏曲要获得发展,就要时刻强调戏曲源自传统诗文,是传统诗文在新时期发展的一个阶段、是诗文体在新时期的变异。虽然文体形式发生了变化,但是戏曲贯穿的还是传统诗文的内核,传承的还是传统诗文的精神。

如元·罗宗信《〈中原音韵〉序》中言:

"世之共称唐诗、词、大元乐府,诚哉"[4]!

此处罗宗信将戏曲和唐诗、宋词列于同一位置之上,并且将之作为元代的代表性文学样式而大加称赞。

元·杨维桢在《〈渔樵谱〉序》中云:

"诗三百后,一变而为骚,再变而为曲引、为歌谣,极变为倚声制辞,而长短句、平仄调出焉"[5]。

杨维桢从声韵的角度表明戏曲是和传统诗文一脉相承的,强调其在文学发展历程中新变与继承。

不管是罗宗信还是杨维桢,都在强调戏曲和传统诗文是一脉相承的,戏曲和传统诗文是可以等量奇观的,是处于一个水平线上的文体形式。元代如此,明清时期,认为戏曲同诗词同源,为戏曲正名的戏曲序跋仍然层出不穷。如明代的王骥德在《〈古杂剧〉序》言:

"后三百篇而有楚之骚也,后骚而有汉之五言也,后五言而有唐之律也,后律而有宋之词也,后词而有元之曲也。代擅其至也,亦代相降也,至曲而降斯极矣"[6]。

明代的臧晋叔在《〈元曲选〉后集序》云:

"所论诗变而词,词变而曲,其源本出于一,而变益下,工益难"[7]。

邹彦吉在《〈词林逸响〉序》云:

"故雅降为风,风降为骚,骚变而汉魏有诗,诗变为李唐工律。词盛于宋,菽林之雅韵堪夸;曲肇于元,手腕之巧思欲绝。至我明,而名公逸士噉芳撷润之余,杂剧传奇种种,青出古人之蓝,而称创获"[8]。

邹式金在《杂剧三集小引》曰:

"《诗》亡而后有《骚》,《骚》亡而后有乐府,乐府亡而后有词,词亡而后有曲,其体虽变,其音则一也。声音之道,本诸性情,所以协幽明,和上下,在冶怨,恬鸟兽"[9]。

吴伟业则在《杂剧三集序》言:

"汉、魏以降,四言变为五七言,其长者乃至百韵。五七言又变为诗余,其长者乃至三四阕。其言益长,其旨益畅。唐诗、宋词,可谓美且备矣,而文人犹未已也,诗余又变而为曲。盖金、元之乐,嘈杂凄紧,缓急之间,词不能接,一时才子如关、郑、马、白辈,更创为新声以媚之。传奇、杂剧,体虽不同,要于纵发欲言而止。一事之传,文成数万,而笔墨之巧,乃不可胜穷也。元词无论已。明兴,文章家颇尚杂剧,一集不足,继以二集"[10]。

易道人在《洛神庙序》云:

"原夫风雅一变而《离骚》,再变而赋,三变而乐府、古诗,四变而近体,武五变而诗余,六变而传奇"[11]。

李黼平在《〈藤花亭曲话〉序》中言:

"《扶犁》《击壤》后有三百篇,自是而《骚》,而汉、魏、六朝乐府,而唐绝,而宋词、元曲,为体屡迁,而其感人心移风俗一尔"[12]。

张坚在《怀纱记自序》云:

"《三百篇》后有《离骚》。骚一变为词,再变为曲。骚顾风雅之变体,而词曲之始基也。唐时,梨园弟子,惟清歌妙舞而已。自元人传奇作,则宾白具"[13]。

尤侗在《〈倚声词话〉序》中云:

"盖声音之运以时而迁。汉有铙歌横吹,而三百篇废矣。六朝有吴声楚调,而汉乐府废矣。唐有梨园教坊,而齐梁杂曲废矣。诗变为词,词变为曲。北曲之又变为南也。辟服夏葛者已忘其冬裘,操吴舟者难强以越车也,时则然矣"[14]。

从以上列举的明清的一些戏曲序跋可知,认为诗词曲、戏剧同源的观念一直贯穿着戏曲的发展史。虽然强调的重点可能有所不同，如王骥德的"代擅其至"、臧晋叔的"其源本一"、邹式金的"声音之道，本诸性情，所以协幽明，和上下，在治忽，格鸟兽。"但不可否认的是，强调戏曲的功用，强调其本源同一一直是其核心。戏曲序跋作者如此强调此观点其目的就是要为戏曲正名，要抬高戏曲的社会地位。在俗人的眼中，戏曲的地位是卑下的，是难登大雅之堂的。而诗在人们的心目中，一直处于正统高雅的地位。把诗、词、曲联系在一起，认为他们是同源相生、顺延而变，就能改变戏曲在世俗中"被卑下"的文体观念，从而拔高戏曲地位，为戏曲正名。

如果说戏曲作为一种新兴的文体形式在元代兴起乃至大盛，还不被世人看好、认为其地位卑下，所以元代戏曲序跋作者在通过戏曲序跋对戏曲作者、作品进行评价、推介是为了抬高戏曲作家、作品的社会地位，为戏曲作家、作品正名。通过元代戏曲序跋的推进，明清时期戏曲的社会地位已经有了较大的改观，戏曲在统治者那里已经得到部分的认同，比如明太祖朱元璋就认为豪富之家必须要藏有《琵琶记》这样的戏曲剧本以此来匡正人心，就是很好的例证。清代的宫廷戏曲也很热闹，宫廷养有专门的戏班，也是认识到戏曲具有教化人心的作用，对于匡正社会风气、净化社会流俗等具有的作用。那么明清时期的戏曲序跋再三的强调戏曲和诗词乃是一脉相承，源自诗、词、曲，是诗、词、曲在新的朝代的变体，就在于对戏曲序跋地位的进一步巩固，强调戏曲作为一门综合性舞台艺术在诗词的基础上的更加复杂性，就如吴伟业认识到的"要于纵发欲言而止。一事之传，文成数万，而笔墨之巧，乃不可胜穷也"。而他们的这种认识反过来又推动了戏曲的发展，强化了戏曲的社会地位。

戏曲序跋作者在为戏曲正名的时候，除了强调戏曲与诗文同源之外，还对戏曲作家予以高扬。以肯定戏曲作家或戏曲论著作家来肯定其作，从而达到为戏曲正名的作用。如虞集在《叶宋英自度曲谱序》云：

"临川叶宋英，予少年时识之，观其所自度曲，皆有侍授，音节谐婉，而其词华则有周邦彦、姜夔之流风余韵"[15]。

虞集高度肯定叶宋英在度词谱曲方面的才能，将其与谱曲的名家周邦彦、姜夔相提并论。周邦彦和姜夔都是词学史上的名家，周邦彦被后人称为"词学之冠"，姜夔是南宋江湖词派的代表性作家，这里将叶宋英和周邦彦、姜夔这样的词学大家相比，认为他的曲有周邦彦和姜夔词的"流风余韵"以肯定戏曲作家的才能来肯定戏曲创作。

张择在《〈青楼集〉序》中赞扬夏庭芝:

"夏君百和,文献故家,启宋历元,几二百余年,素富贵而苴富贵。方妙岁时,客有挟明雎亭侯之术,而谓之曰:君神清气峻,飘飘然丹霄之鹤。厥一纪,东南兵扰,君值其厄,资产荡然,豫损之又损,其庶几乎?伯和揽镜,自叹形色。凡寓公贫士,邻里细民,辄周急赡乏。遍交士大夫之贤者,慕孔北海,座客常满,尊酒不空,终日高会开宴,诸伶毕至,以故闻见博有,声誉益彰"[16]。

此序对《青楼集》的作者夏庭芝从家世出身"夏君百和,文献故家,启宋历元,几二百余年,素富贵而苴富贵",身形气质"君神清气峻,飘飘然丹霄之鹤",与人交往"凡寓公贫士,邻里细民,辄周急赡乏。遍交士大夫之贤者,慕孔北海,座客常满,尊酒不空",以及所掌握的伶人资料"终日高会开宴,诸伶毕至,以故闻见博有,声誉益彰"等情况进行介绍与述评,高度评价其为人,赞颂其周济乡邻的善行,从而肯定《青楼集》这一优伶著录集。

朱凯在《〈录鬼簿〉后序》中赞美钟嗣成云:

"君之德业辉光,文行泯润,后辈之士,奚能及焉。噫!后之视今,亦犹今之视昔也,日居月诸,可不勉旃。"[17]

此序也是从文德两个方面对《录鬼簿》的作者钟嗣成进行了赞扬,应该说是非常高调,赞颂其德用的词语是"辉光",称赞其文用的是"泯润",并且说后来的人都赶不上他,即"后辈之士,奚能及焉"。当然赞扬的目的还是为了推介《录鬼簿》,从而肯定其在文坛上的地位以便为戏曲正名。

在明清时期的戏曲序跋中,对作者的肯定、赞扬、推介更是不可其数。因为在戏曲序跋中,存在着自序和他序两种情况。自序不必说,是自己为自己的戏曲剧本、戏曲选本、戏曲论著等作的序言、一般会比较谦虚。而他做的戏曲序跋则序跋作者和戏曲文献作者一般是存在着某种血缘关系。父子如丁慎行为丁耀亢《西湖扇》传奇所做的《重刻西湖扇传奇始末》;翁婿如冯肇曾为黄燮清杂剧《居官鉴》所做的《居官鉴跋》;师生如吴作梅为洪昇的《长生殿》所做的《长生殿跋》、吴秉钧为万树的《风流棒》传奇所做的《风流棒序》等。不管是父子、翁婿还是师生，一般都是后辈为长辈作序，所以本着为尊者讳的心理也会对戏曲文献的作者进行赞扬。

还有戏曲序跋的他序作者一般和戏曲文献的作者如果是同时代的就是友人的关系，即使不是同时代的也是因为欣赏戏曲文献而作序跋，既然欣赏戏曲文献，就没有不欣赏戏曲文献的作者，所以在作戏曲序跋的时候难免会对戏曲文献的作者进行赞扬似的推介。

## （二）强调戏曲的教化功能，肯定戏曲在惩戒人心、和谐社会的功能是戏曲序跋者为社会立言的又一例证

> "文学批评并不只对文学文本做出阐释，它还将触角伸向广阔的社会领域，通过对作品的阐释向社会发言，通过文学批评中的价值导向，影响人们的意识和行为，提高读者理解现实生活、辨别美丑善恶的能力，从而维护或批判某种意识形态，推动社会的进步。"[18]

自从有了戏曲文献，戏曲的教化功能就一直被戏曲作家和戏曲理论家所紧紧抓住不放。《诗大序》有一个重要的功能就是强调教化作用，因此在表达戏曲的教化功能的时候，戏曲序跋也是戏曲批评家最好的文体表现形式。

在戏曲序跋的发展中，从唐代崔令钦的《教坊记序》开其端一直到清代末年，关于戏曲的教化功能就一直不绝于耳，没有任何一个时期的戏曲序跋会抛弃戏曲的教化功能。如南戏著名作家高明提出的"不关风化体，纵好也枉然"。邱濬在《五伦全备记》"副末开场"中云："这本《五伦全备记》，分明假托扬传，一本戏里五伦全。备他时世曲，寓我圣贤言。"在第二十九出《会合团圆》中又云："这戏文一似庄子的寓言，流传在世人搬演。"王守仁云："若后世作乐，只是做些词调，于民俗风化决无关涉，何以化民善俗？今要民俗反朴还淳，取今之戏子将妖淫词调俱去了，只取忠诚孝子故事，使愚俗百姓人人易晓，无意中感激他良知起来，却于风化有益。然后古乐渐次可复矣。"[19]这都是强调戏曲具有教化人心、善风俗等功能的典型言论。

在戏曲序跋中宣扬"以理节情"，重视道德教化、强调戏曲作品的惩恶扬善的功能也是戏曲批评家们乐此不疲的事情。请看明代叶柳沙在《〈目连救母劝善戏文〉篇末评语》言：

"先儒谓文字无关世教，虽工何益？是编假一目连，生出千枝万叶；有开阖，有顿挫，有抑扬，有劝惩；其词既工，而关于世教者不小也，岂特为梨园之绝响而已乎"[20]。

再如清代的采荷老人在《〈三星园〉乩序》云：

"夫传奇者，乃稗史之余，效《关雎》之意，乐而不淫，哀而不伤，忠良者获其福报，奸邪者蒙其显诸，赏善罚恶，丝毫不爽，乃天意之巧，不能为蛊惑，起人向往之心，发人忠诚之感，欲其踊跃慕义者也"[21]。

以上都把道德教化作为戏曲作品的主要内容，认为戏曲作品"有抑扬，有劝惩；其词既工，而关于世教者不小也""忠良者获其福报，奸邪者蒙其显诸，赏善罚恶，丝毫不爽，乃天意之巧，不能为蛊惑，起人向往之心，发人忠诚之感，欲其踊跃慕义者也"的功用。把"以理节情"看成是戏曲创作的基本准则，目的就是要戏曲在社会上起到劝善惩恶、荡涤社会风气之作用，从而起到教化人心，使社会达到长治久安。

戏曲具有的以表演世俗中"喜怒悲欢"之事，可以举"贤奸忠侯，理乱兴亡"，可以达到"能使草野间巷之民，亦知慕君子而恶小人"的作用。充分肯定戏曲艺术的"劝善惩恶""激动人心"的效果；充分肯定戏曲不仅能影响士大夫阶层，而且在人民群众中更能起到"风教"的作用。

为社会立言，为社会树立起规范和标准，是古代知识分子的追求。正如李春青先生所言："儒家从甫一诞生，就是以整个社会各个阶级共同的教育者和导师的身份出现的，他们认为为全民确立正确的价值观念是他们的天职。……在他们那里，劝说人民接受统治者的教育、承认既定的社会等级，认同自己被统治者的身份的言说也随处可见。"[22]这的确是符合中国古代知识分子，或者说是士人的一种天职或是实实在在的道出了中国古代士人心声的言论。

正是因为中国古代的知识分子具有这样的心声，所以作为古代知识分子的一份子，戏曲序跋体批评的作者也就毫无例外的通过强调戏曲源自传统诗文来为戏曲正名，从而提高戏曲的地位；通过强调戏曲的教化功能，肯定戏曲在惩戒人心、和谐社会的功能从而将戏曲融入主流社会，被上层统治者接受，从而为戏曲的扮演与传播打开方便之门。

**参考文献**

[1] 唐明生.建国后中国古代戏曲序跋体批评研究述评[J].湖北民族学院学报，2012（2）.

[2] 李春青.诗与意识形态[M].北京：北京大学出版社，2005.

[3] 卡尔·曼海姆.意识形态与乌托邦[M].黎鸣，李书崇，译.北京：商务印书馆，2000.

[4] 罗宗信.《中原音韵》序[M]//吴毓华.中国古代戏曲序跋集.北京：中国戏剧出版社，1990.

[5] 杨维桢.东维子文集[M]//四部丛刊影抄本.

[6] 王骥德.《古杂剧》序[M]//吴毓华.中国古代戏曲序跋集.北京：中国戏剧出版社，1990.

[7] 臧晋叔.《元曲选》后集序[M]//吴毓华.中国古代戏曲序跋集.北京：中国戏剧出版社，1990.

[8] 邹彦吉.《词林逸响》序[M]//王秋桂.善本戏曲丛刊：词林逸响.台湾：学生书局，1984.

[9] 邹式金.《杂剧三集》小引[M]//吴毓华.中国古代戏曲序跋集.北京：中国戏剧出版社，1990.

[10] 吴伟业.《杂剧三集》序[M]//吴毓华.中国古代戏曲序跋集.北京：中国戏剧出版社，1990.

[11] 易道人.《洛神庙》序[M]//蔡毅.中国古典戏曲序跋汇编.济南：齐鲁书社，1989.

[12] 李黼平.《藤花亭曲话》序[M]//吴毓华.中国古代戏曲序跋集.北京：中国戏剧出版社，1990.

[13] 张坚.《怀纱记》自序[M]//蔡毅.中国古典戏曲序跋汇编.济南：齐鲁书社，1989.

[14] 尤侗.《倚声词话》序[M]//吴毓华.中国古代戏曲序跋集.北京：中国戏剧出版社，1990.

[15] 虞集.《叶宋英自度曲谱》序[M]//吴毓华.中国古代戏曲序跋集.北京：中国戏剧出版社，1990.

[16] 张择.《青楼集》序[M]//吴毓华.中国古代戏曲序跋集.北京：中国戏剧出版社，1990.

[17] 朱凯.《录鬼簿》后序[M]//吴毓华.中国古代戏曲序跋集.北京：中

国戏剧出版社,1990.

[18] 胡亚敏.论当今文学批评的功能[J].社会科学辑刊,2005(6).

[19] 王阳明:王阳明全集[M].上海:上海古籍出版社,1992.

[20] 叶桠沙.《目连救母劝善戏文》篇末评语[M]//吴毓华.中国古代戏曲序跋集.北京:中国戏剧出版社,1990.

[21] 采荷老人.《三星园》乩序[M]//吴毓华.中国古代戏曲序跋集.北京:中国戏剧出版社,1990.

# 元初宣城贡氏之隐逸特色及其审视

上饶师范学院 翟朋[①]

【摘　要】宣城贡氏是元代重要而独特的文学家族。入元之初贡士濬等人隐居不仕，介乎遗民与隐士之间，在充足的物质保障下过着安适的生活，其子侄、孙辈则积极入仕。贡氏元初之隐逸特色，体现在其守正应时的出处之道、顺势而变的弹性空间，表现在文学上则是内忧外达的隐士之诗。本文探讨贡氏之隐逸，意在把握南士群体历经家国之变后的复杂心态，以及异族统治下南士家族之发展脉络，更深入地理解元代的族群关系、文化融合等问题。

【关键词】宣城；贡氏；元代；遗民

明人徐一夔《始丰稿》卷二《送贡友达序》一文中说："近世大江以南，衣冠文物之盛，无踰贡氏矣"，他所指"贡氏"就是贡友达所属的宣城贡氏。贡氏在两宋之交迁徙江南，后分枝宣城，该枝在元代达到极盛。有元一代，宣城贡氏自贡士濬至贡性之共历四世，诗人众多，有诗作流传至今者达二十余人[②]，其中贡奎、贡师泰、贡性之祖孙三代均有别集传世，在元人中绝无仅有。贡氏仕宦之显达也很突出。贡奎拜集贤直学士奉训大夫，秩从三品，其子贡师泰为元末南士复居省台之第一人，历任礼、户两部尚书，终于秘书卿，皆正三品。在元朝"四等人制"之下，身为南士文臣而能父子相继，贡氏堪称极盛。其兴盛之源，世人多归功于贡奎之父贡士濬，如程端礼《畏斋集》卷四《送贡有源归宣城序》所言：

---

[①] 作者简介：翟朋（1981— ），男，山东淄博人，上饶师范学院教师，研究方向为中国古代文学。

[②] 2011年顾世宝博士论文《元代江南文学研究》中统计"共有贡氏诗人21位有作品传世"。杨镰主编《全元诗》2014年出版，著录贡姓诗人21位，其中宣城贡氏达19人，在元代文学家族中人数最多。据笔者考证，元代宣城贡氏有诗作传世者至少当有27人。

南漪公积德肇庆，一传已能以文学显监学直翰林，再传而仕内外服，知名于一时者几十人。

孔齐《静斋至正直记》卷一《阴德之报》一则中也提到贡士濬"有阴德"。与其子孙之显宦不同，贡士濬入元不仕，隐逸而终。作为宋元易代的亲历者，贡士濬之不仕，体现出个人的政治立场和道德指向。从家族在整个元代的发展路径看，贡士濬之隐逸，实为家族崛起之奠基，与后世之仕宦既存在巨大的反差，又有内在的一致性。只有充分认识元初贡氏隐逸的特色，才能把握南方士人在历经家国之变后的复杂心态，才能理解蒙元统治之下南士家族发展的内在逻辑，从而进一步体认传统士人在不同时代、阶段下的出处进退之道。

## 一、元初宣城贡氏之隐逸特色

至元十二年（1275）二月，贾似道督师13万与元军决战，孙虎臣兵败丁家洲。《宋史·瀛国公纪》记载："（二月）壬戌……沿江制置大使赵溍、知镇江府洪起畏、知宁国府赵与可、知隆兴府吴益皆弃城遁。"① 宣城正是宁国府的治所，丁家洲一战之后，宁国知府赵与可弃城而逃，宣城等地不战而降。自此，贡氏便生活在蒙元统治之下，但其隐逸的生活状态并未发生太大变化，其与文化名流的交游反而相对拓展了，此时贡氏之隐逸具有寄遗于隐、以富得逸、代变于仕的特色。

### （一）寄遗于隐

蒙元政权先后征服西夏、金与南宋，各个王朝在改朝换代之后，均有心怀故国、不仕新朝之人，即所谓遗民。"遗民"一词最早见于《左传》，《汉语大词典》遗民条第3项解释为"指改朝换代后不仕新朝的人"，据《艺文类聚》卷七引汉杜笃《首阳山赋》："其二老（指伯夷、叔齐）乃答余曰：吾殷之遗民也。"宋元易代之际，产生了大量的南宋遗民，基于君臣之义和夷夏之辨不肯出仕新朝。但这个群体的生活方式是多元化的，这些人中有些是始终有抗争情绪的，有些则后来妥协，还有一些人，像贡士濬，实际上是过着隐逸自如的生活。

隐逸是元代重要的文化风尚，元代隐者众多，隐居方式也多种多样。同样是归隐，士人的身份与心态是有很大差别的。查洪德教授在著作中深入解析了元代诗坛的隐逸之风，指出元代南方隐士从时间上可划分为三代，第一代隐士即遗民

---

① （元）脱脱等撰.宋史［M］.北京：中华书局，1977.

为隐士者。这类人中,有隐逸终身者,有先隐后仕者,有先仕又隐者,有暂仕还隐者,有时仕时隐者。根据当时的实际情况,还可以进一步区分遗民与隐士,入元不仕的南方文人,如方凤、谢翱、吴思齐等更偏重遗民色彩,他们更多的是伤悼故国疏离新朝,而非避世隐逸,其生活状态及心态,也绝无隐逸之士之"逸"。还有一些宋末就已隐居的人,更具隐士色彩,他们或因忤权臣而去职,或主动避去以全身远祸。如牟巘在宋末以忤贾似道罢去,自此闭门隐居36年,直至元武宗至大四年(1311)去世,隐逸终身。①

从某种程度上说,遗民与隐逸之士是两类人,前者注重其政治操守,后者则侧重于个人生活情趣。但二者显然又有交集,以贡士濬而言,他自宋末已经隐居,但是又具有遗民的特色。因为仕途不顺,二十三岁的贡士濬即归隐田园,以德兴家,诗书继世,终身不仕,享受山水田园之乐,既隐且逸。他不会像谢翱那样郁愤悲痛,"善哭如唐衢:过姑胥,望夫差之台恸哭终日;过句越,行禹穴间,北向哭;乘舟至鄞,过蛟门,登候涛山,感夫子浮桴之叹,则又哭。晚登子陵西台,以竹如意击石,歌招魂之词……歌阕,竹石俱碎,失声哭,何其情之悲也。"②贡士濬诗文中也基本看不到麦秀黍离之悲,这与其诗文存世极少也有关系。显然,贡士濬与我们熟知的一些表现激烈的遗民不同,他的故国之思表达得不那么直露。他将位于住宅东北的北漪湖改名为南漪湖,并以此自号,表明不忘南宋;他自为像赞,末一句"一生心事只天知"透露出难言的深意,《贡氏六房宗谱》中说他"与文山、叠山同心,偶尔殊途",这种比拟未必完全恰当,但对于终身不复仕的贡士濬来说,其内心始终保持着坚定的遗民立场,应该是可信的。贡士濬的隐逸也获得了当时士人的道德认同,如《宛陵群英集》录有刘得之《题松下老人图》二首,有注曰:建平王宰持此献贡南漪。

其一云:

　　古松苍髯枝屈铁,失笑相惊在岩穴。
　　老翁手持绿玉杖,独立西风双鬓雪。

其二为:

---

① 关于元代诗坛隐逸之风的论述,参考南开大学查洪德教授《元代诗学通论》(北京大学出版社2014年3月版)并有所转引。
② (元)任士林.松乡集·谢翱传[M].清文渊阁《四库全书》本。

脩然野服山家容，平生我亦怀高风。

彭泽归来入图画，真有人间靖节翁。

刘得之是贡士濬的同乡友人，与贡氏过从甚密，他对贡士濬之隐居不仕自有极深的认识，在题画诗中也对贡氏大为赞赏，将其与陶渊明相比。客观来说，贡士濬之隐逸确实是"靖节翁"式的，他并非激烈的遗民，而是"独善其身"式的。

## （二）以富得逸

宣城丰富的人文资源，以及贡氏自身富足的经济条件，使贡氏之隐逸不受生计所累，而多文人雅趣。在蒙古南侵的战争中，有些南方州县坚持抵抗而遭屠城，有些地方则因投降而得以保全。宣城情况不同，宁国知府赵与可不负责任地弃城逃走，《元史·唆都传》中记载百家奴"略地宣州"，元军应该没有遇到什么抵抗。但是因为宣城并非官方交接的降城，兵过之处难免受到一定破坏，贡氏家族也未能幸免。戴表元曾记载贡氏"德祐之警，旧物罄尽，而最西一堂，与附园诸亭独完焉。"[1]贡氏的经济条件比较优越，虽然战乱中屋舍受损，但贡士濬迅速着手重建家园。他将劫后犹存的最西一堂"葺而自居，取大苏公《独乐》诗名之以'秀野'。而新筑先世所卜，以庇诸子。又创别馆以储美书，延硕师，致嘉客"（戴表元《秀野堂记》）。戴表元赞美其家"名台美植，曲栏文甓，一一如意。而麻姑之支峰，离群偯行，与湖相须驻伏。堂背亩种之田，曲尺之流，萦纡回环。信乎其为秀而野也。"宣城自古为诗国胜地，山水怡人，贡士濬与诗友优游唱和，生活颇为惬意。如《宛陵群英集》录有刘得之和贡士濬诗，题《春分前十日和贡南漪韵》：

索笑梅檐日未曛，诗来满纸走烟云。寒收蛰户雷初动，暖入花房春又分。白发数茎明镜影，黄庭一卷对炉芬。老来真羡湖山好，混迹渔樵意所欣。

贡士濬原诗已佚，但就其所用韵来看，"曛、云、芬"皆画静谧清远之景，"欣"则写悠然闲适之情，诗作于"春分前十日"，其生活之消闲适意可见一斑。这种消闲适意，是许多经济穷困的归隐之士所难企及的，就像戴表元诗中所感慨的：

---

[1] （元）戴表元.戴表元集·秀野堂记[M].李军等校点.吉林文史出版社，2008.

况我难携一身隐，二亲白发垂高堂。神仙拔宅古亦有，无翼不得高飞飏。不然少自屈，归去隐耕桑。随佣竭作既无一夫力，买田筑室又乏千金装。僮奴揶揄亲友弃，往往人厄非天殃。悲来俯仰寻隐处，欲亲书册依杯觞。引酒未一酌，狂风郁律冲肝肠；读书未一卷，噫呜感慨泪浪浪。①

诗人虽有隐逸之志，但是高堂父母需要供养，诗人自己又无力耕作、无金买田，现实的生计之累使人无法超然。经济的困境导致精神的低落，戴表元只好"随缘委运"，当他看到贡氏入元之后兴建庭园，也只能慨叹"至于废兴绝续之际，天又瑞其所居以开之，是皆有数"。委之天命只是一种精神上的解脱，"生生所资，未见其术"，他无法像贡士濬一样兴家致富、乐隐安游，只能"口腹自役"（陶渊明《归去来兮辞序》），为生计所迫而辗转教职。至元成宗大德八年（1304），六十一岁的戴表元起为信州教授，但是任满即辞归，似乎也表明了他无意仕进。

顾嗣立《元诗选》牟巘小传中有一段话：

是时宋之遗民故老，伊忧抑郁，每托之诗篇以自明其志。若谢皋羽、林德阳之流，邈乎其不可攀矣。其他仇仁近、戴帅初辈，犹不免出为儒师，以升斗自给。献之以先朝耆宿，皎然不缁。元贞、大德之间，年在耄耋，肖然备一时文献，为后生之所矜式。②

"以升斗自给"道出了不少隐而复仕者的苦衷。反观"方敦饬其家，清修笃守，徐行俭取"（戴表元《秀野堂记》）的贡士濬，他在道德层面无疑是和牟巘站在一条水平线上的。他和牟巘一样，有"一门父子，自为师友，讨论经学，以义理相切磨"的快乐，生活上又不像牟氏那样清贫。贡士濬能免于奔走之役，这种人格上的独立源自其经济上的富足。当他邀请戴表元在内的骚人名士"登秀野之堂，而觞咏于其中"时，他的隐逸自得占据了更高的道德高地。这种对比反差，很容易使人联想到一句古话"仓廪实而知礼节，衣食足而知荣辱"，经济地位和道德高度具有紧密的内在相关性，却是隐士们不常提到的。

---

① （元）戴表元.戴表元集·赋意未畅复拾前韵之馀者作广坐隐辞 [M].李军等校点.吉林文史出版社，2008.
② （清）顾嗣立编.元诗选 [M].北京：中华书局，1987.

## (三) 代变于仕

贡氏在元前期的隐逸还有一个特点，即其代际变化。从宋朝武德大夫贡祖文算起，由宋入元的贡士濬弟兄为第六世。贡士濬本人不仕新朝，而其四子则皆仕于元，贡奎更是南士中少有的官至高位者。

按宣城《贡氏六房宗谱》中《贡氏簪缨嗣续图》所载，贡氏第六世有官职者11人，其中贡士濬仕宋任漕解之职，其弟贡士炳任职阁门舍人，二人俱入元而不仕。贡氏第七世仕元者达19人，多半为学官，如贡奎即曾任池州书院山长，后仕至集贤直学士，位高三品。第八世为官者13人，其中贡师道与贡师泰皆曾入职翰林，后者更得居省台，仕至礼部尚书，宠遇非常。

历代方志对贡氏之仕宦也有记载。如《嘉庆宁国府志·选举表》所列元代荐辟宣城12人中贡氏即占8人；《光绪宣城县志》卷十三列元代荐辟者，贡氏多达12人。贡士濬之子贡松、贡棠、贡奎皆赫然在列，这种父隐而子仕的变化或者说反差却并不违反"出处之大节"，士濬之隐与其子之仕都受到世人之赞誉。我们可以按当时的道德标准来解析这一状况。首先是君臣之义，每逢改朝换代，曾在前朝为官者，以不仕新朝为高，以示臣子之忠，这就是"君臣之义"的体现。以贡氏言，贡士炳与其侄贡松，二人年龄相差不大，但前者隐而后者仕，其进退之准则便是"君臣之义"。贡士炳虽然年轻，却曾在宋朝为官，出任阁职，其入元之后"不仕二朝"才符合君臣之义；贡松在元代却只是太学生，并未出任官吏，所以不存在君臣之义的问题，入仕元朝就少了这层道义束缚。但由于元朝是异族统治，南士出仕还有"华夷之变"的伦理负担，不过这一问题也随着元朝统治合法性的广泛认同而解决了。

## 二、贡氏元初隐逸之审视

在元代异族统治之下，贡氏身属底层的"南人"族群，无论在士人个体、家族整体，还是南士群体的层面，其隐逸都蕴含独特且丰富的意义。其中既有源于儒家的进退出处之道，也有务实审慎的现实考量，展示在诗作中便有了独特的审美意境和精神指向。下文即从这三方面对贡氏元初之隐逸加以审视。

### (一) 守正应时的出处之道

入元之后贡士濬的隐逸，依《嘉靖宁国府志·人文纪中》所记载"力学尚节，宋亡遂不复仕"，是带有一定政治倾向的生活选择。但他对"忠"的理解并非简单的道德指向，而是有所思辨的。我们可以通过贡士瀞所作《忠箴》来解读他在易代之际的出处之道，箴曰：

> 事君洁己，事亲洁心，物欲不留，令德采深。取非其义，厌行以污，曰清曰介，夷惠可模。齐有仲子，轲也非之，公私之间，不慎胡为！

贡士瀞首先讲心性修养，有"存天理，去人欲"之意；其次强调在实践中要清介自守，取之有道。值得玩味的是他最后引用的这个典故，其源出《孟子·滕文公下》，讲的是匡章向孟子称赞陈仲子廉洁的操守，孟子则认为陈仲子的做法根本称不上"廉"：

> 仲子恶能廉？充仲子之操，则蚓而后可者也。夫蚓，上食槁壤，下饮黄泉。仲子所居之室，伯夷之所筑与？抑亦盗跖之所筑与？所食之粟，伯夷之所树与？抑亦盗跖之所树与？是未可知也。

孟子认为，陈仲子虽然表示自己不受恩惠，但其所居所食，无一不是他人所赐。孟子还批评了他"以母则不食，以妻则食之；以兄之室则弗居，以於陵则居之"的矛盾做法。陈仲子"不入污君之朝，不食乱世之食"的道德追求，与伯夷、叔齐之不食周粟如出一辙，但是孟子则批评陈仲子的做法不具有可行性，除非变成"上食槁壤，下饮黄泉"的蚯蚓，否则并不能脱离现实的政治环境与生活空间。贡士瀞用这个典故来说明事君事亲的抉择之难，显然，他对"忠"的理解是很务实的，他注重的是洁己洁心，同时也接纳现实的政治环境，不认可过激的反抗方式。由此我们可以一定程度上理解贡士瀞入元之后的隐逸，他将北漪湖改名南漪，并以南漪为号，寄寓不忘南宋之意，但他又不是激烈的遗民，而是"独善其身"式的。因此其子侄等在入元后积极入仕，也是这种出处之道的贯彻与实践。

需要指出的是，贡士瀞之通达是以儒家的道德坚守为底色的。他在相对宽松的舆论环境中依然终身不仕，没有像戴表元、仇远、白珽、黄庚、袁易等人一样，在宋亡若干年后出为教职。毕竟在很多人看来，出仕为学官，并不违背出处之大节，如黄溍《送吴良贵诗序》云：

> 所谓山长者焉，名不上于三铨，秩不满于百石，岂其祖、父之所望哉？……惟不必于仕，故崇台邃馆，不以为慕；惟不必于不仕，故寒斋

冷庑,不以为厌。其出处之际,虑之审矣。①

但还有一些人,对隐而复仕者却不无微词,尤其是一些自食其力的隐士,相较出仕者确实有道德上的优越感。《癸辛杂识》中有一则"陈谔捣油",便记载了这样的故事:

> 陈谔……对以学正满替,欲倒解由,别注他缺。髯叟忽作色而起,曰:"子自倒解由,我自捣柏油。"遂操杵曰,不复再交一谈。陈异而询于邻人,云:"此傅秀才,隐者也。恶君言进取事,故耳!"陈心甚愧之,因赋诗云:"忽遇深山避世翁,居然泪溺古人风。老来一出为身计,不满先生一笑中。"②

隐而复仕毕竟不符合儒士高标的"古人风",因此当遇到真正避世深山、不言进取的隐士时,学官在道德感上有所挫败,"心甚愧之"也是难免。贡士濬对"忠"的体认是变通的,但在道德上显然是有着自觉的追求。

## (二)顺势而变的弹性空间

草原文明与农业文明有着天然的差异,蒙古人马上得天下的过程中,农业文明中孕育发展的中原政治文化传统逐步崩塌。色目人主政,加上废除科举,使汉族文士入仕行道的愿望难以实现。作为"新附人"的南方士人,入仕更为困难。至元十九年(1282),程钜夫奏陈《吏治五事》,其中第二项《通南北之选》指出了当时北人与南士仕宦的不平等:

> 北方之贤者,间有视江南为孤远,而有不屑就之意。故仕于南者,除行省、宣慰、按察诸大衙门出自圣断选择而使,其余郡县官属,指缺愿去者,半为贩缯屠狗之流、贪污狼籍之辈。南方之贤者,列姓名于新附,而冒不识体例之讥,故北方州县并无南方人士。且南方归附已七八年,是何体例难识如此?③

---

① (元)黄溍.金华黄先生文集·送吴良贵诗序[M].《四部丛刊》影印元刊本.
② (宋)周密撰,吴企明点校.癸辛杂识[M].北京:中华书局,1988.
③ 李修生主编.全元文[M].南京:江苏古籍出版社,2000.

直至至元二十四年（1287），忽必烈任命程钜夫为御史中丞，并命程钜夫奉诏求贤于江南。有学者认为，"程钜夫这次江南求贤，一反过去'止以卜、相、符、药、工、伎'是举的旧例，一下荐引来二十余位南方知名的文人儒士。这不仅赢得了世祖的欢心，同时也唤起了南方许多文人的用世热情。从至元二十五年以后，至大德、皇庆间，南方文人纷纷北上。"① 几年之后，贡氏第七世最年长的贡垓（字九万）便出任学正。我们不好确定贡氏是否在刻意选择时机，或者做道德层面的观望，但其出仕行为确是受到鼓励的。戴表元《送贡九万诗序》中言：

> 宣学他时为江南儒府，凡缀教职于其间，非才望高美，谁敢居之。而贡君九万，蔚然以乡间之英，板授而来为本学正，三年终更。士论称善，君子嘉其能学而望其仕也，咸为歌诗以褒勉之。

序末署"元贞乙未岁秋八月望日序"，可知此序作于1295年，则贡垓初任学正当在1292年，去程钜夫访贤不过五年。戴表元此时已奉元朝正朔，而贡氏出仕，不但"士论称善"，还有"君子嘉其能学而望其仕"。可以看出，此时南士对出仕的态度已有明显变化，自言"随缘委运"的戴表元再过九年才会出仕，但他鼓励年轻士子入仕的热情此时已很高涨。至1299年，贡奎出任教职时，戴表元又作《送贡仲章序》以壮行。与贡士濬一代的隐逸占据道德高地一样，贡奎等人的出仕既符合儒家出处进退之道，也顺应了时代潮流。家族内的这种代际变迁，是宣城贡氏应用儒家之道，对时代变化做出的合理应对。

应该说，贡氏对由隐入仕，是做好了充分的思想准备的，当时南人已在元朝统治下生活了二十年左右，年轻的南士已没有道德负担，入仕行道的渴望很高，如贡奎便自言其志：

> 平居读古传记，见材名气焰士，必快慕之。今纵不得如洛贾生、蜀司马长卿、吴陆士衡，即取印绶节传，为左右侍从言论之臣，尚当赋《两都》《三大礼》、献《太平十二策》。遇则拱摩青霄，不遇则归耕白云，安能浮沉渷忍，为常流凡侪而已乎？②

---

① 王树林.金元诗文与文献研究·程钜夫江南求贤与元初南北文风融合［M］.北京：中华书局，2008.

② （给我文件时12-15无注，留位置）

入仕热情已被点燃，贡氏广泛的文化交游也为家族子弟之入仕做好了人脉等方面的铺垫。宣城作为文化名城，对北方文臣有着独特的吸引力，至宣之文臣，往往又与贡氏有所交游。如徐一夔所记：

> 宣亦东南名藩，持部使者节而至，则柳城姚公燧、大名卢公挚、巴西邓公文原、东平王公士熙其人也，岁时行部，必枉骑过书院，亲与秘书为客主礼，褒奖再四，以风厉四方。①

姚燧、卢挚、邓文原、王士熙皆为元代名臣，他们亲临贡士濬的南湖书院，贡士濬以礼相待，赢得了广泛赞誉。欧阳玄所作《广陵侯神道碑铭》中也有"中朝名士若姚公燧、畅公师文至宛陵者，闻公之风，咸愿执弟子礼"的记载。在科举已废的时代背景下，荐辟成为入仕的主要途径，而宣城荐辟为官者，有大半都是贡氏子弟，这显然是源于贡氏与北方官吏的密切交往。如果没有这些密切的交游，北方文臣不可能举荐贡氏子弟出仕为官；而一旦掌握这些关系资源，对于众多南士而言苦求而不得的机会，贡氏可以相对容易地获得。如戴表元《送贡仲章序》中所言："既而有司次第其庠序岁月之劳，以名闻于中都，而将授之以郡博士之秩。前所谓甚艰且劳之选，既可以安坐而得。"②通过文学交游，他们在元代前期获得了更多的资源与更大的平台，并将迅速迎来贡氏家族前所未有的兴盛。

## （三）内忧外达的隐士之诗

入元之后，南士摆脱科举束缚，转而写诗以抒情志，唱和酬赠，蔚然成风。如黄溍《送吴良贵诗序》所言："学者未有场屋之累，得以古道相切磋，论文析理，穷极根柢，间出其绪馀，更唱迭和于风月寂寥之乡，亦足以陶写其性灵。"③这正是当时隐士们吟咏自乐的生活状态。在文学表现上，隐逸诗与遗民诗不同，查洪德教授《元代诗学通论》中指出：

隐士诗是平和的，恬淡的。如钟嵘评陶渊明："笃意真古，辞兴婉惬。每观其文，想其人德。世叹其质直。至如'欢言酌春酒'，'日暮天无云'，风华清靡，岂直为田家语耶？古今隐逸诗人之宗也。"此为隐士诗。元初的隐士诗，则如仇远序

---

① （待加注，留位置）
② （待加注，留位置）
③ （待加注，留位置）

马臻诗所言:"大抵以平夷恬澹为体,清新圆美为用。陶衷于空,合道于趣。"绝无林景熙《题陆放翁诗卷后》那样的愤激。

以牟巘为例:

(牟巘)其诗如《和赵子俊秋日闲居十首》其四:"九日忽已过,霜薄阳光晞。未漉头上巾,先典箧中衣。时物尚有菊,采掇顿尔稀。对酒胡不饮,坐看白日飞。"这是典型隐士诗,不同于当时诗坛主流的遗民诗。

他还举全璧之诗为例,说明"月泉吟社"所征《春日田园杂兴》诗,是隐逸诗而非遗民诗,他指出:

> 以《春日田园杂兴》为题,就是要抒写田园隐逸的情趣,寻找和发现隐逸之乐,作为拒不出仕者寂寞生活中的慰藉。它与缅怀故国的遗民诗,在内容和情感取向上,都已不同。这些作品的作者,也是以隐逸之士影响后世的。①

由此,我们可以清晰地理解隐逸诗与遗民诗之不同,隐逸诗写田园情趣,遗民诗则写故国哀思。遗民诗是易代之际亡国之痛的情感载体,如舒岳祥所言:

> 自京国倾覆,笔墨道绝,举子无所用其巧,往往于极海之涯、穷山之巅,用其素所对偶声韵者变为诗歌,聊以写悲辛叙危苦耳。②

贡氏,他们所存诗作多赠别唱和之作,看不到慷慨激昂的遗民诗,没有任何对异族政权的反感与不满。贡士濬所存诗作,虽不以隐逸为题,隐然有出世之高标。如《挽刘景南》:

> 卜邻长傍旧山村,水满新塘月满门。嗜学不须营利禄,藏书何用广田园。人生已过八旬寿,祖训无愧九世孙。明日黄花秋寂寞,露丛犹自泣吟魂。

---

① 关于元代诗坛隐逸之风的论述,详见查洪德教授《元代诗学通论》(北京大学出版社2014年3月版)第二章《元代诗坛风气论:隐逸与游历》.

② (宋)舒岳祥.阆风集·跋王棨孙诗[M].清文渊阁《四库全书》本.

这首诗是为他人而作，但可以视为贡士濬之自况，山居美景、勤学修行、随缘自得、生命流逝，一幅幅图画都显得平淡而饶有深意，写出了一位山村隐士自安、自强、自足、自适的人生境界。贡士濬哀挽友人之作，诗句哀而不伤。他预营身后之事，更加超旷自然，"漪翁既茔中山庵，自为诗"云：

  老夫欲做百年计，阳墅坊头土一抔。远涧近田分绕护，前峰后垅更崔嵬。曾经郭璞携书至，也学刘伶荷插来。他日坟茔赖遮庇，当年松竹自栽培。

方回称赞贡士濬自为全归之计，是"敬之至也"；贡士濬自谓"体其道而归全之，存吾顺事，没吾宁也"，其晚年通达生死。该诗不求工丽而自饶气象，首联言自营墓室，颔联写墓侧之景，颈联谓起居合道而生死随缘，末联既寓树木树人之意，又露自得之思。全诗晓白如话，虽写营建之事，实含悟道之体认。"土一抔""学刘伶"谑不伤雅，虽言生死而无悲喜。

贡士濬存诗太少，其自为《像赞》可为诗人传神剪影：

  策龙竹杖，披鹤氅衣，素壁高堂画像垂。儿童含笑问伊谁，清癯骨格老南漪。更有丹青难貌处，一生心事只天知。

可见者：人逸如仙，诗清入骨，高标靖节，通达出世。不可见者：一生心事，遗民衷曲，家国天下，莫可言表。诚如吴澄为段克己兄弟《二妙集》所作序言：

  陶之达，杜之忧，盖兼有之。其达也，天固无如人何；其忧也，人亦无如天何。是以达之辞著而忧之意微，后之善观者，犹可于此而察其衷焉。①

移之以论贡士濬及其诗作，若合符节。贡士濬内遗民而外隐逸，其诗显陶达而隐杜忧，这正是元初经历家国之变而安道自适者的士气与文风。

---

① （元）吴澄.《二妙集》序//《二妙集》卷首.石莲盦汇刻九金人集本.

## 结　语

宋元易代之际，南方士人的现实生活和精神活动均受到巨大冲击，面对异族统治，他们或隐逸，或出仕，或反思历史，或彰表节义，呈现了多元的人生取向。在这多元之中，又存在某种联系甚至一致性，即寻求理性与道德的平衡。贡士濬为代表的宣城贡氏，界乎遗民与隐士之间，在隐逸以"独善其身"之余，以开放的文化立场和广阔的文学交游为家族的后续发展留出了"达则兼济"的空间和弹性。以贡氏在特定时期的独特心态为一斑，可以看到元代南方士人心态的复杂性，家族发展的阶段性变化，它与长期受民族意识主导的一些宋遗民研究是有所区别的。

# 汉水流域乡土文学的现状与展望
## ——以钟祥乡土作家及其创作为例

荆楚理工学院 杨华[①]

【摘 要】汉水流域文化灿烂，汉水乡土文学扎根汉水两岸，踵继前贤，以其扎实的创作态度，丰厚的文学作品，顺应了时代的潮流。但其文学素养之缺陷，创作水平之不足，现实环境之困顿，仍制约着汉水乡土文学的大繁荣，大发展。本文试图结合钟祥乡土现象，给汉水乡土文学的发展指出路径及方向，并以示大方之家，以期共同促进汉水文学谱写新的华章。

【关键词】汉水文化；乡土文学；乡土作家；文学底蕴

中图分类号：1206.2　文献标识码：A

汉水流域面积广阔，地貌多样，物产丰饶，不仅养育了两岸人民，更孕育了丰富灿烂的汉水文化。而汉水文学更以其多样题材和风格在中国文学史上占有一席之地，在全国是有名气的。特别是在社会主义文化大繁荣的今天，秉承文风鼎盛之优良传统，大量乡土作家笔耕不辍，既有阳春白雪之雅致之作，也有下里巴人之浅吟低唱，其体裁之多样，题材之丰富，风格之多变，超越前贤，呈百花齐放之态。而乡土作家其才力之不足，文学修养之匮乏，表现手法之缺失，表达方式之单一仍是影响汉水文学大发展的障碍，使汉水文学难以突出重围，形成品牌效应，汉水文学军团在人才济济的中华大地难以独树一帜。

---

① 作者简介：杨华（1973— ），男，湖北钟祥人，荆楚理工学院人文社科学院教师，从事中国古代文学教学与研究。

## 一、汉水流域近年来的乡土作家的创作实践

关于乡土作家,首先有个界定问题。而要界定乡土作家,首先必须界定"乡土"。地以人传,人以文传,一方水土养一方人。这里的乡土,是"本乡本土",而不是"土里土气"。"乡土"乡土,是充溢着地域人文内涵的乡土,是一种文化景观。例如,几千年积淀成的"楚文化",就是这方"乡土"人文精神的内核。那么,出生于这方乡土,且以这方乡土的历史和现实作为写作题材的作家,我们就可以称之为汉水流域的"乡土作家"了。

越是乡土的,便越是世界的。所以,我们大可不必对"乡土"二字产生什么芥蒂,更不必羞于做乡土作家。乡土作家也是能成为著名作家、文学大师的。例如:屈原、宋玉、老舍、沈从文、艾芜、赵树理、孙犁、周立波、柳青、李准、浩然等等。更何况,全世界获诺贝尔文学奖的大文豪们,还有莎士比亚、巴尔扎克、托尔斯泰们,哪一位不是起家于"乡土"的?故而,爱乡土、写乡土、乐于作乡土作家、关心好乡土作家,应该在我们湖北文坛蔚成风气。

近年来,活跃在湖北文坛上的作家们,大多数也是起于乡土的,有的堪称大手笔。譬如写作《长江三部曲》的鄢国培,追求"汉味"的池莉,发掘"历史文化人物系列"的杨书案,经过军垦农场磨炼的刘富道,把远安视为生活之源的映泉,写作《国宝》的黄大荣,写长篇叙事诗《铁牛传》的郑定友,以及近些年涌现出的青年作家叶明山、刘醒龙、黄学龙、陈应松、邓一光、写作《陪你一只金凤凰》的李叔德等诸位,创作勤奋,态度严谨,获益乡土,功成名就。或许,有的作家成名之后,竟把"乡土"二字忘记了,但也有的作家在成了大名家之后,却依然心守着乡土,笔耕着乡土。映泉的短文《远安,我的生活之源》,他说:"故乡!一方山水造就了这样一个我,无论故乡有多少优点还是有多少缺陷,我都一样爱得刻苦铭心。她的怀抱有我的脚印,我的身上有她的气息。无论我天南海北走到哪里,人家都能很容易地认出我身上背着'沮河文化'。""我爱故乡的一片痴情,因为她与我共同经受过磨难和欢乐,还因为她给了我奋斗的启示。游子无以回报,将用我这支笔再为她添几个美丽的传说。"

何等炽然的胸襟,何等深厚的感情!正因为他对养育他的远安乡土爱的执著、爱的强烈,所以在他的笔下总流溢着远安的乡土气息、沮河的风情文韵。"江汉沮漳,楚之望也。"(《史记·楚世家》楚昭王语)楚文化滋养了映泉的创作实践,映泉用他的笔开掘着楚乡楚土的文化神韵。他的成名作品《同船过渡》《桃花湾的娘儿们》如此,后来不断问世的《百年孤独》《百年尴尬》《百年风流》《鬼歌》《闲

话中国农民》《神示苍生》亦是如此。

汉水流域的乡土作家是真正生活在乡土、耕耘在绿色原野上的乡土作家。近年来在钟祥市悄然涌现出的一个乡土作家群，就是这样一类乡土作家。他们是农民，但又不是普通的农民；他们在生产出五谷杂粮的同时，也在生产着小说、诗歌、戏剧、电视等精神产品。

盛世文化兴。1993年钟祥市作家协会正式成立，1998年，王世春的《春忙·春茫》在《当代》发表，并被《小说选刊》头条转载，首开了钟祥农民作家在国家级刊物上发表中篇小说之先河。农民陈军在2000年推出了百万字长篇巨著《绿野纯情》，他是第一个写出百万字长篇农村题材小说的中国农民。王世春和陈军作品的问世，不仅使中国文坛公认钟祥有一个乡土作家群的存在，而且还大大提升了这个作家群的档次。

钟祥市的乡土作家们，今天正在进行着生活知识储备，决心在新世纪的汉水两岸，抒写新的篇章。而在荆门、在襄阳、在十堰、在天门、在孝感都活跃着各自的乡土作家。他们以各自的作品，进行着"代表先进文化的前进方向"的实践。乡土作家是汉水流域永生不灭的文化生力军，为湖北文学提供着源源不断的后备力量。

## 二、汉水流域乡土文学形成之因考探

乡土作家们的创作实践，有一个显著特点，那就是遵循严格的现实主义创作方法，直接描写农村生活，直接表现现实主题，或者直接描写当代农村题材，而很少涉及遥远的历史题材，即使涉及了历史题材，那也是为表现当代的现实主题服务的。昔日的荷花淀派、山药蛋派如此，成了大家的映泉也如此，今天尚显稚嫩、但正在成长中的钟祥乡土作家群，更是如此。人们或许要问，荆楚大地上为什么能形成乡土作家群？还是以钟祥市为例。改革开放后，钟祥农民的温饱已不成问题，广大农民的精神需求大大增加，地方戏剧、曲艺在钟祥农民流行。钟祥每年都有数十篇小说、诗歌、散文作品在省、市级报刊发表，作者百分之九十是农民，其作品散发着清新的泥土的芳香。

第一，丰厚的文化底蕴。

位于湖北省中部、汉水中流的钟祥市，是楚文化的重要发祥地。自西周始，这里即开始因山建城，文明便开始传播。孔子集著《诗经》，305篇中有《关雎》《汉广》等十数篇与钟祥有关。春秋战国时期，这里是楚副都"郊郢"，后名"郢中"，楚王在这里建了"兰台之宫"，为楚王会文、理政之所。古代文论大家刘勰在《文心雕龙》中称："惟齐楚两国颇有文学，齐开庄衢之第，楚广兰台之宫"。《楚辞》鼻祖屈原在此生活了很长一段时间，并培育和影响了出生于兰台的宋玉，中国文学史上"屈宋并称，同为辞宗"。宋玉的《风赋》和《对楚王问》等脍炙人口的名篇佳作，就产生于兰台。"阳春白雪"的美名，"兰台雄风"的典故，都是从郢中传扬开去的。这里还是楚国歌舞艺术家莫愁女常与屈原、宋玉相会之处，古有乐府传世："冉冉水上云，曾听屈宋鸣；涓涓水中月，曾照莫愁行"。

千百年来，钟祥不仅留下了"兰台十八景"等名胜古迹，而且还留下了数不胜数的民间传说、轶闻故事和名人雅士的华丽篇章，历经秦汉三国晋、唐宋元明清的沉淀积聚，特别是钟祥出了明世宗嘉靖皇帝后的鼎盛文风的确立，都深刻地影响着当代的文学创作者。

第二，有强大凝聚力，并经常开展活动的严密的文学创作组织。

组织，是堡垒，也是阵地。江汉平原之钟祥乡土作家群组织者是钟祥市作家协会；在各乡镇场，是文学社团；全市三级文学创作组织环环相扣，再加上文化站的工作，对文学创作常抓不懈。因而，乡土作家、业余作者的文学创作热情逐年高涨，作品水准也逐年提高。

群众的热情起来了，如何保持？创作水平如何提高？关键就在于经常开展文学创作活动，一是举办培训班、笔会，二是举行文艺作品大奖赛。1985年钟祥文协成立后，几乎年年举办文学创作培训班和笔会、改稿会，省内著名作家、艺术家来钟祥讲课就有十余次。他们是：姚雪垠、冯天瑜、周勃、鄢国培、刘富道、刘益善、映泉、刘耀伦、李家容、蒋敬生、冯康男、周傲秋、王春桂、李铁柱、汪洋、张志学、张正平、夏翎等同志。他们大大提高了钟祥乡土作家和业余作者的创作水平。钟祥市作家协会还十分重视培养文学新秀，通过这些活动，提高了全市青少年的写作兴趣，"中学生文联"会员达到6000余人。从而，一大批文学新秀脱颖而出，全国十佳文学少年蒋晓琴、施蕾、郭婧就是其中的代表。华东师范大学出版社、中国文联出版社、长江出版社为她们出版了《蓝色的梦》《中学生生活随笔》《雨季边缘》《花季影响》等书。

第三，各级党委、领导同志的关心和支持。

钟祥市乡土作家群形成伊始，就得到了包括省作协在内的各级党委、领导同志的关心和支持。省作协主席鄢国培、副主席刘富道、《长江文艺》主编刘益善、《新作家》主编映泉等同志，都对钟祥的乡土作家们给予了具体的关怀和指导。至于钟祥市委的关心和支持，那更是直接和具体了。市委拿出专门经费请全国知名作家、评论家来钟祥召开作品讨论会，为乡土作家的成长铺路搭桥。由于各级党组织的关怀和支持，钟祥乡土作家群正走上一条健康发展的道路。

## 三、乡土作家群的发展趋向

乡土作家立足乡土，描写乡土生活，深受干部群众的欢迎。丰富的现实社会生活，又为他们的创作提供了广阔的舞台。然而，大多数乡土作家没有接受正规的高等文化教育，他们的写作功底亟待提高。这就向人们提出了乡土作家群体如何发展的问题。发展是硬道理，是毫无疑问的。但其发展趋向究竟在哪里，笔者认为：一是普及，二是提高。而要搞好这个普及和提高，还必须采取相应的过硬措施。

文学是要靠作品发言的，作品是人写的。汉水文学要取得长足发展，在全国再领风骚，从根本上说，要建设一支具有很强的凝聚力、很讲团结、很能拼搏的作家队伍，也就是说，要形成一个具有汉水特色的作家群。从年龄结构上说，它是老、中、青的结合，从文化素养上说，它是作家与学者的结合；从生活储备上说，它是都市文学作家与乡土文学作家的结合（都市文学与乡土文学有时是交叉的）。毛泽东同志《在延安文艺座谈会上的讲话》中指出："一切种类的文学艺术的源泉究竟是从何而来的呢？作为观念形态的文艺作品，都是一定的社会生活在人类头脑中反映的产物。""社会生活是文学艺术的唯一源泉。"作家作品要提高，汉水文学要发展，一个很关键的问题，还需要作家返璞归真，再练社会生活这门基本功。

措施一，乡土作家自身严格要求，调整心态，克服浮躁情绪，加强文化学习，尽快提高文学素养。乡土作家们创作形势可以说十分大好，尽管数量上去了，但大多数质量不高，在全国叫得响的精品不多，真正的扛鼎大作尚未出现。这就需要我们的乡土作家在写作的同时，还要加强学习，学文化、学科学、学经典、学生活。不能上大学就自学。黄庭坚说："学者要先以识为主，如禅家所谓正法眼者，直须具此眼目，方可入道。"[1]在自觉中掌握的知识更牢靠。写作与学习相辅相成，必然会变得有识见，有悟性，只要有某种悟性就能将重如丘山的祖师视若鸿毛而自立门户。"句中池有草"指谢灵运的名句'池塘生春草，园柳变鸣禽，"（《登池上楼》）。《南史·谢惠连传》载："（灵运）尝于永嘉西堂思诗，竟日不就，忽梦见惠连，即得'池塘生春草'，大以为工。常云'此语有神工，非吾语也'。"[2]

措施二，进一步争取党委和政府的支持。乡土作家写乡土，歌颂和塑造本乡本土的英雄模范人物，表现和反映本乡本土政治文明、物质文明、精神文明建设的新鲜事物，鞭挞丑恶的落后现象，基层党组织不仅非常欢迎，而且非常需要。各级党委和政府都注重抓三个文明建设，需要更多的乡土作家和新闻通讯员。在基层文学写作和新闻写作本来是不分家的，这就为乡土作家们提供了提高和发展的大好机遇，一方面普及作品层面，一方面提高写作素养。更多的作者脱颖而出，更好的作品发表问世，是指日可待的。

措施三，湖北省作家协会应进一步关心和支持乡土作家，为乡土作家们排忧解难。乡土作家需要省作协，省作协也同样需要乡土作家。省作协不是召开了"走进新世纪•湖北青年作家创作恳谈会"么？指出："进入（20世纪）90年代中后期以来，各省文学创作的发展和作家队伍的建设都面临着一个同样的课题，就是，原来的一批知名青年队伍的建设都面临着一个同样的课题，就是，原来的一批知名青年作家已步入中年，创作上已经进入了一个相对稳定的阶段，这批作家虽然创作力依然旺盛，佳作不断，但他们的数量毕竟有限。所以，如何尽快推出更年轻、更具活力的一批作家并使之成为创作上的主力军，大家都在绞尽脑汁想办法。面以扑面而来的新世纪，这一课题愈发显露出其内含的重要战略意义。"《长江文艺》2000年第2期《新的地平线正在移动》推出更年轻、更具活力的作家，显然有一个"发现"的问题，既要在都市里发现，也要在"乡土"中发现，尤其还要对在"乡土"中发现的作家倾斜政策，帮助其解决切实的困难。汉水流域是广阔的天地，汉水乡土作家也是一支湖北文学不容忽视的生力军，他们也为湖北的作家队伍提供坚强的后续力量。但对于绝大多数乡土作家来说，他们仍存在着一个天大的困难——作品难以发表！这就需要省作协予以切实的关注。

总之，汉水流域以其独特的文化魅力吸引着广大乡土作家投身文学创作，不仅延续了汉水文脉，更促进了汉水文化的大繁荣。在新的时代，乡土作家更应触觉更敏锐，才力更深厚，热情更高昂，挟千年厚重之文风，在中国乡土文学的版图上开辟新天地，抒写新华章。

## 参考文献

［1］范温.潜溪诗眼·学诗贵识［M］//郭绍虞.宋诗话辑佚.北京：中华书局，1980.

［2］南史·谢惠连传［M］.北京：中华书局，1975.

# 关于吕家河民歌保护与开发现状的调研报告

郧阳师专艺术系　熊金波[①]

吕家河村位于汉水之滨，武当之南，相距武当山的金顶峰仅仅几十公里，这里山清水秀，风光秀丽，人们安居乐业，民风淳朴，留下了汉水文化的古风古韵。吕家河村现有七百多人，就是这个不大的村落开放着光彩夺目的汉水民歌之花。吕家河民歌不仅数量多，而且风格独特。据不完全统计，吕家河民歌有四千余首，几乎是凡能说话的人，就能唱歌，有将近一百人能够连续唱歌两小时以上，其中有四人唱歌数目竟达千首以上。如此的歌手集聚地和民歌歌曲集中地在我国是非常少见的，在汉族民歌里面也十分罕见，因此成为"汉族民歌第一村"，被国家列入第二批国家级非文化物质遗产名录。可以说吕家河民歌是非常难得的汉水文化的瑰宝，也是我们民族文化的宝贵财富。

## 一、吕家河民歌的产生和形成

吕家河民歌是如何产生和形成的，不少专家学者做了相当深入的研究，归纳起来主要有如下几点：一是历史文化的现代传承；二是武当宫观建设；三是宗教活动的影响。这些看法，确实解答了不少疑问，但我认为，吕家河民歌的产生和形成是地域文化的传承、吸纳与积淀。

民歌从哪里来？民俗是它的土壤，民俗从哪里来？那就是社会生活与人情性灵。俗话说，一方水土养一方人。吕家河村地处鄂西北，背靠天下闻名的武当山，汉水自陕入鄂，流入长江。汉水滋润了鄂西北的大地山川，也养育了这里的人和

---

[①] 作者简介：熊金波（1976—　），男，湖北省随州人，郧阳师范高等专科学校艺术系副教授，主要研究方向：声乐教育及民族民间音乐研究。

灿烂文化。吕家河民歌就是在这个特定的地域和特定的环境中产生并形成的。之所以如此强调这一点，就是要突出它的根本所在和主体地位。

如同其他民歌一样，吕家河民歌有着悠久的历史。早在《诗经》时代，汉水民歌已经十分流行。据史料记载，周宣王时太师尹吉甫就是《诗经》的采风者，尹吉甫就是鄂西北房县人，而房县也被现代人称为"诗经故里"。这说明远在西周时代这里就有大量的民歌民谣，所采之"风"毕竟是很小一部分，而这一小部分在《诗经》中有很重的地位。虽然那时民歌的演唱是怎样的我们不得而知，而大量存在并流行却是不争的事实。

吕家河民歌是与汉水文化的发展演进密切相关，汉水文化随着历史的演进和社会生活的变化在变化着、发展着、传承着。吕家河民歌绝不会例外，除了它自身的与时俱进之外，还在吸纳着其他民歌，这种吸纳很早就开始了，至少可溯至春秋战国。鄂西北是历史上秦国与楚国的边界之地，频繁的战争带来人口流动，汉水交通必有商贾往来。而且鄂西北地处偏僻，山高林密，是历史上著名的流放地和避难之所，从春秋战国起，那些罪臣罪民多流放于此。1417年，明代统治者在武当宫观建成之后，为供养大批道士，将五百多户流犯流放在此，入册安家，这些方方面面的人员流动，大大改变着这一地域的社会生活，也丰富着这一地域的文化，毫无疑义，吕家河民歌也从中吸收养分，逐步构建自身的艺术特色。吕家河为什么叫吕家河，是因秦国吕不韦流放至此而得名，特别是这些达官的到来，会给这里的民间音乐不小的影响。例如唐代武则天曾将自己的儿子李显（唐中宗）流放此地。李显的流放带来了宫廷文化，当然包括了宫廷音乐，"唐将班"的歌声一直流传至今。

吕家河民歌蔚为大观，是在明代以后。明代以前，武当山已经是道教圣地，然而，远远没有明朝大修武当之后的盛况。在明朝大修武当时期，皇帝征调数省来自全国几十万民工，修建皇家道场、武当宫观等。随之而来的当然还有官兵及相关服务行业人员，武当地区包括吕家河便是他们生活、休息、娱乐的地方，同时也是随军家属、商人、官员的集聚地。建设完工后，不少民工还留居此地，这样，武当山周边便成了五方杂居之地，这便是吕家河姓氏众多的形成原因。这些类别不同的人，从自己的家乡带来了独有的民歌、小曲，例如江南二胡小曲、河南豫剧等，这些歌曲（戏曲）大多数基本上保留了原有的特点，当然也适当地改变了一些，以适应当地人的生活需要、娱乐需要和演唱需要。原有的也好，改变的也好，所有这些五花八门的内容、南腔北调的曲子极大地丰富了这里的民歌。还有，武当大修以后，大批的游客、香客蜂拥而至，每年达百万人次以上。而吕家河处于朝圣旅游要道,这些香客、游客时不时哼上几句家乡小调什么的,那是再自然不过的事。这只庞大的队伍,每天哼出许多南腔北调,而主客之间对对歌、和和调,互相请唱,互相切磋,那也是极易发生的事。长而久之,这些歌调源源不断地飞进了吕家河的民歌之中。所以有人说,没有明朝的大修武当,就没有现在"汉族民歌第一村"。

## 二、吕家河民歌的现状及发展趋势

吕家河村位于鄂西北汉水中上游,原属丹江口市官山镇管辖,村落不大,群山怀抱,绿树掩映。在这个相对封闭的地理环境中,民歌文化在历史的长河中默默的演绎、吸纳和沉淀着。民歌村1999年发掘以来产生了巨大的社会影响,受到了国内外的广泛关注。美国、菲律宾、日本、英国、加拿大等十多家外国媒体以及国内的《人民日报》《新华社》《光明日报》《文汇报》《中央电视台》等百多家新闻单位进行采访报道。专家学者闻风而至,国内的不说,秘鲁、德国等外国文化艺术节专家陆续进行采风考察。游人探访络绎不绝,每年大约在万人以上。研究工作紧随其后,成果喜人,特别是被发掘后的几年,国内专家学者,如湖北汽车工业学院教授李政康、中央音乐学院副教授李月华、华中师范大学教授刘守华等对吕家河民歌做了深入研究,并发表了高质量的数十篇论文。自吕家河民歌被列入国家级非物质文化遗产名录之后,吕家河人进一步认识到民歌文化的价值,增强了传承保护文化遗产的意识,对民歌的热爱更加浓烈,积极性更加高涨。民歌会上热火朝天,你唱罢来我登场;对歌此起彼落,妙趣横生;阴歌通宵达旦,夜以继日;阳歌处处飞扬,声声入耳。民歌的普及程度也有所提高,几乎是无事不歌,无人不唱。他们把生活中的喜怒哀乐、意愿和憧憬融入民歌,又把民歌的内容融入到生活中去,把生活的语言民歌化,又把民歌的语言生活化。他们很享受这种生活的形式,因而古朴的生活,淳朴的民风依然可见可感,民歌的传承与演进可圈可点,可佩可赞。同时,政府也加大了对吕家河民歌的挖掘保护力度,投入了资金三百多万,改善了环境,修通了道路,设立了遗产保护机构,制定了工作方案和保护措施。最近在政府的鼓励支持下,当地又成立相关的民间团体组织,这将加快吕家河民歌的挖掘与开发工作步伐。

然而,吕家河民歌的发展走向如何,是我们不得不考虑的事情,随着改革开放的进一步深入,社会经济文化逐步走向现代化,人们的生活观念在发生变化,生活方式在发生改变,生活水平也在不断提高,物质生活的改变必然带来精神生活的改变,这种改变将对古老的、传统的民族文化带来冲击和威胁,这就是我们不得不考虑吕家河民歌走向的理由。许多专家学者为此表示出担忧,但是我们没有理由放弃宝贵的民族文化遗产,放弃吕家河民歌的保护和传承,我们应该有信心保护好、传承好吕家河民歌文化。笔者认为吕家河民歌是可以继续走下去的。首先,悠久的民族文化艺术是有生命力的,它经受过漫长历史的考验,抵御过"八面来风",从西周到宋元明清,有没有社会变革?有没有经济的发达?有没有历史的进步?今天吕家河民歌不是还在我们这里吗?问题在于吕家河民歌能否与时俱进。其二,需要是前提,民俗这块土壤不失,民歌这棵大树就不会倒。民歌是生长在民俗之上的,社会再怎么发展,婚丧嫁娶、哀悼喜庆等等是不可避而免之的,生活有需要,民歌就不会消停。流行歌曲再好听,吕家河人说"没有用"。其三,歌唱是吕家河人的乐事,唱出自己的情怀和生活是他们最好的精神享受,而乐此不疲。歌师姚启华说:"一天不唱心里就发闷"。基于上述三点,笔者对吕家河民歌的发展趋势是乐观的,只要应对策略得当,措施得力,坚持不懈,吕家河民歌会更加灿烂辉煌。如果我们盲目骄傲,坐享其成,那个发展趋势就不好说了。

## 三、对吕家河民歌保护和传承的几点建议

吕家河民歌是历史悠久的民族文化遗产,是一代又一代人集体创造的结晶,它不仅是武当文化、汉水文化的璀璨明珠,也是我们民族的宝贵精神财富,弥足珍贵。它在鄂西北被发现,是鄂西北人的荣幸,而荣幸的鄂西北人有责任爱护它,保护它,传承它,这是一项十分艰巨的任务。鉴于此,个人提出几点不成熟的建议。

### (一)进一步端正态度,增强保护民族遗产的责任感

自吕家河列入第二批非物质文化遗产名录以来,有关方面工作热情相当高,做了很多具体的工作,但在思想态度方面还存在一些偏差。只有抱着对民族对人民高度负责的态度去对待吕家河民歌的保护和传承,工作才富有成效。目前非常流行一种说法叫"文化搭台,经贸唱戏",对于吕家河民歌的保护与传承来说,我个人认为这一说法有欠妥当。按照这个说法,"经济"是目的,"文化"是被利用的东西,是手段、工具之类,是拿"文化"这个手段去赚钱,去发展经济,"经济"的目的达到了,这个手段就无足轻重了。这是对文化的不尊重。我们不否定

文化带来的经济效益,但我们必须牢牢把握住文化本身的价值。一些人甚至直言不讳:"不赚钱的事儿谁干?!"如果我们抱着这个态度去对待文化遗产,那么吕家河民歌文化的保护和传承就是一句空话。如果这样想:吕家河民歌失传就再也找不回来了,那就会惊出一身冷汗。

## (二)进一步抓好吕家河民歌的挖掘整理工作

这是一项基础性工作,在流传的四千余首吕家河民歌中,目前整理出曲调七十余个,民歌一千余首。可以肯定地说,这不是吕家河民歌的全部。资料整理并非易事,吕家河民歌从古到今是口口相授、代代相传留存下来的,没有文字记载,已经整理出来的靠的是吕家河人从记忆中唱出来,然后记录下来。而整理出来的只是较为熟悉的一部分,越往后就越艰难。有关部门应组织专班加紧工作,等到歌师们年高记忆力差时就很难办了。已经整理出来的民歌既可以做文字处理,还可以通过录音、录像记录下演唱实况;既作为资料保留,又可以进入市场,增加经济收入。

## (三)政府及相关部门应继续进行扶持,增加资金投入,给他们一点儿特殊政策

首先是关注演唱艺人,他们才是传承吕家河民歌的关键角色。要培植一支高水平的歌师队伍,鼓励更多的吕家河人参与到这支队伍中来,齐心合力做好传承工作。他们是农民,面临着一定的生活压力,政府可考虑一定的经济补偿。其二,是在不影响文化生态的前提下,优化环境,发展旅游、商业、餐饮等行业,带动吕家河人致富,进而调动他们保护文化生态的积极性。其三是做好宣传推介工作,使"民歌村"产生更大效益。"汉族民歌第一村"是吕家河的名片,也是鄂西北的名片,擦亮这张名片,送出这张名片,就会有更多的人走进吕家河,走进鄂西北,了解悠久历史的民族文化,欣赏鄂西北的壮美河山,参与鄂西北的经济发展,这既促进了吕家河民歌的保护和传承,又带来了巨大的社会效益、文化效益和经济效益。这项工作没有行政部门的支持是不行的,没有资金支持也是不行的。

## (四)加强研究工作,提高吕家河民歌的知名度

"民歌村"引起社会的强烈反响,是与专家学者的研究密不可分的。总的来看,对吕家河民歌的研究还是不够的,应当加强。一是扩大研究领域;二是进行深入研究,深入挖掘文化内涵和价值所在;三是请更多的专家学者参与,形成

"百家争鸣"的局面。这项工作做好了，不仅提高了品位，使吕家河民歌增色增光，还可大大提高"汉族民歌第一村"的知名度。

### （五）将"民族村"列为大专院校艺术教育实践基地

吕家河民歌是民族文化孕育出的一朵奇葩，是活生生的传统艺术作品，是文学理论和创作实践最直观的诠释。将它作为实践基地不仅可以让当今的文艺青年了解民族文化，亲身感受民族文化的魅力，还可以以"接地气"的方式领会理解文艺理论。而对于吕家河民歌的保护和传承来说，也会起到促进作用。这是一件双赢的事，所以应积极努力，促成艺术教育实践基地的建立。

在本文结束之时，我衷心希望，创造了吕家河民歌的吕家河人，珍惜你们的劳动成果，保护好你们的"传家宝"，将你们的歌世世代代传承下去，让汉水文化的民歌之花开得更火、更红、更加灿烂。

# 鄱阳湖区域历代词创作概述

江西省社科院 刘双琴[①]

古代鄱阳湖为连接江西与外地的重要通道，也是历代中原文化进入江西大地的主要渠道。由于这样的交通枢纽位置，在鄱阳湖周边，前人创造出令人惊叹的文化。就文学艺术而言，亦是如此。从现有文献记载来看，自汉末三国纷争至晋室衣冠渡江，江西大地见诸史籍的文学家屈指可数，且集中在豫章（今南昌）、浔阳（今九江）二地。东晋时期，江西出现了大文学家陶渊明，也为柴桑（今九江市西南）人。陶渊明之后的三百年内，江西文学家见诸史籍的只有6人：新吴（今奉新县西）的刘昚虚，浔阳（今九江）的陶岘，南康（今南康县西南）的綦毋潜，南昌的熊曜、熊暄、余钦（吴海等主编：《江西文学史》）。可见，从东汉至中唐，江西文学家大都集中在彭蠡湖周边地区。中唐以后至宋代，江西文学逐渐兴盛，进而臻于繁荣。然而，据相关学者研究，在江西文学逐渐从鄱阳湖向江西南部扩散的过程中，无论是在北宋还是在南宋，鄱阳湖地域都是文学家密集的区域。《江西历代文学艺术家大全》收录江西历代文学艺术家1296人，仅鄱阳湖周边的南昌、新建、进贤、九江、永修、德安、星子、都昌、湖口、余干、鄱阳、万年几个县市就有文学艺术家247人。自东晋起，在鄱阳湖区域，涌现出了陶渊明、鄱阳"四洪"、豫章"四洪"、彭汝砺、姜夔、豫章社诸子、八大山人等一批优秀的文学艺术家，他们共同谱写了赣鄱文艺的辉煌篇章。自汉末以来的一千六百年间，鄱阳湖畔文学家多如繁星，题咏鄱阳湖的诗、词、文亦不可胜数。笔者寓目不广，难以尽言，仅概述鄱阳湖区域历代词的创作，以窥豹一斑。

经唐五代的发展，词作为一种文体，已经臻于成熟。自宋代开始，江西词人

---

[①] 刘双琴（1983—）女，湖北恩施人，江西省社会科学院助理研究员，主要从事宋代文学研究。

逐渐走上文学舞台，并在宋词的发展史上占据重要地位。

作为江西文学的核心区域之一，鄱阳湖区域①词的创作亦成绩不菲。这一时期有词作传世的作家就有20余人，其中鄱阳10人，包括赵彦端、洪皓、洪适、洪迈、程邻、姜夔、张履信、张辑、黎廷瑞、徐瑞；南昌6人，包括石孝友、赵善扛、京镗、汤正仲、李红模、杜良臣；都昌3人，包括曹彦约、冯去非、江万里；德安2人，包括夏竦、王宷；永修2人，包括李彭、楚娘；余干1人，为赵汝愚。他们的词虽然较少直接描写鄱阳湖区域的风貌，但作为该区域成长起来的词人，他们的努力体现出这一时期词的创作所达到的高度与水平。这些词人中比较值得称道如王宷，其词造意新颖，语俊而奇，"善作一种俊语，其失在轻浮，辅道夸捷敏，故或有不缜密"（王灼《碧鸡漫志》）。又有石孝友，词作长调以端庄为主，小令以轻倩为工，词风近似柳永、黄庭坚，而"隽不及山谷，深不及屯田"（冯煦《蒿庵论词》），生动活泼，情态毕现，而又不坠恶道，使人耳目一新，因而被奉为"词中白描高手"（《雨村词话》卷二）。他的《浪淘沙》（好恨这风儿）一词就以白描见长，通过怨风、贵风、求船、求风等一系列心理过程的描写，将湖畔男女的离愁别恨写得曲折细致，充满浓郁的民歌风味。京镗和赵彦端也是其中比较突出的词人。京镗的词作大部分是写在四川安抚使任上，或反映巴蜀景物、乡土民风，或感慨言志、酬唱应答，内容写实，直抒胸臆，风格平朴。赵彦端词作数量众多，被收入《全宋词》的词作就有一百五十余首，并且风格独具，婉约纤秾，自成一体，辛弃疾推之为"介庵体"。

在宋代词坛上，鄱阳县词的创作尤为突出，词人的群体性特征比较明显。他们或词风相近，或交往密切，甚至还出现了以家族性为特征的词人群，如洪皓家族。洪皓以节气著称于世，有《鄱阳集》四卷传世，收录的是词人滞留金国时期所作的诗词文。从集名"鄱阳"二字可见词人深切的故土情结。他的词作虽数量不多，仅二十余首，但题材比较广泛，如咏物言情、节令思亲、羁旅怀归、写景游园等；虽然吟咏的内容并没有超出前人苑囿，但由于词人独特的生活经历和体验，其词显示出不同于他人的风格特质，蕴含着强烈的爱国情怀。洪适为洪皓之长子，词科起家，存词一百三十余首，题材、内容涉及面极广。他不仅寄情山水，抒写隐逸情怀，同时把对民生、对社稷的关注、对生命的感叹都融汇在词中。洪适曾进尚书右仆射，兼枢密使，但后来罢为观文殿大学士，晚年乞休归，家居

---

① 本文所涉"鄱阳湖区域"，主要是指环鄱阳湖周围的南昌县、新建县、进贤县、都昌县、湖口县、永修县、德安县、共青城市、星子县、庐山区、万年县、余干县、鄱阳县十三个县（区）。

十八年，以著述吟咏自娱。他与古代众多知识分子一样，在官场失意后，归隐乡野，淡泊明志，并通过歌咏渔父无拘无束的生活，以表白自己不与统治者同流合污，《渔家傲引》组词就是比较有代表性的佳作。词前有小序，对鄱阳湖边渔父生活加以概述，组词从一月写到十二月，生动形象地描绘了归隐后的生活，意境空灵可喜。其中《渔家傲引》（子月水寒风又烈）一词尤为可观，全词云："子月水寒风又烈。巨鱼漏网成虚设。圉圉从它归丙穴。谋自拙。空归不管旁人说。昨夜醉眠西浦月。今宵独钓南溪雪。妻子一船衣百结。长欢悦。不知人世多离别"，表达出渔家生活虽然贫苦，仍能心境谐畅，逍遥自得的境界。因此况周颐称此词"委心任运，不失其为我，知足常乐，不愿乎其外"（况周颐《惠风词话》）。洪迈为洪皓第三子，也有少量词作行世。

除洪氏家族外，鄱阳县还有姜夔、张履信、张辑、黎廷瑞等词人群体。姜夔是南宋格律词派的重要代表作家，善于描绘空灵活脱、恍惚迷离的艺术境界以及清高孤傲的形象，"寒""愁""冷""清"是其词中常见的形容词。关于白石词风，张炎称"清空""骚雅"，沈义父谓"清劲"，汪森曰"醇雅"，谭献云"清脆"，周济言"清刚"，孙月波称"清超"，陈廷焯谓"清虚骚雅"，戈载云"清气盘空"。这些评价虽然千差万别，但大都认可了白石词"清"与"雅"的特质。白石虽终生布衣，却名重一时，在南宋与清代都产生过重要影响。鄱阳张辑、黎廷瑞等人词的创作均受其沾溉。张辑一生未仕，以布衣终老，曾受业于姜夔，诗词皆工，有词集《清江渔谱》等。其词多用姜夔语，如"象笔鸾笺""高柳晚蝉"等。综观其词，可以说衣钵白石而能入其堂奥，虽冷峭劲拔不及，而风雅婉丽则不多让。张辑一生虽浪游他方，然鄱阳故土始终是令他魂牵梦萦的家园，思故之情在词中也多有反映，如《谒金门·花半湿》一词，写客居异地欲归不能之苦，读来让人无限唏嘘。黎廷瑞存词不多，传世者有一首《贺新郎·落星寺》，词云："帆影斜阳里。与芦花、分风飞过、落星遗此。瓦老苔荒钟鼓陋，斑剥残碑无几。想此处、阅人多矣。天上白榆犹落去，况人间、一瞬浮花蕊。问五老，笑而已。仙翁当日曾挥麈。拍阑干、浩歌音响，振鱼龙耳。九十余年无人问，遗韵半江烟水。慨宇宙、风涛如许。安得六丁移此石，去横身、作个中流砥。长唱罢，冥鸿起"，写鄱阳湖上落星寺，清泠淡远，亦可与白石、玉田把臂入林。

此外，还有部分词人原籍虽非鄱阳湖区域，但徙居或寓居此地，如居于南昌的扬无咎、赵善括、宋自逊等。扬无咎作词情真意切，词格工巧，情深处不减《花间》《香奁》。赵善括能诗文，亦有词名，词多抒写家国之忧与个人身世之感，词风骏迈，与辛弃疾相似，惜才力稍嫌不逮。宋自逊留下的词作不多，然不事雕镌，平易清新，虽看似寻常，却内藏奇绝，虽平白如话，却能于庸散中见出骨力，尤近于刘克庄、戴复古诸家的风格。他们的加入，使两宋时期鄱阳湖区域词的创作更为异彩纷呈。

鄱阳湖区域词的发展，经历了两宋的高峰，元明时期走向低谷。从《全金元词》等文献所收录的词人来看，金元时期，该区域有词作传世者仅鄱阳吴存、叶衡、吴真人，南昌宋远、萧烈以及永修燕公楠等极少数人。吴存的传世词作较多的词人，他是江西鄱阳县凰岗吴家边人，宋末学者饶鲁的私淑弟子，与黎廷瑞、徐瑞、叶兰、刘炳并称"鄱阳五先生"，所著有《鄱阳续志》，诗词收入《鄱阳五家集》。他的词中有多处对鄱阳故地的描写，如《摸鱼儿·送周君崇录判》："小试神锋，蛟奔蠆走，彭蠡湛千顷。芝山下，三世甘棠旧境。春风重绿相映。缇屏昼战声华接，还羡纠曹名盛。风力劲"，《水龙吟·送余干教邓觉非归吴》："琵琶亭下春波，滔滔流入三吴去"，《百字令·饯张巡检》："芝山南畔，听将军鼓角，暮烟朝雨。渺渺番湖三百里，四面封疆皆水。葭苇烽沉，鲸鲵波静，人在渔樵里"，《水龙吟·督军湖观竞渡》："平湖暮色冥濛，雷风唤起双龙舞。吸干彭蠡，须臾嘿作，一川烟雨。……英雄远矣，悠悠汉楚。笑邦人只记，饭筒缠绿，汨江怀古"，在浩瀚的鄱湖空间融入历史的沧桑与文化底蕴，境界阔大，气势雄迈。

明代以后，词的创作中心逐渐从鄱阳转移到南昌、新建一带，创作者主要有南昌胡俨、陈允衡、朱中楣、万时华，新建熊文举，进贤傅冠、舒芬，星子黄淑贞，鄱阳刘炳、叶兰等。

刘炳，字彦昺，活跃于元末明初文坛。他的主要文学成就在于诗，不过词也写得很有水平，今存词一卷，为门人刘子升编定而成，已收入《刘彦昺集》，有四库全书本。他的词语句畅快，情深意长，如送别友人的《忆秦娥》，堪称上品。另有一首《壶中天慢·感怀》，上片写少年时代意气风发、逐鹿中原的豪情壮举，下片写白发青衫、辱于泥涂的悲哀。词末转道"却羡渊明，休官彭泽，三径连松菊。迎门稚子，残书老砚茅屋"，一种叹老嗟卑、无处寄放的感伤情怀终有所安置。这种归隐精神正是鄱阳湖的一种文化特色，并使一代代失意的文人寻到精神的归宿。叶兰生于元末（约1355），亦工诗能词。他终生隐居不仕，淡泊功名，活了九十多岁，其词反映出一个鄱阳湖畔隐者宁静致远的心境与人生态度，如《青玉案·寿矢德贤》就言"功名休问，荣华莫顾，眼底儿孙宝""白日高堂无事恼。说情闲话，唱太平曲，且把金尊倒"。

在明代前期词坛上，胡俨的《竹枝词》四首颇引人注目。这几首词清新明快，将采莲女的生活、对爱情的期待写得情韵绵长，具有浓厚的民歌风味，这种"船头烟暝浪花飞,船里风来浪湿衣,独棹兰桡下莲渚,迎郎不见又空归"的景致与风情也正是鄱阳湖畔采莲女爱情生活的写照。

明代中期值得一提的词人是舒芬,他不以词著,词存世仅三首,分别为代府县、乡官、三学撰。这三首词艺术水准并不高,但能反映出正德年间王守仁在南昌一带平定宸濠之乱的重要历史事件,以词存史,独具特色。

明末清初,熊文举、陈允衡、朱中楣等陆续登上词坛。熊文举出身世代官宦书香家庭,一生勤于学,尤耽著述,工诗、文、词,清初驰名文坛,极享盛誉,著有《雪堂全集》二十八卷,有词集《雪堂词》。他虽存词不多,仅十余首,却以词闻名。由于他先仕明,后附农民军李自成,后又仕清的复杂经历,发之为词,则多故国之思,常以凄楚之音抒发忆旧思故之情。文举妻杜漪兰,字中素,亦工诗文词,常与文举相唱和,惜存词很少。陈允衡弱冠为诸生,明末师从督学侯峒曾,与陈宏绪、徐世溥结为莫逆之交,与名士王士禛、施闰章私交亦深。他以诗文名世,亦工词,并有词集《国雅词》。他的词如《浣溪沙·和韵》《浣溪沙·红桥感旧和阮亭》,虽写故国之思,但都寓于清新婉丽的艺术形式之中,让人不无凄楚哀婉之感。朱中楣为明宗室朱议汶之女,现存词七十余首,以小令居多。特别的身世经历开阔了她的生活视野,使得她在词的创作上有宽广的题材,"或伤故国之黍离,或怀王孙之芳草,或叹时序之变迁,或感行旅之飘零"(李元鼎《随草序》),清疏旷放,在明末清初的女性词坛上独树一帜。

明清易代,曹慎仪、罗安、潘锦江等人逐渐展露锋芒,在清代中叶鄱阳湖区域词史上留下了姓名。曹慎仪为兵部侍郎曹云浦的独生女,同里顾清昕之妻,幼习五经,娴为吟咏,尤工于词,所著有《玉雨词》一卷,今尚存。她的词多表现闺阁愁情,有比较明显的离愁别绪,且善于运用长调铺叙,因而情感深致,如《贺新凉·荷花》咏荷,体物细腻,风流蕴藉,以花拟人,芳心独苦。潘锦江为乾隆间举人,他的《湖口竹枝词》五首亦为上佳之作。这五首词写鄱阳湖畔风物,将湖口的秀美湖色山光与人文荟萃的历史文化相结合,将浓浓的诗情与乡情相融合,展现出湖口美丽的社会生活画卷。其一云:"黄牛伏畔春水生,白虎塘坳春草平。停船多傍女儿港,棹过鞋山烟月明。"其二云:"龙华寺畔夜维舟,江水青青汉水流。月下东风齐笑语,伊鸦柔橹上江州。"其三云:"五月黄梅雨浃旬,龙舟挝鼓竞前津。花栅近说红船好,狼藉钗钿趁会人。"其四云:"怀苏亭上瞰江烟,壁立危岩千仞悬。可惜钟声镗鞳后,更无人上水师船。"语言清新明快,通俗而不伤雅,个中三昧,端耐寻思。罗安大约生活于嘉庆、道光年间,为人质朴,讷口而雅,一生潜心于学,工诗词。他的词作题材比较广泛,诸如临别相赠、咏史抒感、触景生情、托物言志均入其内。罗安的作品，辑为《水耘诗稿》十二卷，附《诗余》一卷刊行。

清末民初值得一提的词人有南昌勒方锜、魏元旷、魏元载，新建陶福履、范金镛、夏敬观，鄱阳陈宇等。

南昌勒方锜（1816—1880），原名人璧，字悟九，号少仲，工诗能文，对词造诣极深，享名于时。著有《太素斋词钞》二卷，存词一百三十首。俞樾在《太素斋词钞序》中说勒方锜"生平于诗文不苟作，独喜为词。方其少壮时，风流自赏，歌衫舞袖。长令短调，促节曼声。每一篇成，辄为同人所叹赏"。勒方锜的词虽然不多，但婉媚深窈，辞美而律谐。他的词多作于羁旅途中，内容多抒写个人愁怀逸兴，离愁别绪等。因生于川原之地，故其词中言帆、言舟之句格外多，如"短帆暮落鸳鸯浦"（《水龙吟》），"片帆催发，望沧波浩渺，断肠新别"（《解连环》），"寂寞芦渡，逗孤帆，闲听戍笛"（《金缕曲》），"又征帆一幅烟江，天涯去"（《满江红》），"小舟安稳布帆轻"（《临江仙》），"数点渔舟，随意横沙嘴"（《点绛唇》），其宦海飘泊、羁旅之苦跃然眼前。魏元旷（1856—1935）原名焕章，号潜园，又号斯逸、逸叟。他在诗、文、词各方面都颇有造诣，尤工于词，有《潜园词》四卷，存词近八十首。魏元旷身处清末民初易代之际，作为封建遗老，他的词多抒发王朝末世的哀婉凄凉之情，如《六丑·题八大山人画册》。词人擅长长调，喜铺陈渲染。此外，魏元旷的小令也写得不错。如《相见欢·无题》以强烈的旧时情怀，抒发对昔日欢娱的怀念，似是受到李后主《相见欢·林花谢了春红》一词的影响。元旷之弟元载亦好填词。元载少年文字，有昂首向空、不可一世之概，年三十五时仕为考功郎，辛亥后以遗民身份归南昌近郊，舌耕终老。元载之词，颇多感怆，如《百字令》，句句哽咽不尽之言；《疏影》，境幽调雅，如大壑幽泉，远与世隔。

新建陶福履（1853—1911），少以诗鸣，写民生多艰，如泣如诉，其穷愁彻骨之痛，亦直言无隐。他的词多抒抑塞磊落之怀，从中可见其嶙峋傲骨，如《贺新郎·舟中杂感》一词，写生计惟艰之感，不假外物，直抒心曲，淋漓酣畅，抑扬顿挫。范金镛（1853—1914）性好绘事，亦善词，有《蝶梦词》一卷。夏敬观（1875—1953）在诗、词方面皆享有盛名，即以词而论，他是继王鹏运、朱祖谋之后的词坛领袖，有《映庵词》行世。其成就比较高的是小令，语言清新自然，秀韵天成，似不经意而出，而锻炼仍具苦心。夏敬观不仅是一名优秀词人，还是一位知名词学家，有《词调溯源》《忍古楼词话》《映庵词评》等多种词学著作行世。

鄱阳陈宇，字叔安，流寓金陵，晚年羁滞闽中，光绪初犹在世。有《剪梅词》一卷,福建省图书馆藏有稿本。在他的词作中,有一首《垂杨·游鄱阳湖浮舟寺感赋》值得关注。丁绍仪《听秋声馆词话》卷——纪其事云"陈叔安明府(字)……家鄱阳,流寓金陵。后泝江入粤,重游鄱之东湖,湖有浮舟寺。感赋垂杨云……其浮家浪迹,殆与白石有同慨。今老矣,犹羁滞闽中,藉诗词自遣,著有《剪梅词》",又云"叔安与保绪(按,保绪即周济)交最洽,故词笔颇相似"。这首《垂杨》词写作者游鄱阳湖浮舟寺所感,得陈允平《垂杨》一调之神髓。"诉归来、乡语生疏,问旧巢何处",写暂故里却不辨乡音,足见离乡已久,与贺知章"乡音无改鬓毛摧"之句,恰成对照。

# 论"太学新体"及其周边问题

九江学院 徐波①

【摘　要】"太学新体"不可简单视作一种怪异的文风,张方平所斥责的诸种"文弊"并非客观的评价。"太学新体"实质上是庆历贡举"简程式""先策论"等改革措施产生的不符合考校标准的程文,是庆历革新背景下士风高涨的一种体现。作为保守的旧党成员,张方平的从党争立场将"太学新体"的责任归于新党人物石介等人,彻底地否定庆历改革的成果,并利用知贡举的机会肃清庆历贡举改革的影响。张方平打压"太学新体"阻碍了欧阳修、范仲淹等人改变科场文风的努力,不可与欧阳修排抑"太学体"之功同等看待。

【关键词】太学新体；张方平；石介；庆历革新；党争

北宋庆历(1041—1048)年间出现的"太学新体"被学术界看作诗文革新过程中的一次阻碍,甚至是倒退。学界普遍认为在北宋诗文革新过程中曾出现一个险怪的古文流派,其轨迹是从景祐"变体"到庆历"太学新体"、再到嘉祐"太学体",蔓延在太学里的怪异文风延续了二十多年,直到嘉祐二年(1057)欧阳修知贡举才得以廓清,使古文走向平易自然的正途。"太学新体"被学界追溯为"太学体"的前身,张方平在庆历年间打压"太学新体"也被定性为扭转怪异文风有功之举。②"太

---

① 作者简介：徐波(1980— ),女徽寿县人,文学博士,九江学院文学与传播学院讲师,主要从事唐宋文学及文献研究。

② 相关研究参看：曾枣庄.北宋古文运动的曲折过程[J].文学评论,1982(5);葛晓音.欧阳修排抑"太学体"新探[J].北京大学学报,1983(5);葛晓音.北宋诗文革新的曲折历程[J].中国社会科学,1989(2);东英寿."太学体"考[J].日本中国学会报,1988(40);祝尚书.宋代科举与文学考论·北宋"太学体"新论[M].大象出版社,2006;张兴武.北宋"太学体"新论[J].文学评论,2008(6);朱刚."太学体"及其周边诸问题[J].文学遗产,2007(5)。

学新体"从而被贴上奇涩险怪的标签,成为文学史叙述中的批判对象。但是学者在讨论"太学新体"之时,并找不到一篇符合"太学新体"特征的"怪文",主要依据只能是张方平《贡院请诫励天下举人文章》一文。学者批判"太学新体"的诸种文弊,但是一般都将此视为单纯的文学现象,对具体的历史语境缺少全面深入的考察。张方平打压"太学新体"并非仅仅为了整顿文风,而涉及复杂的人事问题、制度改革问题以及评价的客观性问题等等。厘清以上诸多问题才能全面客观的认识"太学新体"。

## 一、张方平、石介以及党争

张方平将"太学新体"的责任直接归咎于石介和景祐元年(1034)"以变体而擢高第者",那么厘清张方平和石介的关系以及"以变体而擢高第者"的具体所指就尤为重要。

张方平《贡院请诫励天下举人文章》以否定的立场描述了从景祐元年到庆历六年科场之文发展的一个过程:

> 伏以礼部条例,定自先朝,考校升黜,悉有程式。自景祐元年,有以变体而擢高第者,后进传效,因是以皆忘素习。尔来文格,日失其旧,各出新意,相胜为奇。至太学之建,直讲石介课诸生,试所业益加崇长,因其所好尚而遂成风,以怪诞诋讪为高,以流荡猥烦为瞻,逾越规矩,或惑误后学。朝廷恶其然也,故屡下诏书,丁宁诫励,而学者乐于放逸,罕能自还。今贡院考试诸进士,太学新体,间复有之……①

张方平指名道姓的指责坐实了石介始倡"太学体新"的"罪责",为"太学体"之怪异文风指出一个看似合理的源头。但是学界在采用这则史料之时,对张方平其人其事都缺少详细考辨。近年学者开始考虑到张方平此论的时代背景和动机,认为张方平此言是对石介的肆意诋毁。②但也有学者对此观点提出异议,认为张方平对石介的批评绝对不可能是敌党之间的"肆意诋毁"。③因此,张方平是否

---

① (宋)张方平.乐全集[M].郑州:中州古籍出版社,1992.
② 朱刚."太学体"及其周边诸问题[J].文学遗产,2007(5).
③ 张兴武.北宋"太学体"文风新论[J].文学评论,2008(6).

"诋毁"石介以及在庆历党争中的表现，无疑是了解"太学新体"的关键。

　　石介和张方平到底是一种什么关系？笔者认为二人在庆历年间都卷入党争，分别隶属新旧党，是一种政治敌对的关系。张方平和石介早年相识，但是后来交恶。石介升任国子监直讲之时，张方平对其人其事颇为不喜。苏象先《丞相魏公谭训》卷六：

> 张安道雅不喜石介，以为狂谲盗名，所以与欧、范不足，至目以奸邪。一日谒曾祖，在祖父书室中案上见介书，曰："吾弟何为与此狂游？"又问："黄叔微何在？"问："前日狂生以羔雁聘之不受，何不与吃了羊、着了绢，一任作怪？何足与之较辞受义理也。"曾祖除御史中丞，固辞不拜。石介以书与祖父，以不拜为非。其略云："内相为名臣，子容为贤子，天下属望，所系非轻，岂可以辞位为廉。"①

　　从苏象先的记录来看，张方平对石介颇为不屑，斥其为狂谲盗名之辈，此也导致张方平和欧阳修、范仲淹等人关系恶化。张方平对石介以羔雁之礼聘请世外高人黄晞之举大力抨击，此举确有'肆意诋毁'之嫌。司马光《涑水记闻》卷十对石介在国子监时礼聘黄晞也有记载，曰：

> 黄晞，闽人，好读书，客游京师，数十年不归，谒索以为生，衣不蔽体，得钱辄买书，所费殆数百缗，自号聱隅子。石守道为直讲，闻其名，使诸生如古礼，执羔羊束帛，就里中聘之，以补学职，晞固辞不就。故欧阳永叔《哭徂徕先生》诗曰："羔雁聘黄晞，晞惊走邻家"是也。②

　　司马光在叙述这件事情的时候，态度比较中立，完全不像张方平那样言辞愤激。张方平非议石介之言在庆历三年，正值庆历党争紧张时期。苏象先的祖父为苏颂，曾祖为苏绅。苏绅除御史中丞固辞不拜在庆历三年③，石介与苏颂的信应该写于此年。这一年庆历新政已经拉开序幕，石介因《庆历圣德颂》而成为众矢之

---

① 苏象先.丞相魏公谭训［M］.《四部丛刊》本.
② （西汉）司马光.涑水记闻［M］.北京：中华书局，1989.
③ 颜中其编.苏颂年表.（庆历三年）"父五十四岁，为翰林学士，再迁尚书礼部郎中。除御史中丞中臣，固辞不拜。"吴洪泽，尹波主编.宋人年谱丛刊［M］.成都：四川大学出版社，2003.

的，张方平这段议论无疑是充满敌意的中伤之语。

石介确实言论有些偏激，招来一些非议，包括欧阳修认为石介"自许太高，诋时太过"，范仲淹也有对石介有不满之处，但这些善意的规劝和张方平等人的全盘否定不可同等看待。正如后来张耒《读守道诗》曰："作为文章不徒发，讥切时事排公卿。俗儒毁誉无所出，乃取过行为讥评。"①此论应该颇为公允。张方平此举可以视为对其过行的"讥评"。张方平时隔三年之后在奏章中斥责石介"以怪诞诋讪为高，以流荡猥烦为瞻"，足以证明张方平在庆历年间"不喜石介"。

张方平和石介交恶的主要原因是二人都卷入庆历党争，属于对立的党人。庆历三年范仲淹、杜衍、富弼、韩琦等发起政治革新，但很快就遭到以章得象、贾昌朝、王拱辰等人反对，即所谓的"新政之争"。台湾梁天赐《北宋台谏制度之转变》第二节"台谏之横与党争"认为庆历新旧党之争基本可以分为韩、范、杜、富与王、章两大阵营。韩、范、杜、富党成员有：韩琦、范仲淹、富弼、苏舜钦、石介、王益柔、尹洙、杜衍。王、章党成员有：王拱辰、宋祁、张方平、贾昌朝、章得象、钱明逸。②石介是庆历革新的主要参与者和支持者，曾在新政伊始就作《庆历圣德颂》摇旗呐喊，将其归为韩范之党，应该没有争议。张方平归属为章王之党也基本是共识。《韩魏公集》卷一三《家传》记载：

> 直监进奏院苏舜钦，因本院赛神聚饮，预会者皆当世闻人。舜钦宰相杜衍之婿，御史以故极论之。事下开封府劾治，上夜遣宦官散捕同饮者送狱。翌日公对曰："夜来闻遣内臣绕京师捕馆职，甚骇物听。此事但付有司，自有行遣。陛下自即位未尝为此等事，今日何至如此。"上悔见于色。在朝奸邪者，既欲因奏邸事倾正人。宰相章得象、晏殊不可否，参知政事贾昌朝阴主之，张方平、宋祁、王拱辰辈皆同力以排。至列状言："王益柔作傲歌，罪当诛。"益柔范公所荐，试馆职也。中书方进禀此事，公徐进曰："益柔狂语，何足深校，方平等皆陛下近臣，今西方用兵，大事固不少，不闻略有论列，而同状攻一王益柔，此亦其意可见也。上意释然。"③

---

① （宋）张耒.读守道诗［M］//全宋诗.北京：北京大学出版社，1998.
② 梁天赐.北宋台谏制度之转变［J］.能仁学报，1994（3）.
③ （宋）韩琦.韩魏公集［M］.上海：商务印书馆，1936.

"进奏院案"是旧党为打击新党炮制的一宗冤案,张方平在此案中推波助澜,无疑可以归属为旧党。在张方平在世之时,蒋之奇就指斥张方平为旧党。蒋之奇治平四年(1068)三月《弹钱明逸奏》曰:"臣累奏弹明逸奸邪,及吴申、刘庠亦尝论列,先帝属疾,未及施行。臣与明逸素无嫌隙,但以倾险憸薄,在仁宗朝附贾昌朝、夏竦、王拱辰、张方平之党,陷杜衍、范仲淹、尹洙、石介之徒,朝廷一空,天下同疾……"①此时离庆历党争发生只有二十多年,当事人皆基本在世,蒋之奇将张方平列为旧党成员,实为公论。

《贡院请诫励天下举人文章》又指出一位"自景祐元年,有以变体而擢高第者",此语也有党争诋毁之嫌。对于这位"擢高第者",学者多有揣测。祝尚书先生认为"擢高第者"为景祐元年以"言切规谏、冀以感悟人主"的《积善成德论》高中状元的张唐卿。②张兴武先生认为张唐卿"为人处世的态度并不像范讽、石介那样怪异",从而认为"以变体而擢高第者"更可能是该年登进士一甲且与石介交好的郓州怪才士建中。③笔者认为,和张唐卿、士建中相比,此年高中进士甲科的苏舜钦更可能是张方平所指责的对象。苏舜钦景祐元年中第,早在天圣(1023—1032)年间就追随穆修,反对时文,提倡古文创作,且颇有文名。欧阳修《苏学士文集序》曰:"天圣之间,予举进士于有司。见时学者,务以言语声偶摘裂,号为时文,以相夸尚。而子美独与其兄才翁及穆参军伯长,作为古歌诗杂文,时人颇共非笑之,而子美不顾也。"④其文被"时人颇共非笑之",其科举之文很有可能不符合常规,在张方平看来,或许也可称作"变体"。张方平斥责"有以变体而擢高第者"离震惊朝野的"进奏院案"只有短短几个月,苏舜钦无疑是景祐元年科举中第者中影响力最大的一位。联系张方平在"进奏院案"中的表现,以及他在庆历六年任御史中丞之时,颇弹击前事,"擢高第者"很有可能就是暗指苏舜钦。这样,张方平所言的"有以变体而擢高第者",明显带有很强的政治偏见。

综上所述,隶属庆历旧党的张方平素不喜新党人物石介,他所谓的"以变体而擢高第者"也极可能暗指新党人物苏舜钦。石介、苏舜钦是新党的中坚力量,同时也成为旧党打压新党的突破口。张方平指名道姓的斥责二人,带有党人的偏见,不能视作客观的评述。

---

① (宋)蒋之奇.弹钱明逸奏[M]//曾枣庄,刘琳编.全宋文.上海:上海辞书出版社,2006.
② 祝尚书.北宋"太学体"新论[J].四川大学学报(社会哲学科学版),1999(3).
③ 张兴武.北宋"太学体"文新论[J].文学评论,2008(6).
④ (宋)欧阳修.欧阳修全集·苏氏文集序[M].北京:中华书局,2001.

## 二、"太学新体"与庆历贡举改革

张方平打压"太学新体"的主要目的是全盘否定庆历贡举改革。《贡院请诫励天下举人文章》主要是针对科举程文而作,而在此前朝廷关于科场考试制度发生了巨大的变动,既庆历贡举改革制度的废立。对于庆历贡举改革,新旧党存在意见分歧。作为保守的旧党成员,张方平在庆历六年利用知贡举的机会彻底否定了庆历贡举改革。

庆历贡举改革表面上看是新旧党人共同协商的结果,其实新旧党人在进士科考校方式方面存在巨大的分歧。① 张方平在庆历六年协助孙沔知贡举,而在此年科举考试之前,朝廷的科举考试政策曾发生过剧烈的变动。庆历四年三月,经过多方协商的科举改革方案出台。《续资治通鉴长编》卷一四七记载:

> 范仲淹等意欲复古劝学,数言兴学校,本行实。诏近臣议。于是翰林学士宋祁,御史中丞王拱辰,知制诰张方平、欧阳修,殿中侍御史梅挚,天章阁侍讲曾公亮、王洙,右正言孙甫、监察御史刘湜等合奏曰:"伏奉诏书议,夫取士当求其实,用人当尽其才。今教不本于学校,士不察于乡里,则不能覆名实;有司束以声病,学者专于记诵,则不足尽人材。此献议者所共以为言也。谨参考众说,择其便于今者……今先策、论,则文辞者留心于治乱矣。简其程式,则闳博者得驰骋矣。问以大义,则执经者不专于记诵矣……故为先策、论过落,简诗赋考式,问诸科文义之法,此数者其大要也。"②

此奏章是经宋祁、王拱辰、张方平等九人合议后由欧阳修执笔的《详定贡举条制》,《续资治通鉴长编》只摘录了前面纲领的部分,省略了后面关于贡举改革的细则的内容。③ 进士科改革以察履行、先策论、简程式原则,进士科考试先考第一场试策,第二场试论,第三场试诗赋,并逐场淘汰,诗赋则要简化程式,减少

---

① 关于庆历贡举改革中存在的各方意见陈植锷先生《北宋文化史述论》第一章第三节《科举改革和宋学的演进》已有论及,陈氏侧重于科举制度的演变而未提及党争因素。笔者此节重点在论述庆历贡举改革中的党派分歧,但多受陈氏之文启发,故不敢掩前人之美,特此表过。具体参见:陈植锷.北宋文化史述论[M].北京:中国社会科学出版社,1992.

② (宋)李焘.续资治通鉴长编[M].北京:中华书局,1985.

③ (清)徐松.宋会要辑稿[M].北京:中华书局,1957.

"声病"限制。

科举新制并未获得旧党的认可。《详定贡举条制》是由宋祁、王拱辰、张方平、欧阳修、梅挚、曾公亮、王洙、孙甫、刘湜等人合议,"参考众说,择其便于今者"。其中宋祁、王拱辰、张方平明显是站在范仲淹对立面的,尤其是王拱辰、张方平更是不遗余力打击新党成员,反对新政。庆历三年范仲淹《答手诏条陈十事》就透露出双方意见的分歧:

> 其取士之科,即依贾昌朝等请起,进士先策论而后诗赋;诸科墨义之外,更通经旨。使人不专辞藻,必用理道,则天下讲学必兴,浮薄知劝,最为至要。近欧阳修、蔡襄更乞逐场去留,贵文卷少而考校精。臣谓尽令逐场去留,则恐旧人扞格,不能创习策论,亦不能旋通经旨,皆忧弃遗,别无进路。臣请进士旧人三举以上者,先策论而后诗赋。许将三场文卷通考,互取其长。两举、初举者,皆是少年,足以进学,请逐场去留。①

从范仲淹《答手诏条陈十事》来看,当时关于科举改革的意见可以分为两派:一派是以贾昌朝为代表,主张进士先策论而后诗赋;另一派以欧阳修、蔡襄为代表主张"更乞逐场去留"。这两派都主张先策论后诗赋,但是采取"通考"还是采取"逐场去留"的考校方式双方意见不统一。宋初科举考试沿袭隋唐制度,"凡进士,试诗、赋、论各一首,策五道,帖《论语》十帖,对《春秋》或《礼记》墨义十条。"② 仁宗天圣年间帖经、墨义已经不考,只考诗赋、论、策,并逐渐改变"逐场去留"的考校方式,代之"通考"的方式,逐步由专重诗赋转向兼考策论。贾昌朝等人主张"先策论而后诗赋",应是采取"通考"的方式。范仲淹从而提出折中的处理方式,从"三场文卷通考"逐步过渡到"逐场去留"。范仲淹在天圣五年《上执政书》提出先策论、后诗赋,且以策论定去留的考校措施,他的意见更加倾向于"逐场去留"。③ 范仲淹所提出的折中措施明显是考虑到贾昌朝等人的意见。但是范仲淹的措施具有过渡性质,最终还是走向"逐场去留"。他试图调和双方,希望选择一个过渡的政策,也可以窥见,双方的分歧颇为严重。但从

---

① (宋)范仲淹. 范仲淹全集·答手诏条陈十事[M]. 成都:四川大学出版社,2007.
② (元)脱脱等. 宋史[M]. 北京:中华书局,1958.
③ (宋)范仲淹. 范仲淹全集·上执政书[M]. 成都:四川大学出版社,2007.

庆历四年拟定的《详定贡举条制》来看,并没有采取范仲淹的过渡意见。《详定贡举条制》基本是综合欧阳修、蔡襄二人的意见而成。采纳了蔡襄《论改科场条制疏》中提出的前两场以策论定去留,最后诗赋策论通考定去留的原则;① 具体考校方式,基本和欧阳修《论改科场调制疏》意见一致。② 因此,《详定贡举条制》虽然经过新旧两党成员长时间的讨论,但新党的意见占了绝对上风。由欧阳修亲自捉刀的《详定贡举条制》,并不是获得所有人的认可,而是一方意见压倒另一方。

"逐场考落"和"通考"有着重大的区别。欧阳修和蔡襄主张先试策、次试论、再试诗赋、并"逐场过落",使得策论,尤其是策成为科场去留的关键。逐场去留,实为逐场淘汰,第一场试策不合格,后面的论的试卷将不再评判;第二场论不合格,诗赋试卷也不再评判;前两场都合格,诗赋还必须与策论通校,根据综合成绩决定去留和等级。宋初先诗赋、后策论,并逐场去留的制度导致了"以辞赋定去留"的局面;如果施行先策论、后诗赋并逐场去留,势必会造成"以策论定去留"的结果。和欧阳修、蔡襄等人的改革意见相比,贾昌朝等人只是建议在旧制上进行微调。贾昌朝等主张通考,三场考试完毕,最后根据举子策、论、赋的综合考校,决定去留和等级。先试策、再试论、再试诗赋,在某种程度上使得策论和诗赋获得同等重要甚至更为重要的地位,但是策论并不是决定科场去留的关键。只是调整科目考试的顺序,并不能彻底改变"以辞赋定去留"的弊端,正如后来司马光所言:"先试后试,事归一体,别无损益。"③ 总的来看,"通考"还是"逐场去留"成为双方分歧的焦点,而分歧的背后则是进士科考是否"以策论定去留"。

贡举新制在一片争议中出台,从一开始就和党争搅合在一起。随着新党失去仁宗的支持,范仲淹、富弼等改革的主将先后离朝,反对声音立刻涌现,从而贡举改革遭到废止。可以想象,除了贾昌朝、欧阳修所代表的两种意见之外,势必还存在着一种意见:那就是赞成"考校如旧",不对贡举制度做任何改变。杨察就是这种意见的代表,他的奏章得以完整保存下来。④ 杨察将贡举新制不妥之处归纳为三点:取消发解试的弥封誊录,势必造成请托之风,有损公平原则;"先考策论

---

① 参看:(宋)蔡襄.论改科场调制疏[M]//曾枣庄,刘琳编.全宋文.上海:上海辞书出版社,2006.
② 参看:(宋)欧阳修.欧阳修全集[M].北京:中华书局,2001.
③ (西汉)司马光.贡院定夺科场不用诗赋状[M]//曾枣庄,刘琳编.全宋文.上海:上海辞书出版社,2006.
④ (宋)李焘.续资治通鉴长编[M].北京:中华书局,1985.

定去留，然后与诗赋通定高下"难为考校；以唐体辞赋考校造成汗漫无体。李焘将这篇奏议归结为"其略以诗赋声病易考，而策论汗漫难知"，指的正是杨察所列的第二个不妥之处，这也是贡举新制中最核心、最有争议的问题。策论可见才识已为通论，但是策论难于考校，这也是无法规避的问题。策论"汗漫无体"，不像诗赋有"声病偶切"可以作为考校的具体标准，其取舍往往系于主考官的一时好尚，这也是内在的隐患。宋代科举考试采取弥封、誊录等制度，其背后的精神则是公平、公正，使不同社会阶层的举子获得同等的机会。而"以策论定去留"势必会造成对公平、公正精神的背离，这也正是策论作为进士考试科目存在的先天不足之处。历来反对考校策论者都是持这个理由，这也应该是贾昌朝等不赞成欧阳修等人所提议"逐场去留"，坚持主张"通考"的原因。如旧考校，就是恢复到诗赋策论兼考，这和欧阳修等人意见相比，更容易获得贾昌朝等人认可。在新党成员相继立朝之后，主张"考校如旧"者和主张"通考"者很快达成了意见一致，彻底地废除了新制。

那么张方平对贡举改革的态度如何呢？前面笔者已经论及张方平在这场党争中是站在贾昌朝一面，反对范仲淹、欧阳修等人。张方平参与制定《详定贡举条制》，但是并不认可这个方案。苏辙《龙川别志》记载：

> 张公安道尝为予言："治道之要，罕有能知之者。老子曰：'道非明民，将以愚之。'国朝自真宗以前，朝廷尊严，天下私说不行，好奇喜事之人，不敢以事摇撼朝廷。故天下之士，知为诗赋以取科第，不知其它矣。谚曰：'水到鱼行。'既已官之，不患其不知政也。"①

张方平认为以辞赋选官，并不危害"治道"，对"天下之士，知为诗赋以取科第，不知其它矣"的局面颇为赞同。可见，他并不反对诗赋取士的贡举制度，在科举制度改革的态度上甚至比贾昌朝还要保守，《贡院请诫励天下举人文章》更是验证了他这一态度。张方平认为庆历六年进士试卷最大的问题是"言不中度"。所谓的度，即是科场程式。从他所列的科场赋、策、论所出现的问题来看，他并没有认可新制"简程式"的原则，而是在考校过程中严格遵循旧制，"不合程式者，以准格考落外"，对于那些"辞理粗通"者，也坚决黜落。

张方平的保守态度也体现在他和王安石的矛盾中。《宋史·张方平传》记载：

---

① （宋）苏辙撰，俞宗宪校点. 龙川别志. 北京：中华书局，1982.

（张方平）守宋都日，富弼自亳移汝，过见之曰："人固难知也。"方平曰："谓王安石乎！方平倾知皇祐贡举，或称其，辟以考校。即入院，凡院中事，皆欲纷更。方平恶其人，檄使出，自是未尝与语也！"①

此处《宋史》所载时间有误。考张方平生平，并未在皇祐（1049—1054）时期知贡举，其一生仅在庆历六年权同知贡举。又据《宋会要·选举》记载："（庆历）六年正月十四日，以翰林学士孙抃等权知贡举，侍御史仲简、三司度支判官周陵封印卷首，王畴、葛闳、邵必、曾公定、王安石、王淑、蔡振、沈康充点检试卷官。"②因此，张方平和王安石同在贡院应为庆历六年事。《宋史》记录此事本意在抑王扬张，但也可见张方平在这次贡举中排斥一切"皆欲纷更"的强硬态度。王安石在神宗熙宁（1068—1077）年间对贡举制度作了彻底改革，罢诗赋，以经义策论代之。熙宁二年，王安石主张废除诗赋时说："今日少壮时，正当讲求天下正理，乃闭门作诗赋，及其入官，世事皆所不习，此乃科法败坏人才，致不如古。"③他自然不会认同对张方平以诗赋取士"既已官之，不患其不知政"的观点。早在庆历四年，与王安石交好的曾巩上书蔡襄、欧阳修推荐王安石。此年革新派正在雷厉风行地推出改革措施，欧阳修、蔡襄等极力主张的贡举制度改革也在这一年出台。他后来推出的熙宁变法对庆历革新也多有继承，集中体现他贡举改革思想的《乞改科条制札子》，对《详定贡举条制》也多有借鉴。庆历六年，王安石在贡院或许已经开始酝酿新一轮的贡举改革。我们可以设想他对张方平严格按照"程式"而无视"辞理"的取士做法定然会有异议，其"皆欲纷更"也在情理之中。王安石在贡院试图有所"纷更"却遭到张方平的坚决抵制，张方平在此次贡举中的保守态度可见一斑。

杨察的建议使得新制被废除，但是只是停留在政策上；张方平在这次科考中不遗余力地践行旧的科考制度，罢黜所有不按照程式应试的举子，无疑进一步消除了新制的影响。庆历六年的省试中，仍有一些按照庆历新制要求应试的举子。可想而知，这些人可能正是凭借"新体"程文通过了州郡的发解试，贡举新制在一些地区还有支持者，并没有完全被废止。朝廷朝令夕改，庆历四年三月颁布新制，五年三月又废除新制，恢复旧制。而此时离各地的发解试只有几个月，离省

---

① （元）脱脱等.宋史［M］.北京：中华书局，1958.
② （清）徐松.宋会要辑稿［M］.北京：中华书局，1957.
③ （元）脱脱等.宋史［M］.北京：中华书局，1958.

试也不到一年，这对于按照新制准备已久的举子来说，写作符合旧制要求的程文，恐怕也存在一定的难度。当然也不能排除存在一些不愿意按照旧制写作程文的举子。张方平在评阅试卷之时，自然看到新制的影响犹在，庆历五年三月废除科举新制的诏令并没有收到预期的效果，因此"虑远人未尽详之，伏祈朝廷申明前诏，更于贡院前榜示，使天下之士知循常道。"①张方平的建议被朝廷采纳，再一次重申了庆历五年的诏书。《宋会要辑稿·选举三》在张方平奏章下曰："从之，八年四月八日诏科场旧条皆先朝所定，宜一切无易。"②张方平此举，无疑比杨察的举动更具有威慑力，他不仅在实际考校中黜落了不按照旧制要求写作程文的举子，而且又在下次科举之前，重申废除新制的诏令。

由上述可知，张方平彻底地打击和否定了庆历贡举新制，其中有对科举取士观点的分歧，也有党派之间意气之争。其《贡院请诫励天下举人文章》完全是站在否定立场上描述了庆历贡举新制和其影响。弄清这个问题，对张方平所说的"太学新体"就很有必要进行重新考察。

## 三、关于"太学新体"的评价

张方平所斥责的"太学新体"主要是针对的科场之文，文弊主要为"言而不度"，即程文不符合程式。他将"太学新体"特征总结为："以怪诞诋讪为高，以流荡猥烦为瞻，逾越规矩，恐误后学。"大概包括内容和形式不符合规矩的"弊病"，而这些都和庆历贡举改革和士风转变有关。

张方平所指责的形式上的"弊病"主要指文字超限，答非所问等问题。张方平奏章主要是针对此年进士省试中出现了"不合程试"的试卷，具体表现为："其赋至八百字以上，而每句有十六、十八字者。论有一千二百字以上。策有置所问而妄肆胸臆，条陈他事者。"③赋、论超长的问题被张方平重点指出为科场程文的弊病。庆历贡举新制对程文字数下限有严格的规定的：策每道限五百字以上，论限五百字以上，赋限三百六十字以上。并且进一步规定策一道内少五字，论少五十字，赋少三十字皆为不考式。但并未规定程文字数上限。④贡举新制虽然未明确提

---

① （宋）张方平.乐全集［M］.郑州：中州古籍出版社，1992.
② （清）徐松.宋会要辑稿［M］.北京：中华书局，1957.
③ （宋）张方平.乐全集［M］.郑州：中州古籍出版社，1992.
④ （清）徐松.宋会要辑稿［M］.北京：中华书局，1957.

倡长文，但是无形中促使了这种风气。

简程式是庆历科举改革的基本宗旨，此为写作长赋提供了更多的可能。《详定贡举条制》规定"赋每韵不限联数，每联不限字数"并"特许依仿唐人赋体"。①此是出现长赋和长句的根本原因。之前律赋每韵的联数、每联的字数都有具体的规定。因此，虽然没有严格规定律赋文字的上限，但是由于规定联数、字数，自然会将律赋的字数限制在一个范围之内，举子不可能写出过长的律赋。联不限字数，出现十八字以上的长对，并没有什么特别之处。每韵不限联数，自然很容易造成每韵联数增加，从而写出长赋。对此，杨察早已言及不便之处："又旧制以辞赋声病偶切之类，立为考式，今特许仿唐人赋体程试诗赋不限联数、不限字数。"从而造成"诗赋以汗漫无体为高"。②杨察所言"汗漫无体"，虽然不排除赋写得过长的，但应该是主要针对庆历科举改革破坏了律赋便于考核的"声病偶切"。

欧阳修在积极倡导科举制度改革的同时，曾经按照自己的主张创作了一篇科场律赋范文。庆历二年殿试结束之后，欧阳修根据殿试赋题《应天以实不以文》拟作一篇。这篇赋按照"简程式"的原则，不遵从平侧依次押韵，也不按照一韵言一事的结构原则，句式散文化，其中有长达19字的句子，全赋多达730余字，基本上符合张方平所谓的"太学新体"的特征。欧阳修所直接倡导的形式较为自由的赋体，为举子提供了范文。在庆历初年，范仲淹、欧阳修等人在京师活动，就开始谋划科举改革。欧阳修关于科举改革的思考应该在庆历二年，甚至更早就开始酝酿，而且他所作律赋范文还得到了皇帝的嘉奖。一系列关于科场考试的新制度呼之欲出，对于随时关注科举改革动向的举子来说，无疑是最为关心之事。他们为准备下一次科举考试，势必要早早练习新体律赋。但是在庆历五年，科举新制被废除，一切恢复旧制，对于一些举子来说，时间过于仓促，根本来不及研习旧体辞赋，或者不愿意写作旧体辞赋也在情理之中。

论和策一直被认为"汗漫难考"，并不具有严格的体制要求，甚至有着以长为贵的倾向。进士科的策论和制科策论相似，而制科考试往往都要求一日完成三千言。更有甚者，规定要五千言以上。庆历时期，举子在准备进士科考试之时，往往也兼习制科，因此写出这样的长策论，并不足为奇。举子对策答非所问，这本身就是举子试策中经常出现的问题。策题一般会提出若干个关于经义和时务的问题，举子要根据策题一一作答。策考察的知识范围广，如果举子知识储备不够，

---

① （清）徐松. 宋会要辑稿[M]. 北京：中华书局，1957.
② （宋）李焘. 续资治通鉴长编[M]. 北京：中华书局，1985.

就难免会遇到知识盲点，但是又不能交白卷，答非所问也属正常。如乾德四年："有司仅举直言极谏一人、堪为师法一人，召陶谷等发策，帝亲御殿临视之，给砚席坐于殿之西隅，及对策词理疏阔，不应所问，赐酒馔宴、劳而遣之。"①"策词理疏阔，不应所问"自然也属于"有置所问而妄肆胸臆，条陈他事者"。张方平之所以强调这个问题，还是在于突出策论"汗漫难考"，不适合作为进士科考试的主要衡量依据。

张方平所指责科场诸多"言不由度"的问题确实也是一种客观存在，只是他站在反对科举新制的保守立场进行了否定陈述，强调科举新制的负面影响。但这些问题基本都属于不符合科考考校规范或者难以考校的范畴，都不能和怪诞联系起来。

张方平所指责的内容上弊病主要为"以怪诞诋讪为高"，此是针对太学师生"横议时事"的风气。在张方平之前，杨察也明确地指出"自二年以来，国子监生，诗赋即以汗漫无体为高，策论即以激讦肆意为工"。"诋讪"与"激讦"意思非常接近，都是指对当下的人或事进行非议，甚至是肆意诋毁攻击。和张方平不同，杨察并没有将这种风气归罪于石介，而是认为是庆历科举制度革新所导致，明确指出这种文风主要存在策论中。张方平、杨察所指认这股文风兴起的时间大致一致，皆为庆历二年前后，而此时范仲淹领导发起的"庆历革新"已经在酝酿。庆历三年，范仲淹就在逐步提出和实施"庆历革新"，党争也逐渐趋于白热化，在这样的浪潮之下，国子监里也兴起一股热议时事的风气。

章望之在后来回忆"庆历革新"时期太学生横议时事之风如是说："及庆历癸未甲申，用事之臣改革百度，太学师生是非时政。"②在变革法度时期，时事成为焦点，激情澎湃的年轻举子议论时事、是非时政本也在情理之中。太学师生作为国家最高学府的教育者和学员，表现出对国事极大的热情，这本无可厚非。是非时政，必定拥有一定的政治立场。庆历革新时期，旧党和新党之间阵营分明，太学师生必定会选择自己的政治立场。此时太学最为活跃的两位直讲孙复、石介，都是范仲淹、杜衍等新党人物举荐，在政治观点及其立场上绝对支持新党。石介是新党中思想行为都偏于激进的一员，不仅本身好议论时事，而且确实在太学助长了这种风气。太学生何群被石介推为学长，此人有"白衣御史"之称，"喜激扬论

---

① （元）脱脱等. 宋史 [M]. 北京：中华书局，1958.
② （宋）章望之. 州学记 [M] // 曾枣庄，刘琳编. 全宋文. 上海：上海辞书出版社，2006.

议",在太学时就上书言"文辞中害道者莫甚于赋",要求废除科考中的律赋。① 当是朝中新旧两党正在热议贡举改革,何群倡议废除辞赋,是对欧阳修、蔡襄改革主张的一种呼应。以此一斑窥之,在太学里议论时事的风气颇为浓厚,在政治观点和立场上都倾向于新党。他们的议论与行为在反对者或者保守者眼中无疑是怪诞、低诎。

重视策论也促进举子议论时事之风。政治多变时期士子关心时务,这正是士风高涨的表现。感激议论天下事,也是范仲淹、欧阳修等人极力倡导的。但是作为举子,科举考试才是他们最为关心的事情,而此时科举制度改革的趋势又促进了举子"横议时事"的风气。虽然有宋以来策论作为进士科考试科目,但是一直是处于从属地位,甚至不予考校。在庆历时期,朝廷上下都在呼吁改变沿袭已久的考校方式,将策论提升为最为重要的考试内容。策和论虽然属于不同的文体,但基本都是以经史和时务为内容,其写法皆以议论为主。苏轼曾说:"故试之论以观其所以是非于古之人,试之策以观其所以措置于今世。"② 策和论虽然在写作内容和手法上存在差别,但是最终目标是要举子"留心于治乱",考察举子的政治理论和政治实践才能。因此,策论不以文辞为重,而是要求"切于当今要务"。"当今要务"成为重要的考试内容必定促进了举子议论时事之风。而举子将政治观点用策论表达出来之后,会和他们的日常的口头议论一样,很容易被视为怪诞、诋讪。最少在张方平看来,以策论代替诗赋助长了举子"议论国事"的"傲诞"之风。

前引《龙川别志》在"国朝自真宗以前,朝廷尊严,天下私说不行,好奇喜事之人,不敢以事摇撼朝廷。故天下之士,知为诗赋以取科第,不知其它矣"之后张方平又曰:

> 自设六科以来,士之翘俊者,皆争论国政之长短。二公既罢,则轻锐之士稍稍得进,渐为奇论以撼朝廷,朝廷往往为之动摇。庙堂之浅深,既可得而知,而好名喜事之人盛矣。许公虽复作相,然不能守其旧格,意虽不喜,而亦从风靡矣。其始也,范讽、孔道辅、范仲淹三人,以才能为之称首。其后许公免相,晏元献为政,富郑公自西都留守入参知政事,深疾许公,乞多置谏官,以广主听。上方向之,而晏公深为之助,乃用欧阳修、余靖、蔡襄、孙沔等并为谏官。谏官之势,自此日横。郑

---

① (元)脱脱等. 宋史 [M]. 北京:中华书局,1958.
② (宋)苏轼著,孔凡礼校点. 苏轼文集·谢梅龙图书 [M]. 中华书局,1986.

公犹倾身下士以求誉，相帅成风。上以谦虚为贤，下以傲诞为高，于是私说遂胜，而朝廷轻矣。①

对于张方平这一言论就连对其尊崇备至的苏辙也不敢苟同，认为"张公之论，得其一不得其二"。张方平认为，在以诗赋取科第之时，士人"不敢以事摇撼朝廷"。士人因循守旧，只知为诗赋而不知其他。"自设六科以来"当指在天圣八年恢复的制科考试。制科考试主要是以策论作为考试科目，而这些策论本质上和进士科的策论并无多大区别，只是写作难度更大。而张方平却认为"自设六科以来，士之翘俊者，皆争论国政之长短"，从张方平这一否定评价也可以看出，以策论为考试内容促使士人对时务的关注。张方平甚至认为后来谏官横议之风，也与此有着密切的关系，从而导致"上以谦虚为贤，下以傲诞为高"。张方平在这段议论中，除了是对新党"轻锐之士稍稍得进，渐为奇论以撼朝廷，朝廷往往为之动摇"不满之外，更是将"争论国之长短"的风气与考试制度相联系，指出策论是促使私说横行的一个根本原因。

"争论国之长短"的切至之言是庆历革新者希望科场时文应当具有的标准。如范仲淹曾如是评价景祐元年状元张唐卿的科场之文："凡布衣应科举，得试殿廷下，比婉辞过谨，以求中格，人情之常也。而张某者为《积善成德论》，独言切规谏，冀以感悟人主，立朝可知矣！使今而在，必以直道为一时名臣。"②"婉辞过谨，以求中格"是场屋难改之积习，正是范仲淹等人在庆历"精贡举"要大力革除的，"言切规谏，冀以感悟人主"则是改革要达到的目标。此也是庆历士人彰显的时代精神，同时也是策论的主要特征。

但这样的策论在评判过程中往往会出现两种截然不同的结论。对于文的评价往往具有很强的主观性，对于科场之文的评价也是如此。虽然宋代制定糊名、誊录、锁院等制度限制主考官，但是在评判等级、决定取舍之际，个人的好尚仍然具有一定的作用，尤其是没有"声病偶切"限制的策论，考官的个人好尚就变得更为重要。于是常常出现对一篇策论有着两种截然相反的评价，苏辙在嘉祐六年应制科所作"极言得失，而于禁廷之事尤为切至"（《宋史·苏辙传》）的策就引起了巨大的争议。司马光和胡宿的观点分别代表了对苏辙对策两种截然不同的评判

---

① （宋）苏辙撰，俞宗宪校点.龙川别志［M］.北京：中华书局，1982.
② （宋）韩琦.故将作监丞通判陕府张君墓志铭并序［M］//曾枣庄，刘琳编.全宋文.上海：上海辞书出版社，2006.

意见：司马光认为苏辙策"词理俱优，绝处伦辈"，要置于最高等；胡宿却认为苏辙对策"不逊"，判为不入等。①

过于切直的策论被视为讥讽毁谤的例子在北宋并不少见。杨时《周宪之墓志铭》记载了这样一则事例："（周宪之）差殿试初考官。进士对策间有言极切直者，有例欲指为谤讪取旨，公云：'今盗起东南，正是国家开言路之时，岂可吾侪先加以此名。'遂改'谤讪'二字为'涉异'奏之，已而降旨皆取于前列。"②又如王象之《舆地纪胜》卷第一百五十八记载："喻汝砺字迪孺，隆州人，崇宁五年廷试对策切直，有司以谤讪。"③策论议论时事，表达鲜明的政治观点和立场，常常会被政见不同者视为谤讪之词，在政治斗争激烈的时期更是如此。关于孔文仲对策的激烈争论就和党争密不可分。熙宁三年，正值王安石全面推行新法时期，也是党争最为激烈之际，孔文仲"对策九千余言，力论王安石所建理财、训兵之法为非是"④，直言变法为今时之弊。王安石大恶之，在他撺掇下神宗皇帝御批曰："详观其条对，大抵意尚流俗而后是非，又毁薄时政，援正先王之经而辄失义理。"⑤这篇被宋敏求、韩维等人评为最高等的"指陈时病，语最切直"的对策在王安石看来却为诋毁之言。这其中党争和政治因素起到很大的作用，导致双方给出截然不同的评判。

从上面的分析可以看出，科场中"言甚切至"的策论在评判过程中很容易被不同政见者视作诋讪、激讦。庆历时期，政治变更，党争激烈，那些表达变革思想，支持庆历改革的切直策论自然在一部分人看作妄议政事，肆意攻击。因此，张方平、杨察作为反对者，他们所排抑打击的所谓"诋讪、激讦"之文，无疑是在很大程度上抑制了"指陈时病，语最切直"的文风。

综上所述，范仲淹、欧阳修等人所倡导的庆历革新尤其是贡举改革是促使"太学新体"产生的主要原因，虽然"庆历贡举条制"并没有真正实施便遭到废除，但是已经在举子和学校产生了巨大的影响，导致了科场程文的写作规范、文风的改变。在贡举新制废除之后，这类程文并没有完全消除，于是庆历六年张方平权同知贡举时不遗余力地加以打击。张方平作为庆历旧党的主要成员，用否定

---

① （元）脱脱等.宋史［M］.北京：中华书局，1958.
② （宋）杨时.周宪之墓志铭//曾枣庄，刘琳编.全宋文.上海：上海辞书出版社，2006.
③ （宋）王象之.舆地纪胜［M］.北京：中华书局，1992.
④ （元）脱脱等.宋史［M］.北京：中华书局，1958.
⑤ （宋）李焘.续资治通鉴长编［M］.北京：中华书局，1985.

的立场将这种文风命名为"太学新体",并且利用知贡举的权力进行彻底打压。他所打压的正是"闳博者得驰骋""文辞者留心于治乱"之文,又将科场程文彻底回归到以前的老路。从一定程度上来说,张方平是抑制了文风的健康发展。"太学新体"是张方平一种带有偏见的评价,不可视作一种怪异的文风,也不能发现和后来嘉祐"太学体"之间的必然联系,且不可视为石介的罪责。

# "非遗"语境下的九江采茶戏传承与保护研究

中国艺术研究院戏曲研究所 / 南昌师范高等专科学校　王子文[①]

**【摘　要】**在"非遗"语境下探讨九江采茶戏传承和发展方略，是新时代给我们提出的要求，本文从实际情况出发，就四个方面展开论述：（一）解构与重构："非遗"语境下九江采茶戏的身份认同；（二）困惑与挣扎：都市化进程中九江采茶戏的生态呈现；（三）本体与回归：九江采茶戏发展文化空间的当下思索；（四）传承与保护：九江采茶戏艺术价值延伸的方略探寻。并着重从都市化进程中勾勒九江采茶戏面临的危机，在文化空间的探讨中突出乡土民俗本体回归的本色。

**【关键词】**采茶戏；"非遗"；身份认同；文化空间；都市化进程

九江采茶戏是九江地方有名的戏剧品种，曾经在20世纪红红火火的延续到现在的落寞，从20世纪80年代后期开始至今，日趋衰微的现象令人十分担忧。各种娱乐方式的翻新换貌层出不穷，九江采茶戏如何在"非遗"语境下重新被认知和弘扬，是我们面临的亟需解决的课题。我们下面将从九江采茶戏的身份、发展、空间和方略等方面展开简单论述，以就教方家指正。

## 一、解构与重构："非遗"语境下九江采茶戏的身份认同

### （一）九江采茶戏身份确认

对九江采茶戏身份的认同，是九江采茶戏研究的逻辑起点和本体归宿。有

---

[①] 作者简介：王子文（1981—　），男，江西瑞昌人，讲师，博士，研究方向：中国古典文学、地方戏曲剧种、书法艺术理论与实践。

关这种民间戏曲的起源和发展，不同学者的论断是不同的，甚至说争论也不少。代表性的有，肖鉴铮《吴山楚岭飞采茶——九江县九江采茶戏纪实》①和学犁《要识庐山真面目——关于九江采茶戏的源头及其他》②，这二位学者曾在各自的实地走访中，对九江采茶戏的历史沿革路线提出了大相径庭的意见，似有"解密"九江采茶戏身份之谜的性质，要在各种材料解构中重构一个新的身份来；但总体而言，他们各自有各自的道理，但都是截取了某一段来说的，因而还没有说清楚，因为这原本就是很难三言两语能说清楚的事情。其实有关这类民间小戏的起源问题复杂之程度，远远超出以上二位先生勾勒的样子。《中国戏曲志·江西卷》综合各种复杂情况，搁置一些争议，就可操作的意见指出其大概情况：

> 九江采茶戏，原名茶灯戏，进入"半班"以后，更名为采茶戏，民间俗称"茶戏"。其主要的流行地区有瑞昌、九江、湖口、彭泽、德安、都昌等县。明清两代，除都昌外，其他各县都属于九江府管辖，中华人民共和国成立后，流行于瑞昌县的采茶戏，曾定名为"瑞昌采茶戏"。后统称为"九江采茶戏"。③

这基本上把九江采茶戏的流行区域、沿革时间、定名情况等做了一个简单的描述。并且在后面的解说中也涉及了流变的原因和历史，我们根据所用的曲牌、所演的剧目、所用的唱腔、所运用的表演程式等考察④，结合江西瑞昌和湖北黄梅县的"一江两岸"地缘关系，完全可以说九江采茶戏和黄梅采茶戏是采茶戏艺术花园里的孪生姐妹花，是民间采茶生活的一种诗意化写照与放大，熟悉黄梅采茶戏的人，看到瑞昌采茶戏的时候也会有一种心理的接受和文化上的认同。而且也和岁时民俗相结合，从正月到年尾，几乎每个月都有演戏。如当地农村的各种民俗节日一般有集体性演戏；婚丧嫁娶的时候，经济稍宽裕的人家会邀请演戏；老人寿宴，一般的也邀请去演戏；孩子"金榜题名"后，有的也请戏班演戏：大家图的是一种别致的热闹和亲切。特别是每逢春节至花朝期间，当地至今大多数都

---

① 肖鉴铮.吴山楚岭飞采茶——九江县九江采茶戏纪实[J].黄梅戏艺术，1996（4）.
② 学犁.要识庐山真面目——关于九江采茶戏的源头及其他[J].黄梅戏艺术，1997（4）.
③ 中国戏曲志·江西卷[M].北京：中国ISBN中心出版，1998.
④ 如扇子、手帕、板凳等小道具，传统剧目的"三十六大本，七十二小出"的说法，漏板起唱等，黄梅戏和九江采茶戏很多是相同的。

演这种采茶戏。明隆庆四年《瑞昌县志》载：

> 时南源放灯，尤为极盛，绵延数里，照灯火如昼，终夜沆，行极乐至宵。

指出了农业社会时代，九江瑞昌的采茶戏的初期阶段——茶灯戏——的受欢迎程度。从另一角度也说明了九江采茶戏与老百姓的生活息息相关，既是生活农闲时的精神慰藉品，也是平时劳动时缓解疲劳的清凉剂，当然，有时还是灾民逃难过程中的谋生手段。在采茶灯戏的形成中，特别是黄梅采茶戏的传入和衍生并与瑞昌采茶戏结合时，采茶戏曾经是灾民赖以糊口的手段之一。陆洪非先生1953年在黄梅县孔垄镇访问，提及当地老人的痛苦回忆：

> 乾隆年间发大水，我们黄梅人，死的死，逃的逃，除到本省的蕲春、麻城一带，还逃到江西的九江、湖口、瑞昌、武宁、和安徽的宿松、太湖、望江、怀宁等地。他们逃到外地，除了小部分出卖劳力，大都是卖唱糊口，……①

这当然这种情况在20世纪七八十年代遇到洪水灾害时仍有存在。笔者在走访九江、瑞昌、彭泽等地20世纪80年代出生的年轻人，仍然可以从他们的记忆追述中，看到那种艰难时世中他乡流落在此的苦难民众未曾远去的历史背影。

以赣剧、昆曲、粤剧等大戏相参照，九江采茶戏的"三角班"或"十子班"等体制规模，远远不是大戏的样子，而且其表演的内容，如《血衣记》《白扇记》《卖水记》《荞麦记》《打猪草》《撇芥菜》《讨学钱》《才子打赌》《卖疮药》《三字经》《蓝桥汲水》《红梅装疯》《菜刀记》等，也和一些历史王侯将相的剧作没法媲美，甚至说，无须去展示王侯将相的一些"发家史"。这与九江采茶戏的乡土气息本质属性有关，也与其不采取儒家庙堂文人正统诗文化视角有关。

归根到底，九江采茶戏是民间小戏的身份，是熏染了浓重九江乡土气息的艺术奇葩，采取的是平民视野审美视角，展露的乡村民众的乡土情怀，抒发的是乡村生活的淳朴感情；简单的表演程式、本色的演出服饰、方言俚俗的唱词道白等特性，都与广大民众的生活是息息相关的，都彰显着"乡土"的文化基因，这是

---

① 陆洪非.黄梅戏源流[M].合肥：安徽文艺出版社，1985.

毋庸置疑的。九江采茶戏目前已经列为江西省级"非遗"保护名录，并确定朱巧敏、邓见学为九江（瑞昌）采茶戏传承人。

## （二）"非遗"语境下九江采茶戏的身份认同

随着泛媒体时代的到来，随着都市化进程的全面推进，很多地方戏曲剧种面临着不约而同的命运——逐步消亡。难道戏曲真的要坐以待毙成为"遗产"吗？振兴地方传统戏曲的呼声和做法，在"非遗"语境下，是一个重要的课题。

"中国的'遗产'热被来自国外的火种点着"[①]！"非遗"在当下时代，经过众多有志之士的数年的努力，我们对其已经不陌生了，但是大家对"非遗"的认识，未必像对待这个词汇一样熟悉。2001年5月18日，中国艺术研究院牵头申报的昆曲，被联合国教科文组织宣布为"人类口头和非物质遗产代表作"以后，国人为之振奋，随之"非物质遗产"（简称"非遗"）的概念逐步开始展露在国人面前。经过不断的整理、争论、修正和再认识，2006年，"非遗"的概念和基本制度等基本深入到一些学者和相关部门官员心中，可以说这一年是中国的"'非遗'元年"！在"非遗"语境下，面临着都市化进程的快速推进，"城市移民"的快速变迁，"乡土中国"逐步远离的新变化，重新认识和发展九江采茶戏，具有国家宏观文化战略的意义。

值得一提的是，张庚、郭汉城等老一辈学者所形成的"前海戏曲研究"范式或说"前海学派"，在"非遗"语境下研究大戏或地方小戏，给我们提供了强有力的理论依归。有学者认为"前海学派"有两个重要的关键："第一个是坚持从实际出发"，"第二个是坚持从戏曲本体出发"。并指出其丰富的内涵：

> 首先，研究工作决不从观念出发，也不从书本出发，而是强调所有的理论都必须是从戏曲的历史及现状的实际中来，反对和避免主观主义的基本立场；其次，是特别注意戏曲实际生存状态的开阔视野，而决不把戏曲人为从它的实际生态中剥离出来、当作真空中的研究对象而在书斋中把玩，这样也就必然会深刻地关注戏曲的生存与发展同时代与民众之间的关系；复次，决不把戏曲研究仅仅局限于孤立的文本，而是更加关注活生生的舞台上的艺术这样一种完整角度。
>
> ……研究工作不守教条，而且不论是土教条还是洋教条；也不追附

---

① 李军.什么是文化遗产？——对一个当代概念的知识考古［J］.文艺研究，2005.

时政，而从探究戏曲本体规律出发来追求戏曲生存与发展的自觉。①

这种精准的概括，是以戏曲本体角度认知的戏曲研究观去突破过去的以文学作为核心的戏曲研究观，能在一定程度上"纠正和解决现代戏曲历史发展中曾经存在过比较突出的政治化和西化的干扰与问题"，"前海戏曲研究"形成的研究者必须在理论与实践两方面下功夫的传统，在指导我们当下的地方戏研究，确认戏曲身份（不论是大戏剧种还是民间地方小戏剧种的身份）有着重要的意义。

## 二、困惑与挣扎：都市化进程中九江采茶戏的生态呈现

上文对九江采茶戏身份的认同，是为了更好展开都市化进程中九江采茶戏生态研究的前提，而九江采茶戏在都市化进程中的生态呈现是在中国地方戏在都市化进程中的整体呈现的背景下展开的，是大背景下的地方戏生存状态的一种缩影。

### （一）都市化进程中九江采茶戏的生存困惑

改革开放三十多年来，大家都津津乐道于经济建设的腾飞史时，常常忽略文化西化和本土文化逐步流逝的事实。我们不能用经济单一方面的发展来遮蔽我们文化的守望，不能把文化变成茶前饭后的一种精致化的"把玩"！地方戏作为传统文化的结晶之一，需要我们更多的呵护和弘扬！我们常常困惑，为什么我们经济都大发展了，我们的生活却是越来越艰难了，人与人之间的感情越来越淡漠了，人在社会高速发展中越来越"边缘化"了……人的生活都如此艰难，戏曲的生存危机，就可想而知了——戏曲在都市化进程中的困惑其实也与我们的自身生存的困惑有着莫大关系，戏曲在都市化进程中的挣扎也与我们人自身在都市中的挣扎有着莫大关系。

"都市化"是新一轮的"城市运动"，是国家的宏观发展战略，从绝大方面讲是好的，是国家大发展大繁荣大进步的重要举措，是与国际化接轨的方略之一。但不容忽视的是，文化在发展中付出的代价也是沉重的，是城市文化发展的一种"误读"。戏曲作为传统文化的一部分，曾经饱受沧桑，在"文革"结束的80年代初期，曾经昙花一现的"大繁荣"过，"百花齐放，推陈出新"，着实火了好几年；但是好景不长，很多锣鼓喧天的境况发生富有戏剧性的逆转，很快冷清了下

---

① 汪人元．张庚、郭汉城对"前海戏曲研究"的引领［J］．中国文化报，2015-5-22（3）．

来；由于受"下海"潮影响，许多人对戏曲的热情也骤然大减。就连与戏曲有关的一些口语词汇，如"科班出身""有板有眼""一唱一和""上台""下台""唱红脸""唱黑脸""红娘"，等等，因其生存土壤的变化而发生了变化：有的走向了原有意思的反面，有的完全变成政治话语，有的改变词义的性质，有的改变词义的色彩，等等，不一而足。我国的地方戏曲剧种数量不断下降的现象昭示我们戏曲剧种消亡的实事：就20世纪50年代末的调查，大概为368种；到80年代编写《中国戏曲志·戏曲·曲艺》卷①、编写《中国大百科全书·戏曲》卷时，大概还有317种，这30多年大概消亡了50多种；到2005年中国艺术研究院戏曲研究所完成的《全国剧种剧团现状调查报告集》的统计，大概仅剩267种，这20多年大概又消亡50余种；前后50多年，大概消亡100种，其消亡速度之快，数量之多，不得不令人担忧。而这267种之中，一半左右的剧种没有专业剧团，基本是业余演出。这些消亡的剧种，基本是地方小剧种。九江采茶戏作为地方小剧种，其生存的困惑状态让我们十分焦虑。

"农村"在都市化进程中，已经和改革开放前的农村有很大变化了，现在的农村处于不断的消灭之中，仅存的农村，不再是文化场域的代名词，而变成了生活或旅游的单纯的物理空间，似乎只是一种生存地点和旅游地点而已，附着在农村的一些民俗文化功能似乎刹那间被抽空。即使是所谓的民俗村，也不再是真正意义上的民俗村了，很多已经衍变为一种民俗事物的遗存和博物馆化了，作为旅游观光的一种噱头而已。现在农村中的人居群体，"空巢老人""留守儿童"的居多，面对到农村演出戏曲，他们的观赏性质，不再是过去的那种和谐的观演关系，而是一种远距离的审视。朱恒夫先生在对江苏、湖南、浙江、福建等农村实地调查中，分析农村戏曲市场时指出：

> 若是内地省份，来看演出的观众多半是留守在家的老人、妇女与儿童，真正对戏曲感兴趣、能品咂出艺术味道的是老人，妇女们只是当作大家聚会拉拉家常的机会，儿童们的兴奋情绪则来自没有了常年留守在家的孤独；若是沿海省份，看戏的人除了当地的老人、妇女、孩子外，还有相当多的人是外来的务工人员。外来务工人员大多听不懂用当地方言演唱的剧目，之所以来，是因为下班之后，既没有钱看电影，更没有

---

① 按：20世纪80年代在编写《中国戏曲志·戏曲曲艺》卷时，若加上没有文字记载，但有演出活动的剧种，大概为394种。

条件去歌厅唱歌，只能到此不要花费的地方来消磨时间。①

这种状况的出现，基本上也符合我国农村的实事，也给盲目说农村是戏曲演出的大宝藏的一些论调一剂清新剂，"台上热情有余，台下冷冷清清"的现象时有发生。农村市场固然数量很多，但是"票房"的"盈利"不高，很多戏班的演出经济收入难以为继其发展。就九江采茶戏的重镇瑞昌市而言，瑞昌的采茶剧团近十年的演出状况，年演出量大概在 200 多场，以前每场戏的戏价也大概在 800—1000 元左右，分摊到剧团中的工作人员，每个人每天的收入也大概只有 40 元左右②；而在"三下乡"期间，瑞昌财政局会拨款 2000 元/场，演毕到财政局凭合同领取，毕竟这种情况是少数。城市化进程中，乡村的经济收入不景气，也付不起"高昂"的演出费用，演员们的廉价收入，让采茶戏的发展步履维艰。

（二）都市化进程中九江采茶戏生存空间的挤压

由于新式教育的全面推进，西方话语霸权的渗透和后现代化思想的支配，即使在农村的年轻人，也与过去农村的年轻人有很多不同。特别是 20 世纪 70 年代、80 年代出生的人，如今成为了城市化的主体人群，其物质生活的现代化和精神生活的西方化，使得他们的思想和行为与他们长辈的行为有着很大的不同。加上现代的都市化进程中，很多孩子从 6 岁入学到 22 岁，基本在学校，只有寒暑假可能在家，即使在寒暑假，更多的学生身份的青少年，还有可能在各种培训班中周旋，因此地方戏的观众流失情况非常严重。

朱恒夫先生在谈及物质生产、物质生活现代化与观念上的西方化对戏曲的影响时，认为有五个方面：

（一）戏曲节奏跟不上时代节奏。

（二）套房居所与发达的传媒、通讯抑制了人们走进剧场的欲望。

（三）种类丰富的物质产品，养成了人们喜爱繁复而不喜欢单调的心理。

（四）农村有艺术才能的中青年基本上进城务工，瓦解了自娱自乐的戏曲演出传统与减少了戏曲主要观众。

---

① 朱恒夫.城市化进程中戏曲传世纪承与发展研究［M］.上海：上海世纪出版集团，2013.
② 本材料数据由瑞昌采茶剧团副团长朱品清先生口述，特此说明。

（五）自由、民主、人权等观念与戏曲所表现的思想格格不入。①

朱先生认为其中第五点影响最大，说很多年轻人不愿意亲近戏曲，主要是观念的差异所致。现在的一些"宅男""宅女"越来越多，"蚁族"也是与日俱增，"低头族"更是比比皆是，似乎正是"秀才不出门"，可惜的是不能真的"知天下事"！很多信息垃圾充斥眼球，拥挤心理空间，他们"贪多怕少""不多则忧"的心理错位现象非常严重，哪里还有闲情去关注"小姐私会后花园，落难公子中状元，欢欢喜喜大团圆"的简单戏曲叙事呢？加上他们拥有着西化思想，动辄采取一些"我思故我在""我认为对的就是对的""我只相信我自己的""我只关心我自己的"等思想，这和过去戏曲表达的思想着实有些格格不入，若拥有这些思想的年轻人变成观众，那真是削足适履或委曲求全了。

随着都市化进程的大力推进，地方戏曲的发展生态空间发生了巨大变化，为破解地方戏发展之谜，一些学者提出"戏剧都市化"概念：

> 戏剧都市化是中国戏剧摆脱当下困境的重要选择。中国戏剧是附着在中国文化的大土壤中的，而整个中国社会正在迅速地完成它的现代化和都市化进程。现代中国城市化的比例越来越高，曾经以宣传农业文明作为背景的戏剧形态，他必然要附着在时代的躯体上前进。这不是戏曲自身自作多情的选择，而是整个中国社会的整体转移。戏曲必须适应，否则必然淘汰。②

我们先不谈这种"戏剧都市化"提法的科学与否，含义准确与否，这种说法，在"非遗"语境下还是有着新的指导意义。九江采茶戏不再是"老戏老演，老演老戏"，也根据新形势的发展和地方特色的一些挖掘而新编了一些剧目，如《男孩女孩》《光明行》《青铜赋》《铜城清风》《和谐社会树风》《消防花开瑞昌城》，等等。九江采茶戏生存状态，当然也不是我们描述的那么完全灰暗，其实在"非遗"语境下，还是有着新的亮色。

民营剧团在都市"挤压"中的新生是一种新的"草根"力量。九江地区的一些新兴的采茶戏民营剧团的出现，壮大了九江采茶戏的演出队伍，增加了采茶戏演出的场

---

① 朱恒夫.城市化进程中戏曲传世纪承与发展研究［M］.上海：上海世纪出版集团，2013.
② 罗怀臻.罗怀臻戏剧文集［M］.上海：上海人民出版社，2008.

次，丰富了采茶戏演出生活，同时也营造了采茶戏的"草根"与"乡土"的氛围。

也值得一提的是，瑞昌城区很多地方把采茶戏作为广场舞的节目内容，把采茶戏的一些动作、音乐和舞蹈等进行了生活的常态化。在凸显地方文化特色时，我们需要清楚认识到广场舞和采茶戏的区别，我们不必固守采茶戏"原汁原味"的特色，但是其基本的特质不能轻易丢弃。广场舞和采茶戏都是草根的一种力量，它们的结合，更多是形式的结合，不是内容的对接，更不是本质的融合，这也是在广场舞日益发达背景下的一种地方化表达，也是彰显地方文化特色的一道独特的风景线。

## 三、本体与回归：九江采茶戏发展文化空间的当下思索

九江采茶戏的草根特色，活在"乡土"之中，是九江当地民俗民间文化滋养出的奇葩，民俗文化就是其肥沃的土壤和母体。但是在都市化进程中，九江采茶戏的发展生态，出现了令人担忧的状况；我们要保持警醒的是，其本体的东西不必与时俱进，不能被完全都市化吞噬，不能随便被"创新"，要"创新"的只能是部分内容和某些形式。九江采茶戏也与都市化进程一道，被挤进了"都市化运动"之中，它新的发展文化空间，是我们无法回避的探索内容。

（一）文化空间中凸显乡土民俗"狂欢"特征

刘祯先生在探讨戏曲与民俗关系时，经过细致分析后指出：

> 戏曲之所以需要回归民间在于它多年的延伸、发展已经走出了最初的、与民俗文化紧相依偎的血脉，成为一种被雅化、被人们视为"艺术"的玩意儿，某种程度上戏曲的艰难不是别的，恰恰是它与民俗文化渐行渐远的"变质"……民间文化、民俗文化是戏曲的母体和载体，而戏曲则是这个母体载体中最为活跃、热闹和狂野的情绪宣泄和情感表达，民间文化、民俗文化的"狂欢"和高潮是以戏曲的锣鼓为起点和标志的。①

民间、民俗文化是地方戏具有原生态性质存在的基础，是地方戏发展的内在源泉，地方戏的发展在都市化进程中不必要刻意追求不可能达到的"原生态"。假设戏曲与传统的民间文化、民俗文化土壤的渐行渐远，逐渐疏离民间、民俗文化，

---

① 刘祯. 戏曲与民俗文化论［J］. 戏曲研究，2006（70）.

不断自我独立和完善，由俗变雅，甚至走向剧场化、精致化、意识形态化的道路，其必然的命运只能是凝固、僵化，最后走向衰落。夺走地方戏生存的民间、民俗文化"狂欢"土壤，无异于做了地方戏发展的掘墓人！

九江采茶戏在当下发展，其文化空间是我们首先要考虑的问题之一。有关"文化空间"的概念，我们有必要做个简单描述：

> 2003年，联合国教科文组织第32届会议正式通过《保护非物质文化遗产公约》对"非遗"的概念作了一个界定："指被各社区、群体，有时是个人，视为其文化遗产组成部分的各种社会实践、观念表达、表现形式、知识、技能及相关的工具、实物、手工艺品和文化场所"。由于该概念具有一定的学理缺陷，2005年，我国国务院办公厅《关于加强我国非物质文化遗产保护工作的意见》之附件《国家级非物质文化遗产代表作申报评定暂行办法》把"文化空间"作为非物质文化遗产的一个基本类别，并定义为"定期举行传统文化活动或集中展现传统文化表现形式的场所，兼具空间性和时间性。"①

我们认为"文化空间"具有物理空间性、生态空间性和心理空间性。我们每个人价值观、道德观和思考方式等都是融入在一定的文化空间之中的，我们传统的文化基因或多或少地在我们身上打下或深或浅的烙印。即使我们大多数人处于生活的物质化和精神的西方化的泥淖之中，但我们的文化烙印适中在传统的规约中不时的出现，似乎我们的本身与生俱来的就是我们传统文化的一部分，一旦我们意识到我们的这种特性，那将是文化传承的希望。

根据以上梳理，我们认为九江采茶戏的发展文化空间包括九江采茶民俗、采茶戏表演场地、采茶戏表演者和观众。"地方戏在一个相对稳定、相对封闭的文化空间内存在""这里所谓的文化空间，不单单指戏剧本身，也包括戏剧赖以生存的方方面面。……乡村包括部分城镇的神庙、寺院、祠堂等是地方戏主要的献艺场所，那里供奉的神灵、建筑、陈设、祭礼仪式以及祭礼期间众人的聚会、序齿、餐饮、游乐、商贸甚至周边地理环境以及在那里竞演的四方散乐、地方戏曲等，一同构成这种特定的文化空间"。②麻国钧先生的宏观叙述中，已经涉及了一些文

---

① 国务院办公厅关于加强我国非物质文化遗产保护工作的意见.国办发〔2005〕18号。
② 麻国钧.戏曲的性质、命运与未来.[J]戏曲研究，2014（90）.

化空间理论,对指导九江采茶戏的文化空间思考有着参考意义。九江采茶戏要振兴,必须实现民俗本体与乡土回归,重构九江采茶戏的文化空间,编演一些时代需要的"接地气"的剧目,才能标本兼治。如果九江采茶戏的民俗退出历史舞台,表演场地随意化,我们可以试想,那采茶戏的表演就会成为单一的表演和单一的审美过程,退化成一种单纯的舞蹈动作和语言活动,很容易在"都市化"进程中迷失方向,最后被遗忘。

## (二)文化空间中保持九江话本色方言

九江采茶戏是用九江方言演唱的,其文化空间中,也应该是用九江方言去传播,而不是"普通话"。在"都市化"进程中,"普通话"作为"官话",被强有力的宣扬和传播,孩子从幼儿园开始就接受着"推广普通话"的训练,很多年轻的家长在西化背景下也有意识培养孩子说一口"标准"的普通话和"地道"的外国语,乡土乡音被大面积遮蔽,而且还被认为是"不合时宜"的言语方式。这种语言培养方式,势必造成语言的同质化,本土文化没落化。当作为本土文化表征本土语言的逐步变异和消失时,本土的文化心理认同感也在逐步模糊和消失。方言和官话,是两个有交叉的体系,互相之间并不是你死我活的矛盾关系,不能用官话体系去同化方言体系,更不能只有官话体系而造成乡土语言的缺席。因此,在探讨九江采茶戏文化空间时,九江话是一个无论如何都不能忽略的"新成员",必须保护好"九江话",在适当的场合还要练习好"九江话"。

## 四、传承与保护:九江采茶戏艺术价值延伸的方略探寻

上文提到,我们的九江采茶戏作为非物质文化遗产,由于都市化进程的大力不断深化,也由于其自身文化基因的原因,其传承和保护,必须与时俱进,不可能保持一种"原生态"或"本真性",否则徒劳无功。刘晓春教授曾指出"由于非物质文化的口传心授的特点,更兼文化变迁的影响,所以很难把某个特定时空中的表演形态、口传形态、工艺品的形制、制作工艺等最为真实版本或者本真的样貌。与其以停滞的观点来确定为物质文化的本真性,还不如以发展变迁的视野考察非物质文化的本真性"。① 这种观点在"非遗"保护的过程中具有较强的指导性,

---

① 刘晓春.谁的原生态?为何本真性——非物质文化遗产语境下的原生态现象分析[J].学术研究,2008(2).

是一种比较科学的可操作性的意见。对于九江采茶戏的艺术价值延伸，不是光喊喊口号就能解决的问题。借着国家"非遗"保护的东风，我们需要把九江采茶戏置于国家文化发展战略的高度来把握和探讨其传承和保护方略。

## （一）核心是选定和保护传承人

我们在九江采茶戏的传承保护上尊崇的是活态传承原则，其核心是传承人，这种传承人与九江采茶戏是一种共生的关系："人在戏在，人亡戏亡"。

传承人在九江戏的艺术价值延伸中的核心作用，是不言而喻的。郭英德先生在谈及传统戏剧表演艺术传承人的特性表现的时候，指出：

> 从本体论的角度来看，传统戏剧表演艺术传承人的存在根本上决定了传统戏剧的存在；从价值论的角度来看，传统戏剧表演艺术传承人的价值集中地体现了传统戏剧的价值；从功能论的角度来看，传统戏剧表演艺术传承人的延续有效地保证了传统戏剧的生命。传统戏剧表演艺术传承人具有三种文化功能，即保存文化遗产、再造文化产品，熔铸文化心理、塑造文化品格，传承文化传统、加强文化认同。……以人为载体的非物质文化遗产的传承人具有可培育性和可"复制"性。非物质文化遗产不仅存在于古人的创造之中，也存在于今人和后人的创造之中，今人和后人仍然可以不断地培育文化传承的新生力量，使非物质文化遗产生生不息，代代相传。[①]

该观点比较学理性阐释了传统戏剧表演艺术传承人的三大功能，进一步认为传承人就是这些地方戏传承的"人间国宝"，尤其值得重视、珍惜和尊重。地方戏的传承人应该秉承地方戏的文化基因，相对拖延地方戏存世时间，最大程度挖掘其潜在的文化价值，激活历史深处的文化记忆，培育和创造出新的文化力量。按照国家的标准选定"非遗"传承人，是我们对九江采茶戏传承和保护的第一步，因为他们"掌握并承载着戏曲文化遗产的丰富知识和精湛的表演技艺，既是非物质文化遗产活的源泉，又是其代代相传的代表性人物"[②]。

---

① 郭英德.传统戏剧表演艺术传承人的特性与功能［J］.天津社会科学，2008（3）.
② 刘文峰.非物质文化遗产语境下传统戏剧传承保护研究［J］.戏曲研究，2014（90）.

## （二）推手是文化政策引领和财政收入扶持

对于国营的九江（瑞昌）采茶剧团，要在文化政策上加以引领，主张"走出去、请进来"的方略，多组织剧团人员外出学习，聘请名家讲座和指导；在重构和复苏文化空间时，加强政策引领。适时地方文化旅游作为演出契机，坚守文化阵地。在员工的职称评定上要体现人性关怀，实行弹性的软化竞争意识，凝聚人心。在财政上，加大剧团的扶持力度，实行按劳分配和按需分配相结合，实行全额拨款和差额拨款相结合，鼓励创收。在评价上，注重评奖、调演、汇演相结合，激发员工的积极性和创造性，定期推出名角，用"名角效应"带动采茶戏的良性链式反应。

对于民营的剧团，在职称评定上，要与国营剧团一视同仁，不厚此薄彼，不丢三落四；在财政税收上，可以考虑免税政策，尽量让其生存的环境宽松。在评奖时，不能漠视民营剧团，积极创造各种条件，让民营剧团活起来。民营剧团是采茶戏发展的亮点，一定要发展好，经营好，推广好。

## （三）关键是开展教育，让地方戏进课堂

人才是教育、培养和熏陶出来的！培养采茶戏人才，需要一个长期的过程，需要把采茶戏的剧目和音乐等，按照一定合理的流程，结合当地具体文化特色，传播到学校当中。

不管是戏校还是中小学，抑或高校，采茶戏进课堂是本土文化传承的有效方式之一。要重建采茶戏民俗、民间文化场域，必须从娃娃抓起，在心理认同上凸显地方特色，用有声有色的文化对象潜移默化到孩子们的头脑当中，让他们在耳濡墨染中熏陶出一种地方文化气质。把九江采茶戏写入乡土教材，在中小学开设乡土文化课程，这是九江市的一些重要的举措，对采茶戏的发展有着重要的意义。在高校中，特别是九江学院，特设采茶戏的课程，更是应该大书一笔。

在都市化进程中，我们无法进行原有"乡土"复制，但是在原有民俗节日的恢复中，重建我们新的民俗文化空间，把这些新的文化空间的因素带到我们的教学课堂，激发学生的本土意识和原乡情结，让本土语言的魅力构建鲜活的课堂风貌。

在课题研究上，可以加强对九江采茶戏的研究力度，探讨发展路径，找寻发展方向，延续发展生命。

## (四)创新是采茶戏发展的灵魂

在九江采茶戏唱腔的传承与革新方面,20世纪80年代初,张绪纲在谈及九江采茶戏音乐的继承与革新时就谈了一些比较至今仍有借鉴意义的建议。如:"对本剧种各个行当各种流派的唱腔要进行深入分析研究,予以分类整理。"① 要把各种板腔和流派的特点进行彰显和突出;在尊重各自的原始面貌时,也应该考虑实际演出的情况,结合不同剧情发展需要进行灵活处理。张先生在谈及戏曲音乐实践中要考虑唱腔革新的"度"的问题,并把革新的实践方法归结为"头尾要学象,中间可以让,反复出现句,必定是主将",要求唱腔改革中,对反复出现的特定音型应该强化运用,确保保留传统的精华;并倡导表演者要和大家一起商榷与交流,主张结合剧中人物和情感需要,采取不同的艺术处理方式,颇有可操作性的指导意义。在谈及九江采茶戏与地方民歌小调和其他剧种的关系时,主张"大胆地吸收当地民歌小调以及其他剧种的长处,来丰富自己,来弥补自己剧种的不足之处"②,并以瑞昌市曲艺形式的"龙船鼓"代表性下句吸收到"汉板"和"平板"中去,一改原来"汉板"和"平板"的淡然乏味;有的还把瑞昌市仍然保留的"花灯戏"剧种的原始演唱形式也吸收到九江采茶戏中,以期丰富九江采茶戏的表现张力。乐队在配器和使用器乐上,可以使用西洋乐器,但不能不分具体情况地杂糅乱用,而要结合当下观众的兴趣爱好以及新时代的审美特点,合理进行"中西合璧";要使得音乐为渲染气氛起到恰如其分的左右,而不应该喧宾夺主。

创新不光是音乐方面,在剧目上也应该不断体现。在传播方式上,可以大胆创新,可以利用当下"微"电子时代泛媒体的各种有效形式,适时、适地进行各种传播。

要之,我们上面从四个大的方面展开论述,主要按照身份认同——生态困境——文化空间——传承方略的思路写作,各部分之间难免有些交叉和重复,但是这四大方面基本能反映出九江采茶戏在"非遗"语境下如何传承的基本问题。论述中的不当之处还请专家们批评和指正,共同为九江采茶戏的发展贡献智慧,

---

① 张绪纲.浅谈九江采茶戏音乐的继承与创新[J].载江西省文化厅、中国音乐家协会江西分会、中国戏剧家协会江西分会编印江西省第一届戏曲音乐学术讨论会论文选《戏曲音乐论文选》(内刊),1984.

② 张绪纲.浅谈九江采茶戏音乐的继承与创新[J].载江西省文化厅、中国音乐家协会江西分会、中国戏剧家协会江西分会编印江西省第一届戏曲音乐学术讨论会论文选《戏曲音乐论文选》(内刊),1984.

是我们责无旁贷的事情。

另外我们要高度关注国家方面的政策和措施。文化部艺术司 2013 年 7 月 15 日发布《地方戏曲剧种保护与扶持计划实施方案》（文艺发〔2013〕35 号），文化部办公厅 2015 年 5 月 7 日发布《关于开展"中华优秀传统艺术传承发展计划"戏曲专项扶持工作的通知》（办艺函〔2015〕167 号），明确指出把"地方戏曲剧种保护与扶持计划"等纳入"计划"统一实施。有"名家传戏—当代地方戏曲名家收徒传艺"工程和"扶持地方戏曲剧种文献、资料数字化影像化保存"工程。另外实施"三个一批"优秀戏曲剧本扶持计划，采取"征集新创一批、整理改编一批、买断移植一批"的办法，出资扶持优秀戏曲剧本创作，建立优秀戏曲剧本共享资源库。这些我们可以关注好和利用好、发展好九江采茶戏，相信九江采茶戏会有更加美好的明天。

# 论明初"江右诗派"的生成及发展

南昌师范学院　温世亮[①]

**【摘　要】**"江右诗派"是明初诗坛的一个重要的诗歌流派,"雅正"是其一脉相承的诗学趣尚。从"江右诗派"的精神内涵而言,其"雅正"诗学观所具有的地域风源是一个客观存在的事实。同样值得注意的是,"江右诗派"的"雅正"诗学趣尚,不仅吻合了朱元璋的文道相贯的文治理念,而且随着这一理念的推行而得以强化,即能贴近于明初的开国气象而注入"鸣盛"因子。该诗派也因此受到最高统治阶层的推崇褒奖,成为明初诗坛最为耀眼的文学群体之一,产生了较大的诗坛影响。

**【关键词】**明初;江右诗派;雅正;诗学渊源;诗歌影响

明初诗坛,流派纷呈,"江右诗派"[②]即其中之典型。目前学界关于明初"江右派"的研究,已有一些成果面世,其中亦不乏新见。但是,这些成果又多停留于对其宗派首领刘崧的考析论证。作为明初诗坛一个极其重要的地域诗歌流派,"江右诗派"自有其丰富的创作内涵,它的兴起、发展和演变既有文学自身的原因,也与地域文化、时代政治等历史现实背景密切相关,这些问题学界虽然已有所论析,然而往往是语焉不详,而仅仅以刘崧作为发论的观照点,则难免显得单调乏力,显然还无法对这一诗歌流派的真实面貌作出更为全面、更为客观的描述。也正是基于这一研究现状,笔者拟在前贤考析论述的基础上,力求将"江右诗派"作为一个整体,并紧扣其"标宗雅正"的诗学趣尚,重点考析其继承性、发展性和诗坛影响,以较为真实地还原其人文风貌作些铺垫。

---

[①]　作者简介:温世亮(1974—　),男,江西石城人,南昌师范学院中文系讲师,文学博士。
[②]　明初"江右诗派"亦有"西江派"之称,如钱谦益《列朝诗集小传》、张廷玉《明史》、永瑢《四库全书总目》等,均有此谓。

## 一、"江右诗派"的学术研究回顾

作为明初一个重要的诗歌流派,基于"江右诗派"的诗坛地位和诗学影响,自20世纪80年代以来,相关的研究大体呈现出上升的趋势。就实际而言,目前学界对"江右诗派"的研究,主要还是以刘崧作为论说的中心集中从以下几个方面展开。

一是诗派成员的考论。明初"江右诗派"之目,最早见于胡应麟的《诗薮》,其谓:"国初,吴诗派昉高季迪,越诗派昉刘伯温,闽诗派昉林子羽,岭南诗派昉于孙蕡仲衍,江右诗派昉于刘崧子高,五家才力咸足雄据一方,先驱当代,第格不甚高,体不甚大耳。"①但胡氏对自己明初诗分五派的说法并未作出较为精确的解析,而关于"江右诗派"的称谓,明代诗家亦未作出定论,所指杂出。不过,这些语焉不详的描述,却在一定程度上为后世考证诗派成员留下了极大的空间。

对"江右诗派"成员的考述,当今学者即着墨不少,分歧亦夥。饶龙隼认为刘崧和元明之际称"江西十才子"的诗人群即是"西江派"作家②,其所指的"西江派"也就是"江右诗派"。李精耕则就饶龙隼的相关论述作出了修正,指出"西江派"与"江右诗派"当区别对待,作为元末明初时期的地域诗歌流派,"江右诗派"应有广义和狭义之分,广义是指元末明初时期江西所有诗人,狭义则仅指与刘崧有诗歌唱和的江西籍或占籍江西的诗人③。另外,李圣华在梳理杨士奇、解缙以及宋濂等明代贤达论说的基础上,论定"江右派兴于至正中叶",并从宗盟、主力,以及核心等三个角度来探讨了"江右诗派"的成员构成,同时又将"胡行简、傅若金、辛敬、周浈、杨士弘"等虽然与刘崧有唱和的前辈诗人排除于诗派之外④;而据他所胪列的成员名单来看,又是从狭义的角度来定义"江右诗派"的,与饶、李两位学者的观点也是有一定的出入。

二是诗歌风尚的论析。关于"江右诗派"的诗歌风尚,评点自明代以来即不乏陈辞。大体而言,这些评点,或从师法渊源的角度来进行论说,如刘炳《百哀诗·刘子高》小序谓刘崧"苦吟锻炼,追驾盛唐"⑤,郑晓则称其"诗有唐人风

---

① (明)胡应麟.诗薮·续编[M].上海:上海古籍出版社,1979.
② 饶龙隼.刘崧与西江派[J].西南师范大学学报[J],1997(4)
③ 李精耕.明代江西作家研究[D]//上海师范大学2008年度博士论文.
④ 李圣华.初明诗歌研究[M].北京:中华书局,2012.
⑤ (明)刘炳.春雨轩集[M]//豫章丛书.南昌:江西教育出版社,2007.

韵"①，而叶盛尝则引黄容《江雨轩诗序》称"近世有刘崧者，以一言断绝宋代，曰：'宋绝无诗。'"②；或从艺术表现的角度予以评议，如钱谦益谓"国初诗派，西江则刘泰和，闽中则张古田。泰和标宗雅正，古田以雄丽树帜"③。

承前人之绪论，目前学界对明初"江右诗派"艺术风尚的探讨，虽然还未能溢出这些角度，但又有所深入，考证更见详尽。例如，刘海燕《明初江西诗歌的宗唐抑宋倾向简论》一文，即取径于师法趣尚，论述了"江右诗派""宗唐抑宋"的诗学倾向④，不无新意。而前引饶龙隼《刘崧与西江派》一文，则着眼于艺术的表现，将"江右诗派"置于历史与现实的背景中予以观照，将"雅正"视为刘崧自觉的审美追求和诗歌创作的风貌，并以此为基探析刘崧与诗派的紧密联系。至于李圣华《明初诗歌研究》一书，则将师法渊源和艺术表现拢聚一起，既考论了诗派"鄙宋与'宋绝无诗'"的诗学见解，也论证了诗派"学陶、宗唐及近承元代江右名家"的师法渊源，同时也对诗派"变化唐宋与鼓扬和平之调"的趣尚作出了考察和衡定⑤，研究视野则更显宏通。

三是诗坛影响的探讨。对明初"江右诗派"的诗坛影响问题，自明以来亦不乏评骘，但更多的是集中在论说其与"台阁体"的内在关联，只是大都并未展开具体的论证考辨，仅止于现象的简单叙述。如钱谦益以"江西之派，中降而归东里，步趋'台阁'，其流也卑冗不振"⑥为断语，于其个中之原委则未见片言只语。而清代四库馆臣的指摘，实际也是受到钱氏观点的影响，大抵局限于其方程之中，以"崧善为诗，豫章人宗之为西江派。大抵以清和婉约之音，提导后进，迨杨士奇等嗣起，复变为台阁博大之体"（《四库全书总目·槎翁诗集》）为评判。

受前贤评点的影响，当今学界对"江右诗派"的诗坛影响的分析，也多是从其与"台阁体"的关系这一维度展开。重要的如廖可斌的《论台阁体》⑦，即专门设置"江西派与台阁体"一节，对两者的关系展开了讨论。李圣华的《初明诗歌》，

---

① （明）郑晓.祭酒刘公传［M］；（明）刘崧.刘槎翁先生诗选（卷首）［M］//北京图书馆古籍珍本丛刊.北京：书目文献出版社，1998.
② （明）叶盛.水东日记［M］.北京：中华书局，1980.
③ （清）钱谦益.列朝诗集小传［M］.上海：上海古籍出版社，2008.
④ 刘海燕.明初江西诗歌的宗唐抑宋倾向简论［J］.江西社会科学，2000（1）
⑤ 李圣华.初明诗歌研究［M］.北京：中华书局，2012.
⑥ （清）钱谦益.列朝诗集小传［M］.上海：上海古籍出版社，2008.
⑦ 廖可斌.论台阁体［J］.中华文史论丛，1990（1）.

亦以"台阁派先声"称"江右诗派"①，只是限于论初明诗歌的宏观体制，而未能更为详尽的展开论述。

大致可言，以上几个方面即为当前学界于明初"江右诗派"研究的侧重点。这些成果在一定程度上为"江右诗派"研究的深入展开奠定了良好的基础，有极其重要的学术价值。但需要注意的是，以"吴诗派""越诗派""闽诗派""岭南诗派""江右诗派"等来区分明初之诗，明显带有以"地域"为准绳进行衡定的意味。不过，从"严格意义上的诗派"而言，这种区分还"只是胡应麟的一种感想，比较粗糙"②，未必就是一种真实的历史存在，胡应麟所言之明初五派，应该说还只是一个相对宽泛的定义。惟其如此，如果过分地拘泥于"江右诗派"人员构成的是与非的考辨，其实反而不利于对其作出全面、客观而公允的描述；相反，以胡氏所推崇的刘崧等庐陵文人为核心并立足于地域对"江右诗派"作广义观，方是其本根。而对"江右诗派"的艺术趣尚、诗学渊源以及诗坛影响等问题的探讨，我们同样可以"地域"作为一个参照的坐标，展开逐一的论证，这样也许更符合明初诗坛的实际状况。

## 二、雅正标宗："江右诗派"的诗学趣尚

作为一个诗歌流派，亦当有一个共同的诗歌理论主张和共同的诗歌创作倾向，方可成其诗派。胡应麟以地域为范围、以刘崧为宗盟标榜"江右诗派"，虽然说还只是其一己之感想而已，其定义存在一定的宽泛性，但也为历来学者所认可，这一标榜自有其合理性，大体符合明初诗坛的实际。因此，我们在探讨"江右诗派"的艺术趣尚时，自当以刘崧为核心，同时牵涉关联与刘崧大致同时且多有交集的江右名诗人，从更为宽泛的范围展开论析，以抽绎他们彼此相通的诗学声气。

如果论"江右诗派"的诗歌艺术趣尚评价对后世产生影响最为深刻者，莫过于钱谦益的"标宗雅正"说。钱氏以为"江右诗派"以"雅正"标宗，清代四库馆臣则顺其成说，而以"清和婉约之音提导后进"相鼓吹。那么，以刘崧为宗盟的"江右诗派"是否一如钱氏等人所谓的以"雅正"标宗呢？

杨士奇在《刘职方诗跋》中言："先生八岁能诗，既长遭兵乱，虽奔窜岩谷，崎岖无聊之际，日必赋一诗不废。至遇朋徒相聚，或兴有所发，辄累累赋之不倦

---

① 李圣华.初明诗歌研究［M］.北京：中华书局,,2012.
② 罗宗强.明代文学思想史［M］.北京：中华书局,2013.

也，盖其好学之笃如此。然先生于明经，于古文尤所笃好，诗特其余事耳。"①杨士奇的这段跋语，虽说极为简略，却见深意，盖谓刘崧儒学渊深，为诗亦以其为先导。其实，刘崧确有一颗"夫息丘园而怀天下忧者，此天下之士也"（《赠萧一诚赴召序》）②的儒者心，论诗确能守性情之正，发为议论总能见其儒家规范，以下表述大抵如此：

> 诗则长短句类不如律，而律又不如绝，然皆致思亲远而制调高古，其进而底于成，盖未可涯也。（《与张炳文》）③
> 异哉，诗之能感人也。其词雅，其为人正而有则者欤；其音和，其为人温而不戾者欤。（《王斯和遗稿序》）④
> 诗本人情而成于声。情不能自己必因声以达，故曰：言者，心之声也，声达而情见矣。……其辞清新而不累于陈，和婉而不伤于暴，介洁而不违于物，其情才音调之美，有足尚者矣。（《陶德嘉诗序》）⑤

不难判断，以情感人，追求诗歌的抒情功能乃刘崧论诗的核心所在。但其言辞中所透露出的那种守性情之正的意味又极其明晰，"人正""词雅"，"人温""音和"，"声""情"并茂而不乖于"心"，而要做到这般，则必须以"清新""和婉""介洁"相守恒。换言之，强调人品与诗品为一，约情以守正，又是刘崧诗学之旨归，这恰是"发乎情，止乎礼仪"儒家诗教传统的沿承感发，可见"雅正"正是其诗学思想中的应有之义。这样的诗学趣尚，也在很大程度上决定了刘崧的诗歌创作会呈现平正典雅而不失正声的风味。关于这一点，早在明初时期，其友人刘炳便在其《百哀诗·刘子高》中作出了明确的评价，称其诗有"苦力追正音，汉魏深祖述"⑥的面目；而浙人乌斯道亦有过类似的看法，在《刘职方诗集序》中，他指出：

---

① （清）刘崧.刘槎翁先生诗选（卷首）[M]//北京图书馆古籍珍本丛刊.北京：文献书目出版社，1998.
② （明）刘崧.槎翁文集[M]//四库全书存目丛书.济南：齐鲁出版社，1997.
③ （明）刘崧.槎翁文集[M]//四库全书存目丛书.济南：齐鲁出版社，1997.
④ （明）刘崧.槎翁文集[M]//四库全书存目丛书.济南：齐鲁出版社，1997.
⑤ （明）刘崧.槎翁文集[M]//四库全书存目丛书.济南：齐鲁出版社，1997.
⑥ （明）刘炳.春雨轩集[M]//豫章丛书.南京：江西教育出版社，2007.

"先生（刘崧）之诗，不刻削而工，不峭峻而苍，不隐晦而深，不险怪而神，不平澹而化，不乖俗而道"①。

至于"江右诗派"中的诸如杨士宏、陈谟、梁兰、刘永之、刘仔肩、王沂、刘炳、萧翀等与刘崧过从甚密的诗家名宿，在发掘儒家诗学传统上同样是不惜心力，大都为"雅正"诗风的树帜者。如若从年岁而论，杨士宏当属刘崧的前辈诗人。但是，据梁潜《竹亭王先生行状》，杨士宏寄寓临江，与万白、辛敬、周浈、刘崧、陈谟、刘永之、王沂等人"日赋咏往还，更唱迭和，以商榷雅道为己事"②，自可纳入"江右诗派"的范围。杨氏选《唐音》以表性情、观世道，一如虞集《唐音序》所谓"盖其录必也，有风雅之遗，骚些之变"③，他的诗学旨趣，并未游离于典雅之外。

陈谟、梁兰、刘永之、王沂、刘炳等，则是刘崧的同辈人，一样是传承儒家诗教的有心人。陈谟乃元明之际重要的理学家，名列《宋元学案》，梁兰《挽海桑先生》诗尝以"立志希濂洛，研精续考亭"④句相称述，论诗亦喜和平正大之音。序萧养高《贞固斋文集》，其谓："其所著诗文命曰《贞固齐稿》，余把玩不释手，爱其体裁正而丰约适中，论议卓而波澜洋溢，允为成家。诸诗小绝，多警策扑茂而不鄙，刻意而平夷，律圆妥不陈，五七言古体，寂寥者更腴，流动者绝蔓，盖所谓不以轻心出之者。"⑤评《竹间集》则称："夫其钟粹禀温故，其诗雅驯而藻洁；其中宽而有制，故其诗不矜而严，纡徐而达；其临政奉法，恒务大体，不激不阿，故其诗体裁正而榘钁精；其议论古今是是非非，笑言雅雅，无诎以随，故其诗善讽而婉。……率慕汉魏盛唐之风，而无齐梁绮纨之习，其为可传无疑。"⑥其论调实与刘崧相类似，人品、诗品合一，言性情而不出于正则。与其诗学见解相适应，陈谟的诗作亦不失雅正之音声，他的学生宴璧序其《海桑集》，即以"汤盘禹鼎

---

① （明）刘崧.刘槎翁先生诗选（卷首）[M]//北京图书馆古籍珍本丛刊.北京：文献书目出版社，1998.
② （明）梁潜.泊庵先生文集 [M]//北京：北京图书馆古籍珍本丛刊.文献书目出版社，1998.
③ （元）虞集全集 [M].天津：天津古籍出版社，2007.
④ （明）梁兰.畦乐诗集 [M]//景印文渊阁四库全书.台北：台湾商务印书馆，1986.
⑤ （明）陈谟.海桑集 [M]//景印文渊阁四库全书.台北：台湾商务印书馆，1986.
⑥ （明）陈谟.海桑集 [M]//景印文渊阁四库全书.台北：台湾商务印书馆，1986.

器之古也，太羹玄酒味之正也"① 相评骘。歆慕陈谟的梁兰，亦不愧作者，今尚有《畦乐诗集》传世，其诗歌创作实多与陈谟符契，"志平而气和，识远而思巧，故见诸篇章，沨沨焉，穆穆焉，简寂者不失为舒徐，疏宕者必归于雅，则优柔而确，讥切而婉"（杨士奇《畦乐诗集序》）②。视刘崧为挚友的刘永之，亦是理学中人，传入《明儒学案》，尝为《刘子高诗集》序，力赞其诗"简质而极温润"③的风致，这实从一个侧面展示其温雅醇正的诗学情趣。又王沂，乃刘崧同邑知交，梁潜《竹亭王先生行状》称其能以"冲澹莹洁"之性发为"温厚和平"之音，且"音律格调之严"则"必合于典则"④。刘炳与刘崧交谊颇为深厚，诗名远播于宇内，为诗能转益多师，然而，雅正亦其诗之风标，宋濂便尝为其诗集作序，称其诗"温润清逸"、"典刑古雅"⑤。

至于萧翀，曾造刘崧之门墙得其熏与濡染，乃刘崧的入室弟子。宋濂《刘职方诗集序》谓萧翀"亦嗜于诗，盖得刘君（刘崧）之传者"⑥。乌斯道序《刘职方集》，则以"清新典丽"称萧翀之诗。萧翀的诗集虽然已散亡，传世之诗亦不多，但是他曾不遗余力地为刘崧编选、刊布诗集，且遍求序言于当时的名流方家以行世，由此足见其对乃师的膜拜推崇，堪称最能传刘崧诗学衣钵者。若将他序与萧翀编刊诗集的实行两相参证，亦足可嗅出其所为诗的雅正味道。

从前文的梳理可见，从"江右诗派"的宗盟刘崧，到与其交道深厚的友朋，再及其得意门生，他们在诗歌创作上都有一颗秉承儒家雅正传统的心志。虽然，我们还无法在有限的篇幅之中一一遍览所有"江右诗派"诗家的创作风貌，也不宜就此断定"江右诗派"艺术追求上的唯一性；但是，借此我们又足可以宣示："雅正"乃这一诗派的一脉相承的共同艺术趣尚之一。

---

① （明）陈谟.海桑集［M］//景印文渊阁四库全书.台北：台湾商务印书馆，1986.
② （明）梁兰.畦乐诗集［M］//景印文渊阁四库全书.台北：台湾商务印书馆，1986.
③ （明）刘崧.刘槎翁先生诗选（卷首）［M］//北京图书馆古籍珍本丛刊.北京：文献书目出版社，1998.
④ （明）梁潜.泊庵先生文集［M］//北京图书馆古籍珍本丛刊.北京：文献书目出版社，1998.
⑤ （明）刘炳.春雨轩集［M］//豫章丛书.南京：江西教育出版社，2007.
⑥ （明）刘崧.刘槎翁先生诗选（卷首）［M］//北京图书馆古籍珍本丛刊.北京：文献书目出版社，1998.

## 三、地域风源:"江右诗派"的诗学渊绪

任何诗派的形成,总是有其渊源可溯,明初的"江右诗派"亦不例外。既然一如前文所论,雅正乃"江右诗派"重要的艺术趣尚所在,那么我们在追溯其诗学的渊绪时,自然也可以"雅正"作为一个角度展开考论。与此同时,"江右诗派"作为一个地域性诗歌流派,我们又可引入地域观念,将雅正纳入地域范围对其渊绪予以论述。但须注意的是,雅正作为儒家传统诗学审美规范,它实际牵涉追求高尚健康、荡涤邪恶污秽的思想内涵和清澹平和、凝练蕴藉的外在形式两个方面,而往往又以前者为重心。从这个意义上讲,我们以雅正为视域来探讨"江右诗派"的诗学渊绪,也应该侧重于思想内涵这一节点。

受地理位置、经济状况、政治环境等诸多因素的影响,自李唐五代以还,江右诗歌的兴起发展相对滞后,除东晋陶渊明、晚唐郑谷和李潜等少数诗人之外,知名于文学史者实属寥寥。直至宋元时期,方呈现出云蒸霞蔚、作者代兴的繁兴局面。不过需要指出的是,江右历来为儒学风气颇为浓厚的地域,而一如解缙《送刘孝章归庐陵序》所谓"庐陵固濂洛之渊源也"①,作为儒学最为重要的分支之一的理学,更是肇端、定型、兴盛于此域。从一定程度上讲,江右诗坛似乎也深深地被儒家传统诗教所笼罩,对中和醇雅的艺术气象的控驭,江右诗人则尤为擅长,从晋之陶渊明到宋之黄庭坚、元之虞集、范梈,细数这些江右名诗人,他们的创作中无不浸淫着一股浓重的雅正气味。地域文化传统是影响文学观念的一个重要因素,发育于江右的明初"江右诗派",在诗学上自然难以脱离地域传统的熏染,派中诗人对陶、黄、虞、范等乡贤亦多有效法。当然,要解释清楚这一问题,仍然需要从"江右诗派"的重要作家说起。

以刘崧为例,其论诗崇尚雅正,这一意识在很大程度上又甚得地域文化之陶染。刘崧对乡贤陶渊明即至为膜拜,其《题陶渊明像寄刘仲修》甚至将"神闲韵自适,意远色逾好"的陶靖节视为诗家"鼎鼎百代师"②,而一如前文所论,刘诗亦不乏清婉和雅之质,陶诗的意境风神藏掖其中。张应泰《刻刘槎翁诗选序》谓"翁(刘崧)生末造,俗渐于夷,顾能振响天衢,一还大雅,讵不谓难?大江以西,陶元亮而后,弘绍宗风,定当以翁为适"③,评骘不无夸饰,但又有其合理处。

---

① (明)解缙.文毅集[M]//景印文渊阁四库全书.台北:台湾商务印书馆,1986.
② (明)刘崧.槎翁诗集[M]//景印文渊阁四库全书.台北:台湾商务印书馆,1986.
③ (明)刘崧.刘槎翁先生诗选(卷首)[M]//北京图书馆古籍珍本丛刊.北京:文献书目出版社,1998.

又,前人对刘崧的诗学趣尚多从宗唐祧宋的角度展开评判,叶盛甚至以其尝言"宋绝无诗"大加诟病,称其无视朱熹等宋代贤达于诗学之功深,"欲眩区区之才,无忌惮若是,诟天吠月"①。在一定程度上,后来研究者亦多借此来否定刘崧对贤黄庭坚的效法,但这种从宗唐法宋角度来探讨刘崧师法的做法也难免有其缺陷,毕竟它所关注的更多的是诗歌外在艺术表现上的差异性,而往往因此忽略了彼此在内在意蕴上的相似点。实际上,刘崧《书山谷黄太史〈题醒轩诗〉后》最能见其法乳山谷的心迹,今择其部分引述如下:

> 太史以宋元丰中来宰是邑,暇日往往探奇幽,倏然以自嬉于尘埃之外,若听泉观山,倚晴快阁,赋东禅之息轩、石基之变清,皆其一时陶情寄兴之所及,至于豁然开视、属望乎禅门之切至,则未有若醒心轩之云云者。于是,去之三百年矣,顾其山水之深高者,今犹昔也。……念昔太史之留题于醒心也,先师尝口授而耳熟之,故不忘于心,然余惧其义而或泯也,幸得录而传之,将持归刻于山中以无忘前闻人可乎?嗟夫,太史文章之在天下,计是诗者,何啻太仓之一稊米,而其所以不泯者,固又非直游戏之嘲吟而已也。
>
> 余惟嘉洞然之生也后,而怀贤嗣先之意,又超然有出于宗法契悟之外者,庶几乎,能不负太史之期待者矣!故不辞为之大书太史诗于前,复识其说于左,方俾来者又将有所观感焉。②

论诗以"温柔敦厚"为尚的黄庭坚,是宋诗的代表人物。《题醒心轩》云:"尽日竹风谈法要,无人竹影又斜阳。他时若有相应者,莫负开轩人姓黄。"山谷此诗是一所典型的宋诗体,清逸中透出几分理思,但又堪称为"陶情寄兴"之作,亦不失为雅音正声。刘崧称它"非直游戏之嘲吟而已",实际已从"义"亦即诗歌意蕴的角度予以了高度的认同,其要传承黄氏诗学旨趣的意愿也至为明确。虽然,我们必须承认刘崧与黄庭坚的诗歌在外在艺术表现上的区别,但槎翁诗所表现出的雅正基质与黄庭坚这位乡前辈又当存在一定的关联,只是他对山谷诗的传承偏重于内在理趣意蕴罢了。为此,我们又何尝不能说其正是黄氏三百年后的"相应者"呢?

---

① (明)叶盛.水东日记[M].北京:中华书局,1997.
② (明)刘崧.槎翁文集[M]//四库全书存目丛书.济南:齐鲁出版社,1997.

虞集、范梈这些以正大典雅树帜的元代江右名家，同样深得刘崧之歆慕。在《自序诗集》中，刘崧谓：

> 会有传临川虞翰林、清江范太史诗者，诵之五昼夜不废，因慨然曰："邈矣！余之于诗也，其犹有未至已乎！"乃敛蓄性真，涤洗故习，尽出初稿而焚之，益求汉魏而下盛唐诗以来号为大家者，得数百家遍览而熟复之，因以究其意志所在，然后知体制之工矣。夫求声之妙，莫不隐然天成，悠然川注，初不在屑乎一句一字之间而已也，故尝为之说曰："诗本诸人情，咏于物理，凡欢欣哀怨之节之发乎其中也，形气盛衰之变之接乎其外也。吾于是而得诗之本焉，知裹诞之不如雅正也，艰僻之不如和平也，萎靡破裂不如雄浑而深厚也。"①

因虞、范之导向而明了雅正和平、雄浑深厚乃诗家之正脉，于是尽废少时诗作并以"汉魏而下盛唐诗以来号为大家者"为师范，这一叙说实从一个侧面反映了虞、范等乡邦贤达对其雅正诗学观念的启沃之深。

陈谟、梁寅、梁兰、刘永之等元明之际这些"江右诗派"作家，无论他们的诗学观念还是诗歌创作中所表现出来的雅正风概，同样深具浓厚的地域印记。如陈谟，对陶渊明即了然于心，以陶诗之清逸舂容为诗家正则，其《郭生诗序》谓："称诗之轨范者，盖曰寂寥乎短章，舂容乎大篇。短章贵清复缠绵，涵思深远，故曰寂寥，造其极者陶、韦是也。大篇贵汪洋闳肆，开阖光焰，不激不蔓，反覆纶至，故曰舂容，其超然神动天放者则李、杜也。"②对黄庭坚同样钦服有加，其《和杨少府登快阁用山谷韵》所云："长啸城头天宇平，碧山浓处看新晴。过客帆樯烟雾重，傍人鸥鹭画图明。浪花细逐金鱼起，沙涨还添玉带横。物色分留归少府，千年太史有诗盟。"③不仅表达了自己对黄山谷的礼法，而诗作本身的内在情致以至外在风神，亦不乏山谷诗雄浑深厚的韵味。其他如名亦列于《宋元学案》的梁寅，为诗如四库馆臣所谓"舂容淡远""规仿陶、韦，殊无尘俗之气"④；而梁

---

① （明）刘崧.槎翁文集［M］//四库全书存目丛书.济南：齐鲁出版社，1997.
② （明）陈谟.海桑集［M］//景印文渊阁四库全书.台北：台湾商务印书馆，1986.
③ （明）陈谟.海桑集［M］//景印文渊阁四库全书.台北：台湾商务印书馆，1986.
④ （明）梁寅.石门集（卷首）［M］//（明）陈谟.海桑集［M］//景印文渊阁四库全书.台北：台湾商务印书馆，1986.

兰，发为音声则能"于元季繁音曼调之中，独倏然存陶、韦之致"①；至于刘永之、刘崧的《题陶渊明像寄刘仲修》诗，将其与"斯人管乐俦，而分山泽槁"的陶渊明相类比，以"神闲韵自适，意远色逾好"②相称道。这些点滴评价，虽然可能只是诗论家们的感性之言，但是也在一定程度上反映了他们的诗学思想乃至创作的乡邦渊源。

不可否认，仅仅将雅正纳入地域这一范围来探讨"江右诗派"的诗学渊绪，还存在一定的局限性，按理诸如儒家传统诗教、时代文化氛围、新旧朝代更替等都应该成为探讨这一问题的背景。不过，综前所述，我们又不得不承认，从"江右诗派"的精神内涵而言，其"雅正"诗学所具有的地域风源又是客观存在的。

## 四、正统根基："江右诗派"与明初诗坛

"雅正"，较早见于《毛诗序》："雅者，正也，言王政之由废兴也。"作为儒家传统诗学审美规范，"雅正"显然符合儒家"发乎情，止乎礼仪"的诗教观，雅即代表了正规或者说正统，具有较为明显的政治因缘，实际也有利于维护封建统治秩序，因此也为历代统治者所提倡推崇。开国之后，朱元璋为巩固皇权统治，一方面大力改革社会积弊，另一方面则不断地强化文化统治，加强思想领域的管控。在文学上，他主张"文儒相兼""文以载道"，要求诗以"鸣盛"，追求平实和雅的文学风尚，力求恢复汉唐传统，尝谓："朕观上古圣贤之言，……则身修而家齐，为万世之用不竭，斯良之至也。今之儒不然，穷经皓首，理性茫然，至于行文流水，架空妄论，自以善者矣。"(《敕问文学之士》)③又曾言："元时古乐俱废，惟淫词艳曲更唱迭和，又使胡虏之声与正声相杂。……今所制乐章，颇协音律，有和平广大之意。自今一切流俗喧哓淫亵之乐屏去之。"④

从某种意义上讲，"江右诗派"的"雅正"情趣不但吻合了朱元璋的文治理念，而且随着这一理念的推行而得以强化，贴近于开国气象而注入"鸣盛"因子，也因此成为明初诗坛最为耀眼的文学群体之一。刘崧元末隐居不出，洪武入仕之

---

① （明）梁兰.畦乐诗集（卷首）[M]//（明）陈谟.海桑集[M]//景印文渊阁四库全书.台北：台湾商务印书馆，1986.

② （明）刘崧.槎翁诗集（卷首）[M]//（明）陈谟.海桑集[M]//景印文渊阁四库全书.台北：台湾商务印书馆，1986.

③ 钱伯城等主编.全明文[M].上海：上海古籍出版社，1992.

④ 明太祖宝训[M].台湾历史语言研究所校勘本.

后,他能相时而动,不断修正自己的雅正观念。如在《与萧鹏举》一书中,刘崧不仅对弟子萧翀所作诗文"辞情实尠而浮文胜"的缺点给予直接的批评,而且进一步指出:"今朝廷更化,去华尚质,士风丕变,于凡名称尤不可不慎,非独名称也,由此推之,何莫不然,足下通敏善学,宜日新所闻,而故习未尝尽扫除若此,甚可惜也。故特为足下言之,足下幸毋怪其多事也。"①自觉承担起传布宣扬朱元璋文治思想的责任。洪武庚申季春(洪武十三年),为林鸿序《鸣盛集》,谓:"诗家者流,肇于康衢之《击壤》,虞廷之《赓歌》。继是者,泆泆乎《三百篇》之音,流而为《离骚》,派而为汉魏,正音洋洋乎盈耳矣。六代以还,尚绮藻之习,失淳和之气。"②追溯诗家之源流,一以"淳和"为正音,同样能见其以诗"鸣盛"的心曲。

　　至于陈谟、梁寅、梁兰等"江右诗派"中的布衣诗人,受乡邦传统、时代风气等因素影响,本来对雅正诗学观就持赞誉的态度,因此朱明立国后王朝所推行的诗文鸣盛的文治策略显然也在他们文学思想所能接纳的范围中。据宴璧《海桑集序》,陈谟便以"遭时俶扰,其制作弗及黼黻皇献,以鸣国家之盛"为憾事,而将诗文集"题曰《海桑集》"③。对那些能守性情之正的文学作品,陈谟亦力加推扬,如序《竹间集》,即称"集中佳制,率慕汉魏盛唐之风而无齐梁绮纨之习,其为可传无疑。……如君之才,其有不鸣国家之盛乎"④。梁寅与陈谟秉性相类,其入明之后的"鸣盛"思想同样突出,朱彝尊称他"入礼局,虽不为好爵所縻,然《石门集》中"诸如"万里升平感圣朝""赫赫大明逢盛代,载歌周雅赞皇文"一类的"感恩颂德之词,不一而足"⑤。至于穷逸老死于山林的梁兰,据杨士奇《梁先生墓志铭》,尝言"士贵有益世用,非徒资禄利,苟荣其身而已";入明之后,更是每以"今幸遭明时,沐治平之泽,不可苟焉自逸,忘所施报"训诫其子嗣,而所言"惟克有终,以不辱国命贻我羞吾,获归守先人邱墓以咏歌太平,尽吾之天年,为

---

　　① (明)刘崧.槎翁诗集(卷首)//(明)陈谟.海桑集[M]//景印文渊阁四库全书.台北:台湾商务印书馆,1986.
　　② (明)林鸿.鸣盛集(卷首序)[M]//景印文渊阁四库全书.台北:台湾商务印书馆,1986.此序刘崧《槎翁文集》未收.
　　③ (明)陈谟.海桑集(卷首序)[M]//景印文渊阁四库全书.台北:台湾商务印书馆,1986.
　　④ (明)陈谟.海桑集(卷首序)[M]//景印文渊阁四库全书.台北:台湾商务印书馆,1986.
　　⑤ (清)朱彝尊.静志居诗话[M].北京:人民文学出版社,1990.

乐不既多乎"①，实乃其本心之所在。

"江右诗派"诗人的"雅正"观念和"鸣盛"心绪，与朱明王朝推行的文治策略正相对应，这必然会使他们的诗学观点受到朝廷的重视，并在政治力量的推毂下得以传布。如以编选《雅音正声》而扬名明初诗坛的江右诗人刘仔肩，其持守"雅正"规范，甚至被"开国文臣之首"宋濂奉为明代"为雅颂，被之弦歌，荐之郊庙者"的"权舆者"②。据梁潜《故山东运盐司副使萧公墓志铭》，洪武十四（1381）年，萧翀以贤良入征明廷，因赋《指佞草》而深得朱元璋的嘉许，"擢苏州府同知"③。对刘崧，宋濂同样欣赏并力加延引，序《刘职方诗集》称崧诗"凌厉顿迅鼓行，无前所谓缓急、丰约、隐显，出没皆中乎绳尺，至其所自得，则能随物赋形，高下洪纤变化有不可测，置之古人篇章中几无可辨者。呜呼，前千年而往者，吾已知其人矣；后千年而兴者，孰敢谓无其人乎。苟谓有其人，非刘君之作，能行之于远乎"④。实际上，刘崧亦得朱元璋之荣宠，"屡常擢用"。洪武三年（1370）以文材举为职方郎中，仕至礼部侍郎权吏部尚书，洪武十四年（1381）因胡惟庸案致仕归里，复起用为国子监司业以助"文治"之行，成为明初文治策略的重要的见证人、代言人和执行者。朱元璋不仅以"文学雅正"（尹直《侍郎刘公崧传》）⑤盛赞刘崧诗文，在其逝世之后，更是深表痛惜，并特为《祭国子司业刘崧文》，谓：

> 惟尔有学有行，发誉儒林，朕嘉尔能，屡常擢用。迩者遣使召司业成均，简在朕心，期于成效。夫何不数日间，遽然而逝，朕甚悼焉。已令有司备礼殡殓，灵车归葬，特以牲醴致祭。⑥

祭文虽然短小，但是却将刘崧的诗坛地位以皇权意志的形式确立下来，为其诗名的后世传扬奠定了政治基础。而刘崧作为"江右诗派"的宗盟，这些来自于

---

① （明）杨士奇．东里续集［M］//景印文渊阁四库全书．台北：台湾商务印书馆，1986．
② （明）刘仔肩．雅颂正音［M］//景印文渊阁四库全书．台北：台湾商务印书馆，1986．
③ （明）梁潜．泊庵先生文集［M］//北京图书馆古籍珍本丛刊．北京：文献书目出版社，1998．
④ （明）刘崧．槎翁诗集（卷首）［M］//（明）陈谟．海桑集［M］//景印文渊阁四库全书．台北：台湾商务印书馆，1986．
⑤ （明）焦竑．献征录［M］．上海：上海书店影印，1986．
⑥ 钱伯城等主编．全明文［M］．上海：上海古籍出版社，1992．

统治阶级最高层的扬誉、推举，无疑具有深厚的政治用意，又在一定程度上确立了"江右诗派"的正统根基，必然促进和强化其在诗坛的声势和影响力。

若论"江右诗派"的影响力之深，莫过于对明初"台阁体"诗歌的启沃。关于江右诗歌与"台阁体"的关系，钱谦益所谓"江西之派，中降而归东里，步趋'台阁'"，四库馆臣将"江右诗派"视为"台阁体"先声，均非空穴来风。

一方面，定鼎开国的背景为"江右诗派"诗学观念的延续奠定了良好的时空基础。"江右诗派"本以"雅正"为绪论，而如前文所论，朱明的开国气象则又使"鸣盛"因子成为其诗学观念中的重要成分。"台阁体"文学作为一个文学流派或文学群体，其成员多来自于建文四年（1402）创立的内阁和翰林院，为明初文治策略的代言者，这一角色决定了他们在进行诗歌创作时必须以歌咏太平为内容、以雍容大雅为特色。当然，"台阁体"的生成又绝非以"内阁"的创立为起点，稍前于它的"江右诗派"，因阐扬"雅正""鸣盛"相结合的诗学观念而深受朱元璋政治集团的器重，实际又成为它们崛起的直接又重要的师法对象。

另一方面，明初"台阁体"文学乃以江西籍文人为核心，其中之要者又多与"江右诗派"中的诗人关系密切。例如台阁"三杨"之杨士奇，为刘崧同县后学，对刘崧的文行出处每见私淑之意，这从前引《刘职方诗跋》可窥一斑；与梁兰，既为姻家世好，幼时又曾就学梁氏之门，"从受诗法"（《梁先生墓志铭》）[①]；同时，他又称陈谟为外伯祖，少尝"从学海桑先生侧"（《送陈孟旦赴江阴教谕诗序》）[②]，不失姻亲师生之谊，得其教泽也深。梁兰与梁潜、梁混，萧翀与萧镃，罗以明与罗汝敬、胡子祺与胡广、练高与练子宁、熊直与熊概等，则为父子关系，家学渊源可谓深厚。另外，萧翀曾师事刘崧，萧镃则从学于梁潜、杨士奇，梁潜尝及王沂之门等。质言之，"江右诗派"与"台阁体"文人之间确乎形成了一种或地缘，或师缘，或血缘的复杂关系，而在明初"鸣盛"文治政策大力推行的背景下，薪尽而火传，这种关系的形成又必然导致包括诗学观念在内的思想传衍。

文学关乎世运，文学与时代文化、社会政治等密切相关。总体看来，顺应朝廷文治政策的需要，"江右诗派"本来所具有的雅正情结，不仅在明初得以强化，植入了"鸣盛"的因子，而且亦因此受到最高统治阶层的推崇褒奖，从而产生了较大的诗坛影响，成为台阁文学的先声。

---

① （明）杨士奇.东里续集［M］//景印文渊阁四库全书.台北：台湾商务印书馆，1986.
② （明）杨士奇.东里续集［M］//景印文渊阁四库全书.台北：台湾商务印书馆，1986.

# 清初吴江"惊隐诗社"的历程

西南科技大学 周于飞[①]

【摘 要】"惊隐诗社"是清初江南地区重要的遗民诗社之一。"惊隐诗社"发起于苏州府吴江县,位于太湖之滨,其成员半数以上为吴江人,对吴江本地的文学创作有一定的影响。"惊隐诗社"的形成至消亡,体现了清初文人结社从活跃渐趋消沉的发展历程。

【关键词】吴江;明遗民;惊隐诗社

中国文人结社,在清代之前以明末为最盛。入清伊始,风气依旧不衰。后因朝廷禁止及各种打击,自康熙初年以后相对比较沉寂。"惊隐诗社"于顺治五年戊子(1648)成立,至康熙三年甲辰(1664)解散,前后持续时间长达十七年之久。在此期间,诗社经历了一个从形成逐渐走向消亡的历史过程。它的形成至消亡,体现了清初文人结社从活跃渐趋消沉的发展历程。

"惊隐诗社"的形成,从文人结社的历史来说,是直接延续明末繁盛之风而来;从清初的政治环境来看,又与遗民的抗清斗争有关。中国文人结社发展到明末,已经达到了高峰阶段,当时文坛上的知名文人和重大文学活动,几乎都与结社相关。清朝初年,遗民结社依然盛行,其中一部分遗民社团就是明末文人结社的延续,而另一部分遗民为了秘密从事抗清斗争,也往往以结社作为联络同道志士的方式。加上全国尚未统一,清朝统治者忙于征战,对遗民结社也未严令禁止,客观上为遗民结社创造了有利的条件。

---

① 作者简介:周于飞,西南科技大学文学与艺术学院教师。

## 一、"惊隐诗社"形成的背景

中国古代文人结社,最初盛于明代。谢国桢先生说:"结社这一件事,在明末已成风气,文有文社,诗有诗社,普遍了江、浙、福建、广东、江西、山东、河北,本文系西南科技大学科研基金资助成果,项目编号12sx7110;四川省教育厅青年基金项目《惊隐诗社研究:清代遗民诗社典型》阶段性成果,项目编号14sd1109。

各省,风行了百数十年,大江南北,结社的风气,犹如春潮怒上,应运勃兴。"结社活跃的表现之一是社团数量众多,据何宗美先生统计,至明末天启、崇祯年间,文人结社达到最高峰,有将近一百三十家社团。清初结社盛行,可视为明末风气的延续。从地域上看,又以江浙地区尤为活跃。这一方面与当时的政治环境有关,另一方面有赖于江南地区发达的经济和文化。

先说政治环境。清朝统治者虽于顺治元年甲申(1644)定鼎北京,取代明朝统治天下,然而全国各地的抗清斗争却此起彼伏。明朝宗室在南方先后建立弘光、隆武、永历等南明政权,直到康熙三年甲辰(1664),永历政权已经灭亡,郑成功及张煌言相继逝世,东南沿海的反清军事力量几乎全线覆灭,大规模的抗清斗争才告一段落。在此期间,清朝统治者的主要精力放在军事征服上,文化统治处于次要地位,客观上为文人结社提供了一个相对宽松的政治环境。

再说地域因素。"惊隐诗社"发起地江苏苏州府吴江县,位于太湖之滨,素有"鱼米之乡"之称。杨凤苞《秋室集》卷一《书南山草堂遗集后》说:

> 明社既屋,士之憔悴失职、高蹈而能文者,相率结为诗社,以抒写其旧国旧君之感。大江以南,无地无之。其最盛者,东越则甬上,三吴则松陵。然甬上僻处海滨,多其乡之遗老,间参一二寓公。松陵为东南舟车之都会,四方雄俊君子之走集,故尤盛于越中。而"惊隐诗社",又为吴社之冠。

这里提到的"松陵",为吴江县下辖松陵镇,即借指吴江。吴江既是舟车往来的交通枢纽,又有四方君子集合,故而结社活动十分频繁,"尤盛于越中"。除了以上两个条件之外,吴江本地的世家望族,也在结社活动中发挥了重要作用。陈去病《五石脂》说:"当明代之隆,松陵城中,以周、吴、沈、赵、叶为五世家。"五世家中,周、吴、沈、叶四世家均有"惊隐诗社"的成员;此外,顾、钮、朱等大姓中亦有成员，如：周安、周灿、周尔兴、周抚辰；吴珂、吴宗潜、吴宗汉、吴宗泌、吴宗沛、吴寀、吴炎、吴南杓；沈永馨；叶世侗、叶继武、叶敷夏；顾樵、顾有孝；钮荣、钮明儒；朱鹤龄、朱明德等等。因此，"惊隐诗社"发起于吴江，其成员半数以上为吴江人，并非偶然。

## 二、"惊隐诗社"形成的概况

吴江在雍正四年丙午（1726）一度析为吴江、震泽两县。关于"惊隐诗社"的形成，乾隆《震泽县志》、乾隆《吴江县志》、杨凤苞《秋室集》等书，均有叙及。其中乾隆《震泽县志》卷三十八《杂录·二（旧事·二）》记载较为详细，兹录于下：

> 太湖叶桓奏，鼎革后隐居唐湖北渚古风庄，有烟水竹木之胜。与严墓吴东篱兄弟并为"惊隐诗社"领袖。（"惊隐诗"三字，叶集作"逃"。）……
> 
> 国初，吾邑之高蹈而能文者，相率为"惊隐诗社"，四方同志咸集……于时定乱已四五年，迹其始起盖在顺治庚寅。诸君以故国遗民绝意仕进，相与遁迹林泉，优游文酒；芒鞋箬笠，时往来于五湖三泖之间，而执法之吏不相谁何。国家文网之宽，诸君气谊之笃，两得之矣。

按"惊隐诗社"又名"逃社"，也称"逃之盟"。关于它的成立时间，此处推测为顺治七年庚寅（1650）。后来的记载，也都沿袭此说。但是，诗社成员吴炎《潘子今乐府序》所记却有不同：

> 方己卯〔崇祯十二年，1639〕、庚辰〔十三年，1640〕间，余从家叔父南村先生游，舍笠泽王氏……余于是始耳潘子。距三年，而余稍稍挟中书君与时贤从事，而潘子亦来……又三年，而陵谷变。予窜西吴，与潘子不相闻者二年。无何，而余遘闵凶，潘子来唁……明年，而家叔父东篱先生为"逃之盟"于溪畔，而潘子辄来……又五年，……相与为《今乐府》……已〔癸巳，顺治十年，1653〕之冬，成十三。

按吴炎与潘柽章曾合撰《今乐府》，两人交互为序。此序中间说到吴宗潜（东篱其号）创立"逃之盟"亦即"惊隐诗社"的时间，前后有许多需要推算的年份：前面从明崇祯十二年"己卯"（1639）"距三年""又三年，而陵谷变"，指清顺治二年乙酉（1645），清军攻占南京、苏州等地，南明弘光政权灭亡一事。下推"二年"，再"明年"，则为顺治五年戊子（1648）。后面"又五年"到顺治十年癸巳（1653）冬写成十分之三的《今乐府》，在时间上亦与之相吻合。这就是说，"惊隐诗社"实际成立于顺治五年戊子（1648）。周雪根先生《清初吴地"惊隐诗社"新考》一文，也曾依据此序得出同样的结论，只是考证过程稍微简略一些。至于余前先生《王锡阐和他所处的年代》一文说"惊隐诗社"成立于顺治十年癸巳（1653），则不知何据。

"惊隐诗社"的领袖是叶继武（桓奏其字）与吴宗潜、吴宗汉（南村其号）兄弟，其成员皆为"绝意仕进"的遗民。此时文禁尚宽，社员相与"遁迹林泉，优游文酒"，体现了一个遗民诗社的特色。诗社别名所谓"逃"，意即隐居不仕，逃避乱世。由于材料的欠缺，诗社成立的具体情况已难以考察。但从叶继武自称诗社为"寒盟"来看（详后），他是希望各位成员保持名节，不与异族统治者合作。诗社的名字，暗示了它的政治态度和文化立场。叶继武本人，据戴笠（耘野）《高蹈先生传》记载：

> 叶继武……隐居唐湖北渚，所居名曰古风庄，有烟水竹木之盛。因与吴兴沈祖孝、范风仁，同邑吴宗潜、潘柽章等举"逃社"，为岁寒交，一时三吴高士莫不指唐湖为武陵、柴桑焉。四方宾至无虚日，继武倾赀结纳，人皆以孟尝君称之。

叶继武既是该社的领袖，也是发起人之一。诗社发起地，在其隐居的吴江唐湖北渚古风庄。他为人轻财好客，被视为"孟尝君"，古风庄也被三吴人士视为武陵、柴桑这样的世外桃源。"惊隐诗社"能够成立，并持续较长的活动时间，与他的努力有很大关系。

"惊隐诗社"没有一个明确的解散时间。大约在康熙二年癸卯（1663）之后，即不再有正式的集会活动。但诗社的大部分成员尚存于世，其精神依然在不断延续。因此，我们在这里使用"消亡"一词。

## 三、"惊隐诗社"消亡的原因

在谈及"惊隐诗社"消亡原因时,乾隆《震泽县志》说:"其后史案株连,同社有罹法者,社集遂辍。"这里的"史案"是指发生于康熙二年癸卯(1663)的庄廷鑨"明史案","惊隐诗社"成员吴炎和潘柽章因列名参阅,受到牵连,同年在杭州罹难。戴笠(耘野)为潘柽章而撰的《潘力田传》,记载如下:

> 潘柽章……谓诸史惟马迁书最有条理,后人多失其意,欲仿之作《明史记》,而友人吴炎所见略同,遂与同事。柽章分撰本纪及诸志,炎分撰世家、列传。其年表、历法则属王锡阐,流寇志则笠任之。私家最难得者《实录》,柽章鬻产购得之。而昆山顾炎武、江阴李逊之、长洲陈济生皆熟于典故,家多藏书,并出以相佐。柽章长于考核,炎长于叙事,互相讨论……撰述数年,其书既成十之六七,而南浔庄氏史狱起,参阅有柽章及炎名,俱及于难。庄氏书以故阁臣朱国桢《史概》为粉本,自与茗士共足成之。刻成,两人未尝寓目,徒以名重为所撼引,遂罹惨祸。

戴笠(耘野)也是《明史记》的编纂者之一。编纂《明史记》是"惊隐诗社"一项重要的学术活动。庄氏史案发生后,《明史记》的编纂工作被迫停止,已成书的部分也不传于世。此次变故对于"惊隐诗社"的打击是相当沉重的,除了吴炎、潘柽章牵连罹难之外,诗社领袖吴宗潜也受到了波及(详后)。庄廷鑨还曾邀请吴宗汉和顾炎武参编,因二人拒绝,未列名参阅,而幸免于难。经此变故后,"惊隐诗社"的社集中断了。

"明史案"的发生,并非偶然。早在顺治末年,清朝统治者就发动了"科场案"(顺治十四年丁酉,1657)"奏销案""哭庙案""通海案"(顺治十八年辛丑,1661)等系列意在打击江南士人势力的案件。"明史案"中,"列名于书者十八人皆论死。其刻书鬻书,并知府、推官之不发掘者,亦坐之","杀七十余人"。此案开清朝文字狱先河,致使不良小人造谣生事、告讦成风,一时文人士子,人人自危,至康熙六年丁未(1667)后方才缓解。

然而"明史案"只是促使诗社解散的一个直接原因,更深层的原因,是清朝统治者对于结社"严行禁止"的态度。清初遗民结社,至少有五十余家。遗民结社活动频繁,引起了清廷的注意。早在顺治九年壬辰(1652),由礼部题奏,立条约八款颁刻学宫,其第八款即明令"生员不得纠党多人,立盟结社""所作文字,不许妄行刊刻"。而顺治十七年庚子（1660）正月，礼科给事中杨雍建上疏："今之妄立社名纠集盟誓者，所在多有，而江南之苏州、松江，浙江之杭、嘉、湖为尤甚。其始由于好名，其后因之植党。请饬学臣实禁，不得妄立社名，投刺往来，亦不许用'同社''同盟'字样。"至此，作为结社活动最频繁的江浙地区，文人结社活动从极盛渐趋沉寂。"惊隐诗社"的消亡，就是这种趋势的一个具体反映。

## 四、"惊隐诗社"消亡后成员的去向

"明史案"事发后第二年，"惊隐诗社"就在无形中解散了。此时，诗社的部分成员已经去世，如吴宗汉、叶世侗、吴宷、吴炎、潘柽章、金瓯等。少数成员离开家乡远游，如顾炎武北上，戴笠（曼公）东渡日本。其他成员则继续保持遗民气节，隐居不仕，具体到个人的情况又略有不同。

第一种情况是闭门从事著述，少与外人交游。前文叙及"惊隐诗社"的学术成果很多，一个重要的原因是，有部分成员将主要精力放在著书立说上。除了前述王锡阐、潘柽章、戴笠（耘野）等人之外，还有吴南朹、金始桓等。吴南朹为吴炎弟，吴炎罹难后，即"杜门著述，不妄见一人"。金始桓"尚气节，居遁野……博学多著述"。类似吴南朹、金始桓这样著述已不可考的成员，还有一些。除了著述外，名气较大的学者还往往教授生徒。例如吴宗潜，社员叶敷夏、金始桓即是其门生。

第二种情况是不论世事，以诗文自娱。"惊隐诗社"的成员原本就是"士之能文而高蹈者"，诗社虽然解散了，但是成员私下往往寄情诗酒，表面上看来不谈世事，其实是以出世来消极反抗入世。比如诗社的领袖叶继武，在吴炎、潘柽章罹难后，"每为抚膺流涕，于是杜门谢客，自号为懒道人，栽桃种菊，著书自娱"。钮荣"筑楼溪滨，绕以修竹，而种菊其下，赋诗饮酒，绝意人世"。钟嶅立"甘贫守志，绝口不谈世事，以诗文自娱"。

第三种情况是逃禅出家，遁入空门。例如，戴笠（耘野）曾"入秀峰山为僧，得禅学旨"。另一位戴笠（曼公），则在日本长崎出家为僧。而顾有孝虽然生前没有出家，但"临殁，令诸子以头陀敛，更号雪滩头陀"，亦可视作托于空门。遗民出家为僧，在当时并不少见。归庄《送筇在禅师至余姚序》说："二十余年来，天下奇伟磊落之才、节义感慨之士，往往托于空门；亦有居家而髡缁者，岂真乐从异教哉，不得已也！"这说明遗民出家，并非真心皈依佛门，而往往是出于"不得已"。归庄本人正是因为抗清斗争失败，为躲避清廷的追捕而薙发为僧。

以上三种情况，只是大致划分。具体到单个成员时，偶有交叉，亦不为奇。比如戴笠（耘野），虽然一度为僧，却又以著述见称：

"返初服，教授自资，勤于著述……居同里之朱家港，土屋三间，旁穿上漏，炊烟时绝，略不关怀。惟孜孜编纂……老而不倦。"

**参考文献**

[1]谢国桢.明清之际党社运动考[M].上海：上海书店出版社，2004.

[2]何宗美.明末清初文人结社研究[M].天津：南开大学出版社，2003.

[3]（清）杨凤苞.秋室集[M]//续修四库全书.上海：上海古籍出版社，2002.

[4]陈去病.陈去病诗文集[M].北京：科学文献出版社，2009.

[5]凌郁之.苏州文化世家与清代文学[M].济南：齐鲁书社，2008.

[6]陈和志等.（乾隆）震泽县志[M]//中国地方志集成？江苏府县志辑.南京：江苏古籍出版社，1991.

[7]（清）吴炎，潘柽章.今乐府[M]//丛书集成续编.上海：上海书店出版社，1994.

[8]陈美东，沈法荣.王锡阐研究文集[M].石家庄：河北科技出版社，2000.

[9]（清）凌淦.松陵文录[M].同治十三年甲戌（1874）刻本.

[10]（清）顾炎武.顾亭林诗文集[M].北京：中华书局，1983.

[11]（清）钮琇.觚剩[M].上海：上海古籍出版社，1986.

[12]（清）文庆，李宗昉等.钦定国子监志[Z].北京：北京古籍出版社，2000.

[13]无名氏.松下杂钞[M]//丛书集成续编.上海：上海书店出版社，1994.

[14]（清）蒋良骐.东华录[M].济南：齐鲁书社，2005.

[15]（清）袁景辂.国朝松陵诗征[M].乾隆三十二年丁亥（1767）爱吟堂刻本.

[16]（清）陈梓.删后文集[M]//四库未收书辑刊.北京：北京出版社，2000.

[17]（清）盛枫.嘉禾征献录[M]//续修四库全书.上海：上海古籍出版

社,2002.

[18](清)潘柽章等.松陵文献[M]//续修四库全书.上海:上海古籍出版社,2002.

[19](清)徐釚.南州草堂集[M]//续修四库全书.上海:上海古籍出版社,2002.

[20](清)归庄.归庄集[M].上海:上海古籍出版社,2010.

[21](清)徐鼒.小腆纪传[M].北京:中华书局,1958.

# 汉水流域上游民间美术现状解读

郧阳师专艺术系　石永松[①]

**【摘　要】**汉江流域上游主要是由位于陕西省西南部秦岭与米仓山之间的宁强县（隶属陕西省汉中市，旧称宁羌）冢山，而后向东南穿越秦巴山地的陕南汉中、安康等市，进入鄂西后北过十堰流入丹江口库区以上的地区。本文采用文献资料法、归纳法、对比法以及田野考察法对汉水流域上游地区民间美术现状的种类特征进行梳理、阐述，指出汉水流域上游民间美术在发展中存在传承性不佳、现代文明——高科技的剧烈冲击造成的外部环境的巨大变异等一系列问题，并提出相应的发展策略与建议。

**【关键词】**汉水流域；上游；民间美术；现状解读

鲁迅先生称民间美术是"生产者的艺术"，我们的祖先很早以前就开始把美的规律应用于生产和生活。伴随着人类的生产和生活需要，民间美术得以繁荣和发展。民间美术作为中华民族传统文化的重要组成部分，在几千年的文化传承中逐步形成了独具特色的艺术特征。它根植于劳动人民的生活之中，又反哺于生活，充分发挥了生活艺术、陶冶情操和美感享受的作用。民间美术与民俗活动关系极为密切，如民间的节日庆典、婚丧嫁娶、生子祝寿、迎神赛会等活动中的年画、剪纸、春联、戏具、花灯、扎纸、符道神像、服装饰件、龙舟彩船、月饼花模、泥塑等，以及少数民族民俗节日中的服饰、布置等。

物件的造型、图案、色彩作为民间美术的重要构成元素，是人们追求精神生活上表达情感的一种寄托方式，以不同的形态表达特定的观念，反映了各民族民

---

[①] 作者简介：石永松（1976—　）男，山东单县人，郧阳师范高等专科学校艺术系副教授，硕士，主要从事美术技法及理论研究。

间美术的传统习俗以及审美观念的延续和发展。汉水文化是融巴蜀文化、荆楚文化、中原文化、秦文化等多边文化为一体,具有浓郁地方特色的区域性文化,是中国传统文化的重要组成部分。汉水流域民间美术文化是汉水流域人民有史以来在社会历史实践过程中所创造的物质财富和精神财富的总和。

## 一、汉水流域上游民间艺术分布概况

汉江流域上游主要是由位于陕西省西南部秦岭与米仓山之间的宁强县(隶属陕西省汉中市,旧称宁羌)冢山,而后向东南穿越秦巴山地的陕南汉中、安康等市,进入鄂西后北过十堰流入丹江口水库丹江口以上为上游,长约一千八百五十里。南为大巴山麓,北为秦岭南坡,中间则是汉水纵贯而过,由于山区和盆地具有外在的地理差异,因此使得这一地区的民间艺术呈现出明显的区域特征。对于秦巴庸山区而言,以前交通不便,经济、文化发展相对迟缓、滞后。人们由于对客观世界认知能力的薄弱,造成了对于大自然过度的敬畏,人们逐渐形成万事求助于上天的这一唯一诉求,期盼上天滋润大地、造福相邻,民间艺术就成为人们与上天沟通的桥梁。勉县的五节龙;宁强的羌寨山歌;镇巴的陕南民歌;汉调桄桄;安康的剪纸、刺绣、编织、石雕、木雕、泥塑、土陶、印染、面花、皮影雕刻、小场子、劳动号子;丹江口的吕家河民歌、竹山堵河皮影、郧西三弦、堵河剪纸、郧阳四六句、烙画等均是当地农耕时代的真实写照。

## 二、汉水利于上游民间美术样式的呈现

汉水流域上游民间美术分布,因地域、风俗、感情、气质的差异又形成丰富的品类和风格。但它们都具有实用价值与审美价值统一的特点。另外,它们的制作材料大都是普通的木、布、纸、竹、泥土,但制作技巧高超、构思巧妙,擅长大胆想象、夸张,且常用人们熟悉的寓意谐音手法,积极乐观、清新刚健、淳朴活泼,表达了对美好生活的憧憬与理想,富有浪漫主义色彩,让人有更多的喜庆感觉。

### (一)汉中民间美术样式

汉中是汉水文化的发源地,汉中民间美术内容丰富,汉中民间美术包括刺绣、门画等内容。据陕西乡县县志记载:"女工之刺绣,其精妙不在顾绣、湘绣之

下，世多珍之，有秀巧之美，无粗拙之态，此也民性之自然流露者也。"汉中民间刺绣多姿多彩，异常美观，主要用于帐帘、枕套、围裙、手帕、鞋垫、袜底、裹肚、床单、盖头、门帘、荷包、袖口等生活衣着用品，所表现的飞禽、人物、风景、走兽、虫蛙以及耕种、狩猎、舞蹈、娱乐、婚礼仪仗之图案，千姿百态、生气盎然、逸趣横生，取材丰富，造型夸张，针法娴熟，风格淳朴，简练概括，组合巧妙，具有强烈的生活气息和高度的使用价值，它根植于悠久的民族、民间艺术传统的沃土灌注着人们的情感，继承着人们喜闻乐见的审美习惯。汉中民间挑花种类繁多，都是依循布面的经纬线路来下针，其主要有挑花、架花、纤花等三种针法。汉中民间挑花、架花图案盛行以比拟、双关谐音等手法来创作表现生活激发人们向往美好生活的愿望。汉中地区流行的门画品种主要有木刻、彩绘、浮雕、漆泥子等样式。

## （二）安康民间美术样式

安康古称"秦头楚尾"，具有悠久的历史和丰富深厚的传统文化底蕴，民间美术也有着她独自的特点。安康的民间美术经过几千年的发展，出现了以下几种具有代表性的种类。

剪纸，安康民间剪纸淳朴。形式有窗花、灯花、顶棚花以及刺绣作品的底样。刺绣，据《宁陕厅志》记载："纺棉绩麻人人能之。刺绣多未娴也。"可见当时农村妇女都能防线绩麻，刺绣虽不十分细腻，但质朴大方。安康刺绣样式主要有披肩、枕顶、手帕、围裙、坎肩、包单、门檐、床檐、帐檐、床单、围嘴、肚兜、眼镜盒、钱包、裹肚、荷包、鞋垫、袜底、笔插等。底料多为乡村家织土布，染料有靛青、紫草、石榴子、红花等植物。题材多为山水、人物、走兽、飞禽、花卉、虫鱼等。民间刺绣的手法有，十字绣、编花、高绣法等。安康的编织主要有：背篓、箩筐、藤椅、草帽、蓑衣、草垫、草鞋等，图案以二方连续、四方连续、适合纹样、点缀式纹样等为主。面塑是安康流行较广的民间美术工艺品，旧时面塑的主要功能以祝寿、祭祀神灵和结婚时做摆设用的，祝寿的寿馍多做成桃形，以象征长寿；结婚为增加欢庆气氛摆设的装饰性面花，民间称为"看盘"。安康的民间美术还有木雕、皮影雕刻、土陶、石雕、蓝印花布、花灯、纸扎等。

## （三）十堰民间美术样式

堵河剪纸大约起源于东汉时期，早期的传承线索因缺少文献记载已不可考。竹山居于汉水流域中上游，是连接中西部的战略通道，历史上的堵河流域饱经战乱，既是战争之地，又是战乱的迁徙之地。这种经常性的战乱迁徙，使堵河流域成为五方杂居的地方，各种文化在这里融汇、沉淀、变异和发展。堵河剪纸亦在流传中逐渐吸收了北方剪纸艺术的粗犷、质朴和南方剪纸艺术的细腻、柔美的风格。整合为刚柔相兼、繁简适宜的特点，内容方面具有情节性和故事性。这种南北兼融的艺术风格发展至20世纪趋于成熟，进入高峰期。在1986年举办的"第一届中国艺术节"上，堵河剪纸就有4件作品走进了北京，在中国美术馆参加展览。堵河剪纸题材广泛、内容丰富。对它的姊妹艺术——"竹山皮影戏"中的人物造型和故事情节有很大影响。堵河剪纸作者大多是劳动妇女，剪纸是她们日常生活中一项重要内容，是她们审美情趣和聪明才智的集中体现。作品富有浓郁的山野泥土气息和原始质朴的艺术美感，生动形象地反映了普通劳动妇女对和谐社会的企盼和对美好幸福生活的向往。2009年5月，"剪纸（堵河剪纸）"被湖北省人民政府公布为第一批省级非物质文化遗产扩展项目名录。

## 三、汉水流域上游民间美术发展的困境

### （一）政府相关部门保护力度相对薄弱

汉水流域上游民间部分美术进入国家非物质文化遗产录，非物质文化遗产是国家对我国传统文化保护与发展的一项重要举措，他在抢救、挖掘、保护我国优秀传统民间美术方面发挥着重要作用。任何事物都有产生、成长、延续、消亡的过程，"非遗"的未来，同样在这样一个动态的过程中。随着各级政府、商业组织、研究团体、学者对传统民间美术关注程度的不断增加，一些民间美术样式得以保护和发展。然而往往政府的关注很大程度是停留在观念和文件上，有些事停留在民间自发的保护上，但是民间组织缺乏相应的政策、资金等配套措施，往往处于自生自灭之中，平民大众仅凭借自己的满腔热情去唤醒这种流淌在血液中的这种特定环境下的历史产物，是极其危险的。

这些"民间美术"自身如果没有足够的生命力继续发展下去，我们今天的保护就成了对"民间美术"的临终关怀。当一个"民间美术样式"不能让后人自觉传承而需外力被动留存时，我们不能不考虑其维持的时间有多久；当一个民间美术要靠"非遗"项目申报的方式来保护而自身难以维系时，我们不能不想到有多少没有被列入申遗的非物质文化遗产在我们没有关注到的偏远村落苟延残喘，直到停止呼吸并随着岁月渐渐流失。现代化的冲击，商品化的影响，使非物质文化

遗产失去了原有存在土壤和社会环境，也就慢慢走向消亡。当一个文化项目被装进保护的温室里，供后人从外部考察、观看、品味的时候，也许已经是一种凭吊了！

### （二）生存的外部环境不断异化

民间美术是相对原始的文化活动形式，传统性、地域性决定了它的发展必须具有自己能够生存的特定地理环境。随着汉水流域上游农村城镇化、城乡一体化的发展的加速进行，人们不断地走出大山，逐步的融入到现代的都是文明之中，改变了民间美术生长的环境，脱离了其原始生存的自然土壤，在现代文明的猛烈冲击下，土生土长的民间美术势必会严重的"水土不服"，处于濒临消亡的危机。几乎所有的民间美术样式的产生都是与特定的上产方式是一脉相承的，一些区域性的民间美术样式就是根植于原始的生产劳动，像草鞋、蓑衣、剪纸等，同时服务于特定的生产活动。过去人们没有什么夜生活，每逢吉庆节日演"皮影戏"，随着高科技逐步走入千家万户，电视、电影、网络、手机登融入我们的生活，年轻人再也不会走上几里路去看"大戏"了，民间艺术生长的土壤被现代文明冲击的几乎销声匿迹了。

### （三）传承举步维艰

民间美术的传承主要依靠祖祖辈辈的言传身教，一代一代延续下去。随着社会的快速发展，市场经济高速发展的浪潮为大量的农民带来了发展的契机，人们为了摆脱了"面朝黄土背朝天"的命运，在生存的压力下价值观发生了天翻地覆的变化，传统的手工工艺在现代科技的较量中败下阵来，人们为了追逐自己的幸福生活，逐步放弃了传统的手工作业，进入分工更为明确的机械化生产中来，人们逐渐对传统文化失去兴趣，从而造成传统民间美术传承的真空。那么民间美术作为广大人民群众的生活经验积累，是一种集体创造活动，其真正的根在民间，平民百姓才是民间美术的真正主人。虽然说："一方水土养一方人，也铸就一方文化。"随着社会化程度的加深，人们渐渐的淡漠自己的传统民俗文化，传统民间美术的认同感逐步缺失了。

## 四、汉水流域上游民间美术发展的建议

在国家提出增强传统文化安全，提升我国文化软实力的背景下，汉水流域上游的政府也逐步履行自己的职责，对各自所属区域的民间美术样式进行收

集、整理，制定了一定保护政策，使民间美术的保护有法可依，有法必依。充分调动社会各个方面的积极因素，鼓励、吸收社会力量的加入，以壮大民间美术的保护力量。

在文化多样性发展的今天，我们理应将我们具有相对优势的民间美术，逐步改善它的生存环境，以政府的力量打造民间美术生存的空间，如充分利用汉水上游武当国际武术文化节这个平台，将流域内具有传统文化的民间美术作品开发出一系列的旅游纪念品推向国际化的舞台，通过国际交流平台推广我们的传统民间美术产品发扬光大。因此，要采取一切可能措施，营造民间美术的发展环境。

民间美术的传承和发展最终还是要靠广大人民群众来实现，因此，我们还是要做到以人为本，一切从人民群众的实际需要出发，通过经济资助，法律保障，政策支持等手段保护汉水上游流域内的民间美术的传承人，培养民间美术的继承人，激发人民群众热爱民间美术的兴趣。另外，民间美术的传承和发展也不能仅仅依靠传统的方式进行传承，还有充分利用现代高科技手段，采用文字、录音、摄影、网络等进行数字化处理，通过科学的编目建立相应的民间美术数据库，实现对民间美术的数字化保护，在传承中注入当代元素。最后，积极开发民间美术校本美术课程，把一些简单易学的民间美术引入汉水流域上游的各级学校的美术教学体系之中，通过学校教学培养学生对本地区民间美术的兴趣，增强流域内民间美术传承的可接受群体，促进民间美术的可持续发展。

习近平总书记在文艺工作座谈会上曾强调，人民是文艺创作的源头活水，一旦离开人民，文艺就会变成无根的浮萍、无病的呻吟、无魂的躯壳。能不能搞出优秀作品，最根本的决定于是否能为人民抒写、为人民抒情、为人民抒怀。要虚心向人民学习、向生活学习，从人民的伟大实践和丰富多彩的生活中汲取营养，不断进行生活和艺术的积累，不断进行美的发现和美的创造。要始终把人民的冷暖、人民的幸福放在心中，把人民的喜怒哀乐倾注在自己的笔端，讴歌奋斗人生，刻画最美人物，坚定人们对美好生活的憧憬和信心。在当今文化大繁荣大发展的时代背景下，民间美术的发展是大势所趋。民间美术作品是人们集体智慧的结晶，是依靠人们家传的行为民俗，这就决定了民间美术总是处于不同的变化之中，但只有适应广大人民群众的需要，与社会的发展相适应的良性变异才是民间美术得以生存和发展的必由之路。在汉水流域的广袤地区，人民群众是该地区民间美术的主题，是他们在民间习俗中创造并传承着我们丰富的民间文化。离开了我们广大的人民群众，我们的民间艺术就成为无源之水，无本之木，因此保护和传承民间美术必须依靠人民群众的力量。

总之，汉江流域上游的民间美术极大丰富了中华文化的宝库，在缔造和发展统一中华民族文化的过程中起了不可估量的伟大作用，为人类的进步贡献了力量。

**参考文献**

［1］符友明.汉中民间美术［J］.文化月刊，1994（6）.

［2］华建平，张善军，甘晓春.安康民间美术文化探究［J］.大众文艺，2014（8）.

# 朱东润传记史论考辨

南昌师范高等专科学校　吴智勇[①]

**【摘　要】** 朱东润以现代传记文学观念审视中国古代传记文学发展，在中国传记文学思想的形成、文体流别、影响传记文学发展的因素等诸多方面，提出了独到见解。在"传叙"术语的使用，和对碑铭是否传记文学的评判等方面，朱先生的观点，似又失之拘谨。本文旨在辨析其渊源与得失。

**【关键词】** 朱东润；传记；传叙；史传；经传；别传；碑铭

朱东润先生在1929—1943年间，执教于武汉大学。在此期间，他学术工作的一个重要内容就是对传记文学和中国传记文学史的研究。写成或发表于这一时期的相关著述有：《史记考索》(1940)《大慈恩寺三藏法师传述论》(1941)《关于传叙文学的几个名辞》(1941)《传叙文学与史传之别》(1941)《中国传叙文学的过去与未来》(1941)《传叙文学与人格》(1942)《八代传叙文学述论》(1942)《传叙文学的前途》(1943)《论传叙文学底写法》(1943)《论自传及〈法显行传〉》(1943)。朱东润先生用现代传记文学观念审视中国古代传记文学的发展，具有鲜明的个性。现对其传记史论作一考辨。

## 一、传记与传叙

一般认为，胡适是"传记文学"一语的最早提出者。据卞兆明考证，胡适最早使用"传记文学"一语，是在1930年6月28日给董授经日记集《书舶庸谭》所作的序中。此后，"传记文学"日渐风靡。朱东润却对"传记文学"之说提出质疑，主张正名为"传叙文学"。

---

[①] 作者简介：吴智勇，南昌师范高等专科学校人文系副教授，研究方向：唐宋文学与文献．

## (一)"史传"与"经传"

一般以"史传"之传创自司马迁,与"经传"之传无涉。明人徐师曾在《文体明辨序说》中的说法,可为代表。他说:"自汉司马迁作《史记》,创为'列传'以纪一人之始终,而后世史家卒莫能易。"(页153)朱东润则认为,"史传"之传,只是"经传"之传的衍生义。他说:"传底本来是经师对于经典的训释。"[3](页22)他进一步发现,"文学底训释也可称传"。他说:"淮南王安奉汉武帝命,'使为《离骚传》,旦受诏,日食时上。'这是文学底训释。"(页22)这个例证,似有不确。汉人已称《离骚》为经。东汉王逸《楚辞章句》首篇即为《离骚经章句》。他释"经"之义为:"经,径也。言己放逐离别,中心愁思,犹依道径,以风谏君也。"(页2)既然有此解释,把《离骚》称作经,绝非始于王逸。王逸说"经"字本有,而曲为之解,洪兴祖非之,说:"盖后世之士祖述其词,尊之为经耳,非屈原意也"。(页2)这里所谓"后世",是否武帝之世?刘安为之作传,可为证否?然而,即便《离骚》已称为"经",却非儒家经典;可见,至少到汉代,解说儒家经典以外的著作,也可称传。朱东润更发现,在西汉中世,传还被用于指称训释自己的作品,且在当时为常事。如据《汉书·王褒传》记载,"(王)褒既为(益州)刺史(王襄)作颂,又为作传"。(页22)这就为解说《史记》列传的由来,作好了铺垫。

探索《史记》列传体例的由来,是朱东润传记文学史论的重要一环。他说:"一部《史记》,便是这个时期底主要作品。……在司马迁著作底时候,止是有意的模仿。……十二本纪模仿《春秋》十二公,……三十世家模仿《世本》,而以后成为史传准绳的七十列传,也恰恰模仿《春秋》诸传。"(页22)这样的判断,给人直捣黄龙般的痛快淋漓之感,许多问题,迎刃而解。第一,《伯夷列传》只见议论,不见叙事,前人谓之"变体";朱东润说:"岂有七十列传第一篇即着变体之理,须知就出处立议论,正和隐公元年《公羊传》就'春王正月'立论相同:这是传的正体,并非变体。"(页23)又说:"其实《史记》列传底本旨,也只在发明义理,记载故事。"(页22—23)第二,"七十列传有时止载丛残小事,而把出处大节付与本纪和世家。……主要的原因,却在司马迁作传的时候,只把每篇列传作为本纪、书、表、世家底训释,并没有认定每篇有什么独立的意义。"(页23)第三,这也说明了一个很重要的问题,"史传不能成为标准的传叙文学"。(页24)朱东润承认"七十列传"之类,"为传叙文学之先河,然志在比材,义取劝惩,义立互见之例,所载事实往往有本传所未详者,此则史家立言之原则,例诸传叙,其亦未为通方者矣。"这一点，我们下面还要论及。

把"史传""列传"之传，解作"经传"之传，并非朱东润的发明。从刘勰，到刘知几，再到赵翼、章学诚，都是这样的看法。在这些观点中，朱东润应该是继承、发展了刘知几的思想。《史通·列传第六》说："夫纪传之兴，肇于《史》《汉》。盖纪者，编年也；传者，列事也。编年者，历帝王之岁月，犹《春秋》之经；列事者，录人臣之行状，犹《春秋》之传。《春秋》则传以解经，《史》《汉》则传以释纪。"(页35)朱东润的两个重要观点，1.本纪模仿《春秋》十二公，2.列传模仿《春秋》诸传，即本于此，且说得更直捷明了。至于纪、传的分工，刘知几说，"有大事可书者，则见之于年月；其书事委曲，付之列传"(页28)，与上引朱东润"丛残小事""出处大节"之说，也有明显的渊源关系。

朱东润的独到之处，是他对纪、传关系的认识。刘知几说："盖纪者，纲纪庶品，网罗万物。考篇目之大者，其莫过于此乎？……然迁之以天子为本纪，诸侯为世家，斯诚说矣。"(页28)又说："盖纪之为体，犹《春秋》之经，系日月以成岁时，书君上以显国统。……又纪者，既以编年为主，唯叙天子一人。"(页29)似乎本纪、世家与列传，目的同为叙一人之本末，所可区分者，只在记述对象之地位。故而，刘知几指责司马迁自乱其例，说："但区域既定，而疆理不分，遂令后之学者罕详其义。"如"项羽僭盗而死，未得成君，……安得讳其名字，呼之曰王者乎？"(页28)后世学者有为司马迁辩护的，如钱大昕说：司马迁的本意，只在以汉承周。"秦之称帝与项之称霸王，均不得与五德之数。黜秦，所以尊汉也。"又说："班氏《汉书》始降陈胜、项籍为传。……有意抑项。然较之史公之直笔，则相去远矣。"所谓"史公之直笔"，即"秦、项虽非共主，而业为天下主命，不得不纪其兴废之迹。"(页573)说法虽有不同，却仍未超出正统、僭伪之辨。又如吕思勉说："本纪出《帝系》，不出《春秋》，自不能皆编年矣。正统、僭伪之别，亦后世始有。项籍虽仅号霸王，然秦已灭，汉未王，义帝又废，斯时号令天下之权，固在于籍；即名号亦以霸王为最尊，编之本纪，宜也；此亦犹崇重名号之世，天子虽已失位，犹不没其纪之名尔。"(页28—29)也还没有转出本纪叙述最高统治者一人之始末的藩篱。

朱东润别出新解，约有二端。第一，论本纪，独取"科条"之义。"科条"一语，取自司马迁的夫子自道："著十二本纪，既科条之矣。"朱东润在《史记考索》中解释说："科条之者，言科分条例，大纲已举（本王先谦说）。而《索隐》解之云：'帝王书称纪者，言为后代纲纪也。'"(页10)在《八代传叙文学述论》中，说得更明白："司马迁的本意止是把纲纪科条的称为本纪，辅弼股肱的称为世家，并没有帝王称为本纪，诸侯称为世家底意义。"（页20）据此，"科条"之义，实同今之所谓"纲要"；也就是说，《史记》的十二篇本纪，只是十二篇史纲，多以最高统治者命名而已。第二，"本纪"并非帝王传记（传叙），帝王传记，也还称传。他举例说：东汉有《皇德传》，魏晋之际有《献帝传》；晋太康中，掘得一部遗简，时人称为《穆天子传》，"还是受到帝王不妨称传底暗示。但是以后便糊涂了。"刘知几纠缠于项羽该称纪还是称传，就是这种糊涂的表现。（页21）

朱东润说："观《史记·项羽本纪》，世家，七十列传，《汉书》诸传，要皆为传叙之先河。"可见，他承认《史记》《汉书》中的纪传作品，是传记文学的滥觞；但史传之传，限于释经之体，又不可能是完全意义上的传记文学作品。这个观点在他的传记文学理论中，意义重大，下文还要详论。作为传记文学的滥觞，史传作品能够贡献出的，至少有两个特性：一是实录，即作品的真实性。朱东润十分看重这点，他说："真是传叙文学底生命。"（页5）二是叙一人生平之始末。

### （二）"传记"与"传叙"

朱东润认为，"传记文学"应该正名为"传叙文学"。他说："传"与"叙"脱离经典的训释后，经过演变，确立了"大体的用法"，"传是传人，叙是自叙"（页25），把这两字连在一起，就可以"确切地指示这种文学底观念""连带地可用传叙学、传叙学研究、传叙家底名称"。（页21）而称作"传记"，则不恰当。在对"传记"一语的理解上，他赞成《四库全书总目·史部·传记·杂传类》跋尾的看法："传记者，总名也。类而别之，则叙一人之始末者为传之属，叙一事之始末者为记之属。"（页333）既如此，以"传记"为此类作品之名称，就有两个缺陷：一是"把叙一人之始末的和叙一事之始末的混在一处，那便是把截然两类的东西，并在一处，概念不清"；二是抹杀了叙事之"记"，而仅指叙人的"传"，"这便陷于以偏概全底谬误"。（页20）

辜也平在谈到朱东润将"传记"正名为"传叙"时："从严谨的角度看，人们不能不承认朱东润命名在理论上的合理性，只不过'传记文学'的概念已流行十几年，先入为主，约定俗成，他的一番努力表面上是无果而终。"笔者大致赞成此说，只是有些需要说明。第一，朱东润对"传""叙"二字的辨析谨严详慎，他以"传叙"一语作为此类文学之总名，既新巧又洽切；先生后来放弃此称，恐怕是出于某种无奈。第二，先生对"记"字的理解，似过于尊信四库馆臣之说，有几分欠妥。

张舜徽考辨馆臣所说之"记"，称"记"尚有一义为"记一时所语"。馆臣举《孔子三朝记》，说是"记之权舆"。张舜徽说：此书"乃孔子对鲁哀公语……今《大戴礼记》中《千乘》《四代》《虞戴德》《诰志》《小辨》《用兵》《少间》诸篇是也"，为"记一时所语""自与叙一事之始末者有不同"，故而馆臣以之为"记之权舆"之说，非也。<sup>(页63)</sup>张舜徽对馆臣"叙一事之始末者为记之属"之说有辨正、补充；章学诚则基本否定了这个说法。其略谓：传与记别，初非判然。《春秋》三传，谓之记可也；《礼》之二《戴》，谓之传可也。传以述人，记以述事者，乃近代之说，考之前贤，固非其然。若《妒记》《襄阳耆旧记》者，名记而述人；若《龟策》《西域》者，叙事而名传。<sup>(页139)</sup>检《隋书·经籍志·史部·杂传》，名记而传人者，不止章氏所举二种，尚有：《汉世要记》《会稽后贤传记》《蜀文翁学堂像题记》《毌丘俭记》《女记》《刘君内记》《苏君记》《太上真人内记》，此外如《宣验记》《搜神记》者尚多，不备举。这里有两点值得注意：第一，"传记"一语已明白作为传人著述之书名，如《会稽后贤传记》。第二，名"记"而传人者，既有汇编一类人物的群传，也有像《毌丘俭记》《刘君内记》这样专述一人的单传。由此看来，四库馆臣"叙一事之始末者为记之属"之说，确是不严谨，与事实不符的；朱东润以此否定"传记"为传人作品之总名，也就值得商榷了。

朱东润后来放弃了"传叙"一称。他晚年自编文集和撰写自传，有几个很值得玩味的现象。一是，他的自编文集《中国文学论集》（中华书局，1983年第1版）中，竟没有一篇传记研究论文，这使得他早年撰述的这方面文章，大多不易见到，令人遗憾。二是，在抗战的艰苦条件下，他努力完成了一部专著《八代传叙文学述论》，并且"认真修改定稿，亲笔题签，装订成册"，"在晚年多篇文章中谈到此书，颇为重视"（陈尚君《八代传叙文学述论·后记》）；然而此书撰成后一直"珍藏行箧"，直到此书写定六十四年、他辞世十八年后，始由陈尚君先生主持整理出版。更不可思议的是，即便在以"真实"为最高标准他的自传《八十年》（后更名作《朱东润自传》出版）中，他记述这部书的标题，也是《八代传记文学述论》<sup>(页256)</sup>；"传叙"一语，在他晚年著述中，完全没了踪影。三是，他晚年对自己将"传记"正名为"传叙"这一工作，不作只字回顾。

## 二、中国传记之流别

朱东润在《八代传叙文学述论》第二章《传叙文学底名称和流别》中，考察了中国古代传记文学作品的分类。他认为，中国古代作品中，可以称为传叙作品的，有传、叙、行状、画赞、家传、附见《文章志》《文字志》等中的文人传、内传等。他对这些传记文体,都作了详尽辨析。本文限于篇幅,不拟逐一讨论,仅对先生论及的史传、别传、碑铭,略作考释。

## (一) 史传与传记

上文已述,朱东润认为,《史记》中的《项羽本纪》、世家、列传、《汉书》诸传等,是传记的先河,却更强调,它们不是完全意义上的传记作品。原因是:第一,从目的来说,它们"志在庀材,义取劝惩",这是史家的正道,却不是传记作品的本职。第二,从本质上说,"司马迁作传的时候,只把每篇列传作为本纪、书、表、世家底训释"(页23)"只在发明义理,记载故事……所以《伯夷列传》便止议论,不见叙事"(页22-23)。这也不是传记家所该做的。第三,从方法上说,"因为记载故事,所以七十列传有时止载丛残小事,而把出处大节付与本纪和世家"(页23),前人用"互见"法标明此例,朱东润说,这也是由列传的训释性质决定的。凡此,都伤及传记作为文学作品的"完整性",也和它表现"人性真相"的根本目的不一致。

朱东润虽极为看重传记文学的真实性,说"真是传叙文学底生命"(页5),却又指出:"传叙文学的目的是求真实,但是我们不能不知道真实正是一个不能捉摸的东西。传叙家第一要认识传主底个性。"(页9)其实,在朱东润看来,传记文学中"真实",包含两个方面:一是"个人事迹的叙述";二是"人类通性的描绘"(页5)。史传作品,虽然在事迹叙述的真实上,没有问题,至少它的基本追求是这样;但是,在后者,就不同了,史传作品没有表现人性真实的自觉,也没有这个义务。他说:"《左传》还是史,不是传叙。为什么?因为《左传》写人,仍旧着重在人性发展中的事态,而不是事态发展中的人性。主要的对象还是事而不是人,所以《左传》是史而不是传叙。同样地《史记》底全部也是史而不是传叙。一般的史传也是史而不是传叙。"(页2)这就很明白了,是否以表现人性为目的,这是区别史传与传记文学的根本界限。

## (二) 别传

"别传"一语,在汉魏六朝史注和唐初僧传中,都常见到,但对此术语最早进行总结的,当是刘知几的《史通》。《史通》卷十《杂述第三十四》说:"是知偏记小说,自成一家。而能与正史参行,其所由来尚矣。爰及近古,斯道渐烦。史氏流别,殊途并骛。权而为论,其流有十焉……"(页193)可见刘知几以"杂述"为"偏记小说"之总名或别称,与正史并行。这与《隋书·经籍志·史传》中的

"杂传"相似。"别传"即为"杂述"十类之一。《史通》界定"别传"说:"贤士贞女,类聚区分,虽百行殊途,而同归于善。则有取其所好,各为之录,若刘向《列女》、梁鸿《逸民》、赵采《忠臣》、徐广《孝子》。此之谓别传者也。"(页194)又说:"别传者,不出胸臆,非由机杼,徒以博采前史,聚而成书。其有足以新言加之别说者,盖不过十一而已。如寡闻末学之流,则深所嘉尚;至于探幽索隐之士,则无所取材。"(页195)刘知几对"别传"的界定,可以概括为两个方面:一是以类编就;二是博采前史而成。

这样,《隋志·史部·杂传》类中的许多作品,如《东方朔传》《毌丘俭记》《法显传》等,便无法归入此类。第一,这些作品都是个人传记;第二,至少我们今天所能见到的《法显传》是原创的,而非"徒以博采前史"。而多见于《世说新语》刘孝标注中的各种《别传》,也难入此类。这是刘知几"别传"定义不严谨的地方。到顾炎武,对"别传"的界定就要宽泛得多。《日知录》卷十九说:"《太平御览》书目列古人别传数十种,谓之'别传',所以别于史家。"(页1107)顾炎武是不赞成非当史职者为人作传的,故而特别拈出"别传",以见出这是"史传"之外的作品。朱东润对目为"别传"的作品,特别重视,说:"这是传叙文学底大宗。"(页33)在对汉魏六朝史注和《太平御览》中所引"别传"进行详慎辨析后,他认为,所谓"别传","只是引书的人为求实际的便利,临时给与称呼"(页38),一是为与史传区别,二是"把本有区别的篇名取消,另行称为别传"。朱东润说,限于其来源的含混,作品的博杂,很难判定别传的文体是否独具一格。

## (三)碑铭

朱东润在《八代传叙文学述论》第四章《传叙文学底产生》中,对碑的起源和碑铭文的成立,有精细的考察。但是,他不把碑铭文归入传记文学,理由是:1.篇幅的限制。他说:"文章底长短,固然不是分类的标准,但是惟有较大的篇幅,始能有较详的叙述,这是无可非难的定论。"(页57)2.体裁的不同。他说:"传叙的性质是善恶备载的……碑铭文底原始,只是刻石颂德,所以自此以后,便成为有褒无贬,只见歌颂,不见谴责的文章。这是体裁的限制,也是碑铭文所以不能成为传叙文学底主要原因。"(页57)说到底,朱先生认为,"碑铭是纯文学底一部分,……这是传叙文学的右舍"(页55),最终划不进传记文学的范畴。

对先生的结论,有几点需作辨析。

第一,碑铭的史笔与叙事。汉碑中的叙人之作,或立于生前,或立于身后;前者为纪功颂德碑,后者为冢墓碑。今检汉代叙人碑文,一般都由叙述碑主生平的散体"序"与颂扬其德的韵体"辞"两部分构成;这与后世墓志,体式一致。刘勰说:"夫属碑之体,资乎史才。"(页214)最见"史才"的,当为"序",也就是刘勰认为应该写成"传"的东西。刘勰评价蔡邕之作,说:"其叙事也该而要。"即指此言。惟其以叙事为体,故陆机说:"碑披文以相质。"前人对陆机此说有批评,以为混碑之"序""辞"为一体,但如果不是特别计较,不妨说,人们看重碑铭的,是其"序"而非"辞"。碑以叙事为要,自当以质为本,披文以饰;陆机之说,未必有错。章学诚说:"六朝骈丽,为人志铭,铺排郡望,藻饰官阶,殆于以人为赋,更无质实之意。是以韩、柳诸公,力追《史》《汉》叙事,开辟蓁芜;其事本为变古,而光昌博大,转为后世宗师,文家称为韩碑杜律,良有以也。"(页249)章氏此说有两点需注意:一是,韩、柳碑文长于史笔,以叙事为尚,矫六朝之弊,渐成宗师;二是,他认为"铭金勒石,古人多用韵言",韩、柳之作,"本属变体"。前一点几为常谈,无多异议。对于后一点,我以为章氏过于拘泥碑铭之本原。有蔡邕等人创作在前,刘勰等人总结在后,不是很明白地显示出碑铭文基于"史才"的"叙事"本色吗?或许正是有鉴于此,明人徐师曾说:"碑之体主于叙事,其后渐以议论杂之,则非矣。"(页144)章氏拘泥于碑铭之本,说:"然其(韩、柳)意实胜前人,故近人多师法之,隐然同传记文矣;至于本体实自辞章,不容混也。"(页250)终究是把碑志文归入"辞章"一类,这与朱东润"碑铭是纯文学底一部分"(页55)的说法极近似。朱先生此论是否受章氏影响?

第二,碑铭的谀墓与失真问题。朱东润最不满于碑铭的,是"碑铭文底原始,只是刻石颂德,所以自此以后,便成为有褒无贬,只见歌颂,不见谴责的文章";这与他的"善恶备载"的传记理想,相距甚远。需要说明的是:1.任何叙人之作,都存在文体理想与现实创作的矛盾,碑铭也不例外。李善注《文赋》说:"碑以叙德。"刘勰强调撰作碑铭的"史才",就是强调叙德的"真实";也就是说,求真,是叙德的理想。然而,叙德的真实性,却往往在实际创作中被扭曲,连蔡邕也自觉有"惭德",且最终导致像裴松之这样的严肃史家,有禁立私碑的倡议。2."善恶备载"是叙人之作的文体理想,但这很难做到。史传之作,最讲究实录精神,然而史传的褒贬失当,屡见不鲜。如果这种失当,仅只出于史识欠缺,还有情可原;却有许多是史家丧德所致,就难以容忍了。像魏收许诺为阳休之之父阳固作一佳传,即是其例。又如被朱先生视作传记正牌的杂传之类,也会出现这样的问题。唐人就有作传以谄媚的记载。《朝野佥载》卷五:"天后内史宗楚客性谄佞。时薛师(怀义)有嬖毒之宠,遂为作传二卷,论薛师之圣从天降,不知何代人也。释迦重出,观音再生。期年之间,位至内史。"(页125)再如行状,这也是朱先生纳入传记文学范畴的。赵翼说:"古人行状,本以上太常、司徒议谥法。"(页656)又据《封氏闻见记》记载:"太常博士掌谥,职事三品以上薨者,故吏录行状,申尚书省考功校勘,下太常博士拟议讫,申省,省司议定,然后奏闻。"(页33)观此,唐代官员的行状考核制度,是非常严肃的,其能善恶备载,应无问题;事实却未必如此。李翱在宪宗元和时期任职史馆,就痛斥"今之作行状者,非其门生,即其故吏,莫不虚加仁义礼智,妄言忠肃惠和",致使无法据以纂作信史。(页6400) 3. 碑铭以"颂"为本,但在高明的叙事者笔下,也能做到善恶兼书。韩愈与柳宗元为至交,却激烈批评王叔文党,他在给柳宗元作墓志铭时,既为他抱不平,又对他附和王党表示不满,如文中"不自贵重顾籍"一语即是。童第德评论《柳子厚墓志铭》说:"墓铭例应称人之善,不称人之恶,此文对柳有些表示不满,采用史传褒贬兼用法,是韩愈改革文体不为成例所囿的表现。"(页188)这样的表达方式与叙事技巧,正是论者当注意的。

  第三,碑铭的篇幅与数量。朱东润先生对碑铭的另一个不满是篇幅。比较起像《大慈恩寺三藏法师传》这样的巨著来说,任何碑铭都显得短小,这是没有问题的。但是,有两点需要注意:1. 在中国文学史上,像《慈恩传》这样的长篇传记作品凤毛麟角,尽一卷以上篇幅的单篇作品,现存于世的,也不多见。大量的传记之作,都是像《文苑英华》卷七九二到七九六中所收录的作品那样,篇幅只在一二千字,甚至更少。这样的篇幅,比起碑铭,并没有优势。2. 到唐宋,碑铭文的篇幅渐趋扩大,数千言以至万言的作品,已不罕见。程章灿先生说:"我甚至怀疑,这些碑文当时未必皆刻石立碑,也就是说,当时人最看重的是碑文本形式,而不是其物质形式。"篇幅的扩大,意味着内容的扩大、风格的多样。唐宋墓志也确实呈现异彩纷呈的状况。此外,还有一点需注意,那就是,墓志文惊人的数量及其蕴含的难以估量的信息。即以唐代为例,据日本气贺泽保规教授《新版唐代墓志所在总合目录》2009年版(东京:汲古书院)统计,截至2008年末,公开发表的唐代墓志达8737方(含志盖369方)。这里所保存的唐人传记文献资料是不容忽视的。

  基于上述三个方面的论述,笔者认为,朱东润先生把碑铭划出传记文学的考察范围,态度过于拘谨,似可商榷。

## 三、影响中国传记文学发展的因素

在中国传记文学史上,朱东润先生最看重汉魏六朝的创作,他说:"中国传叙文学惟有汉魏六朝写得最好,忽略了这个阶段,对于全部传叙文学,更加不易理解。"(《序》)之所以如此,一是由于汉魏六朝未禁私家著史,传记创作相对自由,呈现佳作迭出的盛况;二是,这一时期社会生活动荡不定,人格多样,传主形象丰富多彩。这也就说出了唐宋以后传记文学创作相对衰落的原因:1. 社会日趋稳定,人格单一;2. 禁止私家著史,创作萧条;3. 文人放弃传记创作,更使传记文学难以为继。今就先生揭示的这些因素,略加考辨。人格单一问题,限于篇幅,暂不拟论。

### (一)禁止私家著史,传记创作萧条

朱东润说:"自从隋开皇十三年五月诏,'人间有撰集国史臧否人物者,皆令禁绝'以后,私家作史的风气,因此顿息。……史学与传叙文学之间,关系最切,因为私史底衰落,连带也成为传叙文学底衰落。"(页12)唐代对于私史的禁绝,到了何种地步,我们略引史料以见。唐于武德初年,承隋制,设置史馆,隶属秘书省著作局。贞观三年,太宗移史馆入禁中,令宰相监修。这便将修史完全置于皇权监督之下。在唐代,偶尔也有朝臣在馆外修史,却须得到皇帝敕命。如开元八年,诏:"右羽林将军、检校并州大都督府长史、燕国公张说……可兼修国史,仍赍史本就并州随军修撰。"(页1296)然而就是这样的诏命,也会受到质疑。开元二十五年,朝廷仍诏左丞相张说"在家修史",中书侍郎李元纮便出来谏止,玄宗也只得"从之",收回成命。(页1297)如不因诏命而在馆外修史,在唐代,会受到严厉制裁。《封氏闻见记》卷十记载说:"天宝初,协律郎郑虔,采集异闻,著书八十馀卷。人有窃窥其草稿,告虔私修国史。虔闻而遽焚之。由是贬谪十馀年,方从调选,授广文馆博士。"(页94)这样的修史氛围对传记文学的禁锢,不难想见。

### (二)文人放弃传记创作

朱东润认为,文人不作传记的风气,是造成唐宋以后传记文学衰落的另一个原因。促成这一风气的,是韩愈。韩愈《与刘秀才论史书》,略谓:"唐有天下二百年矣,圣君贤相相踵,其馀文武之士,立功名跨越前后者,不可胜数,岂一人卒卒能纪而传之邪?仆年志已就衰退,……于今何所承受取信,而可草草作传记,令传后世乎?"朱东润引此,斥韩愈之态度为"退缩畏葸,逃避现实",又

说:"韩愈虽在史官之位,不肯作传,自有他底理由。但是因此成立了文人不作传叙的风气,不能不算是一种损失。"（页16）身为史官的韩愈是否真的弃史废职,具体情形如何,不得不作一考辨。

柳宗元也不满韩愈此书所论,特作《与韩愈论史官书》,予以辩诤。然而,韩愈身当史任非不作史,《顺宗实录》五卷赫然在焉,此非史耶？且其史著"书禁中事为切直,宦竖不喜,訾其非实"（页4677）,今人陈寅恪亦然此说（见氏作《顺宗实录与续玄怪录》）,安得谓之惧祸废职耶？而其书中竟有不当作史之语,又作何说？我认为,这不过是说反话,聊遣胸中不平耳。此所谓言在此而意在彼,读之须如参禅,不当死在句下。《韩集》中多有看似游戏实寄深意之作,子厚非不知也,且尝撰文为之辩护。此则竟参死句,何耶？我们可以从王鸣盛《蛾术编》卷五十七"俱文珍"条的论述中,窥见消息。此条考《顺宗实录》叙永贞内禅事与两《唐书》皆异,论曰:"盖昌黎于此事因恶叔文,又与俱文珍有旧,不能无私。"（卷57）可见韩愈记述王叔文事,并未完全本于公心,且《顺宗实录》指斥二王刘柳之徒甚刻。此即子厚不满退之者欤？苟如是,则子厚之书,亦只藉题发挥耳。又,柳宗元《与史官韩愈致段秀实太尉逸事书》曰:"退之馆下,前者书进退之力史事,奉答诚中吾病。"（页500）可见韩愈有答书。今检《韩集》不获,则亦佚欤？韩愈在答书中必有辩白,而能"诚中吾病",可见答辩甚力。这也证明柳宗元此书所难者,非能中的;否则退之之答,徒逞狡辩耳,何得服人？

由此看来,"文人不作传记的风气",未必由韩愈促成,究其根原,还在隋唐以来禁绝私史的制度。正是在这一制度下,文人不得侵史职,才习以为常,成为不可逾越的轨范。顾炎武《日知录》卷十九《古人不为人立传》,说:"列传之名始于太史公,盖史体也。不当作史之职,无为人立传者,故有碑、有志、有状而无传。"（页1106）说的就是文人不得侵史职的意思。

# 十堰船夫号子艺术特征分析

郧阳师专艺术系　康平[①]

**【摘　要】** 十堰位于汉江中上游，境内船夫号子是一类较有特色的劳动号子，既反映出产生于劳动环境中号子粗犷质朴的共性，又反映出鄂西北地域特征：山区使民歌留有少量的楚音痕迹，绵长秀丽的汉江穿流，成为了陕、鄂两个文化区联系的天然通道，它使处于汉水中上游的十堰与汉水上游的秦地保持较强的共通性特征。与当地其他民歌相比，调式、音调上与秦地的共通性特征成为了十堰船夫号子的独特印章。

**【关键词】** 船夫号子；类型；调式；音调；节奏；演唱形式；歌词

## 一、地理环境

汉江是长江最长的支流，流经陕西、湖北两省，在武汉市汉口龙王庙汇入长江，十堰地处秦巴山区腹地，汉江中上游，十堰境内汉江流域绝大部分是山地，为山地弯曲河型，整个地形西北高东南低，使东南季风可长驱直入本流域，加之北界的秦岭山脉，而且阻滞北方冷空气侵入，因而这里成为我国南北气候交界地带，流域内气候较温和。上游山岭纵横，阻碍重重，风力较弱，但在峡谷道上，风力亦大，雨量、降雪、冰雹很少，各季雨量的分配颇不均匀，主要集中在夏季。丹江口以上为上游，十堰境内除干流外，还分布有堵河、天河、滔河、丹江等大小支流与水库，流经郧西、郧县、竹山、竹溪等县，其中上游两岸高山耸立，峡谷多，水流急，水量大，水能资源丰富，堵河为较大支流。

---

[①] 作者简介：康平（1981—　），女，四川内江人，郧阳师范高等专科学校艺术系讲师，硕士，主要从事音乐理论教学研究。

延绵不断的汉江水因其便利条件,曾作为重要的水上枢纽,连接着各地段物质与人员往来,而水面上穿梭不息的行船也创造了汉江上掷地有声的船夫号子,回荡着力与美的交响。

## 二、类型

船夫号子集中反映了较为多样的劳动方式,是艺术性较为丰富的一类。当地船夫号子根据行船过程,可以分为两大类,即行船前:活锚号子、接锚号子、立杆修船时的拖船号子、起货物所用的搭货号子。行船中:根据水势变化有上水号子、下水号子、平水号子、回流水号子、麻流子水号子、慢流水号子、涉水号子。其他自然条件与环境变化有进出过码头号子、平水上大船撑船号子、起风升帆拔蓬号子。

不同环境下的号子也组合在一起先后唱出,如平水放小船后,撑船前行,唱《悠号》《咋号》;行船至回流水中,唱《拖号》《鹞子转身》。

## 三、艺术特征

### (一)调式与旋律

从郧县、竹山及郧西、竹溪搜集的若干首号子可以看到,船夫号子主要为宫、商调式,以五声、六声音阶(常加7)为主,少量的四声音阶出现于宫调式,有"楚宫体系"特征,即以1、3、5三音为主,加入变宫音7,使旋律体现出原始气息。

曲调上除含有号子四、五度音程外,伴随有其他宽音程跳进,值得关注的是,具有秦陇区域风格的"双四度框架"开阔、明亮,出现在多首号子的领、和衔接处或和部中,以直线型连续上行或波浪型进行反复,这种双四度主要为调式主音及上、方四度音构成,为6-2-5,除此外还有少量双四度在偏音上、下构成,如5-1-4。这种特点的音调主要运用在比较费力、耗时、形势较恶劣的环境中,生动反映出船夫们鼓起干劲,与困难相抗衡进行的呐喊。如在上水中遇到险滩,水急浪大,船不能前进,船夫们几乎全身扑到沙滩,强行拉船喊出《沓腿号子》。在酷夏长距离的"麻流子水"中,人们为了提神喊出一首《歇口不歇力》。这种音调在《揭锚》《拖号》《鹞子转身》《涉水号子》《咋号》中也有较多体现。

## (二)节拍与节奏

节奏是号子的核心,常伴随劳动特点,与劳动配合密切,船夫们常通过节奏来指挥、协调动作。

该地区船夫号子有2/4单拍子,2/4和3/4两种拍子组合的混合拍子两种类型,拍子的特点与劳动强度有关,当劳动力度大,用强弱交替鲜明的2/4单拍子,反之,则用混合拍子。在混合拍子中,3拍子的出现反映了劳动特点,如《活锚》2拍子变3拍子,反映了用力后的缓冲。

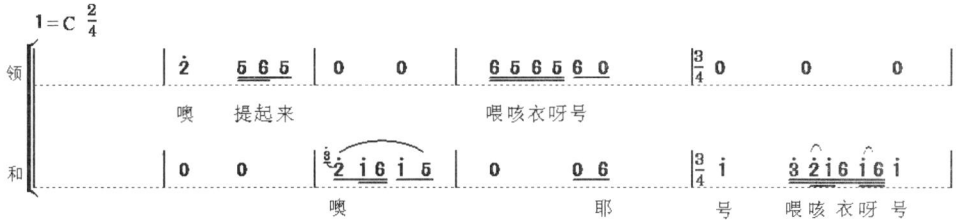

或者体现出领部或和部语气的加强,如《堵河船工号子——上水号子》:

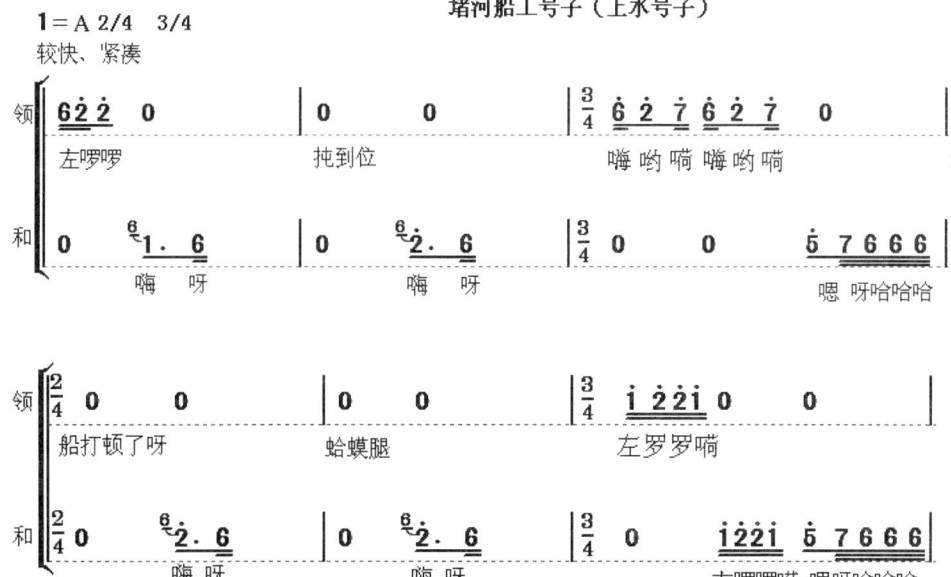

还可以体现出一定抒情性,如水流平缓船夫们摇出的《摇橹号子》、顺水而行船夫们拽出的《拽纤号子》。

在节拍律动中,不同号子的节奏型体现出劳动的特点及船夫们的精神气质,如 Xxxx Xx x　X x. 以及与语言节奏密切结合的密集型节奏,体现出劳动过程中的紧张性;而强度小的号子,如《撑篙号子》切分与三连音交替节奏,体现出动力中见平稳、张驰有度的效果,体现了船夫们从容不迫的心态。

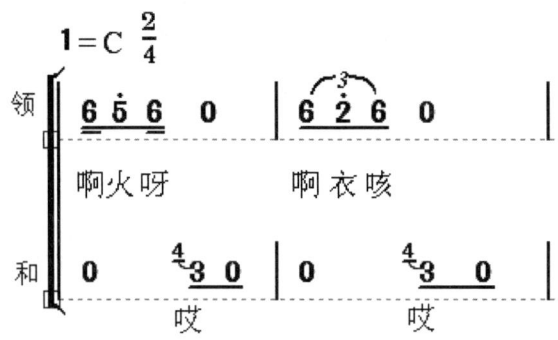

(三)演唱形式

"一领众和"的演唱形式运用于各种场合,具有此起彼伏、多声叠置的气势,领部与和部的组合形式综合体现出号子的艺术特征,体现出劳动的进程与劳动强度的大小。根据领、和组合方式及旋律、节奏变化体现的艺术性,呈现出两种方式:一是呼应式。领部与和部前后出现,常以一小节至数小节为单位,该方式又可细分为两种,一种组合单纯,艺术性弱:合部从头至尾固定,领部有简单的旋律,如《拖船号子》,和部从头至尾为八分音符1出现于每小节的强拍,领部以两个小节的4.5度音调为单位,重复出现。该形式体现了号子的原生性。另一种组合有几种形式,有一定的艺术性:领、和部由几种简单节奏构成,音调以4.5度为主。如《歇口不歇力》包含五种组合,分别为(1)合部为4度音调反复出现于每小节的强拍,领部为4.5度单一音调;(2)合部为1音于每小节反复出现,领部为4.5度单一音调;(3)领、和为密集节奏的呼应式念白;(4)和部为4度音调反复出现于每小节的强拍,领部为密集节奏的念白;(5)合部为密集节奏念白,领部为4.5度音调。这种组合形式在船夫号子中比重较大,顺应了劳动过程,为调节劳动疲劳,缓解枯燥,进行简单自由的变化。二是综合式:领、和音调先后呼应,或同时出现,两声部体现了支声复调的特点。组合有较强的艺术性:合部有一定旋律性,领部旋律抒情性较强。如郧西天河口《撑篙号子》《摇橹号子》《拽纤号子》,在中速中,领部旋律以2度、3度颤音、波音式特点表现出旋律的繁绮,体现了自由抒情性效果,和部在4.5度或单一长音进行中,频繁加入前倚音,使简单框架呈现出旋律性,弱化了合部的力度,增强了抒咏性。两声部常出现 2 度、7 度的叠置,不协和的音程效果呈现出双声部一定的原生性,该形式体现出最弱的劳动强度,表现出人在水面,较为自如的劳动场面与轻松愉悦的心情。

(四)歌词

在汉江水面及江边上,因不同劳动需要,同时要克服江面行船遇到的困境,船夫们在演唱中,常喊出大量的衬词,以放松协调劳动,同时,号子中加入了少量的实词,多以节奏感鲜明紧凑的短语或短句的形式念白,与合部进行半句和腔呼应,表明行船的艰苦,也表现了船夫们豁达、乐观的精神气质,如"撑到""扚到""兜着""拽到""要弯船""拔断根""只三声""得住力了""咳咳三声""累坏哥兄""新媳妇上桥""搭上捞一下""看你涨头不涨头"等,内容既有与劳动相关的号令,也运用了比喻、联想、想象手法,加入生活中的趣事来鼓劲,听来逗趣、诙谐。如"钱到赌场精打光,马到校场逞刚强,唱戏的本事在台上,拉纤的本事在摊上""老婆纺线慢上劲""新媳妇上桥一步一步慢慢走"……

## 结　语

从船夫号子的艺术特征中,我们依然能在耳边回荡船夫们与自然斗争的呐喊声,这种节奏的声音透着力量,也闪烁着船夫们集体智慧与乐观主义精神,也许在今天某些需要众多人力的场合中不失为一种鼓舞。

"所有的风格都是沿着山脉、河流和海岸传播扩散的。……边沿地区一般具有双重作用:有的情况下,风格在这里严格地保存下来,而另一种情况下,它们互相混合,失去了原来的面貌。"十堰船夫号子的音乐特征表明:由于水的作用,可以带来上游的秦文化,也可以冲淡境内较为古老的楚文化。

十堰境内以船夫号子为代表的号子类民歌,既反映出号子产生于劳动环境中的粗犷质朴的共性,也映射出汉江的蜿蜒秀美;少了一份长江黄河的惊涛骇浪,多了一份从容淡定;还彰显了鄂西北地域特征:处于多省交接处的山区环境使民歌带有少量的楚音痕迹,绵长秀丽的汉江穿流,成为了陕、鄂两个文化区联系的天然通道,它使处于汉水中上游的十堰与汉水上游的秦地保持较强的共通性特征,共通性表现得更为明显。与当地其他民歌相比,调式、音调上与秦地的共通性特征成为了十堰船夫号子的独特印章。

# 论"一斗酒"之"斗"

郧阳师专中文系 郝文华[①]

杜甫《饮中八仙歌》有"李白一斗诗百篇"之句,其中的"斗"是什么?一斗是多大的量?

各种注释对此是语焉不详。如李翼云编著《全杜诗新释》说:"斗,一种大的酒器。"(1)这种解释首先就很含混。酒器,粗略地分,有置于仓库的贮酒器;有放在餐厅的盛酒器;有将酒送入口中的饮酒器;有将酒从盛酒器里转移至饮酒器的挹酒器或执壶、注子。此外,还有过滤酒糟的滤酒器,有对酒加热的温酒器,有调制酒味的调酒器,有放置酒尊的酒禁,等等。当然,一些具体酒器也可能具有几种功用。但斗是哪一种酒器?

## 一、贮酒器

如果不把这里的一斗酒看成夸张,如果把斗看成贮酒器,那么一斗应该是多大的容量?百度"李白斗酒诗百篇中的斗酒是什么概念",有如下解释:古代十升为一斗,斗折合成现代单位,装米大概是12斤到15斤左右。古代的酒度数很低,大概也就现在啤酒的度数。所以李白喝10来斤酒也就相当于喝一箱啤酒(2)。这种解释正是一般读者的理解,其错误是缺乏历史观点,将唐代斗的大小等同于近现代民间斗的大小了。但现代民间的斗,各地大小也不一样。至于装12斤到15斤左右大米的容器能装多少斤酒,这里就不讨论了。

一斗等于十升的这种倍数关系,从古至今都没有变化。但其容量及重量,各

---

[①] 作者简介:郝文华,男,(1967— ),湖北石首人。郧阳师范高等专科学校中文系教授,研究方向:现代汉语与地方文化。

朝各代、甚至同一个朝代的不同时期都可能有所变化。我们得大致了解李白所处的唐代一斗的容量是多少。唐代的度量衡有大小两种。量制上，小制为大制的三分之一（3）。大制，丘光明先生根据出土的文物考证，唐代的一升约为现在的600毫升，一斗就是6000毫升（4）。尽管各种酒的比重略有差异，但这样的一斗酒应该是12斤左右。如果此句诗不是夸张，是写实，李白能喝12斤酒，确实挺多的。"焦遂五斗方卓然"，那得喝60斤了。这也够夸张了！当然，换种算法，如果量酒的斗是小斗，那么一斗酒就只有4斤左右。到底是大斗还是小斗呢？

## 二、饮酒器

斗有没有可能是酒杯一类的饮酒器？有人提出此诗中的斗是斗卮。《史记·项羽本纪》有这样一段记载："哙遂入，披帷西向立，瞋目视项王，头发上指，目眦尽裂。项王按剑而跽曰：'客何为者？'张良曰：'沛公之参乘樊哙者也。'项王曰：'壮士！赐之卮酒。'则与斗卮酒。哙拜谢，起，立而饮之。"马执斌先生据此认为斗卮顾名思义就是容量为一斗的卮。斗卮有多大？1972年，湖南长沙马王堆汉墓出土的135号漆卮，经实测，容量为2100毫升。该墓出土的记载陪葬品的遗册上有一只竹简明确记载："髹画斗卮。"这样看来，斗卮的容量跟现今的二升啤酒杯相当（5）。这么说起来，只有4斤多，似乎合情合理了，现代人确实有不少能喝四斤多啤酒的。

但这个推论同样缺乏历史分析方法。马先生先将杜甫时代的一斗之斗等于近一千年前的秦末鸿门宴上的斗卮，再将那个秦末的斗卮等同于马王堆汉墓出土的简册上的髹画斗卮，再等于那个具有标准件功能的容量为2100毫升的卮。这中间缺少了各环节的论证。要想证明这个论点，至少得证明唐朝人喝酒还使用斗卮，而且这斗卮同汉代的一样大小。唐人颜师古说："卮，饮酒圆器也，今尚有之。"这正好从反面说明唐代已不流行这种饮酒具器了，不然就用不着进行特别解释了。唐诗中倒也确实出现带柄的酒杯曲卮，如孟郊《劝酒》诗："劝君金曲卮，勿谓朱颜酡。"此种酒器出现频率极少，而斗卮却没有出现。大多数时候，都是用酒杯。王翰《凉州词》"葡萄美酒夜光杯"，杜甫《饮中八仙歌》诗中有"张旭三杯草圣传"，左相"衔杯乐圣称世贤"。可见唐代饮酒器主要是杯（耳杯称为觞）。其次，据《玉篇》，卮的容量是四升，而不是十升。第三，东汉许慎《说文解字》："卮，圜器也。一名觛。"对此，清·段玉裁《说文解字注》："角部曰：'觛者，小卮也。'《急就篇》亦卮觛并举。此浑言。析言之，异也。《项羽本纪》：'项王曰：

"赐之卮酒。"则与斗卮酒。'斗卮者,卮之大者也。"段玉裁说得很明确,斗卮是大于普通卮的卮,觝是小于普通卮的卮。

## 三、挹酒器

诗中的斗是什么?我们认为是像勺一样的挹酒器,其功能是将酒从盛酒器里转到杯中或执壶、注子中。

现代人喝酒,如果酒是装在酒瓶里,一般就直接从瓶子里将酒倒入酒杯中。如果酒是装在大酒壶、酒坛里,则先将酒倒入有柄有流的执壶里,然后用执壶将酒倒入酒杯。如果是在餐馆里喝酒,即使酒装在酒瓶里,主人觉得影响斟酒速度,喝酒不会尽兴,也往往先将酒倒在客人面前的分酒器里,喝酒时再用分酒器往小酒杯里斟。所谓分酒器,其实就是口沿有流的大杯子。

元明之前的酒是低度酒,因此,置于餐厅、宴会厅的盛酒器,容量就比现在的酒瓶大。也因为喝酒量较大,古人喝酒又讲究养身,就得把酒加热了再喝,《红楼梦》中薛宝钗就在冬天劝宝玉把酒加热了再喝。鲁迅《孔乙己》还记载天气凉时喝黄酒是要加热的,"温一碗"。盛酒器就得置于温酒的火炉上。而从盛酒器、温酒器到饮酒器,就得用斗或勺子挹注。商周挹酒的斗和勺子主要是青铜器。随着生产的发达,酒也会从上层贵族普及到中下层人士。这样到了秦汉,挹酒器增多,斗和勺子自然由贵重的青铜器演变成大量普通的木制漆器,字形也就形声化,可写成枓( zhǔ《玉篇》:"枓,有柄,形如北斗星,用以斟酌也。")、杓(《集韵》:"挹酒器,通作勺。")。

先说斗的形制。斗的甲骨文、金文、陶文形体都接近 ,写成,像个带柄的桶状勺子。同现在舀水用的塑料或合金做成的水瓢一样。从字形上看,只是这个斗上还有个横条,斗放到容器边上的时候,这个横条估计能起固定作用,使斗不至于滑到容器里面去。1975年出土于陕西扶风庄白村、藏于周原博物馆的西周早期的龙凤纹斗是曲柄的(6)。这个弯曲处挂在盛酒器边,斗就不至于掉落到盛酒器里而沾满酒液。如果没见过斗的出土文物,仰望夜空的北斗七星,也就大致知道了斗的形状,像个勺子。人教2011版小学语文二年级下册《数星星的孩子》中,爷爷告诉张衡:"那七颗星,连起来像一把勺子,叫北斗星。"既然说那七颗星像勺子,为什么不称北勺星呢?说它像勺,但斗和勺形状上实有区别。甲骨文中的勺作 ,像装有物品的带柄的瓢。勺身呈弧形,与斗的桶形不一样。斗口到斗底的斗壁近于陡直,所以,古代"斗"就引申为"陡",如,《史记·封禅书》:

"成山斗入海。"《水经注·谷水》："二壁争高，斗耸相乱。"其中的"斗"后来就写成"陡"。所以北斗七星不称北勺七星。但斗和勺后来的形制可能混同了。东汉末服虔的《通俗文》中说："木瓢为斗。"瓢身是弧形的，斗的形状就近于勺了，——本文中也就将唐代的勺等同于斗。斗和勺的区别还可能在于大小，斗和勺后来都变成量器，也发展成为容量单位，一斗相当于十升，而一勺只有一升的百分之一，一斗就相当于一千勺了。因此，一般情况下，斗大而勺小。

接着说斗的作用。《诗·行苇》："酌以大斗，以祈黄耇。"《诗·大东》："维北有斗，不可以挹酒浆。"这几句诗都说明斗是舀酒浆的。有个字，斟，从斗甚声，正是表明将酒从盛酒器里先用斗舀出来，再倒在饮酒器里。《说文解字》："斟，勺（酌）也。"段玉裁注：料（斗）称为勺，用料挹注亦称为勺（酌）。段玉裁注枓："勺谓之枓，勺柄谓之杓（biāo）。"可见本有区别的斗和勺在汉代确实没什么区别了。斗和勺，都可将酒从容器里挹取出来，倒在酒杯里。酌，《说文解字》："盛酒行觞也。"酌就是用勺子把酒从容器里挹取出来轮流倒注在宴饮者的饮酒器里。

作为挹酒器的斗、勺，出土文物主要见于先秦两汉，如湖南省博物馆藏、长沙马王堆汉墓出土的彩绘竹雕龙纹漆勺（7），斗径10厘米，柄长52厘米，全长62厘米，只可能是伸入较深的盛酒器用，舀汤水根本用不着这么长；斟、酌这两个字产生于先秦，反映的是秦汉的倒酒工具及动作行为。唐朝时，出土文物已有执壶、酒注子，执壶、酒注子可放在注碗上加热。这时期是否还用斗、勺来斟酒？杜金鹏等认为："到了唐代，随着酒注子的兴起，酒枓逐步退出了历史舞台，再后来酒注子演化为专门斟酒的壶，斗枓之类就再也没有在酒筵上露面了。"（8）酒壶，李白《襄阳歌》中提到，"车旁侧挂一壶酒，凤笙龙管行相催"。这是可以直接就着壶口喝的那种源于游牧民族皮囊形制的扁壶，相当于盛酒器和饮酒器。李白《月下独酌》其一："花间一壶酒，独酌无相亲。"花间、晚上喝酒，气温应该不低，无须温酒。酒壶就是普通的执壶，它确实替代了酒斗、酒勺的功能。

但我们认为，从较大的贮酒器或盛酒器里将酒注入执壶或注子，还是需要使用斗或勺子的。其次，执壶、注子可能还未盛行，大多数情况下，人们还是直接用斗或勺将酒从盛酒器里挹注到酒杯里。美国华盛顿的弗利尔美术馆中珍藏有我国唐代的折枝花银勺，一柄是七瓣花，一柄是八瓣花，一个长31.2厘米，一个长27厘米（9），正是挹酒器。

李白的两首诗也可说明这种情况。《襄阳歌》："鸬鹚杓，鹦鹉杯。百年三万六千日，一日须倾三百杯。……舒州杓，力士铛，李白与尔同死生。"《月下独酌》其二："三杯通大道，一斗合自然。"此这几句诗表明，表明酒在进入杯中之前，先是舀在舒州（今安徽安庆）出产的造型如同鸬鹚一样的杓里、斗里，或者既能温酒、又能注酒的力士出产的铛里。

再说铛，陕西历史博物馆藏有 1970 年西安南郊何家村出土、唐代的单流长柄银铛。名为铛，但它同斗的形制差不多。杜金鹏等人认为："唐代酒铛应是从汉晋以来的所谓鐎斗演变而来。"（10）与斗不同之处是它有足，可直接放在火炉上；它的口沿有流（也有出土的铛无流），可直接把酒注入酒杯。它兼有温酒和注酒两种功能，比斗和勺多了个温酒功能。学者认为，它还可煮茶。

再从当时的绘画作品看，唐代应该还有酒斗。台北故宫博物院藏有一幅《宫乐图》。一群贵族妇女围从在一张长案旁。贵妇人面前各有两三个碗盏、耳杯，长案中央有个大盆，上有一长柄杓子。有人说是她们在品茗听乐。但几个妇女品茶品那么大一盆，早超过妙玉说的饮牛饮骡了，因此当不是品茗。有人说她们是在饮酒听乐（11）。这倒符合情理。当然，她们不是在以饮食为主的宴席上，所以碗盏不多，而是消遣听乐，吃的只是零食，兼以饮类似于甜米酒的低度酒。即便是品茶，斟茶也是把注液体，其方式应该同于斟酒，工具应该大致相同。

又，1987 年陕西省西安市南里王村韦氏家族墓墓室东壁北侧出土了一幅中唐前期宴饮图。图中描绘当时盛行的游玩享宴之风，中间有置满各种食物、食具的长方形食案，食案前方有温酒设施，上置多曲形酒盆，内有一曲柄勺（12）。有人说那盆是汤盆，实是误解。中国人喝汤，没有在宴席边加温分餐的，只有在宴席厅温酒的。

唐代李匡乂《资暇集》："元和初，酌酒犹用樽杓，所以丞相高公有斟酌之誉，虽数十人，一樽一杓，挹酒而散，了无遗滴。居无何，稍用注子，其形若罂，而盖、嘴、柄皆具。大和九年，中贵人恶其名同郑注，乃去柄安系，若茗瓶而小异，目之曰偏提。"（13）在李白、杜甫都去世了的几十年后的元和初年，酌酒还是用杓的！

可见，"李白一斗诗百篇"中的"斗"当是同秦汉一样的挹酒器。

唐时的斗当有多大的容量？笔者未查阅到出土器物及相关资料。但我们可参考上面提到的那个形制类似于斗的铛。它只是比斗多了三只足，能直接放在火炉上加温。这个单流长柄银铛多大的容量呢？口径 20—22cm，深 8cm，容积约为 2500cm3 强。这样，装满酒就是 5 斤左右。因为装得太满，给客人斟酒时就容易泼洒，况且还要加温防止溢出，所以一般只能装 4 斤左右。这也正是唐代小斗的容量。因此，我们认为，尽管唐朝时各地的酒斗形状大小可能不尽相同，但容量大致应该是 2000 毫升左右，也就是能装 4 斤左右的酒。

低度酒，如现在的黄酒或甜米酒，饮食 4 斤左右，实不算多。萧涤非说："一斗诗百篇，是说才饮一斗酒就能写出百篇诗。"（14）用了一个"才"，也是认为这一斗酒实在算不上多。

## 四、酒吊子

酒斗后来不再出现在酒筵上，是不是就消失了？我们认为，它即使不再在宴席上露面，但将酒从贮酒器、盛酒器里往执壶里转移的时候总要用到它，只是它的形制后来发生了变化。随着酒成为高度酒，酒斗的大小也发生了变化。它变成了什么？农村、小镇出售散装酒，先用漏斗放在客人的酒瓶或酒壶上，再用酒吊子将酒从酒坛、酒缸里挹出来注到漏斗里，酒才流入客人的酒瓶或酒壶中。酒吊子就是酒斗的变形：酒吊子的柄同酒吊子的器身成一条直线，而酒斗的柄与斗身垂直或有一定角度；酒斗容量大，酒吊子容量小，常规的酒吊子有容量为一两的、二两的、半斤的、一斤的，出售黄酒的地方才有两斤的、五斤的。

注释

［1］李翼云．全杜诗新释［M］．北京：中国书店，2002．

［2］http：//www.zybang.com/question/f4ddb6e4ecf4c94c0d1e557b897c9a6d.html．

［3］吴承洛．中国度量衡史［M］．上海：上海书店，1985．

［4］丘光明．中国古代计量史图鉴［M］．合肥：合肥工业大学出版社，2005．

［5］马执斌．"李白斗酒诗百篇"应当怎么解释［J］．见于 2010 年 04 月 22 日《中华读书报》，又见 http：//cathay.ce.cn/file/201003/19/t20100319_21147622_2.shtml．

［6］吴镇烽．中国古青铜器［M］．武汉：湖北美术出版社，2001．

［7］张承志．中国古漆器［M］．武汉：湖北美术出版社，2001．

［8］杜金鹏、焦天龙、杨哲峰编．中国古代酒具［M］．上海：上海文化出版社，1995．

［9］杜金鹏、焦天龙、杨哲峰编．中国古代酒具［M］．上海：上海文化出版社，1995．

［10］杜金鹏、焦天龙、杨哲峰编．中国古代酒具［M］．上海：上海文化出版社，1995．

［11］杜金鹏、焦天龙、杨哲峰编．中国古代酒具［M］．上海：上海文化出版

社，1995.

[12]河北出版传媒集团公司.中国墓室壁画全集2：隋唐五代[M].石家庄：河北教育出版社，2011.又见于http://www.cssn.cn/kgx/kgbk/201502/t20150211_1513261.shtml.

[13]（唐）李济翁.资暇录[M]//丛书集成初编本.北京：中华书局，1985.

[14]萧涤非.杜甫诗选注[M].人民文学出版社，1979.

# 第三编 汉水文化与经济社会发展

# 宋代陕南地区农业发展初探

马元元[①]　王瑞蕾[②]

（1.陕西理工学院　汉水文化研究中心，陕西　汉中 723000；

2.保定学院　历史系，河北　保定 07100）

**【摘　要】** 宋代陕南地区的农业发展虽仍略滞后于同时代发达地区，但在人口、农田、水利、作物种植及生产力等方面仍较前代有了不小的进步。通观两宋，陕南地区人口变化相当激烈。碍于战争的影响，却呈现出南宋人口增长低于北宋的发展情况。宋代陕南地区的粮食作物的种植主要以水稻为主，但小麦的种植面积以及比重呈现出逐渐扩大的趋势。宋代陕南人民对经济作物的种植已非常广泛，其种类更涉及桑、麻、茶等诸多方面。宋代陕南地区的水利兴修有了进一步发展，山河堰的重修，杨填堰、长乐堰的修建对地方农业发展产生了深刻的影响。关外营田则对南宋的军事及农业发展起到了重要的推动作用。

**【关键词】** 宋代；陕南；汉中；农业；营田

陕南地区具有比较特别的地理特征，它既有贫瘠的山区，也有富饶的盆地。秦岭巴山的崇山峻岭间交通不便，且环境恶劣。但以汉中代表的盆地地区却土地肥沃，适宜发展农桑。因此汉中地区是宋代陕南最主要的农业产区。北宋洋州知府文同曾有语曰："本府自三代已来号为巨镇，疆理所属正当秦蜀出入之，下襄

---

[①] 作者简介：马元元（1981—　）女，河北廊坊人，陕西理工学院汉水文化研究中心讲师，博士，主要从事宋史与汉水文化方面研究。

[②] 作者简介：王瑞蕾（1982—　）女，河北人，保定学院历史系讲师，博士，主要从事中国古代法制史与中国古代史方面研究。

斜，临汉沔，平陆延袤，凡数百里，壤土演沃，堰埭棊布，桑麻秔稻之富引望不及。"①北宋时期汉中的农业发达程度可见一斑。

## 一、人口变化

在以农耕为主要生产方式的宋代，人口变化可直接影响到经济的繁荣与衰退。通观两宋，陕南地区的人口变化相当剧烈。

宋初，由于唐末五代战乱以及自然灾害的影响，陕南人口稀少，经济凋敝。据《太平寰宇记》记载，唐开元年间洋州人口有户一万三千八百四十九，到宋太宗时期则减至主户七千四百四十一，客户三千六百五十九。②唐代户籍登记的对象主要是拥有土地的地主与农民，与宋代的主户相似。由此可见，洋州在宋太宗时期的人口数量比照唐开元年间是呈锐减趋势的。商州的人口变化也印证了这种趋势，商州在唐开元年间有户八千九百六十二，到宋太宗时期则仅仅户主三千七百六十三，客一千三百五。③

北宋初年政治清明，社会安定。经过一段时间的休养生息，陕南的人口数量呈现出高速增长的趋势。到北宋中期的元丰年间，利州路的兴元府有人口户主四万八千五百六十七，客九千一百六十一。洋州的人口数量就增长至户主三万二千一百五十九，客二万七千一百三十八。兴州有户主三千一百九十二，客一万五十二。三泉县也有户主三千三百三十七，客三千九百七十七。④永兴军路的商州更是发展迅速，到元丰年间已有户主一万八千九，客六万二千三百三十九。⑤京西南路的金州有户主一万三千一百三十二，客二万三千四十九。⑥由此可见，北宋时期，陕南地区人口主要集中在汉中盆地。

靖康之变后，南宋偏安一隅，宋金在川陕开始长期的拉锯战。陕南地区的汉中、安康属于南宋辖区，而商州则在金人治下。商州虽然被金人控制，但却因此免于遭受战争侵扰，进入相对稳定的发展时期，流民复业，人口稳步增长。而汉

---

① （明）杨士奇，黄淮. 历代名臣奏议[M]. 上海：上海古籍出版社，2012.
② （宋）乐史. 太平寰宇记[M]. 北京：中华书局，2007.（《太平寰宇记》卷138 按：宋代根据产业的有无划分居民户等的制度。有常产的税户，划为主户，无常产的侨居者，划为客户。）
③ （宋）乐史. 太平寰宇记[M]. 北京：中华书局，2007.
④ （宋）王存. 元丰九域志[M]. 北京：中华书局，1984.
⑤ （宋）王存. 元丰九域志[M]. 北京：中华书局，1984.
⑥ （宋）王存. 元丰九域志[M]. 北京：中华书局，1984.

中、安康则沦为宋金战场，不断遭受战火冲击。许多百姓逃难至相对安全的四川地区，陕南的人口锐减，大量土地荒芜，"梁洋田垄邱墟，置之不复"①。南宋初年，宰相张浚提出经营川陕战略，宋廷常年在此驻守重兵。据史料记载，至绍兴十二年时，"兴州吴璘所部仅五万人，兴元杨政所部仅二万人，金州郭浩所部仅万人。"②仅汉中一地驻兵就达八万人，若再加上军人家属，人口数量恐怕还要倍增。即便如此，汉中地区还是有大量土地荒于耕种。直到南宋干道五年时，宰相虞允文依旧因利州诸州土田荒闲，无人耕佃，而呼吁差拨官军耕种。③由此可见，战争对陕南人口增长的冲击之巨大。由于人口恢复缓慢，政府也推出了一系列招揽流亡、增加人口的举措。如，绍兴四年，吴玠曾在兴元府"招两河、关陕流寓及阵亡兵将子弟骁勇雄健，不能自存者"为良家子，作为民兵。④干道二年，宰相虞允文还曾招揽金、洋、兴元归正人二万，给予其官田，让他们归业。⑤归正人，指宋代由番邦回归宋朝的人员。在南宋中后期，大量归正人由金国迁入陕南地区。除了上文所提及的干道二年的归正人外，宋孝宗末年"金州上津县、洋州真符县多有归正人在两县管下近边去处散漫居"⑥，宋宁宗末年更有"金万户呼延械等扣洋州以归"，其人数多达千人。⑦可即便如此，南宋时期陕南地区的人口增长始终无法达到北宋时期的水平。这一方面是宋金战争的影响，另一方面与南宋政治腐败有莫大的关系。

## 二、农业种植

### （一）粮食作物的种植

宋代陕南地区的粮食作物的种植主要以水稻为主，但小麦的种植面积以及比重呈现出逐渐扩大的趋势。

陕南地区气候温润潮湿，汉水绕境而过，其地理环境十分适宜水稻种植。如前文所引，宋代诗人文同对汉中的评价："平陆延袤，凡数百里，壤土演沃，堰埭

---

① （宋）李心传.建炎以来系年要录［M］.北京：中华书局，2013.
② （宋）李心传.建炎以来系年要录［M］.北京：中华书局，2013.
③ （清）徐松.宋会要辑稿［M］.北京：中华书局，1957.
④ （宋）李心传.建炎以来朝野杂记［M］.北京：中华书局，2000.
⑤ （元）脱脱等.宋史［M］.北京：中华书局，1985.
⑥ （明）杨士奇，黄淮.历代名臣奏议［M］.上海：上海古籍出版社，2012.
⑦ （元）脱脱等.宋史［M］.北京：中华书局，1985.

綦布，桑麻秔稻之富引望不及。"①另一位诗人也在其诗中描绘了汉中人民种植水稻的场景："汉中在昔称梁州，墬胍壤沃人烟稠。稻畦连陂翠相属，花树遶屋香不收"。②除了汉中，商州也是水稻种植区。北宋真宗年间，商洛县令曾带领民众引水灌溉，开展水稻种植。商州有很好的自然条件，逐步成为重要的水稻产区。

除了水稻，小麦在陕南的种植也有了进一步发展。在《宋史》五行志中留下了许多陕南小麦种植的记载。如，北宋至道"三年二月洋州嘉禾合穗"。干兴元年"八月洋州嘉禾合穗"。大中祥符元年"南郑县并麦秀二三穗"。③绍兴十九年，洋州知州宋莘曾立劝农碑，认为种稻之后再种麦犹未晚矣，如果留着田地只种麦，只会令田地荒芜。这说明在当时的陕南已经开始实行稻麦两熟的制度。

宋代陕南地区，除了稻麦以外，杂粮的生产也一直存在。汉中与商州都有的黍种植。仅洋州的黍就有"露仁、矮人、马尾、黑穀、罩粒五种"，商州更将黍名糜。粟的种植也很广泛，仅西乡一县，就有椒粟、草粟、薄地衬、狗尾粟、柳眼、青猫爪粟、棕蓑粟等多种品种。④金州民间更有积粟支三十年者。

（二）经济作物的种植

宋代陕南人民对经济作物的种植已非常广泛，其种类更涉及桑、麻、茶等诸多方面。

宋代重视农桑，陕南气候非常适宜桑树的生长，因此陕南桑树的种植范围比较广泛。这在许多宋代诗人的诗句中都有所体现，如，陆游就曾在诗中描绘汉中景象："平川沃野望不尽，麦陇青青桑郁郁"⑤。文同也说汉中是"壤土濒沃，堰埭綦布，桑麻秔稻之富引望不及"⑥。桑树种植的普遍催生了纺织业的兴旺，陕南地区，尤其是兴元府与洋州也以丝织品作为重要贡赋之一。洋州的隔织与房州的纻布均为上层阶级所喜爱。

如今的陕南地区是我国重要的产茶基地，而种茶的传统在这一地区由来已久。早在两宋时期，陕南就以茶闻名于世。北宋熙宁七年，政府在兴元府设有城场、油麻场两处茶场，洋州设有城场、斯多店场、西乡场三处茶场。北宋人范

---

① （明）杨士奇，黄淮.历代名臣奏议［M］.上海：上海古籍出版社，2012.
② （宋）吴泳.鹤林集［M］//影印文渊阁四库全书本.台北：台湾商务印书馆，1986.
③ （元）脱脱等.宋史［M］.北京：中华书局，1985.
④ （明）赵廷瑞.陕西通志.［M］.西安：陕西三秦出版社，2006.
⑤ （宋）陆游.剑南诗稿［M］//影印文渊阁四库全书本.台北：台湾商务印书馆，1986.
⑥ （明）杨士奇，黄淮.历代名臣奏议［M］.上海：上海古籍出版社，2012.

镇曾说:"蜀之产茶凡八处,雅州之蒙顶,蜀州之味江,邛州之火井,嘉州之中峯,彭州之堋口,汉州之杨村,绵州之兽目,利州之罗村"①,其中利州的罗村就在陕南。北宋利州路的茶叶产量可达夏三万七千二十八斤,秋一百七十斤。茶税可达七千五百九十七贯。②到了南宋时期,利州路有二州三场产茶,产量可达七百八十七万。

陕南地区的地理及气候也非常适宜果树的生长,宋代陕南柑橘的种植范围很广,利州路的柑橘与金橙还曾作为贡品年年送往京都。苏辙曾在其诗中盛誉金橙"叶如石楠坚,实比霜柏大。穿径得新苞,令公忆鲈鲙"③。吴玠镇守川陕时,曾将一筐黄柑抛至金军阵前,并说"大军远来,聊以止渴!"凛凛气势,澄澄黄柑,相映成趣。除了汉中,商州的柑橘产量也很高。南宋人张芸叟就曾在诗中赞叹:"商州楚地户,宛在江汉偏。草木已渐包,果实尤可怜。木瓜大如拳,橙橘家家悬。"④商州瓜果之盛可见一斑!

## 三、水利兴修

水利是农业生产的命脉。要想农业发展,必须先解决灌溉的难题。两宋时期,无论从官方还是到地方,水利建设都被放在首要位置。

宋代陕南有许多水利设施,其中最为重要的是对山河堰的维护和重修。山河堰建于汉代,是汉中地区最早的水利工程,到宋代时已使用千年。有宋一代,曾多次对山河堰进行修护。北宋嘉祐年间,"提举史照上堰法,获降敕书,刻石堰上。绍兴以来,户口凋疏,堰事荒废。遂委知兴元府吴拱修复,发卒万人助役。宣抚司及安抚都统司共享钱三万一千余缗,尽修六堰。浚大小渠六十五里,凡溉南郑褒城田二十三万三千亩有奇。"⑤隆兴二年十月十四日,利州路提点刑狱公事张德远曾言:"兴元府褒城县山河六堰灌溉褒城、南郑两县田八万余亩,内有光道枝一渠决坏年深,民力不能兴修,下流阙水,率多改种陆田。今岁正月内,判兴元府吴璘亲率将士代民修塞,仍作偏堰,勒回别渠弃水,并入光道拔下流,诸堰坚

---

① (宋)范镇.东斋记事[M].北京:中华书局,1980.
② (清)徐松.宋会要辑稿[M].北京:中华书局,1957.
③ (宋)苏辙.欒城集[M].上海:上海古籍出版社,2009.
④ (宋)陈景沂.全芳备祖集[M].北京:中国农业出版社,1982.
⑤ (元)脱脱等.宋史[M].北京:中华书局,1985.

固。前日陆种去处，复为稻田，其利甚博。"① 吴璘的行为也获得了政府的大力嘉奖。

除了官方行为，私人修筑水利工程的情况也不少，其中最为著名的就是建于南宋时期的杨填堰。杨填堰是南宋抗金名将杨从仪主持修建。他致仕后定居汉中，关心当地的生产，组织人民修复灌溉渠道，于湑水河筑坝，引水入洋县，又折向南入汉江。这条渠的灌溉使当地农业获得丰收，几百年来，一直发挥着效益。

此外，还有长乐堰。熙宁七年"六月，金州西城县民葛德出私财修长乐堰，引水灌溉乡户土田"。②

## 四、关外营田

关外营田是指南宋时期戍守在剑门关外、川陕边界的将领以雇人耕种或军士耕种的方式对川陕土地进行的一种经营模式。自宋高宗绍兴年间至宋孝宗庆元六年，关外营田存在的几十年间，经历了其发展、繁荣、衰落的过程。

### （一）关外营田的兴起

1127年，北宋东京为金兵所破，绵延二百年的北宋王朝以徽、钦二帝被掳耻辱终结。不久，康王赵构于健康称帝，拉开了南宋百余年的大幕。随着国祚南移，北方疆域沦为金人领土。南宋的边境也随之退至东起淮河，西止大散关一线。虽然南北格局已定，但金人依旧不时来犯，南宋始终处于铁蹄威胁之下。两方军队在边境地区展开了旷日持久的拉锯战。以汉中地区为例，仅绍兴十二年时的休兵期，南宋兴州吴璘部驻军就有约五万人，兴元杨政部约二万人，③数万人的军队需要稳定的粮草供应。故此，驻军粮草成为南宋朝廷所亟需解决的问题。可是连年战乱，民众逃亡，宋金边境区域大批土地荒废，曾经的沃野千里变作满目疮痍。正是在这一背景下，曾在唐代与宋初大行其道的屯田与营田政策再次进入执政者的视线。

南宋初年，为解决军粮及恢复战争所造成的土地经济破坏，宋高宗委官躬亲前去相度措置，并要求其条具利害以闻。一时间臣僚纷纷考阅前史，考察阡陌，上疏阐述屯田、营田利害。绍兴元年十月，河南府孟汝唐州镇抚使措置营田官任

---

① （清）徐松. 宋会要辑稿 [M]. 北京：中华书局，1957.
② （元）脱脱等. 宋史 [M]. 北京：中华书局，1985.
③ （宋）李心传. 建炎以来系年要录 [M]. 北京：中华书局，2013.

直清上言："伏见河南残破,民之归业者未众,其所营田,全籍军兵。如创置营田,官恐力微,难以号令,欲乞特令翟兴带领营田使,庶易于措置。"① 可见当时军士营田已经成为地区农业发展的重要推动力。朝廷的重视与沿边地区军事及经济发展的迫切需要,使营田在南宋各地广泛发展起来。

绍兴五年,川陕大将吴玠"于梁、洋及关外成、凤、岷州措置官庄屯田"②,一切就绪后,果然达到了省馈运、宽民力的作用。宋高宗对其忠勤之举大为赞赏,特别要求学士院降喻以示嘉奖。同年,中书门下省进言,称:"淮南东西、川陕、荆襄等路已降诏旨,晓谕诸帅行屯田之制,其诸帅下屯田事务,未曾转委官措置。"③ 中书门下省的建言说明至少到绍兴五年,淮南东西、川陕、荆襄等路已经开始系统有序的推行屯田之制,并令驻守将领负责屯田事务。在中书门下省看来这种事无专员的方式明显有不足之处。于是宋高宗下诏任命"淮南西路宣抚使司差李健、淮南东路宣抚使司差陈桷、江南东路宣抚使司差郄渐、川陕宣抚使司差陈远猷、湖北襄阳府路招讨使司差李若虚、荆南府路归峡州荆门军安抚使司差李佖,并兼提点本司屯田公事。"④ 绍兴六年,朝廷决定将营田事务交付各沿边守将,遂下诏:"淮南西路兼太平州宣抚使刘光世、淮南东路兼镇江府宣抚使韩世忠、江南东路宣抚使张俊并兼营田大使,荆湖北路襄阳府路招讨使岳飞、川陕宣抚副使吴玠并兼营田使。"⑤ 南宋营田开始在各地如火如荼的展开。

## (二)关外营田的发展历程

关外营田的范围包括剑门关外的兴元府、阶、成、西和、凤、金、洋等州,大约相当于如今的汉中、安康及周边地区。南宋时期这一区域具有极其重要的战略意义。当时曾有官员向宋高宗进言称:"梁、洋沃壤数百里,环以崇山,南控蜀,北拒秦,东阻金房,西拒兴凤,可以战,可以守。今两川之民往往逃趋蜀中,未敢复业。垦辟既少多屯兵则粮不足以赡众。少屯兵则势不足以抗敌。宜以文臣为统帅,分宣抚司兵驻焉。而以良将统之,遇防秋则就食绵阆。如此则兵可以备援,而民得安业。"⑥

---

① (清)徐松.宋会要辑稿[M].北京:中华书局,1957.
② (清)徐松.宋会要辑稿[M].北京:中华书局,1957.
③ (清)徐松.宋会要辑稿[M].北京:中华书局,1957.
④ (清)徐松.宋会要辑稿[M].北京:中华书局,1957.
⑤ (清)徐松.宋会要辑稿[M].北京:中华书局,1957.
⑥ (宋)李心传.建炎以来系年要录[M].北京:中华书局,2013.

绍兴五年，宋高宗因上述建议派宰相张浚前来视师。一番考察后，命宣抚副使邵溥、吴玠择二郡守臣相度措置。事实上，吴玠早就陷入粮草不继的苦局，并做了种种尝试。他在兴元、洋、凤、成、岷五郡治官庄屯田，并调戍兵治襃城废堰。民众知道了灌溉可恃，纷纷自愿归业。次年，吴玠被任命为为宣抚副使兼营田使，他"率军民营田，凡六十庄，计田八百五十四顷。"[1] 此乃关外营田之始。

汉中之地，古称沃野，但北宋末年的战乱兵火使此地土地多有荒废，民失其业。曾有别路漕臣郭大中对吴玠提及营田事务，他说："汉中岁得营田粟万斛，而民不敢复业。若使民日为耕，则所得数什倍于此矣。"[2] 吴玠深以为然。他受其启发，在所开之营田募人耕种，量收租利。每亩除出粮租外，只收三石为率，优惠的政策瞬间燃起百姓的耕种热情。大约二十五万石的收益，对于一直苦于粮草不济的吴玠来说，无疑也是个解决粮草难题的最好办法。

吴玠在川陕的营田策略获得朝廷的大力嘉奖，也引起了朝中众臣的激烈讨论。有臣僚进言，称："蜀汉之师，难于粮运，然顷年吴玠讲营田于汉中，愿降玺书，问以大意，谓兵不可不养，粮不可不足，今日粮运，在赵开时其数几何，在李迨时几何，自降营田以来积谷几何，减损馈运之数复几何。俾制司、都转运司同宣抚司条具以闻，仍乞以法颁示诸军，使为矜式。"[3] 宋高宗深以为然，遂将此札交付吴玠，令其与冯康国同共条画以闻。此举说明吴玠的营田策略受到了朝廷及众臣的肯定，他们希望这一举措能在全国推广开来。

绍兴七年，吴玠病逝。胡世将、郑刚中先后代替其任川陕宣抚使。宋金休兵后，郑刚中再次推行营田之制，并将其扩大到阶州、成州、西和州、凤州及兴州大安军等地。至绍兴十三年，关外营田已达一千三百余顷。而仅仅两年之后的绍兴十五年，关外营田就已达到二千六百一十一顷，其中尤以洋州之西乡为最。除去每年所留粮种外，"实入官细色四十万一千四十九石。"[4] 不仅缓解了川陕守军的粮草问题，还受朝廷旨意拨十二万石赴成都路用以籴米。金州的垦田数量也达到五百六十七顷，岁可入粮一万八十六石。

关外营田多采用募人耕种，量收租利的方式。绍兴七年曾下诏对营田户与官家分成做了规定："诸路营田官庄收到课子，除桩留次年种子外，今后且以十分为

---

[1] （宋）李心传. 建炎以来朝野杂记［M］.北京：中华书局，2000.
[2] （宋）李心传. 建炎以来系年要录［M］.北京：中华书局，2013.
[3] （清）徐松. 宋会要辑稿［M］.北京：中华书局，1957.
[4] （宋）李心传. 建炎以来朝野杂记［M］.北京：中华书局，2000.

率，官收四分，客户六分。"① 关外营田也有以军队军士为主体的耕作方式，多针对诸军下不入队使臣、军兵及不能披带并拣退军兵等，有愿请佃之人："并依百姓体例，以五顷为一庄，官给耕牛五具并种粮等。其所收物斛，以十分为率，四分给力耕之人，六分官收。"② 对于失去土地，饱受战乱之苦的百姓来说，政府提供的土地、耕牛五具及粮种是其恢复生产，离家成业的关键。一时间，百姓耕种土地的热情被瞬间点燃。

### （三）关外营田的消逝

在经历了十几年的发展之后，关外营田的弊端日益显现。

其一，世家大族占据田地，租入逐年减轻。

营田本为国有土地的一种，关外营田也不例外。然而，据史料记载关外营田却"多为诸大将所擅"。③ 随着将领在一地驻守的时日渐久，围绕他们逐渐形成了一个个权力集团，他们对土地的需要也随之越来越大。以吴氏家族为例，吴氏自吴玠、吴璘至吴拱、吴曦，先后三代驻守川陕，各种关系盘根错节，渐渐现出尾大不掉之势。他们仗势占据官田，募人耕种获取其利。强将豪民利于承佃，互为欠输，得不偿失。"计司知之而不敢问。"④

其二，营田沦为百姓的附加劳役。

据史料记载，关外营田在实际实施中，"军兵与齐民杂处于村之间，恃强侵渔，百端搔扰，又于数百里外差科百姓保甲，指教耕佃，间有二三年不得替者，民甚苦之。岁丰则利归庄官，水旱则保甲均认。"⑤ 利民惠民的双赢工程逐渐沦落为劳役百姓的手段。

其三，营田所收之租，不偿请给之数。

以兴元府为例，"岁收租九千六百七十三硕，一年却支种田官兵请受计一万一千四百四十五石。"⑥ 营田渐渐失去了它填补军粮之需，补充朝廷所阙的作用。

乾道五年，宰相虞允文在勘察了关外营田的具体情况后，会同知兴元府晁公武共同谋划，决定针对其弊施以改革。他们决定"以三年内所收租课取最高一年

---

① （清）徐松．宋会要辑稿［M］．北京：中华书局，1957．
② （清）徐松．宋会要辑稿［M］．北京：中华书局，1957．
③ （宋）李心传．建炎以来系年要录［M］．北京：中华书局，2013．
④ （宋）佚名．两朝纲目备要［M］．台北：文海出版社，1967．
⑤ （清）徐松．宋会要辑稿［M］．北京：中华书局，1957．
⑥ （清）徐松．宋会要辑稿［M］．北京：中华书局，1957．

为额,等第均敷,召人请佃,发遣官兵归将,择少壮教阅,老弱者拣汰。已据兴元府、凤州召人承佃自去年秋料为头,理纳所承之租。并阶、利、兴州已系人户租佃外,有西和、成、洋州打量到见管田亩,已行下总领查钥差属官一员前去逐州,同知、通措置,召人请佃,发遣军兵归将,放散保甲,依旧归元来去处防托边面。"① 虞允文与晁公武的举措简而言之就是召人承佃,抽兵回营。经此改革,至淳熙初,垦田至七千五百五十七顷,而租入止有九万八千石有奇。

然而,短暂的复苏并无法改变关外营田衰退的脚步。随着豪姓大族暗地贿赂等手段的使出,关外营田再次陷入困境。庆元后,营田所收又止为六万六千石,而金州田租亦止二千二百三十一石。关外营田逐渐沦落为将官与豪姓大族夺取利益的工具,再也无法对军队粮草供应起到任何有利作用。

**参考文献**

[1](明)杨士奇,黄淮.历代名臣奏议[M].上海:上海古籍出版社,2012.

[2](宋)乐史.太平寰宇记[M].北京:中华书局,2007.

[3](宋)王存.元丰九域志[M].北京:中华书局,1984.

[4](宋)李心传.建炎以来系年要录[M].北京:中华书局,2013.

[5](清)徐松.宋会要辑稿[M].北京:中华书局,1957.

[6](宋)李心传.建炎以来朝野杂记[M].北京:中华书局,2000.

[7](元)脱脱等.宋史[M].北京:中华书局,1985.

[8](明)赵廷瑞.陕西通志.[M].西安:陕西三秦出版社,2006.

[9](宋)吴泳.鹤林集[M]//影印文渊阁四库全书本.台北:台湾商务印书馆,1986.

[10](宋)陆游.剑南诗稿[M]//影印文渊阁四库全书本.台北:台湾商务印书馆,1986.

[11](宋)范镇.东斋记事[M].北京:中华书局,1980.

[12](宋)苏辙.欒城集[M].上海:上海古籍出版社,2009.

[13](宋)陈景沂.全芳备祖集[M].北京:中国农业出版社,1982.

[14](宋)佚名.两朝纲目备要[M].台北:文海出版社,1967.

---

① (清)徐松.宋会要辑稿[M].北京:中华书局,1957.

# 浅议十堰市汽车文化旅游的营销策略

郧阳师专汉水文化研究基地　李文璟[①]

**【摘　要】** 十堰是全国闻名的汽车城，但与武当山及丹江口水库相比，汽车城这张名片逊色不少。其原因，在于汽车城市形象和汽车文化内涵没有被充分发掘。有鉴于此，需要积极采取诸如将汽车文化融入城市景观建设、新建一批汽车旅游项目、赞助汽车体育赛事等营销策略，以推动十堰汽车文化旅游市场的健康发展。

**【关键词】** 汽车文化；文化旅游；问题剖析；营销策略

进行汽车文化旅游营销，要有繁荣的汽车产业为基础，要有丰富的素材可利用。作为我国特大型汽车企业——东风汽车公司（原第二汽车制造厂）的发源地，十堰市在过去四十余年的发展历程中取得了辉煌的成就，在汽车工业的带动下逐渐由一个山区小镇成长为全国百强城市之一，"汽车城"的美誉蜚声海内外。毋庸置疑，十堰市汽车产业的蓬勃发展，为汽车文化旅游的开发奠定了良好的基础。

## 一、十堰市汽车文化旅游的开发状况

作为辐射鄂豫川陕渝的旅游明珠，十堰市地处鄂西北，山川秀美，历史悠久，旅游资源丰富多彩，别具特色。其中，极具开发潜力的三大旅游品牌：一是武当道教所树立起来的仙山形象。武当山以外柔内刚的绝奇功夫、举目无双的皇家建

---

[①] 基金项目：湖北省普通高校人文社会科学重点研究基地"汉水文化研究基地"开放基金课题《汉江生态经济带旅游营销策略研究》（编号2015B04）资助成果；

作者简介：李文璟（1980—　），女，汉族，湖北丹江口人，湖北汉水文化研究基地研究人员，郧阳师专讲师，硕士，主要从事旅游营销等教学研究。

筑、博大精深的武当文化、天人合一的道教国粹闻名于世。不仅是东南亚、港澳台香客、信士和游客心驰神往的精神乐园和梦寐以求的旅游乐园,而且对欧美游客有很强的吸引力。二是南水北调水源地所形成的生态形象。丹江口水库是亚洲最大的人工淡水湖,是举世瞩目的南水北调中线工程调水源头,被誉为"亚洲天池"。而南水北调是世界上最大的水利工程,2014年将完成的输水工程将吸引世界眼球,借此可以充分展示十堰的绝佳山水生态。三是举世闻名的汽车城所代表的时尚形象。十堰市是一座因车而建、因车而兴的现代化汽车工业城,是全国汽车产业化程度最高、产业集群优势最为明显的地区之一,是驰名中外的东风车的故乡,是中国第一、世界前三的商用车生产基地,先进的汽车生产培育了浓郁的汽车文化。①

当前,武当山旅游龙头日渐突出。根据国家旅游局发布的《2011年全国A级旅游景区发展报告》,全国所有营业收入前10名的全国A级旅游景区排名中,武当山风景区排名第九位。②2011年,武当山景区接待中外游客350万人次,旅游总收入18.6亿元,同比增长52.2%和57.6%。武当山太极湖景区旅游人次、旅游收入增长快于鄂西圈的平均值,三年来分别增长为145.9%、167.86%。与此同时,丹江口库区生态旅游也已完成规划全面启动。2012年5月24日,《丹江口库区(十堰)发展战略研究》及《丹江口库区(十堰)生态文化旅游发展总体规划》(修编)在京正式通过专家评审。通过评审的《丹江口库区(十堰市)发展战略研究》确定库区总体发展定位为"国家生态文明示范区",即构建生态经济创新发展区、特色区域文化弘扬区、南水北调水源地生态安全保障区、区域协调发展创新区。通过评审的总体规划,紧密围绕十堰"国际旅游目的地"和鄂豫陕渝毗邻地区中心城市发展定位,对未来发展进行了分期规划。近期(2012—2015)目标是构建国家级生态经济示范区、国家级旅游产业集聚区,中期(2016—2020)目标是打造成为世界内湖山水度假旅游示范区,远期(2021—2030)目标是最终构建世界山水生态文明旅游典范区。在"2011国际旅游营销博鳌峰会"上,十堰市丹江口市被大会组委会授予"国家旅游名片"荣誉称号。

相比之下,十堰市丰富的汽车文化旅游资源亟待重视和开发。十堰市经济开

---

① 十堰市发改委.十堰市旅游产业发展实施意见[EB/OL].http://www.shiyan.gov.cn/SY/zwgk/fzgh/2010/05/content_31865.html,2010-5-8.

② 钟斌.国家旅游局近日权威发布九华山2011年旅游收入跻身全国前三[N].池州日报,2012-5-4.

发区自 2009 年被评选为"中国最佳汽车产业示范开发区"以来，大力发展汽车产业，重点建设汽车整车、汽车总成、汽车关键零部件和汽车汽配现代物流等四大产业集群，以汽车产业为主导的开发区经济发展迅速。目前，十堰已建成东风小康工业园、龙门工业园、港澳台工业园、神鹰工业园、温州汽配工业园、十堰电子工业园、湖北三环专用汽车工业园。汽车产业的繁荣为旅游市场的开发提供了丰富的资源，奠定了良好的基础。

## 二、十堰市汽车文化旅游的问题剖析

"仙山、秀水、汽车城"，是十堰的三大旅游名片。目前，作为仙山的武当山和称为秀水的丹江口水库旅游方面都发展得比较迅速，在国内外已经引起了巨大反响。相比之下，汽车城这张名片就逊色得多。十堰城区的汽车城市形象和文化内涵也没有被充分体现，主要存在以下问题：

### （一）汽车文化的氛围不浓郁

目前，对于十堰市的汽车文化的了解，仅仅停留在它是"东风车的家乡"这一点上。十堰市的汽车工业园区数量已经不少，但是对于汽车文化的包装还很不到位，很多人对十堰的汽车文化知之甚少，甚至连车城人对于二汽的发展历史都不是很清楚。现在，十堰只有一个 3A 级的东风汽车工业旅游区。在这方面，一汽在观念和实践上要远远领先。2008 年，长春汽车文化园隆重开业。文化园划分为：汽车文化馆藏区、名品新车展销区、试乘试驾体验区等六大功能区。现已发展成集汽车综合展示、商业服务、休闲娱乐为一体，多层次的汽车主题旅游景区。

### （二）汽车文化与旅游要素的融合度不够

汽车文化与旅游要素的融合度不够[①]，十堰市丰富的汽车资源还没有成为拉动本市旅游业发展的强大动力，产业发展与旅游业紧密结合的局面还未形成。比如 2009 年十堰举办了汽车文化节，这本来是一项以汽车文化为主题的盛事，但遗憾的是没能抓住这一重大事件与旅游要素结合起来，因此对拉动旅游发展的作用小。其次，旅游开发层次不够。现有的东风汽车工业旅游区建设了生产一线、二线、

---

① 李应均.十堰市积极打造汽车文化旅游名片[EB/OL].http://news.cnhubei.com/gdxw/201110/t1858927.shtml，2011-10-18.

三线的空中观光通道、建设了介绍东风汽车发展史和国家领导人视察等内容的汽车文化长廊、总装厂总装配线旅游观光、制作了宣传光碟在游客接待室循环播放。可以看出，汽车文化旅游主要还是停留在观光旅游的层面，距离多层次的汽车主题旅游景区还有较大差距。

（三）汽车旅游产品的开发力度不大，开发深度不足

这主要表现在：尚未开辟一条汽车旅游线路；汽车特色旅游产品的数量少、质量不高；缺乏对汽车旅游产品系统的规划和管理；创意产业人才缺乏等等。

## 三、十堰市汽车文化旅游的营销对策

（一）营造浓郁的汽车文化氛围

1. 加快编制汽车文化旅游专项规划

汽车文化作为十堰市的特色文化，应该从全市的高度进行统一规划。对汽车文化的内容、重点、措施与保障进行明确，切实做到规划与十堰市城乡建设规划、市政园林建设规划、产业发展规划、交通发展规划、生态保护规划等区域发展规划相互协调、同时设计、同步安排。

2. 成立汽车文化研究所

深度挖掘汽车文化，成立由政府、汽车行业协会和旅游业的专家共同组成的汽车文化研究所，对车城的汽车文化进行深度的挖掘，并研究借鉴国内外发展汽车文化的成功经验，利用汽车文化的前沿成果应用到旅游实践中来。

3. 将汽车文化融入城市景观建设

在城市的建设中，多以汽车的品牌来为道路命名，设置醒目的地标性建筑，使游客在这里游览时仿佛置身一个"巨型汽车文化馆"之中[①]。

（二）开发汽车特色旅游产品

将汽车特色文化旅游产品进行分类开发，进行三个层面的汽车文化旅游的开发：一是历史文化层，可以开发汽车博物馆类型的产品，介绍东风公司的旧址、党中央领导到十堰、东风公司视察时的一些图片等；二是现代文化层，可以开发

---

① 鲁斌. 发展汽车旅游文化的构想［N］. 十堰晚报，2009-3-10.

汽车展厅等产品，展示现代科技进步所带来的独特魅力；三是民俗文化层次，开发汽车运动、体验、游乐等项目，还可以进行民俗文化节目的表演。比如竹溪山二黄、竹山牌子锣等等。

1. 进一步完善东风汽车工业旅游区

在现有的3A级东风公司汽车工业旅游区的基础上，增加一些体验式的旅游项目。比如利用现代科技手段，游客可以在电脑上模拟完成整车的一个装配过程。现有的宣传光碟改造成一个放映厅，用3D的效果让游客身临其境地体会到东风车的发展历程。此外，还可以设置东风车展厅，展示东风商用车和乘用车的历代车型，让游客可以试乘试驾，感受东风车的性能。

2. 新建一批汽车旅游项目

通过新建的汽车旅游项目，丰富汽车文化，增加汽车文化的看头。如建设汽车主题公园，公园内可以划分为几个功能区，如商务区、娱乐区、美食区等等。在商务区可以展示、体验一些车型，也可以举办一些大型会议；娱乐区内可以设计汽车游乐和汽车电影院，游乐区可以设计一些趣闻游乐项目，如上海别克公园中就有通关游戏、趣味攀岩、迷你棒球、趣味射门等户外活动上；而汽车电影院可以放映温馨浪漫的电影；美食区可以有汽车餐吧、汽车咖啡厅等。

3. 开辟一条汽车旅游精品路线

将与汽车文化有关的景区连接起来，形成一条旅游路线。在这条路线上可品车城美食、住汽车旅馆、驾乘汽车、游汽车工业园区、购汽车纪念品、玩汽车娱乐项目；将吃、住、行、游、购、娱六要素贯穿起来，让游客能全方位、立体化的感受车城汽车文化。

4. 精心设计一批旅游纪念品

与著名高校、企业合作，设计并开发出有浓郁汽车特色的旅游纪念品，如汽车模型、汽车挂件、汽车拼图、汽车挂历等等。并通过参加各级旅游纪念品设计大赛，提高旅游纪念品的总体设计水平。

## （三）扩大汽车文化的影响

1. 健全机构，加大投入，将汽车文化宣传作为一项长期性的工作

设立专门的汽车文化宣传机构，开展长期性的宣传工作。加大经费投入，一部分由政府出资，另一部分可以积极争取汽车企业的支持。十堰"商用车之都"的品牌树立起来以后，对于各园区的汽车企业来说，对它们的发展也会带来新的机遇。由宣传机构统一规划，整体宣传，树立对外的统一形象。

### 2. 重视网络等新兴媒体，创新媒体宣传渠道和手段

新兴媒体的兴起，越来越受到年轻一代消费者的青睐，在他们中间的影响力日益深远。在与传统媒体保持合作的同时，充分利用网络、手机媒体宣传十堰汽车文化非常重要。首先，建立汽车旅游的官方网站。对于十堰市汽车旅游的相关景点、项目进行介绍；其次，开发一部蕴含十堰汽车文化的商业网络游戏。网络游戏深受网民喜爱，网民参与者较多，其对参与者潜移默化的影响也很大。《三国风云》《热血三国》等游戏的开发上市取得较大成功①。比如可以开发赛车游戏。

### 3. 赞助汽车体育赛事

以赞助体育赛事的方式扩大十堰商用车都的影响力。可以通过成为体育赛事的赞助商的方式，进行宣传；可利用在赛事播出或休息时间进行植入式广告宣传。

---

① 胡忠青.加大十堰旅游宣传促销力度的路径选择［J］.郧阳师范高等专科学校学报，2012（4）.

# 弘扬汉水文化　打响旅游品牌
## ——以开发"娘娘山元岭山水泉沟"为例

十堰市金楚商务有限公司　李洋名[①]

【摘　要】对郧阳区毗邻十堰市城区最近的闹中取静的娘娘山元岭山水泉沟的资源进行了初步的调查研究,确定了娘娘山元岭山水泉沟旅游开发的指导思想的文化理论基础是道家文化,主打品牌为五张牌——"花果山牌、有机谷牌、吉祥谷牌、中药谷牌、养生谷牌",拿出了"娘娘山元岭山水泉沟"旅游景区建设的初步方案。

【关键词】"娘娘山元岭山水泉沟";旅游景区;开发;思路;探索

城乡建设和旅游开发的本质是文化建设,新农村建设和旅游开发,都离不开文化。十堰市是汉水流域具有重要地位的城市,市委市政府提出了"外修生态,内修人文"的战略方针和打造人民生活宜居的国家生态发展示范地区,国际知名的生态文化旅游区,国家重要的汽车产业基地和鄂渝陕豫四省(市)交界地区的区域性中心城市的建设目标。作为十堰市的居民,有义不容辞的责任和义务为实现上述目标而奋斗。为了建好家乡,我们和荆楚理工学院汉水文化研究中心建立了良好的合作关系,进行了"弘扬汉水文化打响旅游品牌"的有益探讨,现在,简略报告如下。

---

① 作者简介:李洋名,任职于十堰市金楚商务有限公司,从事地方旅游文化研究。

## 一、十堰市与"娘娘山元岭山水泉沟"的基本情况

### (一)十堰市的基本情况

十堰市位于湖北西北部,汉江中上游,鄂、豫、陕、渝四省市交界地带,四季分明,气候宜人,有"南船北马、川陕咽喉、四省通衢"之称。辖茅箭区、张湾区、郧阳区、郧西县、竹溪县、竹山县、房县、丹江口市和十堰经济技术开发区、武当山旅游经济特区,总面积2.4万平方公里,人口350万;是鄂、豫、陕、渝毗邻地区唯一的区域性中心城市和最大的汽车制造、汽车科研、医疗卫生、商业集散、交通枢纽、旅游文化和生态控制中心,鄂西生态文化旅游圈的核心城市。有"武当山""丹江水""汽车城"三张世界级名片。十堰市作为南水北调中线调水的重要水源区,十分重视生态保护和旅游开发,提出"外修生态,内修人文"的发展战略,文化旅游产业在湖北省处于举足轻重的地位。但是,十堰市城区附近,旅游景区却满足不了市民的需要,一到周末等节假日,各个旅游景区经常是人满为患,急需要开发新的有特色的旅游景区。

### (二)"娘娘山元岭山水泉沟"的基本情况

1. 地理情况

"娘娘山元岭山水泉沟"位于十堰市区东北方向,属郧阳区青山镇辖区、离市区30分钟的车程。拟开发的旅游景区的核心部分由"元岭山、娘娘山、水泉沟、白柳树沟、往皇、门前沟、萝卜沟、大沟、大宅、大凸子、高坡、毛桐树垭、财神庙、往牛城、对门坡"组成,面积3800亩。

2. 自然资源情况

"娘娘山元岭山水泉沟",以山林为主,间有农田、泉水。山林乔木以松树、桦栎树为主,果树有板栗、核桃、桃树、樱桃;灌木和攀缘、爬藤植物有酸枣、葛藤、猕猴桃、瓜蒌等等;艾、千里光、追风草、野百合、柴胡、薄荷、荆芥、何首乌、鸡血藤等中草药遍布满山。野生动物有黄鼠狼、狐狸、猪獾、狗獾、野兔、野鸡、斑鸠、秧鸡、白鹭、蝙蝠等等。种养殖有水稻、小麦、苞谷、红薯、蘑菇、香菌、木耳、鱼、鳖、虾、鸡、鸭、羊、牛等等。

3. 文化遗存情况

"娘娘山元岭山水泉沟旅游景区"历史文化遗存类型有民歌、民间传说故事、古寺庙遗址等等。历史上差不多每一个村落都有过古庙和寺院。仅在水泉沟,就有财神庙、法官庙等古庙遗址。

最著名的传说是娘娘山和娘娘庙的传说，相传真武祖师的四妹妹曾经在娘娘山修行，留下了娘娘庙的文化遗存。娘娘庙现存有石雕神像、门前的泉水、登山的石梯、古庙地基、围墙残垣、老百姓新搭建的神棚神龛等，每年三月三等传统节日，还有不少信众前来烧香还愿。

## 二、如何搞好"娘娘山元岭山水泉沟"旅游景区开发

要搞好"娘娘山元岭山水泉沟"旅游景区开发，首先要发现和认清"娘娘山元岭山水泉沟"的优势和劣势，确定旅游开发的指导思想的理论基础、文化旅游品牌和主要突破方向，搞好"娘娘山元岭山水泉沟"的策划和规划。

### （一）"娘娘山元岭山水泉沟"的三大优势

1. 距离近

"娘娘山元岭山水泉沟"旅游景区离市区很近，从马家沟经过元岭山、娘娘山，进入水泉沟仅30分钟的车程；从十堰市区的王家湾附近登山进入水泉沟，仅仅需越过一座大山。在十堰市极缺旅游休闲的场所，周六、周末各个景区人满为患的情况下，"娘娘山元岭山水泉沟"经过科学正确的开发，易于成为十堰市的后花园，旅游休闲的新亮点。

2. 环境优

"娘娘山元岭山水泉沟"旅游景区属于紧邻十堰市区的山区，元岭山彭家院是观察十堰全景的制高点，娘娘山顶也海拔2000多米，夏天较为凉爽。整个景区，空气清新水质优良，没有污染，能生产有机蔬菜和粮食；各居民点，通风聚气，易于休闲养老。

3. 地形地貌植物多样

"娘娘山元岭山水泉沟"旅游景区的高山、丘陵、沟壑、平地、泉水、小溪、乔木、灌木、草本、苔藓、鸟、兽种类很多，易于养殖鸡鸭羊牛，能生产米、麦、玉米、红薯等农作物，开发药膳和养生养老旅游产品。

### （二）"娘娘山元岭山水泉沟"的劣势

主要有：

1. 缺少对游客的吸引物

"娘娘山元岭山水泉沟"旅游景区没有任何现存的旅游景观和服务设施可以

利用，目前也没有形成旅游线路，一切要从头开始。山林要更新改造，提档升级，增强可观性，吸引人的眼球；寺庙道观要恢复重建。

2. 无法满足游客的食宿要求

"娘娘山元岭山水泉沟"旅游景区目前农业种养殖业很不发达，种养殖产品数量不多，没有往有机方向提倡，特色不鲜明，没有宾馆，无法安排游客食宿。

3. 交通状况有待改善

"娘娘山元岭山水泉沟"虽然离十堰市区很近，车程只有30分钟，但是，仅仅是盘山通村公路，路面太窄，没有护栏，游客乘车，心惊胆颤。

(三) 确定"娘娘山元岭山水泉沟"景区的文化旅游品牌

根据娘娘山是武当山72峰第四峰的历史文化背景和相传真武祖师的四妹妹曾经在娘娘山修行，留下了娘娘庙的文化遗存与每年三月三等传统节日，还有不少信众前来娘娘山娘娘庙遗址烧香还愿的民俗，"娘娘山元岭山水泉沟"的主要资源特色，是自然生态。我们确定把道家文化，"顺其自然""回归自然"，作为"娘娘山元岭山水泉沟"旅游开发的指导思想的理论基础，要从道家文化出发，不露痕迹地打响回归自然、健康生态的"娘娘山元岭山水泉沟"旅游景区养生文化品牌，设计回归自然、有利于健康长寿的养生文化旅游项目，努力打造生态特色突出，形成十堰市各景区目前还没有的"娘娘山元岭山水泉沟"旅游景区的自己的特色，争取成为十堰市的后花园、养生特色食堂和著名的休闲养老度假区。

(四) "娘娘山元岭山水泉沟"旅游开发景区开发思路

"娘娘山元岭山水泉沟"旅游景区开发，要突出资源优势，打好四张牌，即：花果山牌、有机谷牌、吉祥谷牌、养生谷牌。

1. 花果山牌

要在"元岭山、娘娘山、水泉沟、白柳树沟、往皇、门前沟、萝卜沟、大沟、大宅、大凸子、高坡、毛桐树垭、财神庙、往牛城、对门坡"，成片、成面的种植桃、李、梨、樱桃、石榴、枣、核桃、板栗、柿子、猕猴桃、桂花、腊梅花、冬枣等开花或结果的果树，形成四季可以赏花观景、品尝果实的花果山。

2. 有机谷牌

要在"元岭山、娘娘山、水泉沟、白柳树沟、往皇、门前沟、萝卜沟、大沟、大宅、大凸子、高坡、毛桐树垭、财神庙、往牛城、对门坡"，根据地形等适宜的条件和需要，种养殖完全自然生态的鸡、鸭、羊、牛、香菌、木耳、米、麦、玉米、红薯等,形成有机的食品和副食品,吸引游客消费和经济充裕的老人来此养生养老。

3. 吉祥谷牌

要重建娘娘庙、财神庙、法官庙等历史上的历史文化景观,供游客来求吉祈福,形成他们心灵的家园和"吉祥谷"。

4. 中药谷牌

十堰全市中草药资源蕴藏量大,目前生产投入市场交易的有160多种。中草药是中国数千年乃至上万年传承的宝贵财富,也是目前国外时兴的自然疗法的重要依托。"娘娘山元岭山水泉沟"旅游景区要开发好这笔宝贵的中草药资源,发挥地形多样、高山、丘陵、沟壑、平地、泉水、小溪、乔木、灌木多种不同生态环境,易于生长各类品种不同的中草药的优势,把水泉沟建成中草药培育、种植、采集的示范基地,打响"娘娘山元岭山水泉沟"旅游景区的中草药品牌。

5. 养生谷牌

要在"元岭山、娘娘山、水泉沟、白柳树沟、往皇、门前沟、萝卜沟、大沟、大宅、大凸子、高坡、毛桐树垭、财神庙、往牛城、对门坡",根据地形等适宜的条件和需要,大量的种植芍药、牡丹、栀子花、百合等宜花、宜食的中草药,既可以赏花观景,并且把这些宜食的中草药和有机羊牛鸡鸭和米、麦、玉米、红薯等作物结合起来,大力发展养生和药膳餐饮,形成"娘娘山元岭山水泉沟"旅游开发景区的突出特色和卖点。

## 三、"娘娘山元岭山水泉沟"旅游开发的进展情况

### (一)做好起步工作,争取一炮打响

我们正在成立专门的旅游开发公司,已经邀请为郧西房县等地策划旅游开发,皆成功一炮打响旅游品牌的华中师范大学国家文化产业研究中心·汉水文化研究基地,暨荆楚理工学院汉水文化研究中心主任、湖北省十一届人大代表杜汉华教授,研究撰写了"娘娘山元岭山水泉沟旅游景区开发(策划)方案",并在逐步完成土地流转和"郧阳区经济社会发展十三五规划"立项的相关手续。在当地政府的大力支持下,我们初步建设了养鱼垂钓的鱼塘,绿色有机养殖的鸡舍,开挖了养生度假的别墅基础,并打算在土地流转和立项的工作全部完成之后,邀请国内外有影响的顶级规划公司,做出旅游规划,然后按照旅游规划和设计,逐步实施,

全面的完成"娘娘山元岭山水泉沟"旅游景区的建设工作。

"娘娘山元岭山水泉沟"旅游景区建设，还在初步的运作之中，目前"娘娘山元岭山水泉沟"和周边，仍然相当于没有开发旅游的处女地。当地初步致富的人士，已经搬进了十堰市区居住，留下来的多半是老弱病残的有待致富的人群。"娘娘山元岭山水泉沟"一带的山林，发挥了生态价值，旅游的价值还没有真正挖掘出来。我们的工作全面推动起来，把"娘娘山元岭山水泉沟"旅游景区初步建设好之后，能带动"娘娘山元岭山水泉沟"旅游景区的农民和周边的农民脱贫致富，发挥"娘娘山元岭山水泉沟"山林泉水、农田的旅游价值，扩大其经济社会效益，为十堰市区的游客提供一个新的旅游目的地，为青山镇实施"1234"工程，积极推进汉江生态经济带建设打造一个新的亮点，为青山镇和郧阳区，开辟一个面向十堰市的新的文化旅游产业的引爆点和经济文化交流的窗口。

（二）加强内通外联，做大文化品牌

旅游开发和旅游线路的形成，不能单打独斗，必须"内通外联"，得到多方的帮助，形成特色突出的旅游线路。

荆楚理工学院汉水文化研究中心，发现了荆门市的鬼谷子云梦山，正引资努力建成影响周边直径5公里的国家5A级旅游景区，形成荆门云梦山、当阳鬼谷洞、南漳指山岩，三地联动的有机农业养殖业和养生旅游特色突出的湖北鬼谷子文化旅游的"金三角"；而主打"汉滨鬼谷子"的石泉县，也有意和旅游产业较为发达的十堰市建立联动关系，吸引游历武当山和十堰市的游客到他们那里旅游。我们拟发挥湖北中心部位"鬼谷子旅游金三角"和石泉县"汉滨鬼谷子"之间的桥梁作用，成立鬼谷子书院，把鬼谷子文化和"娘娘山元岭山水泉沟"的开发融为一体，进一步做大"娘娘山元岭山水泉沟"的文化旅游品牌。

在"汉水文化·流域文明暨鄂赣中国古代文学学术研讨会"召开之际，向各位领导专家汇报我们的上述工作，希望郧阳师专与汉水文化研究中心、各地与会领导专家，多多指导、支持我们的旅游开发，争取把"娘娘山元岭山水泉沟"旅游景区，建成汉水文化旅游产业带的一个有特色的养生旅游的品牌旅游景区。

# 十堰竹山"女娲"养生开发的研究与探讨

荆楚理工学院汉水文化研究中心　杜汉华[①]、吴韬[②]

**【摘　要】**国家南水北调中线工程通水之后,汉水流域,必须避免成为"第二个淮河"。汉水流域的生产生活方式亟需转变,需要一个实体和地域来发挥引领与示范作用。竹山县是《舆地纪胜》《康熙字典》等重要典籍记载的女娲炼石补天之地,资源丰富,环境优美,土壤富硒,有利于建设成为"养生天堂"。荆楚理工学院汉水文化研究中心和湖北庸都生态旅游开发有限公司合作,拟建设"女娲养生博览园",从交通、宾馆等服务设施、饮食、园林景观、花卉苗木、中草药、种养殖、健康养老产业等十二个方面,以及如何实施项目的正确路径、景区开发建设等进行了研究,并对推动竹山县实现全域化旅游,快速成为湖北省旅游强县,国家生态旅游示范县,争取成为与武当山、神农架融为一体的世界级的旅游目的地、汉水流域"养生天堂"的最优秀的范本、全世界养生旅游的最突出的亮点,进行了初步的探讨!

**【关键词】**十堰竹山;女娲;养生;开发;研究

## 一、"女娲养生博览园"的酝酿与提出

国家南水北调中线工程通水之后,调水量差不多占汉水流量的三分之一,接近河流丧失自净能力的临界点。汉水流域面临空前巨大的生态环境承载压力和挑

---

[①] 作者简介:杜汉华(1955—　),男,河南内乡人,荆楚理工学院汉水文化研究中心教授,从事传统文化、城乡建设与旅游开发研究。

[②] 作者简介:吴韬(1978—　),湖北大冶人,湖北遇真律师事务所兼湖北省庸都生态文化旅游开发公司律师、荆楚理工学院汉水文化研究中心特邀研究员。

战与机遇。为了确保一泓清水永远流向北京，避免汉水流域，特别是丹江口以下，出现类似淮河那样严重污染的问题，必须加大汉水流域生态保护的力度，特别是要转变生产生活方式，大力发展最能可持续发展的文化旅游产业，争取用最小的投入，取得最好的效果，得到最大的利益！——汉水流域亟需这样的一个实体和地域，发挥示范和引领作用。

　　荆楚理工学院汉水文化研究中心由荆门职业技术学院华夏文化研究中心和襄阳市江汉旅游研究所发展而来，长期致力于汉水流域的地方文化和旅游开发的研究，研究成果通过在电视专题节目发表言论、撰写学术论文和文章发表于报刊杂志等各种媒体、直接呈递相关领导，当面建言献策，替领导起草和修改文章，应领导邀请到相关城市调研、举办学术报告、论坛发言等多种方式，宣传自己的研究成果，成果被许多城市采纳，取得了突出的经济社会效益——如建设"社会主义现代化文明城市""历史文化名城""百万人口现代化大城市""鄂豫川陕交界地带中心城市""旅游城"，以及城市规划格局"南城北市""汉水流域核心支点、中心城市"等研究成果，就被三十多年来历届襄阳市委市政府领导采纳；而郧西、房县，在很短的时间里一炮打响当地的文化旅游品牌，郧西引资五十多个亿，成为了湖北省鄂西文化旅游圈重点项目，申报七夕民俗国家级非物质文化遗产保护项目取得了成功；房县高票当选为湖北省旅游强县！

　　竹山县的成功人士周明兵在外奋斗35年，希望回报家乡，保护好南水北调中线工程的重要水源地——汉江最大的支流堵河流域的良好生态，实现竹山全县的可持续发展，他立志在竹山县大力发展文化旅游产业，打造养生养老产业，这正好和竹山县的文化底蕴、最突出的文化品牌——女娲文化的内涵相一致。女娲是中国神话传说中的人类的伟大母亲、远古三皇之一，伟大的造物之神、生命健康之神、婚姻之神、音乐艺术之神、雨伞和刺绣、修补行业的保护神，其文化底蕴非常深厚，有非常大的产业扩展的空间。女娲信仰和民俗文化曾经广泛存在于中华大地，至今在很多地方还有影响力，有极大的开发价值，已经成为许多地方促进经济社会发展的重要品牌。据统计，旅游产业发达、传统文化保留较好的台湾，也有20多个女娲庙，"台湾环岛游"游路边就有一个女娲庙文化景观。湖北省十堰市的竹山县是《舆地纪胜》《康熙字典》等重要典籍记载的女娲炼石补天之处，竹山的空气质量、水源的洁净等自然生态非常之好，土壤微量元素硒含量很高，中草药资源也非常丰富，《本草纲目》中的726种中草药据说采集于此地，是打造养老产业、养生产业、养生休闲度假的极好区域。在周明兵的组织之下，汇集各方有识之士，并邀请把积极推动打造媲美莱茵的汉水文化旅游产业带作为工作任务的荆楚理工学院汉水文化研究中心直接参与，这样逐步把竹山县"女娲养生博览园"的项目开发，摆上了议事日程，并在努力实施之中。

## 二、"女娲养生博览园"的概念规划与建设路径

"女娲养生博览园"就是以女娲文化为灵魂，把女娲"伟大的造物之神、生命健康之神、婚姻之神、音乐艺术之神、雨伞和刺绣、修补行业的保护神"的职能作为文化纽带，串联起旅游、有机养生饮食、园林景观、花卉苗木、中草药、有机种养殖、健康养老产业等十二个方面的产业，形成与竹山县主打的"女娲补天地，人间桃花源"相一致的"女娲养生博览园·养生天堂"，并覆盖竹山全县，争取延伸到周边县域的全域化旅游景区。

"女娲养生博览园"项目起步区落地在毗邻武当山和神农架的竹山县的楼台乡境内，由国家建设部中国国际城市建设案例研究委员会专家委员王国华教授领衔规划，荆楚理工学院汉水文化研究中心全面策划并全程参与，农业部产业基地做项目支持，园区总面积79896亩，可使用面积总计34197亩，预估总投资规模37亿元。

### （一）"女娲养生博览园"的建设路径

"女娲养生博览园"的建设路径，如下图规划：

**项目规划概念图**

```
    三个时期              四类开发                      五大板块
  ┌───┼───┐      ┌─────┼─────┐         ┌─────┬─────┼─────┬─────┐
  ①   ②   ③      ④    ⑤    ⑥    ⑦     ⑧    ⑨    ⑩    ⑪    ⑫
 基础 规模 整体   风景 经济 用材 荒山   绝色 特种 生物 国艺 休闲
 建设 发展 完工   林开 林开 林开 荒地   餐饮 养殖 医药 苗圃 疗养
 期   期   期    发   发   发  开发
```

说明：

①主要是完善交通。在原有林地乡村便道基础上，重新规划园区必要交通线路，建成直通公路主干线35公里。

②主要是初步定型。建成一栋面积7000平米的四星级宾馆，一条长度5公里的核心商业街，

一个容纳 2000 户居民入住的现代生活区。

③主要是调整完善。组织入住户开发具有本地人文、餐饮特色的农家庭院风情度假、旅游接待项目，做好"五个一"工程（即一个标准化疗养系统，一个生物电能开发系统，一个沼气燃料供给系统，一个污水循环利用系统，一个废弃物绿色回收系统）。

④是以现代园林景观设计整体规划为样板，在原有生态风景林区进行人为合理的技术改造，将本地人文要素和现代科技、休闲生活理念融入园区独有的森林资源体系中。

⑤是适宜本地生长（包括外来引种）的各种林果树种的选培育种、规模化种植及其深加工。其主要品种包括板栗、柿子、野枣、猕猴桃、野葡萄以及各类本地药材等。

⑥是严格按照国家要求，依托林业专家和当地林场员工，对园区用材林的种植养护，防火灾、防虫害，水土保持，植被覆盖、规模化开采和育苗补种等工作实施全程监管。

⑦是适宜风景林、经济林、用材林规模化开发建设的园区荒山荒地，分别按照各自规划建设原则执行。其开发重点是落实园区荒山荒地开发建设的经济效益和绿色生态效益。

⑧是规模化种植"楚天七珍"（板栗、柿子、菊花、野葡萄、野枣、木瓜、猕猴桃）酒品原料面积 7000 亩。按照现代农业种植标准，采用本地传统加工酿造方式，打造"楚天七珍"绿色酒品产业。

⑨是规模化养殖绿色有机牲畜。在传统猪羊、鸡鸭等畜禽饲养基础上，根据本地动物品种资源开发扩大畜禽养殖规模；建立现代屠宰加工厂，对各类畜禽实行屠宰、加工及包装销售一体化；统一收集废弃物，分类处理，用于生物科技研发原材料或园区有机生产肥料。

⑩是规模化种植本地特产药材。以林药间套为主的方式种植太子参、金银花、板蓝根和黄柏、桂皮、木瓜、银杏等。在此基础上发展生物医药深加工，从而形成以企业为主体规模化生产销售高附加值生物医药产品，并建设一个突出中医特色的疑难病和癌症治疗养生康复的专科医院。

⑪是规模化筹建园艺苗圃基地，进行苗圃建设和苗木生产。在着重资产运营，资产流动性和变现能力的前提下，结合本地劳动力资源择机开发本地园艺苗圃品种，做到决策科学化、产品差异化、研发实用化、品质优良化、生产标准化、经营市场化、管理规范化和人才专业化。

⑫是规模化依靠本地森林资源和基础设施，将健康养老地产与休闲度假、健身治病、生态旅游及影视基地等形式结合起来，通过应用中医养生、森林氧吧及山野菜特色食疗等措施开发诸如针灸按摩、矿泉熏蒸等多种形式的休闲产品，促进养老地产、休闲疗养、旅游娱乐相互交织的特色乡村建设。

## （二）"女娲养生博览园"的项目落实

为了确保本项目顺利完工，需要组建项目公司，从而搭建有效融资平台。以项目公司为基础，通过一系列协议把各阶段、各方面的交易成果固定下来，以便于明确责任和方向。其简要流程如下图：

**项目落实路线图**

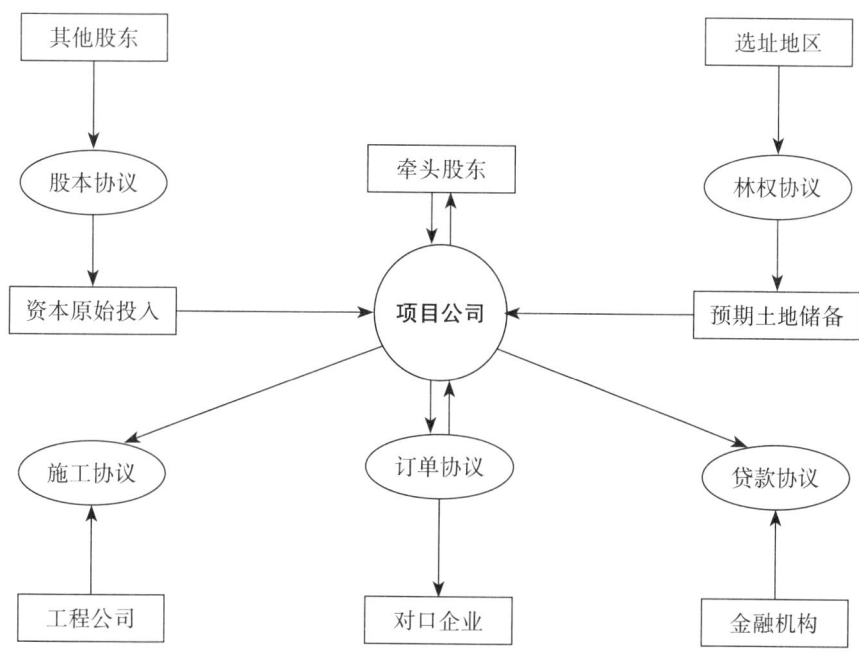

说明：

因为主要涉及农林生态领域，本项目带有很强的产业转型性质。首先，要解决原始资本、土地储备和项目经验这三个根本性问题。在路线图上，牵头股东与其他股东之间通过股本协议完成资本原始投入；项目公司与选址地区之间通过林权协议稳定预期土地储备；项目公司与对口企业之间通过订单协议解决经验缺乏困境。其次，我们在履行股本、林权及订单这三项协议之际，项目公司以此为担保向金融机构邀约贷款，通过贷款协议安排获得本项目初期直至完工阶段持续融资。最后，通过市场招标方式由项目公司与相关工程公司之间签订具体施工协议。在监控项目设计权、验收权和原材料采购权的前提下彻底完工本项目。

## 三、"女娲养生博览园"的景区功能分区和建设

"女娲养生博览园"分为"子骥桃花源""女娲文化园""女娲养生北区""女娲养生南区""轻土坝会展中心""方城山白莲养生"等十大景区。

其中，"子骥桃花源""女娲文化园"在北星河边，按第一"子骥桃花源"，第二"女娲文化园"的顺序，先行开发；"女娲养生北区""女娲养生南区"在"子骥桃花源"和"女娲文化园"的西边，属于深山区，待"子骥桃花源""女娲文化园"分别开发成功，条件成熟之后，再行开发。其他景区，也在条件成熟之后，

逐步开发建设。

以下仅介绍"子骥桃花源"和"轻土坝""方城山"等景区的基本情况以及"女娲文化园"的基本情况。

"子骥桃花源"得名于《桃花源记》的最后一句:"南阳刘子骥,高尚士也,闻之,欣然规往。未果,寻病终,后遂无问津者。"陶渊明的曾祖父陶侃曾经任南蛮长史驻军襄阳,任都督荆、湘、雍、梁四州军事、荆州刺史等,长期驻守江陵和鄂西北。据著名古建和古文化专家张良皋先生研究,《桃花源记》中的"桃花源"的真正原型是在竹山县。理由是刘子骥是晋太元年间(376—396)南阳郡安众县(南阳邓州市东北一带)人。南阳离竹山县不远,由南阳来竹山寻找桃花源最为便利,刘子骥寻访的桃花源就在竹山,而且,拟开发"子骥桃花源"景区的地方,不仅环境与桃花源的意境非常神似,而且,历史上那里就属于桃源乡,有一批神奇的文物遗存(包括清代《竹山县志》记载的十分神奇的名胜——"壁立万仞,下临北星河,山腰有石门两扇,左右开合无常,人莫能至,相处昔人修炼于此"的"关门岩")。因而,本桃花源景区,命名为"子骥桃花源",意味着是真正的桃花源。

"子骥桃花源"分为"真桃花源(江家瓦屋)""桃源深处(杏树沟)""神仙世界(肖沟、红岩寨)""会仙台(杨喜财屋场)"四大板块。

"真桃花源(江家瓦屋)"主要接待退休老人和作为游客进入桃花源的第一站。

"桃源深处(杏树沟)"主要接待年轻人和身体健康的人士进入,享受桃花源远离尘世的悠闲生活。这里也是"印象桃花源"山水歌舞剧表演的主会场。

"神仙世界(肖沟、红岩寨)",分为"刘阮村(肖沟)"和"烂柯坪(红岩寨)""会仙台"三个小区。

"刘阮村"借用刘晨、阮肇入山遇仙结为夫妇的故事。布置雕塑小品,并演绎实景,作为青年男女夫妇和恋人的专项旅游项目。

"烂柯坪"借用王质上石室山打柴,误入仙境,遇到了神仙,观神仙下棋,仙界一日,人间百年的神话故事,布置雕塑小品,并作为长寿养生的专项旅游活动内容的场所。

"会仙台"布置"吕祖井"——四孔井,用吕洞宾和井旁居民"天高不算高,人心比天高。井水当酒卖,还嫌酒无糟"的神话故事;布置"八角亭",亭中绘画演绎八仙聚会的神话故事。

游客在北星河游客接待中心,换秦代衣服乘船进入桃花源景区;地陪摇秦代的乐器——拨鼗鼓,为引导,和景区服务人员一起穿秦代衣服;所有人员在桃花源景区等"女娲养生博览园"全部食用没有任何污染的有机食品和饮水,享受养生特餐。

"女娲文化园"在"白果树"板块,拟建设99米高的女娲塑像,作为整个景区的标志;在"白果树"沟内,学习香港"南莲苑池"参照古代园林模本,精心布局;按照襄阳习郁、习凿齿,建设"习池",依山就势,自然简约的模式和王维"辋川别业"的景观布局参考;建设展示女娲伟大的造物之神、生命健康之神、婚姻之神、音乐艺术之神、雨伞和刺绣、修补行业的保护神等的系列文化景观。

"女娲文化园"的"龙池观"板块,保留和维护好"龙池观"神奇的山顶喷泉景观,按照历史原貌重建"龙池观"。

"女娲文化园"由北星河上游的双台乡境内乘橡皮船漂流进入;在老君冠山和岸边山顶高坡之间,架装饰有鹊桥的吊索桥,吊索桥两端的山坡之上按照南北方向分别建设织女庙和牛郎庙,以及女娲阁景观。

北星河得名于相传北斗七星在河里沐浴,拟在鹊桥(吊索桥)下的北星河中设置"北斗七星景观",夜晚熠熠生辉;条件成熟时,也可以把"北斗七星景观"建成激光音乐喷泉,既光芒四射,又演奏表现本景区风光的创作歌曲;成为与织女庙和牛郎庙,以及女娲阁相映成趣的奇特景观。

"轻土坝"景区位于竹山潘口乡悬鼓洲村黄家湾山南麓的轻土坝,平地300亩,坡地200多亩,属于汉江南水北调中线水源保护区,最敏感的核心关键性的地区!有关方面拟在这里建养老旅游度假村,吸引几十亿资金的投入。经我们研究,调整为"旅游养老养生产业展示服务综合体",拟在平地建主楼和副楼;副楼作为养老养生服务设施使用。主楼为会议和运动锻炼场所;成为养老养生产业的展示馆、汉水流域和海内外养生养老产品展示交流中心;供汉水流域的博鳌论坛"汉江国际论坛"之用!主楼外形用女娲创造的"笙"的元素,主楼前立老子的雕像,雕像的台基用人造绿松石贴面。这样就使主楼有了"女娲作笙簧。笙,生也,象物贯地而生""笙,正月之音。物生,故谓之笙。十三簧,象凤之身"的寓意。再通过山坡上的"汉水英烈苑""英雄大观楼""汉水星云瞻仰区",这样就把汉水文化和庸巴文化,特别是竹山的女娲文化、竹文化和绿松石,通过规划和建筑手段,都在这里展示出来了。"方城山"则在山顶建观光亭,山下复建绵延十里的最古老的石垒,通过长城文化的展示,使得"方城山",这座楚长城的源头、"中国长城之祖",能成为吸引人的旅游景观区。

"女娲养生北区(柳树漕、李家大院)""女娲养生南区(上黑沟、牦牛寨)""白莲村"等其他景区,主要建设休闲养生养老的专项设施和旅游度假住宅区。

## 四、"女娲养生博览园"的研究结论

我们借用女娲的文化底蕴和品牌效应，试图建成并一炮打响"子骥桃花源""轻土坝会展中心""方城山白莲养生"等景区，是要借助"女娲养生博览园"的项目推动，把整个竹山县打造成为汉水流域乃至全国著名的养生文化旅游区。

我们正在联合北京的养生养老企业和远安、南阳方城以及江浙一带的蚕桑丝绸产业和企业来竹山县落户，与蚕桑之乡石泉县等相关地域建立合作关系，争取恢复竹山县的蚕桑丝绸产业；正努力联络中医药制药企业来竹山县落户，发挥竹山县中草药资源丰富的优势。并积极推动竹山县联合远安的嫘祖文化、汉水流域和全国的女娲文化、嫘祖文化、金花女神等以及桃花源文化，争取联合打包，从中国女神民俗文化、桃花源文化的切入点，共同申报成为世界非物质文化遗产保护项目，进一步提高竹山女娲文化、金花女神文化、桃花源文化的知名度和影响力。

目前，突出中医特色的疑难病和癌症治疗养生康复的专科医院，已经在竹山落地，由北京的医学专家团队主导开工建设，将建成2甲以上的中医特色专科医院。

深入挖掘"女娲故里、养生天堂"以及"人间桃花源"等文化内涵，充分发挥竹山县的自有优势，结合荆楚理工学院汉水文化研究中心积极推动的汉水防御体系（楚长城、襄阳军事攻防工程体系）和汉水文化沉积带申报世界文化遗产（包括在十堰城区附近搞好白马山武当文化、娘娘山水泉沟关公财神等景观建设），我们就能在竹山县委县政府的大力支持下，争取吸纳和运作资金五十个亿，以"女娲养生博览园"为核心景区，推动竹山县实现全域化旅游，使其快速成为湖北省旅游强县，国家生态旅游示范县，争取成为与武当山、神农架融为一体的世界级的旅游目的地、汉水全流域打造"养生天堂"的最优秀的范本、全世界养生旅游的最突出的亮点。

基金项目：湖北省教育厅人文社科研究项目 2008d147|13g444
荆楚理工学院人文社科研究项目 SK200710|SK200702

**参考文献**

[1] 杜汉华."汉江生态经济带"的正确解读与开发.荆楚学刊,2014(3).

[2] 杜汉华.打造媲美"莱茵"的汉水文化旅游产业带.荆楚学刊,2013(1).

[3] 杜汉华.推动湖北旅游快速发展的战略研究.荆楚学刊,2013(1).

[4] 杜汉华.打响荆门"道源寿乡"养生旅游品牌.荆楚理工学院学报,2011(6).

# 麟趾瓜瓞　俎豆馨香
## ——以两幅石刻对联为例浅谈诗经文化在房县的传承

郧阳师专艺术系　龚光红[①]

**【摘　要】**《诗经》是"五经·四书"之首，堪称中华文化的元典。诗经文化已是一种基因，早已深入到每一个炎黄子孙的骨髓和灵魂深处。在鄂西北房县，诗经文化的传承却显得尤为突出，其传承的方式多样，传承的载体多元，传承的意义深远。

**【关键词】**诗经文化；房县；传承

《诗经》，是我国第一部诗歌总集，居《五经》《四书》之首，是中华文化的元典之一，是我国文学的光辉起点，它的出现以及它的思想性和艺术成就，是我国文学发达的标志，在我国乃至世界文化史上都占有极高的地位。

## 一、已知的传承方式

诗经文化已是一种基因，早已深入到每一个炎黄子孙的骨髓和灵魂深处。虽然与诗经相关的各种文化现象，在华夏大地上并不鲜见，但在鄂西北房县，却显得尤为突出。

据考证，《诗经》的总编纂者、创作者尹吉甫是房县（古称房陵）人。

西周太师尹吉甫是《诗经》的采风者、创作者、编纂者，亦是被歌颂者。《诗经》中高度称赞"文武吉甫，万邦为宪""吉甫作诵，穆如清风"。尹吉甫"文能

---

[①] 作者简介：龚光红（1973—　），男，湖北江陵人，郧阳师范高等专科学校艺术系助教，硕士，主要从事钢琴教学和地方音乐的分析与创作。

附众,武能威敌",他奉周宣王之命,率军北伐猃狁,南征荆蛮,驻守淮夷,辅佐"宣王中兴"。他不仅是我国历史上伟大的诗人、文学家,而且是卓越的思想家、军事家和哲学家。《诗经》中的《烝民》《崧高》《江汉》《韩奕》《都人士》《六月》《蓼莪》,乃尹吉甫之作。

尹吉甫生于周厉王二十七年,卒于周幽王七年(公元前852—前775)。尹吉甫比孔子早301年,比屈原早512年。从尹吉甫诗作的文彩、其名篇思想艺术对后人的影响,他对《诗》编纂成书过程中的贡献等多方面,尹吉甫被尊称为中华诗祖。

舒新城主编《辞海》①载:"尹吉甫:周房陵人,宣王修文武大业,进迫京邑,奉命北伐,逐之太原而归。"

据《房县志》②"大事记"中记载:"周宣王(公元前827—前782)封尹吉甫为太师(房陵人)食邑于房,死后葬于房县青峰山。"

据明代《郧阳府志》记载:"尹吉甫,房陵人,食采于房,卒葬房之青峰山。"据清代《房县志》记载:"披览《郡志》,知房为尹公故里""宝堂寺,城东百一十里,在青峰东北。因石岩凿成,……尹吉甫像倒坐于石庭。有碑志。"

明代《广舆记》载:"所谓吉甫为房陵人,是也。及闻城东有祠墓。"

也就是说,作为一位周朝的太师,封地在房县(古称房陵),死后葬在房县,后人用来祭拜他的宗祠也在房县。

## 二、大量带原文诗经的民歌至今仍然在世代传唱

诗经民歌从被发现到被确认,三位辛勤的工作者做了大量的工作,起了最关键的作用。

(1)门古寺镇民歌协会主席张兴成。门古寺镇民歌协会主席张兴成是房县搜集整理民歌最多的人之一,他从1985年开始搜集整理房县民歌,已经搜集了1万多首,与《诗经》有关系的有102首。有的民歌中镶嵌有一两句《诗经》词句,有的民歌则整首都是《诗经》原文。

(2)十堰市民俗学会会长袁正洪。十堰市民俗学会会长袁正洪在挖整研究中,于2004年6月及2004年10月上旬,在房县白窝黄堰村发现千古诗经民歌仍在

---

① 中华书局1947年版.
② 中国文史出版社1991年版.

房县深山民间传唱，随即开始对这一现象进行大量媒体跟踪报道，后引起新华社、半月谈、央视等一些媒体纷纷报道，红遍网络。

（3）湖北省民间文艺家协会主席傅广典。湖北省民间文艺家协会主席傅广典是正式确认诗经民歌的首批专家之一。2004年深秋，在房县门古寺镇小学的一场演出中，一位名叫王正明的演员唱了一首《关关雎鸠》，恰好被来房县考察房陵文化的傅广典听到。接下来，几位农民又演唱了几首与《诗经》有关的民歌。看完演出，傅广典不禁赞叹："房县民歌中竟然含有不少《诗经》语句！"

此后，傅广典展开了针对房县民歌与《诗经》关系的研究。随着调研工作的展开和深入，越来越多与傅广典接触过的民歌手开始了解，自己唱的歌是《诗经》民歌。

## 三、大量《诗经》中所记录、描述的风俗目前在房县还活生生的存在

（1）房县民间传承着父母长辈去世后，打待尸时请"诗经童子"（专门吟诵《蓼莪》的人称为"诗经童子"）咏诵《诗经·小雅·蓼莪》，悼念死去的父母，以表示对父母生育自己、不辞千辛万苦养育之恩的怀念。诗经童子音调哀伤，表情沉痛，让来凭吊的人莫不感到悲伤、流泪。

（2）《诗经·召南》里有这样一首民歌："野有死麕，白茅包之，有女怀春，吉士诱之。"说的是一个青年打下猎物，用白茅包起来，送给心爱的姑娘作为定情信物。诗句很简单，却给研究者留下诸多疑问，白茅是什么？为什么要白茅包裹爱情信物呢？

十堰市诗经尹吉甫文化研究会顾问胡继南、理事陈伯钧说：在房县长有一种白茅，长着细长的叶子，开着像芦苇的（白色）花一样的野草，房县人合伙打猎时，打到猎物后如果有人用白茅包裹了猎物，就意味着要送给心上人，一起打猎的人就不再瓜分猎物。这与"野有死麕"有异曲同工之妙，"野有死麕"是召南民歌，而西周时期房县正在周南、召南交汇地域，可以说"白茅包之"，说的正是房县数千年来的打猎习俗。

## 四、尚待挖掘的传承载体

类似这样有关诗经文化的风俗或遗迹,在房县还有很多,恕笔者才疏学浅,在此仅表 2013 年 7 月,笔者陪同中国政法大学人文学院黄震云教授和十堰民俗学会袁正洪会长在房县博物馆看到的两幅石刻对联。

关于这两幅石刻对联,最早被发现是在 2012 年 1 月。2012 年 1 月 6 日,袁正洪与青峰镇副镇长张超、东西店村党支部书记李如清等一行,在该村一座古老的四合院门前屋檐、附近一邻居的进门石台阶及房檐台阶的地方惊奇的发现了两幅以《诗经》有关篇章及文字为内容的对联,分别刻在 4 块石碑上。请看下图:

图一　石刻对联 1 上联:"提笔空题陟岵向"　　图二　石刻对联 1 下联:"抚怀频诵蓼莪诗"

其中第一幅对联,上联:"提笔空题陟岵(zhi hu)向";下联:"抚怀(pei)频诵蓼莪(lue)诗"。这幅对联分别雕刻(阴刻)在长 0.9 米,宽 0.4 米,厚 0.08 米的青石上,碑刻时间为乾隆二十四年(1759)。

对联中的"陟岵"是《诗经·国风》中征人远役,登高瞻望,想象父母兄弟对他的思念和希望的诗;"蓼莪"是《诗经·小雅》中子女哀痛和悼念父母养育之恩的诗。下联的意思非常清楚:只有不断借吟诵《诗经·小雅·蓼莪》这首诗,想到父母对自己的养育恩情,才能用来安抚自己时常惶恐不安的内心。

倒是上联有两个字有歧义：第一个字"空"，第二个字"向"。根据中国古代对联在结构、格式上讲究"词性相当""结构相称""内容相关"的特点，第一个字"空"在词性上应该是副词，读作"kong"，阴平声调，意思是"白白地"。第二个字"向"应该作名词讲，意思是"志向"。因此，这幅对联的上联大致意思为："当初自己服役从军，立志有所作为，壮志未酬，如今只能提笔兴叹"；下联的意思是："只有不断借吟诵《诗经·小雅·蓼莪》这首诗，想到父母对自己的养育恩情，才能用来安抚自己时常愧疚和惶恐不安的内心"。

请看第二幅对联：（见图三、图四）。

图三：石刻对联2
上联："緜邃歌麟趾瓜瓞（die）

图四：石刻对联2
下联"云邊（bian）口俎豆馨香

第二幅石刻对联的上联是："緜邃歌麟趾瓜瓞（die）；下联："云邊（bian）口（看不清）俎豆馨香。"这幅对联分别雕刻在长0.84米，宽0.46米，厚0.08米的石板上。"緜"出自《诗经·大雅·绵》，其音义同"绵"[①]，连绵不绝之意。"麟"出自《诗经·周南·麟之趾》，'麟'即麒麟，喻'公子''公姓''公族'；"麟趾"即麒麟的脚趾，此处以麟趾借喻子孙繁衍，后人遂以麟趾喻子孙的贤能。"瓜瓞"

---

① 本释义来自华为官方"应用市场"——"快快查汉语字典".

出自《诗经·大雅·绵》,诗人以瓜的绵延和多实比喻周民的发展及家族人丁兴旺。"俎"出自《诗经·小雅·楚茨》,"俎":古代青铜制的盛牛羊大的祭祀礼器。"豆"出自《诗经·豳风·伐柯》,"豆"指古代盛肉或其他食品用的木制食具";俎豆:祭祀,宴客用的器具;引申为祭祀和崇奉之意。馨香:指用作祭品的黍稷,也比喻可流传后代的好名声。这幅对联的上联的大致意思为:"通过借引《诗经》中"麟趾""瓜瓞"的绵延和多实来祝福和期望家族人丁兴旺。"下联大致意思为:"通过借引《诗经》中"俎豆""馨香"的庄重和高雅来祝福和期望子孙后代都有好名声。"

## 五、无尽的传承意义

任何一种事物在某一地方得以传承,一定会在时间方面有纵向的延续和在空间方面有横向的展衍。

其一,本文第二章节中提到的第一幅对联,碑体铭刻的雕作时间是"乾隆二十四年(1759)",距今已有256年。我们姑且不论这幅带有诗经内容的石刻对联多么有价值,就是256年前的一个瓦罐、一个商号的借条保存到现在,都是非常有意义的。再者,请大家注意,这两幅对联被发现时,它们不是躺在猪槽里喂猪,也不是靠在牛棚里栓牛,更不是躺在某乡间小溪旁的水埠头边用来垫脚,而是立在普通乡民的民居屋檐处及进门台阶处,这足以证明这个偏僻的小乡村里从古至今有不少人都懂一些诗经文化,钟爱诗经文化,或者不懂诗经文化本身,但至少知道一些诗经文化的传统或风俗。所以,第一幅石刻对联至少在时间方面给我们留下了一环有价值的时间链条。

其二,关于第一幅对联下联——"抚怀频诵蓼莪诗"中的"蓼莪"这首诗,是《诗经·小雅》中的名篇,主要意思除了有歌颂父母恩情之外,还有因父母离世而子女来不及报答父母养育之恩而深感终身遗憾的意思。房县民间传承的父母长辈去世后,打待尸时请"诗经童子"咏诵《诗经·小雅·蓼莪》,悼念死去的父母,以表示对父母生育自己、不辞千辛万苦养育之恩的怀念的这一风俗,与这幅石刻对联中提到的"蓼莪诗",有异曲同工之妙,它们在不同空间领域再次印证了鄂西北房县诗经文化传承的多维与丰富。

其三,第二幅石刻对联"緜逮歌麟趾瓜瓞、云邊(bian)口俎豆馨香"在短短十四字的内容中大量运用《诗经》典故,达到惊人的程度!试举例说明:

(1)"緜"出自《诗经·大雅·绵》,其音义同"绵","緜远"亦作"绵远"。

(2)"麟趾"出自《诗经·周南·麟之趾》,'麟'即麒麟,喻'公子''公姓''公族';后人除了有以麟趾喻子孙的贤能之意以外,还有用"麟趾"代称《诗经·周南·麟之趾》篇。

(3)"瓜瓞"出自《诗经·大雅·绵》,意指瓜的绵延和多实。孔颖达疏[①]:瓜之族类本有二种,大者曰瓜,小者曰瓞。

(4)"俎"出自《诗经·小雅·楚茨》,"俎":古代青铜制的用来盛牛羊的较大的祭祀礼器。

(5)"豆"出自《诗经·豳风·伐柯》,"豆"指古代盛肉或其他食品用的木制食具"。

(6)"陟岵"出自《诗经·国风》,指征人远役,想象父母兄弟对他的思念和希望的诗。

(7)"蓼莪"出自《诗经·小雅》,指子女哀痛和悼念父母养育之恩的诗。

在短短十四字的内容中(严格来说是十三个字),甚至是在一个字缺失、暂时尚且无法全部辨认的情况下,大量运用《诗经》典故达五处之多,加上第一幅对联中的用典,总共有七处,实属罕见。我们知道用典在对联的创作过程中司空见惯,习以为常,但在字数寥寥的情况下大量用典就难能可贵了;而这两幅石刻对联中,不但用典之多,而且全部来自《诗经》,这在全国恐怕都不多见,足以说明鄂西北房县诗经文化传承的深度与厚度。

最后,借用本文的题目"麟趾瓜瓞俎豆馨香"衷心祝愿鄂西北房县的诗经文化传承连绵不绝,历久弥香。

---

① 引自 2015 年 11 月 15 日"百度百科"词条.

# 汉水流域生态旅游资源开发利用对策探讨
## ——以湖北省十堰市为例

郧阳师专旅管系　郝丹璞[①]

**【摘　要】** 近年来，汉水流域内的十堰市肩负"一库清水永续北送"的神圣使命，以"五城联创"为抓手，始终坚持"外修生态，内修人文"，人文生态旅游发展迅猛，生态旅游为汉水流域经济的发展注入了强劲的动力，开始成为越来越多的国内外游客出游的首选。本研究针对十堰市生态旅游资源现状，结合专家的观点和对市内生态旅游资源的实际调研，运用循环经济理论进行宏观分析，力求促进全域生态旅游资源的良性循环，实现汉水流域社会、经济、环境的可持续发展。

**【关键词】** 汉水流域；生态旅游；资源；对策

## 一、生态旅游资源开发利用的重要意义

### （一）有利于最大程度节约旅游资源

十堰市旅游资源总量虽然丰富，但资源每年的消耗量较大，若是继续沿袭传统的发展模式，一味以资源的大量消耗来实现经济的增长是难以为继的。为了减轻经济增长对旅游资源供给的压力，必须实现对旅游资源的高效开发利用。并大力倡导游客在消费过程中做好垃圾处理，尽量减少环境污染；鼓励游客转变消费观念，扭转奢华浪费之风；倡导游客对商品的重复性、耐用性消费，杜绝浪费。

---

① 作者简介：郝丹璞（1985—　），男，湖北十堰人。讲师，硕士，研究方向：旅游人力资源管理、旅游经济与文化研究。

## （二）有利于从根本上降低环境污染

十堰市生态旅游发展起步较晚，实际过程中由于游客行为引导不够、资源盲目开发，部分景区依然存在环境污染现象，一定程度上影响着汉水流域生态旅游资源的发展。合理利用当地旅游资源，不断减少污染排放量，更多地回收废旧产品，并以环境可接受的方式处置废弃物，可从根本上解决经济发展与环境保护之间的矛盾。

## （三）有利于提高旅游经济效益

目前十堰市旅游资源利用效率与国内外知名旅游目的地相比仍然较低，突出表现在：资源产出率低、资源利用效率低、资源综合利用水平低、再生资源回收与循环利用率低。这些问题严重阻碍了汉水流域旅游经济的发展。通过生态旅游资源开发利用，提高资源利用率，增强旅游市场国际竞争力，可以有效提高汉水流域整体旅游经济收入。

## （四）有利于促进社会环境和谐稳定

生态旅游资源开发利用将涉及人与自然和谐的问题。然而，它也涉及人际关系问题，充分发挥人才优势，促进社会进步。建立与环境和谐的经济发展模式，能够充分满足汉水流域新型工业化道路和可持续发展的要求，进而实现经济发展、社会进步和环境保护的"三赢局面"，是全面建设小康社会的重要保障。

# 二、十堰市生态旅游资源开发利用现状

## （一）市场潜力巨大

当前，随着十堰市城乡居民富裕程度的提高，闲暇时间和可支配收入的增多，将推动旅游需求以较高的速度增长。国家于1999年开始实施"五一""十一""春节"的七天假期，目前人民群众每年所能享受的法定休息日的总量是114天，居民闲暇时间越来越充足。与此同时，消费结构正从温饱型转向小康型，消费由生存型消费向享受型和发展型的方向发展，恩格尔系数逐年下降。据市旅游局统计，2013年城镇居民人均可支配收入为17694元，比上年增长10.5%，人均消费性支出12994元，比上年增长9.8%，城镇居民恩格尔系数为40.0%；农村居民人均生活消费支出4540元，比上年增长13.1%，农村居民恩格尔系数为42.4%。

2013年十堰市共实现旅游总收入202亿元，比上年增长25.4%。其中，国际旅游外汇收入5824万美元，增长3.1%。全年接待国内外旅游人数2910万人次，增长24.8%。其中接待入境旅游者17.1万人次，增长2.0%。

## （二）拥有得天独厚的生态旅游资源优势

十堰市地处秦巴山区东部、汉江中上游地区，武当山北麓中低山区，汉江南岸，属北亚热带季风气候，历年平均气温15.2℃，年平均降雨量828毫米，位于东经109°29′至111°16′、北纬31°30′至33°16′之间。山川优美，历史文化悠久，旅游资源丰富密集[1]。武当山、丹江水、汽车城是十堰三大优势旅游资源。目前，全市旅游景区共51家（5A级1家、4A级12家、3A级26家，2A及以下12家）。武当山是世界文化遗产，是中国道教名山与武当武术发源地，具有极高的文化鉴赏和观光价值；汉江是汉民族的摇篮，由丹江大坝形成的库区，库容量仅次于长江三峡，面积将近浙江千岛湖的2倍，是发展生态旅游、武当养生的好地方；十堰城区毗邻四省五市，是国家著名园林城、旅游城，区域性商业城、医疗城和国际知名的汽车工业城，具有较好的城市集聚功能、综合服务功能，是武当山、丹江水旅游的坚实后盾。目前全市现有可供开发的旅游资源161处，大致分为山、水、人文旅游资源三类。如下表1所示。

表1 十堰市生态旅游资源一览表

| 生态旅游资源类型 | 内容 |
|---|---|
| 山地资源 | 国家级地质公园2个（武当山、郧县青龙山）和省级地质公园3个（竹溪堵河源、房县野人谷、丹江石鼓），3个国家级森林公园（武当山、沧浪山、太极峡）和6个省级森林公园，森林覆盖率高达53% |
| 水资源 | 十堰市水资源总量达386.66亿立方米，其中多年平均过境客水285.99亿立方米，市内自产水100.67亿立方米。拥有亚洲第一大人工淡水湖、国家南水北调中线工程水源地、国家一级水源保护区——丹江口水库，代表性水库10座（丹江口水库、黄龙滩水库、土门水库、竹溪河水库、余家湾水库、马家河水库、茅塔河水库、头堰水库、百二河水库、岩洞沟水库） |
| 人文旅游资源 | 武当山世界文化遗产和39项非物质文化遗产（国家级6项：伍家沟民间故事、武当山宫观道乐、吕家河民歌、汉调二黄、武当山庙会、武当神戏；省级12项：尹吉甫传说、孟宗黄香行孝、武当山传说、剪纸、牌子锣、均州吹打乐、郧阳凤凰灯、郧西二弦、武当神戏、武当道教医药、武当道茶炒制技艺、郧西七夕文化节；市级21项；国家级文物保护单位7处（武当山金顶、紫霄宫、治世玄岳牌坊、南岩宫、玉虚宫遗址、郧县学堂梁子遗址、采皇木摩崖题刻） |

## （三）具备较高旅游资源开发价值

首先，十堰生态旅游资源具有较高的美学价值，比如武当山旅游景区绚丽多姿的自然景观，风光旖旎，山川秀美，气势磅礴对游客产生了强烈的吸引力，树立了品牌形象；其次，十堰生态旅游资源具有较高的科学价值，如丹江口水库是亚洲第一大人工水库，是我国南水北调中线工程供水的源头，对研究汉水文化、库区移民文化等有丰富的科学价值；然后，十堰生态旅游资源具有较高的历史文化价值，文化底蕴深厚，目前有武当文化、汉水文化、郧阳文化、房陵文化、诗经文化、女娲文化、七夕文化、汽车文化、民俗文化等文化资源；最后，十堰生态旅游资源具有较高的经济价值，全市生态旅游资源结构组合分布合理，并且具有一定规模的生态旅游资源结构模式，伴随游客"吃、住、行、游、购、娱"活动过程将产生巨大的经济利润。

# 三、目前存在的问题

## （一）缺乏科学有效的规划开发

目前十堰市生态旅游资源开发仍停留在"重开发轻保护"阶段，缺少科学规范的规划。第一，市内部分旅游景区事先没有深入调查研究与充分的科学论证，花费巨资盲目进行开发建设，后来发现违章建筑过多、无序开发、室内布局不合理、环境污染严重等问题严重影响景区正常经营时，才意识到过去一味追求商业价值盲目开发是不可取的。这种缺乏总体规划的开发行为，造成许多不可再生的生态资源遭到毁灭性的打击；第二，还有部分旅游景区照搬其他景区开发模式，存在明显的阴影效应，在规划上显得毫无特色可言。没有从实际出发钻研该景区旅游资源深厚的文化内涵，缺少明星产品的推出，景区景点规划和基础设施、服务设施建设规划面面俱到，建筑格局与周围环境很不协调。第三，存在多个旅游景区旅游项目几乎一致的现象，没有对市场需求进行定位。比如，城郊周边众多旅游度假村、农家乐风格雷同，游客可供选择的消费项目就那么几项，相互之间缺乏市场竞争力，无形中降低了游客的出行品质。与此同时，还存在旅游资源整合不够、发展方式比较粗放、旅游企业不大不强、旅游关联带动作用发挥不够等一系列问题。

## （二）硬软件设施投入不足

近年来，虽然十堰市生态旅游资源保护工作具有一定的成绩，但随着生态旅游的快速发展，需要大量配套的保护性投入，在科学研究、管理、监管上还需要继续加强，一些旅游景区急需建设周边交通、通信、工作设备等保障设施，对环境整治也有特殊的需求。尤其是县域经济欠发达地区，旅游资源稀少，对政府投入的依赖性很高。同时，旅游景区普遍缺少高层次专业技术人才。据市旅游局了解，十堰市目前拥有旅游直接从业人员10余万人，星级酒店、旅行社和旅游景区三类企业从业人数占总人数的50%。其中，具有中级以上技术职称的人员仅有10%，80%的从业人员都是中专以下学历，旅游景区规划、经营、管理、培训等方面的高层次人才匮乏。再加上如今旅游信息网络化进程加快，部分旅游景区的网络建设仍停留在起步阶段，已经严重制约旅游经济活动，给旅游景区的宣传和推广带来了诸多不便，这些都需要借助强大的经济投入来弥补硬件软件设施建设。

## （三）资源循环再利用意识不强

目前，十堰市发展循环经济的意识还有待提高，没有形成浓厚的发展氛围。一些旅游企业片面追求经济增长速度，轻视环境保护意识，对生态旅游资源采取"先污染后治理"的不当做法。尤其是企业经营者没有很好地利用循环经济理念去开发管理、壮大企业，参与发展循环经济的积极性不够，尚未尽到应有的职责。全民的参与意识与监督意识还不强，节约和有效利用资源、保护生态环境的意识亟需增强，公众参与和监督循环经济发展的方式有限，尚未对循环经济发展真正起到应有的监督和促进作用。由于资源循环再利用意识不强，循环经济规划建设工作滞后，破坏与浪费旅游资源现象在一定范围内还大量存在。再加上政府和部门仍然把GDP增长作为硬任务，把节能减排看作软指标，旅游资源循环再利用体系不够健全，循环再利用法规不够完善，对处理旅游垃圾乱丢等监督工作产生较大的难度。

## （四）环境污染对生态资源的破坏加剧

近年来随着十堰市城镇化进程的加快，城市周边河流和湖泊的水污染呈加剧趋势，城区和部分城镇的大气污染逐渐加重。乡镇企业的快速发展使环境污染开始向农村蔓延，许多原生态旅游资源也遭到了严重的污染，破坏了生态平衡。在十堰市许多旅游景区，游客的进入、旅游活动的开展和满足大众游客生活需求、都会给生态旅游环境带来影响。比如游客出行的交通工具——汽车排出的废气、废油污染了大气和水资源,游客在景区的食宿过程中产生的生活垃圾被排入景区,增加了景区污染物处理成本,污染治理任务更加繁重。还有部分旅游建筑古迹,伴随游客的大量涌入,加速了其自然风化的速度,许多建筑表面出现了不同程度的损害。如果这些环境污染得不到及时有效遏制,将会对整个十堰生态旅游环境构成严重的威胁。

## 四、生态旅游资源开发利用对策

从当前十堰市生态旅游资源的实情出发,我们运用循环经济理论,构建以"政府主导、旅游企业主体、公众参与"的生态旅游资源开发利用模式。不但能够发挥政府的行政强制作用,更有市场经济利益与公益性质的作用。根据要求生态旅游资源做到低开采、高利用、低排放,通过合理的生态旅游资源优化配置,促进十堰市生态旅游资源的良性循环,实现当地社会、经济、环境的可持续发展[2]。如下图 1 所示。

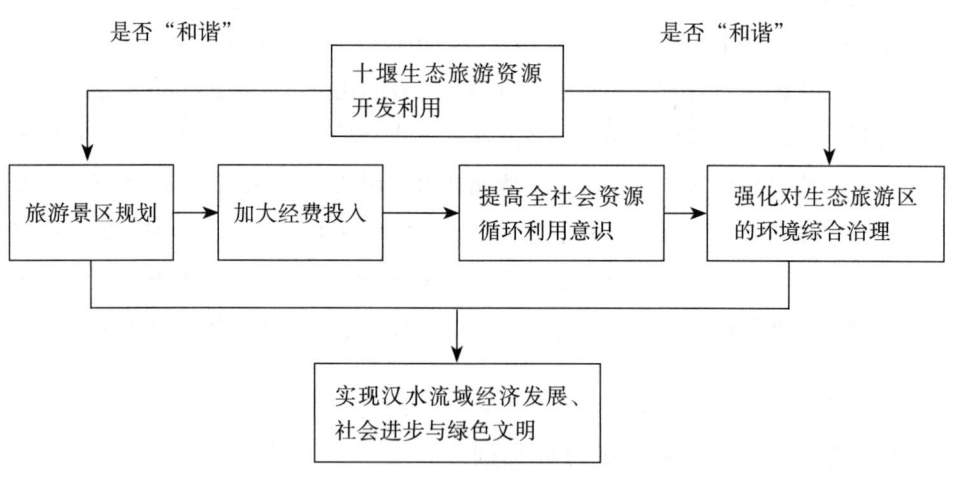

图 1 十堰市生态旅游资源开发利用过程

### (一)科学编制生态旅游资源开发与保护规划

为了加快十堰生态旅游产业发展,围绕建设汉水流域生态文化旅游核心板块和重要支撑的目标,加强生态旅游资源开发与保护规划的编制工作,充分发挥规划引导和调控作用。根据《十堰市"十二五"旅游业发展规划纲要》中的要求，结合全市产业发展规划，努力编制出一个符合十堰旅游资源开发与保护实际、体现时代需求、具有高度战略性的规划，为指导全市旅游经济发展奠定良好的基础。加快培育特色生态旅游产品加工循环经济基地，将旅游资源优势很好地转化成为旅游经济优势。首先，做好旅游资源普查工作。旅游资源普查是发展旅游业的一项基础性工作，有利于政府部门全面掌握旅游资源状况，树立全新的理念，扩展旅游资源的范围，对旅游资源作出科学评价，及时有效进行开发与保护，实现旅游产品优化组合，科学布局，促进十堰旅游业快速健康发展。市内各级旅游部门应该建立健全旅游资源数据库，严格按照国家《旅游资源分类、调查与评价》（GB/T18972-2003）标准的要求，明确普查目标，对市内可以产生经济效益、社会效益、环境效益的自然景观、水域风光、遗产文物、建筑设施、旅游产品、人文活动等旅游资源进行重点普查。一方面，通过访谈、绘图、数据记录等多种方法进行资料的收集工作；另一方面，通过实地观察、勘探测量、摄像等方法来实地调查。普查工作人员对收集的数据要及时进行归纳汇总、审核编印、立卷归档。其次，制定生态旅游资源开发与保护规划。具体内容主要有以下几方面：综合评价十堰市生态旅游资源条件；全面分析市场需求，科学测定游客容量，合理确定开发目标；确定旅游资源开发战略，明确旅游区域与旅游产品重点开发的时间序列和空间布局；统筹安排旅游资源开发与设施建设的关系；明确环境保护的原则，采取科学措施来保护人文和自然景观；根据预期收益和市场开发力度，确定生态资源开发的规模与速度；提出生态旅游资源开发与保护的政策和措施。最后，加强对旅游资源的日常管理和维护。针对日益增加的游客数量，市内旅游部门应该根据游客容量制定每天可以接待的游客人数，定期对旅游建筑进行修复，使生态旅游资源得到充分保护。

## （二）加大经费投入

十堰政府应该建立健全相关机制，加大对生态旅游资源开发与保护的经费投入，做大做强旅游品牌，促进全市旅游业实现跨越式发展。逐年加大财政支持力度，积极发展旅游业及相关产业，不断增强经济后劲，确保旅游资源环境保护工作的有效开展。首先，充分利用国家对旅游经济、环境保护、技术创新、板块经济、县域经济、南水北调、新农村建设等方面的政策，争取发改、环保、科技、农业、商贸、南水北调等政策性资金的支持。比如国家发改委、环保部共同发布了《当前国家鼓励发展的环保产业设备（产品）目录（2010年版）》中明确规定有专项经费支持。按照"多级联动，多方整合，政府调度，集中使用"原则，成立专门的领导小组统一调度和使用，并加强经费使用监管和审计，提高专项经费的使用效率。其次，采取多种渠道和途径筹资，以保证充足的管理经费。例如，在生态旅游资源保护管理上，合理利用与分配各种排污费。对旅游景区征收一定的旅游资源补偿费，即从门票收入中收取部分资金用于生态旅游资源环境保护的投入。建立生态效益补偿机制，具体由旅游管理部门根据"谁开发、谁保护、谁损害、谁负担"的原则，依法实施，合理征收。各银行业金融机构确保符合条件的旅游企业获得方便、快捷的信贷服务，加大对小型微型旅游企业和乡村旅游的信贷支持。鼓励银行业金融机构和旅游企业整合资源，探索开发满足旅游消费需要的金融产品。最后，加强招商引资工作力度。旅游部门应该始终把招商引资工作放在各项工作的重中之重来抓。重点是招大商，紧盯中集集团、北京首旅、红豆集团、港中旅、香港英皇等大型集团企业，深度开发市内城郊生态游憩带、文化娱乐、汽车文化主题公园等，重点推进武当影视城、太极湖、郧阳岛、太极传奇等重大项目建设，打造一批具有震撼力的核心吸引物。组建业务精良的招商小分队，赴全国各地进行招商，批量发放招商材料，全面推介市内旅游资源和招商引资优惠政策及良好的投资环境，不断创新思路，增强招商实效。突出抓好项目跟踪落实，完善项目负责制，力争使新的签约项目尽快落户、先投资先获益。

### （三）提高全社会资源循环利用意识

生态旅游资源开发利用效率的提高，需要企业与公众的广泛参与，起着重要的推动作用。一方面，加强公众对资源循环利用意识。政府要尽快制定实施相应的政策法规，通过法制观念、全面观念与长远观念教育，来提高游客的循环意识，充分做到政府引导、群众配合，使旅游环境更好地同经济效益结合，提高人民的生活品质[3]。政府在消费引导方面应该起到表率作用，引导旅游企业和公众进行"绿色采购和消费"。在游客进入景区前，要号召游客配合资源的回收利用，尤其是垃圾的分类丢弃，对违反规定的游客采取一定的经济上的惩罚。另一方面，加强对各旅游景区的管理。旅游景区是旅游资源开发利用的主体，需要不断调整其行为以适应旅游经济发展。旅游景区必须明确责任，转变经营目标与经营思想，转向投入清洁生产方式，通过新技术的使用，在防治污染、减少"三废"排放、开发环保产品等方面下足功夫，实现产品生命周期内的全面监控。同时，各旅游景区内需配备齐全的环保设施，特别是环保垃圾桶，方便游客投放。垃圾要做到及时清运，进行适当的处理。对于破坏生态环境的游客行为，景区有必要采取措施予以限制，建立奖罚机制，尝试对一些行为习惯好、素质高、能自觉维护景区环境的游客给予一定的奖励。加强导游道德培训，景区管理人员自身必须具备良好的环境素质，通过自己的言行引导游客进行环境保护，确保旅游活动能够平安顺利进行，避免各类事故的发生。另外，懂得合理控制生态容量和经济容量的意义，预先避免超负荷接待带来的自然景观破坏与生态系统失衡的问题，真正实现生态、经济、社会三大效益的可持续发展。

## （四）强化对生态旅游区的环境综合治理

旅游景区内及周边的环境整治，对开发与保护生态旅游资源，提高十堰城市整体环境，提升旅游品牌形象具有十分重要的意义。首先，加大景区环境治理工作力度，创建游客满意度高的清洁景区。各旅游景区应该高度重视此项工作，明确治理目标，进一步健全环境综合治理长效机制，将环境综合治理工作和游客的正常出行有机结合，认真落实景区环卫人员和清洁制度，适当增加保洁人员，做好"道路清扫、绿化养护、湖面垃圾打捞、垃圾清运、杀虫防害"等方面的工作[4]。努力治理旅游景区的空气、水体及环境污染，进行必要的生态建设。建立健全奖惩激励制度，定期开展各类创建评比。按时对景区内的公共厕所、垃圾桶和果皮箱进行清洁维护，有必要时增设一定数量的星级公厕，完善配套的服务设施。建立景区环保日常巡逻制度，坚持日常检查和突击检查相结合的管理制度，把综合治理提上工作日程，使之常态化。针对景区内不按要求丢弃垃圾、随意停车、乱摆摊位等现象进行集中规范，划定停车场区域，确定流动摊贩经营场所，保证景区秩序畅通。其次，注意方式方法，确保工作成效。对景区内破坏生态环境的游客，采取说服教育为主，强制处罚为辅，增强游客对环境综合治理与保洁的意识，积极主动配合旅游景区要求做到文明出行。对待极少数不听劝阻的游客，则采取没收违规物品、暂扣车辆或者罚款等强制性措施，确保大多数游客的合法权益和景区的正常秩序。最后，对遭到自然破坏的古建筑群开展修复工作。十堰境内目前有许多的古建筑群，都属于文化价值和旅游价值都很高的旅游资源。在修复一些因自然风化而破损、变色的古建筑群时，可采取原材料、原构件，有必要时可以用现代构件进行加固，但务必以保持原貌为准则，防止因"翻新"而失去原有的"古香古色"。对珍贵的历史文物旅游资源，尽量减缓其自然风化的速度，并采取植树、添加保护罩或盖房屋等方式予以保护。

**参考文献**

［1］潘世东.汉水文化论纲［M］.武汉：湖北人民出版社，2008.

［2］潘世东，李洪.论汉水文化旅游经济发展的前景与对策——以十堰市文化旅游产业为主要观察点的分析展望［J］.郧阳师范高等专科学校学报，2006（04）.

［3］刘嘉龙.旅游和谐发展与生态可循环模型研究［J］.浙江学刊，2010（05）.

［4］陆均良，陆净岚，方保生.基于景区生态信息的景区环境保护研究［J］.旅游论坛，2009（03）.

# 汉水流域传统乡土建筑的特征研究
## ——古郧阳传统民居的特性浅析

郧阳师专艺术系　吴罡[①]　吴丽玲

【摘　要】乡土建筑的成型总是与某些潜在的因素相关。鄂西北民居就是受到了这种特征的影响。其特殊的地理位置决定了它文化的多元性。进而又生动表现在乡土建筑形成了自己独特的风格。这种风格既体现出人对自然环境的协调共生，又是对它那文化内涵的特有注释。

【关键词】鄂西北民居；地理环境；兼容多元；院落布局

泱泱汉江贯穿千里，凭借自身特有的地质条件和区位流向，既是我国自然地理南北差异的过渡带，又是南北文明交融、转换的中枢。丰厚的历史积淀和多样的资源环境孕育出光辉灿烂的汉水文化，是华夏民族传承千古的核心文化的直接发祥地。作为我国现存历史最为久远的干流，汉江整个江段共分上、中、下三大区域。千百年来，每个河段都凭借着自身独具的优势，创造出具有浓郁地方特色的区域性文化，成为汉水文化的重要组成部分。这其中地处鄂西北的古郧阳就是其中的杰出代表。古郧阳地处鄂、豫、陕、渝四省交界之处，汉江上游下段，秦岭、巴山东延余脉褶皱缓坡地带。境内高山与盆地兼有，沟岗交错，山野辽阔，南通广袤的襄阳平原，北领关中龙脉秦岭。由于汉江穿贯全境而使得其水陆交通便捷，是沟通华中平原与江汉平原经济、军事、文化交流的必经通道[1]。独有的地理气候优势使这里及周边地区，成为华夏文明的重要文化板块，承载起积淀深厚的历史文化遗存。自古就有"三阳腹地（郧阳、南阳、襄阳）"之称。而作为地

---

① 作者简介：吴罡（1981—　），男，湖北房县人，郧阳师范高等专科学校艺术系讲师，主要从事建筑设计教学研究.

域文化重要的传承载体，乡土建筑在这方面更能直观地反映出清晰的脉络。古郧阳的乡土建筑就在此基础上形成了自己独特的风格，生动直观地体现出鄂西北的人文内涵。主要体现在以下几个方面。

## 一、自然因素

地理环境对人们的日常生活生产会产生重大的影响，泱泱华夏作为一个农耕起家的民族自古就十分重视对地理环境的适应。孟子就提出的"天时，地利，人和"的思想。天地人和一直是中国传统文化的核心。这其中，中国传统建筑也受到这种思想的影响。而在地貌多样、地势复杂的古郧阳，这一点也可以找到很好的例证。

### （一）在地理位置的方面

古郧阳特殊的地理位置致使其自古便是战略要地。早在春秋战国时期，便已成为秦楚两国相争的门户。随着时间的推移其自身也起着不同的作用。平时是人员贸易交通的中转要地，战时又是中原流民的避难场所。由于郧阳地处使其处于巴蜀文化、荆楚文化、秦陇文化和中原文化的接壤处。人员的频繁往来在打破平静的同时也带来的不同的人文习俗。在这奇异的文化圈里，古郧阳体现出柔韧协和的博大精神，在接受周边文化的相互碰撞之后，一方面顽强地表现自己的固有传统，另一方面吸收接纳外圈文化的精华，并不断地改装组合，为我所用。集百花于一束，熔众家为一炉，体现出深厚的多元性和兼容性，这也是郧阳文化最基本的特征。同时也成为博大精深的汉水文化的一个缩影。孔子主张"和而不同"，以"中"为"度"，"持中"能"和"，即是后来儒家对郧阳文化兼容性的形态精准阐释[2]。地处鄂西北的古郧阳由于在位置上更贴近中原，在建筑格式上就沿袭了北方四合院的模式。虽同属一派，但两者除了在最为基本的房间空间选址上趋于一致外，却在院落型制、建筑形式、装饰风格等方面均有较大的区别。在古郧阳，建筑的排布并不十分严格。如前所述，由于郧阳是"九边重镇"，自古不同地域文化习俗的多元性也使得房屋在能满足中国传统的礼制观念下更多体现出了多元文化的随意性。再加上当地特有的地理特征，使之能够兼容并收的根据实际要求加以变化。比如：一口印、一正两厦、钥匙头等。这些都在古郧阳随处可觅。

## (二) 在水体流域的方面

图 1

郧阳府地处汉江与最大支流丹江的交汇处。域内，水流资源丰富。优越的地理位置致使域内多个区位成为周边各省的物资人流的集散地。其中特别是郧阳主体城关镇。由于人口众多、商贸发达而很快形成了紧密的城镇建筑群落。据考证，古镇有70余条大街小巷构成，其中商贾云集。钟鼓楼、会馆、戏楼、寺庙等众多明清古建筑的排布纵横有序。形成了独具特色的传统商业街，这些街道为方便人员交往和货品运输，大多通过在与码头渡口相通的基础上因势而建，多条街道汇交与货物的码头集散处。街道自身根据地势条件灵活布局，总体保持放射状形态。组成各个街道的商铺由于功能要求形成前店后宅的形制，整个空间都是呈狭长式展开，沿街面的空间都是分作为商业，而内部则通过院落的延伸构成居住单元。很多家庭可能共用一个院子而生活在一起。由于地势的不规整，同一街道的不同商铺在布局上也高低不同，错落有致。高差处通过台阶或坡道进行连接（见图1）。久而久之，不同街道就会因为家族聚集和范围扩大慢慢形成特定区域，同一家门的住户提供种类繁多的商业内容。郧县黄龙镇始建于明末清初，古时镇内商贾云集，商铺林立，街市繁华，因而被人们誉为"小汉口"，是当时鄂西北地区的商业、文化、航运中心。全镇分前街、后街、上街、河街四个部分。不同古街道根据自身的位置特点，进行家族式的分工，共同构成了风格独特、气势恢弘的黄龙古建筑群。这些场镇的构图模式，体现出古人传统文化中顺乎自然的思想观念。

### (三) 在气候环境的方面

气候与人们的日常生活息息相关，特别是在我国先期的农耕社会里，不同的天气条件直接影响着人们的生产作息。不同的气候区域的人们必须要在建筑活动中找到适应当地气候的办法。从而使建筑环境能达到适于居住的目的。其中要考虑的主要因素包括气温、湿度、日照、气流等方面。建筑作为生活中遮风挡雨的必备场所，不同地域的气候特征也使得各个地区产生了形态各异的形式。比如：北方干燥少雨产生了像阿以旺、窑洞等建筑形式；南方湿潮闷热的环境就产生像吊脚楼、竹楼等建筑形式。这是从宏观层面的区分。实际上，郧阳处于北纬32度，历年平均气温15.2摄氏度，属亚热带湿润季风气候。北部的秦岭与西部的大巴山脉在此交汇，这样既能阻止南方的暖湿气流北上，又可抵御北方干冷季风南下。因此四季分明，气温适中，日照充沛[3]。而与此对应的院落式建筑布局在古郧阳就是一种比较常见的模式。之所以选用庭院形式，一是由于庭院式建筑的布局具有很好的气候调节机能，宽大而露天的庭院明显地起到采纳阳光，改善良性气候条件和减弱不良气候侵袭的作用。同时庭院与围房相结合，利用冬夏太阳入射角的差别和朝夕日照阴影的变化，可以取得良好的遮阳、纳阳、采光效果，提高了居民居住的舒适度。

## 二、人文因素

由于房屋的建设活动，涉及人们的社会的多个层面，不仅要能为居者提供基本生活的实用功能，还要能发挥建筑自身的构架特征，达到艺术升级的精神要求。对于鄂西北乡土建筑的认识和研究，就要从人文内涵等方面进行多角度的探究，达到对其规划建设有一个整体的清晰把握。这样才能将其独具特色的民居元素更好的传承和发扬。

### (一) 向往神仙境界的建筑装饰

中国的传统文化中多数体现了对美好事物和理想境界的追求。神仙的逍遥不死和极乐永恒都是人们世俗的理想。郧阳境内就历史的蕴涵着特有的文化脉络，在此既有生动传奇的道家传说，又有丰富多彩的地方神话。这些都为当地民居的建筑装饰造型提供了丰富的构思源泉。在中国漫长的封建统治中，存在着壁垒森严的等级统治秩序，在建筑的布局方位，结构构件和装饰设计等多个层面都划分出不同的规格及形式，以此彰现出政治伦理规范。这就致使社会底层的人民在房屋建造中，不能临摹上层建筑采用的规格及装饰手法来表达自身的吉祥喜庆之意[4]。而这就为有着同样功能效果的历史神话题材提供了很好的展现舞台。这种模式在古

郧阳府的建筑装饰中随处可见。当地民居常常通过色彩、图案、数字等多个方面作为载体来精心创作。留下了丰富多彩的宝贵文化遗产（见图 2）。比如：著名的竹山县田家坝"二盛院"有 6 路 48 天井、象征着传说中的 6 路 48 祖先，也是追求仙人生活的一种表达。在堂屋正面屋檐下用壁画装饰，这种装饰中就有大闹天宫、八仙过海、天子出游等古人所向往生活的描绘。可以说是人们以艺术形式对于想象中的神仙生活的逼真再现。

（二）体现背山依水的风水选址

我国是一个幅员广阔的国家。历经千百年的劳苦耕作，不同的地域、不同民族都创造积淀下形式多样的意识习惯，形成了具有世代相习的传承性民间文化，是传统文化的基础和重要组成部分[5]。不同的民俗风情都有着各自的特色，集中

体现在与生活联系紧密的日常劳作中。比如：

节日、礼数、建筑、民间等主要方面。鄂西北的民居建筑习俗就颇有讲究。在房屋的布局建造过程中，对位置、朝向、布局、营建等多个方面都要认真考量。以此来为家门的兴旺繁盛定下基调。

首先是定方位。根据自然地形、地貌、水流方向、气候特点等决定"大向"。一般选择就是坐北朝南的"负阴抱阳"格局。在中国风水理论上，"把山南称阳，山北称阴；水北称阳，水南称阴"。房屋选址必须要能达到"阴阳合和，风雨所会"，在地形要能背山而面水，把向"阴"的位置由向"阳"得以平衡。只有这样才能"阴阳序次，风雨时至，春生繁祉，人民和利，物备而乐成"〔《国语·周语》。在此认知下，汉水就起了非常重要的作用。由于郧阳山水相融，日照充沛，这就为房屋选址提供了广阔的空间。居民常常把房屋建造在江河北岸，以此达到背依青山，面朝清水的胜景。

竹溪县烂泥湾的翁家庄园建在竹溪、竹山两县交界的汇湾河与堵河交汇处，坐北朝南，背靠青山，面向汇湾河，是传统风水观的典型展示（见图3）。

## 三、结语

终上所述，古郧阳的乡土建筑兼容并收，在千百年积累下丰富的文化遗产。在体现中国传统主流文化的哲理观念的同时，其实都是受其所在的地域场所、环境构成等诸多自然方面的因素影响，进而更深层面又生动直观地在建筑单体、整体布局、建筑造型等方面上深刻加以体现，最终孕育了丰富多彩的具有地方特色的古郧阳的建筑文化。

**资料来源：**

图片1.2：荆楚网

图片3：百度图片

**参考文献**

［1］蓝哲.古庸国、康国历史渊流考论［J］.郧阳师范高等专科学校学报，2004（2）

［2］梁中效.汉水流域历史文化的和谐特色［J］.陕西理工学院学报（社会科学版）［J］2006，24（2）.

［3］谢满根，胡静，郑昭.谈鄂西北传统民居的多样性［J］.山西建筑，2014，40（5）.

［4］郝少波.浅析高家花屋的建筑特色——兼议鄂西北传统民居的特色［J］.第六届海峡两岸传统民居理论（青年）学术会议论文集，2005（10）.

［5］张兴亮，郝少波.鄂西北传统民居的象征文化［J］.华中建筑，2005（05）.

# 清代中叶汉口城市发展之实录
## ——论《汉口丛谈》的史料价值

湖北工程学院文学与新闻传播学院　黄晔[①]

【摘　要】范锴的《汉口丛谈》是清代中叶武汉地区乃至湖北省地方文献著述发展史上一部重要的史料笔记。这部史料笔记全面深入地反映了汉口地理沿革变迁的历史、汉口向近代转型之前的商业贸易和市井生活的状况，以及汉口历史上丰富的名人先贤事迹，展示了汉口城市壮丽的历史画卷，具有重要的史料价值。

【关键词】范锴；《汉口丛谈》；史料价值

"丛谈"作为笔记杂著中重要的一类文献，在历史上多有流传和著录。《四库全书总目提要》中著录从唐代到清代"丛谈"类文献的代表作有七部，其中疑为明代陈士元著的《江汉丛谈》和清代僧人同揆著的《洱海丛谈》分别记载荆楚风土旧事和云南政权更迭史事，属史料笔记；宋代蔡绦著的《铁围山丛谈》和元代盛如梓著的《庶斋老学丛谈》分别记载了宋代和元代的朝野逸事、经史诗文书画评论等内容，属学术考证笔记；唐代冯子休著的《桂苑丛谈》则记载了唐懿宗咸通年间以后鬼神怪异及琐细之事，属志怪小说；而宋代洪迈著的《容斋四六丛谈》和清代徐釚著的《词苑丛谈》则分别记载作者对骈文创作和词家创作的考证评论，又属文学评论笔记。

到了清代嘉道年间，来自浙西北南浔的儒商范锴旅寓汉镇，除了做盐务生意外，还与当时活动于汉口、武昌等地的名士显宦、儒商高僧等各个阶层的人物广

---

[①] 作者简介：黄晔，男，（1981— ），湖北省荆门市沙洋县人，现为湖北工程学院文学与新闻传播学院讲师（湖北大学中国古代文学专业博士在读），研究方向为中国古代文学文献学、湖北地方古文献与民俗文化研究。

泛交游,并留心汉上掌故遗闻、风物民俗,久经积累,并融以个人的人生经历和感悟,著成一部反映汉口城市兴衰历史的重要文献——《汉口丛谈》。范锴在《汉口丛谈》中以富有诗意的文学笔调娓娓叙述汉口故事,同时还广泛记录前贤嘉言、风俗物产、地理方舆、轶事艺文,乃至人生感悟、读书心得等,使得此书相比前人撰著的"丛谈"类文献而言,即是引人入胜的文学佳作,又在研究汉水流域特别是汉水入江口的汉口地区商贸旅游和社会风貌方面具有非常重要的史料价值。

## 一、一部嘉道年间的汉口地理名胜集

"自古羁人游士,所过通都大邑,必有山水供登临。山水之隐见异同,必有诗词备考证。其错处乎山水者,古寺名刹,足以寄啸;其传述乎诗词者,高贤逸民,足以资蒐罗。"[1]范锴作为旅寓汉镇的游子儒商,在汉口也经常与其他一些旅寓徙居于此的文士儒商登临山水、徜徉园林、诗酒唱和,留下了许多描述汉口风景名胜的诗文佳作;同时,范锴还留心汉口的地理轶闻,"明明列宿,罗于胸中;历历诸峰,现之掌上"[2],对汉口的江山风景、名胜古迹、茶楼酒肆、舞榭歌台、"狮王琳宇"、"鹿女珠宫"等方面的史料故实进行了认真的搜集整理,向世人展现了嘉道年间汉口丰富的地理名胜,为后人研究这一时期汉口的城市地理发展提供了珍贵的史料。

其一,在描述汉口江山风景方面,最具代表性、最丰富的就是《汉口丛谈》对于汉口城北古汉水正道——后湖(又名潇湘河、潇湘湖、黄花地)的记述。而且这些记述也可以与嘉道年间的一些方志、诗话艺文和后人的史料笔记中关于后湖游乐的记述相互映证,为后人对嘉道年间汉口后湖地理环境和城市旅游的发展研究提供了重要的史料。

范锴在《汉口丛谈》卷一既引清代许缵曾《滇黔纪程》、明代梁忆《遵闻录》《汉阳县志》等史料笔记和方志记述考证后湖的地理位置和得名来历,又根据自己的亲眼所见和包括作者在内的一些文士儒商在后湖的交游唱和的诗文着重详细描述了后湖秀丽清灵的自然风景和游人赏游的人文情趣,将其贯穿全书记述之中。

---

① (清)熊十鹏.《汉口丛谈》序[M]//(清)范锴著,江浦等校释.汉口丛谈校释.武汉:湖北人民出版社,1999.

② 陆长春.范白舫先生〈汉口丛谈〉序[M]//[清]范锴著,江浦等校释.汉口丛谈校释.武汉:湖北人民出版社,1999.

如其中写后湖四时风光：春时"丛树扶疏，芳草鲜美"①，茶寮花市甚为兴盛，"加诸医卜星相，百伎咸呈"，引来了众多的市民士女和文士儒商到此游乐踏春，"十里平湖红似锦，春光争放燕儿花""车如流水马如龙，未怕春寒料峭风。相约潇湘湖上去，踏青先看燕儿红""红袖嬉茶社，青帘酒动人""红日渐低弦管急，上湖人少下湖多""映堤拂面柳丝斜，不见黄花地上花。估客哪知兴废事，讨春依旧斗繁华"等，都是当时后湖春日世人游乐赏玩情景的实录；夏秋时则与阳春三月之景又有不同，"水泛成波，墩浮入镜""烟波千顷，荡曛日以熔金；杨柳万条，蘸漪纹而摇翠"，一片苍茫，其时既有龙舟竞渡的盛景，又有一些游人在夕阳西下之时，在湖中"呼船载酒，丝竹清歌"，一起消暑纳凉，"彻夜达旦而归""晚凉云影浸玻璃，拍拍凫翁隔渚窥。小艇红栏青幔好，水烟深处泊多时"，即是其真实写照；到冬日"水涸沙平，草衰霜陨，远山凝紫，枫叶染舟"，一片肃杀的景象，在这时只能看到一些游侠少年在干涸的湖中尽情地弯弓骑射的情景，只能听到牧童在牛背上横吹竖笛传来的悠扬笛声，后湖远离了春夏时节市井的喧闹，回到了田园牧歌式的宁静。

对于后湖的记述，乾隆《汉阳府志》卷八中亦引有明太祖朱元璋当日在此勒马赋诗之作，但未言及其出处，同时亦未言及市民时人在后湖的游乐，而范氏在《汉口丛谈》中则探寻到明太祖此诗出自明人梁忆的笔记《遵闻录》中，并详细记述了市民时人在后湖的游乐情趣，弥补了乾隆《汉阳府志》的不足。

另外，在嘉道年间，不独有范锴的《汉口丛谈》记述了汉口后湖秀丽清灵的自然风景和游人赏游的人文情趣，《嘉庆重修一统志》亦言其时"汉口水泛时，（潇湘湖）游船如织"②，嘉庆《湖北通志》亦言潇湘湖"水泛时游船如织"③，嘉庆《汉阳县志》也记载有当时后湖八景——"晴野黄花、平原积雪、麦陇摇风、菊屏映月、疏柳晓烟、断霞归马、襄河帆影、茶社歌声"④。另一位与范锴同时的文士——由通城侨寓汉口的吴寿平在《格斋诗话》（亦名《耕云书屋诗话》）中也有记述："汉皋后湖，向为荒里。近年茶肆酒帘，列置上下；亭馆数十椽，间植花

---

① （清）范锴著，江浦等校释.汉口丛谈校释［M］.武汉：湖北人民出版社，1999年．（文中所引《汉口丛谈》原文皆出自此书）

② （清）罗家彦纂，廖鸿藻覆辑，梁慎猷校.中国古代地理总志丛刊·嘉庆重修一统志［M］.上海：中华书局，1986.

③ （清）吴熊光修，陈诗、张承宠等纂.湖北通志·山川二·汉阳府［M］，嘉庆九年刻本．

④ （清）裘行恕修，邵翔纂.汉阳县志［M］，嘉庆二十三年刻本．

柳;湖光野色,点缀可观;豪竹哀丝,夜分不断。"①当时汉口一位秀才熊梦华也有《后湖》诗云:"一镇销金窟,风流奈尔何。路随芳草远,人向夕阳多。曲榭沉丝竹,轻衫斗绮罗。那堪追往事,独访废襄河。"道光年间还有一位旅寓汉口的浙江儒商叶调元也有《汉口竹枝词》云:"沿湖茶肆夹花庄,终岁笙歌拟教坊。"②都描述了当时汉口后湖教坊歌舞游乐之繁盛情状。由范氏《丛谈》和其时相关的方志笔记艺文的记述可见嘉道年间后湖已经成为汉口地理名胜中一道亮丽的风景。

其二,范锴在《汉口丛谈》中还记述并考证了汉口及汉口周边的一些故城遗址,也为后人进一步作更为准确的研究考证做了充分的准备。

他在卷一引《汉阳县志》《元和郡县志》《水经注》和《太平寰宇记》等方志和地理专书考证了汉阳城的前身——却月古城的建置沿革、地理位置变迁和得名来历,史料较为翔实,为后人研究汉阳城的历史地理变迁提供了重要的文献材料依据;还引《荆州记》、明代赵弼《马骑城》诗、朱衣《萧公城》诗,并结合史事考证了汉口周边马骑城、萧公城两座故城的地理位置、得名来历,描述了其地独特的自然风景,提供的史料也较为珍贵;还简单介绍了汉口和汉阳府周边两座古城——沌阳废县和汉阴城的地理位置和得名来历。后来清末民初著名的文献学家、方志学家王葆心在辑著《汉口丛谈》的赓续之作——《续汉口丛谈》时就根据范锴的记录对却月城、萧公城、马骑城等古城的地理变迁、建置沿革等作了更为详细的考证。

其三,范锴在《汉口丛谈》中也记述了汉口一地众多的坊巷街衢这类市井地理名胜,这是书中记述较有特色的一个部分。这些记述也对后人研究汉口嘉道年间城市地理格局和城市商业、手工业经济的发展提供了重要的史料依据。

范锴在《汉口丛谈》卷二先按照由河街、正街到中路、中路后的顺序,用表格的形式从总体上详细地介绍了当时汉口坊巷街衢的分布情况,所介绍的坊巷街衢有一百零五处之多,其中既有以聚集地居民的姓氏命名的街巷(如郭家巷、杨家河、唐家巷、谢家火路、蔡家巷、朱家巷、吴家巷、杜家巷、陶家巷、燕家巷、杨千总巷、田家巷、乔家巷、涂家场、海家堂、瞿家巷、柳家巷、王家巷、龙家巷、周家巷、大蔡家巷、小蔡家巷、熊家巷、小董家巷、满家巷、董家巷、沙家

---

① 转引自王葆心.续《汉口丛谈》[M].武汉:湖北教育出版社,2002.(文中所引《续〈汉口丛谈〉》内容皆出自此书)

② (清)叶调元.汉口竹枝词·一一五[M]//徐明庭辑校.武汉竹枝词.武汉:湖北人民出版社,1999.(文中所引《汉口竹枝词》内容皆出自此书)

巷、严家湾等），也有以当地的市井民风习气命名的街巷（如安定巷、崇仁巷、尚义巷、至公巷、三善巷、仁里巷、存仁巷、万安巷、利济巷、体仁巷、广福巷、延寿巷、长盛街、永宁巷、洪益巷、广利巷等），还有以手工业作坊命名街巷（如烟包巷、纬子街、花布街、砖瓦巷、打扣巷、剪子街、靛行巷、草纸街、衣铺街、袜子街、芦席街、打铜街、棉花街、白布街等），又有一些以客居汉口的市民的故乡命名的街巷（如遵义巷、黄陂街、沔阳街等），都有自己的特色。其中以用该街巷中从事的商事活动、店名和出售的商品货物命名的街巷影响最大。道光年间另一位旅寓汉镇的浙江文士叶调元在他所著的反映汉口市井风情的竹枝词集《汉口竹枝词》中也描绘当时汉口的街巷是："街名一半店名呼，芦席稀稀草纸粗。"范锴所记述的这些坊巷街衢，有的到现在还在沿用当时的名称，如王家巷、崇仁巷、利济巷、接驾（后讹传为集家）嘴、送驾（后讹传为宋家）墩、鲍家巷、花楼、皇经堂等。

除总体介绍外，范锴还对一些有名的坊巷街衢单独进行了记述考证，如先在《汉口丛谈》卷二引其友人黄承增著的史料笔记——《汉口漫志》记述了接驾（讹呼为集家）嘴、报驾（讹呼为鲍家）巷、送驾（讹呼为宋家）墩等与明世宗嘉靖皇帝相关的几处坊巷街衢地名，然后在《汉口丛谈》卷六又述送驾墩多有歪妓私娼聚集事，并引方如村《汉口冶游》诗为证。不独有范锴在《汉口丛谈》中对于汉口城市坊巷街衢有记述考证，后来道光年间旅寓汉口的浙江名士叶调元也在《汉口竹枝词》中谈及送驾墩的歪妓私娼兴盛："车夫水手尽孤魂，甘露难沾一点恩。手捏青蚨数十个，春风一度宋家墩。"；范锴还在《汉口丛谈》卷一以其"昔年在汉"亲眼所见和后来所见情形这种根据亲眼观察前后对比的方式，记述了汉口的玉带河由先时有人常在其上驾船消夏游乐的城中小河到后来逐渐淤塞后有市民筑房居住于其上、并连延伸的河堤口和河堤外都有"市廛相接"，成为繁华街衢的经过，非常形象实在；也记述了汉口袁公堤自明末修筑后逐渐吸引市民聚集于其地，并逐步发展为汉口的堤街的发展过程，也是较为具体的动态描述。

除了范锴和叶调元在《汉口丛谈》和《汉口竹枝词》中分别对汉口城市坊巷街衢有记述考证外，后来清末民初著名的文献学家、方志学家王葆心在辑著《汉口丛谈》的赓续之作——《再续汉口丛谈》时也在卷一引王闿运《同治衡阳县志·货殖》、王士禛《带经堂诗话》、梁绍壬《两般秋雨庵随笔》、许元仲《三异笔谈》《松江府志》、俞正燮《癸巳类稿》等方志笔记艺文对武汉蒸店门市牌面多书"社塘衡烟"的来历进行了细致准确的考证研究，这也为后人研究汉口城市商业经济的发展提供了一定的史料依据。

其四，汉口由于有"东达吴会，西通巴蜀""地当天下之中"的地理和交通优势，所以引来四方商贾"辐辏"聚集于其地，从事丰富的商贸活动，因而就有一些来自外乡或同一行业的势力很大的商户在汉口召集同乡商户组建商帮行会，并专门建造华丽堂皇的公所会馆为其提供交流活动的场所。这其中以寓居汉上的徽商居多，据统计，《汉口丛谈》中写到的徽州人物可考者有42人之多，有116处的文字涉及他们的社交活动。① 范锴在《汉口丛谈》中还记述了嘉道年间这样一些有名的公所会馆，其中大部分是兼具会馆公所与寺观双重性质的建筑物。

由于范锴本人多是以盐商的身份活动于汉口，他在《汉口丛谈》卷二和卷五中多次以自己和友人的交游唱和还有其他一些文士的诗作来描绘兼具"鹾商公所"和寺观双重性质的天都庵的风景情趣。天都庵早从"康乾盛世"时期开始就已成为世人游乐休闲的好去处，雍乾之际汉阳诸生徐志在《汉口竹枝词》中就有记述："景览天都客如云，宝林筵宴日纷纷。紫檀板叶昆腔曲，佛号经声何处闻。"另外江夏名士潘国祚《上巳宴集天都庵》一诗也描述了当时阳春三月上巳佳节汉口士女文人交游宴乐的景象——"峰峦历历窗间出，士女遥遥柳外行。丝竹远过王逸少，风流谁继谢宣城"，《天都庵看芙蓉》一诗又描绘了当时夏秋之交雨后天都庵内"繁华锦簇"的美丽风景——"入寺漫劳歌竹叶，涉江今始采芙蓉。……早晚应须再同赏，免教三径碧苔封"。这些文士的诗作都是"康乾盛世"时期天都庵四时景色风情的真实写照。到了嘉道时期，天都庵更为市民休闲游乐所喜爱，当时旅寓汉口的浙江仁和名士陆飞篠在《霖雨叹》一诗中就有记述："天都庵并观音阁，尽是寻常行乐处。"范锴也常和友人一起到庵中纳凉交游，并赋诗唱和。他在《汉口丛谈》卷二就曾记述与友人林栖凤、黄承增、黄均还有儿子范涛一起到庵中纳凉，结交湘潭客寓汉口的诗僧竹轩本照和湘岚，在其间"分韵赋诗"，并录自己和儿子当时所作之诗，既写了庵中幽寂清明的风景，又写了当时交游唱和的怡然乐趣，由此可见从"康乾盛世"到嘉道时期，天都庵都是汉口市民特别是儒商文士燕聚雅游的一个重要活动中心。

除天都庵外，范锴在《汉口丛谈》中还记述了由盐商所建、作为"盐务公议之所""祠宇巍焕""供张甚华"的大王庙、作为山陕公所的壮丽的西关帝庙、作为江西商人聚集地——豫章公所的九华庵等一些兼具公所会馆与寺观双重性质的建筑，这在当时汉口城市建筑中有一定特色。

《汉口丛谈》对于清代汉口城市中一些兼具公所会馆与寺观双重性质的建筑物

---

① 张小平.汉口徽商与社会风尚——以《汉口丛谈》为例［M］.安徽史学，2005（1）.

的记述考证，既为后人研究斯时汉口城市建筑艺术和城市旅游、市民文化生活诸方面提供了重要的史料，也保存了一些珍贵的诗文名作，具有重要的文学史料价值。

商业贸易的发达，使得汉口的市井生活中出现唯利是图的生活价值取向和崇尚奢侈华靡的社会风气[①]，不仅是大小商人，而且一般市民也讲究"适口则味擅错珍，娱耳则音兼秦赵"，这就促使汉口嘉道年间出现了众多繁华的园林台阁、茶肆酒楼、青楼舞馆等休闲娱乐胜地，范锴在《汉口丛谈》中对这些休闲娱乐胜地也有详细的记述。

其五，范氏所记述的园林台阁大多是一些富商大贾、名士显宦在汉口所购置建造的私人别墅，并且多记儒商文士在其中的赏玩雅游和交游唱和活动。

范锴在《汉口丛谈》卷五就详细记述了他的友人——来自江苏丹徒的盐商包祥高客居汉口之时，因其"风雅爱客"，就在汉口将一旧园圃扩大改建为一处赏玩胜地——"怡园"，园中"湖山石峭，花竹径纡，泉瀑交流，松桂夹道"，风景非常宜人，加之又在园中最为疏敞的"绿波山房"中收藏有丰富的"图书彝鼎"，吸引了包括范锴在内的大批崇尚风雅的文士儒商于"春秋佳日"在园中"时时宴赏""文酒流连"，交游唱和，重现了汉口昔日盛行的题襟雅集之会。包祥高还专门请人为"怡园"中十二处胜景——"亭北春红""廊西秋碧""仄径竹深""澄池荷静""薇架花香""蓉屏月影""小山丛桂""曲磴古梅""悬岩温存""巉石洞天""平台歌舞""高阁琴书"绘制了十二幅画册，又引来了不少风雅之士为其作题画之诗，他自己也为之作叙题诗。范锴在书中就曾全文收录包祥高为这《怡园十二景画册》所作的《自叙》和题十二景诗，还专门收录其所喜爱的汉阳名士冯国恩为此画册所题咏之诗作，誉其"流丽可诵"。范锴在《汉口丛谈》卷五中还记述了嘉道年间另一位客居汉口的盐商洪檀在汉口居仁坊家中所筑的园林名胜——"谁园"。先言其园中"轩窗窈窕，楼阁深沉，颇饶花木之趣"；又记辛巳年（清道光元年，1821）初春洪檀邀请范锴与程浩亭、常道性等文士儒商在园中赏雪赋诗交游之事，言其时"灯影明高阁，歌声绕画栏"，颇有雅致的情调；还记洪檀在园中蓄养了一对孔雀并繁育成数群，且"驯扰如家鸡"，能"春日对客开屏，宛转就

---

① 康熙《汉阳府志·舆地志》记载："汉镇旧来繁华，今侨居仕宦，商贾富家，多以服饰炫耀，逮下走亦穿绸缎，侈靡极矣。"叶调元在《汉口竹枝词·自序》中也说："富家大贾，拥巨资，享厚利，不知黜浮崇俭为天地惜物力，为地方端好尚，为子孙计久远，骄淫矜夸，惟日不足。中户百姓，耳濡目染，始而羡慕，既而则效，以质朴为鄙陋，以奢侈为华美，习与性成，积重难返。"（转引自徐明庭辑校．武汉竹枝词[M]．武汉：湖北人民出版社，1999．）

人而舞",甚为奇异。此外,范锴在《汉口丛谈》卷三中还记述了其友人——自江右来客居汉口的文士夏之勋家中筑建的烟鬟阁。由于夏家自夏之勋祖父夏永开始都喜爱歌咏交游,烟鬟阁就成为其"与四方往来诸名士酬倡"的好处所。且阁中收藏有丰富的碑版书画鼎彝等珍奇古玩,也很能吸引一些崇尚风雅的各方文士儒商聚于其中。范锴就曾于己巳年(清嘉庆十四年,1809)上巳日与友人黄承增、黄均还有儿子范涛应夏之勋之邀到烟鬟阁中参加修禊活动,吟咏唱和,并赏玩书画,还作画制文,极有清雅娱乐之情致。范锴还在《汉口丛谈》中记述了包括豫成园、揽苣山房、蝉藻阁、红薇山馆在内的一些小有名气的园林馆阁,与前面所记的"怡园""谁园"和烟鬟阁共同展现了嘉道年间汉口城市园林建筑的兴盛,见证了当时休闲娱乐活动的繁荣。

其六,为了方便市民客商"修憩、品茗、歇脚、候友、洽谈生意、联络私谊"[①],嘉道年间汉口的大街小巷还出现了众多的茶肆,这也是汉口休闲娱乐类地理名胜的重要组成部分。

范锴在《汉口丛谈》中也记述了嘉道年间汉口许多有名的茶肆,且多记包括他本人在内的一些文士儒商在其间的交游唱和。如他在书中就曾经记述汉口风景胜地——后湖地方的一些茶肆。自湖心亭开始,下路有涌金泉、第五泉、翠芗、习习亭、丽春轩等有名的茶肆,其间"弦歌喧耳,士女杂坐,较上湖游人更盛";而上路则有最为著名的白楼茶肆。范锴先写湖心亭茶肆"地颇疏敞,艺花叠石",风景十分清雅,加之又有"粉黛亦参卢陆座,筝琶常闹楚秦歌",红袖佳人弦歌相伴,所以能吸引一些风流儒雅的文士儒商于其中啜茗赏游;又写涌金泉茶肆是经过多年"畚土筑石"垒筑而成,又有"小楼重阁",显得较为高大开阔,同时其建筑又为绿柳白杨树阴掩映环抱,则又有清幽的情致,登楼远望向北可见黄陂之木兰、风火二山,西南则可见汉阳仙女、楼子、马足三峰,向南望则可见大别山(即龟山)上华丽庄严的寺庙,向东则可望见长江上的点点帆影,近处则可望见湖滨市民的菜园麦地边的一些烟云笼罩的杂树,各路胜景如诗如画,齐收眼底,景象十分阔大爽朗;还写第五泉茶肆的老板特别嗜好收藏历代名人的书画真迹,并将其悬于茶室之旁,供游人赏玩;也写上路白楼茶肆亦建有小楼,并分为东西两厢,"轩窗豁达",室外则有杨柳掩映,并筑有高堤以御水患,更便于游人游赏其间,而登楼远眺,则可见飘隐于"朝云暮霞"之中的几抹远山,若于盛夏日暮时分登楼游赏消暑,则可见后湖中烟波浩渺、浆声灯影交相辉映、渔歌互答

---

① 参见:胡永弘.武汉的茶馆与茶馆文化[J].武汉文史资料,1997(4).

的清灵水乡风景,其凭眺游赏之风情还要略胜于涌金泉茶肆,所以包括范锴在内的许多文士儒商都经常到其间吟咏唱和,如他自述与友人黄承增同为旅食汉镇的游子,两人"每于夕阳斜下,则相约白楼瀹茗,以遣客愁",还在《汉口丛谈》卷一记戊辰年(清嘉庆十三年,1808)秋八月,他和黄承增应友人林栖凤之邀到白楼赏月唱和,颇有情趣。范锴除了记述后湖茶肆外,还在《汉口丛谈》卷二记述了位于大智坊的白蘋洲茶肆,引其友人程秉为茶肆所作记文,言其虽然"地惟占以数弓,斋更量夫十笏",地方狭小,且"屋仅三间,几近陋室",但仍以米家画舫、周昉屏风、"寮"回廊、"玲珑"敞窗等精致的陈设和其间"暖风人醉,会须茗饮三巡;寒夜客来,认取灯悬一点"的芳馨温和的气氛吸引着市井"息肩热客"和"伫足劳人"流连其间。

不独有范锴记述了嘉道之际汉口茶肆的兴盛,后来王葆心在辑著《续汉口丛谈》时也引嘉庆时旅寓汉口的湖北通城名士吴寿平《格斋诗话》言其时汉口茶肆以第五泉最为著名,"同人每于此联诗会",并有其友人石舫《看梅》诗描述当时交游唱和情景——"美人舞罢歌喉润,高士吟成舌本香"。道光年间旅寓汉口的名士叶调元也在《汉口竹枝词》中谈到斯时汉口茶肆的兴盛:"无数茶坊列市阛,早晨开店夜深关。粗茶莫怪人争嗑,半是丝弦半局班",也记述了后湖第五泉茶肆的清灵风景:"夏汛初看几尺添,平湖万顷镜中天。倚栏领略烟波趣,位置无如第五泉。"这些对于嘉道年间汉口城市茶肆的记述考证,也为后人研究其时汉口城市旅游和市民文化生活的发展状况提供了丰富的史料。

其七,如前文所述,由于四方商贾的聚集,各地文化的交流,汉口的青楼舞馆这类休闲娱乐地理名胜在嘉道年间也取得了一定的发展。既有像义和轩巷、青莲楼、钓花金轩、桐华坞、三珠阁这样一些有名的能吸引众多文士雅宦和儒商大贾流连其间的官方青楼,也有像送驾墩这样私娼歪妓兴盛的私家巷陌,发展非常兴盛。

其八,和介绍坊巷街衢这类市井地理名胜一样,范锴在《汉口丛谈》中对宗教类地理名胜的介绍也是在卷二先按照由河街、正街到中路、中路后的顺序,用表格的形式从总体上详细地介绍其分布情况,所介绍的僧寺尼庵、祠阁宫观有一百五十九处之多。然后再对一些有名的僧寺尼庵、祠阁宫观单独进行了记述考证。

除了前文介绍的天都庵、大王庙、西关帝庙、九华庵这些兼具公所会馆与寺观双重性质的地理名胜外,范锴还在书中详细记述了宗三庙、五显庙、老官庙、沈家庙、西来庵、宝树庵、禹王阁、四官殿、廻龙寺、马王庙、天宝庵、药师庵、大观音阁、准提庵、慧莲庵、柏泉寺、三元殿、痘姥祠等十八处僧寺尼庵、祠阁宫观的创建历史、陈设布局、游赏乐趣。如他在《汉口丛谈》卷一先引《汉阳县志》简单介绍了汉口当时的六大渡口,其中包括宗三庙、五显庙、老官庙、沈家庙和四官殿这五处庙宇,然后又在卷二引顺治时汉镇名士熊伯龙所作碑记着重介绍四官殿的得名来历、创建时间和发起创建者的功德;范锴在卷二对于西来庵的记述,也是引清初名士黄澍所作碑记先赞颂发起创建者——顺治五年湖广总督佟鼎的赫赫战功和治理楚地的贤明功德,再叙其创建寓意——"以寓其悲世悯人,急切婆心,唤醒沉迷一切,是我佛现身说法,始终胎吾民而化育之之意乎",还加按语述其地而今破败的景象;同样,范锴在《汉口丛谈》卷二记廻龙寺时也是先引《汉阳县志》记其兴建时间——"明永乐二年建"和名称变化——"初名塞口寺,世宗临幸,敕赐廻龙寺",再引清朝名士黄阁咏其诗作记其地"秋山寒水"之荒凉情状,与今时"阛阓喧阗"之热闹情景形成鲜明对比;范氏在卷二记马王庙也是引古笔记《列仙传》记其庙所祀之神和其兴建缘起;另外,范氏在《汉口丛谈》卷三也是引《汉阳县志》述柏泉寺的历史——"禹王栽柏,通六十里之寒泉"。

而范锴在《汉口丛谈》卷二记宝树庵则是先以"幽洁"概括其环境,然后再叙述他和友人吴文博、毛燧传与寓居此庵的琴僧觉初在其间"听琴试茗,半日清谈",并引自己的诗句——"思入海山远,心清花木深"记述他们在庵中交游的幽雅情趣;同样,范氏在卷二记天宝庵也是先述庵中风景之美——"绿阴常覆,下种草花,春以罂粟,秋以丛菊为极盛"和游乐之兴——"花时游人踵接,或就僧开竹里之厨,或呼童沽市中之酒,赏玩欢呼,殆无虚日",再详细叙述他在壬午年(清道光二年,1822)闰三月二十日(即立夏后五日)与友人丁楷、程秉、毛方琮、夏绍吉在庵中花下诗酒交游,并记另一位友人常道性对他们交游唱和诗作的品评之趣,还在《汉口丛谈》卷五也叙述同年夏天他与友人蒋炯在庵中避暑交游,"尊酒论文,清谈半日",颇有情趣;范锴在《汉口丛谈》卷二记药师庵也是先绘其暮春时节"浓露醉红、晚霞沉艳、舞风绚日、妍好百态"的绚丽景象和其中"隔以花墙,扶以朱栏"的清幽情境,再记辛巳年(清道光元年,1821)暮春时节他与友人常道性在庵中赏花作画的游赏情趣;范锴在《汉口丛谈》卷二记准提庵和慧莲庵也是通过记述当时文士在其间的交游唱和诗作来显现其间之情趣。

范锴对这些僧寺尼庵、祠阁宫观的记述既广泛征引文献材料考其源流,又能结合自身的亲见亲闻述其风情,为后人研究这些地理名胜提供了翔实可信的珍贵史料。

## 二、嘉道之际汉口城市生活繁盛实录

"笙歌氤氲，一条软绣之街；车马喧阗，十里闹红之市。斗扬州之甲第，花月千门；分淮海之铜山，鱼盐万井。"范锴在旅寓汉口的生活中非常留心汉口掌故轶闻，加之与当时活动于汉口的各阶层的人的广泛接触交游，根据自己的亲见亲闻，在《汉口丛谈》中除记录了汉口丰富的地理名胜外，还展现了汉口嘉道之际的城市商业贸易和市井生活特别是风情习俗的全面繁荣。

其一，"五百年前一荒洲，五百年后楼外楼。"汉口地处华夏大地之中、两江交汇之口，自明代中期兴起时即为全国各地商贾和货物集散转运的重要中转站。清代从"康乾盛世"一直到嘉道之际，随着社会经济的进一步发展，汉口的商贸转运更加繁荣。

康熙朝名士刘献廷在其笔记《广阳杂记》中曾言："汉口不特为楚省咽喉，而云贵、四川、湖南、广西、陕西、河南、江西之货，皆于此焉转输。"①乾嘉时期著名的方志学家章学诚在《湖北通志检存稿·食货考》中亦云："五方之人杂居，灶突重沓，嘈杂喧呶之声，夜分未靖。其外滨江，舳舻相引数十里，帆樯林立，舟中为市。盖十府州商贾所需于外部之物，无不取给于汉镇，而外部所需于湖北者……亦皆于此取焉。"②汉口占有港口水运得天独厚的交通优势，使四方富商大贾和奇货珍宝聚集转运于此，到嘉道时其市内已有"贾户数千家，鹾商典库数十处"③。范锴也有《汉口水》诗据其所见言嘉庆时"汉口人家百万户，高樯大舳集商贾"，嘉庆初年歙县名士黄承吉客寓汉口亦有《烟波词》一首记当时汉口商贸转运的兴盛："……云梦采将香苣至，江陵网得鲫鱼来。通津十里住盐艘，怪底河中水不流。解道人间估客乐，来朝相别下扬州。"不仅有省内云梦、江陵等地的苣菜和鲫鱼在汉口上市，也有来自四方的众多盐船泊靠于汉口长江边的港口中，绵延数十里，景象十分壮观，还有许多经常往返于汉口和扬州这两座沿江港口城市之间的估客盐商也竞逐于其间，其时汉口商贸之繁荣可见一斑！

其二，由于商贸转运的发达，四方商贾在汉口的聚集，嘉道之际汉口茶楼酒肆高朋满座、大街小巷艺人穿梭、风景名胜游人如织、佛寺道观筵宴风行、青楼花月夜夜笙歌，市井生活十分丰富。

---

① （清）刘献廷著．广阳杂记［M］．北京：中华书局，1957．
② （清）章学诚著．章氏遗书［M］．北京：文物出版社，1982．
③ （清）裘行恕修，邵翔纂．汉阳县志·坊市集镇［M］，嘉庆二十三年刻本．

前引范锴《汉口丛谈》所述后湖的游乐赏玩,特别是在其白楼、湖心亭、涌金泉、第五泉等茶肆的游玩已经成为时人特别是四方文士儒商在汉口生活的一个重要的组成部分,亦是汉口繁华的市井生活的重要缩影。

另外,佛寺道观的筵宴游乐也是汉口其时繁华市井生活的一个重要表现。除前文所述汉口天都、宝林二庵多有觞咏唱和、筵宴游乐外,在每年二月十九日观音菩萨诞辰纪念日这天,前来汉口大观音阁上香的士女络绎不绝,寺庙门口停满了"宝马香舆",香火非常旺盛,十分热闹。连本是清净之地的宗教场所都是如此的热闹,可见当时汉口市井生活之繁华。

范锴还在《汉口丛谈》卷六引吴寿平《闲情丽品》、徐岳《见闻录》、酿花使者《花间笑语》、黄承增《汉口漫志》等野史笔记专门记叙了清代康、雍、乾、嘉时期汉上名妓风采,还有商人名士与这些名妓在钓花轩、三珠阁、鸥闲馆等楼馆的诗酒唱和和爱恨情愁,这也表现了其时汉口市井生活的丰富繁荣。

嘉道时期旅寓徙居汉口的文士儒商除了在后湖茶肆、佛寺道观和青楼酒馆交游唱和外,还经常举行大型的题襟雅聚,如嘉庆十二年一年内交游酬唱达四十余次的"新雨联吟"之集,以及嘉庆年间江苏丹徒旅寓汉口的盐商包祥高在汉上筑"怡园"与包括范锴在内的估客文人二十余人的交游唱和等雅集,也充分展现了嘉道之际汉口商业贸易和城市市井生活的高度繁荣。

其三,嘉道之际汉口繁华的市井生活,不仅包括大量文士儒商和普通市民在汉口的游乐唱和活动,还包括其时汉口民间丰富多彩的习俗和节庆活动。

春节时汉口民间家家户户都要剪贴彩纸、贴门神,贴对联:"声喧锣鼓岁年催,五色笺因吊挂裁。帖子门神欣换节,侍儿担得面糊来。"到元宵节时汉口又有非常热闹的灯会:"上元将近月波澄,人集江头语沸腾。竹马鳌山争上市,梅花风里卖春灯。"汉口在清明前后也有热闹的灯会:"万林火树架新桥,蹴踏香尘市语嚣。自古繁华襄汉口,清明以后试灯宵。"到端午节时汉口既有龙舟竞渡的盛景,又有市民和商家齐上龟山游玩踏龟的活动:"剥残角黍尽偷闲,药店椒行一概关。黑伞遮头日正午,大家挈伴上龟山。"六月还有隆重的迎赛关王会:"争将故事演新妆,枷锁高跷亦太狂。赤日烧空人泛蚁,年年六月赛关王。"到中秋节时,汉口市民不仅相互赠送月饼,还有送瓜的习俗:"秋色平分月色赊,嫦娥窃药有夫家。今宵多少宜男信,一路锣声听送瓜。"、"桂子盈盈白露凉,育儿心切晚添妆。蓬门少妇金闺女,并作瓜田一夕忙。"这些习俗和节庆活动既丰富了汉口市民的日常生活,又推动了汉口城市商业贸易的进一步繁荣。

范锴在《汉口丛谈》中不仅详细记述了嘉道年间汉口城市商贸和市井生活的

繁荣，而且还善于寻找其原因。如他在《汉口丛谈》卷一先论述了汉口城市商贸的繁荣，后又引宋代范成大笔记《吴船录》记述汉阳南市商贸转运和城市生活的发展，并加按语说"宋时汉阳南市之盛，甲于他郡，后为江水冲蚀，舟莫能停，是以商贾货物，咸集于汉口矣。"这里就简明扼要地谈到了汉口商贸转运发展迅速的原因。① 后来王葆心在辑著《续汉口丛谈》时，也在论述汉口清代商业贸易和城市生活的同时，注重考证从三国一直到清代汉口城市商贸经济和市井生活的发展历程，也是在谈汉口商贸转运发展迅速的原因。

《汉口丛谈》所记述的城市商业贸易和市井生活特别是风情习俗的全面繁荣，为后人研究这一历史时期汉口城市商贸转运和市井生活提供了史料佐证，这也是《汉口丛谈》重要的史料价值之一。

## 结　语

"汉皋为南朔通术，二水朝宗，巍然一巨镇，尚烦君（即范锴）以三千里羁栖之身，采数百季遗沉之事，成《丛谈》一书，奇擎而出，将与《耆旧传》《岁时记》争价千春。然则君文章之功，楚人且受其赐，不独南浔为然也。"②范锴虽身为旅寓汉口的浙江盐商，但他怀着将汉口亦视为自己的故乡的感情，念汉口乡邦文献"譬良金美玉，杂厕于草莽之中，渐就淹没"③，广泛搜集其地的历史遗闻、风俗人情、商业贸易、艺文杂录等方面的史料，"暝写晨吟"，精心纂辑成了这第一部全面系统地反映汉口城市发展历史的史料笔记——《汉口丛谈》。《汉口丛谈》记述了清代嘉道年间汉口城市丰富的地理名胜和掌故习俗，为后人研究汉口这一时期城市的经济贸易和社会生活提供了许多珍贵的文献史料。而对这些地理名胜和掌故习俗方面的文献史料的整理纂辑，也体现了作者精审深卓的考证功夫和历史识见。

---

① 郑天一撰.荆楚笔记的文化解读［J］.历史文献研究，华中师范大学出版社，2003（22）.
② （清）张至曙.范锴《浔溪纪事诗》叙［M］//（清）范锴著.浔溪纪事诗，道光十四年汉口梅玉溪刊本.
③ 朱祖延.《湖北地方古籍文献丛书》总序［M］//王葆心著.续《汉口丛谈》/再续《汉口丛谈》.武汉：湖北教育出版社，2002.

# 荆门"中国农谷"建设与核心文化研究

荆楚理工学院汉水文化研究中心　杜汉华[①]　余海鹏

**【摘　要】** 初步阐述了荆门"中国农谷"建设，如何抓住核心文化，突出文化旅游强市战略，借鉴屈家岭文化、结合荆门"道源寿乡"特点，吸取海内外文化的有益营养，使整个荆门市成为可持续发展的养生特色旅游景区和系列养生产品生产地，争取五年内成为海内外一流的养生文化旅游名城，最终成为硅谷那样吸引人的农业高科技聚集地、农业普及技术领先与发散之地和世界级的养生文化旅游名城。

**【关键词】** 荆门市；中国农谷；突出；文化旅游强市；战略

[荆门市农谷办中国农谷发展研究中心重点项目]：中国农谷核心文化研究。

屈家岭开始的"中国农谷"建设，能进入领导的视野，成为荆门实施的省级战略，首先是文化的力量，是屈家岭新石器时代的文化（以下简称"屈家岭文化"），成了让人关注的兴奋点、起了诱导人们关注屈家岭的十分重要的因素。这也是屈家岭和荆门全市，叫"农谷"虽然晚，却可以后来居上，有希望超越其他叫农谷的地方，打响"中国农谷"品牌的先决条件！

整个荆门市要搞好中国农谷建设，要科学发展、跨越式快速发展，也必须重视文化的力量，要抓住中国农谷的核心文化大做文章，充分发挥文化的生产力要素，延展和弘扬"道源寿乡"特色，突出"文化旅游强市"和建成养生文化名城的发展战略。

---

① 作者简介：杜汉华（1955—　），男，河南内乡人，荆楚理工学院汉水文化研究中心教授，从事传统文化、城乡建设与旅游开发研究。

## 一、"屈家岭文化"对中国农谷建设在战略思想上的启示

### (一)立足荆门屈家岭、放眼屈家岭文化分布区和海内外

据研究,"屈家岭文化"属于"三苗"苗蛮集团的文明。"这一集团的地域似乎以湖北、湖南、江西等地为中心,迤北到河南西部熊耳、外方、伏牛诸山脉间"[1],这一范围,是中国长江中游城市群暨稻作农业主产区和中国旱地水田两个农业体系的过渡地带。古语赞扬湖北湖南说:"湖广熟天下足",加上豫西南豫中和秦巴山脉等屈家岭文化地域的农业与"中国·农谷"品牌建设的融合交流,将引领该区域的大丰收和农业高科技产业的突飞猛进,也必将促进中国的农业上升到一个更高的水平,10年、20年后,"中国·农谷"或望成为美国硅谷那样的地位,引领全世界的农业高科技产业!

换句说法,屈家岭和荆门市要成为中国农谷,应扮演好"黑洞"和"太阳"的角色,宇宙有"黑洞",有强大的吸引力,可以吸收宇宙中的物资进入黑洞,扩大黑洞的力量。屈家岭和荆门市就应该像黑洞一样,吸收海内外各种有利于"中国农谷"建设的人才、资金、技术、项目、文化,搞好屈家岭和"中国农谷"建设。屈家岭和"中国农谷"建设搞好了,也要发挥太阳的作用,向屈家岭文化的区域和全中国、海内外,释放技术、产品、资金、人才、文化。从这样的战略视野出发,荆门市的"中国农谷"必须既要首先搞好自身的建设,也要和附近的农业区,建立合作联动关系,最终使屈家岭文化辐射的区域,都成为"中国农谷"的辐射区域,乃至成为中国的农谷。

### (二)屈家岭和"中国农谷"应引领先进的农业科学技术,引领城市乡镇建设的正确方向

考古专家们指出,屈家岭文化是中华文明继仰韶文化之后,最为繁荣先进的文化。在中华5000年文明进程中,屈家岭文化在距今5000—4600年的区间,发挥了400年的文明先锋作用。

受此启示,屈家岭和"中国农谷"在引领农业科学技术和城市乡镇的建设方向上应该有所作为,有大的作为!如新规划和建设的屈家岭城区(易家岭),应和屈家岭文化有内在联系,展示屈家岭文化特色和农耕文化、农垦文化与红色文化的魅力,以增加新城区的文化活力和可持续发展的能力。如农业高精尖新科技的研发和成果转移转化,特别是在孵化普及新技术方面,屈家岭和"中国农谷"一定要起到引领作用。如果屈家岭不能起到引领中国农业科学技术发展和引领农业

城市乡镇的建设方向的作用,就不是名副其实的"中国农谷"核心区!荆门全市的"中国农谷"建设,也应该在城乡建设方面,取得大的突破,成为城乡建设文化旅游特色突出的示范区,起到引领作用。

## 二、荆门市"道源寿乡"文化主脉与"中国农谷"建设

### (一)"道源寿乡"有利于"中国农谷"成为文化旅游品牌

荆门市的文化是楚国核心腹地的文化,楚文化的特色最为突出。荆门有道家学说的创始人之一的老莱子,是权谋大师和养生大师鬼谷子最早的隐居之地,又出土了最早的原装书《郭店楚简》,其中有《太一生水》等反映道家宇宙观的传世未见之作。南宋道学家陆九渊也在荆门做官、讲学,向湖北引入了象山书院的文化源流,是湖北高校的文化源头。荆门文化最突出的特点和文化主脉是"道源寿乡",即道家学说的发祥地之一、道学文化的源头之一。这既是楚文化中最突出和优越的地方,也是荆门文化独有的特色,并且能够基本囊括、兼容、包容荆门市的其他特色文化。"道寿"有内在联系,用"道源寿乡"认识和概括荆门文化,荆门文化就有资源上的独占性和垄断性![2]

"屈家岭文化"是长江流域最早发现和命名新石器时代的文化,也是江汉平原土著文化最有代表性的历史遗存,楚文化和屈家岭文化有隔代延续和承传的关系。原始人在屈家岭生活了1000年,屈家岭是大洪山余脉,平缓略微隆起的丘陵,周围有两条古河道环抱,依山利猎兽,依水可捕鱼,水田成片,旱涝保收,原始人在这里生活了上千年,与大自然和谐相处,这里是原始人的伊甸园。在这里发现了长寿果和长寿的象征——桃、桃核化石,现在屈家岭还有万亩桃园,这是古今屈家岭人在论道、古今长寿文化在延续、对话!屈家岭空气清新,与京山钟祥接壤,有太子山、虎爪山、大口森林公园联成一片,有温泉资源,发展生态旅游、养生旅游,条件很好。

钟祥地处大洪山南麓,是著名的长寿之乡。京山、钟祥温泉资源丰富、温泉品位和温度也高,适合开展温泉养生旅游。屈家岭、掇刀区也有温泉资源,温泉养生有开发潜力。荆门东宝区占有大部分中心城区,沙洋县是郭店楚简的出土地,楚文化的核心腹地。上述几个县市区,"道源寿乡"可以视为其共同的特点。同时,也不影响他们差异化地打响自己的特色文化品牌,如掇刀区、高新区和漳河新区打响关公文化品牌、屈家岭打响屈家岭文化品牌、钟祥打响长寿文化品牌、京山打响绿林文化和运动养生品牌。上述各县市区,也不能因为有了主打品牌,

而忽略其他文化品牌的发展，如钟祥石牌，就应该主打关公文化旅游品牌！整个荆门市，完全可以形成"道源寿乡"养生旅游和其他特色旅游的网络，既有主打品牌，又有各地的特色，相互之间又有交融和有机联系。这样，就可以把荆门全市地处江汉平原北缘、荆山大洪山之间，是粮食的丰产区、鱼类水产品的丰产区、中草药的丰产区、温泉的富集区、山区丘陵平原河流生态状况良好等多种优势充分发挥出来。

如果单纯的就"农谷"而建设"农谷"，屈家岭和中国农谷要真正扬名海内外，那是经过10年、20年艰苦努力以后的事情，还需要许多外部条件的支持才可能达到预期的目标。但如果注意把屈家岭文化与荆门市的文化主脉和最突出的文化特色"道源寿乡"相结合，屈家岭就能够逐步形成温泉、农林产品等系列养生产业，荆门全市5年内完全可以打响"道源寿乡"养生名城品牌，成为全世界著名的养生名城，屈家岭也能成为重要的养生产品中心，屈家岭和中国农谷的品牌都可以借船出海，和"道源寿乡"养生名城品牌一起叫响海内外。

（二）屈家岭文化旅游景区的建设

屈家岭有山有水有平原，有海内外知名的屈家岭文化，屈家岭城市化建设刚刚开始，正在建设和规划中。文化旅游强市战略，应该首先在屈家岭"中国农谷"核心区的规划中体现出来，找出屈家岭文化定位的具体方向和屈家岭产品的突破口，把新的屈家岭乡镇规划、城区规划、农田和山区、水域的规划以及生产的产品整体考虑，形成整体的主题鲜明的屈家岭文化旅游景区和系列旅游产品。从目前屈家岭的相关规划来看，这方面有所努力，规划投入不小，但效果完全还可以更好一些，还有很大的改进空间！

（三）荆门中心城区景观化建设思路

荆门中心城区建设多年，却一直没有解决好城市的文化定位问题，没有找到荆门中心城区文化旅游景观建设的突破方向。荆门中心城区"两山夹一谷"的地形，确定好了城市文化定位，东宝山、西宝山就可以成为荆门城区的文化景观，并且"引绿入城"，使整个中心城区呈现景观化的"主题"城市社区，如龙泉公园所在象山，本名蒙山，是老莱子的隐居地，完全可以突出道家文化和道学文化的内容，成立老子学院，更加地彰显老莱子、鬼谷子、陆九渊的文化底蕴，和荆楚理工学院、市委党校、市二医、荆门市博物馆所在区域，形成"道源寿乡"主题突出的文化旅游品牌和社区文化主题公园！

## （四）荆门其他县市区的文化旅游建设

东宝区现在提出主打"道源文化品牌"，其境内的圣境山、仙居等旅游区和未开发的盐池云梦山鬼谷子旅游区，以及其他旅游景观，完全可以归在这个品牌之下，形成拳头旅游品牌，并且能和当阳的鬼谷洞、南漳的指山岩，联动发展，形成湖北鬼谷子文化和养生产业观光旅游的金三角，成为湖北中部的文化与旅游产业和养生有机农业的新亮点！

掇刀区将主打关公文化旅游品牌，其境内和已经划归高新区和漳河新区部分的所有资源，都可以归在关公文化旅游品牌的旗下，形成城郊休闲养生旅游，并且作为关公文化旅游名城叫响海内外！特别是武圣园（选址严冲）、关公文化广场（选址拟建的双泉广场）和长坂坡古战场（迎春村杨树港），可以建成荆门市的突出关公文化和三国文化的"大唐芙蓉园"，像西安的"大唐芙蓉园"一样，一炮打响海内外，解决荆门市中心城区没有在海内外有影响的文化旅游景区的难题，以带活中心城区文化旅游产业！

沙洋是油菜花节的主景区，又挨近江陵古城，整个生活习俗和江陵几无二致。"道源寿乡"对沙洋也是非常有利的。沙洋的龙米、石头鱼、荸荠、菜油等产品，大有养生领域的开发前景。包括沙洋楚墓群，也显示了楚人追求长寿、追求永生的美好理想，和"道源寿乡"的主题，毫无矛盾，基本一致。能成为像世界文化遗产西夏王陵那样的旅游区。

钟祥主打长寿文化品牌多年，已经收到了很好地效果。其境内道教文化、关公文化及其他文化旅游资源也很丰富。特别是温泉和农产品，是养生旅游极好的载体！明显陵的世界文化遗产品牌价值，旅游效益，还有很大的开发空间！

京山的绿林文化、生态运动，二者有内在联系，和"道源寿乡"是兼容关系，也有内在的一致性。完全可以突出生态养生、运动养生、温泉养生、宗教养生等旅游特色。

荆门全市作为"中国农谷"发展乡村旅游值得注意的旅游资源还有牛郎织女七夕文化等，东宝区、掇刀区、高新区、漳河新区、沙洋、钟祥、京山、屈家岭，各地都能找到牛郎织女和七夕节相关的文化遗存，京山还有董永七仙女的文化遗存。七夕节是爱情的节日，也是收获的节日，农业的节日。京山天河度假区率先借用七夕文化，取得了很好的效果。整个荆门市的乡村旅游形成七夕文化旅游圈，也会取得更好的效益。

总之，"中国农谷"建设，大大提高了荆门全市在湖北省的战略地位，避免了荆门市地处湖北省的中心部位，却在全省发展战略地位上逐步"边缘化、空心化"的问题，对荆门市的科学发展、可持续发展、跨越式发展，提供了很好的战略机遇。中央电视台每天播放湖北省各地的广告词"中国农谷，生态荆门"，大大提高了荆门的知名度。假如荆门的广告词是12个字"中国农谷，生态荆门、道源寿乡"，或逐步改为"中国农谷，道源寿乡，养生荆门"；"道源寿乡，养生荆门"那对向全国和全世界推介荆门，对荆门市有更大更好的发展空间，是非常有益的！

## 三、改进规划机制，科学规划、正确决策

规划就是谋划，就是决策。规划思路正确，决策正确的地方，几年时间，文化旅游产业都能迅速得到突破性发展，在海内外有一席之地。我国我省很多地方发展文化旅游产业的条件非常之好，却迟迟不能得到突破性进步，甚至由先进变为落后，这和规划问题突出，也是分不开的。新中国成立以来，人文社科工作受到的打击最重。拨乱反正之后，情况大大改观，但相比理工科和自然科学，人文社科同样是被重视不够的。这些已经影响到了我国和我省的发展进步。特别是规划机制方面，问题最为突出，却又没有被相关领导所认识。经济社会发展和城乡建设以及文化旅游开发，实际上是文化建设，文化与旅游开发需要对文化有深入的了解和研究。文化是城乡建设和文化旅游开发规划的灵魂。我国20世纪50年代开始的院系调整文理严格分科，使得我们的城乡建设规划和文化旅游规划的编制者，许多同志恰恰在文化方面的知识储备不足，有严重的知识缺陷。这样的局限，若没有补救措施，就很难搞好规划[3]。建议在"屈家岭文化论坛"首次会议邀请的专家刘玉堂等人的基础上，成立"中国农谷建设规划谋划审核专家组"，拨付一点经费，或者从请外地规划公司的规划费用中切块划走百分之三十，专门由"中国农谷建设规划谋划审核专家组"对"中国农谷"的景观建设和旅游商品开发进行策划、规划和把关。美国硅谷依托斯坦福大学、武汉光谷依靠华中科技大学等高校的经验也值得借鉴。荆楚理工学院领导十分重视参与中国农谷建设，希望与"中国农谷"深度合作，共同发展，荆楚理工学院也有能力在中国农谷发展规划中扮演合适的角色。总之，应争取整个屈家岭和荆门全市都变成特色鲜明、主题突出的文化旅游景区，生产过程成为旅游项目，生产的商品也是旅游纪念品和旅游商品，以提高产品的附加值，使中国农谷本身就成为可持续发展的文化区、旅游区、农业产业和科技示范展示区，能白天看生产，参与生产科研互动旅游项目，晚上看特色的戏、歌舞、电影，走时带走系列养生农产品和工艺品，并确保

中国农谷建设5年、10年、20年能达到理想的阶段性目标,最终像美国硅谷一样,引领世界农业高科技和农业现代化、引领中国特色的农业文化、城镇化建设的正确发展方向!

## 四、结　语

中国农谷的核心文化,包括屈家岭文化、楚文化(含老莱子、鬼谷子、郭店楚简、七夕文化)、三国文化、佛道文化、宋明理学(荆门代表人物陆九渊)等。这些文化在荆门全市有广泛的影响,他们形成了荆门全市的文化主脉和基本特征的"道源寿乡",这是荆门文化在海内外独有的优势。中国农谷建设和荆门全市的城乡建设,都应该抓住"道源寿乡"的这个特点延伸展开与现代科学技术融合发展,把荆门建成汉水流域的养生文化的中心城市[7],这样把中国农谷真正的建设好,把荆门全市的城乡建设真正的搞好!

眼下,荆门市和襄阳市正在筹建荆襄古道旅游线路,荆门市决策要建成江汉平原的中心城市。这些都是正确的抉择!

襄阳、荆门、荆州等荆襄古道的区域,具有世界级的旅游资源[5],特别是襄阳和荆州,其世界级的旅游资源,非常之多,只要思路正确,很容易快速发展成为世界级的文化旅游名城[6][7]。荆门市要在荆襄古道旅游线路中与其他城市并驾齐驱,起到承启南北的支点作用,最大化的享受荆襄古道旅游线的利益,真正成为江汉平原的中心城市,就必须首先搞好自身的文化旅游产业和相关产业建设,把"道源寿乡"融入荆门市的第一、第二、第三、甚至第四产业的建设之中。应以"道源寿乡"为主线,使荆门"中国农谷"的文化旅游建设、城镇建设、一二三四产业的建设,都能捏成一个拳头,形成突出特色,快速突破性发展,成为全世界著名的养生名城,这就是荆门市的"中国农谷"和江汉平原的中心城市的建设,必须选择的最佳途径!

**参考文献**

[1]徐旭升.中国古史的传说时代[M].北京:文物出版社,1985.

[2]杜汉华,汪碧涛.青山绿水道源寿乡——荆门城区文化品牌研究[J].荆楚理工学院学报,2011(6).

[3]杜汉华.打响荆门"道源寿乡"养生旅游品牌[J].荆楚理工学院学报,2011(6).

［4］杜汉华，杜睿杰.推动湖北旅游快速发展的战略研究［J］.荆楚理工学院学报，2010（6）.

［5］杜汉华.荆襄古道应纳入湖北旅游发展战略［J］.学习月刊，2009（7）.

［6］杜汉华.荆襄古道旅游产业带亟待打造［J］.学习月刊，2013（6）.

［7］杜汉华，杜睿杰.科学规划襄阳建成世界级文化旅游名城［J］.荆楚理工学院学报，2011（11）.

［8］宋茂华，杜汉华.如何打造汉水流域养生中心城市——以荆门市为例［J］.学习月刊，2015（10）.

# 第四编 流域文明与宗教信仰研究

# 汉水流域民间信仰研究述评

陕西理工学院汉水文化研究中心　樊丽沙[①]

**【摘　要】** 汉水流域历史文化悠久，作为民间文化的重要组成部分，民间信仰从内容到形式都具有鲜明的地域特征。目前汉水流域民间信仰的成果，主要集中在原始崇拜和民间信仰的多样化表现形式上，还有较大的研究空间值得探索和思考。正确定义民间信仰的内涵、厘清民间信仰与民俗、宗教之间的关系，是民间信仰深入研究的前提，对正确引导民间信仰发挥积极的社会作用、开发文化旅游资源不无裨益。

**【关键词】** 汉水流域；民间信仰；区域文化

## 一、绪　言

汉水即汉江，作为长江最大的支流，同黄河、长江一样，是中华民族古老的母亲河。汉水发源于秦岭南麓陕西省汉中市宁强县，干流流经陕西、湖北两省，在武汉汇入长江。汉水流域是中华文化的重要发祥地，见证了长江与黄河之间广袤大地上三千年多年的兴衰交替。这片流域既有武当山、明显陵等世界文化遗产，还有汉中、襄阳、南阳、随州、钟祥、荆州、武汉等历史文化名城。按照《长江志·水系》（2003版）中的划分，人们将汉江源头至湖北十堰市丹江口作为汉水上游，丹江口至钟祥市碾盘山的一段视为汉水中游，碾盘山到汉口的则为汉水下游。汉水流域"嶓冢导漾，东流为汉"，各个河段支流众多。自古以来多民族聚居，加上各历史时期的移民流入，催生了各具特色的汉水地域文化，成就了南北

---

[①] 作者简介：樊丽沙（1982—　），女，河南沁阳人，历史学博士，现为陕西理工学院汉水文化研究中心讲师，研究方向为西北民族与宗教文化。

交融、东西荟萃的多元风格，也孕育了不同时期丰富多彩的民间信仰文化。

作为区域性文化，汉水流域文化研究在学界内受关注度不高，民间信仰方面的研究亦如是。专题探讨汉水流域民间信仰的成果不多，今就近几十年来国内该方面的研究略作梳理，意在总结成绩，冀以引起学界关注，为更好的研究汉水流域多民族风俗风貌提供资料，同时提出个人的几点思考，就今后之研究发展方向，求教于方家。

## 二、国内研究成果回顾

### （一）神灵崇拜

古往今来，神灵崇拜一直是中国民间信仰的重要内容，民众幻想某些具有人格和意志的超自然体可以主宰人类或世界，这些超自然体往往被视为具有一定的灵性，认为这些神灵能对人们自身的生产、生活产生非常大的积极或消极作用。神灵崇拜信奉各类自然神、仙逝的祖宗先人、传说中的神仙人物等，有着众多的崇拜对象。汉水流域神灵崇拜的内容十分丰富，其中最有鲜明特色的即是汉水女神崇拜，目前已有一些学者关注此方面研究，如梁中效《汉水女神考论》(《郧阳师范高等专科学校学报》2006年第5期）对汉水女神做了细致的考证，指出汉水女神是两位美丽而多情的女子延娟、延娱，她们出现于西周中期前后，与周昭王南征有关，汉水女神的形象在中国古典文学中得到了继承和发展，不仅出现在《诗经》《楚辞》文化系统之中，也存在于春秋、战国以来的祭祀文化系统中；梁氏著《中国文学形象中的汉水女神》(《古典文学知识》2007年第6期）对《左传》《孟子》《华阳国志》等传统典籍中的汉水女神的文学形象做了详细的评述，有助于读者梳理文化大河汉水和汉水女神在中国文明发展历程中的地位；梁氏著《汉水流域的牛郎织女文化》(《陕西理工学院学报》2013年第1期）则从汉水文化出发，对民间传说中的牛郎织女文化有了新的注解，认为汉水女神是楚人祭祀的对象，星神织女应该是由"汉女""汉神"演变而来的，此观点令人耳目一新；魏平柱《汉水女神的文化阐释》(《襄樊职业技术学院学报》2007年第1期）介绍了历代尤其是汉、唐、宋时期文学作品中汉水女神的传说故事，丰富了汉水特色地域文化的内涵；毛运海《湘水女神与汉水女神考略》(《襄樊职业技术学院学报》2007年第4期）对湘水女神和汉水女神的出处做了考证，认为真正把两者混淆在一起的不是屈原的《九歌》，而是曹植的《洛神赋》；汉水流域除了汉水女神，与其他中华大地一样，女娲也是备受推崇的神话形象之一。袁林《论汉水流域的女娲文化遗存及其地位》（《郧阳师范高等专科学校学报》2007年第1期）介绍了留存在汉水流域的女娲文化和女娲文化遗迹，通过分析这些遗迹的地域化特点，说明了其独特而重要的研究地位及旅游经济价值；潘世东《汉水文化视野下的圣母女娲》（《十堰职业技术学院学报》2007年第4期）则对传说中女娲补天之地做了考证，认为湖北省的竹山最有可能是神话中的女娲炼石补天处，竹山也应该成为女娲文化的重要发源地和中心之一。

祖先崇拜，或敬祖，相信死去的祖先的灵魂仍然存在，仍然会影响到现世，并且对子孙的生存状态有影响的信仰，一般崇拜的目的是相信去世的祖先会继续保佑自己的后代。汉水流域的祖先崇拜也比较多见，部分学者对此有整理研究，如姚秋霞《论汉水上游文化中的崇祖意识与该区域的发展》（《广西社会科学》2007年第11期）在古代移民的大背景下分析了汉水上游文化中崇祖意识的重要位置，指出虽然崇祖意识曾带来了文明的进步，但它的保守性也在无形中制约了该区域的发展，只有深入认识崇祖意识并消解其不利因素，才能使汉水上游地区的文化更好地为本区域的发展服务；潘世东《论炎帝神农尝百草对汉水文化的深远影响》（《郧阳师范高等专科学校学报》2007年第4期）探讨了中国上古时期炎帝神农在汉水流域的一系列作为，指出炎帝神农尝百草不仅对汉水流域中药与中医文化、防腐技术与饮食习惯、茶叶产业与茶叶文化、地方文化精神等方面有重要影响，而且也是汉水流域人民当今建设和发展和谐社会的原动力；梁中效《炎帝与汉水流域文化》（《陕西理工学院学报》2012年第1期）则对历史上炎帝和神农二者形象在汉水流域的交汇融合做了一系列的考证，指出炎帝、神农的出现与华夏族转化成为汉族共同体的步伐相一致。

汉水流域上游地理环境复杂，世代居住不少多民族百姓，很多少数民族至今还流行着白石崇拜，表面上是生殖崇拜，实质内容也是男性神和女性神崇拜，归根到底还是敬祖的信仰观念，如川鄂之交的陕南地区石崇拜，信仰对象就有石祭崖、石王爷、打儿窝等等，是汉水流域神灵崇拜的一大亮点。（黄宝生主编.陕南文化概览.西安：太白文艺出版社，1998.）

（二）巫觋信仰

民间信仰中与民风民俗联系最紧密的就是巫觋信仰，所谓巫觋，"女曰巫，男曰觋"，皆自称能通鬼神而从事占卜、预知、驱鬼、治病等活动。汉水流域自古以来受巫觋信仰影响较深，近年来越来越多的学者开始关注其对区域文化建设的深层意义,如杨玉辉、韩琳《汉中地区的巫鬼遗风与民间信仰》(《重庆文理学院学报》2006年第6期)从特殊的地理环境出发,分析汉水上游汉中地区的民间信仰和巫鬼之风,并探讨了多样化的巫鬼之风对研究汉中宗教文化和民俗地理的价值和意义;韩琳的硕士论文《汉中地区的巫鬼之风及民间信仰》(《西南大学》2007年)对汉中的巫鬼信仰做了系统的梳理,力求从地理因素、历史发展角度、传统史料结合田野调查等方面探析汉中地区的巫鬼信仰特点,虽然论文对巫鬼信仰做出了一定的客观评价,但总体而言,研究仍十分薄弱,需要深入挖掘评述的内容还有待于继续丰富;程文徽《汉中羌族文化——傩文化及其现状与保护》(《阿坝师范高等专科学校学报》2010年第1期)一文详细介绍了汉中羌族的民间艺术傩文化,作为艺术的"活化石",傩戏发源于民间巫师俗称端公表演的"武坛","武坛"是端公祭祀祈祷的一种特定仪式,包括舞蹈、歌唱、民间小戏,以及木壳面具表演的傩舞傩戏等,在歌舞、音乐、雕刻、文学、绘画等方面为民间艺术注入了鲜活的血液,傩文化已经不仅仅是民间巫术的一种表演形式,在开发民间艺术和旅游文化方面,傩文化将发挥着更多的积极作用;其专著《陕南羌族》(上下卷,陕西出版集团、陕西人民出版社,2012年),详细介绍了汉水的源头陕西宁强羌族文化,其中对汉水上游的原始民间信仰做了不少专题介绍,图文并茂,生动形象,是读者了解汉水上游民间信仰或汉水流域文化的优秀科普作品;深入关注研究陕南巫觋信仰的还有范玮的硕士论文《巫傩文化与陕南民间舞》(《陕西师范大学》2011年),以巫傩文化为切入点,地域文化为依托,探索了陕南民间舞蹈的历史人文价值和审美特征,通过剖析陕南民间舞蹈中巫傩文化的特点,呼吁人们去积极抢救、保护和开发利用这项文化资源。

也有从其他角度研究汉水流域巫觋信仰的,如陈二峰《清代湖北汉水流域的民间信仰》(《江汉论坛》2011年第9期)一文,梳理了清代湖北汉水流域的民间信仰,指出民众的生活、政治的稳定、儒生的宗教身份、道教等和民间信仰相互吸收,彼此同化,除了万物有灵思想和鬼神崇拜之外,巫师对民众信仰的激发也是重要的推动因素,随着地方社会变迁,民间信仰对地方社会产生的影响由兴盛转向衰落;徐永安《武当山丧歌中的楚文化精神》(《湖北民族学院学报》2012年第2期)介绍了武当山当地民歌中的阴歌,认为丧礼既有"过渡礼仪"的普遍性,又有楚地的特殊性,而阴歌则最具楚地历史的古老性和本土性,其音乐保留了古楚地的音乐特征,歌手则是丧葬祭祀仪式中的巫师的角色,并指出丧歌是研究古楚地丧葬文化的"活化石"。

## （三）古圣先贤崇拜即人物崇拜

广袤的汉水流域滋养了汉中、襄阳、南阳、武汉等历史名城，在这片伟岸的土地上，多少英雄豪杰在此留下了光彩夺目的火花，民众崇敬这些著名的历史人物，以不同的方式缅怀信仰他们。关注此方面的研究也不少，张晓虹《明清时期陕西民间信仰的区域差异》（《中国历史地理论丛》2000年第1期）一文介绍了陕南地区自西汉以来存在的汉初君臣和三国人物祭祀，通过对比陕西其他地区的民间信仰，分析各地信仰迥异的原因，虽然没有深入探讨三国人物崇拜内容，但也是把此类人物崇拜纳入了民间信仰的范畴中。三国英雄人物中，诸葛亮是民间百姓最为推崇的，诸葛亮崇拜也成了汉水流域尤其是上游汉中地区民间信仰的重要组成部分。学界关注此方面的研究也颇多，如梁中效《蜀道线上的诸葛亮文化》（《成都大学学报》2001年第3期）介绍了中国西部文化的轴心—西北与大西南的蜀道，诸葛亮在蜀道线上的文化遗产，不仅承汉启唐，是中国西部文化辉煌期的典型，是中国西部文化兼收并蓄的象征，而且魅力永存，是蜀道线上最具生命力的传统文化，是西部大开发应该继承的文化遗产；同氏著《诸葛亮"躬耕南阳"的文化意象》（《成都大学学报》2004年第2期）指出诸葛亮"躬耕南阳"，不啻是躬耕地的自我表白，更有深刻的文化意象，既具有儒家正统文化传承的承前启后意象，又具有唐宋之后日益强化的正统与平民文化意象；同氏著《汉水流域的诸葛亮文化》（《襄樊学院学报》2008年第7期）则基于诸葛亮一生中最光彩夺目的年华是在汉水流域度过的，汉水流域的汉文化激励着"诸葛卧龙"，汉水流域的南北文化培育了"诸葛孔明"，所以汉水流域是诸葛亮文化的胜地；马强《诸葛亮崇拜与古代蜀汉地区的民间信仰》（《成都大学学报》2002年第2期）介绍了古代蜀汉地区突出的历史民俗现象即对诸葛亮的崇拜和祭祀，从历史渊源、诸葛亮文治武功的人格魅力、蜀汉自身的地理环境等几个因素探讨了诸葛亮崇拜的成因，并指出诸葛亮崇拜反映了蜀汉地区民间信仰的古老性、封闭性与发展变化的缓慢性。以上几篇成果虽然各自角度不一，但都是对诸葛亮信仰的有益探讨。

除了影响力较大的两汉三国时期英雄人物之外，也有少数学者关注其他领域的著名人物信仰，如张晓虹《区域信仰的本土化与地方信仰的转型——基于清代陕南杨泗将军信仰的考察》（《陕西师范大学学报》2008年第6期）对陕南地区的杨泗将军信仰做了考察，不仅分析了其形成的历史原因，而且还探讨了由于经济发展带来的地方诸神与区域性神祇相结合的民间信仰上的一个转变，这篇文章研究的角度新颖，值得进一步深入探讨；汉水流域民众对屈原也十分缅怀和敬仰，关注此方面的研究有梁中效的两篇文章《屈原与汉水流域文化》(《陕西理工学院学报》2005年第4期)、《论屈原的夏文化情结》(《安康学院学报》2009年第2期)等,虽然不是专题研究汉水流域的屈原信仰,但通过探讨屈原或楚辞与汉水文化的关系,能为研究汉水流域民间信仰提供素材和文学视角,因此也是应该值得关注的。

(四) 与儒、道、佛相关的民间信仰

中国民间信仰的形成和发展与儒、释、道紧密相连又相互影响,很难用一个精确的标准来划分彼此之间的界限。由于地理环境的复杂性和区域文化发展的独特性,汉水流域的民间信仰与宗教尤其是道教的关系最错综复杂,不少学者虽然没有专题研究道教与民间信仰的关系,但关注道教早期发展历史特别是五斗米道相关问题时,往往会对汉水流域民间信仰有所涉猎。这方面的成果如张家祜《张陵五斗米道与西南民族》(《贵州民族研究》1983年第4期),认为张陵把巴人的鬼道和蜀人的仙道整合起来成为五斗米道的主要思想;郭荣章、冯岁平《五斗米道之始末》(《成都大学学报》1994年第1期)一文,谈及五斗米道的遗风、遗迹时,认为"蜀人事神之风气,当与五斗米道相关,可能是它的一个流派",对跳端公的活动也做了尝试性的探讨,但并没有深入研究;梁中效的《汉水文化与五斗米道》(《唐都学报》1995年第3期)认为汉水上游文化为五斗米道在汉中的发展提供了养料,古代巫术、神仙传说和成仙方术是五斗米道的来源;王纯五的《五斗米道与巴蜀文化》(《中华文史论坛》1995年第2期)一文,从"三官"崇拜、五方星斗等六个方面介绍了五斗米道对巴蜀文化的继承和发展,较好了探讨了原始宗教信仰与五斗米道的紧密关系;王永平《论唐代"鬼道"》(《首都师范大学学报》2001年第6期),认为唐代的"鬼道"继承于五斗米道,流行于民间,在其发展过程中,也影响到了统治阶层,对唐代政治产生了一定的影响;桑大鹏《道教观念与法术系统中的巴巫成份分析》(《云南社会科学》2006年第4期),认为巴人的诸多巫术操作模式及鬼灵观念都对五斗米道起到了一种潜在的建构作用;王继胜等编著的《陕南端公》(陕西科学技术出版社,2009年),描述了现今流传于秦巴山区的端公信仰文化,探讨了五斗米道的传播发展与端公文化的密切联系;曾维加《清虚无为与血牲祭祀—从"鬼道"看蜀地道教与民间信仰的关系》(《四川大学学报》2010年第6期)该文以陈瑞教团为例,阐述了道教与民间信仰的差异。

还有几篇博士论文如刘屹《敬天与崇道—中古道教形成的思想史背景之一》

（首都师范大学博士论文，2000年）、《道教的社会传播研究——以公元六世纪前巴蜀和中国北方为中心》（四川大学博士论文，2004年）、王丽英《道教南传及其影响》（华中师范大学博士论文，2004年）等，在谈及道教的形成和影响时，对汉水流域的民间信仰问题也有不同程度的关注。

## 三、思考与展望

通过梳理目前学界内的研究成果，可以看出，较之于其他区域性文化研究，汉水流域的民间信仰问题还没有引起学者们的足够关注。由于历史悠久，汉水上游尤其是汉中地区的民间鬼神崇拜、三国人物崇拜等民间信仰被大家普遍了解，上述研究也反映出侧重点多是局限于此两方面。综观学既有的成果，有些问题还有待于进一步的思考与探索。

### （一）对民间信仰概念的界定

如何给民间信仰一个准确的定义呢？不同的学者从民俗学、宗教学、人类学等各自的角度来阐述民间信仰的概念，目前几种代表性观点有：

1. 民间信仰就是信仰习俗："迷信"和"俗信"

对自然物、自然力的崇拜；对幻想物的崇拜（神灵、鬼灵、精灵等）；对附会的超自然力的人物崇拜（神人、仙人、圣人、巫师等）；对幻想的超自然力的崇拜（灵物、灵魂、偶像、巫术等）。此类观点从民风民俗出发，如著名民俗学家乌丙安认为民间信仰"由宗教信仰派生出来的信仰习俗已经融为日常生活的迷信和俗信"。[①]

2. 宗教层面的民间信仰

此观点多从宗教学研究出发，认为对中国民间信仰的研究应描述为历史上一般人生活中的宗教概念。在考察民间信仰问题时，应该特别注意其与佛教、道教的关系。民间信仰的内容，在佛教、道教兴起以前与以后有何不同？它与几大宗教是否有相传承关系？这一观点进一步挖掘了民间信仰的深刻内涵，引导读者透过民间信仰的表面形式来思考"民间"与"传统或官方"信仰之间的关系。

3. 民间信仰是一种混合性信仰

此观点认为民间信仰内涵丰富，既包括原始时代遗留下来的各种崇拜、迷信

---

① 乌丙安. 中国民俗学. 沈阳：辽宁大学出版社，1985.

组织和信仰活动，也包括民间的生产、生活、岁时习俗以及众多的民间鬼神信仰等。简言之，在阶级社会里，民间信仰就是属于下层民众对鬼神世界和习俗礼仪的一种信仰，既有原始信仰，也有后来从其他宗教和民间新生神明中得到补充的信仰对象。

总结当前学界内的研究成果，可以看出，以上三种对民间信仰概念的界定，各自侧重点不同，涌现的相关成果也基本不出此三类方向。汉水流域的民间信仰研究亦是如此，侧重"迷信、俗信"的关注汉水各流域的巫鬼、神灵、先祖崇拜，侧重宗教学的关注早期道教的发展与民间俗信的相互关系，认为第三种观点的，新生神明信仰中侧重三国人物信仰，这方面以汉水上游汉中地区最为突出。笔者认为，从汉水流域的地理和人文环境出发，汉水流域的民间信仰研究也应该是包含原始宗教信仰和各路新生神明的混合性信仰研究，至于民间信仰中增加了哪些新生神明，则与汉水流域古老的历史演变、佛教和道教在此间的兴衰密切相关，这也是今后笔者尝试探讨研究的一个方向。

## （二）汉水流域民间信仰的特性

研究汉水流域民间信仰问题，不能不考虑到汉水流域文化的特性。作为区域性文化，汉水流域虽然一脉相承，但在其历史文化的发展历程中，各个河段又有其各自的特点与优势。因此在研究过程中，我们不能一概而论的认为汉水流域民间信仰就是巴蜀文化信仰，也不能片面的将之归为荆楚文化，必须具体问题具体分析，深化各个河段不同历史时期的信仰特征。

与当地特色文化相结合，是汉水流域民间信仰研究的重要法宝。以汉水上游陕南地区为例，这里是三国文化和道教发源地，因此研究民间信仰时，就不能只关注民间巫鬼信仰和自然神灵崇拜，三国人物和道教发展的影响，为该地区民间信仰的内容注入了诸多新鲜血液，这些历史性和地域化的特点，可能就是汉水中下游地区民间信仰中缺失的，所以应特别值得注意。

## （三）研究方法的多样化

民间信仰研究不是单一的某类学科。从宏观上看，民间信仰研究的对象十分宽泛，如巫鬼信仰的研究，可以从人类学、社会学的角度探讨其起源，也可以从考古实物入手研究其发展演化过程，能从民间文学出发辑录其祭祀仪式上的讲唱说词，也能用民俗学的观点去阐述其对民风民俗的影响。作为民间文化的重要组成部分，民间信仰的内容从来都不是单一刻板的，因此对民间信仰的研究也必须综合运用多种研究方法。

就汉水流域民间信仰研究来说，对史料的爬梳是研究工作进行的基础。目前学界内缺乏这方面系统的整理，某些专题探讨汉水上游民间信仰的问题时，只是简略的征引传统史料和汉中各类县志，更多新近校注出版的地方志和汉水文化史类著作没有得到应有的重视。除了文献资料，对出土文物的关注也是必不可少的，地方志与汉水各河段的出土文物相互印证，能得出更多可靠可信的研究成果。汉水流域上中下游各有其鲜明的文化特色，若能从社会学、民俗学角度出发研究各地民间信仰的渊源与内涵，相信会有更加丰富的学术火花闪现。

### （四）正确引导民间信仰的发展方向，促进文化旅游资源的开发

在当今中国社会，民间信仰的受众群体是非常大的，我们细化民间信仰的对象与内容，分析其特点与影响，主要目的还是在于"扬其精华、弃其糟粕"，引导民间信仰在民众中发挥积极正面健康的作用。

汉水流域地形复杂，民间信仰的内容也丰富多彩，但不能否认，有的民间信仰中存在一些"迷信"乃至"愚昧"的内容。虽然人们经常觉得很多民间信仰的对象是虚幻的，但在现实生活中，虚幻的对象也能发挥一定的消极或负面的影响。如与民众生活关系十分紧密的端公信仰，我们深入研究民间端公的性质与职能，目的绝非是要夸大其在民间医疗卫生方面的作用，相反，要积极引导民众多关注端公信仰的娱乐性和民俗性特点，多强调其文化旅游资源的开发价值。只有科学界定这些民间信仰在民间文化建设中的地位，才能移风易俗，弱化其"糟粕"，更好的促进社会主义精神文明建设。

# 西方传教士在湖北地区的活动及影响研究

郧阳师专外语系  祝东江[①]  陈梅  张希萌

**【摘　要】** 西方传教士很早就在湖北地区从事传教和其他社会活动,特别是鸦片战争后,《南京条约》等不平等条约的签订使教会势力快速发展。在祸害湖北人民的同时,传教士修建教堂、兴办学校和医院、出版刊物、参与社会慈善等,推动了湖北的政治、教育、文化、医疗、科技、社会救助等事业的发展。对西方传教士在湖北地区的活动和影响进行研究,有助于我们辨证地看待这一历史现象,研究发展汉水文化,发展湖北旅游等。

**【关键词】** 西方传教士;湖北地区;影响;研究

**基金项目:** 湖北省普通高校人文社会科学重点研究基地汉水文化研究基地2015年度开放性项目(项目编号:2015B02)的成果之一。

## 一、引　言

唐朝贞观时期,西方传教士为生存、寻求中国皇帝的支持来中国传播基督教教义。元成吉思汗时期,传教士想利用基督教来阻止蒙古铁骑西进。明清时期及近代传教士来中国是想获取中国的情报,为本国资产阶级侵略中国、殖民中国服务。西方传教士很早就来到湖北,进行传教和其他社会活动,对湖北的政治、教育、文化、医疗、科技、社会救助等都有着巨大的促进推动作用。传教士修建的教堂等建筑也促进了当代旅游业的发展。

国务院《关于加快旅游业发展的意见》指出,"要把旅游业培育成为国民经

---

[①] 作者简介:祝东江(1976—  ),男,,湖北郧西人,硕士,郧阳师范高等专科学校外语系副教授,主要研究翻译理论及英美文化。

济的战略性支柱产业和人民群众更加满意的现代化服务业。"湖北省委省政府指出"要加快推进鄂西北生态文化旅游圈建设,实现湖北由资源大省向旅游经济强省的跨越"。为此,在鄂西生态旅游文化圈建设中,汉水流域更应把握机会、挖掘整理地方文化、提升当地旅游产业的文化内涵,促进旅游业的可持续发展。研究整理传教士在湖北汉水流域的活动和影响既有学术价值,也有经济价值。

## 二、西方传教士在湖北传教活动

天主教自明朝1582年利玛窦传入中国后,即有少数传教士于1587年来湖北传教。[1]湖北开教第一人,意大利会士罗明坚在武当山附近短期传教,播下了福音的种子[2]。天主教耶稣会士16世纪中期在武当山、17世纪前期在通山、武昌活动,方济各会、遣使会士在17世纪中期后深入湖北各地,但教会活动未获得合法地位、无群众基础,许多传教士被民间或官府处死或驱逐。明末清初期间,法国、葡萄牙、意大利、比利时等传教士先后到湖北传教,把传教活动扩展到偏远的乡村。

1633年西班牙会士李安堂在湖北修建了多所教堂和会院,吸引和发展了众多的教友。1635年,葡萄牙会士费乐德来到武昌传教、修建教堂,但很快被总督赶走。1637年,葡萄牙会士何大化到武昌传教,因结识了当地两位信奉天主教的官员,并获得了其认可和帮助,传教工作进展比较顺利,发展了近300名教友,并在蛇山脚下修建了一座教堂。1661年,法国会士穆迪我到武昌、荆州、襄阳、公安、荆门、宜昌等地开展传教活动,接受洗礼者达500多人,并修建教堂,为天主教在湖北传播奠定了基础。

清朝顺治、康熙优待西方传教士,信教人数逐年增加。但在1725年,清政府严禁天主教传播,襄阳、武昌、安陆等地的基督徒纷纷逃到磨盘山。磨盘山自给自足的自然经济,相对封闭的地理环境,及淳朴的民风民俗是基督教信仰传入并持续发展的温床。磨盘山教民村发展很快,成为基督徒的世外桃源,中国天主教发展最快的地方,天主教传播的重心,被称为"耶稣圣心的殖民地"。天主教在湖北武陵山地区的传播时间长,规模大,长阳、利川是重要的核心阵地。

江西教案后查禁天主教稍微松懈,澳门传教士通过湖广地区进入内地,使该地区天主教发展迅速。1809年,张之洞在湖北推行改革,传教士在教育文化、医疗及社会救济事业的改革方面给予支持,得到了政府信任,传教环境有所好转。1836年,法国传教士董文学来湖北传教。

鸦片战争后，《南京条约》等不平等条约的签定，使传教士加紧向中国内地渗透，天主教和基督教在湖北获得合法的传教地位，教会势力获得较大的发展。代表人物和事迹有：首任主教徐伯达将主教堂和居所修建在应城王家榨乡下；继任主教明位笃在汉口和武昌购买大片土地，大规模修建教堂和教民住所；主教董文芳在鄂西南地区首创育婴事业；主教祁栋梁建立修女会，接管育幼园，开办诊所、孤儿院、日间托儿所、学校及小型手工艺工厂；主教杨睦多建女修院，开办印刷厂。基督教来到湖北较晚，但发展也很快。传教士威尔生和杨格非在汉口、武昌开辟新的传教据点。随后50年间，基督教广收教徒，发展教会势力，足迹遍布湖北的通都大邑和穷乡僻壤。

## 三、湖北教民入教动机

宗教信仰具有多种功能，尤其是心理调适和慰藉功能、文化功能、经济功能，后两项能刺激消费、生产和旅游。[3]汉水流域独特的地方文化对清代湖北民间宗教信仰的形成、发展、传播产生了深刻的影响。民间宗教信仰的原动力是民众具有信仰的需求，而地方文化是信仰文化的重要源泉。中国民众遵循实用主义原则，即惟灵是从。[4]荆楚地区传承不息的封建迷信传统为民间宗教信仰的传播奠定了社会心理底蕴。[5]

据有关调查，87.8%的农民不信教；基督教信徒，女性多于男性，50岁以上为主要年龄段。[6]刘元对湖北教民入教的动机进行了全面客观的分析[7]：为追逐宗教功利而信教，试图运用宗教以解决生活问题；穷苦民众为租种教会土地、在教会帮工、获取教会的施舍来维持基本的生活需要而奉教；部分乡民为借助教会诉讼保护或维护自身利益而入教；部分人希望依靠教会获得权势、提高地位和身份而选择入教；受家庭或家族有威望的人入教的影响而信教；少数人出于偶然或被好奇心驱动而接触、理解教义，并被其打动而奉教。

天主教所传之处，广施慈善、兴办教育、普及医疗、教化人心，教会严密的组织、庞大的经济实力以及系统缜密的教义，对于不同阶层和处于不同景遇的人均有一定的吸引力。

## 四、西方传教士的其他社会活动

在近代，西方传教士纷纷来到中国进行传教。因多种因素影响，他们被迫改变策略，不仅传播"福音"，还借助其他的世俗方式来扩大基督教的影响：设立医院，医治病人，推广现代医学，培养西医，创办医学院；参与科学文化活动、开办学校、创办报刊，翻译外国书籍，推广先进技术，传播西学，启蒙思想。如：

### （一）著书出版

鸦片战争后，大批传教士进入两湖地区，建立出版机构、编译西书、新办刊物，传播西方宗教、自然科学和社会科学知识；创办图书馆、进行开架借阅等读者服务工作。主要出版机构及出版活动有：基督教伦敦圣教书会及其刊物《谈道新编》《益文月报》，宣传教义和传播西方科技知识；汉口苏格兰国家《圣经》出版协会书馆，传播教义、普及西学知识；汉口中国圣教书会，经销 Bible Success Band，教会出版物，及幼儿和初级小学用书等；美国传教士在武昌出版《中国传教士》《文华学界》《文华评论》等刊物。

### （二）兴学办教

传教士利用外国的拨款和捐款在湖北创办"洋学堂"，招收信徒及其子女，如武昌华中大学、文华书院——文华大学，开设天文、数学、物理、化学等课程，提倡德、智、体三者兼顾；按学生知识程度的高低分班教学，编纂教材、分别讲授、循序渐进。传教士不仅创办小学、中学和大学，还设置各种专门学校，如幼稚园、聋哑学校、盲童学校、女子学校、师范学校、医护学校等。部分传教士主张中西学兼通，保留中学、引进西学，促使教学内容近代化。传教士开始实验教学，印刷发行教育、天文、地理、理化书刊，组织编译教科书。天主教选派神职人员和修女到南京、上海深造，赴国外留学。教会学校培养儿童养成"耶稣的美德"，挑战"读书为做官"的封建思想。近年来，武汉市基督教青年会先后举办英、日、德、俄语和国际金融、医护急救等培训班，培训学员千余人次。

### （三）设医诊病

医药是传教的先锋。传教士开设诊所为诸多患者解除病痛，出版医学刊物，传播西医、西药。1864年，英国传教士师维善在汉口设立第一家教会医院——普爱医院，开展医疗救治活动。初期，教会施舍、临床使用的药品器械直接来自国外；后来，随着用药需求的增大，武汉地区产生了被外商垄断的西药商业。

医学传教士的医学、护士教育促成了近代医界新职业的兴起；女医学传教士开办女子医学和护理教育，引导近代中国妇女从事医生和护士职业，如汉口普爱医院的护士学校。教会医疗事业抨击近代中国的吸食鸦片、缠足、酗酒、一夫多妻等陋习；医学传教士揭露鸦片危害、宣传戒烟、建议禁烟、探索戒烟法并创办戒烟所或戒烟医院。

近年来，汉口天主堂开办康复医学、幼儿保健和职业病防治等学习班，培训多位学员。大冶市基督教兴办"三自"康复诊所，治疗疑难病症，坚持低收费，为贫困病人减、免医疗费。

## （四）社会救助

西方传教士开办孤老院、手工工厂、托儿所等，积极参与红十字会的组织和创建。1876年后，传教士开展了大规模的救济活动，如募集善款、宣传山东灾情、呼吁外国侨民捐款。[8]美国传教士史密斯主动帮助红军治病，并为贺龙将军检查身体。天主教举行大礼弥撒追悼抗日阵亡将士和死难平民、信徒积极参加抗日救亡和解放战争；基督教积极参加革新自立运动、支持辛亥革命、救助1931年长江汉水发生的特大洪灾、支持并参加抗日救亡等运动。

## （五）放足运动

在华传教士积极投身于近代中国的放足运动。他们抨击缠足陋习，剖析缠足之害，发起反缠足运动，倡导放足新风。教会女校率先开展放足运动；天足会是清末中国倡行放足运动的主要力量。[9]

## （六）祸害湖北人民的暴行

鸦片战争后，传教士在湖北地区建立起许多教堂，即情报站，大肆搜集湖北政治、经济、军事情报，充当资本主义侵略湖北的坐探、急先锋。洋教堂与地方的贪官污吏、土豪劣绅、土痞恶霸勾结，打击不顺从他们的官吏和百姓，强占、强买、诈骗土地，租给佃农耕种、强迫他们缴纳重租、贡献鸡鸭鱼肉；发放高利贷、利用宗教仪式，巧立名目，大肆搜括农民的钱财；干涉中国内政，包揽诉讼，使教会成为一些为非作歹之徒的庇护所，[10]；实行残暴的殖民统治和镇压中国人民革命，疯狂打击中共领导的革命运动。[11]教会还走私贩私，敲诈钱财，强抢、奸污妇女，私设公堂。沈垭天主堂悬挂"天堂地狱图"，创办安多尼修道学校，培养为帝国主义效劳的奴才，开办神学院、灌输唯心主义和反共反革命的毒素。天主堂举办育婴堂，但绝大部分婴儿被他们残杀、活埋，甚至作试验品。

## 五、西方传教士在湖北的影响

### （一）积极影响

（1）传教士在湖北出书立说，填补了当时湖北的缺门和奠定某些学科在湖北建立的基础，丰富了湖北的科技文化，开拓了人们的视野，增长了人们的知识，促进了湖北近代科学家的成长，有助于湖北人了解西方和世界大势，激发对新思潮、新风尚和新价值取向的追求。

传教士创办的图书馆带来了西方近代图书馆建设的思想、模式、《杜威十进分类法》、新式管理方式及公开、开放与共享的近代图书馆观念，为湖北近代图书馆的建立和发展提供了参照模式，促进了湖北古代藏书楼向近代图书馆的转变。[12]

传教士报刊将近代新闻纸、言论、出版自由等观念、西方报刊形式引入湖北；将铅字、印刷机等近代印刷设备和技术传入湖北，为湖北自办近代报刊提供了物质条件。[13] 通过这些书籍和报刊，中国师生认识到"民主""自由"等资产阶级民主观念和革命思想；出版业的文化渗透与两湖士绅的反洋教宣传，也激发了两湖有志之士和革命群众的爱国热情。

（2）传教士介入教育领域，提高其教育活动的专业化程度，成为教育家，为中国学校的师资提供了可供参照的形象。传教士对中国传统教育的审视，使人们认识了封建教育的弊端；他们针对湖北教育提出各种改革方案与构想并创办教会学校；翻译西方教育理论著作，介绍西方的教育体制、思想、理论，为传统教育改革奠定了理论基础，启迪了洋务派和维新派的教育改革观。[14] 教会学校挑战僵滞的科举教育，展示了新教育的美好前景，加速了近代中国教育改革的步伐；对湖北近代教育和文化思潮产生了正面和积极的影响，如教会女学改变了清末湖北妇女的教育现状，打破了长期以来束缚湖北妇女的思想樊笼，培养了湖北历史上的第一批掌握现代知识、自信、自立、自强的职业女性，造就了大批的专才，催生了湖北近代的新式学校，特别是女子学校，为湖北近代教育提供了多层面的借鉴。[15]

（3）教会医疗事业在一定程度上改变了湖北人的对外观念，使湖北人看到西方文化的长处，改变了中国人的文化优越主义的态度。医学传教士以其高超的医术、仁慈的服务、免费的治疗，使湖北人对外国人的猜疑和偏见逐渐消逝。教会医疗事业影响了中国人的迷信观念（尤其迷信治疗的习俗）、私向传授医术、育婴习俗、卫生习惯，改变了近代中国人的医药观、治病护理习俗，奠定了近代中西医汇通和中西医论争的基础。西医也影响近代湖北人的食补习惯。[16]教会医科大学，把西医、西药、近代医院制度、医学教育、护理教育、医学知识等传入湖北，利于湖北医学事业的发展和人民的身体健康。此外，外商垄断西药市场的局面也激发了湖北人的自立、自强精神。

（4）西方传教士参与湖北慈善事业，传播西方慈善救济理念，倡导人文主义融合、提出教养并重、选择性救济和以工代赈、建立盲哑学校，更新了近代慈善救济内容，增加了慈善教育和慈善医疗，延伸了慈善救济对象，促使湖北近代慈善救济思想和实践发生新的变化。

（5）基督教通过赞美诗和教堂音乐，将抽象深奥的教义思想，转化为通俗易懂的道理。基督教与音乐文化的融合，促进了中西方音乐文化的交流，丰富了湖北音乐的内容和表现手法，推动了湖北音乐艺术的发展。[17]

（6）传教士向湖北输入西方男女平等思想，引导开展了卓有成效的妇女活动，加速了近代湖北妇女的觉醒。教会女校培养的职业妇女，独立生活、创造财富、拥有地位，赢得周围妇女的羡慕和学习仿效。

（7）天主教在土家族地区的传播，强化了其民族意识，彰显、弘扬了民族文化与精神；天主教的教规、教义使土家族人的凝聚力增强；天主教使其较早接受新式教育，为其知识分子吸取西学提供了方便；天主教的医学活动使其较早接受西方医疗知识，接受预防注射。[18]

（8）天主教的传播也深刻地影响了当地社会。天主教的《十诫》，倡导破除迷信、孝敬父母、守男女道德、不偷抢杀人、不作假证等，使所在地区的犯罪现象减少。天主教反对弃婴，提倡尊重人死后的尊严，培养了信徒关于生命和尊严的意识。天主教要求一夫一妻、反对离婚、重视家庭教育、提出圣洁的婚姻家庭道德观，促进了家庭和社会稳定。教会医院、孤儿院、养老院等弥补了政府社会服务的不足，促使建立了公共教育、社会福利和劳动保障等制度。刘方济在磨盘山传教期间，批评乡村庆筵中酗酒、说脏话之类的恶俗，并改造那些与基督教文化不相适宜的民俗民风。[19]

(二) 消极影响

（1）传教士夸大基督教文化的适用度，贬低其他文化的价值，蔑视与排拒其他一切文化，容易引发文化冲突与灾难。[20]部分自由派传教士妄图用基督教文化改造中国文化，激烈批评乃至彻底的否定儒学、儒学教育。[21]

（2）传教士深入到内地传教，形成了一种新的抗衡旧有势力、挑战旧有秩序的力量——教民，在一定程度上改变了中国原有的社会结构，打破了原有的社会宁静。因复杂因素的影响，基督教引起大量平民、士绅、官吏的不满、敌视、仇视，引发教案。在湖北爆发了数起死伤颇多、影响深远的教案，如武穴教案和宜昌教案。[22]

（3）以外国传教士为代表的帝国侵略者与袁世凯政权狼狈为奸，镇压中国人民的起义运动，使反教反袁的白朗起义惨遭失败。[23]反动传教士操纵谷城天主堂参加反革命暴乱、"圣母军"破坏反帝爱国运动；基督教传教士干预湖北地方教育主权、进行反共"应变"等。

## 结　语

因特殊复杂的社会、政治、文化原因，天主教、基督教曾被利用为帝国主义军事和文化侵略的工具，但教会的正直人士更多地为两教融入中国人民的正义事业艰苦努力，甚至流血牺牲。为扩大基督教的影响，传教士创办教会大学，但后来教育功能逐渐增强并占据主导，促进了中国近代教育和加强了中西文化交流，方便中国师生接触西方文化、西方社会，滋生革命思想。天主教的传播唤醒了湖北人民的自我意识和政治觉醒，推动了近代民主革命运动的发展，为湖北人民融入改变近代中国命运的历史性革命准备了社会基础和人才条件。[24]

传教士来到汉水流域的湖北地区传播宗教，出版书籍，设立医院，开设学校。他们不仅带来了宗教，更为湖北人民带来各种变化和冲击，西方先进的工业文明及社会思想、生活方式传入湖北，促进了湖北地区政治、教育、文化、科技、社会救助和产业经济等的发展。传教士在湖北的出版活动传播了西方近代科学技术知识、拓宽了湖北民众的视野，丰富了其文化生活。传教士活动和留下的资料有助于研究汉水流域历史和文化。传教士在湖北建有多所学校，为很多孩子提供了受教育的机会。传教士修建的教堂等建筑，以其独特的风貌成为各地的旅游景点，促进了当代旅游业的发展。

**参考文献**

[1]刘志庆.湖北天主教教区历史沿革考[J].中国天主教，2013（4）.

［2］康志杰.最早到湖北传教的欧洲传教士［J］.民族大家庭，2004（21）.

［3］阚祥才.民间信仰的功能——基于湖北某地的实证考察［J］.江西社会科学，2013（10）.

［4］陈二峰.清代湖北汉水流域的民间信仰［J］.江汉论坛，2011（9）.

［5］王伟，李文靖.清代中后期荆楚文化对湖北民间宗教信仰传播的影响［J］.石家庄铁道大学学报（社科版），2010（3）.

［6］梁伟军，吴春梅.农民思想观念的现状及影响因素分析［J］.科学社会主义，2011（5）.

［7］刘元.晚清教民入教动机探析［J］.湖北民族学院学报（哲社版），2014(2).

［8］鲁克亮.清末民初的灾荒与荒政研究［D］.广西师范大学，2004.

［9］郝先中.传教士与近代中国的放足运动［J］.河南师范大学学报（哲社版），2004（3）.

［10］萧致治，萧莉.19世纪的湖北教案［J］.武汉大学学报（社科版），1988（3）.

［11］申雅，黎群.罪恶累累的沈垭天主堂［J］.武汉大学学报（人社版），1978（1）.

［12］王卫国.西方传教士在中国近代从事的图书事业［J］.船山学刊，2005(3).

［13］沈继成.试论19世纪在华传教士的报刊活动［J］.华中师范大学学报（人文社科版），2002.

［14］杨齐福.传教士与近代中国教育改革［J］.福建论坛（人社版），2004(11).

［15］南治国.但开风气敢为先—基督教与清末女子教育［J］.北京大学学报（哲社版），2002（4）.

［16］李传斌.基督教在华医疗事业与近代中国社会［D］.苏州大学，2001.

［17］褚炜.基督教文化对我国音乐发展的影响［J］.西安音乐学院学报，2003（3）.

［18］刘兰英.天主教在土家族中的传播与影响［J］.中国天主教，2014（2）.

［19］康志杰.关于湖北磨盘山神权社会的考察［J］.世界宗教研究，2004(3).

［20］龙秀清.论十九世纪新教传教运动［J］.东北师大学报（哲社版），1998(3).

［21］胡卫清.传教士儒学儒学教育［J］.史学月刊，1996（6）.

［22］董能.法律视角下的周汉反教案［D］.华东政法大学，2011.

［23］黄广廓.有关帝国主义对白朗起义干涉的资料［J］.史学月刊，1960（4）.

［24］黄明畅.天主教在湖北武陵山地区的传播研究［D］.湖北民族学院，2013.

# 道廉文化思想探源及其当代意义

老河口市人民政协　钟伟[①]

**【摘　要】** 道家思想中蕴含着丰富的廉洁、廉政元素。早期道家的节俭、寡欲、知足、民本、轻利、德主刑辅等主张，对于加强廉政文化建设，构筑反腐倡廉的思想道德基础和思想道德防线，仍然具有积极的当代意义，值得我们去深入挖掘和传承弘扬。

**【关键词】** 道廉文化；思想道德；当代意义

**基金项目：** 郧阳师专2012年度校立科研项目"道廉文化建设与职务犯罪预防"（2012B15）阶段性成果。

腐败的形成，缘于主客观等多种因素，既有市场经济带来的逐利性影响，也有拜金主义、享乐主义的外在诱惑，更有腐败者自身世界观、人生观迷失的主观原因，在外则表现为各种不良的作风。因此，习近平总书记强调："要大力加强反腐倡廉教育和廉政文化建设，……不断夯实党员干部廉洁从政的思想道德基础，筑牢拒腐防变的思想道德防线。"[②]

在廉政文化建设中，湖北十堰市以武当山为依托，深入挖掘和整理道家思想和道教文化中的廉洁、廉政元素，创造性地提出"道廉文化"这一命题，建立了武当山道廉文化教育基地，推出了道廉文化旅游专线，并结合实际开展了道廉文

---

[①] 作者简介：钟伟（1978—　），男，法学硕士，湖北老河口市人民政协干部，主要从事地方文化和马克思主义理论研究。

基金项目：郧阳师专2012年度校立科研项目"道廉文化建设与职务犯罪预防"（2012B15）阶段性成果。

[②] 习近平.《借鉴历史上优秀廉政文化，不断提高拒腐防变能力》（EB/OL）.新华网，http://news.xinhuanet.com/politics/2013-04/20/c_115468016.htm，2013-04-20/2014-10-12.

化"十个一"工程等系列活动,使道廉文化的教育功能得到彰显。在以"弘扬道廉文化精华、让廉洁成为一种社会风尚"为主题的第四届中华廉洁文化理论与实践交流大会上,与会专家学者、纪检监察工作者曾从不同角度,深入阐释了道廉文化的内涵及其对当前廉政文化建设的重大意义,取得了良好的社会反响。不过,道廉文化研究总体上仍处于起步阶段。在此,笔者寻踪追源,对早期道家的道廉文化思想进行初步探讨,以期对弘扬道廉文化及加强党员干部的思想道德建设有所裨益。

## 一、老庄学派中的道廉文化思想

静以修身、俭以养德,勤俭节约是中华民族的传统美德,它有利于人们养成良好的道德习惯。在道家思想家中,老子第一次明确提出要节俭,"我有三宝,持而保之;一曰慈,二曰俭,三曰不敢为天下先。夫慈故能勇,俭故能广,不敢为天下先,故能成器长"(《老子》第67章)。倡导老子的节俭思想,对于克服当前社会上盛行的奢靡之风,无疑具有积极意义。老子除了提倡节俭,还主张寡欲,号召人们要知足常乐:"罪莫大於可欲,祸其大於不知足,咎莫大於欲得。故知足之足,常足。"(《老子》第46章)。他还认为:"五色令人目盲,五音令人耳聋,五味令人口爽"(《老子》第12章)。正因为贪图声色会令常人丧失基本的判断能力,所以德行高尚的人应该远离享受,"是以圣人去甚、去奢、去泰"(《老子》第29章)。由此,他要求人们"见素抱朴,少私寡欲"(《老子》第19章),就是要生活朴素,清心寡欲,这表达了他对享乐主义的反对态度。而在治国理念上,老子提出要"不上贤,使民不争;不贵难得之货,使民不盗;不见可欲,使心不乱。圣人治:虚其心,实其腹,弱其志,强其骨。常使民无知无欲,使知者不敢为,则无不治。"(《老子》第3章),这些都表达了他"无为"的政治理念,在如今这样一个物欲横流的时代,宣扬老子的这些思想,有利于在全社会形成"寡欲"即廉洁不贪的良好社会风气,进而影响官场吏治,形成廉洁不贪的良好政风。

一般认为,"以民为本"不仅是廉洁从政的价值取向,也是廉政的归宿。正如有学者指出的那样:"为民"既是官德的价值支点,也是廉政建设根本的出发点。①我们今天之所以要反腐倡廉,从根本上来说就是保障广大人民群众的根本利益。而在老子的思想中,蕴含着丰富的民本思维:"故贵以贱为本、高以下为基。

---

① 李建华.中国官德[M].成都:四川人民出版社,2001.

是以王侯自称孤、寡、不穀。此非以贱为本邪？非乎？故至誉无誉。是故不欲碌碌如玉，珞珞如石。"（《老子》第39章），意思是说，贵族要以平民为根本，上位者要以下位者为基石，所以王侯们自己称孤道寡，难道不是以贱民为本吗？老子又说："朝甚除，田甚芜，仓甚虚，服文彩，带利剑，厌饮食，财货有馀。是谓盗夸"（《老子》第53章）。这句话的意思是，朝庭整洁干净，而田野里却很荒芜，贵族和官员穿着好衣服，带着华丽的配剑，饮食挑剔，财物有多，这就叫做强盗啊。老子还说："民之饥，以其上食税之多，是以饥。民之难治，以其上之有为，是以难治。民之轻死，以其上求生之厚，是以轻死。"（《老子》第75章）"以百姓心为心。"（《老子》第649章）老子的这些论述，都表达了要关心民生，关心贫苦，减轻赋税的民本思想，成为今天"道廉文化"的重要渊源，同时老子提出了警告：上位者不要追求富足的生活，不要贪图生活享受，否则百姓就会不怕死地反抗。

庄子是老子思想的继承和发展者，他的思想多收录于《庄子》一书中。他认为，"有馀故辞之，弃天下而不自以为廉。廉贪之实，非以迫外也，反监之度"（《庄子杂篇·盗跖》），就是说知足的人会去辞让，天下财物都丢弃还不认为是清廉。廉洁和贪欲的本质，并不在于外在的环境所致，而在于反观监督自己的程度。就是说一个人的内在约束力量决定了他是否清廉。他指出，"至人无己，神人无功，圣人无名"（《庄子·逍遥游》）。一个道德高尚的人，心中是没有名利的，只有这样，才能达"逍遥"。因此，他希望人们"不以物害己""不与物迁""不为物役"，要远离功名利禄。这些观点对于当代的思想反腐，对于构筑官员内心反腐防线，无疑都具有积极的借鉴意义。

## 二、杨朱学派中的道廉文化思想

作为先秦时期的道家四大派之一，杨朱学派发展了老子"身重物轻，无为而治"这一思想，提出了"贵己""为我""全真保命"的观点。杨朱提出，"不逆命，何羡寿？不矜贵，何羡名？不要势，何羡位？不贪富，何羡货？此之谓顺民也"（《列子·杨朱第十四》），主张要顺乎自然和人性，不要去羡慕贪图长寿、名声、权位、财富。杨朱提出"贵生"的观点，认为人要适当的满足各种欲望，但是他也反对纵欲。他认为，"耳虽欲声，目虽欲色，鼻虽欲芬香，口虽欲滋味，害於生则止。在四官者不欲，利於生者则弗为。由此观之，耳目鼻口，不得擅行，必有所制。譬之若官职，不得擅为，必有所制。此贵生之术也"《淮南子·贵生篇》。意思就是说，四官之欲望的满足要有限度，一切以是否有利于生命为标准，就像做官一样，不得随意妄为，要有所节制。他主张"全性保真，不以物累形"（《淮南子·氾论篇》），即提出不要让外物拖累自身，子华子和詹何是杨朱思想的继承者，他们主张要"重已""轻利"，认为人们"刈颈断头以徇利，则亦不知所为也"（《吕氏春秋·审为篇》。上述观点，对于当前倡导人们尤其是各级政府官员节制欲望、减少贪欲，无疑也具有一定的启发意义。

## 三、黄老学派中的道廉文化思想

黄老学派也是先秦时期的道家四大派之一，该派假借黄帝的名义，引入法家思想，对老子的思想进行改进，形成自己的体系，这就是黄老之学，它们的核心理论是"无为而治""德主刑辅"。西汉初年就曾奉行黄老之学，开创了"文景之治"。老子的无为而治理念仍然是其思想的重要内容，重视德行是该学派的主要主张，他们认为："仁义者，治之本也"；"民无廉耻不可治也，非修礼义，廉耻不立"（《淮南子·泰族训》）。也就是说，要治理好国家，就得让民众加强礼义道德的修养，养成廉耻之心。这里就强调了廉耻的重要性，一个人有了廉耻之心，他就可能做到不贪鄙。所认，他们指出，要"正上下之仪，明父子之礼，君臣之义，使强不凌弱，众不暴寡，弃贪鄙之心，兴清洁之行。"（陆贾《新语》）但是他们同时认为，光靠礼仪道德的内在约束还不够，还要以刑为辅，即"礼仪独行，纲纪不立"。这些观点之中，蕴含了独到的道廉思想。要做到吏治清明、政通人和，就首先要提升人们尤其是官员的廉耻之心，加强自身道德修养，同时光加强修养还不够，还要加强法律和制度建设，德治和法治并行。这对我们今天的启示是，既要加强官员党性修养、德性修养，又要加强反腐败的制度建设、法治建设，二者具有相通之处。

综上所述，对早期道家中老庄、杨朱、黄老等流派提倡的节俭、寡欲、知足、民本、轻利、德主刑辅等主张，进行深入挖掘和时代解读，弘扬社会主义新时期的"道廉文化"，对于教育引导广大党员、干部坚定理想信念，不断夯实廉洁从政的思想道德基础，筑牢拒腐防变的思想道德防线，无疑具有积极的当代意义。

# 论毛晋的佛教情缘

南昌师范学院；江西师范大学文学院，金建锋[①]

**【摘 要】**毛晋是明末清初著名的士大夫、藏书家、出版家。毛晋的佛教情结是多方面的，主要体现在毛晋施之佛典活动、毛晋与高僧之交游活动、毛晋施之佛寺庵堂活动等。毛晋的佛教缘由也有着特殊性。毛晋的佛教情结促进了他的藏书和出版事业发展，同样毛晋的藏书和出版事业扩大了佛教的影响力。

**【关键词】**毛晋；佛教；情结；缘由

**中国博士后基金第 56 批资助项目：2014M561876。**

毛晋（1599—1659），原名凤苞，字东美等，后改名晋，字子晋，晚年号潜在，又号隐湖、汲古阁主人等，常熟（今江苏常熟市）七星桥人。毛晋是明末清初著名的藏书家、出版家，也是一位文学家。目前，研究论及毛晋与佛教关系的相关论文有孔毅《汲古阁刻径山藏考略》，该文论述毛晋襄助、校刻《径山藏》过程和事迹。[②] 日本学者三浦理一郎《毛晋交游研究》中第四章《与僧侣之交游》，该文指出在毛晋的交游中，其僧友至少有二十九位，但后文按毛晋交往的时间先后顺序，只详列了十三位僧侣。[③] 毛文鳌《汲古阁刻经考略》，该文主要以《径山藏》为中心考察毛晋以各种方式襄助所刻之佛经。[④] 毛文鳌《毛晋与僧侣之交游及

---

① 作者简介：金建锋（1978— ），男，江西永丰人，文学博士，江西师范大学文学院博士后，南昌师范学院中文系副教授。研究方向：中国古典文学文献和宗教文化研究。现为江西师范大学文学院博士后，题目为《明僧释明河〈补续高僧传〉研究》，中国博士后基金第 56 批资助项目：2014M561876。

② 孔毅.汲古阁刻径山藏考略[J].江苏图书馆学报，1987（4）.

③ （日）三浦理一郎.毛晋交游研究.上海：华东师范大学出版社，2012.

④ 毛文鳌.汲古阁刻经考略[J].图书馆杂志，2010（1）.

刻经考》，该文主要考察了毛晋与僧侣交游情况及刻经藏的史实。① 章宏伟《〈汲古阁刻经考略〉指误》，该文就毛文鳌《汲古阁刻经考略》之文进行指误，提出了自己的见解。② 上述诸篇文章都侧重毛晋与僧侣之交游和刻经藏情况。事实上，毛晋的佛教实践是多方面的，笔者研读毛晋相关文献，试图更全面和深刻揭示毛晋与佛教之间的密切关系。

## 一、毛晋的佛教情结：情结三宝

毛晋《玉山草堂集跋》云："昔人云：'平生有三大愿：一愿读尽世间好书；二愿友尽世间好人；三愿看尽世间好山水。'或更作真实论曰：'夫尽则安能，但身到处莫放过矣。'"③ 此论虽是毛晋评价《玉山草堂集》作者顾仲瑛之语，但其实也体现了自己的一种生活态度。好书之中有佛典，好友之中有高僧，好山水之中有佛寺，所以毛晋采用的也是一种不放过的做法。自然而然，毛晋的佛教实践由上述三方面来展开论述。

### （一）毛晋施之佛教典籍活动

佛经是佛教经典的一种简称。一般说来，有广义和狭义之分。就广义而言，汉文佛教经典统称为"大藏经"，包括印度和中国佛教的主要著述，分为经藏、律藏、论藏和杂藏等；就狭义而言，佛经专指经藏。本文用佛教典籍是想用这个词来囊括广义佛经之外，还有众多未进入《大藏经》的高僧诗文集。

首先，研读佛教典籍。毛晋爱好读书，汲古阁是其藏书之处，他的《汲古阁书跋》是对所读之书的跋文，其中佛教类的《洛阳伽蓝记跋》云："魏自显祖好浮屠之学，至胡太后而滥觞焉。此伽蓝记之所由作也。铺扬佛宇，而因及人文，著撰园林，歌舞鬼神，奇怪兴亡之异，以寓其褒讥。又非徒以记伽蓝已也。妙笔葩芬，奇思清峙，虽卫叔宝之风神、王夷甫之姿态，未足以方之矣。顾高宗以北地质鲁，迁都洛阳，立国子太学，四门小学，如李冲、李彪、高闲、王肃、郭祚、宋辨、刘芳、崔光辈，皆以文雅见亲，制礼作乐，蔚然可观。有魏一百四十九年

---

① 毛文鳌.毛晋与僧侣之交游及刻经考［J］.宗教学研究，2011（4）.
② 章宏伟.汲古阁刻经考略指误［J］.图书馆杂志，2010（10）.
③ （清）毛晋撰，潘景郑校订.汲古阁书跋［M］.上海：上海古籍出版社，2005.

间，最为希有。又未可以永平以后专尚释氏而少之也。"① 北魏时期，佛教兴盛，佛寺众多，才有了杨衒之《洛阳伽蓝记》。《洛阳伽蓝记》是一部集佛教、历史、地理和文学的书籍。从毛晋的跋文来看，毛晋研读佛教典籍有着儒家的视角，"以寓其褒讥"，和有着文学的欣赏，"妙笔葩芬，奇思清峙"，由此进而得出佛教影响到了本属异域文明的魏地接受儒家文化和礼乐的观点。可见毛晋对佛教是一种称赏态度。

其次，听高僧宣讲佛经。毛晋《和友人诗》录有徐波《癸巳早春喜闻子九上中峰赴南来大师讲席，诗以促之》及自己《南来法师正月十五日续讲华严大钞元叹招余入山叠韵答之》②，可见顺治十年癸巳（1653）正月十五日，毛晋在徐波促成之下苏州赴中峰寺听南来大师读彻宣讲佛经《华严大钞》。毛晋亲身聆听高僧宣讲佛经在一定程度上说明他主动接受佛教的熏陶。

再次，校刻佛教典籍。毛晋是明末清初著名的出版家，收集了众多书籍进行校对和刻印出版，这其中自然包括佛教典籍。以毛晋《汲古阁校刻书目》③为例来看：

| 序号 | 朝代 | 书名 | 页数 |
| --- | --- | --- | --- |
| 1 | 北魏 | 《洛阳伽蓝记》五卷 | 一百十五页 |
| 2 | 东晋 | 《佛国记》全卷 | 四十七页 |
| 3 | 唐代 | 贯休《禅月集》二十六卷 | 二百七十三页 |
| 4 | 唐代 | 皎然《杼山集》十卷 | 二百五十六页 |
| 5 | 唐代 | 齐己《白莲集》十卷 | 二百六十四页 |
| 6 | 唐代 | 唐僧《宏秀集》十卷 | 一百十三页 |
| 7 | 元代 | 《牧潜集》七卷 | 一百七页 |
| 8 | | 《金刚经疏钞》 | 六百二十五页 |
| 9 | | 《心经小钞》 | 七十五页 |
| 10 | | 梵本翻宋板《华严经》全部 | 未载 |
| 11 | | 《大悲神咒》 | （以下三种见《补遗》） |
| 12 | | 《金刚经》 | |
| 13 | | 《大云轮请雨经》 | |

---

① （清）毛晋撰，潘景郑校订.汲古阁书跋［M］.上海：上海古籍出版社，2005.
② （清）毛晋.和友人诗［M］//（清）钱谦益辑，民国常熟丁祖荫《虞山丛刻》本.
③ （清）毛晋.汲古阁校刻书目［M］//冯惠民等选编.明代书目题跋丛刊.北京：书目文献出版社，1993.

从上表可以看出毛晋所校刻佛教典籍虽然不是很多，有的是经藏类，有的是杂藏类，有的是高僧诗文集等。但是上述并不是说包括毛晋所有校刻佛教典籍，如毛晋付梓明代释明河《补续高僧传》就未列入，毛晋《补续高僧传跋》云："《补续高僧传》者，道开肩公，成其师未成之书也。其师华山河公，号汰如，……肩公以鹜子之多闻，兼茂先之博物。既衔师命，遂毕前功，捧琼函以示余，翻贝叶而眩目。余也踊跃赞叹，得未曾有，亟鸠剞劂之工，遂付枣梨之刻。"① 又如释通门《懒斋文集》，《四库全书提要》云："国朝僧通门撰。通门，字牧云，姓张氏，常熟人。明季祝发于兴福禅林，寻主古南、鹤林、天童等寺，颇与士大夫游，故文士往往称之。其集为其同里毛晋所刊，凡杂文三卷、书启三卷、颂赞偈语二卷、诗六卷。"② 毛晋付梓高僧著述不仅是一个出版家的责任体现，更重要的是他对佛教的一种接纳和认同。

但是毛晋更大的贡献是在校刻《嘉兴藏》之活动，可参看孔毅、毛文鳌、章宏伟诸文，此不赘述。毛文鳌评价云："毛晋刊刻之梵册，以《嘉兴藏》零种卷帙最大，版本价值、学术贡献最高"③，这倒是比较中肯的。

## （二）毛晋与高僧之交游活动

高僧是佛教三宝（佛、法、僧）之一，佛教的弘扬需要高僧来承载。高僧的人格魅力、学识广博等，常常成为广大信众皈依的动力。就士大夫阶层而言，士大夫与高僧交游成为佛教传入之后的普遍现象。毛晋作为明代士大夫中一员，他与高僧的交游有着时代普遍性和自身特殊性。毛晋与高僧的交游正如毛褒等撰《先府君行状》云："（毛晋）交游遍四海，缁素高人在门者，日常数十人。"④

其一，结社赋诗。明末清初士大夫结社现象十分普遍。毛晋也参与结社，结社成员之中有高僧。陈瑚辑《隐湖倡和诗》卷中有题为《丙戌元宵尚齿会集和陶诗》的一组诗，题云："丙戌元宵，集缁素一十有三人，礼三教师像，结尚齿会。南沙顾涵宇慈明时年八十，吴兴施万籁于民时年七十五，河南陆孟凫铣时年六十六，临海戈庄乐汕时年六十五，弘农杨子常彝时年六十四，武陵顾麟士梦麟时年六十二，智林释石林道源时年六十一，武陵顾用晦德基时年六十，高阳何白

---

① （明）释明河.补续高僧传［M］//（梁）慧皎等撰.高僧传合集.上海：上海古籍出版社，1995.

② （清）爱新觉罗·永瑢等.四库全书总目提要［M］.北京：中华书局，1965.

③ 毛文鳌.毛晋与僧侣之交游及刻经考［J］.宗教学研究，2011（4）.

④ 见：钱大成.毛子晋年谱稿附录［M］.《国立中央图书馆馆刊》第一卷第四号，1947.

石适时年五十八,九峰释梦无大惺时年五十五,扶风马人伯弘道时年五十三,西河毛子晋时年四十九,天水严仲木陵秋时年四十三,计年合得七百九十一岁。茗香作供,间以斗酒,玄对晨夕,各无杂言。偶读五柳先生《怀古田舍》诗,怅然有感,遂书素幅,传示同人,或叠韵、或用韵、或一章、或二章,各率其真云尔。"① 此尚齿会成员主要是士大夫和高僧,毛晋正处其中,活动内容杂合儒释道三教、饮酒赋诗等,由此可以看出他们一种淡然适意的闲居生活。又如顺治二年乙酉(1645)五月,毛晋与释道源结德香社于智林寺。先生赋诗二十章。自撰《启事》。②

其二,互相拜访。毛晋拜访高僧,顺治十二年己卯(1639)夏,毛晋赴吴门,入华山寺谒汰如。汰如新得圆至《牧潜集》抄本及残破元版各一册,即以与毛晋,遂付梓,汰如为作序。③毛晋延请高僧,顺治五年戊子(1648),毛晋于先墓水东结矮屋数椽,颜曰小西林。延释道源休老焉。道源能诗,乃与先生时相酬唱焉。④ 高僧拜访毛晋,《隐湖倡和诗》卷下有释寂觉《小重阳日载菊过隐湖访汲古阁主人舟中对菊漫赋》云:"中峰分袂又经旬,特买轻舟访隐沦。不畏风寒行路远,为寻玄度得相亲。"⑤同行者还有释照琼。毛晋与高僧互相来往是非常频繁的,此诗中看出释寂觉即使遇到天寒路远,也乘舟前去拜访毛晋。

其三,节日宴集等赋诗。毛晋《以介编》录《鹤林释牧云诗序》云:"丁酉春王五日隐湖潜在居士六十大庆也。公隐于湖而湖彰以德,士林称之,余托山林获辱交契,无以为公欢,因作诗寿公增金以黄公其一灿而投之平歌曰"⑥,鹤林释牧云即释通门,毛晋六十寿诞,释通门虽未能亲自到场,但还是赋诗祝贺,体现了两人深厚的友谊。

其四,共同游览山水名胜等。毛晋《野外诗》之《唐伯虎墓》附有雷起剑《跋》云:"崇祯甲申暮春既望,余与徐元叹叶羽遏毛子晋马人伯孙月在释石林放舟于吴门之横塘,羽遏指野水丛薄问曰:'是为唐伯虎先生之墓,童乌之嗣既乏,若敖之鬼已馁矣。今其墓牛羊是践,是可悲。'余遂与诸友人披棘拜之,访于田夫之邻者,问其遗族,云:'族并乏,止城内桃花坞一老妪尚属伯虎侄孙妇之孀者。'

---

① (清)陈瑚辑.隐湖倡和诗[M]//汲古阁丛书.全国图书馆文献缩微复制中心,2008.
② 钱大成.毛子晋年谱稿[M].《国立中央图书馆馆刊》第一卷第四号,1947.
③ 钱大成.毛子晋年谱稿[M].《国立中央图书馆馆刊》第一卷第四号,1947.
④ 钱大成.毛子晋年谱稿[M].《国立中央图书馆馆刊》第一卷第四号,1947.
⑤ (清)陈瑚辑.隐湖倡和诗[M]//汲古阁丛书.全国图书馆文献缩微复制中心,2008.
⑥ (清)毛晋.以介编[M]//(清)钱谦益辑,民国常熟丁祖荫《虞山丛刻》本.

余与友人凄然叹曰：'是朋友之罪也。千载下读伯虎之文者，皆其友，何必时与并乎，理厥封树，购数楹而祠之，是在吾侪今日耳。'子晋欣然任之，同侪各赋诗以纪闻。①毛晋等一行人，其中有高僧，游览至唐伯虎墓，感叹唐伯虎身后之零落，一起助力修复唐墓，同时赋诗纪念。

### （三）毛晋施之佛寺庵堂活动

佛寺是佛教僧侣供奉佛像、舍利等，进行佛教有关活动和僧侣居住场所。佛寺的影响很大程度来源于佛寺中的高僧。庵堂，本文特指用于佛活动的场所。

首先，自建庵堂。毛晋《野外诗》有《曹溪一滴庵序》云："余家昆承湖南，诸水环抱，东折一曲，俗呼曹家滨。庚寅秋八月，将结一庵于水东之滽，颜曰曹溪一滴庵，中供如来香像，是像在汲古阁中二二十余年矣。因灯光香穗，未能六时恒照，特延疁上印初禅师驻锡焉。敬赋长句以招之。"②毛晋自建一滴庵，供奉佛教神像如来，"是像在汲古阁中二二十余年矣"，可见毛晋的信仰时间久，而延请高僧驻锡，更看出毛晋重视自建庵堂的佛教活动。

其次，游览留宿佛寺。毛晋《暮春游兴福寺序》云："甲申暮春西湖胡豹生访余于隐湖之上，适吴门沈璧甫、林若抚、殷介平、马人伯一时咸集，或寻花陌上或听莺桥边，一觞一咏，昼夜不辍。适破山寺僧招余入山修大悲忏法，遂同诸子游焉。……及登忏坛，灯焰烛天，香云拂地，威仪肃穆，梵呗宣流，薰心沥耳者莫不合掌赞叹，遂宿东轩。明日同礼大悲香像，阿育王舍利塔。"③毛晋等人一起进入破山寺修大悲忏法，游览佛寺法会，并且留宿佛寺，瞻仰佛教圣物。

再次，到佛寺庵堂参加法会。《隐湖倡和诗》卷下毛褒《白椎庵法会序》云："岁维丁酉月届壬寅遐迩归依，缁素咸集，恭迎善财香像于古鹤涧边，奉诵杂华梵文于白椎庵里，一人敷讲金刚，三友施食，唵口设坛乎哉？生明解制乎哉？生魄维时香雾蔽天，绣幡拂地，雨花璀璨，带雪片散入云端，法乐悠扬，互鸟语流传，溪曲松间，藤杖徐行，南极老人石上蒲团，端坐西方净侣，斯真百年重续之灯，千载希逢之席也。同赋禹锡七言，合作雄飞三拜。隐湖毛褒述。"④此次赴会者有毛晋、陆贻燕、徐学孟、马弘道、释寂觉、释行洁、释照霁、释照琼、释照行、释

---

① （清）毛晋.野外集［M］//（清）钱谦益辑，民国常熟丁祖荫《虞山丛刻》本.
② （清）毛晋.野外集［M］//（清）钱谦益辑，民国常熟丁祖荫《虞山丛刻》本.
③ （清）毛晋.野外集［M］//（清）钱谦益辑，民国常熟丁祖荫《虞山丛刻》本.
④ （清）陈瑚辑.隐湖倡和诗［M］//汲古阁丛书.全国图书馆文献缩微复制中心，2008.

照萍等,各有赋诗留下。从序文中,在白椎庵举行的这次法会,是典型的佛教仪式。毛晋与高僧参与其中,涉及迎像、讲经、施食等,气氛庄严肃穆,场面宏大,世间少有。

## 二、毛晋的佛教缘由:缘自三因

毛晋的佛教实践方式是如此多种多样,因此说佛教深深植入毛晋的理念中是不为过的。毛晋热心佛教实践的原因如下:

### (一)明末佛教复兴的背景

明代佛教的发展,一般认为明初佛教比较兴盛,明中期佛教寂寥无闻,明末佛教勃然复兴。明末佛教的复兴探讨是个复杂的命题,圣严法师《明末佛教研究自序》云:"明末佛教,在中国近代的佛教思想史上,有其重要的地位,上承宋元,下启清民,由宗派分张,而汇为全面的统一,不仅对教内主张'性相融会''禅教合一'以及禅净律密的不可分割,也对教外的儒道二教,采取融通的疏导态度。诸家所传的佛教本出同源,渐渐流布而开出大小、性相、显密、禅净、宗教的局面。到了明末的诸大师,都有敞开胸襟,容受一切佛法,等视各宗各派的伟大心量,姑不论性相能否融会,显密是否一源,台贤可否河流,儒释道三教宜否同解,而时代潮流志要求彼此容忍,互相尊重,乃是事实。是故明末诸大师在这一方面的努力,确有先驱思想的功劳。"[①] 诚如斯言,明末佛教在沟通和融合下,体现出高僧辈出、著述丰富、士僧交游频繁等特点。明末佛教复兴的鼎盛区域主要在江、浙、闽、赣等江南一带,这也符合明末的社会经济文化环境。同时,还需提及的是明末的居士佛教繁盛,以如文学家袁宏道、汤显祖等佛教居士影响下,势必带动更大士大夫阶层走向佛教。

### (二)毛晋师友影响

首先要指出的就是毛晋的老师钱谦益,毛襄《先府君行实》云:"(毛晋)后执经钱太保牧斋先生之门,先生代之以游、夏,相与扬榷古今,三十余年未尝有间。府君殁,先生哭之,有丧予之痛。"[②] 钱谦益早年在家庭环境的熏陶和父亲的影

---

① 圣严法师.明末佛教研究[M]//北京:宗教文化出版社,2006.
② 见:钱大成.毛子晋年谱稿附录[M]//《国立中央图书馆馆刊》第一卷第四号,1947.

响下，对佛教就有深厚的感情，而且接触了明末云栖袾宏、憨山德清、洪恩雪浪等高僧，其中以憨山弟子自居。钱谦益是个虔诚的佛教居士是不言而喻的，所以毛晋作为钱谦益的弟子，自然而然会受到他的影响。有意思的是与钱谦益交游频繁的高僧如释读彻、释汰如、释自扃等，也与毛晋有着良好的频繁交游。其次是毛晋交游的朋友，比如木增（1587—1646），字生白，号华岳，丽江人。崇信佛教，喜好诗文。木增派人请毛晋刊刻《华严海印仪》，毛晋应允。之后崇祯十四年辛巳（1641），木增又遣使寄书毛晋，致兼金琥珀薰陆诸异品，购汲古阁所刻书，捆载越海而去。①

## （三）毛晋致力收集刊刻书籍

毛晋走向佛教深受家庭环境影响少，钱谦益《隐湖毛君墓志铭》云："父清，孝弟力田，为乡三老，而子晋奋起為儒，通明好古，强记博览，不屑俪花斗叶，争妍削间。壮从余游，益深知学问之指意，谓'经术之学，原本汉唐。儒者远祖新安，近考馀姚，不复知古人先河后海之义。代各有史，史各有事有文，虽东莱、武进以巨儒事钩纂要，以岐枝割剥，使人不得见宇宙之大全。'故于经史全书勘雠流布，务使学者穷其源流，审其津涉。其他访佚典，搜秘文，皆用以裨辅其正学。……经史既竣，则有事于佛藏，军持在户，贝多滥几，捐衣削食，终其身芒芒如也。盖世之好学者有矣。其于内、外二典，世出、世间之法，兼营并力，如饥渴之求饮食，殆未有如子晋者也。"②可见毛氏家族是以儒学传家，毛晋鉴于儒家经学、史学等学术传承不明导致理解有误，所以致力收寻各类典籍来补正儒学。至于佛藏，毛晋是因为经史刊刻完工才致力于佛藏，可见毛晋对儒佛有着儒先佛后的准则。毛晋在汲汲收集佛教典籍之后和刊刻前，必然会阅读佛教典籍，不可避免地受到佛教的影响。

## 三、结语：情缘相助

作为在明末清初历史上士林界、藏书界、出版界有着一定影响的重要人物，毛晋有着深深的佛教情结，不论是在佛典和与高僧交游频繁，还是在施之佛寺行为上，在实际践行中倾注自己的热情。毛晋的佛教情结并不是割裂的，往往是交

---

① （日）三浦理一郎.毛晋交游研究.上海：华东师范大学出版社，2012.
② （清）钱谦益.有学集［M］//清代诗文集汇编.上海：上海古籍出版社，2010.

织在一起。所以本文细分毛晋的佛教情结，目的是为了更细致和深刻考察毛晋与佛教的关系。毛晋的佛教情结促进了他的藏书和出版事业发展，由于毛晋走向佛教，所以他倾力收藏和出版了众多佛教典籍，特别是襄助《径山藏》的出版。同样毛晋的藏书和出版事业扩大了佛教的影响力，因为毛晋出版的所藏佛教典籍有保存和流传之功，更多方内方外人士可以接触到佛教典籍。正是由于有以毛晋等人为代表的士大夫投身佛教实践，积极参与到各种佛教活动，促进了明末佛教的复兴，描绘出当时士大夫与佛教密切互动的一道风景线。

# 敦煌遗书《太平部卷第二》的目录学考察[①]

陕西理工学院汉水文化研究中心  陈辉[②]

**【摘 要】** 敦煌遗书《太平部卷第二》的类目是按道教的七部分类法划分的，其成书应该在公元471年以后。分析《太平部卷第二》的前后两段文字，可知它们不该属于传统的目录学著作。《正一经》是南朝孟景翼所作，目的在于融合南北道教，整理并发展道教理论，《太平部卷第二》就是《正一经》末尾的目录部分。

**【关键词】** 敦煌遗书；太平部卷第二；目录学；正一经；孟景翼

《太平经》是我国汉代的一部重要著作，它内容丰富，蕴含了历史学、宗教学、社会学、哲学等多方面的材料。学者们也对该书格外重视，研究成果层出不穷。自敦煌遗书《太平经部卷二》被发现后，《太平经》研究又添新热点。本文就从目录学入手，探讨一下敦煌遗书《太平经》目录（以下简称《敦煌目》）的成书年代和作者，不妥之处，请大家指正。

## 一、《敦煌目》是七部分类法

《目录》的分类，从"太平部卷第二"的著录来看，《敦煌目》应该是一部道教巨著的其中一部分，除此部此卷外，应该还有其他部卷。也就可以知道，该部著作的大类是按部划分的，至于分了几部，不得而知。不过按照道教目录分类的

---

[①] 基金项目：陕西理工学院博士启动项目"五斗米道发展史"，项目编号：SLGQD13（2）-30；陕西省教育厅项目"汉中五斗米道流传及影响"，项目编号：14JZ009；陕西省社会科学基金项目"敦煌遗书所见五斗米道文献研究"，立项号：2015C013。

[②] 作者简介：陈辉（1971—），男，汉族，安徽蚌埠人，陕西理工学院汉水文化中心博士，副教授，研究方向是秦汉史、道教研究。

常规，应该是七部，即三洞四辅——洞真、洞玄、洞神、太玄、太平、太清、正一等。太平部为四辅之一，当太平经在《敦煌目》中作为四辅之一时，七部分类法就确定无疑了。

七部以下是小类，三洞各分十二小类，分别是本文、神符、玉诀、灵图、谱录、戒律、威仪、方法、众术、纪传、讃诵和表奏等。而四辅部则不分小类，直接著录篇目。本《敦煌目》符合四辅类著录常规，在太平部大类之下，不分小类，直接著录书目卷目。不过，《敦煌目》并没有仅列《太平经》的标题，而把《太平经》的甲乙丙丁等十部一一列出，十部之下再将每卷所载的经文题目逐一著录，显示了《太平经》的重要地位。这是只在南北朝隋唐编撰道藏时才有的特例，这点很像是又一级的分类，即七部大类为一级类目，本文、神符、玉诀、灵图或《太平经》为二级类目，《太平经》之甲乙丙丁等十部为三级类目。不过，由于《太平经》是包括甲乙丙丁等十部的一部著作，相当与篇目著录，《敦煌目》将其甲乙丙丁等各部列出，只是出于某种需要，并不能单独算是类目划分。尽管如此，这种疑似三级类目的形式还是很有意思的，会不会对后世有所启发，就不得而知了。

道经的目录分类，当始于葛洪，《抱朴子·遐览》著录了261种，1299卷。尽管葛洪对道经分类粗略，但其首创之功不可磨灭。437年，陆修静编制《灵宝经目》，471年又完成《三洞经书目录》，创立道经三洞分类法。不久，道士孟景翼著有《正一论》，在三洞基础上增加四辅，形成道藏后代延承的三洞四辅七部分类法，至今不易。

从道经目录分类发展来看，本《敦煌目》所体现的既然也是七部分类，那么它的著作时间当在陆修静的《三洞经书目录》之后。该著作七部分类，规模庞大，在当时应该会有一定的影响。该作既是目录学著作，它就不会像一些珍贵的道经被当做秘书收藏，从而导致不为人知，应该会在一定范围内流传，被史籍或他人提及的可能性极高，能够流传到现在的几率也就很大，我们愿意相信《敦煌目》就属于其中的一部。南北朝时，《三洞经书目录》之后问世的道经目录著作还有几部，如孟景翼的《正一经》(含有目录部分)、孟智周的《玉纬七部经书目》、陶弘景的《陶隐居书目》和《太上众经目》、梁阮孝绪的《七录·仙道录》、北周玄都观编著的《玄都经目》，还有王延的《珠囊经目》等。隋朝时，又有《隋朝道书总目》。

这里只考察南北朝至隋朝的道经书目著作，原因就在于基本可以确定《敦煌目》的前后文反映了南北朝时道教发展状况。我们知道，三国西晋时，道教的活动中心是在北方，主要是五斗米道的流传，在南方的长江流域地区只有零星的道士活动记录。而东晋及其以后情况发生了变化，不仅北方五斗米道南传，而且南方道教也逐渐形成流派——上清派和灵宝派，由此两大道教系统相互碰撞，并逐渐融合，这个融合过程经历了两三百年，直到南朝后期才最终完成。《敦煌目》及其前后文大致就是在这样的环境下问世的，尤其是前文将这种碰撞与融合表现得很明显。前文引用《玄妙内篇》说："吾布炁罢废上清、清约、佛三道，下及干吉支散之气，百官之神，天地水月三官不正之气，贪浊受钱，饮食之鬼，营传符庙，一切络绎分罢。"[1]564-565① 这说明在《敦煌目》成书之时，五斗米道对其他道教教派和佛教还是有矛盾的。

根据《敦煌目》前文判断，我们可以确认一点，前文作者应该是五斗米道信徒，或者认为五斗米道是道教正统，因为文中数次提及与五斗米道及其相关之事。第一，前文意在弘扬《太平经》，但是《太平经》在两晋以前的流传中一直与老子无关，可是本文将老子视为把《太平经》传给干吉的授经人，这是只有奉老子为至高神的五斗米道徒才会去做的事。第二，前文提及名称的道经，除《太平经》外，都是五斗米道经典，如《百八十戒》《想尔》《玄妙内经》等。可想而知，如果作者不是五斗米道徒，那么他所称引的必然会有自己教派信奉的经典，这就可以把作者是上清派或灵宝派教徒的推测否定。第三，前文记述也可见作者的思想立场，文中引《相尔》云："世多耶巧，诈称道云，千端万伎，朱紫磐□，故记三合以别真，上下二篇法阴阳，后出《青领太平文》杂说众要，解童蒙心，复出五斗米道，备三合。"[1]564② 还有，作者对南北朝当时的其他教派都给予了批判，对五斗米道只有称扬。种种迹象表明，前文作者要么是五斗米道徒，要么是企图融合南北道教的南方道士。

如果作者是五斗米道徒，那应当是来自北朝。北朝著作道经目录的只有两个，北周玄都观编著的《玄都经目》，还有王延的《珠囊经目》。不过，《玄都经目》成书在570年，王延作《珠囊经目》的时间更加靠后，《敦煌目》都不太可能是这两部著作的一部分。《敦煌目》的作者就很可能是来自南朝的主张融合南北道教的道士，而南朝那些上清派或灵宝派的道士又应排除在外，由此来看，孟景翼和孟智周的可能性最大。

---

① 见：汤一介著.《早期道教史》附录[M]//敦煌本《太平经》残卷.
② 参见：汤一介著.《早期道教史》附录[M]//敦煌本《太平经》残卷.

## 二、《敦煌目》可能出于《正一经》

首先,《正一经》的作者是孟景翼,时人称之为大孟。

《南史·顾欢传》(附孟景翼)记载:"吴兴孟景翼为道士,太子召入玄圃。众僧大会,子良使景翼礼佛,景翼不肯。子良送《十地经》与之。景翼造《正一论》,大略曰:"《宝积》云'佛以一音广说法'。老子云'圣人抱一以为天下式'。'一'之为妙,空玄绝于有境,神化赡于无穷,为万物而无为,处一数而无数,莫之能名,强号为一。在佛曰实相,在道曰玄牝。道之大象,即佛之法身。以不守之守守法身,以不执之执执大象。但物有八万四千行,说有八万四千法。法乃至于无数,行亦达于无央。等级随缘,须导归一。归一曰回向,向正即无邪。邪观既遣,亿善日新。三五四六,随用而施。独立不改,绝学无忧。旷劫诸圣,共遵斯一。老、释未始于尝分,迷者分之而未合。亿善遍修,修遍成圣,虽十号千称,终不能尽。终不能尽,岂可思议。"[2]1085《太平御览》载:"梁天监二年(503)置大小道正。景翼时为大正,屡为国讲说。"[3]2973

《正一经》的作者是孟景翼,卢国龙[4]从三个方面加以论证,其一,比较了《正一经》和《正一论》思想的五个方面,二者如出一辙。其二,孟景翼的活动年代稍晚于陆修静,在时间上也相符。其三,孟智周《玉纬七部经书目》是对《正一经》的诠释和发挥。

关于第三点,本文再多说几句。据《云笈七签》卷之六载:"《正一经》云:《太玄道经》二百七十卷。今《玉纬》所撰,止有一百三十五卷,又非尽是本经,余者不见,当时运会未行。……《玉纬》云:其中经珍秘,部入太清。"[5]102 又载:"《正一经》云:《正一法文》一百卷。今孟法师(即孟智周)录亦一百卷,凡为十帙。未知并是此经不耳?"[5]103

这两处引文颇值得注意,这里张君房都把《正一经》和孟智周及其作品《玉纬七部经书目》联系起来,并且表达了疑问。关于《太玄道经》,为何《玉纬》少了一半卷数?关于《正一法文》,为何孟智周会把它分为十帙?略微思考,就可知道张君房有如此疑问的原因,可能是因为他知道孟智周的《玉纬七部经书目》是依据《正一经》创作的,而一旦有了差异,那么张君房的疑问也就产生了。

再继续分析上边两条引文,就会发现《玉纬七部经书目》是对《正一经》的整理和发挥。第一条,《正一经》原本著录《太玄道经》二百七十卷,可是孟智周却发现《正一经》的著录有问题,于是把其中一半经卷移入了太清部。第二条,《正一经》原本著录《正一法文》一百卷,孟智周又发现把这一百卷分为十帙更为合理，于是又做了调整。从这两处来看，可以确认，孟智周作《玉纬七部经书目》不是仅仅把《正一经》作为参考，而是作为底本的。

其次，《敦煌目》可能是《正一经》的目录部分。

先说一点关于《敦煌目》给人的误解，《敦煌目》以目录的形式呈现在世人面前，所以人们自然而然地就会认为《敦煌目》肯定属于一部专门的目录学著作。其实，尽管《敦煌目》以目录形式出现，但并非一定就属于目录学专著，它也可能是一部大型道教丛书的目录部分，就如同我们现今所见的《正统道藏》书末的目录。正是因为这点误解，所以使得《敦煌目》的归属著作及其作者一直难以判定。

孟景翼编著的《正一经》既是七部分类的大型道教丛书，在书末也有如同《正统道藏》类似的目录部分，据《云笈七签》卷六载："七部者，今因《正一经》次。一者洞神部，二者洞玄部，三者洞真部，四者太清部，五者太平部，六者太玄部，七者正一部。"[5]97 "谨按《正一经·图科戒品》云：太清经辅洞神部，金丹以下仙业；太平经辅洞玄部，甲乙十部以下真业；太玄辅洞真部，五千文以下圣业。正义法文宗道德，崇三洞，遍陈三乘。"[5]104 可知，《正一经》是七部分类法的道经著作。《正一经》七部大类之下有十二小类，故《正一经》云："三乘所修，各十二部。"[5]105 王卡《敦煌〈正一经〉残卷》也可见一些原貌，"法有三乘，乘十二事，上中下品三乘经戒各十二焉，合为卅六部。"[6] 与《云笈七签》所载一致。

《正一经》有专门的目录部分，《云笈七签》卷六载：

《正一经》云：太清金液天文地理之经，四十六卷。[5]100

按《正一经》云，有太平洞极之经一百四十四卷。[5]101

《正一经》云：太玄道经二百七十卷。[5]102

《正一经》云：正一法文一百卷。[5]103

按《正一经·治化品目录》云：正目经九百三十卷，符图七十卷，合千卷。[5]104

这里略举几处，已可见《正一经》之大概，知道了《正一经》有专门编制的目录，这从《正一经·治化品目录》的记载证明，毫无疑义。目录应该位于该书末尾，这从《正统道藏》的体例可知，而且将目录列于书末也是我国自先秦以来的习惯，如《庄子》《墨子》《淮南子》《史记》《汉书》等，都是如此。

关于《正一经》的成书时间，伍成泉《〈正一经〉与七部道书体制》一文中作了考证，最终认为，"可以推定《正一经》大致成书于南朝刘宋末至萧齐之际"。[7]16 笔者以为，这个结论没有问题。

第三，从《敦煌目》的前后文看作者的思想动态。

《敦煌目》的著录很有特点，和《汉书·艺文志》以来的史志目录有很大不同，表现在"目录"前后的两段文字，刘屹称之为"前文"和"后文"，王明称之为"前言"和"后记"。就目录学而言，在对类别作说明的文字，属于序，有总序、大序和小序等之分。对单篇著作说明的文字，叫提要。在目录之后的说明文字，通常是附注，对所著录篇目作补充说明，一般了了数语，简明扼要。

就本《敦煌目》来说，前面一段类似提要，全文约存九百字，从经文问世的宗旨说起，阐释了几个重要概念。接着介绍《太平经》的来龙去脉，说是老子在琅琊传道于干吉，干吉传于帛君和宫崇，以及宫崇向汉顺帝献书等事迹。其间也涉及主旨大意，以及批判世间伪邪，等等。后面一段又包括两部分："经曰"和"纬曰"。"经曰"是介绍金阙后圣帝君李弘的，从李弘的出生开始说起，"母梦玄云，月日缠其，威而怀胎。厥年三岁，言成金章，行年二生，弃俗离亲，三元下教，施行廿四事，受书为上清金阙后圣帝君。"接着叙述李弘下届如何传道，道徒如何尊奉李弘，大致如此。"纬曰"主要是讲述践行李弘所传之法的效用，由此而教导世人遵循《太平经》法。要说此段文字属于附注，有点勉强，毕竟附注类文字大都比较简短，点到为止。

有一点很值得注意，即前后两段文字在结构上是相关联的，并非独立存在。前文介绍《太平经》的来龙去脉和主旨大意，后文则述说李弘传播《太平经》以及信道的效用。前后相承，不可分割，从这一点来看，本《敦煌目》的前后文也和提要、附注不同。

目录学自《汉书·艺文志》以来到南北朝时，已经相当成熟，各种著录方式也大都差异不大。但是《敦煌目》前后的这两段文字却给人一种奇怪的感觉，不像是出于目录学者之手，或者不像是专门的目录学著作。如果考虑到《敦煌目》出自《正一经》，这种情况可能就不难接受了。单看《敦煌目》，它是记载了《太平经》的篇目，但更重要的是《敦煌目》通过前后文表达出了自己的心声，自己的见解。读过《敦煌目》，我们就可以大致了解《敦煌目》所处的时代背景和作者的思想倾向，而这也正是作者真正想要表达的意思。这种特殊情况是与孟景翼的所处环境相关的，孟景翼身处南北道教碰撞的时期，又顾欢而处于佛道相争的漩涡。作为一个学识渊博的高道，他自然也会发出自己的声音，《正一论》就是一例。毕竟一篇《正一论》显然是不够的，要完全阐述自己的见解和主张，只有《正一经》这样囊括经典的大作才能实现。因此，从孟景翼创作出发点来说，《正一经》就不会是一部单纯的目录学著作。

## 三、《敦煌目》不是出于《玉纬七部经书目》

《敦煌目》不是出自孟智周《玉纬七部经书目》，理由如下：

有学者认为《敦煌目》属于《玉纬七部经书目》，其中一个重要证据是《敦煌目》后文中有"纬曰"二字，似乎和《玉纬》之书名有所契合。其实不然，在《敦煌目》中，"纬曰"部分不是独立的，它是和前面的"经曰"部分相呼应的。"经"与"纬"的含义也是传统意义上的对"经"的附会。而《玉纬七部经书目》的"玉纬"当是对道经的一种尊称，意思是"宝书""神书"或"宝典"等，和传统"纬"的含义关系不大。因而，以"纬曰"来判定《敦煌目》属于《玉纬七部经书目》的根据是不成立的。

《敦煌目》与《玉纬七部经书目》的文字著录风格不同。下面摘录几则《云笈七签》卷六引用《玉纬七部经书目》的原文：

《玉纬》云：《洞真》是天宝君所出。又云：以元始高上玉帝出《上清洞真之经》三百卷，《玉诀》九千篇，《符图》七千章，秘在九天之上，大有之宫。后传玉文付上相青童君，封于玉华宫。元景元年，又封一通于西城山中。又太帝君命樗桑太帝旸谷神王出《独立之诀》三十卷、《上经》三百卷行之于世。又襄城小童授轩辕黄帝《七元六纪飞步天纲》之经。汉元封元年，西王母、上元夫人同授汉武帝《灵飞六甲上清十二事》。又太元真人茅盈受西城王君所传玉佩金珰缠璇之经。又玄洲上卿苏林真人受涓子所传《三一之法》。又真人王褒，汉平帝时，西城王君所传上清宝经三十一卷，晋成帝时于汲郡传南岳魏夫人。夫人之子传茅山杨羲，羲传许迈，迈复师南海太守鲍靓，受上清诸经。迈弟谧、谧子玉斧，皆受《三天正法曲素凤文》。[5]88-89

《玉纬》云：洞神经是神宝君所出，西灵真人所传。此文在小有之天，玉府之中。[5]90

《玉纬》云：昔元始天王以开皇元年七月七日丙午中时，三天玉童传皇上先生教曰：若白简青箓之人，自然得乎此法。又虚无先生传于唐尧，后圣帝君命小有天王撰集宣行。[5]85

这几处《玉纬七部经书目》的文字都只有一个功能，那就是介绍该部著作的流传经过，仅此而已。而《敦煌目》前后文的内涵则要丰富得多，不仅包括经书流传，还有概念分析、主旨阐释等。更重要的是二者在叙事态度上完全不同，《玉纬七部经书目》的附文完全是目录学的风格，客观，平实；而《敦煌目》的文风则要文学意味浓厚得多，充满了对《太平经》、老子及李弘的歌颂与赞美，以及对概念和主旨的阐释。这表明《玉纬七部经书目》属于传统的目录学著作，而《敦煌目》不是。

## 四、结语

拂去笼罩《敦煌目》的疑云，我们可以更清楚地认识它。《敦煌目》是目录，但不属于专门的目录学著作，这从前后的两段文字可以确定。基于此点认识，《敦煌目》不可能出自《玉纬七部经书目》，而是出自《正一经》末尾的目录部分。

### 参考文献

［1］黄永武.敦煌宝藏［M］.台北：新文丰出版公司，1982.

［2］（唐）李延寿.南史［M］.长沙：岳麓书社，1998.

［3］（宋）李昉.太平御览［M］.北京：中华书局，1960.

［4］卢国龙.道藏七部分类法源考［J］.中国道教，1991（3）.

［5］（宋）张君房撰，李永晟点校.云笈七签［M］.北京：中华书局，2003.

［6］王卡.敦煌.《正一经》残卷［J］.宗教学研究，1986（00）.

［7］伍成泉.《正一经》与七部道书体制［J］.上海道教，2004（3）.

# 论道教戒律的主要内容与传承发展

汉水文化研究基地　钟俊[①]

**【摘　要】** 道教戒律的表现形式多样、内容丰富翔实。诸如戒杀生、戒偷盗、戒纷争、戒贪欲、戒嫉妒、戒诽谤和讲诚信、尽忠孝等内容，具有永恒的价值。如何适应时代需要，传承道教戒律并予以发展创新，已成为道教自身建设和弘扬道教文化面临的一个重大课题。

**【关键词】** 道教戒律；基本涵义；主要渊源；传承发展

汉水文化对中华文化的一大贡献，便是熔铸出了具有中国特色的宗教——道教。[②] 道教于东汉末年正式诞生以后，随着教团的发展和信徒的增多，道教内部产生了对信徒和专职人员进行管理的需要，道教戒律在这种情况下应运而生。明清以后，道教日趋衰微，道教戒律也日渐松弛。曾经纷繁、复杂、苛酷的道门戒律渐不为人知，失去了它的约束力、影响力和宗教意义。如今，欣逢盛世，道教亦在复兴之中。然而，随着道教复兴，信仰淡薄、贪图享乐、自我吹嘘、争名逐利、借教敛财等现象，也开始在道教各个教派内部不同程度地流行起来。[③] 如何适应时代需要，传承道教戒律并予以发展创新，已成为道教自身建设和弘扬道教文化面临的一个重大课题。

---

[①] 作者简介：钟俊（1976—　），男，江西武宁人，安徽师大博士研究生，郧阳师范高等专科学校政法与旅游系副教授，主要从事司法制度、刑事法学等教学研究。

[②] 道教作为中国土生土长的宗教，最初在汉水一带流传，之后在长江流域发展并最终形成了青城山、武当山、龙虎山和齐云山四大道教名山。参见：郭益欣.浅谈汉水流域地区的道教音乐文化[J].剑南文学（经典教苑），2012（8）.

[③] 王作安.国家宗教局长：加强对宗教教职人员的培养和教育.人民网，2015年11月15日访问，http://politics.people.com.cn/GB/1027/12484392.html.

## 一、道教戒律的基本涵义

百度百科对戒律的解释是：有条文规定的宗教徒必须遵守的生活准则。道教对戒律的解释，其宗教涵义就更加明确。

《洞玄灵宝玄门大义·释名第二》曰："戒律者，如六情十恶之例是也。戒者，解也，界也，止也。能解众恶之缚，能分善恶之界，防止诸恶也。"① 唐张万福编撰的《传授三洞经戒法箓略说》则称："凡初入法门，皆须持戒。戒者，防非止恶，进善登仙，众行之门，以之为键。"②《要修科仪戒律钞》卷四也说："夫经以检恶，戒以防非。"③《道教义枢·十二部义第七》亦曰："第六戒律者，如六情十恶之例也。戒者，解也，界也，止也。能解众恶之缚，能分善恶之界，又能防止诸恶也。律者，率也，直也，栗也。率计罪愆，直而无枉，使惧栗也。"又称："戒律者，戒止也，法善也。止者止恶，心口为誓，不作恶也。戒之为义，又有详略。详者，太清道本无量法门百二十条，老君及三元品戒百八十条，观身大戒三百条，太一六十戒之例是也。略者，道民三戒，箓生五戒，祭酒八戒，想尔九戒，智慧上品十戒，明真二十四戒之例是也。律者，终出戒中，无更明目，多论罪报刑宪之科，如天师制鬼玄都女青等律，具斯则戒主于因，律主于果，以戒论防恶，律论止罪，故也。"④

胡孚琛先生主编的《中华道教大辞典》对"戒律"作了如下解释：戒是约束道士言行、防止"恶心邪欲""乖言戾行"的规戒；律是约束道士言行、防止"恶心邪欲""乖言戾行"的律文。戒与律常合为"戒律"并作一解。其实，在教门内，戒与律是有区别的。戒是戒条，主要以防范为目的；律是律文，主要以惩罚为手段，律文是根据戒条而建立的。⑤ 中国道协等组织编写的《道教大辞典》对"戒律"的解释则是："戒"为斋戒、规戒自己的行为。"戒律"为道教约束道士行为，以防止违反教规的警戒条文。戒也作"诫"，有劝戒、教戒、戒恶之义；律指条规、律令。戒律系借神的名义约束教徒，作为教徒必须遵守的思想与行为准则，违反了即要受神的遣责、警告。⑥

---

① 张继禹主编.中华道藏[M].北京：华夏出版社，2004.
② 张继禹主编.中华道藏[M].北京：华夏出版社，2004.
③ 张继禹主编.中华道藏[M].北京：华夏出版社，2004.
④ 张继禹主编.中华道藏[M].北京：华夏出版社，2004.
⑤ 胡孚琛主编.中国道教大辞典.北京：中国社会科学出版社，1995.
⑥ 闵智亭，李养正编.道教大辞典[M].北京：华夏出版社，1994.

根据上述关于戒律的各种解释，我们大致可以将道教戒律的概念定义为：道教戒律是教团为了自身的巩固和发展，要求信仰者应当遵守的思想原则和行为准则。

## 二、道教戒律的主要渊源

道教戒律的渊源即道教戒律的具体表现形式，主要有：想尔九戒；老君说一百八十戒；五戒；九真戒；初真戒；中极大戒；天仙大戒等。这些戒律的内容大同小异，只不过产生的时代不同，一些道教的代表人物对戒律的观点不同而已，但其目的都是一致的。分述如下：

### （一）想尔九戒

即"老君想尔戒"，又称"道德尊经想尔戒"。戒文源出于《老子道德经想尔注》，分上中下三品，共九条。上品戒文是：行无为；行柔弱；行守雌勿先动。中品戒文是：行无名；行清静；行诸善。下品戒文是：行无欲；行知足，行推让。能持上品戒者，可望位登仙班；能持中品戒者，可以延年益寿；能持下品戒者，可以避免夭伤。由于想尔戒的条文过简，后又在此基础上衍生出老君二十七戒，戒文亦分上、中、下三品。想尔九戒成为正一派的主要戒律之一。

### （二）老君说一百八十戒

老君说一百八十戒是早期道教五斗米道的主要戒律。陆修静《道门科略》云："道士不受《老君百八十戒》，其身无德，则非道士"。就戒条内容来看，有关于一般社会公德的：不得多蓄仆妾（第一戒）、不得淫他妇人（第二戒）、不得盗窃人物（第三戒）、不得杀伤一切物命（第四戒）、不得破人婚姻事（第二十八戒）等；有关于保护自然环境的：不得烧野田山林（第十四戒）、不得妄伐树木（第十八戒）、不得妄摘花草（第十九戒）等。另有百余条多是从教义出发规定的价值观念和行为准则，如关于道德信仰的：不得渔猎伤煞众生（第七十九戒）、不得预人间论议曲直事（第九十三戒）等；关于坚定信仰的：不得轻慢经教（第五十六戒）、不得向它神鬼礼拜（一百十三戒）等；关于科仪方术的：不得炼毒药著器中（一百二十五戒）等等。

## （三）五戒

即老君五戒，托称太上老君演说之戒。第一戒杀，第二戒盗，第三戒淫，第四戒妄语，第五戒酒；道教规定，五戒在天为五纬，天道失戒则现灾异；在地为五岳，地道失戒则百谷不成；在数为五行，五数失戒则水火相薄，金木相伤；在治为五帝，五帝失戒则祚夭身亡；在人为五脏，五脏失戒则性发狂。道祖曰："此五戒失一，则命不成。"如能持此五戒，就能益算延龄，天神护佑，永脱五刑之苦，世世不失人身。《太上老君戒经》也说："是五戒者持身之本，持法之根。善男人，女人，愿乐善法，受持终身不犯，是为清信。"即清信弟子、清真弟子所受戒律。

## （四）九真戒

亦称"九真妙戒"，为亡者所持之戒。系九天帝君亲口宣说，佩奉者升入九天，轻慢者堕入九地。《道法会元》卷二称，"九真戒者，宣告亡灵，奉戒专心，克臻妙道。"据《北帝伏魔神咒妙经》卷六称，此戒内容为：一者敬让，孝养父母；二者克勤，忠于君王；三者不杀，慈救众生；四者不淫，正身处物；五者不盗，推义损己；六者不嗔，凶怒凌人；七者不诈，谄贼害善；八者不骄，傲忽至真；九者不二，奉戒专一。《无上玄元三天玉堂大法》谓：世人若能受九真妙戒，佩受救苦长生宝策，生在之日，受之福报，寿龄绵远，运尽数终，不趋轮回，直上丹天。

## （五）初真戒

初真戒是入道者必须遵守的金科玉律，是入道的门户、修道的起点。初真戒有五戒、八戒、十戒和女真九戒等。

1. 初真五戒

初真五戒是初真戒的根基，是入道之初门、清心之良方。五戒指：一、不得杀生；二、不得荤酒；三、不得口是心非；四、不得偷盗；五、不得邪淫。清代王常月著的《初真戒律》中，让入道者先受三皈依戒：第一，皈身于太上无极大道（可以永脱轮回，故曰道宝）；第二，皈神于三十六部尊经（可以得闻正法，故曰经宝）；第三，皈命于玄中大法师（可以不落邪见，故曰师宝）。三皈五戒是道教戒律中的最基本戒律，初入道者（出家或在家）必先遵依。五戒后来发展成"八戒"，陆修静在《受持八戒》中说："在五戒之外加：六、不得杂卧高广大床；七、不得普习香油，以为华饰；八、不得耽着歌舞，以作倡伎。"

### 2. 初真十戒

持五戒者，校正身心，去除杂念，许受虚皇天尊所命初真十戒。十戒为：第一戒者，不得不忠不孝，不仁不信，当尽节君亲，推成万物；第二戒者，不得阴贼潜谋，害物利己，当行阴德，广济群生；第三戒者，不得杀害含生，以充滋味，当行慈惠，以及昆虫；第四戒者，不得淫邪败真，秽慢灵气，当守贞操，使无缺犯；第五戒者，不得败人成功，离入骨肉，当以道助物，令九族雍和；第六戒者，不得逸毁贤良，露才扬己，当称人之美善，不自伐其功能；第七戒者，不得饮酒食肉，犯律违禁，当调和气性，专务清虚；第八戒者，不得贪求无厌，积财不散，当行节俭，惠恤贫穷；第九戒者，不得交游非贤，居处秽杂，当慕胜己，栖集清虚；第十戒者，不得轻忽言笑，举动非真，当持重寡辞，以道德为务。这十戒托虚皇天尊所命，能做到者，天神护佑，永脱一切苦脑，且修道积德之第一步成矣。

### 3. 女真九戒

王常月在初真戒后面，还加上了女真九戒，作为道姑信女修持之戒。九戒为：一曰，孝敬柔和，慎言不妒；二曰，贞洁持身，离诸秽行；三曰，惜诸物命，慈愍不杀；四曰，礼诵勤慎，断绝荤酒；五曰，衣具质素，不事华饰；六曰，调适性情，不生烦恼；七曰，不得数赴斋会；八曰，不得虐使奴仆；九曰，不得窃取人物。只要能持戒修持，必生十善之家，不经地狱之若，精进修道，则名登紫府，位列仙班。

## （六）中极大戒

中极戒是元始天王授给太上高圣道君，以传太微天帝及太极高仙。此戒共三百条，称"中极三百大戒"。中极戒的内容非常详细，从言行举止到传授戒箓，无所不包，可谓道教最为详细的戒律之一。持初真戒时能毫无过犯，方许授中极戒。

## （七）天仙大戒

天仙大戒讲的是一套极为繁琐的修道方法，具体概括为二十七条。它是三坛圆满的最后一个大戒（三坛圆满，即全真传戒时以初真戒、中极戒、天仙大戒三戒为主的三坛传授方式）。持三百中极大戒毫无过犯者，方授天仙大戒。

道教在制定戒律的同时，还特别设立了斋日，即一月之中应持斋戒的日子。这一天必须严格遵守道教戒律，这样举行仪式时才能有天神护佑，才能有求必应。道教对违戒（受戒道士违背所应受持的规戒条律）、破戒（道士受持规戒后重又违犯规戒）者，原本都有统一规定，后来各宫观以清规作为处罚的标准，现在基本是以批评教育为主，直至迁单（开除）。

## 三、道教戒律的传承发展

如前所述，道教戒律的表现形式多样、内容丰富翔实，诸如爱惜众生、慎于起居、心怀慈善、行为端正、孝敬老者、和睦亲邻、禁止斗殴、反对词讼、不祀鬼神、远离巫觋等等，几乎涉及一个人社会生活、家庭生活乃至精神生活的所有方面，影响着道教信徒的一言一行。诚然，传统道教戒律中有不少内容已不适应时代的要求，理应废弃；但对其中具有永恒价值，并与社会主义法律及道德相适应的内容，则应继承完善、推陈出新。① 这些内容主要是：戒杀生、戒偷盗、戒纷争、戒贪欲、戒嫉妒、戒诽谤和讲诚信、尽忠孝等内容。

第一，戒杀生。这是传统道教戒律最为重要的戒条。如《太上洞玄灵宝法身制论》曰："生为大德之王，仁为儒道之尊，慈为福端，杀为罪首，立功树德，莫如去害，故济生之苦，皆由慈心于物。"② 道教是一个贵生的宗教，以贵生为人类社会的思想美德，要求人们尊重生命，保护生命。"仙道贵生，无量度人"③，道教的"不得杀生""戒杀""不杀，慈救众生""不得杀生屠害，割截物命""不得因恨杀人""不得好杀物命"等戒规律文，都强调了戒杀。因此，道教戒律主张凡是对于生命有害的事情都应制止，对生命有利的事情多加提倡，禁止一切残害生命的行为。在强调戒杀的同时，道教戒律还重视"慈"，即愍济众生、慈心于物，如"惜诸物命，慈悯不杀""慈救众生""慈心于物""当行慈惠，以及昆虫""慈爱广救""常行慈心，愿念一切""与人父言则慈于子"等戒，从慈于子到慈于众生、慈于昆虫，体现了道教对自然界一切生命的珍爱。《虚皇天尊初真十戒文》亦指出："夫禽兽旁生，性命同禀，有夫妇之配，有父子之情，有巢穴之居，有饮食之念，爱憎喜惧，何异于人？能怀恻隐之心，不忍杀戮而食，以证慈悲之行，不

---

① 2015年7月16至17日，由国家宗教事务局主办的"国法与教规关系"研讨会在北京召开，中国道教协会副会长兼秘书长张凤林在发言中指出：道教戒律与国家法律在基本精神上具有一致性，道教戒律以遵守国家法律为前提基础，有助于保障国家法律的贯彻落实。道教界应该强化法治意识，适应社会发展需要和国家法律法规的变化，不断完善、修止道教戒律，并做出富有时代精神的新阐释。参见：张凤林.国家法律与道教戒律的关系.中国道教，2015（4）.
② 张继禹主编.中华道藏.北京：华夏出版社，2004.
③ 张继禹主编.中华道藏.北京：华夏出版社，2004.

亦善乎？"此外，道教的慈悲之心和慈悲之行还表现在于"恤死护生""施惠穷困"等，如"当恤死护生，救度恶难，命得其寿，不有夭伤""施惠穷困，拯度危厄，割己济物，无有怜惜""不得贪求无厌，积财不散，当行节俭，惠恤贫穷"等戒条，都强调了对于民生疾苦的关注和干预。从道教戒律中，我们也可以看出道教对于生命赖以生存的环境的珍惜，如"放生养物，种诸果林""道边舍井，种树立桥""不得烧野山林"等。上述戒律仍值得我们今天大力继承发扬。

第二，戒偷盗。古今中外，无论道俗，偷盗总是不能容忍的恶行。道教传统戒律中有关反对偷盗的戒律条文也很多，如《老君五戒》第四戒"不得偷盗"；《八戒》第三戒"不得盗他以自供"；《女真九戒》第九戒"不得窃取人物"；《九真妙戒》第五戒"不盗，推义损己"；《无上十戒》第三戒"不得取非义财"；《洞玄智慧十戒》第三戒"守贞推让，不淫不盗，常行善念，损己济物"等戒条都严禁偷盗。当今社会，贪污受贿、偷盗、抢劫、诈骗时有发生，严重影响着社会的安定和人民生命财产的安全。道教强调天地之中的万事万物都有神灵监管，天道昭彰、物各有主，不应该不问自取，否则神明必严惩不殆。由此，戒偷盗这一道教戒律，便能够积极预防人们的贪婪之心、盗贼之心，值得我们积极提倡。

第三，戒纷争。"不争"是老子《道德经》的主旨，也是道教徒的处世准则之一。《太上洞玄灵宝法身制论》称："人为道性，以忍辱为上，礼之为用，唯和为贵；入道之法，宜忌纷争。"[①]这里的所谓"忍""礼""和"等，都体现了道教"为而不争"的处世风范，也是中华民族的传统美德。道教戒律把戒纷争作为戒条之一，在今天看来仍有一定现实意义，如"不得嫉人胜己，争竞功名""退身护义，不争功名"等。不争、退让、谦和、礼让，应该成为现代竞争社会里的一种处世之道，当代道教戒律中应该加以继承并作出新的阐述。

第四，戒贪欲、戒嫉妒、戒诽谤。这是道教学道修仙的禁忌内容。《要修科仪戒律钞》卷一便以贪欲、嫉妒、诽谤三者为可畏之事。经称："末世人民有三可畏，宜善详焉。一者道义嫉妒可畏，二者诽谤可畏，三者贪欲可畏。"[②]道经以杀害、嫉妒、淫、盗、贪欲、憎恚为学仙六忌，其中两忌就是嫉妒和贪欲。十恶之中，也有贪欲和嫉妒。所以，道经称其"可畏"，并在道教戒律中作了明确规定。关于贪欲的戒条，有"不得贪利财货""杀生贪味，口是心非""不得贪求无厌""戒贪""不得贪嗔痴狠""不得贪惜财贿""不得贪惜珍宝，弗肯施散"等。

---

① 张继禹主编．中华道藏．北京：华夏出版社，2004．
② 张继禹主编．中华道藏．北京：华夏出版社，2004．

关于嫉妒、诽谤的戒条，有"孝敬柔和，慎言不妒""不得嫉妒胜己，抑绝贤明""不得诽谤他人，毁攻同学""不得谗败贤良，露才扬己，当称人美善，不自伐其功""心不恶妒，无生阴贼，缄口慎过，想念在法""不得嫉人胜己""无嫉无害，无恶无妒""不得訾毁谤人"等。可见，道教的戒贪是指戒一切过分的欲望。道教不仅反对贪欲，而且还强调施舍、散财，以周济贫困。道教的戒嫉妒和戒诽谤，就是要求人们以诚恳待人。即见人之得如同自己所得，见人之失如同自己所失，不嫉妒、不中伤、不欺骗、不背后议论人之长短等。所有这些都是当代道教戒律应该加以提倡的。

第五，讲诚信。诚信，是中国社会的一种传统美德。传统的中国道教不仅继承了这一美德，使其发扬光大，而且还与道教的戒律思想融为一体，赋予了道教的神学思想内容，成为道教所特有的诚信观。在道教传统戒律中，有非常重要的一条就是"戒妄语"。如《虚皇天尊初真十戒文》称："盖诚为入道之门。语者，心之声也。语之妄，由心之不诚也。心既不诚而谓之道，是谓背道求道，无由是处。"《老君五戒》第三戒"不得口是心非"；《洞玄智慧十戒》第五戒"口无恶言，言无华绮，内外中直，不犯口过"等。还有如"不得妄言绮""不得两舌邪佞""不得好言人恶""不得言人隐私"等。道教戒律以这些严格规定，强调教徒的一言一行都要出之谨慎。如果一定要说，则要"实言""直语""诚实"，行十四持身之戒。传统道教戒律的这一内容，理应成为当代道门遵守奉行的行为准则。

第六，尽忠孝。这是我国宗法社会中最一般也最重要的道德规范，而道教对此始终表示拥护和支持。《太上经戒》述元始天尊所述十戒，将"不得违戾父母、师长，反逆不孝"①作为戒律的第一条，表现了道教是重孝道的宗教。因此，关于尊老敬老的内容在道教戒律中多有反映，如《洞玄十善戒》要求"不得弃薄老病穷贱之人"②、《玉清经本起十戒》要求"不得裸露三光，厌弃老病"③、《妙林经二十七戒》要求"不得慢老欺人"④等。另外，道教戒律中也有许多尽忠的戒条，如"克勤，忠于君王""忠事君师""不得判逆君王，谋害家国""不得不忠不孝，不仁不信，当尽节君亲，推诚万物"等。而《虚皇天尊初真十戒文》则称，"按《传》曰：仙经万卷，忠孝为先。盖致身事君，勤劳主事，所以答覆庇之恩也；修

---

① 张继禹主编．中华道藏．北京：华夏出版社，2004．
② 张继禹主编．中华道藏．北京：华夏出版社，2004．
③ 张继禹主编．中华道藏．北京：华夏出版社，2004．
④ 张继禹主编．中华道藏．北京：华夏出版社，2004．

身慎行,善事父母,所以答生育之恩也;事师如事父母,所以答教诲之恩也。民生于三,事之如一,乃报本之大者,加以仰不愧于天,俯不怍于人,敬信神明,所以答造化之恩也。并前三事,谓之四恩。"[①] 上述传统的戒律条文,虽然不能全部适应当今社会,但其中有关忠孝的思想内容是值得当代道教徒去学习、践行的。

综上所述,传承道教戒律,是加强道教自身建设和提高信仰水平的有效手段。健全完善与社会主义社会相适应的道教戒律,对于维护道门内部的正常秩序,促进道教健康发展和弘扬道教戒律文化,培育社会主义核心价值观等,均具有十分重要的意义。

---

① 张继禹主编.中华道藏.北京:华夏出版社,2004.

# 汉水流域朝武当进香民俗仪式程序研究

郧阳师范高等专科学院　旅管系　宋晶[①]

【摘　要】本文以汉水流域朝武当进香民俗中的仪式程序为研究对象，通过数次对武当山的实地考察，查勘数通进香功德碑，并调研多地香会组织，力图从进香仪式、香会进香步骤两个层面展示出朝武当进香民俗的仪式程序。

【关键词】朝武当；进香民俗；仪式；程序

汉水流域自宋代以来就形成了朝武当进香的民俗。这一民俗被老百姓称为朝武当、朝圣、朝爷，是对香客信士从远道亲诣香火旺盛的道教圣地武当山，拜谒玄天上帝，进行焚香献贡、祈福许愿等道教信仰活动的统称。它是武当山地区所特有的一种民俗文化现象，香客信士主要来自汉水流域。

这一民俗表面上看杂而多端，地域不同，进香方式差异较大。但是，从进香的仪式程序上看，则发现其本质是杂而不乱的。本文以朝武当进香民俗的仪式程序为研究对象，通过对武当山的实地调查，采用现场观察香客信士的进香情况，深入访谈主要香会组织的香头会首，并查勘数通进香功德碑和相关武当道教史料等，从进香仪式、香会进香步骤两个层面梳理出朝武当进香民俗的仪式程序。

## 一、朝武当进香仪式

香客到武当山朝山进香，对天神、地祇、人鬼的祭祀典礼，是一件重大而神圣的事情，故有一定的典礼仪式和规范程序。

---

[①] 作者简介：宋晶，女，郧阳师范高等专科学校旅管系教授，研究方向为哲学和地方文化。

## （一）个体进香仪式

个体进香仪式之要在于心诚。明代工部右侍郎陆杰在《敕修玄岳太和山宫观颠末》里描述了香客的心诚之态："太和振古名山，海内无远无近，罔不虔诚朝礼，揭揭乎若日月之行天，虽昧者知其不诬也。杰见道路十步五步拜而呼号，声振山谷，亦既登绝顶，瞻玄像则涕泣不已，谓夙昔倾戴"。

香客进入玄岳门后，见庙烧香，见神叩头。上山行至险要处，毫无怯意，勇敢攀登以取悦神灵。到了灵官殿须拜灵官爷，以试自己平时行为是否端正。到了金殿前，燃放鞭炮，将香裱投入焚香炉。在神像前的香案上，还愿者献上自己带来的水果、清油、袍幢等供品或功德钱，三拜九叩。许愿者俯伏在地，默默地祈求祷告，下跪叩头。敬香结束，香客信士将香袋或旗帜或特制的布围，拿到殿右印房加盖神印以驱灾辟邪，从而对自己敬神进香的次数做出记录，进香一年盖一次印。印文字为"诸天大法之宝"。紫霄宫是石印，金顶是玉印。1989年的农历七月十五，湖北荆南一位五十多岁的女香客上武当山金顶第三次进香。她身挎的香袋正中写有"朝山进香"四字，两侧分别写着"无量寿佛""保子泰安"字样，下侧还写有香客籍贯、姓名，香袋上盖着三个法印。有些香客信士还到殿左签房抽签以占吉凶祸福。此后香客才心情轻松，方可言笑返家。

## （二）香会进香仪式

香会进香组织较严密，是一次热闹非凡的集体活动。香会行香、拜香都有仪仗，民众的玄天上帝信仰在不同时期通过不同方式演绎和表达。

### 1. 行香

一般地，行香队伍第一排为一人，身穿黄色围兜裙，双手高举拖盘，上置小型香炉一个，燃香；第二排为三人，中间者手举红色幡挂，其他二人手持黄裱和香；接着是打攒、敲锣等的乐手；其后跟随着进香的会众，每人斜挎一黄布包，身着黑色或蓝色的衣衫，队伍中间有举黄旗者；队伍最后一人手举一面幡旗与领头的红幡相似从而呼应。香会普遍以此排序进香典礼，不排除一些个性差异。2012年农历九月初九日罗天大醮时，荆州香会60人打一驾万人伞，一驾椅状雕龙小神龛，用红布吊挂在胸前，前置香炉，后置老爷神像。在香炉前全体跪下，然后继续敲锣，齐声呼喊神号，奋力攀登，一步一叩首浩浩荡荡地登上金殿。"绝蹬千盘通上界，万人朝元祈太平"，场面壮观。

2. 焚香

有庙的地方，就要烧香、跪拜。三根香，一副裱。焚香形式为三、五、七步，即三步一叩，五步一跪，七步一拜，庄重虔诚，可达天人感应之效果。武当道教讲究一炷真香本自然，诚心静意上一炷香来完成敬拜玄天上帝的典礼，或焚三炷香，取天地人之意，能接续香火，祈求神灵保佑，安慰故去亡灵，保佑家族兴旺平安康泰。

特殊的焚香仪式——苦行进香。信徒对武当山祖师爷无比崇信和恭敬，其强烈诉求以富于一定地域情怀的特殊行为表达出来。苦行是少数香客对这种行为的称呼。苦行进香在民国以前居多。在宗教的感召力下，一些香客表现出了极强的自制力，拒绝物质和感官上的享受，忍受恶劣的环境（苦修和自我磨励），以求得神的怜悯和保佑。

河南叶县、平顶山一带常常有用"上大香"的习俗。用少则60斤、多则90斤的铁链子自我"上刑"，以此自苦，并认为是衡量心诚程度的一种方式。他们认为，若受刑上香被老神仙看见，就会为他们度人生。河南平顶山有一位小脚女子，上了六十斤的铁链子，费劲走不动，河南街诚心社老掌斋的看见了，就问信众："谁能接一下？"在大家的求情下才把"刑"给她解了下来，到了"一柱擎天"处，该女子又坚持要求再次"上刑"。陕西商南人朋金来，原姓崩，1995年第一次到武当山朝山敬香时武当道人对他讲：大山压顶，此名暗含的风水于他不利。他心内恐惧，回去便改了姓氏，后来果然顺风顺水，对武当神明越发膜拜起来。朋老汉七十岁时决定冒着生命危险连续两年烧"龙头香"，他说"走两步半就能摸到龙头"。次年烧"龙头香"时脚下打滑险些坠崖，死里逃生的他从此更加虔敬祖师爷。

常见的苦行方式有：

（1）叩首进香。当地人常称这类香客叫"磕头香客"，一般都是为父母或为自己大病痊愈等原因许大愿者。有一位八十多岁的老婆婆，一人行香。自进入玄岳门后，逢庙便拜，见神即叩，一步一叩首地朝山。有的家境比较贫困的香客信士，一趟朝山几乎用尽全部积蓄，但为求平安无事，六畜兴旺，他会从进入玄岳门后禁水禁食，赤膊负荆，手持砖块三步一揖一个响头或一步一拜，将头磕在砖块上，要听得见响声（俗称"磕响头"，表示诚心诚意，礼敬祖师）。进入太和宫灵官殿后，要一直磕响头直到金顶，见到真武大帝方止，如此将额头磕得血肉模糊，随即抹上香灰止血。

叩首是分层次的。庙大神大多叩，庙小神小少叩。但庙里只要供的是祖师爷，就要尽量多叩，少则几十、上百，磕五百或一千下者亦不在少数，更诚者可叩首数万次。如此做目的是让祖师爷亲眼目睹并感受其诚，以便心愿早日实现。有一位腿有残疾的年轻磕头香客，一路上山行至金殿前，旁若无人，倒头便拜，咣咣咣几声震响，引来周围无数目光。半晌爬起，额头已肿起鸡蛋大的青块，并不断渗出细密的血珠。

（2）自残进香。也叫自残朝山、烧大香，属于许大愿一类。信士从进入玄岳门开始，身体穿剑，双手提炉，赤膊上身。（按：穿剑使用五寸多长的铜制或铁制小剑刺穿肉体，从腮部对穿，称"锁口剑"；从肩下锁骨对穿，称"锁骨剑"；从臂膀对穿，称"锁膀剑"。上剑者或充满精神力量而丧失了痛感，或意志坚毅地忍受疼痛。若跟香会一起时，则由两人架扶翻山越岭跑上七十华里，上到金顶进香后才能拔剑，由守庙道士帮其抹上香灰止血。）有的香会队伍后面跟着一个小香案，用剪刀将烧大香者臂膀上的肉剪下一点来，用香灰敷住伤口，然后再将剪下的肉用红纸包好，带回家给老人熬汤喝。也有在太和宫用刀子将臂膀上划出血口，然后登金顶祭拜老爷的。还有用草杆或很细的铁丝穿透面颊的。

（3）舍身飞岩。武当山南岩有舍身岩——飞升台，相传真武大帝在武当山修炼四十二年，于此舍身跳岩，由五龙捧拥升（即"五龙捧圣"说）。神话传说使得许多香客幻想自己有朝一日也成仙飞升，或为父母添寿，故效仿真武在此跳岩舍身。1922年还有一名湘籍妇女在此飞身自尽。

（4）敬龙头香。龙头香是武当山的一种大香。往往当家里遇有什么灾难时，无助的香客信士就会烧此大香，他们认为龙头大香烧成，是对神的虔诚，定会感动神佑而得福。元代在南岩开凿了一条长约七尺的石龙，龙首置香炉一个，伸悬于陡岩之上，状极险峻。在此敬香祈祷者，要从仅数寸宽的龙脊背走上去，迈出三大步，到香炉上点燃一炷香，再慢慢地退回。若摔下岩去，则被人们认为不诚心。有的香客为了孝敬父母，甚至会从南岩龙头香跳下去，把自己身子舍了，将寿限尽数折给父母，到此冒险敬香而坠岩殒命者不计其数，康熙年间立碑禁止。

（5）赤足进香。香客信士光脚行走朝山香道，不惧苦痛，不避寒暑风雨。

（6）供米进香。发愿者每日用手剥稻谷100粒，不能多，也不能少，天天如此，坚持一年，最后将亲手剥出的36000粒大米送到武当山金殿，奉于真武祖师神像前，以自己的毅力和耐心来表虔诚之心。台湾民间艺术家中能打龙的龙师，曾在武当山斋醮法会上用米塑龙，庆贺志喜，对玄天上帝表达敬礼，也属于贡米进香。当代香客大都乘车上山行香，苦行拜香者少见。

## （三）宫庙进香

此特指台湾进香团的进香仪式。台湾正式登记在册的玄帝宫庙多为募资建造，多实行管理委员会制，主任委员相当于宫庙中的当家的，负总责。德高望重的炉主，可以把玄天上帝圣像的分身，即香火分炉请回家供奉，并护持出巡之玄天上帝尊身。如高雄市路竹乡竹沪北极殿在主任委员戴健三和炉主的率领下，众炉下一同于1998年夏到武当朝山进香。

宫庙决定进香，通常以祈求圣筊方式决定，依照神祇的旨意而行。其方式：宫庙执事人员在玄天上帝神像面前虔诚地上香禀明所求之事后，拱筊、掷筶，与圣尊商讨，如果得到圣筊表示神明允准。接着召开信徒大会，筹组进香团的临时编组，积极筹备进香事宜。进香事宜中最重要的一项工作是订制进香旗帜。

1. 乌令旗

形状式样无固定，正方形、长方形或三角形的黑布旗，旗面白圆圈，内画白色令字，象征主神的命令，缚在一根4公尺长的尾青竹竿端。神格较高庙宇的主神出巡时用。令。每当主神出巡时作为先导，当开路先锋，持旗者须将旗平持，上下左右不停摇动，以驱除沿途邪魔，使进香团平安过境。

2. 头旗

头旗是各宫庙主祀神明銮驾前导旗的代表旗帜，进香行列中始终由旗手高擎，随乌令旗后昂扬而行。

3. 进香旗

香客人手一支黄色进香旗，上书"某某宫玄天上帝武当山进香谒祖"，代表信众每户所供奉的神明，为个人的一种保护标记。轻便、小巧、美观，有三角形、四角形的，旗杆为观音竹所制，留尾以图吉祥，采自吉地，末梢不可折断。旗面加盖平安印与八卦图形印，有镇邪厌胜作用。饰物有平安符、香火袋、浮雕像铜牌、虎头大小铜铃等。以吸引神明注意自己。此旗不可转让使用，持有者若逝世，则须焚毁，且年满十六岁者，始可持之。

4. 标帜旗

为显示进香团于进香过程中所担当的任务，使每位随香客知其所属团队位置，免得失散，还有旗牌、香客组别旗等数种，样式简单，各宫庙自由订制。

捐助功德、供献仪物，也是进香典礼仪式的重要一环。台湾进香团除捐献各类功德款外，还捐献金牌、灯油、匾额、锦旗、石狮子等物品。如台北中和市民治街王振馨各捐台币一千元并"治世福神"匾一通；1989年，中华道教玄天上帝弘道协会赠送"教谊永缔"留念锦旗一面；2000年，新北市新庄区中平路二九巷二号应天宫紫霄宫十方堂奉敬"朝拜殿"匾一通；2007年，中华无极道脉玄门道脉圣事会中土朝圣团进谒武当山静乐宫玄帝殿，庆祝净乐宫开光大典三献礼，并进谒紫霄宫祝真武大帝得道举行了三天大法会。

伴随台湾进香团朝山进香的乩童的作法仪式：表演戏剧性角色——跳童，赤膊赤足，腰围布满红印血迹的或黑或黄的布，手执常用的巫术性法器七星剑或黑令旗，做为进香团的前导，在火上跳过，翻腾跟头，借此显示神明法力。乩童之后跟玄天上帝辇轿。

## 二、香会进香步骤

朝武当进香活动，对于香会中的每户人家、每位香客信士都是一件大事，必然备受重视，周密安排，分阶段按步骤完成整个朝山过程。

### （一）进香准备阶段

1. 会启与约香会

设坛；印发张贴会启于村口显要处、会所或设驾所；约香会，即比邻相约或邀会邻里，连社祀神，俗称捎信、捎口信，主要以口耳相传的口头方式进行联络；确定香会组织机构，明确各职位负责人、负责事项，定立朝山进香的规约；组织朝山士女人选，串户挑选各家各户身强力壮者作代表进香还愿。

2. 择日与祭旗

香首请人择定起程的黄道吉日，包括上山、朝顶、回香的路程和日期；展开会旗，祭七日。香会有自己的会旗，有的会旗正中绣有"朝山进香"，下方写明"某省某县某香会"等字样，如"湖北省老河口市齐安会""河南省信阳明港香队"，中绣望日独龙。

3. 烧信香与演社

香会在起程朝山之前，通过举行一定的仪式，给玄天上帝先报个信，告知"我们要去进香了"，祈求路途平安。有的香会还要信香演社，即抬着圣驾，沿街烧香游行，使地方上的人们都知道香社要动身的事。有条件的香会还要到家乡附近的道观里集体祭告天地或请道士建醮祈祷。如雍正八年（1730），"湖广荆州府汀江陵县在城内外各坊土地公，诣荆南玄妙首观建醮，起程朝叩武当仙山，各进心香一次，祈保平安迎祥"。

4. 筹资与行囊

朝山进香的旅途费用是一笔大的花销。香首产生后就去筹措进香会费了，香客信士为消灾求福集资交纳香会费，聚"份子钱"甚丰，作为进香沿途吃饭住宿、车船费用、功德钱的开支、置办进香仪仗、供品等。香会费由专设的管账来管理安排，设专人购买车票或包车，联系住宿。有的香会还派出打前站的先遣队，提前沿途联络。

朝山前一至三天，香客信士要熏沐斋戒，即用艾蒿煮的水沐浴净身，用沉香、檀香等香料熏衣，以整洁身心，涤除邪秽。会员在着装上要更换干净的衣袜鞋帽，穿黑白布衣，换布鞋或草鞋。有的香会要求会员着黄马褂，背部绣"朝圣进香团"，外披自右肩往左下腰斜挎的红缎带。全体会员要么肩上扛挂，要么背上斜挎细带红或黄色绫绸包扎的香袋或香包，带上干粮。香袋宜用黄色，包外贴上红纸书"朝山进香"，两边写"真武大帝"或"无量寿佛""保父泰安"或保子平安等祈求术语，下边的落款是籍贯姓名。如湖北安陆人头扎黄布，身背黄色香袋。有些地方的朝山人家，还在自家门首贴上"某处朝山"的红纸。河南香客多背红包，湖北香客多背黄包。2015年三月三，河南社旗香会八十多人朝山，每人胸前只挂一个黄牌，而河南南阳邓州市构林镇魏集的香队三十多人，香头身穿红色蟒袍，四位少女着蓝色蟒袍，均背插四旗，两位童男打香旗和万民伞，四人抬盖红布的金殿朝顶。

5. 供品与祭品

香会开出礼单，以文书或文疏形式，列出供品、祭品的名称和数量及银钱并加以落实，多为香烛纸蜡、食物酒茶、零散银钱、万民伞、锦旗、锦帐、匾联、挂袍、神服、袍布、供器等物品，以备捐舍之用。

6. 守夜与饯顶

香会动身的前夜，要守夜、守晚。大部分香客聚集会首家，举行起程祭祀仪式，烧香焚纸。在武当山周边地区，香客朝武当山之前要到祖宗坟前"上坟"。有的香会在出发前，乡亲们还要组织盛大宴会为朝山进香者饯别送行。

（二）朝顶进香阶段

1. 起程发马

香会开拔起程亦称发马。发马前先集合会众举行仪式，集体祭告天地，湖北荆州的香会即如此。会众集合诵读《发马经》。如1991年河南方城县香会的《发马经并祝词》："大哉真武，武当仙灵。真龙御位，翰林重生。太平天子，仁宽德洪。爱民若子，万民福星。正月朔日，登基观风。百姓朝贺，遍览民容。救苦救难，使达维平。一心盼道，武当修行。三次舍尊，三次求灵。四十二年，功果满盈……今年朝鼎，汽轮一乘。信士弟子，五十余名。老爷佑护，张爷送程。王爷开路，武当迎神。山神土地，洞府仙灵。沿途送贺，马快身轻。早见金面，酬愿宿诚。一顺百顺，求祝神圣"。香首宣布进香的规矩和注意事项。

2. 队列排列

香客由会首率领，成群结队，各支进香队伍在经过城镇前行时要排列有序。队伍最前面让三眼铳开路放鞭炮，接着为"甲仗"开道，即身高相同的十三四岁少年四人被挑选出来，穿上金铠金甲、手执兵器仪仗开道。金爪斧钺是仪仗饰品，具有神圣的象征作用。各色会旗若干置队伍两侧，前有令旗，后有尾旗，三角龙旗随人数而定。浩大的香火社可能锣鼓开道，队前打会旗一面。清代以前的制式多为长方形红旗，后为三角形黄旗，还要设一绣幢，俗称万民伞、黄伞、七摞伞，伞周围布幔，外挂布带条，写有会众名讳、地址、捐钱数额的小布条形成旒子。也有插绣旗丹旐、条幅或旗帜的。吊儿也是一种伞罩，但其周围缀满了绸缎做的长带子，垂下来形成筒状。伞内置香炉，炉内有一尊真武小铜像。绣幢后跟随仪仗队。有的香会人人穿件黄色兜兜，背着黄布包袱的香袋，列队前进。讲究的香会，多是条件较好的村庄，会首为显耀还组织狮子队、龙灯队，设仪仗乐队沿途表演节目，热热闹闹。锣鼓队伍享神娱人还巡礼宫观，是随社而行的乐器社、铜器社。"龙凤旗伞遥合彩，笙管锣鼓相共鸣"，笙、管、笛、箫、锣、鼓、喇叭等乐器声势气派，越多越好。乐队上乘的会，在神道当中横置一条木板凳，会就要全部停下，很认真地演奏最好的乐曲，板凳一撤，会便继续前行，拦截的次数越多越荣耀，一般的乐队则无人问津。部分香客信士肩挑背扛供品担子、背着香袋走在队伍中间。最后有尾旗。大香会多达百余人或数百人、上千人，设会旗、尾旗便于召集指挥众人。也有简化的朝山香会，如2012年，湖北荆州天门县阎罗王子庙共20人信士朝武当，他们信真武，也信观音等道教大神，认为宗教不分彼此，三教一家，他们没旗也不盖印。由于他们都是农民，种地为生，没有太多钱铺张，而且一次要朝许多山，路途的漫长，带不成太多的东西，也就没有锣鼓喧天的场面。

3. 落宿报号

沿途焚祠，路程用时久的还要落宿报号。进香过程是香会展示自身艺术才能和团结精神的好机会。香会沿途焚祠，遇庙烧香，逢神磕头，沿途香道焚化香纸；落宿（投宿），或搭伙住店；安驾（守驾）报号，对祖师爷画轴、塑像或牌位，烧香号佛，意即到祖师爷面前报到。

4. 朝顶献供

武当山最高处的金顶铸有金殿，往武当山进香者俗谓之朝顶，为进香之高潮。许多香会以朝拜金顶为终极目的，暂不到沿途各宫观进香。自朝天宫进入一天门，高举会旗，吹师响手们敲打锣鼓响器，奏响笙、管、笛、箫、唢呐，立即乐声悠扬，响彻云霄。及至朝圣门，一路鞭炮及三眼铳或五眼铳不停地燃放。行至险陡处，纷纷贾勇而上，香客们呼喊神号，惟恐落后，奋力攀登，一路浩浩荡荡登顶拜庙。湖北各地区香会多带锣鼓，但有些香会只带管乐不带锣鼓。

信士到金顶前，先在烧香处焚香烧裱。进焚的香纸主要有：一般的灰黄草纸；印有皇帝大帝为行长、东岳大帝为副行长的大面额冥币；元宝，大中小号都有，有的用锡箔裱糊，成对的元宝是金银各一。先以真币置放层叠的裱纸上，用手拍打，然后高高举起香裱，集体行参拜礼，将裱投入化帛炉中。登顶后，香首在前率领善男信女手持一柱香朝顶上贡，到各殿一一朝拜祖师爷，即上香、叩头、行礼、还愿、许愿，磕头朝拜玄天上帝，再将备的礼单在神前诵读告知神灵，香首代领唱诵经书、赞扬神灵表达虔诚崇拜之心。再由承办人献上匾额、供品等，陈列于金殿前供桌上，敬请玄天上帝收下。也有给神尊献衣换袍的。烧大香或忏悔的香客，面对玄天上帝狂呼大叫，"悲愁啸啼，以验白至心"。集体仪式结束后，香客信士可单独向神许愿或还愿。磕头进供之后，有需求的会众可以占卜盖印，到签房抽签算卦，以问吉凶。到父母殿、印房或皇经堂，请道长用玉石龟蛇印、木制印，在会旗或自家香旗、黄布香袋、画轴等物品上，加盖一枚印文为大篆"都天大法之宝"或"道经师宝法印"的红印。有些香客的袋子上有十多处印迹，以示朝爷次数，求取避邪、镇妖、除病之效果，香客信士每以此为荣耀。在明代，会首可凭武当山宫观盖印和签证人数，受官府奖励晋升政绩。有的香客将"武当山灵"的平安带缠绕于树枝上，写有香客姓名的平安锁系于台阶扶手的铁链上，虔诚祈福。进香完毕后，主要的进香程序基本完成。

5. 修建醮典

明清时期，许多香会在朝顶后要到紫霄宫、南岩宫、五龙宫等处，请道士举办斋醮法事活动，立有许多建醮碑，如《武当山进贡修醮疏》载："某□省□县□奉　叩大进贡修醮谢过迎恩信士某即日竭志摅诚，拜干天鉴：伏以龙诞，末祝信通，千里之程，蚁悃才申。既表一衷之际，稽首琳宫，莹彼檐牙之罗络；舒目金殿，灿兹瓦缝之参差。瞻瞻万仞仞攀援，高垂铁索；冀冀千寻于接迎，恒示瑶阶。

下观百郡以非遥，上去九重而不远。欲奏须臾之听，当输淹久之诚，切念某朽蚌残躯，乾鱼剩息，未流下流之志，敢祈上帝之恩。兹今某月日，省恭知谨，涤旧自新。法陈兰酒之觞，端置椒浆之案，列斯醮果，罗是香花，伏愿玄都施贶，紫府覃恩。首祈神福寿于万民，末迨平安于自己，运限星之顺，年华岁纪之延。合属叨光，举家沾庆。既尽朝巅之愿，再投望故之诚，复里康宁，归途利益。须至疏闻者，右疏上奉北极镇天真武玄天仁威上帝，伏维圣慈鉴纳。谨疏。年月日疏上"。朝山香会只要财力充裕，一般都会在武当山各宫观中修建醮典，禳灾祈福。

6. 游宫赏景

俗谚："上山的孝子，下山的猴子""上山的斋公，下山的贼盗"。朝爷后，香客的紧张心理便得到缓解，可以到武当山各宫观游玩赏景放松心灵了。明成祖大修武当道宫，宪宗等皇帝又频繁斋送神像供器奉安，武当山各宫观被装饰得富丽堂皇，金光闪耀。一些宫观附近还提供有休闲服务，如茶摊、餐饮店等，为香客施茶，解决饮食。琼台中观免费赠送祈福卡，有武当山灵、八卦、"道佑苍生、福寿康宁"字样和"都天大法宝印"。香客们言谈嘻笑轻松，顺便在路边采一点草药，如车前草、金银花、山菊花、香白芷等。有的还要带些武当山的纪念品回家，如请一尊神像、一道灵符（护身符）、一本道经等，或购买七星宝剑、绿松石、银器、桃木吉祥物等纪念品及草药、香袋、筷子、拐杖、山果、道茶等武当特产带回家去，民间俗称"带福还家"。河南香客回家时要带一把筷子，有邻居亲友为他接风洗尘时，将筷子用画纸包好送给友邻，以图吉利。

## （三）返乡接顶阶段

1. 烧回香

即在朝香结束之后，各香会在预定的时间内召集会众，准备返程下山回家，或在启程的庙宇举行酬神谢神的有关仪式。民国版《沙市志略》载："或三五日十日半月归大家，戚友皆喧锣鼓爆竹以迎之，谓之接香客，士夫家无是习也"。

2. 接香客

朝武当的香客平安回到家，会有接香客、下山接顶、朝山归，然后安驾谢山的程序。乡亲们对朝香很重视，对进过香的人很敬重，认为是诚实正直、吉祥福气之人。"家中大小男女皆素食，禁语言，恐有触犯，则在路途不安。或三五日、十日半月归家，戚友皆喧锣鼓爆竹迎之，谓之接香客……士夫家无是习"，乡亲们敲锣打鼓、燃放鞭炮，几十里开外具酒出迎，为登山进香的亲人接顶。

3. 勒石碑

有的香会在朝山结束后要集资勒碑记事，将朝山进香的香首信士信女芳名及进香次数镌刻下来，写明籍贯及进香时间，置于武当山宫观内外墙壁石崖上，并写出祈愿，如"武当仙境，久进心香，一次祈葆，平安迎祥""祈皇图巩固，圣寿无疆，风调雨顺，百姓咸康"等。陕西蒲城香会朝山回乡后立石碑一通《武当山进香礼毕设醮告成记》具有典型性，兹录朝山进香部分："迄今朝谒者接踵相继，帝之威灵亦溥矣哉……余疑此即真武之祠也，不然如靖乐国太子修化诸说，亦属左道淫祀，安能屈万乘之贵，瞻礼肃恭，而世之奉明科陈净醮者，家尸户祝，又何取异域荒邈之设，为是脱冕旒而仙佛也哉？邑丰山之阳，旧有龙河观，盖因朝谒武当而作也。兹又有善男王演等进香武当山，归复立石，问记於余"。

**参考文献**

［1］李发平主编.武当山明代志书集注.北京：中国地图出版社，2006.

# 汉川善书活力与特点初探

扬州大学 董国炎[①]

【摘　要】善书类作品在宋元以后曾经大量出现，但在现代社会，很多善书都退出历史舞台，唯有湖北汉川善书依然存在甚至还有所发展，堪称特例。汉川善书这种生存活力，与汉川善书倾向世俗性和真实性有关，也与汉川善书能够经常改进提高自己，能够与时俱进有关。

【关键词】汉川善书；生存活力；世俗性；真实性

## 一、历史背景与汉川善书的特点

在中国说唱类民间文艺中，汉川善书可谓独树一帜。如果从历史背景来看，善书类说唱活动曾经相当发达。不过随着其他善书消失，汉川善书的独特性更引人注目。其他善书消失，主要原因是在文艺竞争中被别的艺术种类取代，汉川善书能够生存至今，很有值得总结的生存之道。

所谓善书，笼统讲就是劝导人们向善。然而什么是善，一方面存在变动的标准，比如三纲五常标准的善，已经基本被社会进步所抛弃；另一方面，长久受到人们普遍赞美的善，也是存在的。怎样劝善同样重要，一味说教必定失去受众，也失去文艺属性。可见善书生存并非易事。

善书类作品起源甚早，种类也多。这类作品与宗教联系密切，道教系统，东晋有所谓唱导，为人说法劝善，形式有白有歌，通俗易懂，可谓早期善书。宋元以来《太上感应篇》《文昌帝君阴骘文》都是著名道教善书，书中严厉警告并抵制各种邪恶错误，更苦口婆心劝导行善。至明清时期这类善书的注疏讲解类著作数

---

[①] 作者简介：董国炎（1948—　），男，辽宁营口人，扬州大学教授，博士生导师。

量极多,《感应篇直讲》《感应篇印证句解》《感应篇笺注》《感应篇汇编》《阴骘文集证》《阴骘文广义》《觉世篇注证》《觉世宝训图说》等大批著作,反映善书活动曾经肩负人们很高期待。

佛教系统,唐代有经讲俗讲,其后有宝卷,有不少"宝卷"也可以看作善书,其内容和艺术结构,演唱形式,通俗语言甚至句子结构,都与后来善书接近。

儒家讲仁爱兼济,讲慎独,讲天理人欲、忠孝节义,也是自古就有,后代又不断发展。明代后期袁黄编写功过格《了凡四训》,以及他带动的文人功过格自省活动曾经有很大影响,曾国藩日记中坦承《了凡四训》对自己的重要影响。这类功过格可以理解为自我矫正、自我劝勉的善书活动。

"善书"作为一个专门称呼出现于明初,永乐年间明成祖曾经"钦颁善书"《为善阴骘二卷》,书前还有大字御制序言。这部书的材料源自史籍传记材料,收录历代人物165人。每人都用一个醒目又通俗的四字标题,如蒋王灵应、仲淹经济、张泳惠民、周妇感悟之类。"字版皆大,所引皆系正史,句皆有圈,最便阅览"。不但材料可靠、印刷质量好,还用大字,加圈点,有意帮助社会下层阅读。明成祖的徐皇后,采集《女诫》之类材料,编成20篇传记兼训导文字,"类编古人佳言善行,作劝善书,颁行天下。"均可见明初朝廷对于推行善书不但重视,实施也相当认真。

清朝朝廷高度重视劝善,经常由皇帝出面。顺治九年颁行"六谕文",康熙九年颁行"上谕十六条",雍正二年颁行"圣谕广训",把矫正世道人心,化俗劝善放到前所未有的高度。各级官员大力宣讲劝善圣谕,京都五城公所定期由重要官员宣讲圣谕。各地官员率领绅耆于城镇诵读讲解圣谕,所谓高台教化,仪式化特点很足。台上供奉"圣谕广训"牌位和装有圣谕的木盒,宣讲者登台跪拜领取之后,开始宣读。宣读之后加以讲解发挥。气氛极其隆重。当然庄严肃穆有余,劝善化俗的目的未必容易达到。

随时间推移,官府主持的劝善活动逐渐荒废,或者徒有虚名。因为缺乏记载,只能大体推测,清代后期,很多地方官府的劝善活动已经停止;有些地方如汉川等地,宣讲善书活动逐渐由民间主办,民间主办仍然沿用原有的读文习惯,以及宣读《关帝明圣经》短文之类,但是新编案传故事逐渐成为主要内容。汉川善书保持了善恶报应主题、劝人行善的道德教化作用,同时向世俗化、娱乐化、文学化演变。

19世纪后期到20世纪后期,社会巨变,文化转型,多少次战乱和动乱,多少次思想文化撞击。以往的文艺形态,面目全非者不少,荡然无存者也有。作为文艺形态的善书,在很多地方都消失不可见,唯独在湖北汉川,还作为完整的文艺形态保存着,有演出活动有传承人有受众。正因为汉川善书有可贵价值,也有须要保护甚至抢救的风险性,才于2006年被列为国家首批非物质文化遗产。汉川善书至今存活的原因何在,汉川善书的特点和经验是什么,值得深入思考。

## 二、汉川善书与江苏宝卷之比较

汉川地处汉江下游,距离武汉不远。这里是鱼米之乡,比较富足且安定。汉川有九河汇聚之说,水网密布,可能影响陆上交通,相对比较闭塞。汉川的地理位置,实际属于中心城市周边县份,而社会比较安宁。明清时期荆襄流民之乱、白莲教之乱,张献忠扰乱鄂西等等,对汉川的社会文化生活可能影响不大。汉川善书保持若干宣讲圣谕的形式,依稀还能感受对皇权的敬仰,这种情况其实很少见。汉川善书的内容以案传故事为主,有官府审定案情,且对案情加以宣讲者方可称案,根据民间流传故事改编创作则称为传。汉川善书讲案传故事,其源头大概可以上溯到明代永乐年间圣谕颁发的165人传记,这些人物传记有历史文献为依据。同时徐皇后颁发专门针对女子的劝善书,其来源是《女诫》一类古书。永乐年间颁发这些善书的重要特点在于依托历史文献,而不是依托宗教和宗教故事。汉川善书以案传故事为主,可以说是脱离宗教影响而自成一体的善书。这一点非常独特,与其他地区民间善书大不相同。这反映汉川社会文化生活中,宗教的影响力可能不大。之所以关注汉川地区的宗教问题,因为宗教影响力大小及宗教特点,对民间信仰和民间娱乐文艺,具有决定取向的重要作用。汉川善书的情况是独特个案,为了更好认识汉川善书的性质,在此对汉川善书与江苏宝卷作一些比较。之所以这样比较,因为很多人认为善书与宝卷很相近,宝卷也可以看作一种善书。应该说这种看法适用于江浙地区的宝卷,北方不少宝卷是民间宗教教派宝卷,与善书性质不同。江浙宝卷即便受过罗教影响,但基本特征属于普适性的善书。

民间文艺受到宗教影响的例证很多,具体表现程度则有影响大小之差别。明代在山东一些地区、在长城沿线一些地区,新型民间宗教发展极快。山东人罗清创立的罗教或者罗祖教,传播迅速,在长城沿线戍边军士及其家属中,在运河长江漕运水手中,都广为传播。发展到明末特别清代之后,罗教与白莲教携手,以无生老母作为信仰主神,表现出很强的吸纳能力,把其他教派的教义和神祇都纳入无生老母控制之下。罗教衍生和分裂现象不断。红阳教、白阳教、黄天道、皈一道、天理教、龙华会、老官斋教等新教派不断涌现，漕运粮帮转变为安清帮再变为青帮等等。原有的民间信仰礼俗和民间文艺都发生很大变化，为教派所专用，音乐歌舞诗歌咏叹，都服务于教派礼仪。这种民间教派发展很快，经过"东震堂"主张的三教合一，发展到"一贯道"主张的五教合一，把孔子、老子、释迦摩尼、耶稣基督、默罕默德说成无生老母的五个儿子。一贯道表现出太强的控制欲望，逆社会发展而动，有一种以教权抗衡皇权、以教权抗衡政权的倾向。一贯道还把总坛由山东迁移至北京，准备进一步向全国发展。1950年一贯道在大陆被取缔。取缔一贯道，镇压反动道首，批判一贯道运动当时轰轰烈烈。当时北京声明退出一贯道的人数接近18万，这个数量反映一贯道曾经快速渗透传播。1953年一贯道在台湾也被取缔。宗教活动达到一贯道这种程度的，固然是个别例子，但是某些教派能够迅速扩展，短时期内影响很多人的精神，这种情况并不仅仅限于一贯道。它们对人们的信仰活动和文化娱乐活动都有很大影响。

就普遍状况来讲，佛教、道教对本教信徒的精神活动存在影响，对文化娱乐活动存在影响，基督教的情况也是如此。佛教道教通俗宣讲对民俗活动和文化娱乐的影响，时间很久植根也深。相关的说唱文艺中，宗教因素，娱乐因素，交织渗透，难以理清比例关系。这种影响长时间存在。如果受到政权力量的强力矫正或者干扰时，宗教背景的说唱文艺通常顺从政权的要求，例如清代宣讲圣谕活动可以矫正佛教道教说唱文艺，文化大革命可以压制很多说唱文艺销声匿迹。但是当外部压力消除之后，宗教背景的说唱文艺容易恢复。与善书比较接近的文艺种类首推宝卷，二者内容形式有不少相近之处。所以二者的比较有利于认识各自特点。"文革"之后，宝卷得到恢复。当今也纳入国家级非遗名录受到保护。目前在江苏靖江、常熟、无锡、常州不少地区，存在"宣卷"活动，其中靖江宝卷资料多，丰富多彩，便于比较研究。

从靖江宝卷作品来看，可以分为三类。主要品种是宗教类作品，叫做"圣卷"或者"大卷"，如《香山宝卷》《目连救母宝卷》《三茅宝卷》《梓童宝卷》《地藏宝卷》《土地宝卷》《药王宝卷》《财神宝卷》《龙王宝卷》《东岳宝卷》《玉皇宝卷》《关帝宝卷》《延寿宝卷》《灶君宝卷》等。这类宗教宝卷反映宣卷中佛道二教合一。圣卷地位高，实际靖江宣卷也常被称作"靖江讲经"，反映宗教特征还是占据主要地位。

靖江宝卷的第二类作品，是世俗故事，大多改编自小说弹词，如《五虎平西》《五女兴唐》《罗通扫北》《薛刚反唐》《麒麟豹》《狸猫换太子》《文武香球》《刘公案》《白鹤图》《回龙传》《九美图》等。这类作品也叫"草卷"或者"小卷"，只能在晚上演唱。

第三类作品叫做"科仪卷",是宝卷演唱中须要进行的形式过程,包括功课、拜愿、请佛偈、念疏赞、送圣赞、念饭偈、送佛偈、忏悔偈、解结科、上茶偈、篆香庆寿开关等等。这些科仪都是为宗教宝卷服务,演唱草卷不需要科仪。

宣卷主讲人叫做佛头,传统的宣卷过程有浓重的宗教气息。过去善男信女参加宣卷活动的重要收获,是获得一张《冥途路引》。有了这张路引凭证,死后才不会坠入地狱,才可以前往极乐天堂。已有墓葬出土发现这种《冥途路引》,反映它曾经是信徒的精神寄托。这种路引原本两份,一份由本人保存,另一份当时焚化上报天堂,所以也被称为"天宫挂号"。科仪卷中的"篆香庆寿开关"其实是发放"天宫挂号"时所唱,唱词简捷铿锵:"一颗印,交与你,三宝凭证。明路人,西方去,紧紧随身。"反映这类宗教活动所追求的实用目的。随着社会发展,宣卷活动的宗教气氛有所淡化。不过信佛向善,积德拜佛拜观音的基本特征还保存着。2000年前后,笔者两次在春天从苏州坐船去杭州,航船每天下午出发,第二天上午到杭州。清晨时分船在运河中悠悠前行,河水轻轻拍岸,两岸金黄的油茶花一望无际,那种景象令人难忘。然而这个季节正值杭州灵隐寺庙会,笔者意外领略到苏州地区农村女性的宗教虔诚,回忆起来仍然感到震撼。笔者到达苏州码头时,看到这里聚集大批蓝衣女,都穿着老式的蓝衣蓝裤,有人还包着蓝头巾。少数人背着香袋,上面绣"灵隐进香"四个黄字。苏州地区经济发达,平素很难看到这种老式装扮,而且是如此大规模聚集。这些人都是中老年,她们经历了"文化革命"的动荡,也身历当前社会的浮躁变迁,而她们安静地坐在那里,说话声音不大,却让人感受到一种宗教的力量。这种力量和这些人,正是苏州无锡靖江等地宣卷活动的社会基础。而湖北汉川善书案传的风貌,则是汉川民众与社会文化取向所决定。

## 三、汉川善书与时俱进的特点

汉川善书的特征,有人喜欢强调它在皇权时代宣讲圣谕遗留的独特形式。其实,比形式更重要之处在于汉川善书的内容。这种内容特点汉川善书本来有简捷的概括,也就是案传二字。来自官府的案例叫案,来自民间的故事叫传,汉川善书讲的都是案传。案传的根本特征在于世俗性和真实性。中国毕竟是史官文化国度,至少官方要讲究这条原则。官府案例,应该真实有据,不能虚饰神道。这样即便案情有出入,但是世俗原则,生活情理原则却不能动摇。民间编创的故事也需要大体符合这类原则。

汉川善书的案传包含多种类型,传统案传数量仍然不少,可能已经不分哪些为案,哪些是传,而统称为传统案传。《四下河南》(即《滴血成珠》)《一口血》《打芦花》《羊肠汤》《鸡人血》《珍珠塔》《萝卜顶》《血公鸡》《猛回头》《双善桥》《蜜蜂记》《生死牌》《一江血》《安安送米》《二度梅》《恩仇记》《落金扇》《双金锭》《王昭君》《窦娥冤》《乌金记》《磨坊产子》《尼庵产子》《泪洒庵堂》《金玉满堂》《薛刚反唐》等都是这类。

善书艺人们编创民间案传故事,本来就有一种传统,新时期以来,改编案传数量更多。这类作品主要有:《张羽煮海》《逼上梁山》《劈华山》《九件衣》《三世仇》《白毛女》《吉祥花》等等。

有不少新编创案传故事,或者改编自现实题材文学作品,或者直接反映当地现实生活,具有干预生活的积极精神。这类作品有《祥林嫂》《何月英的婚事》《杨菊香翻身记》《李二嫂割谷》《龙须面》《三子不认母》《白鸡公》《赌回头》《浪子回头》《茶碗记》《双团圆》《飞鸽案》《女儿养老》《迷途惊梦》等等。像《迷途惊梦》这样的作品,反映某些人迷信法轮功的弊病,其反映现实的敏锐快捷,甚至超过其他文学种类。

新改编案传有一种趋势,很多故事取材于文学名著,特别是长篇小说名著,如《三国演义》《杨家将》《施公案》《七侠五义》《醒世姻缘传》《官场现形记》《天宝图》《四世同堂》《啼笑因缘》《白鹿原》《平凡的世界》《罪证》等等。这类新编故事都被编成为连台案传,演出时间需要一个月左右,甚至会更长。这种情况与汉川善书的市场变化有关。以往,在城镇中专门书场演出的"馆书",大都是短篇的世俗趣味故事。因为需求有限,不容易演出连台案传。现在随着城镇经济文化发展,这方面市场需求扩大,书馆才可以多日演出连台案传。另外,在乡村演出的台书以往基本当日结束,有些主事者发愿,愿意连续演出三年,其实是明后两年,每年再各演一天。然而现今请台书演出,经常连请数日,于是台书也增加篇幅,成为长篇案传。这种情况也反映善书经营方面的发展。

旧时善书,虽然主要受朝廷和官府影响,虽然体现世俗性和真实性追求,但是仍然具有那个时代民间文艺的普遍特点,经常表现出道教佛教思想的影响。道教神灵,劝善同时严厉监察过错,惩处所谓邪恶。福禄寿星、城隍土地、财神喜神、送子娘娘等各司其职,最厉害是灶神和三尸神等,驻扎在人们家中,甚至驻扎在人们脑子内。人的一切表现他们都记录在案,供天上三十二司神灵惩处。"举头三尺有神灵",令人无可逃避。佛教讲业报轮回,前世之因,后世之果;今生造业，来世相报。果报之说，不须要今生获得兑现验证，显得无懈可击。客观上道教佛教说法互相配合，其影响经常表现在民间文艺中。民间文艺不同种类之间，接受佛道影响程度会有差别，但是很难全然摆脱其影响。汉川善书正是这种情况，曾经有一些案传明显陈旧保守迷信，如《因果实录》《忠孝节义》《埋儿献宝》《处女守孀》《冥案实录》《杀子报》《灵龟穴》《节烈坊》等案传就是这样。但是汉川善书倾向世俗性真实性的根本特性决定，汉川善书与陈旧保守的迷信之作不可能水乳交融，汉川善书容易及早抵制这类作品，实际上这类作品早已不再演出，文本也早已失传。这种情况反映汉川善书与时俱进的特点。在表演艺术方面，传统善书好以凄凉悲怆感人，艺人常用"未开言来，泪流满面"开场，有形成套路之嫌疑，以致演唱善书被人戏称为"未开言"。但是善书表演设"答词先生"，答词要推动演唱进程，增添听众兴趣，答词主要是顺水扬波，但也可以装聋卖傻，制造包袱，解开包袱。这种情趣与开场悲怆的风格，其实有矛盾。新编创案传内容扩展，善书表演风格也趋向多样化。这同样体现汉川善书与时俱进的特点。

# 第五编　流域文明及其比较研究

# 先秦流域文明与地域文化及文学之关系论
## ——文学以《诗经》《楚辞》为例

湖北师范大学文学院教授　刘桂华[①]

**【摘　要】** 先秦时期，以黄河流域和长江流域为中心的多元一体文明格局已经形成。而在两大流域文明的不同流域又形成了众多的亚流域文明，成为中华文明满天星斗天幕最耀眼的星座。众多亚流域文明又形成了极富地域特色的地域文化。悠久的流域文明与地域文化则催生了极富地域特色的《诗》《骚》文学。

**【关键词】** 先秦流域文明；地域文化；文学；《诗经》；《楚辞》

人类学与考古学证明：人类文明的诞生与发展离不开水的润泽。世界上的古老文明大多是逐水而生，所以，大河流域往往就成为人类最重要的文明起源地。世界上的四大文明古国，创造了辉煌灿烂的古代流域文明——古巴比伦王国发源于两河流域、埃及王国发源于尼罗河、印度文明发源于恒河流域、中国的古老文明则起源于黄河与长江两大流域。由此，大河流域往往成为人类文明的摇篮。

# 一、流域文明

人类文明的发生发展离不开流域文明。那么，什么是"流域文明"呢？所谓"流域文明"指的是某个民族依托某条大河流域（包括众多支流所形成的广大冲积平原等）生存发展所创造的全部物质文明、精神文明、制度文明的总和，是民族智慧创造活动的结晶。著名考古学家苏秉琦提出了中华文明起源的多元条块

---

① 作者简介：刘桂华，湖北师范大学文学院教授，主要研究方向为传统文化与古代文学。

说和满天星斗说,为考古学实践所证明,为学界所普遍接受。著名考古学家严文明总结:中国文明的起源首先发生在地理位置适中、环境条件也最优越的黄河流域与长江流域的广大地区。逐渐从多元一体走向以中原为核心、以黄河流域和长江流域为中心的多元一体格局。(详见严文明《中国文明起源的研究》,严文明主编《中国考古学研究的世纪回顾·新石器时代·考古卷》,科学出版社,2008年p75—78)中国文明的起源主要发生于黄河流域与长江流域,在先秦时期已发展得非常充分,走向成熟。

黄河流域是中华文明的重要发祥地。黄河流域文明的发生和发展都不是孤立的现象。大约从公元前五千年开始,黄河中游出现了仰韶文化。与此同时或略晚,黄河下游发生了大汶口文化,其水平与仰韶文化不相上下,从而初步形成了东西对峙的两个文化中心。大约从公元前三千年开始黄河流域进入龙山时代。在黄河中游,龙山时代之后有二里头文化和下七垣文化等,在下游则有岳石文化。一般认为二里头文化是夏文化,下七垣文化是先商文化,而岳石文化是夏代的夷人文化。夏商周三代是中国古代文明形成和大发展的时期。(严文明《黄河流域文明的发祥与发展》,《华夏考古》1997年第1期)

长江流域如同黄河流域一样,也有自己悠久的古老文明。从旧石器时代到新石器时代,长江流域和黄河流域基本上是同步发展的,大体处在同一发展水平线上。长江上、中、下游流域文明因素的蕴育,文明因素的起源、发展,都是独自进行的,由此形成三个文明起源中心。

长江上游流域文明以川西成都平原为中心,从考古学角度目前已建立起了先秦文化的发展序列,即从宝墩文化,到三星堆文化,再到十二桥文化,最后到晚期巴蜀文化。其时间从新石器时代晚期,经夏商周到春秋战国,历时二千余年。大约从公元前4600年始,长江上游川西成都平原上出现了宝墩文化。宝墩文化相当于中原龙山文化时期。其时农业、手工业都很发达,并出现了多处大型中心聚落和城址,贫富分化明显,表明至迟在新石器时代晚期,长江上游迎来了文明的曙光。大约从公元前3700年始,长江上游进入了三星堆文化时期。该文化在承继宝墩文化因素的同时,又受到中原二里头文化的强烈影响。三星堆遗址出土的规模宏大的青铜器物群,表明三星堆文化已进入青铜时代,特别是两个大型祭祀坑和数以千计的铜、金、玉、石、陶等不同质地的礼器、神器、祭品的出土,以及大型中心聚落和厚实高大城垣的发现,都展示出长江上游文明已正式形成。(姜世碧《长江上游文明的起源、形成与发展——兼论成都平原先秦文化的发现及意义》,2003年01期)

长江中游流域文明，较早的有城背溪文化，其后发展为大溪文化和屈家岭文化，到龙山时代则发展为石家河文化。著名的楚文化应该是从这里孕育起来的。长江下游流域文明，较早的是河姆渡文化，从马家浜文化、崧泽文化到良渚文化，发展系统非常清楚。这些应该是古越族的文化，也就是后来吴越文化的先驱。（严文明《中国史前文化的统一性与多样性》，《文物》1987年第03期）。

长江流域从文明因素的蕴育、起源、发展，直至石家河、良渚文化时期开始向文明社会的过渡，是一个独立的、自然发生的过程。在这一相当长的发展过程中，长江流域古文化和黄河流域古文化曾有过接触，曾有过互相影响。但在文明的形成时期，黄河流域继中原龙山文化之后的二里头文化即夏文化确已进入文明的时候，长江流域似乎在原地踏步，明显滞后了。从考古发现来看，有充分证据证明长江流域正式进入文明阶段是在商代早期，而这一重大变化又与黄河流域中原地区夏商文化的参与密不可分。其正式进入文明阶段的时间也正是商文化最强大最具有外扩能力的时候。长江中游是直接被纳入了商文明的有机组成部分，下游和上游虽有自己原来的基础，但商文化的影响，尤其是青铜器、玉器的制作与使用在长江下游和上游古国的形成过程中也发挥了重要的作用。（参见李伯谦《长江流域文明的进程》，《考古与文物》1997年第04期）

中国境内的"流域文明"具有鲜明的特点。概括而言有四端：一是自然性——水性。"流域文明"离不开水的滋润。《管子·水地篇》云："水者何也？万物之本原也，诸生之宗室也。"水不但是万物的本源，而且也是孕育生命的摇篮。二是社会性。人类是流域文明的创造主体，任何文明都离不开人类的发明创造，"流域文明"也是这样。中国各地古文明的起源过程，正如苏秉琦所说：都经历了由古文化—古城—古国的发展三部曲。（转引自《中国文明起源的研究》，严文明主编《中国考古学研究的世纪回顾·新石器时代·考古卷》，科学出版社2008年p75）三是流动性与开放性。大河流域流动不息，"子在川上曰：'逝者如斯夫，不舍昼夜。'"（《论语·子罕》）大河容纳众水，方能成其巨大；众水奔流，携带大量泥沙，形成巨大冲积平原，为人类文明的滋生发展提供了理想的温床。四是阶段性与地域性。整个流域文明从古到今构成一流动的文明整体，但流域文明还具有阶段性与地域性的特点，即经历一定的历史时间发展而走向成熟，如中国两大"流域文明"在先秦时期就已走向成熟，所以就可以把先秦时期的"流域文明"单独列出来关照考察。由于中国两大江河有着漫长的流程，流经西中东三大阶梯地形，而各地文明进程有先后之别，因此，就形成了"流域文明"的地域性特点。

## 二、亚流域文明与地域文化

中国流域文明具有这样一个突出特点：干流巨大，流程曲折，最终朝宗于海；支流众多，流经地域辽阔。为理解方便，我们姑且把江河的一级支流、二级支流所形成的地域称为亚流域，把人们成就于亚流域的智慧创造称为亚流域文明。这其中当然包括淮河流域文明、辽河流域文明、珠江流域文明等。

考古学发现并证明，黄河流域、长江流域被视为中华文化的摇篮。但是如果细观察，我们就会发现不是这些大河、大江的整个流域，也不是这些大河、大江的本体，而是注入这些大江、大河的某一支流，才是某支谱系考古学文化形成与发展的核心地区。因此，这些大江、大河流域的某些支流，才处于中华文化摇篮的核心位置。可见这些大河、大江不是我们习称的中华文化的母亲河，真正的中华文化的母亲河，是流入这些大河、大江的某一两条支流。（参见张忠培《渭河流域在中国文明形成与发展中的地位》，《中国国家博物馆馆刊》2014 年 11 期）

众多亚流域文明烘托出中华两大流域文明发展的主线。众所周知，黄河是我国第二大河，蜿蜒曲折流经北方九省区，全长 5464 公里，流域面积达 79.5 万平方公里。黄河支流众多，主要有白河、黑河、洮河、湟水、清水河、大黑河、无定河、汾河、渭河、洛河、沁河、大汶河等。而其中对中华文明发展作出了重要的是汾河、渭河、洛河，由此形成了汾河亚流域文明、渭河亚流域文明、河洛亚流域文明。而长江是我国最长的大河，全长 6300 余公里，流域总面积达 180 万平方公里。长江支流众多，其中大的支流主要有嘉陵江、雅砻江、岷江、汉水、大渡河、乌江、湘江、沅江和赣江等。就其对中华文明发展的贡献而言，首推汉水与湖湘流域文明。

上述众多亚流域文明烘托出黄河与长江两大流域文明，而众多亚流域文明发展到春秋战国时代又形成了更加璀璨多彩的地域文化。如汾河流域文明催生了后来的三晋文化，渭河流域文明催生了秦文化，河洛流域文明催生了中原文化；汉水与湖湘流域文明催生了后来的楚文化。这些亚流域文明对中华文化的形成与发展产生了巨大影响。它们才是伟大中华文明滋生的摇篮与真实的文化载体。

## 三、地域文化与《诗》《骚》

先秦史前文明经过夏商周以及春秋战国时代的发展，已经走向成熟，发展出更加绚烂多彩的地域文化。而《诗》《骚》就是众多亚流域文明与地域文化结出的文学硕果。下面摘其要者略作论述。

汾河流域文明与三晋文化催生了《诗经》"魏""唐"风诗。今山西省境内拥有黄河与海河两个水系。而黄河支流有西流入晋、陕间和南流入豫两类。据陈桥驿《〈水经注〉》记载的"三晋河流"一文统计，三晋境内西流入河的支流（包括二、三级支流）以汾水为代表有34条，南流入河的支流有18条，其中汾水支流有28条，形成流域湖泊有9个之多。（《中国历史地理论丛》1988年第4期）汾水又称汾河，是山西境内最大河流，也是黄河第二大支流。据《山海经》载："管涔之山，汾水出焉。西流注入河（黄河）。"《水经注》载："汾水出太原汾阳县北管涔山，——西流注于河。"汾水干流全长约700公里，流贯"魏""唐"故地，即今山西中、南部，流域面积近四万平方公里。这里蕴育了历史悠久、朴实厚重的三晋文化。而《诗经》"魏""唐"风诗就形象地反映了晋人的劳动生活、丰富的感情、忧思深远的精神品质。

渭河流域文明和秦文化与《诗经·豳风》《诗经·秦风》。渭水今称渭河，是黄河流域众多支流中最大的一条支流。从今甘肃发源流入陕西而注入黄河，全长达八百公里，流域面积达十三万余平方公里，形成了沃野千里的关中平原。"渭河流域孕育的远古文化和最初的文明，是中华远古文化的主根，是中华文明形成时期的满天星斗中的一颗亮星。"渭河流域诞生了新王国，也孕育出帝国文明，并将帝国文明推进到新的发展阶段。渭河流域诞生的周人建立的西周王国，革新了夏、商王国建立的政治体制，将王国文明推进到了一个新的发展阶段；渭河流域生长出来的秦人，使中国走出了王国文明，破天荒地创建了管理统一国家的帝国国家政治体制。可以说，渭河乃是中华文化与文明的第一母亲河。（张忠培《渭河流域在中国文明形成与发展中的地位》，《中国国家博物馆馆刊》2014年11期）班固《汉书·地理志》说："故秦地于《禹贡》时跨雍、梁二州，诗风兼秦、豳两国。昔后稷封邰，公刘处豳，大王迁岐，文王作丰，武王治镐，其民有先王遗风，好稼穑，务本业，故《豳诗》言农桑衣食之本甚备。"而《秦风》则反映了秦人的艰难创业史与崇猎尚武，好战乐战的精神品质。

河洛流域文明与《诗经·王风》。河洛流域文明的主体是洛河。洛河全长400多公里，支流众多，为下游伊洛盆地提供了充足的水量和优越的生态环境，流域面积达18000多平方公里。这里是黄河流域文明的核心地区，是三皇、五帝及夏商周三代文明的中心地区。从史前的仰韶文化（约前5000—前3000）、河南龙山文化（约前2800—前2200），以及夏商周王朝以河洛地区为中心相继建立的国家，引领当时历史潮流的发展方向。《史记·封禅书》说："昔三代之居皆在河洛之间。""三河在天下之中,王者所更居也。"司马迁就一针见血地指出河洛流域文明在先秦时期的"中国"(见西周"何尊"铭文)核心地位。而《诗经·王风》就反映了王朝处于没落时期的衰怨风俗。

汉水及湖湘流域文明为代表的楚文化与《楚辞》。汉水及湖湘流域文明是长江中游流域文明的代表。楚人在这里孕育发展800多年,创造了辉煌灿烂的楚文化,因而备受瞩目。楚国位处长江中游流域,境内江河纵横,水网棋布。著名者有长江、汉水(又称汉江)及湖湘水系。而对楚人影响大者莫过江、汉、沮、漳四水。《左传·哀公六年》载楚昭王曰:"江汉沮漳,楚之望也。"汉水、沮水皆为长江中游两大支流,而漳水又是沮水的支流。沮水途中汇入众流、最后向南流入滚滚长江。汉水全长1532公里,流域面积15万多平方公里。水道曲折,支流众多,与沮水一样也是楚人的一条母亲河。沮水与汉水流贯楚人腹心地带,二水及众多支流所带来的泥沙对江汉平原的孕育起到了重要的催生作用。所以,楚境内长江、汉水与沮水对楚民族的发展提供了强大动力,培育了楚民族似水的柔情与坚韧不屈。

汉水流域文明孕育了灿烂的楚文化,而楚文化则催生了"惊采绝艳"的"楚辞"文学。在《诗经》时代",楚人流连于汉水之滨,就发出了由衷的深情歌唱(见《诗经·周南·汉广》)。而战国时代,沐浴着楚文化的深厚底蕴,楚国大地诞生了屈原、宋玉两位伟大诗人。而作为长江流域重要水系的湖湘流域的民情风俗在《九歌》作品中得到形象再现,为"楚辞"文学锦上添花。

除上述之外,淮河流域的重要支流洧水流域与《诗经·郑风》、黄河中下游流域的淇水流域与《诗经·卫风》都有着密切的共荣关系。

总而言之,先秦时期以黄河流域和长江流域为中心的多元一体文明格局已经形成。而在两大流域文明的不同流域又形成了众多的亚流域文明,成为中华文明满天星斗天幕最耀眼的星座。众多亚流域文明又形成了极富有特色的地域文化。悠久的流域文明与地域文化则催生了极富地域特色的《诗》《骚》文学。

# 汉水文化在韩国

武汉大学 葛刚岩[①]；首尔大学 邹佳素[②]

汉水文化，是中华文化的一个重要组成部分，同时它又以其特有的地域特色和精神内涵独立于其他地域文化，耸立于地域文化之林，散发出特有的光芒。

## 一、汉水文化诠释

汉水文化的概念，有广义和狭义之分。

汉水流域源起陕西省西南部的秦岭、米仓山一带，向东穿越秦巴山地的汉中、安康地区，进入鄂西北，北过十堰后流入丹江口水库，后流向东南过襄樊、宜城、钟祥、天门，方向改为由西向东，过仙桃、汉川，在汉口流入长江。流域面积15.1万平方公里，涉及鄂、陕、豫、川、渝、甘6省市的20个地（市）区、78个县（市），北部以秦岭、外方山及伏牛山与黄河分界；东北以伏牛山及桐柏山与淮河流域为界；西南以大巴山及荆山与嘉陵江、沮漳河为界；东南为江汉平原，无明显的天然分水界限。广义的汉水文化，又可以称为大汉水文化，它是指今天整个汉水流域（今汉水）的文化，甚至还包括嘉陵江（古称西汉水）流域。

狭义的汉水文化，是指汉水的上游地区，具体所指为西起定军山（今勉县城东南）东至郧关（今郧县）的河段区间（古汉水），这是汉水文化的定型母体，它繁衍孕育了后来日益丰富、范围逐渐扩延的大汉水文化。

汉水文化的广义与狭义之分，是与汉水文化的历史息息相关的。或者说，汉水文化的外延是一个流动的概念，它的范围是与汉水河段的名称由来演变密不可

---

[①] 作者简介：葛刚岩，武汉大学文学院副教授，文学博士。
[②] 作者简介：邹佳素，韩国首尔大学副教授。

分的。也可以说，它在内涵及外延上有一个由小及大的发展过程。下面就让我们根据零零散散的文献古迹，来追溯以下汉水概念的演变过程，也由此来关照一下汉水文化的外溢扩展。

汉水一名，古已有之。

《禹夏书·禹贡》："江、汉朝宗于海，九江孔殷，沱、潜既道，云土、梦作乂。……浮于江、沱、潜、汉，逾于洛，至于南河。""嶓冢导漾，东流为汉；又东为沧浪之水；过三澨，至于大别，南入于江。"

《山海经·西山经》："嶓冢之山，汉水出焉，而东南流注于沔。"

《山海经》：河水、赤水、若水、洋水，为上帝的四条"神泉"。

《诗经·周南·汉广》："南有乔木，不可休息。汉有游女，不可求思。汉之广矣，不可泳思。江之永矣，不可方思。"

《诗经·小雅·大东》："维天有汉，监亦有光。跂彼织女，终日七襄。"

《诗经·大雅·云汉》："倬彼云汉，昭回于天。"

《诗经·大雅·棫朴》："倬彼云汉，为章于天。"

《诗经·大雅·江汉》："江汉浮浮，武夫滔滔……江汉汤汤，武夫洸洸……江汉之浒，王命召虎……"

《左传·僖公四年》："（屈完）对曰：'君若以德绥诸侯，谁敢不服？君若以力，楚国方城以为城，汉水以为池，虽众，无所用之！'"

《左传·哀公六年》："王（楚昭王）曰：'三代命祀，祭不越望。江、汉、睢、漳，楚之望也。祸福之至，不是过也。不谷虽不德，河非所获罪也。'"《左传》云："汉，水之祥也。"

《孟子·滕文公上》："决汝汉，排淮泗，而注之江。"

《孟子·滕文公下》："水由地中行，江、淮、河、汉是也。"

《战国策·燕策》："汉中之甲，乘舟出于巴，乘夏水而下汉，四日而至五渚。"

《楚辞·抽思》："倡曰：'有鸟自南兮，来集汉北。'"

《华阳国志·汉中志》亦云："汉沔彪炳，灵光上照，在鉴为云汉，于地画为梁州。"

可见，汉水之名由来久矣，西周、春秋时期即有此称谓。

汉水之名称，早已有之，但该水亦多有其他名称，如漾水、沔水、汉水、洋水、东汉水、襄水、苍浪水、夏水等，使得这一河流的称谓纷繁错杂，不知所云，也造成诸多文献资料信息的模糊错乱，给后人了解这些信息带来不利。

笔者认为：该河流名称纷繁错杂的主要缘由，应归于历来名称提及者未重视古人按河段命名的习俗。也就是说，无论漾水、沔水，还是汉水、夏水，都具有特定区域性命名的时期，或特点，不同河段的居民都会给予他们所生活地域的河段以各种不同的名称。我们如若按其河段逐一考辨，问题就不会如此纷乱复杂。因年代久远、文献所限，笔者所述河流区间的地域范围仅限大概，重在思维论述，敬请同仁谅解。

今日所谓汉水之上有西、北二源。西源出于嶓冢山脉，为漾水。漾者，波动也。该源头的确切位置亦有二说：一说源于宁强东北部的汉王山石牛洞（清嘉庆《汉中府志》中录有薛瑄《汉江源》一诗，诗中即将石牛洞的泉水定义为汉江之源头，"巨峡自天开，峨峨嶓冢来。回环幽谷底，清浅汉江源。泉古通元气，根深彻后坤。朝宗东去意，应不废晨昏。"），附近（勉县至宁羌烈金坝）建有禹王庙，留有舒鹏翼所题《禹王庙记》；二说源于玉带河，更确切的说，应是玉带河的上源赵家河。此说早见于黎琴南的《宁强县经济调查报告书》，"是河（指玉带河）流经县境凡百八十里至沔境，与来自大安之水汇合东流，其长实倍于武丁北峡之水，更非烈金坝汉王沟之水可比。世人却辄以烈金之水为汉源，亦以岷为江源之一例也。所谓嶓冢山脉，盖就秦岭巴山之西部诸山而言，汉王山、蔡山岭均在其行列中。"二说比较，古人一直视前者为汉水之源；后者是在近人实地科考的基础上得出的结论。孰是孰非，哪种说法更为准确，实在难以判断。世事变幻，山川更易，往往存在我们今人所无法知晓的事情。但有一点可以肯定，漾水为汉水一源，应是不争之事实。

汉水之上还有另一源头——北源，即沔水，更确切的说法是：沔水上源沮水。《诗经·小雅·沔水》云："沔彼流水，朝宗于海……沔彼流水，其流汤汤。"此诗所及之水应为河流沔水，程俊英《诗经注释》中注曰："沔，本为水名"，《尚书·禹贡》云："江、汉朝宗于海"。此诗所作时间大概在春秋早期，"这首诗似作于东周初年，平王东迁以后，王朝衰弱，诸侯不再拥护。镐京一带，危机四伏。作者忧之，因作此诗。"（高亨《诗经今注》）郦道元《水经注》卷二十七《沔水》云："沔水又名沮水"，并征引北魏地理学家阚骃的话对此水予以了详细解释，"以其初出沮洳然，故曰沮水也。县亦受名焉。导源南流，泉街水注之。水出河池县，东南流入沮县，汇于沔。沔水又东南，迳沮水戍而东南，流注汉，曰沮口。所谓沔汉者也。"

从古代文献所记，可以看出今之汉水有两个源头，一为西源，另一为北源，所以晋代常璩《华阳国志·汉中志》中说，"汉有二源"（只是其将后来所称谓的"西汉水"亦误作汉水之源），常璩，乃东晋史学家，而非地理学家，所以鄙人认为其"汉有二源"之说应该另有所据，很可能征引之前人所著。

也就是说，汉有二源，一为漾水；另一为沔水，二水之名皆源自于其水之形态。漾，是指水动荡的样子（常璩《华阳国志》解释说："东源出武都氐道漾山，因名漾。"笔者以为，恰恰相反，漾山之名正因漾水之源而得名，因为从字源角度说，该字应与水有关，而非山脉。所以）；沔，是指水满溢的样子，所以《诗经·沔水》云："沔彼流水，其流汤汤。"《毛传》解释说，"沔，水流满也。"《郑笺》注曰："汤汤，波流盛貌。"沮水出沮县东狼谷（今陕西略阳县东部）洼地（沮洳），流至沮县（治所位于今陕西勉县茶店镇）与泉街水相汇，始称沔水，再向东南流，于沮口处汇入漾水。也有一种说法，沮水流至沮口，与漾水汇合后，方称沔水。总之，北、西二源在沮口相汇处已称沔水，所以《山海经·西山经》中说："嶓冢之山，汉水出焉，而东南流注于沔。"孔安国亦云："漾水东流为沔，盖与沔合也。"河水又东流，经古沔阳（今陕西勉县东，因位居沔水北岸而得名。《水经注》："城，旧言汉祖在汉中，萧何所筑也"）"沔水又武侯垒南，诸葛武侯所居也。南枕沔水。水南有亮垒，背山向水，中有小城，回隔难解。东迳沔阳县故城南。"

沔水流过沔阳后，始称汉水。汉者，大也。关于沔、汉名称的更替，郦道元《水经注》中的记载可为参考：

沔水又东径西乐城（位于今勉县定军山镇）北。城在山上，周三十里，甚险固。城侧有谷，谓之容裘谷。道通益州，山多群獠，诸葛亮筑以防遏……城东容裘，溪水注之，俗谓之洛水也。水南导巴岭山，东北流。水左有故城，凭山即险，四面阻绝。昔先主遣黄忠据之，以拒曹公。溪水又北径西乐城东，而北流注于汉。汉水又左得度口水，出阳平北山……度水南径阳平县故城东，又南径沔阳县故城东，西南流，注于汉水。汉水又东，右会温泉水口（今勉县温泉镇附近）……池水通注汉水。汉水又东，黄沙水左注之。水北出远山，山谷邃险，人迹罕交，溪曰五丈溪。水侧有黄沙屯（今勉县黄沙镇），诸葛亮所开也。其水南注汉水。南有女郎山，山上有女郎冢。远望山坟，巍巍状高，及即其所，裁有坟形。山上直路下出，不生草木，世人谓之女郎道。下有女郎庙及捣衣石，言张鲁女也。有小水北流入汉，谓之女郎水。汉水又东合褒水，水西北出衙岭山，东南径大石门，历故栈道下谷，俗谓千梁无柱也……褒水又南流，入于汉。汉水又东径万石城下。城在高原上，原高十余丈，四面临平，形若覆瓮。水南遏水为阻，西北并带汉水，其城宿是流杂聚居，故世亦谓之流杂城。汉水又东径汉庙堆下。

汉水东过汉庙堆，再东即为南郑县，即今汉中市。根据《水经注》所记，沔水与汉水的交界处应在勉县城东南定军山附近，也就是说，在接纳洛水、度水、黄沙水、褒水时，河流已称汉水。

汉水继续东流，左岸纳入文水、智水、溢水、灙水、酉水、金水、子午河、月川水、旬水、金钱河，右岸纳入廉水、池水、盘余水、堰沟河、牧马河、任河、岚河、堵水。又东流，大约在今天丹江口水库前后一段水域，古称沧浪水。《水经注》云："（武当）县西北四十里，汉水中有洲，名沧浪洲……故渔父歌曰：'沧浪之水清兮，可以濯我缨；沧浪之水浊兮，可以濯我足'"，《旧唐书·地理志》："武当旧治延岑城"，延岑城现已淹没于丹江口水库。在最后流至琵琶谷口（今武当山脉北端），改称。

沧者，水碧绿色也，喻其深；浪者，水流貌也。《唐韵》《集韵》《韵会》及《正韵》释曰："波也，水激石，遇风，则浪。"丹江口水库形成之前，郧县至丹江口市之间水域水面开阔，既多滩，又多潭，滩多浪大，"汉水又东，谓之涝滩，冬则水浅，而下多大石。又东为净滩，夏水急盛，川多湍洑，行旅苦之。故谚曰：'冬涝夏净，断官使命。'言二滩阻碍。"盖沧浪水由此得名。

《地说》云："水出荆山，东南流，为沧浪之水，是近楚都。"楚国早期都城，一说在今河南淅川，与《地说》所云吻合。古代荆山也不同于今日荆山。今天的荆山位于武当山东南部，与武当山并列而小于武当山，呈西北东南走向。《虞夏书》："荆及衡阳为荆州：江、汉朝宗于海，九江孔殷，沱、潜既道，云土、梦作乂""荆、河惟豫州：伊、洛、瀍、涧既入于河，荥波既猪。"荆州位于荆山与衡山之间，豫州坐落于黄河与荆山之间。可见，《尚书》中所称古代之荆山类同于华山、泰山、黄河、淮河，应是九州中较为显著的地理标志，古荆山的地域范围盖包括今荆山，也含纳今日之武当山脉。盖古时武当山，仅为荆山之一峰，"山形特秀，异于众岳，峰首状博山香炉，亭亭远出，药食延年者萃焉"（《荆州图副记》）。《水经注》中也说，"山形特秀，又曰仙室"。

又《山海经·中山经·中次十一经》云："荆山，之首曰翼望之山。湍水出焉，东流注于济；贶水出焉，东南流注于汉，其中多蛟。其上多松柏，其下多漆梓，其阳多赤金，其阴多珉。"翼望之山：即翼望山，山名，在今河南内乡县北。济：即济（一作"洧"）水。一说今名白河。在河南，发源于伏牛山之老君山。湍水：即今湍河，亦源出于老君山。贶水：水名，一说即今淅河，也叫淅江，在河南西部，源出卢氏县熊耳山。可见，河南、湖北交界处之山脉亦属荆山之支脉。

所以，《尚书·禹贡》云："导嶓冢，至于荆山"，郦道元评《禹贡》说："导漾水东流为汉，又东为沧浪之水，不言过而言为者，明非他水决入也，盖汉沔水自下有沧浪通称耳。缠络鄢郢，地连纪都。咸楚都矣。渔父歌之，不违水地，考按经传，宜以《尚书》为正耳"。《康熙字典》引《水经注》云："水（汉水）出荆山，东西流，为沧浪之水"。

沧浪水之下，又名沔水，《水经注》云："沔水又东南径武当县故城东，又东，曾水注之"。《水经注》又云："沔水又东径龙巢山下。山在沔水中，高十五丈，广员一里二百三十步，山形峻峭，其上秀林茂木，隆冬不凋。"龙巢山，位于今丹江口市库区土台乡。

沔水又接纳丹江、唐白河、南河、阳水、夏水等，东南至江夏沙羡县北汇入长江。

从以上分析来看，今日之汉水，它的古代名称是根据区间的不同而各自命名，正如长江之有沱沱河、通天河、金沙江、川江、荆江、扬子江，黄河之有西河、河水一样，是古代河流地域性称谓的通俗惯例。

所以从狭义角度来看，所谓汉水文化，仅限于勉县至郧县区间段的沔水流域。后来随着汉水文化的兴盛及传播，汉水一名涵盖了整条干流水道，汉水文化也由沔汉峡谷扩展为今日之整条汉水流域。

## 二、汉水文化在韩国

同属汉文化圈的海东半岛，不仅长期深受中原文化的浸润滋养，汉水文化对其也有深刻影响。

### （一）地理环境的影响

海东地区（朝鲜半岛，古称海东）的汉江长514公里，主要支流有北汉江、春川溪、南汉江等。汉江的水域发源地有两个，一个是北韩的金刚山，一个是南韩的太白山。北汉江和南汉江在首尔（又称汉城）近郊的两水里处汇合，然后穿过首尔城西流，最后汇入黄海。汉江流域位于海东半岛的中部，兼具北部和南部的气候特点。因其位于东海之滨，又受太白山脉的影响，所以和同一纬度的地区相比，平均温度要低一些。

高丽时期（918—1392），一批士大夫怀着感悟人本性、感悟自然天理的心态，不远千里来到北宋襄阳府,在考察学习汉水文化的同时,也被当地的美山秀水、风土人情所折服。返回高丽后,纷纷著书立说,颂美以襄阳为中心的汉水文化。为了能够近距离地经常体悟这一文化的内美,士大夫们选址江原道东濊地区,"复制了"海东版的汉水文化:将翼岭县改名"襄阳府",也称襄阳郡,贯穿此地的河流命名为汉水。域内拷贝了岘山、鹿门寺、太平店等汉水流域的地名。汉水支流丹江之畔古设丹阳,高丽亦将忠清北道的赤山县改为"丹阳郡",位置也处在汉水上游,境内的一条溪水也命名为寒溪,并设立寒溪书院。湖北汉阳地处汉水下游,古设汉阳府。高丽的汉水下游也有汉阳一城(后称汉城),并设"汉阳府"。湖北武汉附近,古设江夏郡,海东地区也有江夏一名。

(二)对汉江名称的发展由来,韩国学界说法不一

关于汉江名称的发展由来,目前韩国学界也说法不一。较早的中国《汉书·地理志》将其记载为"带水",古高丽的《广开土王陵碑》写的是"阿丽水",新罗时代的历史文献《三国史记》上记载的是"寒水"。汉水的两大支流,李氏朝鲜时期著名哲学家丁若镛(1762—1836,字美庸、颂甫,号茶山)在他的《汕水寻源记》中将其记为"汕水"和"湿水"(也有"洌水"的说法),"北汉江写的是汕水,南汉江写的是湿水,也有洌水的记载。"也有人从韩语字义角度,看关照汉江名称的由来。他们认为,从韩语的固有意义上看,汉江的名称也有被演绎的可能,韩语里的"汉"和"大"(크다)、"宽"(넓다)、"深"(깊다)的意思是接近的。比如说,"大陆"(한길),"一桩心事"(한시름),"正午"(한낮),"盛夏"(한여름,"正中"(한가운데),"大大的拥抱"(한아름),从这些话可以看出,韩语中"汉"(한)有"很大""很宽"的意思,那么,汉江就有很大、很宽的意思。除此之外,韩语的"汉"(한)还有"银河"的意思,比如,把银河称作"银汉"(은한),从这几点可以分析出,"汉"在韩语里面所记载的"汉江"其实就是寓意着像银河一样宽广、亮丽。因为要表达这个意思,所以用了汉字的"汉"来作为这条江的汉名。

以汉水为中心的许多楚地名称,在韩国也有各种拷贝。湖北汉水下游西侧有江陵一城,高丽江原道亦有此地名。高丽江陵地处东海(海东半岛东部海域,属日本海)之滨,三国时代称"阿瑟罗",高丽时代称"东原京",李氏朝鲜时代早期改"东原京"为"江陵",设"江陵府"(全称"江陵大都护府"),距今已有600余年。中国境内汉水流域的下游靠近洞庭湖,高丽江原道通川郡也有洞庭湖,西南衔忠清北道、忠清南道东界,也处于汉水下游地区,是江原道域内最大的天

然湖,该湖以南地区也称湖南,该地一城也命名为长沙。

从汉江的发源地开始,汉江流域的地名也和中国汉水流域的地名相仿,这种类似性整体来看,南汉江一带比北汉江有更多的相似。南汉江流域的发源地从太白山开始,此山坐落于海东半岛东海岸,是从江源道的宁越郡开始,西北—东南走向,贯穿整个江原道,东南延伸至庆尚北道奉化郡的白头大干山的中部位置。对于韩国民族来说,太白山是一座神圣的山,附近有一镇,命名为太白市。在中国,汉水支流褒水发源于秦岭东南部的太白山脉,源头处有一镇,名太白镇,是太白县政府所在地。

韩国太白山的正山是从天祭坛开始,天祭坛是韩国民族的祖上祭拜天和地的地方,表达了一种人对天和地的信仰。《三国史记》记载:公元前139年,新罗第七任王—逸圣大王在北部的太白山举行过祭祀。太白山集中了新罗五岳:撒拉伯尔(新罗旧城)的北部古高丽的吐含山、百济(朝鲜半岛西南的古代国家)和以它为分界的鸡龙山、智异山、八公山。

中国汉水流域附近的地名在海东出现重名的还有:利川(湖北西南部)、黄州(今湖北东南部黄冈市)、南阳(河南西南部、湖北丹江口市东北)、淮阳(河南)、光州(古州名,辖河南东南部、安徽西北部一小部分)、广州(广东)、铜川(陕西)、咸阳(陕西)、铜川(陕西)、云门(山西)、晋州(山西)、武陵(湖南)、丽水(浙江)、济州(古州名,治所先位于河北巨野,后迁至山东济宁)、荣州(四川贡井)、庆州(甘肃庆阳)、海州(江苏连云港市)、安东(今辽东地区,宋代时归辽、金管辖)。

我们认为,以上所举也仅为海东地区拷贝地名的一小部分,但已足可证明汉水文化,乃至汉文化在海东地区的巨大影响力。

其实,中国地域名称不仅在海东地区出现大量拷贝现象,日本、越南等地也有大量此类现象。如日本京都府地区的"洛东""洛西""洛南""洛北""洛中""洛阳";根县的"松江"、石川县的"金泽"、广岛县的"吴";神奈川县的"湘南"等;越南的河内、太原、龙川等。

## 三、汉水文化的影响

汉文化在海东半岛的影响,历史久远。最早可追溯到西汉时期,当然也有学者根据《史记·宋微子世家》《后汉书·东夷列传》所记"箕子朝鲜"的资料,主张周武王时代即已有所影响。

儒学典籍在韩国开始流传的时间，没有文献明确记载。但根据目前所能见到的文献看，早在西汉时代即已流传。20世纪90年代初，在朝鲜平壤贞柏洞364号墓中出土了一批西汉时期的简牍，其中包括《论语》《先进》篇及《颜渊》篇的内容。2004年在韩国仁川桂阳山城的百济遗迹中发现了写有《论语·公冶长》内容的木简，时间大概为公元400—480年之间。可以断言，4世纪以前，儒家经典已在韩国半岛开始流传。

那么汉水文化流传到海东地区又是在什么时间呢？20世纪80年代（1976年前后）在平壤德兴里三国时代（海东三国时代）古墓发掘过程中，专家发现古墓坟壁上画有清晰的牛郎织女故事，画面表现的是牛郎、织女"七夕"相会之后分别的情景：一条蜿蜒曲折的河流（银河）将牛郎、织女隔岸相望隔离两旁。织女拱手伫立河边，举目远望，身后跟有一条黑色犬状动物。河的另一边，牛郎手牵老牛，正在向远方走去。据专家考证，此墓系5世纪初（也有人明确为408年）高句丽古墓。这说明，中原地区的齐梁时代以前，汉水文化已在海东开始流传，并在随后的流播过程中生根发芽，结出了许多带有汉水文化因子的成果。

首先，文化的改编。

随着"牛郎织女故事"的深入传播，故事内容也发生了变化。韩版"牛郎织女"的身份发生了变化，牛郎成了生活在天河南岸的一位女王的儿子，织女则变成了生活在对岸的一位国王的公主。故事情节则演变为：北岸的国王因为怨恨女儿久不回家探望自己，而派人到对岸将女儿捉拿回家。被关在深宫大院的公主因思念丈夫，每日以泪洗面。梦中梦见天使，天使告诉二人可在天河见面。但由于父王的百般阻挠，二人最终只能隔岸遥望，不能团聚。

其次，文化的互溶。

牛郎织女的故事在流传过程中，与"白鸟处女""羽衣仙女"等其他故事传说相互杂糅，形成了新的故事内涵，如《樵夫与仙女》的故事：天上的仙女三姐妹下凡到人间，见河水清澈，环境优美，便一起下河洗澡。上山打柴的樵夫偶尔路过，对最小的三妹心生爱慕之意，便将她借以上天的羽衣偷偷藏起。最后，经过努力终于得人所愿，与三妹结成百年之好，并养育了一双儿女。不忍妻子思念父母之苦，樵夫将羽衣还给了仙女，仙女借助羽衣飞回天国。樵夫带着一双儿女坐上吊桶，飞到天宫与仙女会面。天王与樵夫达成协议，自己射箭到人间，如若樵夫能够将其找回来，就答应二人团聚。最后樵夫找回了天王的神箭，一家人终于过上了美满的生活。

再次，滋养新的文化果实。

伯牙子期的故事是汉水这片水域诞生的文化果实，古往今来引无数士子竞折腰。这一故事流传到海东后，不仅故事本身广为流传，故事所体现的"知音"情结也在海东士子阶层中深受仰慕。海东大邱峨洋吟社诗人所留《峨洋楼组诗》，多处化伯牙子期入诗，体现了汉水文化在海东深广的影响力。

千里瑶琴匣里鸣，牙期不死此楼生。天成八景那无意？地得群贤始有名。

——金龙式

百尺诗楼江上城，梁间燕雀何新成。清风明月无边景，流水高山自在声。

——金成国

才登疑若游仙界，少坐犹能去俗情。海内知音知復几，当今妙指最南城。

——高永泰

登楼咏唱和弦声，骚客琴仙并世生。鸟去中休知野旷，人来野伴认江明。

——许洽

牙钟契合栋新成，水鸟山禽贺送声。地阔烟云休野去，天垂河汉伴檐鸣。

——李冬春

李杜哪知左海生，牙期不死此江声。风光依旧非新颖，人物随时在老成。

——李熙柱

千载茫茫大放声，琴仙亦降五言城。九龙争戏云常聚，双鹭翻飞野欲倾。

——金正洙

琴欲移情句欲惊，二难今日一楼成。偏怜山色僧眉古，独占江光鹭立明。

——李世镐

诗酒群仙并力成，千秋不朽此楼名。听疑调律江声在，势若盘空鹊背平。

——崔浚

清幽胜得心先饱，佳丽常回眼复惊。此会如逢千载上，瑶弦谲和欲移情。

——许珪

群贤努力一楼成，千载牙期再世生。蓑笠无妨鸥鹭伴，松篁皆是凤李生。

——韩奎镛

鸿荒忽破一楼成，望若云端海鹤横。山势北来皆斗拱，江流西走尚琴声。

——咸升镐

牙期如遇和琼声，渠亦惊人亦自惊。从古英雄皆怨老，至今仙佛但闻名。

——郑武燮

公山北走当檐立，琴水东来绕槛鸣。千载牙期奚独美，吾人此地有余声。

——李忠基

高游碧落神仙近，下视朱门富贵轻。千载牙期今不返，琴湖风景奈为情。

——曹圭燮

江上高楼接太清，登临镇日亦欢情。白民古调知音在，青汉初心并力成。

——石在琢

以上十六首诗中，或直接引用伯牙子期，或以琴瑶、高山流水喻指"知音"情结，表达知音难觅的文化内涵，如"海内知音知复几，当今妙指最南城"，"千载牙期今不返，琴湖风景奈为情"。

如果说《峨洋组诗》是诗歌领域的文化果实的话，那么"都弥故事"的诞生，就是诸多外来文化元素与本土文化相互影响而产生的小说领域的文化果实，这其中都披有汉水文化的色彩。

〈도미（都彌）이야기〉는 백제국을 배경으로 한 작자 미상의 설화이다.（《都彌故事》是以百济国为背景，作者不详的传说。）

도미는 백제 한성 부근의 벽촌 평민이었다. 그러나 의리를 알고, 그 아내는 아름답고 행실이 곧아서 사람들에게 칭송을 받았다. 개루왕이 이 이야기를 듣고 도미를 불러 말했다. "무릇 부인의 덕은 정결이 제일이지만 만일 어둡고 사람이 없는 곳에서 좋은 말로 꾀면 마음을 움직이지 않을 사람이 드물 것이다." 도미가 이에 말하기를 "사람의 정은 헤아릴 수가 없습니다. 그러나 신의 아내같은 사람은 죽더라도 마음을 고치지 않을 것입니다." 하였다. 이를 시험하기 위해 개루왕이 도미를 머물게 하고 왕의 신하 한 사람을 왕으로 속여 도미의 아내에게 보냈다. "도미와 내기를 하여 내가 이겼기 때문에 너를 궁녀로 삼게 되었다. 너의 몸은 내 것이다." 도미의 아내는 자기 대신에 몸종을 시켜 왕을 대신 모시게 하였다. 뒤늦게 속은 사실을 안 개루왕은 화가 나 도미의 두 눈알을 빼고 사람을 시켜 작은 배에 띄워 보냈다. 한편 도미의 아내는 궁을 탈출하여 강가에서 통곡하니 빈 배 한 척이 오기에 타고 천성도에 이르러 남편을 만나 고구려 땅으로 들어가 살게 되었다. "(都彌是一位普通平民, 生活在百济汉阳府附近的偏远山村。都彌为人豪爽, 讲义气, 又娶了一位美丽的妻子, 所以广受赞誉。盖罗大王很快听说了都彌的事情, 并想抢夺他的妻子。所以对都彌说: "凡是女子嫁人都得政府最后决定, 没有我的批准, 两人感情再好也不能结为夫妻。" 都彌回答说: "人的情感多种多样。但自己了解自己妻子的性格, 既使自己已经死亡, 她也不会改变初衷, 改嫁他人。" 为了验证都彌的说法, 盖罗王把都彌扣留在王府, 派手下大臣扮成大王自己, 来到都彌家妻子那里说: "都彌和我打赌, 以你为赌注, 结果我赢了, 所以你已经成为我的宫女, 你的身体也已经属于我的了。" 都彌的妻子让自己的丫鬟代替自己, 进宫伺候盖罗王。后来, 盖罗王知道了真相, 就把都彌的眼珠挖了出来, 把都彌放在一条小船上流放了。都彌的妻子从宫里逃了出来, 跑到江边, 悲痛欲绝, 最后驾船来到遥远的千层岛与都彌汇合, 在古高丽的国土上过上了幸福的生活。)

在韩国传统文化里, 都彌夫人被视为烈女, 世宗大王在他1432年的《三江巡视图》中专门记录了都彌夫人的故事。许多作家也在他们的作品中, 对都彌夫人予以颂扬, 如: 月滩人朴锺的短篇小说《阿郎的情操》(1937)中, 都彌夫人以阿郎的形象表现出来。

都彌故事中没有明确提及汉江名称, 但因为百济所处地理位置就是汉江流域, 所以故事中的江流应该与汉江有关。现在韩国首尔、京畿道、河南市、忠清南道、保宁市等汉江流域的许多城市都在挖掘都彌故事传说的文化价值, 不仅争当这一故事的发源地, 而且纷纷建立与这一故事相关的文化建筑。以保宁市为例, 不仅设立了都彌夫人悼念祠堂——贞节阁, 还在这里每年举行敬慕祭。

总之, 汉水文化不仅丰富了中华文明的实质内涵, 也在域外地区生根发芽, 为这些地区的文明发展提供了文化营养, 做出了巨大贡献。

# 越南汉文神话小说与水文化①

南昌大学 朱洁② 李佳潼 安天威

**【摘　要】**神话小说是越南汉文小说一个重要的类别，为越南民族国家以及事物起源的故事，包括国家或地方神祇的传记杂录。所涉作品数量众多，而且特色鲜明——"水"这一因素常常提及。本文通过水文化在越南汉文神话小说中于外在图腾、民俗，于内在情感上敬畏、思想上乐水的表现，从中可见中国文化对越南汉文小说创作的影响，同时，这也与越南的地理环境和国风民俗密不可分。

**【关键词】**越南汉文小说；神话小说；文化渊源；水

越南汉文志怪小说、传奇小说、历史小说等近几年成为研究越南汉文小说的热点，而与越南本土文化、越南历史渊源密切相关的越南汉文神话小说，却因其篇幅简短、描写的人神繁多无序，而较少被提及。本文从越南本土文化追根溯源的角度，从"亲水"这一因素出发，来研究越南民众对于"水"的文化情感。

## 一、越南汉文神话小说概况

越南汉文神话小说篇目众多，有《岭南摭怪》《越甸幽灵》《天南云录》《潘神娘玉谱·册丁圣母玉谱·伞员圣事迹》《雄朝褚童子及仙容、西宫二位仙女玉谱

---

① 本文为国家社科基金青年项目"儒家视阈中的越南汉文小说研究"（13CWW012）江西省高校人文社会科学研究项目（ZGW1315）的阶段性研究成果。

② 作者简介：朱洁（1979—　），女，上海师范大学人文与传播学院博士生，南昌大学中文系讲师，主要研究方向为中国古代文学。

录》《南海四位圣娘玉谱录》《教育社奉事》《大乾国家南海四位圣娘王灵湫瓜瓜夫人事迹》《天本云乡黎朝圣母玉谱》《云葛神女古录》《黎郡公古传》《武氏烈女神录》《会真编》《南国异人事迹录》《安南古迹列传》《异人略志》和《南史私记》共十七种。《岭南摭怪》和《越甸幽灵》是越南最早的神话传说,也是代表之作,曾经多次被改编,可见这两种神话传说在越南的受欢迎程度。

  仔细阅读越南神话汉文小说,我们可以发现并找出神话传说的特点:人物多为帝王将相、民间英雄和山川精灵,且均受到朝廷的祀封。而与越南其他文体相比,神话故事中的人物形象还有一共性:大都与水有着千丝万缕的联系,这无疑受到中国文化的影响。

  中国古代崇尚水文化,无论是神话中为治理水患三过家门而不入的大禹,还是小说中统领水族的龙王,无不诉说中华民族对水的喜爱与敬畏,而受到中华文化的强烈影响,越南在文学作品中也处处显现出"亲水"的特点。

  历史上看,越南自古以来一直与中国关系密切。从秦汉至唐朝,越南北部属于中国的交趾、九真、日南三郡,受中国政府辖制。北宋时期,丁朝独立自治,但其国王仍由中国政府册封,以取得政治上的合法性,自此形成惯例,而历代中国政府也把越南视为藩属国。文字上,越南封建时代官方长期采用汉字的文书系统,贵族、知识分子也多使用汉文写作,越南古代小说几乎全部由汉字写就。在长期的交往中,越南潜移默化地受到中国文化的浸淫。

## 二、越南汉文小说中水文化的表现

### (一)卵生文化与龙腾文化

  中国关于龙的传说十分久远,如《易经》一再提到"潜龙勿用""见龙在田""群龙无首",在我们的印象中,龙与水总是息息相关的,所以人们由敬畏水转而敬畏水实体化的特征——龙,创立了一些列有关龙的传说,而在这些传说中龙几乎都是掌管水的,而水关系到人的生死;同时,由于人本身是胎生,而龙作为一种水的神圣化身,自然不能与凡夫俗体同日而语,所以人们对卵生文化也十分的崇敬。

  如越南开国传说《鸿庞氏传》写到:"龙君与妪姬居期年而生一胞,以为不详,弃诸原野。过六七日,胞中开出百卵,一卵生一男。乃取归而养之,不劳乳哺,各自长成"①,越南始祖名"貉龙君",并自称"我是龙种",反映出中国文化的影响。同时,其妻子是以卵养繁衍后代,卵开生为男,这与中国盘古开天辟地的故事可谓一致:"天地混沌如鸡子,盘古生其中,万八千岁,天地开辟"②,认为天和地从卵中诞生而来。

尔后,胞开后为百卵,这百卵就是越南神话故事中的祖先,"五十男归水府,……五十男居地上",水族与人族虽然外貌不同,但陆地上人"以墨刺画其身,为龙君之形",人与海洋生物和平生存,产生龙腾。

人族与水族不同,表现了人们对未知的水的敬畏与神化,同时也赋予了希望:两者能和平共存,风调雨顺,这也就是龙腾所要向我们传达的意义。

### (二)供奉帮助降雨的神灵

中国古代,龙王庙十分常见,设立的愿望是祈祷风调雨顺,庄稼收成良好;同时还有一种类似与天师道士一类的人存在,目的是帮助干旱地区求雨。相同的是,越南汉文神话小说也记载了大量神祇。他们同样因为有益于百姓生活而被封为神并设庙进行供奉,多数与旱期帮助降雨有关。

《越甸幽灵集录》中《天祖地主社稷帝君》:"今坛在罗城南门。历朝郊祀配天。如遇旱蝗,祈祷必应。"(越南)武琼(校正),乔富(修定).岭南摭怪列传(甲本)[M]//孙逊、(越南)郑克孟、陈益源主编.越南汉文小说集成.上海:上海古籍出版社,2010.后稷因为教民播种百谷而被敕封为"社稷司帝君",同时,老百姓向其求雨,也是有求必应。

在《徵圣王》这篇中,李英宗因大旱命净戒禅师求雨,在夜晚看到了"驾雨而来"③的徵氏姐妹,醒来之后命令"修祠致祭"。

越南供奉诸神的祠庙多设立在沿水地区,如:明道开基圣烈神武皇帝的祠立于大鸦海口,英烈仁孝钦明圣武皇帝的庙在小鸦海口,徵圣王祠在喝江之上。祭祀来铭记先人的功德,并且被供奉的神多为降雨、作物生长、战争胜利等方面做出了重要贡献。

---

① (越南)武琼(校正),乔富(修定).岭南摭怪列传(甲本)[M]//孙逊、(越南)郑克孟、陈益源主编.越南汉文小说集成.上海:上海古籍出版社,2010.
② (唐)欧阳询主编.艺文类聚.
③ (越南)武琼(校正),乔富(修定).岭南摭怪列传(甲本)[M]//孙逊、(越南)郑克孟、陈益源主编.越南汉文小说集成.上海:上海古籍出版社,2010.

## (三)敬畏水文化

在歌功降水神的同时,越南祖先对水还有一种天生的敬畏。由于越南的地理环境,人们害怕巨大的风暴带来水灾,所以对水产生了敬畏。

李圣宗征占城时,船至環海,遇风波不能行。夜梦女子为地精说道:"倘能奉祀,不惟征占成功,且于国家有利。"① 醒来看见一块木头,"头肖人形,其色如梦中所见之衣服者,置御船中,风波乃平",则敕封地精,设庙供奉。

中国传统神话故事《西游记》中定海神针也正有此意,以一物定水之乾坤,平万顷之波涛,正是人们不得如何对付风暴的法门,所以便假借一神物,祷自身之平安,予家人以安慰。

《乾海门尊神》中本是南宋的公主,逃难来到寺庙,庙中的僧人救济了他们,却心怀不轨,公主"拒之甚严"②。僧人羞愧难当,投海自尽,而公主为了报答救命之恩,也随之赴死,飘到演州乾海门,化为尊神。"土人立祠祀之。凡海船遇风,祷之自安"。

西方的神话中也有类似的情节,雅典是信奉智慧女神雅典娜的,但是人们却在雅典南部的阿提加半岛上修建了一座海神波塞冬的神庙,来祈祷贸易往来的平安。与面朝黄土背朝天的大陆文化不同,古希腊文明是海洋文明,所以更体现出对海洋的敬畏,而同样的,越南作为一个受海洋影响极大的国家,自然在神话故事中更多地借神的意志体现对水的敬畏。

不同的是,西方的神话故事中,洪水是上帝由于人的堕落而对人的惩罚,洪水对于人类来说是灭绝的灾难,洪水之后产生的人类是对自身堕落与邪恶进行反省与改正的。而保留在越南韩文小说中的洪水神话,则是主要把洪水看作是一种自然灾害,所受封的神,是与洪水抗争、拯救百姓的积极意义,是人和神的智慧,寻求生存的欲望与不懈努力的奋斗精神。

## (四)水文化中的乐水思想

越南人民畏水的同时,乐水思想也糅合在汉文神话小说之中。乐水一词,源自《论语》"仁者乐山,智者乐水。"就世界范围而言,乐水相当于乐土,只不过乐土相对于大陆文化而言,而乐水是就海洋文化来说的。不同的民族均有各自想

---

① 应天化育元君[M]//(越南)李济川.粤甸幽灵集录.上海:上海古籍出版社,2010.
② (越南)武琼(校正),乔富(修定).岭南摭怪列传(甲本)[M]//孙逊、(越南)郑克孟、陈益源主编.越南汉文小说集成.上海:上海古籍出版社,2010.

象中的非凡世界，这个世界常常是美化了的或者说理想化了的。它们为神灵或为另一个境界的人所占据，偶然也可以为凡人所达到，它有许多种称呼，比如家园、乐土，另有天堂、仙乡、极乐世界、乌托邦、理想国、桃花园等各种名称，这些通性反映了人类共同的追求，而差异性则反映出不同民族各异的地理环境特征。越南水文化中的乐水思想则更多地展现在风调雨顺、安居乐业上。

《粤甸幽灵集》中朔天王"身披金甲，手持金枪"[①]，统领夜叉神兵，保护一方百姓，所在的平房郡卫灵山被称为人间净土。其实，所谓的乐水可能并不仅仅指一个地域，也可以指一个时代，上文中提到的貉龙君，铲除了沿海附近的鱼精和升龙附近的狐狸精，当时可称作为治世。同时，海洋会衍生出特殊种类的空间，岛屿、海峡等，所有这些空间类型都由于海洋的环绕而成为一个界限清楚的区域，而在这样的区域内，往往更容易形成人们心中理想化的乐土，青山大王所在的三岛，"因岁大旱，遍祷诸神不雨"[②]，青山大王降雨成为一方沃土，而自己被封神。可见当时的人民都是把乐土的理想寄托在了神灵的庇佑上，祈祷着在一个相对较为封闭的环节，有较长的时间跨度或时间循环，拥有着宜人的气候和环境，个体不病不死，人性温柔敦厚，这就是人们在水文化影响下所希望的乐水，同时又把这希望赋予了神话的色彩。

## （五）越南特殊民俗——水葬

水是人类生命之源，越南人民由于亲水的特性，对水寄于无限美好的向往和遐想。在许多神话小说中，都把水和神、幸福、美好、不朽连在一起，所以在安葬死去的亲人时，很自然地联想到水葬。它区别于土葬、火葬和天葬等常见的葬法，不是将死者葬入土中或火烧等，而是将其遗体投于江河湖海。

《管家都博大王》的土酋官郑加不吝钱财，散财于民，可惜错把妹妹嫁于仇人，想要接回妹妹，却被伏兵抓住杀死，兄妹一并遇害，"浪乃推尸于江中"[③]，之后成神。"永宁一路，尊为福神，保此方民。"

---

① （越南）武琼（校正），乔富（修定).岭南摭怪列传（甲本）[M]//孙逊、（越南）郑克孟、陈益源主编.越南汉文小说集成.上海：上海古籍出版社，2010.

② （越南）武琼（校正），乔富（修定).岭南摭怪列传（甲本）[M]//孙逊、（越南）郑克孟、陈益源主编.越南汉文小说集成.上海：上海古籍出版社，2010.

③ （越南）武琼（校正），乔富（修定).岭南摭怪列传（甲本）[M]//孙逊、（越南）郑克孟、陈益源主编.越南汉文小说集成.上海：上海古籍出版社，2010.

《陈朝兴道大王》中阮伯灵被杀后,"投其首于江"①。乡人为他祝之曰"如有灵,让我辈多得江鱼,果得鱼倍数",建庙供之,病人庙中无不立愈。

《长津二将军谱》中二将军黎石、何英与元人打交道,能兵善战。在一次与元军交战中遭伏击,被斩首,"弃尸于月德江。其尸随流而下,直到长津洲畔,旋转不去"②,最终尸身合一,成为神明。

《睦㵰徐生谱》中徐惠不听老师敦明的教诲,生性肤浅,最后被杖杀之,"投尸苏㵰江,土人埋于津边"③ "后有灵感,乡人奉以为是神"。

这里我们可以发现,水在越南神话中的作用是很神圣的,有德行的人枉死经过水的洗礼之后方可成神,如土酋官郑加;文攻武卫之人战死之后经过水的洗礼也可造福百姓,如阮伯灵、黎石、何英;而生时德行有过之人,在死后经过水的洗礼,依旧能反思自己的错误,对自己的前世进行忏悔,如徐惠。这让笔者想到了美国作家乔治 RR 马丁在小说《冰与火之歌》中写到的淹神。信仰淹神的民族叫作铁民,他们每个人都要经历一次淹礼,即把人强制溺毙在水中,能被救活的是勇士,而死去的则说是被淹神请到宫殿里去做客,换言之,水是验证人能力的试金石,只有经过水或者说是接近于死亡的洗礼,才能真正懂得生命的意义,才能有成为神的资本,所以越南人民这种陈尸入水的民俗更多地体现为一种对生命的正视,一种对水的敬畏。

## 三、越南汉文神话小说记录水文化原因

茅盾曾经将中国现存的神话从南北向区分为北部、中部、南部三大系统,北部神话发生于黄河流域,中部神话则以长江流域的楚族神话为代表,而南部神话可以南粤的盘古神话为代表。从茅盾对中国神话的系统划分中可以看出水域因素是划分的重要因素。顾颉刚将中国的神话从东西向区分为昆仑神话和蓬莱神话两个系统,前者发源于西部山区,以昆仑山为中心,后者则形成于东部海滨,以十洲三岛为中心。通过这里可以看出神话的形成与自身的地理条件密不可分,所以

---

① (越南)武琼(校正),乔富(修定).岭南摭怪列传(甲本)[M]//孙逊、(越南)郑克孟、陈益源主编.越南汉文小说集成.上海:上海古籍出版社,2010.
② 朱凤玉校点.新订较评粤甸幽灵集//陈庆浩,郑阿财,陈义等主编.越南汉文小说丛刊.台北:台湾学生书局发行,台北:法国远东学院出版,1992.
③ (越南)武琼(校正),乔富(修定).岭南摭怪列传(甲本)[M]//孙逊、(越南)郑克孟、陈益源主编.越南汉文小说集成.上海:上海古籍出版社,2010.

借鉴茅盾先生与顾颉刚先生对中国文化研究时重视地理因素的角度，进行越南神话小说的研究。

## （一）越南地理情况

越南位于东南亚中南半岛东部，国土狭长，海岸线长达3260多公里，地势西高东低，四分之三为山地和高原，东部沿海为平原，地势低平，河网密布。居民多生活在河网密布的地方，河流水源与人民生活息息相关。

越南属于热带季风气候，全年降水量大、湿度高，越南河流分为汛期和枯期，汛期占整年水量的70%—80%并经常导致水灾。从这一地理情况形成开始，无法制止的洪涝灾害给越南东部沿海地区人民生活带来了危害，同时在枯水期，西部内陆地区的人民又在祈求着大雨的降临。

同时热带季风气候，使越南生长有很多独特的作物，如西瓜、槟榔，这都被列入了神话小说的选材；水生动物，类似于龙的生物和龟等也被赋予了神话色彩。

如《岭南摭怪》（甲本）中《西瓜传》写到西瓜成为枚𡊡赖以生存的食物，"此非怪物，乃天所以养我也。"①《冯渊龙神谱》写到冯渊得到一"其大如斗"②的圆卵，孵化出大蛇，乡人劝弃之，坚决饲养，此后乡人不再与其交往。终有一天蛇化为黄龙，携冯渊夫妇升天，求雨即下，可以看出越南神话小说中的作物与其热带季风气候密不可分。

## （二）越南人民对水的尊重

濒海居民很早就对水的地位有了明确的认识，《山海经·大荒西经》中"风道北来，天乃大水泉"③《黄帝书》也写到"天在地外，水在天外，水浮天而载地"，他们都认为，海水环地，吞吐八荒，水天之间茫茫无际。同样，越南作为一个濒海国家，这种理念更加地在神话中得以彰显，《岭南摭怪》中第一篇《鸿庞氏传》写神农氏三世孙帝明在南巡五岭时，娶婺仙女，生泾阳王。帝明有意将帝位传给

---

① （越南）武琼（校正），乔富（修定）.岭南摭怪列传（甲本）[M]//孙逊、（越南）郑克孟、陈益源主编.越南汉文小说集成.上海：上海古籍出版社，2010.
② （越南）武琼（校正），乔富（修定）.岭南摭怪列传（甲本）[M]//孙逊、（越南）郑克孟、陈益源主编.越南汉文小说集成.上海：上海古籍出版社，2010.
③ 袁珂.山海经校注.成都：巴蜀书社，1993.

泾阳王，但本身已有长子帝宜，泾阳王"固让其兄"[1]，放弃继承权，帝明便决定由帝宜继位，统治北方，并将泾阳王封到南方，实行统治，国号赤鬼国，以"壬戌年（公元前2879年）"为元年。关键的是这个泾阳王"王能遍知水府，娶洞庭君之女，曰龙母"。其后，泾阳王"不知所终"，由其子貉龙君"代治其国"。这有点像是中国古代神话中的龙王的故事，但不同的是这里水中的龙王可是开启了越南新纪元的人，同时，也证实了越南以水开国，所以他们对水有着无比的敬意。

一片沼泽代表的一个神话，每一个拥有海洋或是濒海的地域在利用其为自身赚取利益的同时又无时无刻不充满着敬畏之心。《一夜泽传》中雄王之女媚娘的丈夫从商出海，遇一道士获赠一杖一笠，回来后一日同媚娘遇风雨驻雨宿来遮蔽，第二日变为城郭。雄王认为是女儿作乱出兵讨伐，媚娘与丈夫一心为孝道拔城升天，"其地陷成大泽"[2]。后来李南帝被攻打至此地，泽多深涧沮，将军赵光复以此沼泽御敌。孝道普遍存在人们心中，而这正是借人们对于父母的敬畏来展现人们对水的敬畏。尽孝道，所以拔城升天；敬水意，所以留一沼泽外御强敌。

由于在生产力低下的原始社会，人们在面对人祸的同时还面临着天灾，尤其是越南频发的洪涝灾害，人民需要把自己同氏族所联系，在氏族的团结中谋求稳定与平安。越南人民对水的敬畏与对氏族的归属感对越南神话小说的形成也有重要影响。

越南神话小说记录水文化的原因不仅仅是自身地理条件的限制，更多的是出于对水文化的崇敬以及由此产生的民俗国风。而龙腾文化、卵生文化等作为载体为水文化的传播提供了媒介，展现了越南人民在情感上敬畏水文化，在思想上乐水的特点，并且通过其最具特色的民俗如水葬来展现水文化无论是在人民心中还是在整个国家的发展史上都具有举足轻重的地位，所以这就可以解释在越南汉文神话小说中水文化的独一无二地位了，起源于水，成长于水，繁盛于水，故所著之说皆以水语。

**参考文献**

[1] 孙逊、（越南）郑克孟、陈益源主编. 越南汉文小说集成[M]. 上海：上

---

① （越南）武琼（校正），乔富（修定）. 岭南摭怪列传（甲本）[M] // 孙逊、（越南）郑克孟、陈益源主编. 越南汉文小说集成. 上海：上海古籍出版社，2010.

② （越南）武琼（校正），乔富（修定）. 岭南摭怪列传（甲本）[M] // 孙逊、（越南）郑克孟、陈益源主编. 越南汉文小说集成. 上海：上海古籍出版社，2010.

海古籍出版社，2010.

［2］马克思恩格斯选集［M］.第二卷.北京：人民出版社，1972.

［3］（三国·吴）徐整.三五历纪［M］//（唐）欧阳询主编.艺文类聚.

［4］茅盾.神话研究［M］.天津：百花文艺出版社，1891.

［5］顾颉刚.《庄子》和《楚辞》中昆仑和蓬莱两个神话体系的融合［J］.中华文史论丛，1979（2）.

［6］曾大兴，夏汉宁.文学地理学［M］.北京：人民出版社，2012.

# 白鹭洲书院与庐陵文化

井冈山大学庐陵文化研究中心　丁功谊[①]

在江西省吉安市赣江中,有一座白鹭群飞,竹树葱茏的洲岛,北宋宣和年间就称为白鹭洲。南宋嘉熙四年(1240),白鹿洞书院弟子江万里出知吉州。第二年,江万里在岛上创建白鹭洲书院,由此掀开了庐陵文化史上崭新的篇章。

## 一、白鹭洲书院兴建的历史背景

### (一)崇科举、兴文教

唐代以前,吉安属于偏远之地。官宦逐臣、文人墨客一旦流落此地,则哀怨惆怅,深沉凄苦。南朝谢瞻在安成(现为安福),在给从弟谢灵运的《于安成答灵运》诗中,流露出一副凄苦之相。齐梁时,性情豪迈的吴均出使庐陵,写下《奉使庐陵》饯别诗,为奉命出使庐陵而沮丧。当时的文坛领袖沈约得知友人范岫到安成郡任内史,写下著名的离别诗《别范安成》:

> 平生少年日,分手易前期。及尔同衰暮,非复别离时。勿言一樽酒,明日难重持。梦中不识路,何以慰相思。

少年离别总觉得容易,老年别离却觉得凄苦难受,安成是那么遥远,此生可能不复相见。偏僻遥远、暌隔无期,这就是六朝时候的吉安,在人们心中的印象。

我们注意到,这些吟咏庐陵的诗人,都不是庐陵本土作家。庐陵的文化建设

---

[①] 作者简介:丁功谊,井冈山大学庐陵文化研究中心教授、博士,主要研究方向为中国文学思想史。

还没有迈出坚实的步伐，本土还没有产生庐陵籍作家群体，及相关的诗词文赋。文化教育依然属于高门士族的特权，更别说要纳入国家意识形态的轨道。而这一切，随着一位著名诗人的到来发生了根本性的变化。

唐初武后圣历元年（698），杜甫的祖父杜审言被贬为吉州司户参军。杜审言仕途的不幸，却带来了吉安文化的发展。他到吉州后，广交儒士，大兴文教，建立相山诗社，并以其出色的五律创作，为庐陵诗词的兴盛打下基础。南宋祝穆在《方舆胜览》卷19《吉州》中提到杜审言的诗人堂，他说："诗人堂在司户厅。卢象以唐诗人杜审言曾居是官，故名。有杨万里铭，周必大箴。"唐代卢象、南宋杨万里、周必大都以不同方式怀念这位开庐陵文教之风的诗人。诗人堂也就是相山诗社所在地，清朝《大清一统志》卷249《吉安府》载："诗人堂，在府治西城隍冈。唐杜审言为司户时，置相山诗社。宋卢象建诗人堂。"①清朝时诗人堂遗址尚在，现在已难寻踪影，但杜审言开辟的文教与名山事业，却激励影响着后来的庐陵人。

到了唐末，原庐陵郡倅刘庆霖，因朝廷精简官员而遭裁减，战乱后无法归家，流寓隐居永丰，建成庐陵的第一个书院皇寮书院。②之后不久，吉水建有登东书院、兴贤书院，五代时期，泰和有匡山书院、庐陵有光禄书院，这五所书院都是中国早期的书院。北宋以后，民间崇文重教蔚然成风，书院私塾遍布乡村，宋代有史料可考的庐陵书院就有65所，这些书院都是官学（国子监、府学、州学、县学）的有益补充。衡量一个地方文化程度的标志，就要看它是否拥有众多的官学和私学（教馆、乡塾、村塾、家塾等），是否还拥有众多的书院。而宋代吉州，正因为有无数书院私塾的文化传播，崇科举、兴文教的风气在古代吉安这片土地上深入人心，泽被士子，创造了庐陵文化史上的科举奇迹。

南唐保大十年（952），庐陵人王克贞夺取状元，这是庐陵也是南唐的第一个状元。王克贞登第后，累官至观政院副使。宋朝初年，曾知汉州。宋太宗知其文名，特命值舍人院。王克贞以其出色的文章才华，为皇帝起草诏书。他的制诰文

---

① 卢象为晚唐人，《大清一统志》误认卢象为宋人。《大清一统志》，文渊阁《四库全书》本。
② 事见江西省永丰县坑田乡渝州村保存的《吉丰二都渝州刘氏族谱》以及雍正《江西通志》卷二十一《书院一》。《刘氏族谱》已九修，《九修族谱》记载："庆霖，讳泽，幼颖敏，习举业。唐太和三年（829）胄监。开成二年（838）仟庐陵郡倅。会昌四年（844）六月奉诏裁减佐官，公在例，遂归，值寇乱道阻，弗获西迁。因家于箬山岭打石寨下居焉，自是不复仕进，隐居教授，四方师尊。故于居南开地构居，匾曰'皇寮书院'……（庆霖）元和二年（807）生，乾符五年（878）殁。"

章,文雅典正,为时人所称颂。北宋天圣八年(1030),永新刘沆进士及第,名列鼎甲第二。宋仁宗时任参知政事(副宰相)、同中书门下平章事(宰相)共七年,"自进士设科,擢高第至宰相者,吉郡以沆为首",庐陵人只要说起进士登科、位居宰相的科举成就,无不自豪地首推刘沆。宋哲宗绍圣四年(1097),何昌言高中状元。殿试后,哲宗皇帝赵煦见其才智超群,亲自写下《状元何昌言还乡歌》一诗赐送于他,成为当时科举佳话。

这些只是庐陵科举史上个体文人的盛事,而以一门多进士的群体性获取功名的事例也常常出现。北宋欧阳修在《欧阳氏谱图序》中,提及了自己的伯祖父欧阳仪考中南唐进士,乡里引为荣耀,特意将故里改为"儒林乡欧桂里",住地改为"具庆坊"。这是多么光耀门庭的事情啊。欧阳修还说,欧阳氏世为庐陵大族,后随着宋朝开国,父辈中有兄弟四人考取进士,而在天圣八年(1030),欧阳修与其侄子欧阳乾曜一同登第。可以说,庐陵欧阳世家兴文教、崇科举,一门七进士,极为显耀。也正是因为自己家族在庐陵的显赫声誉,所以,欧阳修多次自称为"庐陵欧阳修",主动以庐陵为自己的籍贯。又如活跃在北宋中期文坛上的庐陵作家"临江三孔",即临江府孔文仲、孔武仲、孔平仲三兄弟,今峡江县罗田镇安山村人,为孔子47代裔孙。他们分别为嘉祐六年(1061)、嘉祐八年(1063)、治平二年(1065)进士,均以诗文著称。江西诗派领袖黄庭坚赞誉说:"二苏上联璧,三孔立分鼎"(《和答子瞻和子由常父忆馆中故事》),把"三孔"与"二苏"并提,可见"三孔"在北宋有很高的文学地位。这些群体性、家族性的科举盛况,正是庐陵崇科举、兴文教风气的必然结果,也是创办白鹭洲书院的重要历史背景。

(二)蓄道德、能文章

科举辉煌只是庐陵文化中最有显示度的一面,也只是庐陵文化表层的荣光。在科举取士的同时,道德文章更彰显出庐陵文化最为本真的内核,这也是有别于其他区域文化的本质特征。

唐永泰元年(765),唐代忠烈名臣、著名书法家颜真卿任吉州司马。他任职期间,关心民众疾苦,注重农业生产,并聘请贤才,广兴学舍,他为官清正廉洁,不徇私情,以自己的高风亮节成为当时人的表率。后来,颜真卿回到朝廷,在淮西节度使李希烈叛乱之时,颜真卿前去劝降,受到威逼,毫不屈服,并叱责李希烈,被害于狱中。死后,德宗优恤诏书称其"出入四朝,坚贞一志"。颜真卿的英烈事迹传到了吉州,百姓们无不痛哭流涕,并为之建造鲁公祠,而他在游览青原山净居寺时,曾亲笔为该寺山门题写的"祖关"二字,字迹也仍遗留至今。宋人欧阳守道在《颜鲁公祠堂记》中说:"(颜真卿)为吉州司马,修学舍,倡儒学。此州之君子,皆颜鲁公之流风遗俗也。此州俗化,受鲁公之赐多矣。"如果说,初唐"文章四友"之一的杜审言在吉州大兴文教、创办诗社,为庐陵的"文章之祖",那么,以忠烈事迹感染教化庐陵百姓的吉州司马颜真卿,可称为庐陵的"节义之祖"。

到了北宋,庐陵又出现了一位大儒,他不仅开启宋代三百年文章之盛,而且以其道德人格的力量,冲击宋初以来陈腐陋旧的社会风气,促使一代士林新风的形成,他就是一代文宗欧阳修。现在人们常常关注的是欧阳修为北宋中期的文坛领袖,为唐宋八大家之一,却很少关注他的忠贞气节对北宋士风的影响。欧阳修高标儒家名教,首创士林"君子"与"小人"之辩,在朝廷论事时,犯颜上谏,直言谠论,一反士林论卑气弱的陋习。他又通过编纂史籍,撰写人物碑铭,褒扬忠节,贬斥奸邪。在编撰《新五代史》时,将世人赞誉的冯道打入"杂传",并在传序中称其为"无廉耻者"。冯道历仕四朝、效力十帝,还向辽国称臣,始终担任将相、三公、三师之位,为人们心目中稳重廉俭、有德有量的元老大臣,连富弼、苏辙等人都赞赏不已。欧阳修决定以修史之机,褒名节、正人心,建树道德风范,为道德风范者立《死节传》予以褒扬,其次立为《死事传》,洁身自好者则立《一行传》,将冯道等人毫不客气地打入杂传,将冯道与寡妇李氏守节自誓、引斧断臂的义烈行为相对照,斥责他连村姑野妇都不如,并以此为例,警告那些"不自爱其身而忍耻以偷生"的士人。从此以后,对冯道进行贬斥,才成为史学家的定论。

颜真卿、欧阳修树起了文章节义的大旗,对吉安士风民俗的影响极为深远。《宋史·忠义传序》评价说:"自欧阳子出,天下争自濯磨,以通经学古为高,以救时行道为贤,以犯颜纳说为忠,长育成就,至嘉祐末,号称多士,欧阳子之功为多。"王安石《祭欧阳文忠公文》说:"自公仕宦四十年,上下往复,感世路之崎岖,虽屯邅困踬,窜斥流离,而终不可掩者,以其公议之是非。既压复起,遂显于世,果敢之气,刚正之节,至晚而不衰。"《江西通志》卷26《风俗》说:"唐颜真卿从事吉州,铿訇大节,诵慕无穷。至欧阳修一代大儒,士相继起者,必以通经学古为高,以救时行道为贤,以犯颜敢谏为忠,家诵诗书,人怀慷慨,文章节义,遂甲天下。"这些都是定评,高度肯定欧阳修为人为文,充分肯定欧阳修人格对宋代士大夫忠义之气的培育造就之功。在这些先贤的感召下,庐陵士子百姓,怎么不会忠义满怀、慷慨济世呢?这也正是日后白鹭洲书院思想传承中最为鲜明的品格。

颜真卿、欧阳修之后,庐陵涌现了很多可歌可泣的忠义事迹,如杨邦乂抗击金兵,被俘后以死殉国,谥忠襄;胡铨上书高宗,要求斩下秦桧头颅以谢天下,后谥忠简;杨万里清正廉洁,谥文节;周必大为相,忠心辅佐朝廷,谥文忠。他们与文忠公欧阳修一起,成为南宋庐陵学宫、书院乃至民间乡村祠堂祭祀的"四忠一节"。

## 二、白鹭洲书院的兴衰

白鹭洲书院创建伊始,就已纳入官学体系,吸引各地俊才入读。吉州知州江万里曾向朝廷上奏,请求创办白鹭洲书院,得到宋理宗批复后才开始兴建。南宋谢枋得在写《白鹭洲书院记》的时候,在题下标了一个小注:"古心先生奉敕额创是书院。"① 说明白鹭洲书院已纳入官学体制之内。等到了景定四年(1263),宋理宗下诏吏部,给白鹭洲书院选派山长,待遇等同于州学教授。② 到了元代,朝廷全面接管了宋代官办的书院,按宋制给予白鹭洲书院拨款和授官。明清两朝,白鹭洲书院未列入朝廷官学建制,但仍从属于地方管理,由吉安知府全面管理,并给予一定额度的科举考试名额。如康熙二十八年(1689),在原定"大学十名、中学五名、小学三名"科举入闱的名额上,"再增大学八名,中学四名,小学二名,以为鹭洲书院科举,永为定额"。③ 正是因为官办性质,能为士人打开科举仕途,书院吸引了各地读书人来就读。正如南宋景定四年(1263),欧阳守道为书院山长厅建成而作的记文中所说:

> 近岁书院相望,天子每亲洒宸翰以颁,及是又优待其官如此。盖地方千里,而教授才一人,郡客之而不敢僚。今山长甫与为二,如吾庐陵,士至二三万,挟策来游者不于州学则于书院。书院中授徒立所,而为长者乃王官,受命于朝,前代未之有也。

写这篇记文的时候,欧阳守道已经不再是书院山长,可他听说山长在级别待遇等同于州学教授,并有山长专用起居的房子后,非常欣喜指出书院列入官学建

---

① 江氏大成宗谱·世宗录 [M].康熙十三年刻本.
② (宋)欧阳守道.巽斋文集·白鹭洲书院山长厅记 [M].
③ 见:请增白鹭洲书院科举详文并学道行知文 [M]//高立人主编.白鹭洲书院志·公移.南昌:江西人民出版社,2008.

制后，对士子的强烈吸引，士子们不入州学则入书院，他们可为将来出仕、报效朝廷而努力读书。这样，人才从书院而出，风俗由书院引领，王政的基础更加扎实牢固。

七百年来，由于水患、兵灾以及朝廷禁办书院的政治运动，白鹭洲书院历经无数磨难，至今依然屹立在赣江之上，无言诉说着历史上曾有过的荣耀和沧桑。

## （一）南宋初建

白鹭洲书院的创办人是南宋宰相江万里。江万里，字子远，号古心，出生于理学世家，他的父亲江烨传授程朱理学，后到白鹿洞书院师从林夔孙。不久游学于东湖书院。宝庆二年（1222），登进士第。嘉熙四年（1240），出知吉州兼提举江西常平茶盐。这一年，他看到吉州州治庐陵县城东赣江之中，有一沙洲两水夹流，想起李白"二水中分白鹭洲"诗句，决意在眼前也被称为"白鹭洲"的风景优美的读书之处创办书院。①

关于"白鹭洲"称呼最早的时间，有些学者认为在北宋时期吉州即有"白鹭洲"之称，因为在北宋宣和年间（1119—1125），著名诗人徐俯就写下《白鹭洲》这首诗，诗云：

> 山光浓复淡，江面落还收。不见飞鸟凫，空看白鹭洲。台城久蔓草，宋玉又悲秋。欲羡释门秀，早从方外游。②

其实，这首诗讲的不是庐陵的白鹭洲，而是李白笔下南京的白鹭洲。诗中已经说得很清楚，台城是个常识性的地理名词，指东晋和南朝的朝廷禁省和皇宫的所在地，位于建康城内，也就是现在的南京城内。宋代周应合《景定建康志》卷十九在"白鹭洲"词条下，就引用了徐俯另一首诗《白鹭洲江鸥》中的句子"白鹭洲边江路斜，轻鸥接翼满平沙"，明白无误地将白鹭洲置于南京（建康）。

宋人潘自牧《记纂渊海》卷十一记录了徐俯的另一首诗，从这首诗可以看出作者生活的北宋宣和年间即有庐陵"白鹭洲"之称。诗云："金陵与庐陵，俱有白

---

① 见：李才栋.江西古代书院研究［M］.南昌：江西教育出版社，1993.
② （清）定详等主修，（清）刘绎等总纂.吉安府志，光绪二年（1876）刻本.（李才栋以徐俯曾任吉州通判为据，认为此诗中的白鹭洲在吉州。见：李才栋.江西古代书院研究［M］.南昌：江西教育出版社，1993.

鹭洲。相望万里江，中同二水流。"雍正《江西通志》卷九"白鹭洲"条也有相似记载："白鹭洲，在府城东赣江中，长五六里……"徐俯诗"金陵与庐陵，俱有白鹭洲。相望万里江，中同二水流。"白鹭洲的名称，应该在江万里到吉州之前的南宋中期就广为流传，南宋尹直卿送周必大诗中就有"我公不向螺江住，羞杀青原白鹭洲"①之句。而周必大《文忠集卷》五十八《赏心楼记》也曾有"庐陵亦有白鹭洲、青原台"的记载。

也就在江万里任职吉州这年，他了解了吉安的风土人情及贤达事迹。据南宋谢枋得记载，当时的吉州，有佛庙100余所，道观65所，且都雕梁画栋，廊回道转，颇有气势，严重冲击了儒教。江万里看到这些情景，心忧如焚，决定创办书院以弘扬儒教。②于是，淳祐元年（1241），他在城东北赣江之中的沙州上，"因命构楼，开讲学之堂，创造立白鹭洲书院"。③在创办白鹭洲书院过程中，江万里做了几件大事：

一是建阁筑楼，开设讲坛。按照布局，书院设有文宣王庙、棂星门、云章阁、道心堂、万竹堂、风月楼、浴沂亭、斋舍。同时，首立六君子祠，祀周敦颐、程颐、程颢、张载、邵雍、朱熹等六位理学大师。书院广泛收集图书，设立田产，"置田租八百石有奇，绕城濠池，岁入租银五十两赡学"。④

二是选拔人才，延请名师。江万里从吉州八县选拔年轻俊才到书院就读。最初没有合适的山长人选，他就亲自给学生上课，"载色载笑，与从容于水竹间，忘其为今太守、古诸侯"。⑤淳祐二年（1242），江万里调离吉州，临行前延请郡中名儒刘甫南执教。十二年后，又出面聘请欧阳守道为书院首任山长。

三是设立院规、传播理学。作为程朱理学的传人，江万里教学自然以理学为主，他将朱熹的《白鹿洞书院揭示》张贴于道心堂内，以作为白鹭洲书院的办学宗旨。《白鹿洞书院揭示》，即《白鹿洞书院学规》，是朱熹为了培养人才而提出的教育目标、教育内容、为学程序、修身、处事和接物等一系列纲领。具体为："父子有亲，君臣有义，夫妇有别，长幼有序，朋友有信。右五教之目。""博学之，审问之，慎思之，明辨之，笃行之。""言忠信，行笃敬，惩忿窒欲，迁善改

---

① （宋）罗大经.鹤林玉露[M]//文渊阁《四库全书》本.
② （宋）谢枋得.鹭洲书院记[M]//江氏大成宗谱·世家录，康熙刻本.
③ （清）刘绎.《白鹭洲书院志》卷首《序》[M]，清同治刻本.
④ （清）定详等主修，（清）刘绎等总纂.吉安府志·学校志[M]，光绪二年（1876）刻本.
⑤ （宋）欧阳守道.巽斋文集·白鹭洲书院山长厅记[M].

过。""正其谊，不谋其利；明其道，不计其功。""己所不欲，勿施于人；行有不得，反求诸己。"这些学规也成为白鹭洲书院的教育方针和生员守则。

宝祐二年（1254），岳麓书院的副山长欧阳守道回到吉州，出任白鹭洲书院的山长。他把岳麓书院的办学经验也带到了白鹭洲，"其事亲孝，谨身如玉，澹然无世间荣利意。文章有本，如是若其讲议，自得新意。"[①]他注重立身、敦品、养气等气节方面的教育，对学生文天祥、刘辰翁、邓光荐等浩然正气的养成起了重要作用。

## （二）元代继建

到了元代，朝廷接管了宋代官办的书院，并依旧纳入体制之内加以管理，在置田、拨款、授官等方面予以支持。在讲学内容上，各地书院沿袭了宋末以来重视程朱理学的传统，极大缓解了民族矛盾和遗民的反抗情绪。

元延祐年间（1314—1320），余天民出任白鹭洲书院山长。这时，岛上有寺庙僧侣多次挑起事端，企图霸占书院产业。余天民毫不客气，将此事禀告吉安路政府。吉安路官员立即下令，毁去寺庙，并在寺庙旧址上重建复古亭。于是，岛上所有用地，全部归属于书院。

至正十一年（1351），安徽颍州爆发了红巾军起义。第二年，起义军攻占吉安城，火烧白鹭洲书院，书院只有夫子庙尚存。至正十四年（1354），吉安大雨，残存的白鹭洲书院毁于洪水。这时，山长郭庆传、训导曹中一同向吉安路官员请求修复书院。他们的请求得到批复，吉安路还命令欧阳成德捐资重建。于是在至正十五年（1355）二月十六，修复工程开始了，并且进展迅速，到了四月二十五日，全部工程结束，仅仅用了两个多月时间，共花去钱币五万缗。这时，红巾军起义的战火燃烧于大江南北，元朝政权岌岌可危，而在吉安白鹭洲，依然传响着朗朗的读书声。儒家忠君之念，忠臣体国之思，依然深藏在每位书院学子的心中。等到天下太平，四海归一，这些纯正的儒生走向历史的舞台，在新王朝受到明太祖、明成祖的欣赏和重用。

## （三）明代重建

明洪武四年（1371），朱元璋下令，将书院与各地的府学、州学、县学合而为一，这样便于加强对书院的管理，从体制上强化对读书人的控制。白鹭洲书院也

---

[①] 永和派冈头欧阳氏族谱·巽斋公行状［M］// 王东林，余星初主编. 江万里研究. 南昌：江西人民出版社，1995.

无可避免地纳入府学之中,书院原址无人管理而沦为荒地。明初永乐二年的进士李昌祺来到白鹭洲,看到残破的书院遗址,写下《访鹭洲书院遗址》一诗:

> 宋家书院但空名,二水中分草树平。陵谷变来基亦废,野人耕处草还生。落花细雨文鱼上,残柳西风白雁鸣。临眺不堪怀往事,城头画角更凄清。①

明前中期一百多年,白鹭洲就这样沦为人们开荒的耕地,成为文人笔下惆怅感怀的历史遗址。但它不会就此沉默,它只是在耐心地等待修复重建的那一天。

正德五年(1510),王阳明在庐陵做知县。在短短的几个月任期里,他免徭役、治驿道,在城中修筑防火工程,同时在庐陵这块崇尚文化的沃土上,播撒了自己理学思想的种子。当时庐陵县衙在府城南门的欧家祠路。出南门稍东,就是白鹭洲,洲上书院遗址尚在,王阳明在遗址上开辟了一个自己讲会的场所。更主要的,还是在青原书院,即庐陵城南10里处青原山静居寺右侧讲学。

嘉靖五年(1526),浙中王门弟子黄宗明到吉安任知府。黄宗明,字诚甫,号致斋,宁波鄞县人,正德甲戌(1514)进士,授南京兵部主事,升员外郎。在"大礼议"之争中,主张藩王出身的嘉靖皇帝称生父为皇考,嘉靖帝让他出守吉安。黄宗明受学于王阳明,阳明对他寄予了很大期望,评价甚高:"诚甫自当一日千里,任重道远,吾非诚甫谁望耶!"②面对老师的知遇之恩,黄宗明心怀感激,当他来到老师曾任职的庐陵,决意尽全力修建白鹭洲书院,重建讲堂。根据志书记载,嘉靖五年(1526),黄宗明重建讲堂、号舍,选拔吉安府九县的士子就读,延请名师,讲核经义,并给生员发放学习生活费。③这次修建,是白鹭洲书院发展史上的重大事件,标志着白鹭洲书院在荒废150余年后④,再次以官学的形象出现江西科举史和文化史上。后人包括《鹭洲书院志》《庐陵县志》的编纂者也忍不住赞叹:

> 卢志案云:"书院自元至正乙(1355)未修复,迄明嘉靖丙戌

---

① (明)李昌祺. 运甓漫稿[M]//文渊阁《四库全书》本.
② (清)黄宗羲. 明儒学案·浙中王门学案四[M]//文渊阁《四库全书》本.
③ (清)定详等主修,(清)刘绎等总纂. 吉安府志·秩官志[M],光绪二年(1876)刻本.
④ 以书院被裁撤,并入府学和县学的时间即洪武四年(1371)算起。

（1526），百数十年至是，知府黄宗明始兴复。故《鹭洲志》特为表列。国朝太守罗京增祀宗明于书院。"

黄宗明任吉安知府的时间很短，他已纳入嘉靖皇帝的视野，从陪都闲职出任地方太守，是皇帝对他的器重和提拔，而这种提拔还只是刚刚开始，担任太守只是一种过渡，日后还是要回到朝廷皇帝身边。不久，他就担任转福建盐运使，告别了吉安。① 几年后，白鹭洲书院迎来了一场巨大的洪水灾难，被荡为荒州，庐舍漂没、楼阁无存，书院停办。

看到白鹭洲书院经常受到水患困扰，嘉靖二十一年（1542），吉安知府何其高将书院迁到城南的仁寿山慈恩寺，慈恩寺迁到西街马草巷。书院就从岛上迁到陆上，并改了名，称作"白鹭书院"。江右王门四大弟子邹守益、欧阳德、聂豹、罗洪先等人都到白鹭书院讲学。隆庆六年（1572），巡按御史任春元根据生员们的建议，将白鹭书院与庐陵县学在校址上做了一次对调，即将仁寿山的白鹭书院改为庐陵县学，将城北的庐陵县学改为书院。这样，白鹭书院从城南迁到了城北。

白鹭洲书院两次迁居，但效果并不好。首次迁居因为水患而到城南仁寿山，开始人们都很高兴，也曾因为本土理学家们讲学而兴盛一时，但不久就发现城南为闹市，"游客贵人、武士技击日纷轮盘踞其中"，② 热闹嘈杂，不便读书，于是迁到城北。而城北又是衙门办公之所，车马往来，引避不暇，也不是治学的好场所。于是，人们还是怀念远离尘嚣、清净幽雅的白鹭洲。而这一切，等到万历二十年（1592），吉安又来了一位王门弟子做知府，他就是王门泰州学派李贽的弟子汪可受。

汪可受刚上任就造访白鹭洲书院遗址，只见"故址日颓，半为鲛室，残碑断碣，时有隐见于沙迹水洰之间"，③ 看到昔日繁盛的宋家书院成为眼前残破之景，汪可受决意花大力气重建白鹭洲书院。为建书院，他采取了以下措施：

一是修台筑堤，预防水患。首先垒石积土，抬高地基，修筑吉台。其次聚土为堤，修筑内堤和外堤。再次台上及堤前均栽种竹木，四时都派人看管，不许外人盗伐。

二是依台建楼，兴复祠坊。在沙洲西南的吉台上复建书院，书院前建立泮池，

---

① （清）黄宗羲.明儒学案·浙中王门学案四［M］//文渊阁《四库全书》本.
② （明）习孔教.十学号房记［M］//高立人主编.白鹭洲书院志.南昌：江西人民出版社，2008.
③ （明）刘应秋.重修白鹭洲书院记［M］//吉安府志·学校志，光绪二年（1876）刻本.

立桥其上，增号舍百间。风月楼和云章阁等堂阁亭楼，均沿袭旧名。泮池外建理学、忠节、名臣三坊，并兴复二程祠，以罗伦、罗钦顺配享。

三是开辟学房，配置斋阁。在白鹭洲东西各开辟学房十区，吉安府及所属九县的学生各占一区，又在东西学区旁各设一区，以便郡邑各县俊才及游学者居住。东西两侧均设厨房、斋舍、厕所等配套生活设施。

书院建成后，师生们"居有庐，食有饩，涉有舟，无风月，暮旦往来"，学子们没有衣食之虞，往来之忧。汪可受再给他们解决藏书、刻书、印书等问题，他将云章阁辟成藏书楼，藏书甚富，且大量印制科考、讲学书籍，并将书院教学会课中的百余篇优秀范文刊刻成《鹭洲会草》，作为学生们学习的范本。

汪可受的这次重修，在白鹭洲书院发展史上也有其重要意义，他垒筑的吉台，成为后来书院主要建筑的坚固地基；他修筑的永堤与泮池，至今还保留在沙洲之上。吉台、永堤、泮池，奠定了后来修建的建筑格局。

### （四）清代复建

顺治二年（1645），白鹭洲书院毁于南明与清军的战火。次年重修，但又毁于顺治五年的李自成义军余部的抗清斗争。顺治十二年（1655），知府李兴元在吉台地基上重建书院，但又毁于三藩之乱。康熙三十年（1691），知府罗京带领同僚和下属，一同捐赠资金修建书院。康熙五十二年（1713），书院毁于洪水。雍正二年（1724），知府吴诠和庐陵知县涂宗震修建书院。咸丰六年（1856），太平军与清军在吉安展开长达三年的拉锯战，城前阵地白鹭洲树木尽毁，书院荡为废墟。同治四年（1865），知府定详将书院迁到城西仁山隆庆寺废址，改名为"鹭洲书院"。

光绪九年（1883），南昌知府贺良桢调任吉安。就在上任第一天，他向人打听白鹭洲书院遗址。待他来到书院遗址，只见岛上荆棘丛生、瓦砾遍地，不禁黯然神伤。于是，他问了地方上考核政绩的官员龙文彬一个沉重的话题：

> 鹭洲为一郡锁钥，赖有书院镇之。书院不洲，恐水势日横，洲壤日削。不数年，并遗址不堪问矣。将若何？

白鹭洲是开启吉安城的一把钥匙，白鹭洲书院镇锁庐陵山川。在吉安历史上，贺良桢第一次把白鹭洲比作吉安城的一把钥匙，从明清吉安战乱白鹭洲为兵家必争的前哨阵地看，他的比喻贴切而形象。贺良桢进而指出白鹭洲书院对吉安的影响:如果书院不在洲上,那么白鹭洲将受到赣江洪水侵蚀,无人防护,洲壤日削,书院遗址也将不存,吉安将会怎样?

贺良桢的问题不好回答,可他面对的是同治四年(1865)的永新籍进士、吏部主事龙文彬。龙文彬回答得极为巧妙,他说:

> 山川之灵,有待而兴。……今公又以楚人莅兹。天其赐吾吉,以再造鹭洲之机乎?

龙文彬回答道:楚人莅此,天赐吾吉。这不正是我们重建白鹭洲书院的良机吗?楚人正是指贺良桢。贺良桢,湖北蒲圻(今湖北赤壁)人,家世显赫,父亲贺寿慈(1810~1891)为晚清重臣,道光二十一年(1841)进士,初授吏部主事,不久入军机处,监督户部财政,以查处通州粮库亏空案而知名,光绪三年(1877)升工部尚书。贺良桢长期为江西地方要员,同治、光绪年间先后任赣州知府和南昌知府,湖北黄鹤楼现留有贺良桢一联:

> 城郭几前游,楼高应来黄鹤;
> 江山一长啸,笔搁何止青莲。

气象阔大、立意高远,至今仍为黄鹤楼上惊世楹联。龙文彬回答得极为巧妙,他也从山川隽秀、日月菁华的角度,指出白鹭洲书院将因楚人贺良桢主政吉安而有幸重建。贺知府一听,不由得神情振奋,抚掌拍板:修复遗址,守土之责;发动百姓,建我书院。于是,他发动地方乡绅捐款,但捐助的经费还是不足以完成重建任务。

这时,贺良桢听说吉安名商胡日升回乡。胡日升为富而仁,回到家乡修建祠堂和庙宇,他还捐资修通了吉安到湖南衡阳500里商道,并按五里小亭,十里长亭的古制,配建了路亭。于是,贺知府邀请他到府上商议修建书院事。胡日升一听是复建白鹭洲书院,马上提出所有建设经费,全部由他捐献。

光绪十年(1884)五月,白鹭洲书院在贺良桢主持下开始修建,次年告竣,先后建成云章阁、风月楼、浴沂亭、道心堂、逢源堂、六君子祠、景贤祠、左右斋舍等共百余间,从规格上也跃居为江西书院之首。在修建过程中,地方乡绅捐献的建设经费转为生员膏火费用及阳明书院经费,胡日升共捐献白银二万余两,为白鹭洲书院修建的唯一出资方,被誉为"胡品高"。①

贺良桢主持的这次修建活动,是白鹭洲书院最后一次大规模的修建,意义极其重大。现存的书院古建筑,都保留了当时的历史原样。书院中的代表性建筑云章阁,以及书院正门、棂星门、风月楼红石柱前的对联都是当时的历史遗存。关于修建前白鹭洲上的情形,光绪十七年(1891)江西学政龙湛霖在重修碑记上说得很清楚:

> 咸丰丙辰,毁于粤寇,荡为荒洲。同治戊辰,太守定公祥、院长刘公绎,择建于城西之仁山,仍募人住洲,广树竹木,培护洲基,盖有待于重修也。而时绌举赢,卒未有议及者。光绪癸未,蒲圻贺侯良桢调署兹邦,甫下车即问白鹭洲书院故址。一日,见其地荆榛瓦砾,恻然心伤。

修建之前沙洲荒芜,只有荆榛瓦砾,所谓的云章阁和刘绎楹联亲笔都是历史的传说,挡不住三年惨烈纷飞的战火。一切也只有等到贺良桢的修建,才造就白鹭洲书院今天的模样。

六百余年来,白鹭洲书院以其独特的办学宗旨,结出了丰硕的成果。生员们屡屡登科,并诞生了状元在书院首任山长欧阳守道任职的第三个年头,书院弟子在宝祐四年(1256)的科考中大放异彩。这一年,南宋金榜601名进士,其中吉州占44名,且大多数为白鹭洲书院学生,几乎占全国录取人数的群体十分之一,为全国之最。更令人振奋的是,21岁的书院学生文天祥独占鳌头,夺得状元,宋理宗高兴地说:"此天之祥,及宋之瑞也",亲笔题写了"白鹭洲书院"匾额,悬挂在书院大门上。六百余年来,每届江西乡试,屡有白鹭洲书院弟子中举,每次礼部会试,常有白鹭洲书院弟子登科。以咸丰三年(1851)秋闱乡试为例,白鹭洲书院有八人中榜,当时山长刘绎欣喜赋诗:"二水往来争彼岸,八元名姓烂吾门。"从南宋末年到晚清,书院一直成为国家科考重镇。科考的荣耀、皇帝的垂青,以及名家的讲会,使白鹭洲书院名扬海内,与庐山白鹿洞书院、铅山鹅湖书院并称江西三大书院。

---

① (清)胡日升,吉安县曲濑人,幼年在湖南衡阳学徒,后投资盐业、钱庄,终成巨富。其事分见(清)龙湛霖《重修白鹭洲书院碑记》(光绪十七年刻录)、《民国庐陵县志》(1920年刻本)及吉安县曲濑乡保存的《胡氏族谱》(民国编修)等相关资料。(清)贺良桢复建白鹭洲书院事,见:(清)龙湛霖.重修白鹭洲书院碑记[M].// 高立人主编.庐陵古碑录[M].南昌:江西人民出版社,2007.

## 三、白鹭洲书院的办学理念

七百年来,白鹭洲书院一直推崇文章节义,始终把"节义"置于"文章"之上,把"道德"置于科举之上,成为人伦教化、科举功名的重镇,吉安也由此成为理学之邦。

### (一)创新教学方法,严格课试程序,抒写性灵文章

白鹭洲书院的教学管理非常严格,有诵读、体察、作文、课试等各个环节,诵读须读经书、古文、制义、策论等若干,课试有日课、月课、季考等各种形式,课试的时候,吉安知府经常亲临书院,抽查生员试论、表、策的写作。明人甘雨在《白鹭洲书院课士录序》中就描写了吉安知府到书院安排科考模拟考试的情形:

> 每会,使君威武临之,探英、名题、糊名、列座,一仿棘闱制例。既籍其课艺,授两生甲乙,取材守公,字比句栉,挈短论长,不遗余力。积五年所得,课艺以数千计。

对于优秀文章的写作,白鹭洲书院提出了独特的主张,以万历年间知府汪可受编写的优秀文章范本集《鹭洲会草》为例,选文"大都自抒机轴,不袭口吻,才情藻思,各极其至,亦一时之选也"。[①] 这种选文标准,贯彻了晚明文坛盛行的独抒性灵的文学思想。作为泰州学派的传人、李贽的弟子,汪可受深受晚明心学的影响,他以晚明思潮相吻合的"自抒机轴"的文学观来指导学生,一如北宋的嘉祐贡举,欧阳修以他的散文观来引导士子文风。这种抛弃陈腐板滞的八股之道,追求性灵文章的教学方法,是白鹭洲书院与州学、与其他书院不同之处。康熙年间,知府罗京在馆规中明确指出,文章离不开涵养、体察、悟性及个人的品格,主张独抒性灵,坚决反对腐儒文章:

> 作文之道,贵抒在我之性灵,以阐圣贤之名理,固不可荡轶乎规矩。然最忌乎沾濡乎尺寸,徒屑屑引绳切墨……

---

① 见:(明)邹元标.白鹭洲会课序[M]//高立人主编.白鹭洲书院志·艺文三.南昌:江西人民出版社,2008.

这种对性灵文章的追求,可以说是领时代风气之先。白鹭洲书院的创新精神,也可以从这些教学方法中体现出来。

## (二)重视品德教育,弘扬儒家义理,强调气节修养

吉州州学和白鹭洲书院聚集了儒学名师和各地才俊,成为吉州两大文化和精神高地。他们崇科举、尊文教,都遵循了庐陵文化的传统,但又有所不同。州学严格遵循国家的意识形态,以科举功名为办学目标,而书院办学更加灵活,通过会课、讲学、著述、刻书等各种形式教化人心,砥砺气节。

江万里和白鹭洲书院的学子们都明白一个道理:"道德"重于科举,"节义"胜过"文章"。正如刘辰翁在《鹭洲书院江文忠公祠堂记》中所说:

> 过江百年,仁山字水,人自为士,然学校科举终有愧于道,孰能学校科举外而求志,又孰能因学校科举而成之。自鹭洲兴而后斯人宿于义理,自鹭洲兴而后言义理者畅,又不惟文字而已,而后学者知矫其质习,存其气象,又不惟气象而已。①

刘辰翁深得江万里思想之神髓,指出了白鹭洲书院办学思想的独特之处:学校(州学、县学)办学重在科举,目的是士子们的仕途经济,一旦追求功利名禄,就会远离儒道,而白鹭洲书院创办目的,就在于崇尚理学,弘扬儒道义理,通过身心调养,实现济世之志。于是,在这种办学思想指引下,学生们都感受到老师们的儒者气象:

> (古心先生)载色载笑,与从容于水竹间,忘其为今太守、古诸侯。
> 自古心公为鹭洲,而吾乡之友达于理,每公退深衣,行水竹间抚诸生儿子,优游自得,不知气至而质化。

这是人们对江万里儒者气象的描绘,可以直追二程以自然为一体的境界,又似乎那赣江上自在翻飞的白鹭与沙鸥,又似乎是那庄周梦蝶,不知何者为白鹭水竹,何者为古心先生。可以说,德育教育是白鹭洲书院教育的重点,气节修养则是书院品德教育的核心。白鹭洲书院的德育教育通过以下几方面展现出来。

---

① (宋)刘辰翁.须溪集[M]//文渊阁《四库全书》本.

1. 祠祀先贤名儒

祭祀是儒家教化伦理的重要活动，可树立合乎儒家准则的道德伦理。吉安为北宋理学先驱程颐、程颢的过化之地，二程夫子的父亲程大中曾出任庐陵尉，二程年少时随父亲从游吉州，程颢还娶了吉州军庐陵县彭氏为妻，他们与吉安有不解之缘。江万里在创建白鹭洲书院时，了解这段先贤事迹，于是在州上"立祠以祀程颢、程颐，益以周、张、邵、朱四子，号六君子祠"。此后，立祠祭祀先贤名儒，成为白鹭洲书院的传统。

元至元十六年（1279），山长曹奇建古心祠，祭祀江万里。明嘉靖五年（1526），吉安知府黄宗明重修古心祠。明万历二十年（1592），知府汪可受建先贤祠，祀二程子，以罗伦、罗钦顺配享，又建理学、忠节、名臣三坊，以祀庐陵先贤。清康熙三十年（1691），知府罗京承袭汪可受旧制，复建先贤祠、理学坊、忠节坊、名臣坊，并扩大祭祀规模，在理学祠增祀吉州的三位理学名家陈嘉谟、王时槐、贺沚，在古心祠增祀郡守李珏、纳速儿丁、黄宗明、汪可受四人。雍正十三年，知府徐亨时合先贤、先儒为一龛，云章阁制祭器。同治七年，知府定详、山长刘绎在白鹭书院讲堂前，左建六君子祠，右建景贤祠，将名宦乡贤分龛合祀。① 六百余年，白鹭洲书院祭祀香火不绝，中国文化史上的理学名家、江南名郡庐陵的名宦乡贤、吉州各县乡的忠臣义士，都走入赣江之上的这座沙洲，在书院里备受人们的景仰敬拜，激励着吉安民众舍生取义、忠贞报国。

2. 弘扬儒家义理

江万里创建书院，就建立六君子祠，将朱熹的《白鹿洞书院揭示》张贴于道心堂，使书院在创建之初就树立了弘扬儒家理学的办学宗旨。正如王时槐在《重修白鹭书院记》中所说："江文忠公为吾郡创白鹭书院，实本朱子之意。今邑侯敬启先生重修书院，以续江公之遗迹，盖亦与朱子之意同，庐陵人士何其幸哉！"② 指出书院与程朱理学之渊源，以及书院一直继承了江万里推崇理学的办学思想。

万历年间，知府汪可受就在书院约禁第一条明确指出："书院系礼教之地，二程夫子俨然临之，过客登游，止宜雅会，谈论道德，以为后学法程。"③ 在馆例第一条中，他寄予书院学子游览休息之时，看到书院理学、忠节等牌坊，以这些先贤为师，景仰学习。康熙年间，知府罗京就在馆规中专设"理学"条，他说理学为

---

① 见：吉安府志·学校志［M］，光绪二年（1876）刻本.
② 高立人主编.白鹭洲书院志·艺文二［M］.南昌：江西人民出版社，2008.
③ 高立人主编.白鹭洲书院志·设教·汪太守约禁［M］.南昌：江西人民出版社，2008.

先圣道脉，先贤苦心，以此来约束生员们的放逸心志。同时，罗京向江西省官员申报祭祀理学名师二程夫子，并二罗先生配祀，得到江西省各方官员的一致同意。自南宋晚季以来，历经元明清各朝，白鹭洲书院一直遵循着崇尚理学的传统，儒家理学的价值观念、思维方式渗透在书院士子乃至吉安民众的思想深处，使他们在日用伦常、社会风俗等各方面持扶助之心，行向善之举，同时，儒家理学中的躬行实践、经世致用的思想观念，激励着无数吉安士子和百姓心怀社稷、匡时济世。

3. 强调气节修养

江万里非常重视学校对士子气节修养的培育功能，他说："本朝列圣，开设雍庠。士出此途，蔚为时栋。光明硕大，与国无穷。所用得于所养，如鹤鸣子和，声与响随；设遇缓急之机，舌臧之决，油然忠爱不能自已于中，而平时自淑身心，不使有一毫出于规矩尺度之外。教养之功，于斯为盛"（《跋景定元年更学令御札》）学校可促进士子个人修养的提升，使他们在人生的关键时候做出合乎伦常的正确抉择。这段文字虽然写于景定元年（1260）江万里出仕于朝廷之时，但这种思想却贯穿于白鹭洲书院的日常教学中，所以，刘辰翁提到老师江万里的儒者气象，书院士子敬仰其人格风采，而重视立身名节，以及庐陵"缙绅德之，吏民怜之，悍卒化之"的精神影响。①

白鹭洲书院的首任山长欧阳守道主张通过磨练来养气守气，在《黄强立字说》中，把砥砺气节比作婴儿站立的训练，婴儿多次跌倒又多次站起来，一旦有气力站起来就不会再跌倒，人的气节也应这样以磨砺养成。对于立志，他在《青云峰书院记》中提出志向要高远，居高见大，不会安居低陋之所。欧阳守道对气节修养的重视，必然对学生文天祥、刘辰翁、邓光荐产生重要影响。后来，文天祥在监狱中写下《正气歌》，剖白心志，决意赴死以成仁取义。诗歌把浩然正气的精神发扬到前所未有的高度，激励了后代无数的仁人志士，这正渊源于白鹭洲书院德育和气节教育对他的启发和影响。

这种对气节修养的重视，贯穿于白鹭洲书院数百年的教学中。清康熙年间，知府罗京在馆规中设"心性""清介""端重"等条例，强调士子的心性涵养；清乾隆年间，知府王铭琮在学规八则中首列"敦行典礼""共砥品谊"两则来规范生员品行，白鹭洲书院山长孔兴浙则明确提出"志以气节为重，气以志帅"观念。

---

① （宋）刘辰翁..须溪集·鹭洲书院江文忠公祠堂记［M］//文渊阁《四库全书》本.

也正因为这种对气节修养的教育,自明中期以来,白鹭洲书院引领庐陵风气,培养出一批批追求道义、坚贞不屈的爱国名士。

### (三)道德重于科举,品行重于文章,治学经世致用

白鹭洲书院办学目的不是为了科举功名,历代书院院规说得很清楚,如明万历年间,知府汪可受在馆例中说:

> 本府所属望诸生,不独以文章取科第而已,愿以行己有耻为士人第一义。①

清康熙年间,知府罗京制定的馆规和汪可守的不同,但唯独沿袭汪可受上述这条,罗京说:

> 本府所属望诸生,不独以文章取科名而已,愿以行己有耻为士人第一义。②

清乾隆年间,知府王铭琮在学规中说:

> 立品为学人第一义。苟负奇才而品列卑污,其余不足观也。愿尔多士各自爱鼎,持行端方,处则为一乡楷范,出则为一世羽仪。③

清乾隆年间,白鹭洲书院山长孔兴浙说:

> 志以气节为重,气以志帅。……力行而躬体之,浩然之气,所由充

---

① 见:高立人主编.白鹭洲书院志·设教·汪太守馆例十二条[M].南昌:江西人民出版社,2008.
② 见:高立人主编.白鹭洲书院志·设教·罗太守馆例十三则[M].南昌:江西人民出版社,2008.
③ 见:高立人主编.白鹭洲书院志·设教·王太守学规八则[M].南昌:江西人民出版社,2008.

塞天地之间。①

道德重于科举，品行重于文章，立身敦品养气，这是历代白鹭洲书院的办学主旨。七百余年来，这种办学思想，从未偏离。

白鹭洲书院崇尚理学的办学思想，江万里的仁者气象，以及白鹭翻飞、无滞无留的心体境界，无不吸引着一代又一代的理学名家和儒学名宦，于是才有了各界知府的大力重建，以及理学大师们到书院的辩论讲学，也有了后来那幅代表理学境界的书院楹联：

鹭飞振振兮，不与波上下；
地活泼泼也，无分水东西。

此联的作者和写作年代，已无确考。从楹联归化自然的理学意蕴和自由活泼的思想境界看，应作于宋明两朝时期。此联以眼前景象暗喻理学境界，也代表着白鹭洲书院创建者江万里的办学理想，即通过儒家理学的弘扬，以纯净无滞之心，实现济世之志。

这种理学思想的进一步延伸，就是以无为体，以有为用，在首任山长欧阳守道那里，就是要经世致用，尤其在乱世之中更要挺身而出，维护儒家纲常。正如文天祥《巽斋先生像赞》所说："横经论道，一世宗师。及门之徒，不将即相。六一之学，实传先生。"六一之学，指的是欧阳修褒扬忠贞、贬斥奸邪的君子气节，当年湖南转运副使吴子良聘请欧阳守道担任岳麓书院副山长。欧阳守道第一次讲学，就阐明孟子端正民心、继承三圣的学说。而一旦他到白鹭洲书院，就将孟子养浩然之气的思想传授给庐陵的学子，以立身、敦品、养气等内容来塑造学生，这正是庐陵文化的思想内核。有这般对气节操守的重视，对舍生取义的强调，白鹭洲书院的学生们一旦走上仕途，自然遵循老师们的教诲，在人生的关键时候做出取舍抉择。文天祥就是一个鲜明的例子，他多次提起老师欧阳守道对他的影响：

后生从政，未知向风，惟先生终教之耳。　（《回秘书巽斋欧阳先生》）

--------

① 见：高立人主编.白鹭洲书院志·设教·王太守学规四则［M］.南昌：江西人民出版社，2008.

先生之风，可使懦夫立也。　（《与刘吉州汉传》）

有书院鲜明的办学宗旨，有老师们的谆谆教诲和立身处世的榜样作用，我们说，民族英雄文天祥的产生不是偶然的，他根植于庐陵文化这片重视气节的沃土，泽润于白鹭洲书院的崇尚节义的教诲，才有了一曲传彻千古的正气之歌。

作为古代吉安的文化高地，各路名师汇集之地，白鹭洲书院对儒家理学的传承，使吉安成为海内知名的理学之邦。黄宗羲在《明儒学案》中江西的王门后学做了这样的总结：

> 姚江（王阳明）之学，惟江右为得其传。东廓（邹守益）、念庵（罗洪先）、两峰（刘阳）、双江（聂豹）其选也，再传而为塘南（王时槐）、思默（万廷言）皆能推阳明未尽之旨。是时越中流弊错出，挟师说以杜学者之口，而江右独能破之。阳明之道赖以不坠。盖阳明一生精神，俱在江右。①

他列举的这些王门后学，只有万廷言是南昌人，其余都是吉安的理学名家。纵览《明儒学案》，黄宗羲为27位江右王门学者立专传，其中16位是吉安府人。黄宗羲说阳明之学，惟江右得其传。我们可以进一步延伸，王门江右之学，主要在吉安。吉安能成为海内知名的理学之邦，在很大程度上归功于以白鹭洲书院为代表的重视理学的教育宗旨。

## 四、白鹭洲书院对庐陵文化的影响

儒学教育的主体是学校，学校为王政之本，人才由此而出，风俗由此而成。一方面，庐陵为白鹭洲书院提供了推崇文章节义的文化土壤，使书院成为庐陵文化的传承载体。另一方面，白鹭洲书院作为地方教育的最高学府，和思想文化创新的精神高地，明清以来一直引领庐陵文化的前进与发展。

### （一）白鹭洲书院弘扬了崇文兴教、推崇节义的庐陵传统

在白鹭洲书院办学史上，留下了刘绎三任山长、全民乐输捐输等佳话。刘

---

① （清）黄宗羲.明儒学案·江右王门学案［M］//文渊阁《四库全书》本.

绎，吉安府永丰县人，道光十五年（1835）状元，授翰林院修撰；道光十七年（1837），入值南书房；次年，出任山东学政；道光二十年（1840），任满回京，再次入值南书房，道光皇帝恩准刘绎奉父母居住禁内澄怀园。作为江西的最后一位状元，刘绎伴随在天子身边，他的人生充满无限荣耀，可他对京城和仕途没有丝毫眷恋，就在他回京的第二年，以因父母年老多病、不服水土，请准归养。道光二十四年（1844），刘绎接受地方邀请，出任白鹭洲书院山长。次年应诏进京。咸丰元年（1851），刘绎接连三天受到咸丰帝召见，仍以母老多病乞归侍养。回乡后，刘绎再次出任白鹭洲书院山长。咸丰五年冬，太平军占领永丰城，刘绎扶持老母避居乐安、吉水，襄办地方团练。同治三年（1863），刘绎在吉安知府曾省三的聘请下，第三次出任白鹭洲书院山长，直至光绪四年（1878）病逝。这样，从道光到光绪，刘绎执掌书院的时间，长达二十个年头。作为皇帝近臣、科举状元，刘绎先后入值翰林院和南书房，可他却对此没有留恋，却钟情于家乡的书院教育，通过教育来培养人才、稳固民心，这正是崇文兴教的庐陵文化精神的体现。

　　在白鹭洲书院修建史上，留下了无数官员和民众乐输捐输的故事。万历二十年（1592），吉安知府汪可受重建书院，当时自愿捐赠的，既有巡抚江西都院、南昌道、湖西道、岭南道等地的官员，又有吉安府及各辖县的官绅、乡宦、生员，成为书院历史上第一次八方同心、全民办学的壮举。据书院院志记载，清乾隆、道光、同治各朝均有吉安官员、百姓捐输兴学的义举。他们捐输的，除了金银钱缗，还有田产、店房。又据《光绪吉安府志》，道光八年（1828），知府刘体重捐修云章阁，庐陵欧阳慎捐输二万余两白银重建白鹭洲书院。①这些事迹连同胡日升独资修建书院的故事，成为白鹭洲书院全民办学的佳话。

　　如果说崇文重教是中国古代社会在科举制度下各地普遍的社会风尚，那么，推崇节义则是庐陵文化一个非常显著的特点。白鹭洲书院的弟子们在节义方面显得尤为突出，他们舍生取义，报效朝廷，谱写中国教育史上最辉煌的篇章。作文章是读书人最基本的技能，无数读书人以文章登上了他们人生仕途的顶峰。以南宋丞相秦桧和留梦炎为例，秦桧及第后还中词学兼茂科，整个北宋一百六十余年，能以文章考中词学兼茂科的，也就三十六人，年轻时秦桧的文章何等激昂慷慨，谁承想他后来做了个万世唾骂的奸臣。在文天祥毁家纾难，举兵抗元的时候，同

---

① 《光绪吉安府志》卷十九云："（道光）八年，知府刘体重捐修云章阁，庐陵欧阳慎捐修堂、祠、池、路，葺浴沂亭、风月楼。"卷二十六云："欧阳国宝，庐陵人。建县学，省修贡院，府修学宫，各义举费近万金。又命其孙慎以二万余金重建白鹭洲书院。"

是南宋状元又同样做过丞相的留梦炎却卖身投敌。在北京的监狱里，留梦炎前来劝降，被文天祥唾骂而回，后来劝元世祖忽必烈杀害文天祥。同是科举场上的鳌头，人生选择却如此天壤之别。白鹭洲书院产生文天祥这样的民族英雄，不是偶然的。文天祥的好友邓光荐也就读于白鹭洲书院，景定三年（1262）登进士第，后随天祥赞募勤王，祥兴元年（1278）六月，从驾厓山，宋亡投海，但两次都被元兵捞起，坚拒元将劝降，晚年撰写了《文信国公墓志铭》《文丞相传》《文丞相督府忠义传》《哭文丞相》《挽文信公》等诗文，介绍文天祥的生平事迹，颂扬其为爱国精神和民族气节。文天祥的另一位同学刘辰翁也于景定三年（1262）登进士弟，在廷试中因触忤奸相贾似道，被置进士丙等，由是得鲠直之名，宋亡后隐居不仕，为遗民中的楷模。这些都是白鹭洲书院培养的气节之士，文天祥的忠贞报国不仅仅是个体的行为，更是白鹭洲书院士子们共同的选择。与其说，文天祥以状元丞相之身舍生就义，成就了白鹭洲书院的美名，不如说，白鹭洲书院培养造就了民族英雄文天祥，谱写了中国教育史上最为光彩的华章。江万里、欧阳守道、文天祥、邓光荐等气节之士，与庐陵的官绅百姓一起，从不同层面弘扬了崇文兴教、推崇节义的庐陵传统。

## （二）白鹭洲书院映照出百折不挠、奋发图强的庐陵精神

白鹭洲书院自从诞生的第一天起，就和其他书院不同。其他书院坐落在陆地上，而白鹭洲书院建于城墙外侧的洲岛之上。这就决定了白鹭洲书院与其他书院不同的历史命运，既要承受城下前沿阵地争夺的战火，又要面对赣江滔滔洪水的来袭，这使得数百年来白鹭洲书院屡次被毁，屡次重建，重建的次数在国内书院中居于首位。文献可徵的因水患和战火而重建的有：

| 被毁时间 | 原因 | 修建时间 | 修建组织者 |
| --- | --- | --- | --- |
| 元至元十九年（1282） | 水患 | 元至元十九年（1282） | 吉安路总管李珏 |
| 元至正十四年（1354） | 水患 | 元至正十五年（1355） | 吉安路达鲁花赤纳速儿丁 |
| 明嘉靖十四年（1535） | 水患 | 明万历二十年（1592） | 吉安知府汪可受 |
| 清顺治二年（1645） | 兵灾 | 清顺治三年（1646） | 湖西道杨春育、署吉安知府晋承露 |
| 清顺治五年（1648） | 兵灾 | 清顺治十二年（1655） | 吉安知府李兴元 |
| 清康熙十四年（1675） | 兵灾 | 清康熙三十年（1691） | 吉安知府罗京 |
| 清康熙五十二年（1713） | 水患 | 清雍正二年（1724） | 吉安知府吴铨、庐陵知县涂宗震 |
| 清咸丰六年（1856） | 兵灾 | 清光绪十年（1884） | 知府贺良桢 |

（注：以上修建不含迁址到陆地上办学的白鹭书院和鹭洲书院）

这些都是大规模的重建，而不是简单的修复。而除了水患、兵灾之外，白鹭洲书院还遭遇了三次危机：洪武四年（1371），明太祖朱元璋裁撤书院，白鹭洲书院因此荒芜了一百五十余年，直到嘉靖五年（1526），吉安知府黄宗明重建书院。等到了万历七年（1579），宰相张居正下令尽毁天下书院，迁址后的白鹭书院得到吉安官员的保护，只将颜额改为湖西公署，三年后复称白鹭书院。天启年间，魏忠贤捕杀东林党人，檄撤与邹元标有关联的白鹭洲书院，这时书院再次得到吉安官员的保护。如果包括嘉靖五年（1526）黄宗明的重建，以及陆地上迁徙重建的白鹭书院和鹭洲书院，白鹭洲书院在江万里之后，见于文献的就有十一次大规模的重建。在中国教育史上，还没有任何一所书院能经得起如此长时期、大规模的重建。正如白鹭洲书院现在仍保留的楹联所说：

陵谷经几迁此地依然为砥柱，
江河同万古斯文有幸见回澜。

尽管沧海换成桑田，人间换了模样，白鹭洲书院仍然屹立在洲岛之上，无言地诉说着她的苦难与重生。白鹭洲书院的办学史，就是一部不断修复重建的发展史，他体现了庐陵官员和民众坚忍不拔、排除万难的决心和勇气，诠释了百折不挠、奋发图强的庐陵精神。

## （三）白鹭洲书院奠定了吸纳新知、敢于创新的城市底蕴

吸纳新知、敢于创新也是庐陵文化的内在底蕴。庐陵先贤有不少创新求变的事迹，欧阳修是首创风气者。他思想活跃，信奉《周易》"通变说"，富有创新精神。对于古文派"太学体"的险怪文风，欧阳修利用嘉祐二年（1057）知贡举的机会，采取毅然措施，予以沉重打击，从而推进诗文革新，奠定平易流畅的宋代文风。南宋时期，杨万里将唐音宋调相结合，创立了一种新的诗体即"诚斋体"，上承江西诗派，下开江湖诗派，成为南宋诗歌转关过程中的重要诗人。

白鹭洲书院创办六百余年来，一直受知州、知府等地方首脑的帮扶和指导。这些知州或知府都是来自外地，把外地的不同办学经验传到书院，使书院充满着新的气象。如江万里移植了白鹿洞书院的办学经验，将朱熹的《白鹿洞书院揭示》张贴于道心堂，使书院在创建之初就树立了弘扬儒家理学的办学宗旨。欧阳守道曾任岳麓书院的副山长，他把岳麓书院立身、敦品、养气等气节教育的办学经验带到了白鹭洲。明代汪可受主张自抒机轴，清代罗京明确指出作文贵在抒写性灵，

他们都受文坛风潮启发,追求性灵文章,反对腐儒之作,抛弃陈腐板滞的八股之道,白鹭洲书院就这样接纳各种新知,洋溢着自由活泼的创新精神。

明清时期,白鹭洲书院主办了大量各种讲学活动,邹元标、王时槐、贺沚等理学名家聚集书院,他们以讲会或辩论形式推究学问,探讨程朱理学和王门心学,各种思想在这个洲岛上交流碰撞,成为江西思想史上的盛事。以清初著名的庐陵辩论为例,出自江南宣城理学世家的施闰章,顺治十八年(1661)调任江西布政司参议,分守湖西道,辖临江、吉安、袁州三府,他多次来到吉安指导维修白鹭洲书院,在书院重启中断四十余年的讲会和会讲活动,带领乡绅讲学其中。他讲学强调辩志立德,先器识而后文章,听讲者近千人。①康熙五年(1666),湖南儒士杨洪才率徒数人专程到白鹭洲书院讲授阳明心学,施闰章邀请退居崇仁的原白鹭洲书院山长毛奇龄与杨氏辩论三天②。毛奇龄是乾嘉经学的奠基者之一,乾嘉之际阮元、焦循、等人推尊其为清学的首创人,毛氏本人生性倔强,以经学傲睨当世,年轻时曾说"元明以来无学人,学人之绝于斯三百年矣"。或许是山河鼎革之悲,以及中年的颠沛流离,磨去了他心性的锐角,在辩论的第三天,一代经学大师毛奇龄,向杨洪才下拜称"受教矣"。其实,他下拜的不是杨洪才本人,而是博大深远、采纳众长而近乎圆满的王学思想体系。和王阳明一样,毛奇龄对朱熹的《四书集注》有过怀疑和批评,曾严厉抨击朱熹集注,撰《四书改错》,王阳明则将朱熹理学改造成独步晚明的阳明心学,但"术"终不如"道",长于训诂考据的经学大师终究敌不过更高思想层面的理学大儒。

饶有兴趣的是,泰州学派弟子汪可受办学的时候,他特意在吉台东侧建立净土庵③,理由为御水护台,他似乎想儒禅互兼、融禅于儒,以空无本心,实现儒家经世之用,但他又在书院约禁中明确指出佛禅"与儒者各成一家",严禁书院生员与寺庵僧人往来。汪可受的思想是矛盾的,只不过,他没想到,阳明心学的思想体系到了江右这里,自然会挤去佛禅的成分,净土庵终归要消失,在赣江水上树起的依然是儒学的大旗。

这些教学内容的更新与传承,思想层面的交流和碰撞,使白鹭洲书院在创新

---

① 施闰章《学余堂诗集》卷十九《鹭洲讲会歌》诗序载:"西江讲学之会,吉州最盛,中辍者四十年矣。余以癸卯(1663)十月修复旧事,布衣野老皆许以客礼相见,会者近千人。"卷五《吴舫翁集序》云:"忆昔修复吉州讲会,环听者近千人,或至泣下。"文渊阁《四库全书》本。

② 参见:李才栋.江西古代书院研究[M].南昌:江西教育出版社,1993.

③ (明)刘应秋《重修白鹭洲书院记》载:"高称台,倚台而东,建庵曰净土,沙门守之。"《汪太守约禁十一条》云:"江州无烟火之地,特设净土庵旁守书院。"

和传承中不断发展，构成了吉安吸纳新知、敢于创新的城市底蕴。

  清光绪二十七年（1901），清廷在内外交困中下诏，将全部书院改为学堂。光绪二十九年（1903），白鹭洲书院改为吉安府中学堂。白鹭洲书院结束了662年的古代书院历史，迈入了现代学校的进程。民国时期，白鹭洲书院先后改称省立第六中学、省立第五中学、省立吉安中学，培养出了革命家陈正人（原江西省委书记）、黄欧东（原辽宁省委书记）、赵林（原吉林省委书记）、张开荆（原黑龙江省军区司令员），数学家王梓坤（中国科学院院士、原北京师范大学校长），1950年改称吉安联中，1953年改称吉安一中，1955年改称吉安高中，1976年改称吉安市七中，1980年改称白鹭洲中学至今。

  数百年过去了，一切正如书院风月楼上那副楹联："千万间广厦重开，看杰阁层楼势凌霄汉；五百里德星常聚，合南金东箭辉映江山。"吉安步入了新的时期，白鹭洲书院数百年来对庐陵文化的引领，构建的百折不挠、奋发图强、崇文兴教、推崇节义、吸纳新知、敢于创新的庐陵精神，成为现代吉安"崇文、正气、开放、图强"城市精神的底蕴。

# 情系赣江汉水滨
## ——空同子两地诗刍议

湖北师范学院 石麟[①]

【摘　要】正德六年至九年，李梦阳官江西提学副使。受命后，他从河南经湖北汉川、汉阳，沿江东下进入江西。三年后，罢职家居，又从江西出发，入江溯汉，取道湖北襄阳回河南。往返途中，他都曾经在汉水流域徜徉。江西任上，他又数次在赣江流域巡视。因此，李空同在三年间留下了不少关于汉水和赣江的诗篇。从这些诗作中可以分析李梦阳时过境迁的心态和风格多变的笔力，同时还可以对比分析其赣江诗和汉水诗的相同点和相异处。

【关键词】李梦阳；赣江诗；汉水诗；比较分析

明代"前七子"领袖李梦阳与江西、湖北的一段文字缘，源自他在正德六年（1511）至正德九年官江西提学副使的经历。之前，他潜居开封，受命后，从河南开封出发，经信阳到湖北，走云梦、汉川，由汉阳沿江东下，至九江而进入江西。李梦阳在江西为官三年后，政治斗争失败，罢职家居，又从江西九江出发，入江溯汉，取道湖北襄阳回河南。往返途中，他都曾经在汉水流域徜徉。江西任上，他又数次在赣江流域巡视。因此，李空同留下了不少关于汉水和赣江的诗篇。笔者从中间选择一些进行比较分析，力图窥探空同子时过境迁的心态和风格多变的笔力，从而为这位当时的文坛领袖的诗歌创作研究做一点微薄的砖瓦之献。

---

① 作者简介：石麟，湖北师范学院文学院教授。

## 一

要想说明问题，我们首先得弄清楚李梦阳此次南行的路线。

正德六年五月，李梦阳从开封出发，六月到达南昌。那么这一个月的行程，是怎样一个路线呢？他首先是从信阳离开河南，南下经云梦至汉川，然后由汉口入长江，从九江达到江西。到达湖北境内后的行程，有空同子自己的诗为证：

"晓行云梦泽，云起失湖村。历历横江雨，冥冥远岫昏。"（《晓行云梦泽》）①

"远商吴蜀杂，新雨汉江波。骄燕斜斜下，轻鸥片片过。"（《刘家隔》）据《中国古今地名大辞典》："刘家隔，在湖北汉川县北三十里。"②

"杳杳向前城，扬船浮汉行。水闻天上转，色出雨中明。"（《浮汉》）

"馆静风依马，江鸣雨濯船。"（《汉上逢钟参政》）

"汉川惊会面，江雨助停杯。已约同船下，安能晓霁来。"（《赠钟子汉上》）

"青烟自没汉阳郭，新月故悬黄鹤楼。无限往来伤赤壁，三分轻重本荆州。"（《武昌》）

其次，我们要弄清楚李梦阳到江西后经历了哪些地方，尤其是到过赣江流域没有？

正德六年六月，李梦阳到任，居南昌。明代提学副使的根本任务就是要在三年之内巡视全省，通过考试选拔"秀才"。下车伊始，李梦阳就开始了他繁忙而又有序的本职工作。八月，他到九江、南康一带。九月，登庐山。十一月，至建昌府。十二月，到饶州府。农历年底，又登庐山。

正德七年，李梦阳继续巡视江西诸地。正月十五，在滕王阁，有《上元滕阁登宴》二首。春日，巡视南昌丰城，写了《清明曲江亭阁》诗，五月，又作《曲江祠亭碑》。

正德八年四、五月间，李梦阳巡视赣州，作《端午赣州晚发》等诗数十首。

---

① 李梦阳撰.空同集［M］//景印文渊阁四库全书.台北：台湾商务印书馆，1965.本文凡李梦阳诗文均引自此书，不再出注．

② 臧励龢等编.中国古今地名大辞典［M］.香港：商务印书馆香港分馆，1931年初版，1982年重印．此后凡引此书者不再出注．

六月,再登庐山,作《游庐山记》。

李梦阳在明代中叶被人称之为当代李白,他的诗以气势雄伟为其特色,诸体兼擅,尤长于五言七言古诗。李梦阳还是一位有艺术良知的诗人,他的作品往往批评时政,关心民瘼,江西任上,其《土兵行》《豆垄行》《余干行》等七言古诗都是关心民生疾苦的佳作,尤其是《土兵行》一诗,对当时总督江西等五省军政的陈金等人放纵广西土司狼兵残害民众的行为进行了控诉和指责,诗云:

"豫章城楼饥啄乌,黄狐跳踉追赤狐。北风北来江怒涌,土兵攫人人叫呼。城外之民徙城内,尘埃不见章江途。花裙蛮奴逐妇女,白夺钗环换酒沽。父老向前语蛮奴,慎勿横行王法诛。华林姚源诸贼徒,金帛子女山不如。汝能破之惟汝欲,犒赏有酒牛羊猪,大者升官佩绶趋。蛮奴怒言万里入尔都,尔生我生屠我屠。劲弓毒矢莫敢何,意气似欲无彭湖。彭湖翩翩飘白旗,轻舸蔽水陆走车。黄云卷地春草死,烈火谁分瓦与珠。寒崖日月岂尽照,大邦鬼魅难久居。天下有道四夷守,此辈可使亦可虞。何况土官妻妾俱,美酒大肉吹笙竽。"

这首诗在当时影响极大,并得到后世批评家们的赞赏:"杨用修云:'只以谣谚近语入诗史,而高古不可及。'孙豹人云:'赣州贼作乱,都御史陈金奏调广西狼兵征之,《土兵行》所由作也。此诗当与杜陵《北征》诗并传。"(朱彝尊《明诗综》卷三十四)① "《国史唯疑》:江西苦调到狼兵掠卖子女,其总兵张勇童男女各二人送费文宪家。费发愤疏闻,请严禁。诵李梦阳《土兵行》诸篇,情状具见。"(陈田《明诗纪事》丁笺卷一)②

此外,《豆垄行》也足以催人泪下:

"昨当大风吹雪过,湖船无数冰打破。冰骧山矗崖山岳立,行人骇观泪交堕。景泰年间一丈雪,父老见之无此祸。鄱阳十日路断截,庐山百姓啼寒饿。旌竿冻折鼙鼓哑,浙军楚军袖手坐。将军部兵蔽江下,飞报沿江催豆垄。邑官号呼手足皴,马骡鸡犬遗眠卧。前时边达三千军,五个病热死两个。弯弓值冻不敢发,昔何猛毅今何懦。李郭邺城围不下,

---

① (清)朱彝尊编. 明诗综 [M] // 景印文渊阁四库全书. 台北:台湾商务印书馆,1965.
② (清)陈田. 明诗纪事 [M]. 上海古籍出版社,1993.

裴度淮西手可唾。从来强弱不限域，任人岂论小与大。当衢寡妇携儿哭，秋禾枯槁春难播。纵健征科何自出，大儿牵缠陆挽驮。"沈德潜《明诗别裁集》卷四谓此诗"似古谣谚，俚质生硬处，正不易到。"①

在江西三年，李梦阳与当地上层人物之间关系紧张，最终导致了"广信狱"。正德九年（1514）正月二十八日，"大理卿燕忠往鞫，召梦阳，羁广信狱"。(《明史·李梦阳传》)②关于此事的详细经过，笔者已另撰文阐述，此不赘。总之，此狱最后结局是，李梦阳因为"倚恃气节，凌轹台长，坐讦奏罢免"。(《列朝诗集小传·李副使梦阳》)③"正德九年，是岁甲戌，阙月辛未，臣以居官无状，得蒙宽遣，罢归。"（李梦阳《宣归赋》自注）

最后，我们还得弄清楚李梦阳罢官后的回归路线。

"广信狱"毕，时值正德九年初夏，赴狱前，李梦阳就预料此次必然败诉，已做好"归途"准备。他将妻子左氏迁往靠近九江的星子县居住，但当时星子一带风传有盗贼，左氏便迁往九江以待梦阳。梦阳在广信狱即将结束的四月八日曾给挚友何景明连写二书，其二有云："家人尚顿九江，盖俟仆同归居鹿门耳。"(《与何子书二首》)此处鹿门，指湖北襄阳县东南三十里的鹿门山。可见李梦阳此时已有侨居襄阳的意向。何景明收信后，随即作《得献吉江西书》一诗以答，诗云："近得浔阳江上书，遥思李白更愁予。天边魑魅窥人过，日暮鼋鼍傍客居。鼓枻襄江应未得，买田阳羡定何如？他年淮水能相访，桐柏山中共结庐。"④其中提到的襄江，亦即汉水，也可从侧面印证李梦阳当时的想法。

李梦阳离开九江后，溯江而上进入汉水，这有其《鸡鸣歌》为证。诗前小序云：

"鸡鸣歌者，李子去江西而作者也，孤舟泝江汉而上。"诗曰："东方白兮鸡鸣，胶胶鼓予棹兮沙之坳。明星上船桅，北斗入地。离离芦中人，逝而逝而。"

---

① （清）沈德潜，周准编[M].明诗别裁集.北京：中华书局，1975.
② （清）张廷玉等撰.明史[M].北京：中华书局，1974.
③ （清）钱谦益著.列朝诗集小传[M].上海：上海古籍出版社，1983.
④ （明）何景明撰.大复集[M]//景印文渊阁四库全书.台北：台湾商务印书馆，1965.

李梦阳虽然在与权贵的斗争中丢掉了官职，但却在江西士子中间树立了极高的威望："羁广信狱，诸生万余为讼冤。"（《明史·李梦阳传》）[1] 而这次归乡路途，居然有一批秀才送他直到汉口，且看李梦阳的现场表述：

"大江流浩浩，五日与子期。风潮变旦暮，六日达汉湄。……昔为同池萍，今向东西开。大别峙嵬嵬，林蝉暮何哀。俛首前逝波。倚舻各徘徊。"（《别诸生汉口》）

由汉口入汉江，他经历了竟陵、宜城等地，最终在襄阳停了下来。一路上，他都有诗作记载行程。聊举数例：

"盈盈窈窕女，当门是谁家。十三学画眉，十五擅琵琶。邑中有卢家，此女名莫愁。向前问此女，女闻双泪流。二十嫁夫郎，重门阿阁房。临牕种桐树，五年妾身长。自渠下扬州，置妾守空楼。悔不快剪刀，断水不东流。"（《石城乐》）

《旧唐书·音乐志二》："石城，宋臧质所作也。石城在竟陵。……石城有女子名莫愁，善歌谣。"[2]

当年七月初七，适逢立秋，空同子恰好泊舟襄阳南边的宜城，写下了《七夕宜城野泊逢立秋》一诗："汉江天上水，牛女世间宵。自动鼋鼍影，谁传乌鹊桥。孤城古塞月，一叶楚门潮。君看西流火，分明夺斗杓。"

随即，他就到达此次旅行的目的地襄阳了。襄阳给李梦阳印象最深的名胜就是岘首山和鹿门山。于是，他大笔一挥，对这两处名山进行了歌咏：

"大名终不灭，堕泪此山碑。后进才非乏，风流尔足师。古堂阴汉水，新路改城池。回首隆中接，秋云两处垂。"（《岘山》）

《中国古今地名大辞典》："岘首山，即湖北襄阳之岘山。""在湖北襄阳县南九里。"岘山之所以被后人景仰，羊祜起了很大的作用。《晋书·羊祜传》："祜乐山

---

[1] （清）张廷玉等撰.明史［M］.北京：中华书局，1974年.
[2] （五代）刘昫等撰.旧唐书［M］.北京：中华书局，1975.

水，每风景，必造岘山，置酒言咏，终日不倦。尝慨然叹息，顾谓从事中郎邹湛等曰：'自有宇宙，便有此山。由来贤达胜士，登此远望，如我与卿者多矣！皆湮灭无闻，使人悲伤。如百岁后有知，魂魄犹应登此也。'……襄阳百姓于岘山祜平生游憩之所建碑立庙，岁时飨祭焉。望其碑者莫不流涕，杜预因名为堕泪碑。"① 李梦阳诗中特意点明的就是这座"堕泪碑"，可见此处名胜乃是空同子心仪已久的地方。

又有鹿门山，乃是庞德公、孟浩然等人隐居的名胜之地。李梦阳一到此地，就写了歌颂的诗篇《鹿门山》：

"庞公真汉阴，孟子复唐诗。旧宅新秋叶，孤坟千载遗。泉袅石穴细，葛倚松门垂。望望青峰近，吾襟旷尔期。"

看到空同子对襄阳名胜的热爱和歌咏，我们会认为他定居襄阳的计划一定会付诸行动了吧！不料，事情又发生了微妙的变化。且看李梦阳事后追记："李子官复罢，道浔阳，就左氏，泝江入汉，至于襄阳。将居焉，会秋积雨大水，堤几溃。左氏曰：'子不心大梁，非患水邪？夫襄汴奚殊矣？且苏门箕颍之间，可尽谓非邱壑地哉？'李子悟，于是挈左氏归。"（《封宜人亡妻左氏墓志铭》）在一首诗中李梦阳又说："望首阳之清泉兮，二人者从之汨乎终予年。"（《已哉辞》）此首阳，即首阳山，在河南偃师县西北十五里，伯夷、叔齐隐居于此。上文梦阳妻左氏所说的苏门箕颍，与首阳一样，均泛指离开封不远的适合隐居的地区。苏门山在河南辉县西北，宋代邵雍、元代姚枢皆曾隐于此。箕山在河南登封县东南，颍水亦出自登封西颍谷，尧时巢父、许由隐居于此。可见，从江西九江回河南开封路过湖北襄阳时，李梦阳因为爱岘山、习池之胜，本想长期隐居于此。不料刚巧碰上秋雨连绵，汉水暴涨，堤防几溃。作为开封人的左氏，不想客居他乡，于是借机奉劝丈夫离开襄阳，回归家乡。于是，在深秋季节，李梦阳就携夫人离开湖北，初冬，回到河南开封。空同子有诗为证：

"万里竟何事，三年违此都。短墙残菊在，别业古台孤。冬日低簪塔，霜风静野芜。但看头尽白，莫怪酒重沽。"（《繁台归集》）

---

① （唐）房玄龄等撰.晋书[M].北京：中华书局，1974.

## 二

在江西任上，李梦阳曾经多次在赣江沿线巡视，留下了大量描写赣江的诗篇。正德七年正月，李梦阳有《上元滕阁登宴》二首，诗云：

"滕阁上元宜，章江登宴时。衣冠还大国，唐宋自残碑。灯火阑堪凭，风尘泪欲垂。黄云驱日暮，回首见征旗。"（其一）

"阳浦通新雾，阴城带古楼，君王罢歌舞，栋宇白云留。草色岁年换，客心江水流。暮昏仍一望，灯火万家州。"（其二）

清明时节，空同子巡视南昌丰城，写了《清明曲江亭阁》诗：

"寒食花争丽，丰江柳独深。此行元慷慨，落日更登临。浩荡五湖际，风烟千里阴。坐看舟楫急，徒切济川心。"

夏日，又至丰城，作《曲江亭阁》，该诗题下注："在丰城县"，诗云：

"夏林一何清，馀雨浙未落。高览景自异，况值晚霁郭。夕日明锦湍，归云拥华薄。……哐当感遇寓，俯仰叹今昨。不见往者悲，只睹来者乐。顾瞻大江流，愈恨代谢速。"

此外，在丰城一带他所写下的诗作还有不少，如：

"午晴发丰邑，挂席溯修濑。……棹歌落日上，满目波峤外。"（《发丰城属江涨风便》）
"江船逼新月，沙色乱疏灯。暗桨故相拨，浮阳还自蒸。"（《丰城夜泊》）
"地随帆席转，风进晚潮残。霞树迎窗过，晴山卷幔看。"（《舟往临江即事》）
"古岸花层湿，阴江鸥半飞。波廻撼船重，雨侧入帘微。"（《雨泊丰城》）

正德八年，出于工作需要，李梦阳在赣江沿线走得更远，直到赣州，往返途中写了大量歌颂赣江沿线风土人情的作品，这里，仅按照由北往南的方向选取一些诗句作一脔之尝：

"火之发兮城南暮，飞城入兮势冲礴。急风逆不反，我心怛兮怫兮泪兮，安得术噢尔灭兮！"这是《愍灾歌》中的片段，据《明史·五行志·火灾》载："正德……八年六月辛酉，丰城县西南连陨火星，如盆如斗。既而火作，至七月初始熄，燔二万馀家。"[①] 李梦阳当时恰在丰城，因此真实记录了火灾现场。面对令人心悸的大火，空同子感到万分恐怖、万分痛苦，他幻想着如果有法术在身，能一口水将这场大火"噢"灭就好了。

看罢丰城县恐怖的大火场面，我们再换一种心情，来看看李梦阳笔下美丽的赣江："沙古幽幽白，江新泯泯清。水衔村作国，山绕驿为城。"（《白沙驿》）《中国古今地名大辞典》："白沙镇，在江西吉水县北二十里。"

吉水江畔既美景如诗，安福山间亦胜境如画："三月赴安城，遥攀岭路行。前驱真避虎，绝壁亦啼莺。周览物色换，极高云气迎。俯首南赣路，孤舸会将征。"（《涧富岭赴安福》其一）《中国古今地名大辞典》："安福县，属江西吉安府。"

再往南的泰和县，也绝不让吉水、安福两美对峙，而要跳入空同子诗中鼎足而三："开船日午君俄至，逆水开尊得并船。贪数岸花杯不记，已冲江雨缆犹牵。"（《泰和南行罗通政舟送》）《中国古今地名大辞典》："泰和县，……属江西吉安府。"

还有些小的地方，其实如同"养在深闺人未识"的阿环一样，如果没有诗人让她们妆成出闺，很可能就埋没于壸奥之中了。如徐汊、窑头、赵家围等等，都是这种隐藏在大自然中的深闺美女。且看李梦阳对她们的夸饰：

"窑头江水叉江头，挼柂抛纶雨不休。琐屑漫相夸捷手，蛇龙局浅岂渠游。"（《徐汊即事》其一）

"桃花潭前雪弄姿，杨柳滩头柳不迟。着心虾蟹章江出，章江只解产鹎鹈。"（《徐汊即事》其二）

"北船阻风晴未放，数舸南来却恁飞。扶柂长年频着眼，浪翻江叉赵家围。"（《徐汊即事》其三）

"忽吟水宿淹晨暮，七日窑头行路难。拼弄碧波消北雪，岂徐苍鬓且南冠。"（《徐汊即事》其四）

《中国古今地名大辞典》："窑头汛，在江西万安县南四十八里，遂江入赣江之

---

① （清）张廷玉等撰.明史[M].北京：中华书局，1974年.

口。""章水，江西赣水之西源也，出崇义里聂都山。"

如此美景，还有皂口溪入赣江处："迎送山相似，舟移迷北南。回看皂口日，已照石华潭。"（《江行杂诗》其四）《中国古今地名大辞典》："皂口镇，在江西万安县西南六十里，有皂口溪水自此入赣江。"还有攸镇驿边的古潭："锡洲潭古怪，攸镇驿幽绝。四围青山映，鹭栖满林雪。"（《江行杂诗》其五）《中国古今地名大辞典》："攸镇驿，在江西赣县北一百二十里。"

赣江南部最大的城市赣州，也在空同子笔下流出她靓丽的风采："戏倦龙舟返，吾驱彩鹢行。晚天开古驿，转眼过孤城。袅袅云生濑，悠悠弟忆兄。泛蒲虽念我，宁解岭边情。"（《端午赣州晚发》）

赣江美景，名气很大的还有郁孤台。据《中国古今地名大辞典》，郁孤台"在江西赣县西南。"亦即今天的赣州西北部贺兰山顶。历史上许多名人都到此游览，或在诗词中涉及这样一处名胜。李梦阳既到赣州，不在郁孤台留下一点痕迹是不可能的。请看他的吟咏："朔日送客返，慨然登郁孤。悲歌为闽广，指顾尽江湖。南俗羌夷杂，北流章贡俱。兵舸尚满眼，绎绎诣饶都。"（《郁孤台》）

我们得感谢李梦阳，他在赣江沿线辛劳奔波选拔秀才的同时，也用他如诗如画的生花妙笔给我们描摹了明代中叶赣江流域的佳山丽水，风土人情。

## 三

正德九年，李梦阳罢官，从九江溯江而上，在汉口又溯汉水而上，最终达到襄阳小憩。

襄阳，自古是隐逸之地，李梦阳罢官北归，经过这隐逸之地时，该是什么样的心境，可想而知。同时，襄阳还是商业气息较为浓烈的地方，作为汉江上的大码头，南来北往的商贾们都会在这里留下痕迹。

隐逸于林泉之下，徜徉于市井之中，这都是最能激发诗情的去处和心境。因此，一到襄阳，空同子便诗兴大发，记下了襄阳城内的繁华和城外的清幽。

"汉水白离离，月落山黑时。堤头石不平，走马谁家儿。侬住襄门西，而在汉水北。浮桥不着缆，郎讵得侬识。大舶何处来？落帆向侬浒。商辇白怡子，㥪是真州估。"（《襄阳谣》）

"谁家池？高阳池。日暮归，倒接䍦。醉如泥，汝为谁？拍手歌，襄阳儿。"（《白铜鞮》）

"立槛如麻,卿来谁家?新燕营巢,风多滚沙。鸬鹳逐鸳鸯,金井石榴黄。珍宝丘山积,擅名黑门厢。"(《襄阳乐》)

当然,在这一片繁华景象的背后,也还是隐藏着下层男妇们情感的悲哀和生活的辛苦。

汉江之水,可以浣衣。且看空同子《襄阳浣妇行》:"彼谁者妪?吾家浣衣。新寡寒贱,鬓发霜飞。体无完衣,十日九饥。态度则殊,辩是知非。妪泣答言,妾襄官女。少小入宫,荷主怜顾。四十始出,嫁为民妇。灌田采薪,奄就贫窭。舞裳绽污,形容改故。夫死男孺,藜藿靡救。妪咽复言:侍襄定献,几三十年。王有义辞,皇嘉特宣。父子俱觐,妃嫔如烟。钿篥载路,龙旗飘翩。御使络绎,珍车班班,汉岘同清,天歌播焉。衮舄南还,层城言言。鸟春日妍,桂宫有延。杰臣觞寿,玉娥奉筵。王既捐世,变来罔度。闻见骇异,古殿寂寞。妪勿更言,万类咸尔。厥亦天道,安之则已。"

汉江之水,可以叉鱼。且看空同子《叉鱼行》:

"汉江七月黄水涨,男妇叉鱼立江上。岸斜波紧煦泡转,千人目侧精相向。巧者十叉五叉中,血飞银尺翻金浪。鳊鱼中叉独更稳,顿之泥沙半倔强。我舟其时行遭此,仰视皇天色惆怅。……渡子徒夸好身手,如飞快桨谁曾傍。夜风大声吼盘涡,地拆澒洞阣鼍鼍。如瓮之蛟手可得,蛇龙岂复安巢窝,消息定理鱼奈何。"

以上所写,还是在没有天灾人祸的日子里,普通民众的生活便有如此的艰辛。如果碰上干旱水溢的灾难,芸芸众生就更加苦不堪言了。请看空同子的《襄阳歌》:

"烈风夜行岘山道,天阴城空鬼鸣啸。蒹葭委折波涛白,通济桥头老鸹叫。人言黄昏虎搏牛,牛虎两伤归各忧。万事岂尔能前谋,不如置之宽且休。君不见,百足之虫光如虹,雷火烧死枯树中。"(其一)

"昨来三日雨不住,逢人面色如地皮。老龙之堤岂易打,襄阳难是养鱼池。南倒江势虽汹涌,我堤如山撼不动。但虑祸患起细微,丁宁疆吏

防蝼孔。我闻斯地连年乖雨旸，二麦干死秋禾伤。众心讻讻久未定，小儿何得跳商羊，天公好生民寿康。"（其四）

这里有作者对灾难的描述，也有对防灾救灾的建议，还有对灾难消退的希望，当然，也有那么一些恐惧心理。也正因为此，李梦阳才在妻子的劝说之下，最终离开了襄阳，回到河南开封。

另外，空同子对襄阳风物还是非常留恋的，他在襄阳只有短短的几十天时间，却写下了大量的赞美襄阳山水的诗篇，这本身就可以说明李梦阳的一种情感，更何况，那些诗篇中的句子却又实实在在描摹了襄阳一带的江山胜迹，而且生动异常。且看：

"百战江山在，吾来草木秋。孤城洞口落，襄水席边流。去国双王粲，题岩只谢侯。醉归忆山简，飞兴习池头。"（《谢岩秋日始集》）

"蝶戏犹余蘂，蝉吟已怯枝。乾坤入汉日，霜露望乡时。屈子偏生楚，王通不负隋。晚枫江更苦，莫上岘山祠。"（《秋望》）

"秦客楚山北，秋园古堞西。野风吹万木，禾径卧孤麑。江汉归舟迥，关河落日低。可留吾便醉，为爱白铜鞮。"（《拨闷覃园》）

"山鸣野风至，汉水白萧萧。月混鱼龙醒，云蒸豺虎骄。有家惊节物，不寐想前朝。万古英雄迹，江城夜寂寥。"（《野风》）

"炳烛摇襄水，开门认楚山。风云惨淡曙，天地有无间。露益他乡白，秋随老鬓还。飞来何处鹎，逸翮绕江关。"（《早起》）

"秋风群雁过，万里顺归毛。摇落已如此，云霄空自高。盈盈拂楚塞，冉冉影湖涛。定出边烽里，哀鸣嗟尔劳。"（《襄中见雁》）

"楚望峰头望楚云，遥怜紫盖紫阳君。……里名冠盖非吾事，愿访鹿门麋鹿群。"（《楚望望襄中形势》）

这里有对襄汉山河美景的真情描写，也有对曾经隐居于此的先贤前辈的由衷推崇，还有淡淡的人生哀愁，款款的离情别绪，最终，襄中的山山水水、一草一木，还有那些名胜古迹、名流踪影，全都在空同子心中融化成永久的情结和思念。到了菊花盛开的重阳日，当他和友人再次登上高峰放眼远望时，就有些儿"告别游"的意味了：

"登高此日吾惟汝，把酒他年忆菊时。酒剧江山聊自放，菊深风雨为谁迟。谩于孔乐伤王赋，莫遣将归学宋悲。转眼干戈西北异，楚云回首任支离。"(《楚山九日太华君同登》)

果然，空同子告别了友人，告别了佳山丽水，也告别了他曾经想栖息于此的灵魂驿站、心灵港湾，在一首告别诗中，他缓缓道出了这一切：

"自我徘徊襄汉间，秋风倏忽吹襄山。鸶鸰竟日乱洲渚，鸿雁孤鸣愁草菅。秦路伤心紫芝折，楚岩回首桂花斑。层城月出歌钟满，谁念扬雄独闭关。"(《别太华君》)

这种不忍离别的心情，在他的《渡汉》诗中也有体现：

"好游良有殚，今朝竟言归。"（其一）"闲登古樊城，回望岘首山。"（其五）

更为有趣的是，李梦阳回到开封以后，对这段襄中之游仍然念念不忘，还在咀嚼回味，且看他正德十年《中秋》诗中的句子：

"汉江江上月，今夕去年看。尚忆岘山曲，秋城波色寒。"

如此的执着，真是难能可贵！

# 四

李梦阳一辈子所写的诗篇不下两千首，他描写过长江，也描写过黄河，但如果一定要追究其写得最多、写得最好的河流而言，则无疑是赣江和汉水。我们上面列举了那么多的诗篇，完全可以证明这一点。

进一步的问题是，李梦阳描写赣江、汉水的诗歌具有什么样的艺术特点和审美价值呢？二者之间又有什么样的共性与差异呢？

就李空同诗歌的风格而论，他是以豪雄为主体特征的，如我们前面涉及的《土兵行》《豆苴行》《叉鱼行》《襄阳歌》等均乃如此，为了加深印象，此处不妨再举同样是写于江西的两例：

"弯弓西射白龙堆，归来洗刀青海头。昆仑沙碛不入眼，拂袂乃作东南游。"（《戏作放歌寄别吴子》）

"荒滨鹊立夕啼鹕，春行缘岸竹木枯。黄蒿破屋走白狐，东至信州西鄱湖。"（《余干行》）

这样一些诗句，意境开阔，气势雄壮，充满阳刚之气。但是，这种主体风格多半是体现在空同子的七古、七律之中。他的五言诗，尤其是五律，出人意料地写得平淡纡徐；而他的七言诗，尤其是七绝，也往往流露出天然妙丽。然而，无论是平淡纡徐也罢，天然妙丽也罢，字里行间却还是暗透出一股豪爽健朗之气。这才是空同子诗作的整体风貌，而这一点，在他描写赣江汉水的诗篇中表现得非常充分。

进而，我们将李梦阳赣水诗和汉江诗进行比较，就会发现既有相同之点又有相异之处。

最大的相同点是感情真挚，对于赣江汉水的自然风光、风土人情，空同子流露出一种发自内心的热爱乃至依恋。第二个共同点是用五彩斑斓之笔写出了两地景物之美，名胜之美，而且往往是客观景物与主观情感的有机结合。相同的第三点是通过各种诗体来表达诗人对两地山山水水的热爱，而且风格多变。最后，最重要的一点就是在描摹山水的同时，作者没有忘记芸芸众生由于天灾人祸所经受的苦难。所有这些，在上面几节所引诗句中都可以看得清清楚楚。

不同点也是很明显的：其一，赣江诗重在景物"野趣"的描写，汉水诗重在山水"典故"的描写。其二，赣江诗体现的是过客心态，汉水诗则有休憩心理。第三，赣江诗的山林文化色彩更厚，汉江诗的市井文化气味更浓。第四，赣江诗是公务旅行两不误的游记，汉水诗是罢职归家孤独者的反思。第五，即便是关心民瘼的诗句，赣江诗有点居高临下的解民倒悬的垂怜，而汉江诗则更是感同身受的切肤之痛的体味。一言以蔽之，赣江诗表现的只是李梦阳与山水的融合，汉江诗则除了融合于山水之外，空同子还逐步由官场回到草民之中。但无论如何，对于李空同而言，他曾经有过这么一段令其终身难忘的精神生活：情系赣江汉水滨。

# 汉水流域传统村落民俗文化研究之黄土地的摇篮曲
## ——论黄土高原窑洞类型划分

郧阳师专艺术系　祁丽[①]

**【摘　要】**中国的文明被誉为"黄色文明"[②]，黄土高原孕育了中华文明的重要一脉。起初，人类的祖先为了躲避猛兽、天灾，以及酷暑寒冬，选择了洞穴作为栖身之地，后来随着生产力的发展又大量出现了挖穴而居的居住形式。上万年的演变中，这种生活方式仍然在黄土高原上漫布发展着。并且因气候、人文、地形等多种原因而衍生出多种形式的窑洞。本文试通过对黄土高原不同类型的窑洞进行分析，探究这些不同类型窑洞出现的原因。

**【关键词】**黄土高原；窑洞；崖窑；地窑；箍窑

窑洞，似乎从人类文明产生之初就存在至今。就好像是黄土地吟唱出的摇篮曲，伴随这片土地上的人们世世代代繁衍生息，并见证了他们用自己的双手创造出的黄土文明。现今，中国的窑洞主要集中在晋中、豫西、陇东、陕北和冀西北，其产生和发展受到了自然环境、人文风俗等因素的影响，同时也决定了它建筑形式从外在到内涵的多样性。

## 一、窑洞的产生及主要特点概述

窑洞的产生与原始人类躲避猛兽、天灾，及酷暑寒冬有关，关于它的由来还

---

[①] 作者简介：祁丽，郧阳师范高等专科学校艺术系副教授。

[②] 黄色文明：学者苏晓康把延续了五千年的中国文化，统称为"黄色文明"，把西方世界的民主化和工业化的结果，称作"蓝色文明"，他断言"蓝色文明一定会取代黄色文明"。

有一个传说。相传女娲造人之后,由于恶劣的自然环境使人类死伤惨重,于是女娲娘娘便教人挖地而居,人类才终于繁衍生存下来。虽为传说,但我们从中可以看出窑洞的营造形式对于人类繁衍生息的重要意义。

提到窑洞,最先想到的就是陕北。陕北人民建造窑洞的历史可以追溯到周代,是半地穴式的土窑。到了秦汉以后发展成为了全地穴式,在形式和建筑方式等方面都与今天的土窑洞相像。明朝中叶,人们开始用石块做窑面墙,清末开始采用石砌窑洞,形制还是仿土窑洞,但渐渐形成了我们今天看到的多种材料的窑洞建筑。

由于黄土高原的土质具有土层厚、直立性强、板结度高、疏松易采、结构均匀等优点,为建造生土窑洞创造了良好的天然条件,所以窑洞穴居的风俗被生活在黄土高原地区的人们世代传承,从而也形成了黄土文化。之所以在建筑技术飞速发展的今天,人们还选择居住在窑洞中,其原因有很多。首先,窑洞的隔音、隔湿、保温效果都比其他居住形式要更好一些,冬暖夏凉,并且充分利用阳光,开敞舒适。据统计,在同等生活条件之下,居住在窑洞之内的人比居住在其他民居中的人平均寿命要高达6岁[①]。虽然窑洞的建筑形式总体上来说有一定共性,但从材质、建筑形式等方面来看还是有一定的差异。

## 二、窑洞的主要分类

### (一) 按照其建筑材质分类

窑洞在不同的地区,因自然条件和人文因素不同,所采用的建筑材质也不同,一般可以被分为土窑洞、石窑洞和砖窑洞。

1. 土窑洞

土窑洞在黄土高原上的分布最广,一般利用黄土特性,挖洞造室修成的窑洞被称为土窑洞。土窑洞一般修三孔或者五孔,深7.8米,宽与高约3米,最深也有达到20米。以陕北土窑洞为例,由于修造时选址一般在垂直的断崖或陡坡,这些地方原本就可以形成比较平坦整齐的窑面。不过,由于黄土高原冬季寒冷干燥,夏季炎热多雨,温差较大,所以为了防止土窑洞的墙面土块剥落,人们多用麦糠泥或黄泥浆反复涂抹在窑面上。所以,当阳光洒在这片窑面上,整个塬上似乎都

---

① 数据摘自:鲁芳编著.图说十大民居[M].北京:中国人民大学出版社,2008.

被镀上了一层金子，高贵而灿烂。

在土窑洞的顶上，有时还会种植一些植物草蔬或放牧牛羊，既美观又防止雨水过渡冲刷窑体，在夏季还可以一定程度上阻挡阳光暴晒。在窑洞内部，由于高原地区长时间的干燥气候，以及人们长期在窑内生火做饭的熏烤，使得原本有黏性的泥土也变得牢固坚实起来，也有利于长期的保存。

2. 石窑洞与砖窑洞

石窑洞和砖窑洞是用石块或砖砌成拱形洞，有些也在上面覆盖厚厚黄土，主要分布在陕北地区。一般情况下，砖、石窑洞和土窑洞的形制差不多，只是用料更加讲究，多为经济条件较好的家庭采用。对于建筑材料的选择主要是根据当地的石料和砖的产出决定，使用的较多的有红砖、沙石、青石等，由一些技艺精湛、经验丰富的老手工艺人雕制而成方形，还在表面刻画出极富节奏感斜纹。对窑洞门的建筑十分讲究，采用半圆形的拱券架构，还要注意留出窗洞而实现通风的效果。由于石材、砖材在建设窑洞时，会产生一定的孔隙，所以也经常在拱圈内部的墙壁上、窑体石块孔隙中都用泥浆抹平，等泥浆干后再刷上白灰或糊上白纸，不仅使孔隙减少，还增加了室内的亮度。

相比之下，土窑洞的特点是隔音且保温效果好，但不够坚固，而石窑洞和砖窑洞就更加坚固美观。

## （二）按自认环境和风土习俗不同分类

除了关注建设窑洞的材料外，由于黄土高原沟壑纵横，地形变化较多，且干旱少雨多风沙，所以就造成了不同地区生活的人们所建造窑洞的形制也不同。按照自然环境和风土习俗的不同来划分窑洞的类别，可以分为崖窑、地窑、箍窑三种。

1. 崖窑

崖窑又叫做靠崖式窑，它的形制来源于人类最古老的居住形式——穴居。早在新石器时代，黄河中游的氏族部落就在黄土地上用草泥或木架建造简单的穴居和浅穴居。由于黄土高原沟壑纵横的特性，在一个大的崖壁上，往往开掘很多窑洞，甚至形成一个村落。这种建窑形式一直延续至今。

崖窑一般是在黄土坡的边缘，向内横挖出洞穴，门窗所在的平面与山体表面齐平。一般要选择建在横向纹理的黄土土体分布层，这样一来窑洞的支撑力就更大了，由于黄土会渗水，所以也要选择干燥的土层，因为渗水也是造成窑洞塌方的主要原因之一。同时，还要避开蚁穴、裂缝以及地震带，这样一来就可以减少、甚至避免塌方出现。在黄河流域，还要注意窑口要高于洪水的最高上涨线，对窑口和窑洞内的处理也可以贴上石板、砖头或草泥灰泥，这样一来就可以防止雨水的侵蚀。

一般崖窑都是聚集出现的，所以在修建时也就不得不考虑到窑洞的排列及上下通路的问题。在排列时有两种方式较多。折线形就是采用"S"形或"之"字形的公共道路把各户之间连接起来，等高线形就是在窑洞排列比较整齐的地区按层排列窑洞，如同一层层的阶梯。

当然，对于富足些的地区和人家，也有独立的组合成院的崖窑出现。采用两面甚至三面挖窑，与木架构的房屋型制结合起来，形成较大规模的院落式崖窑。例如河南巩义市康百万庄园，就由73眼靠崖式窑与硬山顶厢房结合组成，是一个防御性很强的大型窑洞院落。庄园内的窑洞都是在黄土崖上挖掘的，最大的窑洞内部竟高达三层，经过几辈的经营才建造完成，形成了随山坡走势的阶梯形院落群，是崖窑合院的典型代表。

2. 地窑

地窑又叫下沉式窑。民众在一些缺乏山崖和陡坡的地区往往选择一块平地，向下挖出一个深八米，长宽各十余米的方坑做院子，再沿着坑的墙壁向内挖出窑洞、卧室、厨房、仓库等一应俱全，形成一个舒适的地下庭院。有的地方甚至整个村落和街道都建在地下，形成一个地下村庄。有民谣很形象的描述了这种特殊的窑洞形式：

"进村不见村，树冠露三分，麦垛星罗布，户户窑洞沉。"

这种窑洞形式分布在河南、陕西、甘肃等地区，通常是一户一院，其平面看起来有长方形、正方形、三角形、T形等，方形出现较普遍。较富裕的人家也建成合院的形式，布局不限于中轴线及对称模式。这种窑洞的布局形式也与北京的四合院较为相似，主窑坐北朝南，晚辈住在左右两边的窑洞内。但窑洞不仅有三开间，也有两开间出现，这与北京四合院不同，因为北京四合院一般没有偶数间出现的建筑。

下沉式窑洞还有个特点就是在窑顶还会修建一个女儿墙，比周围的地面略高些。这样可以避免地面上的行人不小心跌落到院中，也防止雨水过多的流入院子里。同时，几乎每个下沉式窑洞中都会开辟一间专门的窑洞作为通向地面的大门，也形成可以挡风遮雨的门道，并在四壁掏出一些壁龛，作为放置物品的地方。窑洞出口的修建一般分为四种：直接采用坡道的斜坡式、直接与外部相连的直通式、如楼梯般上下的台阶式及把阶梯建在坡道上的通道式。[①] 具体的采用何种形式还是要根据当地的地形及风水等因素来决定，但总的来说要以接近主要的地上道路，方便出入为原则。

下沉式窑洞的特殊建筑形式在世界范围内存在较少，只有北非突尼斯地区有少量存在，而中国却大量出现。但这种建筑形式也有些先天的不足之处，由于建筑在地下，所以越到了夏天，窑洞内就越潮湿。并且为了窑洞的稳固，上方的地面都不能有植物，否则根系的生长很有可能导致塌方等灾难发生。这样一来，就使得大量的土地空置，浪费了资源。所以由于这些因素的影响，各地政府也开始介入，要求减少这些建筑的存在，同时也不允许继续开挖，下沉式窑洞的存世量正逐年减少。

3. 箍窑

箍窑又叫独立式窑。由于靠崖式窑洞对地形要求严格，受到限制不能大规模修建、增加窑洞数量。并且可开挖的地区一般离水源和农田较远，春秋比较容易潮湿。在这些局限下，就出现了作为改进的独立式窑洞。

独立式窑洞的形式很灵活，常用土坯或砖石砌成拱券式，后在其上覆土，摆脱了地形的限制，同时也利于与普通房屋组合起来，形成大型的合院建筑群。这类建筑在山西平遥县十分典型，正房多为窑洞形式，厢房多采用普通木架房屋。平遥建筑正房多建成三开间，用灰砖作为建筑材料，装饰精美。在局部的处理上，由于正房的窑洞多为平顶，而低于了两边的厢房。为了突显正房的尊贵，往往在正房屋顶上设小楼或照壁，还砌有一圈女儿墙。这样的处理不仅突出了正房的地位，同时也起到了阻挡前后人家视线的作用。整体的建筑很有地方特色。

在广阔的黄土高原上，造型独特的窑洞是令人难忘的栖息地。黄土的直立性和黏性，以及干燥的气候特征赋予了窑洞千年不倒的生命力。同时，两米多厚的土层覆盖在窑顶，使得窑内冬天即使降温到了零度以下，窑内依然是十至十二度。夏天的干燥高温经常导致持续高温，而窑洞内往往保持在二十多度。这使窑洞成为非常适合人类居住的建筑。虽然窑洞建在山坡、地下等，但采光通风却极好，窑洞门窗的制作很讲究，洞口的砖墙或石墙砌的很矮，整个窗口全部对阳光开放。住在窑洞中，似乎被优雅的月光包裹着，恍惚中似乎躺在黄河母亲的怀中，凝听着黄土地温柔摇篮曲。

---

① 引自：王其钧，谢燕著. 中国文化之旅：民居建筑. 北京：中国旅游出版社，2006.

**参考文献**

[1] 潘鲁生主编.民间文化生态调查[M].济南：山东美术出版社，2005.

[2] 鲁芳编著.图说十大民居[M].北京：中国人民大学出版社，2008.

[3] 王其钧，谢燕著.中国文化之旅：民居建筑[M].北京：中国旅游出版社，2006.

[4] 王其钧著.中国传统民居建筑[M].台北：南天书局有限公司，1993.

[5] 史忠新主编.平遥览要[M].山西省平遥县人民政府旅游办公室编，1998.

# 后 记

本书是"汉水文化·流域文明暨鄂赣中国古代文学"学术研讨会会议论文集。

2015年12月3日—5日，为了进一步促进流域文明与中国古代文学的研究，经湖北省中国古代文学研究会、江西省中国古代文学学会与湖北省高校人文社会科学重点研究基地汉江师范学院汉水文化研究基地商议，"汉水文化·流域文明暨鄂赣中国古代文学"学术研讨会，在武当仙山脚下，美丽汉水之滨的汉江师范学院前身——郧阳师范高等专科学校隆重举行。

根据研讨会筹备会议安排，鄂赣两省中国古代文学学会与汉江师范学院汉水文化研究基地分别联络鄂赣两省及其邻省中国古代文学研究专家学者和汉江流域地域文化研究仁人志士。共有来自鄂、赣、陕、豫、冀、苏、川等7省30余所高校，160余名专家学者齐聚一堂，围绕"流域文明与汉水文化""流域文明与中国古代文学"分组展开研讨。会议共收到论文近80余篇，我们对这些论文进行了认真审阅，其中62篇收入本论文集。内容涉及汉水流域历史文化、汉水文化与中国古代文学、汉水文化与经济社会发展、流域文明与宗教信仰、流域文明及其比较等研究主题。在研讨会上有些交流的论文质量很高，或与本次研讨会的主题契合度不太紧密，或作者考虑文章受益面的局限性不愿入集，只好尊重作者意愿，忍痛割爱，没有入选本论文集。如会议期间，中国诗词学会会长、武汉大学教授王兆鹏的《宋词侦探》、陕西理工学院教授梁中效的《汉水名城与文化旅游研究》、湖北师范学院教授石麟的《中国传统文化与多层人格建构》、荆楚理工学院教授杜汉华的《谈莱茵河与汉水文化产业开发——打造媲美莱茵河的文化旅游产业带》等专家给我校师生做的文化讲座文章即是如此。

本次研讨会的顺利举办及论文集的编辑出版，得到许多单位及领导同仁的大力支持。在本次研讨会上，十堰市人民政府副市长刘学勤、中国诗词学会会长王兆鹏、江西省中古代文学学会会长杜华平、江西省中国古代文学学会名誉会长朱安群、我校校长喻斌、副校长潘世东等出席开幕式。十堰市副市长刘学勤、江西省中古代文学学会会长杜华平、我校校长喻斌分别致辞。武汉大学教授王兆鹏、葛刚岩，陕西理工学院教授梁中效，扬州大学教授董国炎，江西师范大学教授杜华平，湖北师范学院教授舒大清，长江大学教授许连军，湖北大学教授何新文，井冈山大学教授丁功谊等10名代表分别作主题报告，并展开讨论。闭幕式上，荆楚理工学院杜汉华教授、三峡大学王前程教授分别代表汉水文化组和古代文学组总结发言。江西省中国古代文学学会名誉会长朱安群作总结讲话。从会议的筹备到顺利举行，三峡大学文学院王前程教授、鄂赣两省中古代文学学会及我校汉水文化研究基地、科研处、中文系部分老师做了大量工作，在此一并致谢。会议论文集的编辑出版，得到了北京人文在线文化艺术有限公司大力支持和鄂赣两省中国古代文学学会的相关领导亲切关怀，我校校领导潘世东教授为论文集做了分类编目，后勤集团文印室王萍老师为论文集的编辑排版工作付出了艰辛劳动，在此表示衷心的感谢。

《汉水流域文明暨中国古代文学学术研讨会论文集》编委会

2017年3月20日